KB251761

은비령

은비현 殷丕顯 下

초판 1쇄 찍은 날 § 2005년 9월 7일
초판 3쇄 펴낸 날 § 2011년 9월 15일

지은이 § 원주희
펴낸이 § 서경석

펴낸곳 § 도서출판 청어람
등록번호 § 제1081-1-89호
등록일자 § 1999. 5. 31
어람번호 § 제5-0057호

주소 § 경기도 부천시 원미구 심곡 2동 163-2 서경B/D 3F (우) 420-822
전화 § 032-656-4452 팩스 § 032-656-4453
http://www.chungeoram.com
E-mail § chungeoram@chungeoram.com

© 원주희, 2005

ISBN 89-5831-715-9 (SET)
ISBN 89-5831-717-5 03810

현비은

下

사막의 등대 · · · 원주희 지음

도서출판 청람

※「은비현」에 나오는 불교는 소승, 대승 밀교가 혼합된 것으로 현 불교와 다릅니다

一. 내 사람, 내 아름다운 사람

"우리 마마님 어디다 숨겼어요? 바른대로 말 못해요?"

"우라질, 우리도 모른다니까 그러네. 알면 따라갔지, 호위가 여기에 이러고 있겠냐구!"

"무슨 놈의 호위대장이 그 모양이에요? 주군께서 어디 가셨는지도 모르고!"

"작정하고 사라지신 걸 무슨 수로 아나?"

"몰라요. 우리 마마님 빨리 찾아내기나 해요!"

"쳇! 전하께서 잡아먹기라도 하나, 왜 이리 난리람."

"흥, 사내가 다 거기서 거기지. 그쪽도 달 구경하자며 숲으로 데리고 가서……."

화들짝 놀란 인걸은 얼른 단홍의 입을 막고는 주위를 살피며 눈

을 부릅떴다. 어쩔 줄 몰라 당황하는 모습이 그저 우스운 단홍은
슬쩍 눈웃음을 쳤다.

서주성에 곡예단이 들어왔던 지난날, 은근한 설렘과 열정이 많
은 이들의 가슴을 들뜨게 했던 그날에 그들은 서로에게 이끌리게
되었다. 단홍은 그를 처음 보고 세상에 뭐 이런 사람이 다 있나 놀
랐더랬다. 기둥을 통째로 옮겨다 놓은 듯 우람한 데다 텁석부리에
통방울 같은 눈을 보고 참으로 무식하게 생긴 사람이라고 생각했
다. 그러나 그는 아이처럼 순진한 구석이 있고, 정이 많은 사람이
었다. 단홍은 그런 인걸이 차츰 마음에 들기 시작했다. 그리하여
은근한 눈빛을 보내 사내의 마음을 흔들어놓고 끝내 자신의 앞에
무릎을 꿇게 했다. 또한 며칠 전에는 끓어오르는 젊음을 이기지
못하고 깊은 남녀의 정까지 나누게 되니 인걸은 꼼짝없이 단홍의
수중에 떨어진 것이다. 그때부터 눈을 부라리며 무뚝뚝하게 굴던
사내는 길이 잘 든 강아지가 되어 단홍 앞에서 쩔쩔매기 시작했
다. 그것이 재미있는 단홍은 노상 장난질로 그를 곤혹스럽게 했
다.

"지금 그 얘기가 왜 나와?"

당황하는 인걸의 손을 치운 단홍이 되바라지게 소리쳤다.

"그러니까 우리 마마님 내놓으라구요!"

"안 그래도 호위들이 찾고 있으니까 호들갑 떨지 말고 가만히
좀 있어."

그들이 티격태격하는 사이, 아침 일찍 서주성을 빠져나온 유인
과 비현은 여유로운 한때를 보내고 있었다.

햇살이 유달리 깨끗한 아침이었다. 땅과 하늘 사이를 가득 메운 초록이 뿜어내는 신선한 기운에 몸과 마음이 시원했다. 쾌청한 녹음 속을 달리던 백마가 멈춘 것은 해가 하늘 정중앙에 오고 매미 소리가 온 숲 속에서 들려올 무렵이었다. 기쁜한 동작으로 말에서 내린 유인은 안장에 앉아 있는 비현에게 손을 뻗었다. 강인한 팔에 공기처럼 가벼운 그녀가 안겨오자 유인의 얼굴이 더욱 상기된다. 단단한 가슴에 와 닿는 그녀의 등 때문에, 바람에 나풀거리는 머리칼에서 배어나오는 은은한 향 때문에 오는 내내 얼굴이 붉어졌던 그였다. 그런데 이제는 보드랍고 따뜻한 손의 감촉이, 살짝 벌어진 옷섶으로 보이는 하얀 속살이 가슴을 헤집어놓았다.

"이제 내려주셔도 되는데……."

비현의 속삭임에 정신을 차린 유인은 자신이 여전히 그녀를 안고 있다는 것을 깨닫고 얼른 내려놓았다. 땅에 발을 디딘 비현이 슬쩍 웃음을 머금고 묻는다.

"전하와 제가 갑자기 사라졌으니 다들 얼마나 놀라고 있을까요? 많이들 걱정하고 있을 테니 늦지 않게 돌아가요."

"그, 그러지."

햇살 아래 환히 드러나는 맑은 미소에 유인은 마음에도 없는 말을 하고 말았다. 가벼운 산보를 제안한 것은 유인이었다. 처음에는 답답한 성에 갇혀 사는 그녀에게 넓은 숲과 호수를 보여주고 싶은 마음뿐이었는데 막상 같이 있으니 그녀를 위함이 아니라 자신이 원해서임을 깨닫고 있었다. 주위에 가득한 나무도, 바위도, 꽃도 눈에 들어오지 않았다. 머리 속에는 오직 작고 고운 여인 하나만 가득 들어차서 그녀의 모습, 목소리, 향기만이 맴돌 뿐이었다. 그녀와 단둘이, 오래도록 있고 싶다는 욕망만이 가득하니 자신도 어쩔 수 없는 사내인 모양이라며 유인은 피식 웃고 말았다.

녹음이 우거진 숲길을 걷는 비현은 더없이 즐겁고 흐뭇한 표정을 지었다. 정인과 함께 녹음 속을 걷는 것이 즐거워 몇 번이고 뒤돌아서 그에게 웃어주었다. 그럴 때면 그도, 하늘도, 숲도, 나무 아래에 핀 들꽃도 환히 웃는다. 주위에 늘어선 풍경을 호기심 어린 눈으로 두리번거리던 비현은 어디선가 풍겨오는 시원한 물내음에 호수가 가까이 있다는 것을 알아채고 앞으로 달려갔다. 막 녹음을 벗어나자 눈앞에 넓은 호수가 나타났다. 호수라기엔 너무나도 넓고 푸르러서 비현은 잠시 말문이 막혔다. 푸른 하늘과 구름, 세상의 모든 초록이 호수 안에 있었다. 싱그러운 자연을 품은 호수가 햇살을 머금고 눈부시게 반짝이니 비현은 이토록 아름다운 전경은 본 적이 없었다. 그녀는 감격에 차서 말했다.

"전하, 정말 아름다운 곳이에요."

"그대가 좋아할 줄 알았어."

비현과 유인은 살아오면서 가장 행복한 미소를 지으며 서로의 손을 맞잡고 호수를 바라보았다. 오래도록 보아도 질리지 않는, 이대로 손을 잡고 평생을 바라보고 싶은 풍경이었다. 호숫가 주변을 돌면서 산책하던 그들은 짙푸른 잎과 가지 사이에 홍보석처럼 점점이 박힌 앵두나무를 보고는 신이 난 얼굴로 따 먹었다. 비현의 손이 닿지 않는 높은 곳에 열린 앵두는 유인이 따서 건넸다. 비현의 두 손에는 탐스럽게 여문 앵두가 가득했다. 달고 시큼털털한 열매를 입에 넣고 오물거리던 비현은 연신 감탄을 터뜨렸다.

"앵두가 정말 달아요. 전하도 드셔보셔요."

유인도 옆에 서서 앵두를 한 움큼 집어 입에 넣고 오물거리더니 씨를 멀리 내뱉었다. 비현도 그를 따라 씨를 멀리 뱉었다. 그가 뱉었던 곳의 반도 못 미치는 곳에 이르자 유인이 피식 웃는다. 이를 보고 새침한 표정을 지은 비현은 몇 번이나 씨를 뱉다가 끝내는 포기하고 말았다.

앵두를 양껏 먹은 그들은 얼마 못 가서 풍성하게 열린 뽕나무 열매를 만났다. 비현은 손끝이 보랏빛으로 물들 때까지 열매를 열심히 따 먹었다. 앵두와 상실(桑實:오디)로 배를 채운 두 사람은 호수가 내려다보이는 언덕에 올라 나무 그늘 아래 나란히 앉았다.

새 한 마리가 수면 위로 낮게 날며 먹이를 잡아채고 물비늘이 햇살을 머금고 빛난다. 짙은 풀 냄새, 벌레 울음이 정겹다. 마냥 기분 좋은 비현은 버들강아지를 흔들며 콧노래를 불렀고, 유인은 그런 그녀를 미소를 머금은 채 바라보았다.

"그대는 참 신기해. 사람들과 있을 때는 더없이 의젓하고 점잖은데 이럴 때 보면 여지없이 어린아이 같거든."

놀리는 듯한 그의 어투에 비현이 얼굴이 붉어져서 말했다.

"전하께서도 마찬가지예요. 사람들 앞에선 잔뜩 굳은 얼굴로 앉아 계시잖아요. 평상시에도 지금처럼 웃으셨으면 좋겠어요."

"난 웃는 것이 익숙지 않은 사람이야. 아니, 웃는 방법조차 잊어버렸었지."

그의 얼굴에 스쳐 가는 슬픔을 보며 비현은 가슴 한쪽이 찌르르 울렸다. 웃는 방법조차 잊고 살았을 만큼 고된 삶을 걸어온 유인이 안쓰러워 자신도 모르게 손을 덥석 잡고 진지한 눈으로 말했다.

"그럼 이제부터는 그동안 웃지 못한 것까지 더해서 맘껏 웃어보는 거예요. 이렇게 큰 소리로 웃어보셔요. 하하하."

비현의 모습이 마냥 재미있는 유인은 빙긋이 미소만 지을 뿐이었다.

"아이참, 왜 안 따라 하세요?"

"다짜고짜 웃으라고 하니까 그렇지."

"시늉이라도 해보셔요. 자, 다시 한 번……."

명랑하게 종알거리던 비현은 갑자기 다가오는 유인 때문에 당황한 나머지 입을 다물었다. 단단한 팔이 어깨를 감싸고 그의 입술은 입술을 덮었다. 수줍고도 부드러운 입술이 와 닿던 순간, 들고 나던 모든 숨이 멈추었다. 머리 속에 물고기 하나가 들어온 기분이었다. 푸른 비늘과 매끄럽고 탄탄한 몸을 가진 물고기는 머리 속을 헤집고 이따금씩 수면 위로 튀어 올랐다. 활처럼 휜 지느러미가 수만 개의 파문을 만들어낸다. 파문은 미처 알지 못했던 감각을 건드려 숨을 멎게 하고 환희와 아연한 슬픔을 안겨주었다.

"내 사람, 내 아름다운 사람."

유인은 이마를 맞댄 채 속삭였다. 비현은 차마 눈을 뜨지 못하고 가쁜 숨만 몰아쉬었다. 그의 손이 목덜미를 감싸고 등에 폭신하고도 단단한 지면이 닿는 것을 깨닫기도 전에 다시금 그의 입술이 와 닿았다. 비현은 크고 작은 물결에 속절없이 휩쓸리며 그의 어깨에 필사적으로 매달렸다. 이대로 물속에 잠겨 버릴 것만 같았다. 흔적없이 녹아버릴 것만 같았다. 이미 모든 내주었는데, 더 이상 내줄 것이 없는 것 같은데 그는 입술을 열고 더 깊이 들어왔다. 순간 머리 속에 하얗게 변하였다가 먹물을 부은 듯 까맣게 변했다. 자신이 누군지조차 알 수가 없었다. 그저 그의 품에 안겨 뜨거운 격랑에 몸을 실을 뿐이었다.

서로의 뜨거움에 사로잡혀 있던 그들이 간신히 정신을 차린 것은 잎사귀에 떨어지는 빗방울 소리를 들었을 무렵이었다. 밝았던 하늘이 일시에 어두워지고 굵은 빗방울이 땅을 두드리고 있었다. 두 사람은 황급히 자리에서 일어섰다. 비는 좀처럼 그칠 기미가 없었다.

"이런, 비가 점점 더 굵어지는군. 아까 지나온 초막(草幕)에서 비를 피하자."

얼굴이 벌게진 유인은 차마 비현의 얼굴은 보지 못한 채 급히 손만 잡고 뛰었다. 비현은 아직도 꿈결인 듯 몽롱한 얼굴로 언덕을 뛰어내려 갔다. 호수 한쪽에 있던 초막까지 내달리는 사이, 빗발은 더욱 거세져서 두 사람 다 흠씬 젖고 말았다.

갈대로 이엉을 엮어 지붕을 인 초막은 오랫동안 사람이 살지 않은 듯 보였다. 그 안으로 뛰어들어 가 한숨을 돌린 두 사람은 물에 빠진 사람처럼 푹 젖어 있는 서로를 보고 부끄러운 나머지 얼른 고개를 돌렸다. 얼굴은 더욱 붉어지고 숨 끝이 떨려온다. 혹여 자신의 숨소리가 크게 들릴까 봐 비현은 숨조차 크게 내쉴 수가 없었다.

"쉽게 그칠 비가 아닌 것 같군. 자칫 하다간 감모에 들기 십상이니 우선 불을 지펴야겠어."

어색하게 초막 안을 서성이던 유인은 아무렇게나 내팽개쳐져 있던 마른 나무와 짚을 가져와 불을 피웠다. 그사이 비현은 젖은 머리칼과 치맛단의 물기를 짜내느라 여념이 없었다.

얼마 안 가 초막 안은 제법 훈훈해졌다. 비현은 장작불 옆에 웅크리고 앉아 있었고 유인은 열어놓은 문 옆에 서서 밖을 내다보고 있었다. 비구름은 더욱 무겁게 밀려와서 날은 밤처럼 어두워졌고 호수에는 검은 산 그림자가 졌다. 투둑투둑 잎사귀를 두드리는 빗방울 소리가 고적하게 들리는 가운데 비현이 조용한 목소리로 말했다.

"전하, 춥지 않으셔요?"

"괜찮아."

"괜찮긴요, 저보다 더 젖으셨는데."

비현의 채근에 마지못해 불 옆으로 온 유인은 불에 장작 몇 개를 더 던져 넣고는 불꽃만을 뚫어져라 응시했다. 비현은 불빛을 머금고 일렁이는 그의 얼굴을 숨죽여 바라보았다. 그 조용한 눈길을 느꼈는지 그가 고개를 돌렸다. 담담했던 표정에 부드러운 미소가 번지고 그는 손을 뻗어 비현의 볼을 부드럽게 쓰다듬었다. 비현은 흉터투성이인 그의 손에 자신의 손을 포개고 따스하게 미소 지었다.

"그대가 한 번 미소 지어줄 때마다 내 업장(業障)이 조금씩 벗겨지는 것 같아."

유인은 진진한 눈빛과 목소리로 속삭였다.

"다른 이의 피를 뒤집어쓰고 짐승처럼 살아왔어. 앞으로도 영원히 그렇게 살아갈 줄만 알았지. 내가 무얼 느끼는지, 진정 원하는 것이 무엇인지 생각할 여유가 없었어. 오직 한 길로만 미친 듯이 내달렸지. 그러다 문득 정신이 들 때면 두려움이 엄습해 왔어. 내가 원하는 것을 모두 가진다 해도 영원히 이렇게 살아갈 것이라는 두려움이 날 떨게 했어."

그의 눈빛에 슬픔이 어린다. 비현은 주저없이 다가가 그를 안고 젖은 머리칼을 쓰다듬어 주었다.

"난 나약한 사람이었어. 약한 모습이 다른 이에게 드러날까 두려워 강해 보이려고 안간힘을 쓰며 살아왔지. 그러다 그대를 만나고 내 생각이 틀렸다는 걸 깨달았어. 강하다는 것은 천하를 발밑에 무릎 꿇리는 것이 아니었어. 강하다는 것은 내 안의 두려움을 정복하는 것이야. 나를 둘러싼 허위와 위선을 벗고 진실한 내 모습과 마주 서는 것. 그 용기가 어떠한 권력보다도 강하다는 것을 깨달았어. 그대가 깨닫게 해주었어, 그대가 날 구원해 주었어."

그의 말 한 마디 한 마디가 비현의 가슴에 사무쳐 왔다. 비현은 그를 소중히 끌어안고 말했다.

"저 역시 언제나 두려웠어요. 어디까지 온 건지, 어디로 가는지 알 수가 없었어요. 밀려오는 아픔에 속절없이 휩쓸리기만 했어요. 그 아픔을 몸속에 품고 조용히 삭이기만 했어요. 그것이 제가 할 수 있는 전부인 줄 알았어요. 나약한 은비현보다는 다른 이를 치유할 수 있는 여인으로만 살았어요. 그렇게 숨어서 두려움에 떨었어요. 하지만 이제는 숨지 않을 거예요. 전하께서 깨닫게 해주셨어요. 전하께서 절 구원해 주셨어요.”

유인은 고개를 들어 비현의 눈 속을 들여다보았다. 물기를 머금은 채 밝게 빛나는 서로의 눈을 응시하다 다시금 입술과 입술이 뜨겁게 포개졌다. 그리고 서로의 몸속 깊숙이 미끄러져 들어가 지난 아픔과 눈물, 고통을 어루만져 주었다. 찢어져 벌어진 상처가 아물고 켜켜이 쌓인 앙금이 씻겨 내려갔다. 태어난 그때로 되돌아가는 것만 같다. 절망과 고통을 모르는 순수했던 그때로.

비현의 얼굴에 정성껏 입을 맞추던 유인의 입술이 하얀 목과 살짝 드러난 어깨에 닿았다. 그의 입술이 닿은 자리가 견딜 수 없이 뜨겁다. 자신을 안는 손길과 표정, 긴장된 숨결, 뜨거운 체온에 자꾸만 숨이 가쁘다. 비현은 그의 마음에 이는 갈망을 느꼈다. 걷잡을 수 없이 이는 열정을 억누르느라 안간힘을 쓰는 모습을 보고 비현은 마음의 결정을 내렸다.

비현은 수줍은 손길로 가슴에 묶은 띠를 풀었다. 옷자락이 벌어지며 하얀 어깨와 가슴을 가린 속옷이 드러났다. 그 모습을 본 유인은 무언가를 말하려 했지만 비현이 가로막았다.

“저도 원해요.”

비현은 그의 손을 잡아 옹이 진 손바닥에 입술을 맞추었다. 그리고 조심스럽게 자신의 가슴으로 이끌었다.

손바닥에 와 닿는 보드라운 감촉에 유인은 자신도 모르게 떨었다. 애써 붙들고 온 끈을 놓아버린 것처럼 눈앞이 아득하다. 이대로 그녀의 품속으로 잦아들고 싶다. 그녀를 안고 모든 것을 느끼고 싶다. 하지만…….

"이런 누추한 곳에서 그대를 안고 싶지 않아. 그대를 내…….”

미소를 머금은 그녀가 다가왔다. 그녀만의 체취가 코끝에 맴돌자 유인은 미처 말을 다 잇지 못하고 비현을 끌어안았다. 비현은 그의 가슴에 가만히 귀를 기울이며 속삭였다.

"이렇게 원하잖아요. 심장이 원하잖아요.”

사랑스런 속삭임에 유인은 가슴이 터질 듯 부풀어 올랐다. 그는 떨리는 심장으로 비현의 턱을 들어 깊이 입을 맞추었다.

내 사람, 내 아름다운 사람. 모든 것을 바쳐도 아깝지 않은 내 사랑.

유인은 작고 사랑스런 몸을 힘껏 껴안았다. 애써 붙들고 있던 끈을 일시에 놓아버리자 자유로워진 몸과 마음이 환희에 들뜨기 시작했다. 잠시 후 유인은 짚이 어수선하게 흩어져 있는 바닥에 장포를 깔았다. 그는 비현의 몸을 가뿐히 들어 장포 위에 눕히고 입술과 꽃잎처럼 발그레한 뺨에 입을 맞추었다. 조심스러운 손길에 옷이 벗겨지고 알몸이 된 그녀는 눈부시도록 아름다웠다. 유인은 깨끗한 새싹처럼 매끄럽고 보드라운 몸을 감탄 어린 시선으로 바라보다 자신을 감싼 옷들을 마저 벗어버렸다. 마침내 알몸으로 마주한 그들은 서로의 눈에서 한시도 시선을 떼지 못하고 수줍은 손길로 서로의 몸을 쓰다듬었다.

이 세상에 어찌 그대 같은 사람이 있을까.

그대가 어찌 나 같은 이에게 손을 내밀어주었을까.

유인은 행여나 깨어질까 조심스런 손길로 비현의 볼을 쓰다듬고 밤처럼 까만 머리칼에 입을 맞추었다. 그리고 살짝 부풀어 오른 입술을 열고 그녀의 따스한 숨을 느꼈다.

그의 손이 비현의 여린 어깨를 지나 가슴에 닿았다. 태어나 처음 느껴보는 감각이 등줄기를 훑고 몸의 중심이 견딜 수 없이 단단해졌다. 몸이 뻐근한 나머지 고통스럽기까지 했지만 그는 서두르지 않고 비현과 함께 서로의 몸이 주는 기쁨을 나누었다. 유인은 부끄러워하는 비현과 수없이 눈빛을 나누고 자신의 단단한 가슴을 만져 보도록 했다. 비현의 손가락이 어깨와 가슴을 스칠 때마다 유인은 아찔한 나머지 짧은 신음을 내뱉으며 어쩔 줄 몰라 했다. 그리고 그 감각을 고스란히 돌려주려는 듯 비현의 어깨와 봉긋하게 솟아오른 가슴에 입을 맞추었다. 단단하고, 부드럽고, 까끌까끌하고, 매끄러운 서로의 감촉과 체취를 나누며 그들은 경이와 기쁨에 빠져들었다. 온몸을 돌아 빠져나오는 숨결과 혈관에 흐르는 피들이 뜨거워진다. 온몸의 감각이 그녀와 함께 요동하며 황홀하고 몽롱한 기운이 더해졌다. 유인은 더 이상 견디지 못하고 비현의 몸 위에 자리 잡았다. 생애 첫 경험이지만 본능이 이 모든 것을 알고 있다는 듯 몸을 이끈다. 유인은 뜨거운 입맞춤을 나누며 촉촉하고 부드러운 비현의 몸 안으로 서서히 밀고 들어갔다. 그녀의 몸이 아픔에 움찔하는 것이 느껴졌다. 유인은 팔로 몸을 지탱하며 온몸의 기운을 끌어 모아 천천히 다가갔다.

비현은 온몸을 관통하는 아픔으로 인해 흘러나오는 신음을 필사적으로 삼켰다. 고통스럽지만 이 아픔이 그에게 다가가기 위한 아픔이라면 온몸이 부서진다 해도 좋았다. 비현은 그의 어깨를 힘

주어 안고 몇 번이고 숨을 들이마셨다. 마침내 그가 깊숙이 들어오자 순식간에 세상이 조각나고 우수수 떨어져 내린다. 난생처음 느끼는 감각에 고통스러우면서도 그와 한몸이 되었다는 사실이 견딜 수 없는 격정으로 몰아갔다. 그는 가쁜 숨을 몰아쉬면서도 눈을 맞추는 것을 잊지 않았다. 비현은 그의 눈을 바라보며 이루 말할 수 없는 행복에 젖었다. 이 순간 너무나도 행복하다. 이대로 세상이 끝나 버린다고 해도 후회없을 만큼.

"괜찮아?"

그가 눈가에 흐르는 눈물을 닦아주었을 때에야 비현은 비로소 자신이 울고 있다는 것을 깨달았다. 비현은 간신히 고개를 끄덕이며 그의 가슴에 얼굴을 묻었다. 유인은 비현을 안고 조금씩 몸을 움직였다. 그녀의 몸속은 따스하고 부드럽고 눈물겨웠다. 비현의 눈가에 이슬이 맺힌 것처럼 유인의 눈가에도 이슬이 스며 나왔다. 아직은 서툴고 수줍기만 한 몸짓이지만 충분히 기쁘고 행복했다. 이제야 비로소 여인이 되고, 사내가 되어 세상에 나온 것 같았다. 이제 막 세상에 태어난 아기처럼 순결한 숨과 피를 가진 청정한 몸으로 다시 태어난 듯했다. 그들은 하나가 되어 기쁨과 행복을 밟고 올라섰고 더 이상 오를 데가 없는 정상에 이르러 몸을 떨며 서로의 품속으로 파고들었다.

뜨거운 열기가 감도는 초막 안에는 한숨 같은 긴 숨소리만이 가득했다. 그리곤 다시 침묵이 이어졌다. 한 마리 은어처럼 눈부신 알몸을 빛내며 누워 있는 연인은 서로를 꼭 끌어안고 다시금 긴 입맞춤을 나누기 시작했다. 세상을 잠겨 버릴 듯이 퍼붓던 비는 밤이 늦도록 잦아들 줄 몰랐고 연인의 사랑 역시 그칠 줄을 몰랐다. 그들은 쉼없이 사랑을 나누고 또 나누었으며 서로를 소중히 품으며 잠들었다.

새소리가 들려온다. 단잠을 방해받은 것이 못내 아쉬운 유인은 좀처럼 눈을 뜨지 못하고 손을 뻗어 옆을 더듬었다. 옆에 누워 있어야 할 이가 없는 것을 깨달은 유인은 눈을 번쩍 뜨고 몸을 일으켰다. 초막 안에는 여전히 장작불이 타닥타닥 소리를 내며 타고 있었지만 어디에도 비현은 없었다. 유인은 그녀의 옷이 없는 것을 확인하고는 한쪽에 얌전히 개어놓은 옷을 아무렇게나 걸치고 밖으로 뛰어나왔다.

밖은 아침 해가 뜨기 전이었고 비는 어느덧 말끔히 개어 있었다. 점차 밝아오는 여명으로 인해 주위는 물속처럼 파랬고 호수는 안개에 싸인 채 새소리만이 간간이 들려왔다. 싸늘한 공기가 맨가슴에 와 닿아 오소소 소름이 돋았지만 경황이 없는 유인은 옷을 채 여미지 못하고 주위를 두리번거렸다. 그때 초막에서 멀지 않은 호수 한쪽에서 물장구치는 소리가 들렸다. 서둘러 안개 속을 헤치고 걸어 들어가니 비현이 호수 가장자리 바위에 앉아 두 발로 물장구를 치고 있었다. 그제야 숨을 돌린 유인은 기막힌 나머지 헛웃음을 터뜨렸다.

"안 보여서 걱정했잖아. 아직 물이 차가울 텐데 감모라도 들면 어쩌려고 그러고 있어."

고개를 돌린 비현의 얼굴은 이제 막 씻었는지 물기를 머금어 한없이 말갛게 보였다. 그녀는 가슴이 떨리도록 해맑은 미소를 지으며 자리에서 일어나 단숨에 달려왔다.

"일어나셨어요? 주위가 아름다워서 그림이라도 그려서 담아두고 싶을 지경이에요. 저기로 곧 해가 뜰 거예요."

아이처럼 들뜬 모습을 보며 미소 지은 유인은 말간 볼에 입을 맞추었다. 그리고 그녀가 가리키는 쪽을 바라보며 해가 뜨기를 기다렸다. 비현의 말처럼 곧 주위가 밝아지며 산 위로 노란 해가 고개를 내밀었다. 비현의 등을 포근히 감싼 유인은 해를 바라보며 속삭였다.

"어젯밤에 말하고 싶었는데 이제야 고백하게 되는군. 비현, 내 아내가 되어줘."

감싼 손을 풀고 뒤돌아선 비현은 놀란 표정이 역력했다. 유인은 그녀의 차가운 이마에 자신의 이마를 맞대며 다시금 속삭였다.

"그대를 내 비(妃)로 맞고 싶다. 평생을 함께하고 싶다."

비현은 맑았던 시야가 쨍하고 깨어지는 것을 느꼈다. 조금 전까지만 해도 찬란해 보였던 앞이 삽시간에 어두워지고 미간이 아득해진다. 그녀의 가슴에 두려움이 엄습해 오는 것과 반대로 그의 얼굴에서는 빛이 나기 시작했다. 비현은 그런 그를 보며 왠지 모를 불안에 사로잡혔다.

二. 전운戰雲, 이별가離別歌

한주의 조정대신들이 황극전(皇極殿) 안으로 태후를 조견(朝見)하기 위해 하나둘 모여들기 시작했다. 최근 돌아가는 정황으로 보아 무슨 이야기가 오갈지 이미 짐작한 대신들의 얼굴은 두려움으로 인해 무겁게 가라앉아 있었다. 벼슬은커녕 제 목숨 하나 부지하기 힘든 시절이었다. 위영종 패당을 제외한 나머지 무리들은 감투를 뒤집어쓴 허깨비였고 심약한 몇몇 자들은 가산을 정리하고 낙향하여 숨어 살았다. 일이 이쯤 되고 보니 바른말하는 자들은 조정에서 자취를 감추고 남은 대신들은 두 개로 나뉜 패당에 붙어 기생하며 살아가는 것이 전부였다.

이십여 명의 조정대신들은 대전 양쪽에 늘어서서 태후를 기다렸다. 옥좌에 가장 가까운 좌우에는 유이항과 위영종이 서 있었

다. 서로에게 고개를 돌린 그들은 마음으로 노려보며 서로를 내칠
궁리를 하느라 여념이 없었다.

"태후마마 납시오."

태감의 목소리에 좌우로 늘어선 대신들은 일제히 엎드려 이마
를 바닥에 댔다. 이에 느린 걸음으로 대전에 들어선 태후는 주렴
뒤에 놓인 옥좌에 앉았다. 조회는 평상시처럼 이어졌고 상주문과
상소문이 연이어 올라왔다. 대전 안에 긴장감이 팽팽해지는 가운
데 마침내 태후가 입을 열었다.

"내 얼마 전 표기장군 원규로부터 예가 한주의 동남쪽 대부분
을 차지했다 들었소. 오랑캐가 한주의 땅을 휘젓도록 경들은 무얼
한 게요?"

태후의 날카로운 음성에 대신들은 황망히 머리를 조아렸다. 이
때 한 신하가 나서서 아뢰었다.

"예를 유민(遺民) 집단이라 얕본 것이 무엇보다 큰 실책이었사
옵니다. 그들의 기마병과 전술, 특히 공성전(攻城戰)에 관해서는
타의 추종을 불허합니다. 상대를 제대로 평가하지 못하고 안이한
전투를 일삼아온 것이 대패한 원인이 되었고 이로 인해 많은 영토
를 잃은 것이옵니다."

"일이 이 지경이 되도록 경들은 한 게 무엇이오? 이대로 두고
볼 수만은 없는 일, 당장 대책을 강구해 보시오."

그 말에 유이항이 입을 열었다.

"태후마마, 작금의 상황으로는 전국 각지에 퍼져 있는 역도(逆
徒)들을 토벌하는 것이 더욱 시급하옵니다. 많은 양민들이 역적의

무리에 현혹이 되어 고향을 이탈하거나 비적이 되어 관과 양민을 습격하고 있습니다. 예가 위협적이기는 하오나 그쪽 또한 오랜 전쟁으로 아직 나라의 체계가 잡히지 않았으니 당장은 전쟁을 도모할 여력이 없을 것이옵니다. 지금은 멀리 있는 예보다는 가까운 역도를……."

"닥치시오!"

그 말에 대신들이 일제히 놀랐다. 유이항이 누구인가. 그녀의 양부이고 국가 최고 대신임에도 불구하고 태후의 음성은 거칠기 그지없었다.

"범 새끼가 클 때까지 두고 봤다가 잡아먹히자는 것이오? 애초에 싹을 잘라야 후에 후환이 없거늘, 그리 안이한 생각이 나라를 이 지경으로 만든 것이 아니오?"

태후의 모욕적인 언사에 마음이 상한 이항은 이를 악문 채 고개를 조아렸다. 그것을 의미심장하게 바라보던 위영종이 한마디 거들었다.

"태후마마 말씀이 옳사옵니다. 범 새끼를 내버려 두면 후에 큰 화가 될 것이 분명합니다. 게다가 얼마 전 예로 도망간 후궁 일도 그렇습니다. 대국(大國) 황제폐하의 후궁이 적에게 도망가 몸을 의탁한다는 것은 한주로서 큰 수치이니 이대로 간과할 수 없는 일이옵니다."

위영종이 잽싸게 나서자 이항의 얼굴이 일그러진다. 천하다 멸시받는 후족 출신 주제에 상인으로서 이룬 부와 태후의 지지에 힘입어 삼공(三公)에 자리에 오른 그는 이항에게 눈엣가시 같은 존재였다.

'저자는 언제고 내 목에 칼을 들이밀 자이다. 하루라도 빨리 저 것을 쳐내야 할 것인데.'

이항은 속으로 이를 갈면서 겉으로는 태연하게 말했다.

"위공, 그럼 지금 상황에 어쩌자는 것이오?"

"그 후궁을 구실 삼아 예를 쳐야지요. 왕야 말씀대로 저들은 당분간 전쟁을 도모할 여력이 없습니다. 많은 땅을 깔고 앉아 있으나 대부분 척박한 땅이요, 오랜 가뭄으로 군량과 마초가 적어 불리한 입장입니다. 한주의 혼란한 상황을 알면서도 침략해 오지 않는 것을 보면 그만큼 곤궁하다는 것이니 이때야말로 전쟁을 일으켜 저들을 쓸어버릴 기회가 아닌가 합니다."

"전쟁이라니, 지금 제정신이오? 내란도 진압하지 못한 상황에 전쟁이 웬 말이오?"

"그럼 한주의 위신이 땅에 떨어진 마당에 이를 두고 보자는 것입니까?"

이항과 영종이 언성이 높아지자 태후가 탁자를 내려쳤다.

"조용히 하시오!"

그 말에 두 대신은 입을 다물고 머리를 조아렸다.

"예에 있는 계집이 환관을 사주해 날 죽이려다 뜻대로 안 되자 도망간 것임을 잊으셨소? 그런 계집을 싸고도는 예를 이대로 두고 보자는 것은 나를 능멸하는 것이 아니고 무엇이오? 내 그 계집을 데려와 눈앞에서 가죽을 벗겨 죽이지 못하는 것이 천추의 한이라. 그 계집을 꼬투리 삼아 예를 공격해야 하오. 나라가 위험한 판에 계집 하나를 못 내놓을까. 만약 그 계집을 내놓는다 해도 끝까지 예를 공격해 멸망시켜 버릴 것이니…… 이 명을 거역하는 것은 예를 감싸는 것이라 생각하고 반역의 죄를 물어 처단할 테니 그리 아시오!"

태후의 싸늘한 음성에 대신들은 그저 놀랄 뿐이었다. 그 말속에 서린 지독한 분노에 주눅이 들어 누구 하나 선뜻 입을 열지 못하는 가운데 세아는 주렴 너머로 떨고 있는 대신들을 노려보며 흐뭇하게 웃었다.

'흥, 누가 내 뜻을 거스를 것이냐. 이제 곧 전쟁이 시작될 것이다. 왕이란 놈이 그년을 안 내놓고 배겨나나 두고 볼 것이야.'

전쟁, 죽음, 파괴, 소멸처럼 매혹적인 말들이 있을까. 곧 대륙에 밀어닥칠 전쟁의 광풍과 살육을 상상하자 세아는 남녀의 교합보다도 짜릿한 흥분을 느꼈다. 그녀는 악마적 쾌감에 젖어 몸을 비틀고 작은 탄성을 내뱉었다. 무척이나 오랜만에 몸이 뜨거워지고 정염이 동하기 시작한다. 처음으로 쾌락과 흥분은 죽음과 이어진다는 것을 깨달은 세아는 위대한 발견을 한 듯 눈을 빛내며 오늘 당장 이것을 시험해 보기로 마음먹었다.

마침내 한주가 황하에 인접한 예의 체주성을 공격했다. 발해만을 지척에 두고 동북과 동남을 잇는 체주를 공격한 것은 예의 북과 남을 끊으려는 의도가 분명해 보였다. 체주성은 다행히도 견고하게 쌓아 올린 성벽에 함락은 피할 수 있었지만 적잖은 피해를 입었다. 한주의 갑작스런 도발에 예는 당황하기 시작했다. 더욱이

그들이 사신 편에 보내온 국서를 접하고 나서 조정의 동요는 한층
더 커졌다.

　[대한주국(大漢周國) 선제(先帝) 헌종(憲宗)의 서후(西后)이자 인
성황제(仁聖皇帝)의 모후인 안회황태후(安懷皇太后)는 후예(後濊) 국
왕에게 조서를 내려 깨우치게 하려 한다. 한주는 일찍이 대국(大國)
으로서의 위엄과 덕망으로 중원 땅을 다스려 왔으나 동쪽 오랑캐인
너희가 사특한 뜻을 품고 대국에 반기(反旗)를 들었다. 신인공노(神
人共怒)할 만행은 여기서 그치지 않고 반역을 저지른 죄인을 숨겨
요사스런 주술로 백성들을 현혹케 하니 하늘 아래 부끄럽지도 않느
냐. 내 너희가 한주를 능멸하고 중원 국토를 유린한 죄를 물어 대군
을 보내 소탕하려 한다. 너희가 사람으로 태어나매 수치심을 알고
가련한 억조중생(億兆衆生)을 굽어 살펴 자비를 베풀고자 한다면 반
역 죄인을 돌려보내 벌을 받도록 함이 마땅하도다. 만약 그러하다
면 너희를 불쌍히 여겨 대군을 물리고 인정을 베풀겠으니 나라의
존망을 걱정한다면 올바른 처신을 하여야 할 것이다.]

　한주는 이 국서를 각각 영주와 서주에 보내왔다. 조정대신들은
이 국서에 분노하면서도 한편으로는 두려움에 떨었다. 국력이 다
소 기울었다고는 하나 아직까지 중원의 패권을 쥔 그들어었기에
안 좋은 시기에 대군을 이끌고 온다면 예의 앞날을 예측할 수가
없었기 때문이다. 결국 대신들은 황태후가 지목한 반역 죄인인 은
비현을 다시 한주로 돌려보내야 한다고 중론을 모았다.

"마마님! 마마님! 눈 좀 떠보셔요!"

단홍은 식은땀을 흘리며 알아들을 수 없는 말로 흐느끼는 비현의 어깨를 다급히 흔들었다. 악몽이라도 꾸는지 그녀는 온몸이 푹 젖어 있었다. 간신히 눈을 뜬 비현은 멍한 눈으로 허공을 보다가 단홍에게로 시선을 돌렸다. 그녀는 무서운 것을 본 사람처럼 잔뜩 겁에 질려 있었다.

"마마님, 악몽이라도 꾸셨어요?"

한참 동안 멍한 얼굴로 앉아 있던 비현은 갑자기 몸을 일으켜 침상을 빠져나와 창가로 달려갔다. 그녀는 맑은 하늘을 몇 번이나 확인한 후에야 침상으로 돌아왔다. 얼굴은 백지장처럼 하얗게 질려 있고 몸은 추운 듯 떨고 있었다.

"홍아, 꿈에……."

선뜻 말하지 못하는 비현을 보고 단홍이 답답하다는 듯이 말했다.

"꿈에 뭐요? 숨넘어가겠어요, 빨리 말해 보셔요."

"꿈에, 전하와 들판을 걷는데 갑자기 하늘이 캄캄해졌어. 정말 앞이 하나도 안 보일 정도로 캄캄했어. 전하 손을 잡고 있다고 생각했는데 어느 순간 나 혼자뿐인 거야. 아무리 불러도 전하는 안 보이시고……."

"하늘이 캄캄해요? 아무것도 안 보였어요?"

"응."

단홍의 얼굴이 어두워지자 비현은 더욱 심각해졌다.

‘혹시 전하께 안 좋은 일이라고 생긴 건가? 왜 이렇게 불안한 거지?’

금방이라도 무시무시한 뭔가가 튀어나와 자신과 그를 집어삼킬 것만 같다. 머리채를 집혀 끝을 알 수 없는 나락으로 떨어지는 듯 아득하였다. 이제 겨우 안정을 되찾았는데, 은애하는 이를 만나 더없이 행복한데 이 순간마저 빼앗아가는 것은 아니겠지? 비현은 나쁜 생각을 몰아내려 애를 썼지만 지난 삶을 돌이켜 보니 두려움은 점점 커져만 갔다.

비현은 놀란 나머지 신열이 오르는데도 불구하고 병사(病舍)에 나가 일을 도왔다. 자신에게 치료를 받고자 멀리서 찾아온 병자들을 돌보고 있으면 잡념이 줄어 괴로움이 덜했다.

그늘이 드리워져 있는 비현을 본 병자들이 걱정스런 얼굴로 안부를 물었다. 비현은 그들을 위해 아무렇지도 않은 듯 웃었지만 시름은 지울 수가 없었다. 하루 종일 병사에 있다가 땅거미가 내려앉을 즈음에야 돌아온 비현은 곧바로 후원 나무 아래로 향했다. 이맘때쯤이면 유인이 후원으로 찾아왔기에 그의 거처가 있는 쪽을 바라보며 기다렸다. 하지만 한참이 지나도록 그는 오지 않았다. 들르는 것을 하루도 거르지 않았고 늦을 것 같으면 기별을 해주곤 했는데 아무런 연락이 없으니 비현은 차츰 걱정이 되기 시작했다.

날이 저물고 밤새 소리가 유난히 구슬프게 들리는 와중이었다. 멀리서 인기척이 들렸다. 비현은 벌떡 일어나 소리가 들리는 쪽을 보았다. 이윽고 등롱을 든 단홍이 주위를 두리번거리며 자신을 찾는 소리가 들려왔다. 이에 실망한 비현은 자리에서 일어나 단홍에게로 갔다.

"어디 가셨나 한참 찾았어요. 저녁 드셔야죠?"

비현은 말없이 고개를 끄덕이며 안으로 들어갔다. 이 지울 수 없는 불안감을 어찌해야 할까. 비현은 금세라도 무슨 일이 터질 것만 같아 견딜 수가 없었다. 그래서 작은 소리에도 깜짝깜짝 놀라고 허공을 응시한 채 생각에 빠져 있기도 했다.

저녁을 먹고 내실에 앉아 서책을 뒤적이던 비현은 마음이 복잡해서 집중할 수가 없었다. 단홍은 또다시 외출을 하고 혼자였다. 집 안이 조용하니 더욱 정신이 산란하여 견딜 수가 없다. 이때 뭔가가 창에 부딪쳐 툭 하고 떨어졌다. 비현은 처음엔 알아듣지 못하다가 세 번째가 되어서 비로소 의자에서 일어나 창을 열고 내다봤다. 창 바로 앞에 그가 서 있었다. 상기된 얼굴로 환히 웃고 있는 유인. 비현은 언제 그늘이 져 있었냐는 듯 반갑게 웃으며 등롱을 집어 들고 후원으로 나갔다.

"안 오시는 줄 알았어요."

비현은 그를 보자마자 먼저 입을 열었다. 그리곤 등롱을 높이 들고 얼굴을 살폈다. 평상시와 같다. 아니, 더 환하게 웃고 있었다.

"기다려 준 건가? 기쁜걸."

유인은 껄껄 웃으며 등롱을 대신 들고 느릅나무 아래로 이끌었다. 흰 돌 위에 나란히 앉자 그가 미소를 머금은 채 비현을 뚫어져라 쳐다보았다.

"하루 종일 이 얼굴이 얼마나 보고 싶었는지 그대는 모를걸. 처리해야 할 일이 많아서 늦었어. 요즘 들어 일이 부쩍 많군."

그의 표정이나 목소리가 평상시와 다름없어 비현은 적잖이 안심을 하였다.

"걱정했어요. 혹여 무슨 일이 있으신 건 아니죠?"

유인은 대답 대신 비현을 품에 꼭 안았다. 목덜미에 와 닿는 그의 입술에 얼굴이 화끈해진 비현은 황급히 떨어지려 했지만 유인이 놓아주지 않았다.

"어머나, 누가 봐요."

"어차피 다들 알고 있는걸."

"하지만……."

비현은 얼굴을 붉히며 고개를 푹 숙였다. 그러자 그는 얼굴을 들게 하더니 시선을 맞췄다. 부끄러운 나머지 비현이 고개를 돌리려 하자 그는 양손으로 볼을 감싸 쥐고 속삭였다

"보고 싶었어요, 라고 말해 봐. 그러면 이 손을 놓지."

짓궂은 말에 얼굴이 뜨거워진 비현은 손을 뿌리치며 고개를 푹 숙였다. 그러자 유인이 억지로 고개를 들게 하더니 말했다.

"아니면 사랑해요, 라고 말해 봐. 그러면 놓아줄게."

비현은 얼굴이 뜨겁다 못해 활활 타오를 지경이었다. 자신은 몸둘 바를 몰라 하는데 그는 소리 내어 웃으니 약이 올랐다. 비현이 자꾸만 도망가려고 하니 그가 품 안에 단단히 가두고 말했다.

"오늘은 무슨 일이 있어도 들어야겠어. 어서 말해 봐."

그의 웃음소리에 하루의 걱정이 눈 녹듯이 사라졌다. 비현은 그까짓 악몽 하나에 그리 노심초사한 자신이 어리석게 느껴지기도 했다. 두근거리는 가슴을 진정시킨 비현은 시선을 내리깐 채 작게 속삭였다.

"보고 싶었어요."

그 말 한마디에 유인은 즉각 반응을 보여왔다. 그는 비현의 얼굴을 감싸 쥐고는 다정하게 시선을 맞추었다. 그의 눈빛 속에 기쁨과 환희가 가득 어려 있었다.

"내 귀가 잘못된 건가? 다시 말해 주어."

"보고…… 싶었어요."

"다시!"

"보고 싶었어요."

"다시!"

"전하! 그만 놀리셔요."

비현이 토라지려고 하자 유인은 품에서 놓아주면서 볼을 살짝 꼬집었다.

"가만히 보면 애태우는 사람은 나뿐이야. 사정해야 간신히 한마디 해줄 뿐이니."

연신 투정하는 그를 보며 비현은 빙긋이 웃어 보였다.

두 사람은 나란히 손을 잡고 후원을 거닐었다. 그날 있었던 이야기가 오가는 중에 유인이 불쑥 말을 꺼냈다.

"사실은…… 오늘 조정에 교지를 내렸어, 그대를 비(妃)로 맞을 거라고."

비현은 할 말을 잃었다. 그의 말이 머리 속에 큰 울림이 되어 몇 번이고 퍼졌다. 비현이 딱딱하게 굳어 있자 유인이 다짐하듯 재차 말했다.

"누가 뭐래도 그대를 비(妃)로 맞을 것이야. 그대 아닌 다른 이는 원하지 않아. 나는 오직 그대만을……."

"전하! 안 된다고 했잖아요."

유인의 말을 가로막은 비현의 목소리는 무섭도록 차가웠다.

"비현……."

유인의 목소리에 불안이 배어 있었다. 그가 팔을 뻗어 어깨를 감싸려고 하자 비현은 한 걸음 물러서며 힘주어 말했다.

"전하, 저는 한 번 혼인을 한 사람입니다. 다른 사람도 아닌 한 주 황제의 후궁이었어요. 잊으셨습니까?"

"그런 건 내게 중요하지 않아."

그의 목소리는 단호했다.

"전하께서는 잊으셨는지 몰라도 모든 사람들이 알고 있습니다. 그런 사람을 비라니요, 안 될 말입니다."

"그대는 날 사랑하지 않아? 원하지 않아?"

"전하, 지금 중요한 것은 그게 아니에요."

"내게는 그것이 가장 중요해. 말해 봐, 그대는 원하지 않아?"

유인은 그녀에게 다가서려고 필사적이었으나 그러면 그럴수록 비현은 더 멀리 뒷걸음쳤다. 유인은 비현의 얼굴을 가까이 보고 싶지만 어둠 때문에 볼 수가 없었다. 그의 마음은 더욱 조급해졌다.

"전하, 제 마음과 비로 책봉되는 것은 별개의 일입니다."

"그럼 그대는 내가 다른 여인과 혼인하는 걸 원해? 월국 공주를 비로 맞아들이길 원해?"

순간 비현은 목이 메어왔다. 그의 옆에 있을 수 없다는 생각만으로도 가슴이 아파 견딜 수가 없었다. 다른 사람들처럼 혼인을 해서 정답게 살 수 있다면, 그럴 수만 있다면 얼마나 좋을까. 하지만 둘 다 그럴 수 없는 신분이라는 걸 비현은 알고 있었다. 그녀는 서글픈 눈으로 쓸쓸히 말했다.

"전하, 그저 이렇게 서로를 그리는 마음으로 살면 안 되나요? 더 이상 욕심 내지 말고 행복했던 기억을 안고 살아가면 안 되나요?"

유인의 눈에 작은 불꽃이 일었다. 그는 성큼 다가와 비현의 어깨를 잡고 소리쳤다.

"싫다! 그렇게는 안 해! 다른 여인을 안고 그대를 생각하라고? 마음은 온통 그대에게 가 있는데 껍데기만 남아서 살아가라고? 절대로 그렇게는 살지 않을 거야!"

"하지만 전하께서는 한 나라의 왕이시잖아요. 나라를 이끌 소중한 몸이시니 저 같은 사람을 왕비로 맞으시면 안 돼요."

"그대가 왜! 그대는 세상 누구보다도 고귀하고 훌륭한 사람이야."

"전하, 전 아무것도 바라지 않아요. 그저 가끔씩만 찾아와 주시면 돼요. 아니, 오시지 못하면 서신 한 장이라도 보내주시면 돼요. 그러니…… 제발……."

비현은 목이 메어 차마 말을 이을 수가 없었다. 유인은 그런 그녀를 끌어안으며 소리쳤다.

"초막에서 한 말 잊었어? 이제 숨지 않는다고 했잖아. 어떤 어려움에 닥쳐도 마주 시겠다고 말했잖아. 그러니 용기를 가져! 나만 믿고 따라오도록 해!"

비현은 슬픔에 몸이 녹아내릴 것만 같았다. 아무것도 바라지 않는다는 것은 거짓말이었다. 이제는 그의 옆에 있기를 바란다, 그의 아내가 되어 싶고, 아기를 낳아 키우고 싶다. 원하는 것이 너무나도 많았다. 하지만 그럴 수 없다는 것이 사무치도록 슬펐다. 비현은 흐르는 눈물을 애써 감추며 침착하게 말했다.

"제가 바라는 것은 전하께서 어진 분을 국모로 맞이하셔서 성군이 되시는 것입니다. 그 이상은 아무것도 바라지……."

비현이 말을 다 끝맺기도 전에 유인이 사납게 소리쳤다.

"거짓말하지 마!"

유인은 미칠 듯이 화가 났다. 그 마음을 알면서도 고집을 부리는 비현이 마냥 밉고 서운하다. 그리고 그녀를 울린 자신이, 고함을 지르는 자신이 죽도록 미웠다. 그러면서도 유인은 소리칠 수밖에 없었다. 어떻게든 그녀의 마음을 붙들어야 했다. 억지로라도 붙들어야 그녀를 지킬 수 있다.

"내가 하자는 대로만 따라와! 다른 이들의 말은 듣지 말고 오직 내가 하자는 대로만 해! 그렇지 않고 그대 마음대로 한다면 절대로 용서하지 않을 테다!"

차갑게 외친 유인은 울고 있는 비현을 내버려 둔 채 그 자리를 벗어났다. 입술을 깨문 채 성큼성큼 걸음을 내딛는 유인의 얼굴에는 잠시 후회와 자책이 스쳐 갔다. 그러나 몇 걸음 지나지 않아 그의 눈빛은 다시금 매서워졌다. 유인은 이를 악물고 몸속에 숨겨진 날을 꺼내 갈았다.

'무슨 일이 있어도 널 보내지 않을 것이다. 모두가 들고일어나 내게 칼을 겨눈대도 절대로 포기하지 않아.'

어린 나이에 왕위에 올라 그녀를 만나기 전까지, 세상은 온갖 추한 것들이 뒤엉킨 생지옥이었다. 시커멓게 죽어 있는 대지를 달리고 피에 물든 강을 지나 시체들의 계곡을 헤매며 살았다. 보는 것은 그게 전부였기에 세상은 온통 시체들의 산인 줄 알았다. 더 이상의 나락은 없다고 생각한 그때에 그녀가 나타났다. 이토록 추한 세상에 그토록 아름다운 것이 있다는 것이 믿어지지 않았다. 세상의 모든 빛을 그녀가 머금고 있었다. 눈에도, 뺨에도, 머리칼 한올한올에도 빛이 났다. 그녀는 세상을 달리 보게 해주었다. 처음으로 생명이 가득한 대지가 눈에 들어왔다. 시리도록 파란 하늘, 바람을 따라 흐르는 흰 구름, 푸른 강과 계곡이 보이기 시작한 것이다. 비현은 그동안 보지 못했던 것을 보게 해주었다. 마음속에 두텁게 내려앉았던 절망과 분노를 거두고 세상을 제대로 바라보게 해준 것이다.

'그런 너를 사람들이 버리라고 한다. 너를 죽이고 나라를 지키라고 한다.'

군주라면 마땅히 그들의 말을 따랐어야 했다. 그녀를 바쳐서 전쟁을 피하고 백성을 살려야 했다. 왕이라면 당연히 그리해야만 했다. 하지만 유인은 그럴 수가 없었다. 그녀를 죽일 수 없었다. 신하들이 왕위를 빼앗고 목을 친다 해도 그녀를 내놓을 수 없었다. 비현은 유인에게 세상이었다. 맑은 두 눈은 해와 달이고, 머리칼과 실갗은 풍요로운 대지였으며, 그녀가 내뱉는 숨결은 바람이었고 공기였다. 그녀를 버리는 것은 세상을 버리는 일이었다. 그녀의 죽음은 유인의 죽음이기도 했다. 그는 반대에도 불구하고 비현을 비로 삼겠다는 교지를 내렸다. 곧 모든 대신들이 들고일어날 것이다. 미친 왕이라 몰아세우며 자신을 쳐내고 다른 이를 옹립하자는 무리도 생겨날 것이다. 예가 자신에게서 돌아선다 해도 유인은 비현을 버릴 수가 없었다.

'끝까지 지켜낼 것이다. 너도, 내 나라도, 내 백성도 지켜낼 것이다. 절대로 포기하지 않을 것이다.'

유인은 자신의 심장에다 대고 맹세했다. 절대로 무능력한 왕이 되지 않겠다고, 자신의 것을 끝까지 지켜내는 사내가 되겠다고. 시간이 흐를수록 유인의 다짐은 더욱 굳건해지고 있었다.

"저, 전하!"

영주에서 온 장계(狀啓)와 상주(上奏)를 보고 있던 유인은 얼굴이 하얗게 질려 뛰어들어 오는 효겸을 보고 고개를 들었다. 효겸은 연신 이마에 맺힌 땀을 훔치다가 간신히 입을 열었다.

"수, 숙부님이, 아니, 보국대장군(輔國大將軍)께서 오셨습니다."

당황하여 어쩔 줄 몰라 하는 효겸과 반대로 유인의 얼굴은 차분하게 가라앉았다. 그는 이미 예상했다는 듯 고개를 끄덕이며 보고 있던 문서들을 치웠다. 이때 힘찬 발걸음 소리가 들리더니 효겸을 밀치고 문을 활짝 열어젖힌 이가 있었다. 보국대장군 사예문. 그는 불타는 궁에서 어린 왕자들을 구해냈으며 왕자들을 가르쳐 예 땅을 수복하도록 도운 공신이었다. 유인은 그에게서 왕으로서의 모든 것을 배웠다. 사예문은 그에게 부왕과 같은 존재였고 유일하게 존칭하여 부르는 신하였다. 영주에 있어야 할 그가 갑자기 찾아온 것이 조정에 보낸 교지 때문이라 생각한 유인은 마음을 단단히 먹고 자리에서 일어섰다.

뚜벅뚜벅.

묵직한 발소리가 허공에 울렸다. 내실에 걸어 들어온 사내는 예순둘이라는 나이가 무색할 만큼 위풍당당한 모습이었다. 장신(長身)에 한창 나이인 장수들에 뒤지지 않을 정도로 다부진 체격과 엄숙한 얼굴은 전쟁터에 들어선 듯 결의가 넘쳤다.

"신(臣) 사예문, 대왕전하를 뵈옵니다."

두 손을 맞잡고 허리를 굽혀 예를 갖추는 사예문을 일으킨 유인은 의자에 앉길 권했다. 그러나 그는 허리에 찬 보검을 풀러 바닥에 내려놓고 무릎을 꿇고 고개를 숙였다. 갑작스런 그의 행동에 자리에 있던 이들이 크게 당황했다.

"장군, 어찌 이러십니까?"

"대왕전하, 소신은 오늘 죽을 각오로 여기에 왔사옵니다."

"장군!"

예문을 바라보는 유인의 얼굴은 점차 굳기 시작했다. 예문은 찬 바닥에 이마를 대고 비장하게 말했다.

"전하께서는 소신이 이곳에 온 연유를 알고 계실 것이옵니다. 신하 된 자로서 군주가 잘못된 길을 가는 것을 말리지 않는다면 어찌 가신이라 할 수 있겠사옵니까? 신은 전하께서 어지를 돌리지 않으시면 칼을 물고 죽을 결심으로 이곳에 왔습니다. 부디 통촉하여 주시옵소서."

"장군!"

유인의 얼굴은 점점 더 검게 변했다. 사예문이 없었다면 반유인은 이 세상에 존재하지 않았을 것이고 예국 또한 마찬가지였다. 그는 평생 전장을 돌며 자신과 예를 위해 삶을 바쳤다. 그런 충신의 피 끓는 목소리를 듣고 있자니 유인은 견딜 수 없이 마음이 아팠다.

"전하, 지금 조정에서는 전하께서 내린 교지를 두고 혼란에 사로잡혀 있습니다. 그 결정이 나라와 전하 자신을 위해 옳은 것이라 판단하시옵니까? 이제 막 월국의 공주를 비로 맞아 나라를 공고히 하려는 마당에 적국 황제의 후궁을 비로 맞는다니요. 신은 교지의 내용을 아직도 믿을 수가 없사옵니다."

"장군, 그 결정은 짐이 심사숙고 끝에 내린 것입니다."

"전하, 그 많은 세월 동안 적의 피를 뒤집어써 가며 싸운 연유가 무엇이었사옵니까? 선왕의 유지(遺志)를 받들어 빼앗긴 땅을 되찾고 짓밟힌 종묘사직을 바로 세우려고 했던 것이 아니옵니까? 그런데 이제 막 대업을 이루고 나라의 기반을 다지는 이때에 적의 후궁을 비로 맞아들인다니요. 그동안 전하의 곁에서 평생을 바친 이들과 나라를 위해 죽어간 이들을 위해서라도 이러실 수는 없사옵니다."

"짐은 나라를 망하게 하려는 것이 아닙니다. 그저 사랑하는 여인을 아내로 맞이하고 싶은 사내일 뿐입니다."

"대왕전하께서는 저잣거리의 필부가 아니옵니다. 전하께서는 국가이시고, 국가는 대의와 명분이라는 반석 위에 존재하는 것이옵니다. 왕이 신하와 백성들에게 존경과 신망을 얻지 못하면 사직은 무너집니다. 지금 전하의 어지에 나라의 사직이 걸려 있사옵니다. 어찌 타국의 죄인을 비로 삼는다 하시옵니까?"

"비현은 죄인이 아닙니다. 또한 한주가 그녀를 원하는 것은 예를 침략한 구실이 필요하기 때문입니다."

"적국에 그런 빌미를 만든 것이 죄임을 왜 모르십니까?"

둘의 언쟁은 날이 저물도록 그칠 기미가 보이지 않았다. 그들은 서로를 설득하려고 필사적으로 애쓰고 있었다.

밤이 깊었다. 불조차 켜지 않은 내실에서 두 사내는 여전히 대치해 있었다. 그들은 서로의 기에 밀리지 않으려고 잠시도 긴장을 놓지 않은 채 상대방을 응시하고 있었다. 창으로 달빛이 새어 들어오고 문밖에는 불안하게 서성이는 발소리가 들린다. 밤은 느리게 흘러가는데도 두 사내는 작은 미동조차 없었다. 마치 용과 범이 서로를 노려보고 있는 형국이다. 네 개의 강한 눈빛이 고리에 걸린 듯 떨어질 줄을 몰랐다. 침묵 속에서도 심상치 않은 기운이 흘러나와 내실에 팽팽한 긴장감이 감돌았다. 그렇게 밤을 꼬박 새우고 동녘에서 먼동이 터오기 시작했다. 사내들은 그때까지도 한 치의 물러섬 없이 묵묵히 눈싸움을 하고 있었다. 내실에 노란 아침빛이 스며들어 오고 일찍 깨어난 새의 날갯짓이 들려올 즈음, 사예문이 먼저 입을 열었다.

"전하, 그 여인의 어떤 짐에 마음이 움직이신 것이옵니까?"

유인은 차분한 어조로 말했다.

"짐도 사람임을 알게 해준 여인입니다. 앞으로도 사람으로 살아가고 싶게끔 만들어준 여인입니다."

사예문은 한숨을 쉬며 고개를 저었다. 유인은 한 걸음 다가가 사예문의 앞에 무릎을 꿇었다. 그러자 예문은 몸을 움찔하며 고개를 들었다.

"그동안 살아오면서 장군을 친부처럼 믿고 의지해 왔습니다. 장군의 뜻을 거스르려는 것이 얼마나 힘든지 아마 모를 것입니다. 부디 그녀를 한번 만나주세요. 그러면 짐의 마음을 이해할 수 있을 겁니다. 부디 왕이 아니라 아들이라 생각하고 그 사람을 봐주세요."

"신이 본다고 달라질 것은 없사옵니다."

예문은 매몰차게 고개를 돌렸다. 이에 유인은 고개를 푹 숙이며 말했다.

"장군만이라도 짐의 편이 되어줄 순 없습니까? 진심으로 마음에 담은 사람입니다. 할 수만 있다면 왕위에서 물러나 그·사람의 지아비로만 살아가고 싶습니다."

"전하!!"

날카로운 외침과 함께 예문이 검집에서 검을 빼어 들고 자신의 목을 겨눴다. 순식간에 일어난 일이라 말릴 틈도 없었다. 예문은 결연하고 비장한 얼굴로 소리쳤다.

"신이 전하를 이리 형편없는 군주로 가르쳤사옵니까? 신은 믿을 수가 없사옵니다. 차라리 이 자리에서 자결을……."

놀란 유인이 잽싸게 검을 빼앗는 사이 놀란 효겸과 인걸이 뛰어들어 왔다. 검을 빼앗긴 예문은 무릎을 꿇은 채 굵은 눈물을 흘렸다.

"전하, 이러실 수는 없사옵니다. 고작 여인 하나 때문에 신과 나라에 이러실 수는 없사옵니다."

백발노인이 흘리는 굵은 눈물에 유인은 가슴이 아파왔다. 그는 벌떡 일어나 예문에게서 등을 돌렸다. 이러려고 한 것이 아닌데, 왜 자신의 마음을 몰라주는 것인가. 연모하는 사람을 지키는 것이 이리도 힘겨운 것인가. 유인은 살아오면서 가장 힘겹고 긴 싸움이 시작됐음을 깨달았다.

손질한 백지(白芷), 천궁(川芎), 작약(芍藥) 뿌리를 대바구니에 담아 안뜰에 나온 비현은 바람이 잘 통하는 그늘에다 약초를 벌려두고 말렸다. 약초를 만지는 손길에 정성이 가득하다. 모두 비현에게서 병을 고친 이들이 고마움에 산과 들로 다니며 정성스레 캐어다 준 것들로 덕분에 선교장(船橋莊)에는 늘 약초가 풍족했다. 직접 병자를 돌보는 것은 한계가 있는 탓에 가벼운 병을 얻은 이들은 약으로 치료했고 밤새 만든 환약을 성밖 백성들에게 나눠 주기도 했다. 그 때문인지 성 안팎으로 병자들이 줄고 병사를 찾는 이들은 대부분 외지인들이었다.

비현은 잠시 하늘을 올려다보다가 발길을 돌렸다. 막사 안으로 들려는데 뜰 한 켠에 오도카니 서 있는 그가 눈에 들어왔다. 이렇게 이른 아침에 불쑥 찾아온 것두 놀라운 일이지만 며칠 사이에 해쓱해진 얼굴을 보고 비현은 더욱 놀라고 말았다. 황급히 달려간 비현은 잔뜩 지쳐 보이는 얼굴을 살피며 물었다.

"전하, 이렇게 이른 시각에 어인 일이셔요? 게다가 낯빛이……어디 불편하신 데라도 있으셔요?"

희미한 미소를 머금은 유인은 천천히 고개를 저었다.

"며칠 그대를 못 봐서 그런가 봐. 밤사이 어찌나 보고 싶었는지 날이 밝자마자 한달음에 달려왔어."

애써 웃고는 있지만 피곤한 기색이 역력했다. 비현은 불안한 마음에 재차 물었다.

"정말 괜찮으신 거예요? 낯빛이 안 좋으신데 처소에서 쉬시지 왜 나오셨어요?"

"그대가 병을 고치는 이잖아. 나 좀 고쳐 주어."

비현은 안 좋은 낯빛을 해가지고 여전히 농을 하는 그가 얄미워 곱게 눈을 흘겼다. 유인은 그저 껄껄 웃을 뿐이었다.

"실은 처리해야 할 일이 많아 잠을 못 잤어. 막상 누워도 잠이 오질 않아 그대 무릎을 베고 누우면 잠이 잘 올 거 같아서 말이야. 잠시라도 좋으니 무릎 좀 빌려주어."

비현이 대답없이 얼굴만 붉히자 유인은 손목을 잡아 후원으로 이끌었다. 나무 아래로 걸어간 그는 풀물이 든다는 비현의 말에도 아랑곳없이 몸을 쭉 펴고 누웠다. 어쩔 수 없이 옆에 앉으니 그는 아무렇지도 않은 얼굴로 비현의 무릎을 척 베고는 눈을 감았다. 그 표정이 무척이나 편안해 보여 비현은 가만히 앉아 있었다. 화를 내고 가버린 이후 처음 보는 것인데 이렇게 뻔뻔하게 무릎을 베고 눕다니 야속하기도 하면서도 까칠한 낯빛이 마냥 안쓰럽다. 비현은 그의 얼굴을 바라볼수록 머리 속이 복잡해 견딜 수가 없었다. 그가 하자는 대로 따라도 될지, 정말 그래도 될지 판단이 서지 않았다. 마음이 가는 대로 따르기에는 엄두가 나지 않는다. 보나마나 조정에서 격렬한 반대가 있을 것인데 안 그래도 어깨가 무거운 그에게 짐이 되고 싶지 않았다.

비현은 그의 머리를 조심스럽게 쓸어보며 긴 숨을 내쉬었다. 그때였다. 잠이 깊이 든 듯 고른 숨소리가 들리더니 별안간 코 고는 소리가 들렸다. 그렇게 빨리 잠든 것도 놀랍지만 천연덕스럽게 코까지 골며 자는 것이 우스워서 비현은 웃고 말았다. 비현이 몰래 흉을 보는지도 모르고 유인은 깊은 잠에 빠져들었다.

"너희들은 그동안 전하를 어찌 모신 것이냐? 그른 길로 발을 들여놓으시면 일깨워 드리는 것이 신하 된 자의 소임이다 일렀거늘, 도대체 너희들이 한 것이 무엇이냐!"

사예문의 호통에 무릎을 꿇은 세 사내는 고개를 푹 숙였다. 전하를 잘못 보필하였으니 목을 치겠다는 호통을 듣고 이렇게 무릎을 꿇고 빈 지가 어언 한 시진이 흘렀다. 그럼에도 불구하고 사예문의 카랑카랑한 꾸중은 그칠 줄을 몰랐다. 무릎 꿇은 효겸, 인걸,

경진은 그저 묵묵히 호통을 들을 뿐, 어찌 만나게 되어 어떤 과정을 거쳐 왔는지 물어도 대답하는 이가 없었다. 이에 더욱 화가 난 예문은 사람을 보내 회초리를 꺾어오게 했다. 이때 혀를 끌끌 차며 들어오는 이가 있었다.

"쯧쯧, 장정들을 무릎 꿇려 놓고 뭐 하는 게야? 아직도 철모르는 말썽쟁이로 알고 있는 건 아니겠지?"

문지방을 넘는 하륜을 보고 사예문이 헛기침을 하며 돌아앉았다. 예문은 하륜에게도 섭섭하기 그지없었다. 적국의 여인을 제자로 받아들여 보살펴 주었다니 왕이 그 지경이 된 데에는 하륜의 역할이 컸다고 생각했기 때문이다. 풀 죽은 장정 셋을 내보내고 하륜과 마주 앉은 예문은 불편한 기색을 남김없이 드러냈다.

"하 선생님은 입이 열 개라도 할 말이 없으십니다. 제가 서주로 가달라 부탁드린 것은 전하를 옆에서 보필해 달라는 의미였지, 일이 이 지경이 되도록 방치해 두라는 것이 아니었습니다."

"쯧쯧쯧. 이 사람아, 자네는 두 눈으로 직접 보고도 그런 말이 나오는가?"

하륜의 말에 사예문은 고개를 돌려 외면할 뿐 별다른 말이 없었다.

"일곱 살 어린 보령에 처음으로 검을 손에 쥐시고 험한 전장을 돌며 커오신 전하시네. 부정과 모정이 그리울 나이에 나라를 되찾아야 한다는 막중한 책임을 갖고 자라신 분이셔. 그리 자라셨으니 성정이 차갑고 거칠어도 이상할 게 없지. 이보게, 오래전 자네가 내게 한 말이 있지 않은가. 전하께서 전장에서는 더없이 빼어나시지만 사람을 다스리는 어진 마음은 부족하시다고 말이야. 전하께서는 검집 없는 검처럼 불안하고 날카로운 분이셨네. 그 날카로움으로 결국 스스로를 해하게 될 거라 걱정했던 것이 기억나지 않는가? 그런 분의 바뀐 눈빛을 보았는가? 이제야 비로소 사람을 아낄 줄 알게 되셨네. 온기를 가진 사람이 되셨단 말일세. 그것을 보고도 왜 모른 척하는가?"

사예문은 어두운 얼굴로 주먹을 꼭 쥐었다. 하륜의 말에 틀린 것은 없었다. 어린 왕은 벅찬 사명을 짊어지고도 싫은 내색 없이 꿋꿋하게 잘 자라주었다. 아니, 그렇게 생각하려고 노력해 왔다. 예문은 군주의 모습에 스쳐 가는 중압감, 고독과 불안을 애써 모른 체했다. 행여나 약한 모습이 보일라치면 호되게 몰아세우며 강해지도록 요구했다. 동생을 잃은 상실감에 좌절했을 적에는 그 아픈 마음을 분노와 잔인함으로 표출하게 했다. 예문은 그것이 신하된 자로서 최선이라고 생각했다. 나라를 일으켜 세우려면 심약한 왕보다는 포악하고 잔인한 왕이 필요하다. 그런데 이제 와 돌이켜 보니 모든 것이 조금씩 어긋나 있었다. 분노와 잔인함이 지나쳤다. 그 날카로운 칼날이 밖으로 향한 것이 아니라 안을 향해 있었다. 예문은 그 칼날로 자신을 베는 군주를, 어긋난 분노를 어쩌지 못하고 자신을 상처 입히는 왕을 보면서 괴로웠다. 검이 나라를 다스릴 순 없다. 나라는 사람이 다스리는 것임을 예문은 나중에야 알게 된 것이다. 그런데 어제 맞닥뜨린 군주는 돌연 사람으로 변해 있었다. 무엇이 마음을 움직이게 했냐는 물음에 대답하는 눈빛은 한 번도 본 적이 없는 생기로 충만했다. 비로소 사람답게 느껴

졌다. 온기가 느껴지다 못해 뜨거움이 넘쳐 보는 것만으로도 가슴
이 뛸 지경이었다.

"전하께서 전과 달라지셨다고는 하나 중요한 것은 그것이 아닙
니다. 조정대신들이 격렬히 반대를 하고 있어요. 저도 여인 하나
로 인해 지금껏 해온 고생이 수포로 돌아가는 것을 원치 않습니
다. 나라가 위태로운 때에 적국의 여인을 비(妃)로 맞으시겠다니,
있을 수 없는 일입니다."

"자네에게 전하는 친자식 그 이상임을 알고 있네. 그런 자네가
왜 전하의 마음을 헤아려 보지 않는 건가?"

하륜의 말에 예문은 답답하다는 듯 벌떡 일어나 서성였다.

"전하께서는 그깟 여인 하나를 왜 버리지 못하시는 겝니까? 도
대체 어떤 여인이기에……."

예문은 울분을 터뜨렸다. 그러자 은근한 미소를 머금은 하륜이
담박한 어조로 말했다.

"난 그 아이가 전하의 삶을 바꿨듯이 이 나라의 운명도 바꿀 것
이라 생각하네. 아니, 이 대륙의 역사를 새로 쓰게 할 여인이지."

예문은 말도 안 된다는 표정으로 하륜을 보았다. 하륜은 흰 수
염을 쓸어 내리며 나지막이 웃을 뿐이었다.

한번 잠든 유인은 한참이 지나도록 깨어날 줄을 몰랐다. 코골이
를 멈추고 아기처럼 곤하게 자는 모습을 뚫어지게 쳐다보던 비현
은 불현듯 호기심이 일어 검지로 짙은 눈썹을 슬그머니 쓸어보았
다. 보드라운 감촉에 묵직하기만 하던 마음이 한결 나긋해진다.

비현은 좀 더 용기를 내어 그의 콧날에서부터 입술로 내려왔다. 그리곤 그의 입술에 살짝 입을 맞추었다.

그의 모든 것을 사랑한다. 짙은 눈썹과 매끄러운 콧날, 사내치고는 좀 작다 싶지만 어여쁘다 생각될 정도로 도톰하고 선명한 선을 그리는 입술과 그 옆에 살짝 난 흉터까지 자신처럼, 아니, 그보다도 더 많이 사랑한다. 이런 사람을 떠나보내고 그리워만 하면서 살 수 있을까? 그는 나 없이 살 수 있을까? 지난날 함께했던 순간이 눈앞에 스쳐 간다. 서로의 몸을 쓰다듬고 입을 맞추고 눈물겹도록 하나가 되었던 그때가 몹시도 그립다. 그 순간만큼은 세상에 걱정도, 슬픔도, 두려움도 없었는데. 비현은 자꾸만 흔들리는 자신을 느끼며 그의 머리를 조용히 쓰다듬었다.

그 부드러운 손길이 유인의 잠을 깨웠다. 유인은 가만히 눈을 뜨고 허공을 응시하며 생각에 잠겨 있는 비현을 바라보았다. 그녀의 얼굴에 드리워진 슬픔이 못 견디게 가슴 아프다. 언제나 웃게 해주고 싶었는데, 더 이상 울지 않게 해주고 싶었는데……. 그것이 이토록 어려운 일일 줄은 미처 몰랐다.

'이대로 왕위를 내던지고 너를 데리고 멀리 도망쳐 버릴까? 만약 그리한다면 너와 난 행복할까?'

비현을 세상 누구보다도 사랑하지만 나라 또한 제 목숨처럼 사랑하는 유인이었다. 부왕의 유지와 책임감만으로 지켜온 왕위가 아니었다. 그의 가슴 깊은 곳에는 늘 지금보다 더 나아진 나라의 모습이 담겨 있었다. 자신이 다스리는 나라의 백성들은 내일의 농사를 걱정하고 어여쁜 여인을 아내로 맞을 꿈에 부풀기를 바랐다.

언제 죽을지 모르는 전장에서 두려움에 떨기보다 소박한 꿈을 꾸
며 잠들기를 바랐다. 더 이상 누굴 죽이지 않아도 되는 세상, 사람
답게 살아갈 수 있는 세상. 유인은 그런 나라를 꿈꾸었고 비현과
함께라면 일마든지 이뤄낼 자신이 있었다.

'잠시 힘겹다고 해서 포기하지 않을 것이다. 나라도, 너도 내 힘
으로 지켜낸다. 그러니 조금만 더 힘을 내.'

비현에게, 그리고 자신에게 하는 말이었다. 유인은 잠시 지쳐
있던 몸과 마음을 추스르고 다시금 마음을 다잡았다.

"아, 한숨 잘 잤다."

깊은 사념에 잠겨 있던 비현은 갑자기 들려오는 말에 살짝 놀라
며 고개를 숙였다. 그가 여전히 무릎에 누워 한가로운 표정으로
웃고 있었다.

"이야, 그대 무릎에 베고 올려다보니 하늘이 무척이나 맑고 파
랗게 보이는군."

천연덕스런 유인을 보며 비현은 어이없는 표정을 짓다가 결국
따라 웃었다.

"많이 노곤하셨나 봐요. 눕자마자 바로 잠드셨어요."

"그대 무릎을 베니 편해서 그래."

"덕분에 제 다리에는 쥐가 나려고 하는데요."

"저런, 내가 주물러 줄게."

자리에서 벌떡 일어난 유인은 말리는데도 불구하고 열심히 다
리를 주물러 주었다.

"어때, 이제 괜찮아?"

미소를 머금은 비현은 고개를 끄덕여 보였다.

"그대가 얼마나 어리석은 사람인 줄 알아? 다른 사람의 병을 고칠 줄만 알았지 정작 자신의 아픔은 어쩌지 못하고 쩔쩔매기만 하잖아. 그대 무릎에서 내 지친 마음을 위로받았듯이, 그대도 힘겨울 때면 내 무릎에 머리를 베고 쉬어. 날 정말 생각한다면 혼자서 아픔을 짊어지려고 하지 마. 무엇이든 같이 나누고 이겨내는 것이 날 위한 배려야."

비현의 큰 눈에 눈물이 가득 고였다가 방울방울 떨어졌다. 유인은 비현을 조용히 품에 안고 등을 토닥여 주었다.

"아무리 힘들어도 같이 이겨내는 거야. 날 믿고 따라와 주는 거지?"

비현은 그의 가슴에 얼굴을 묻고 고개를 끄덕였다. 순간 유인의 얼굴에 기쁨이 번졌다. 그는 비현을 으스러질 듯이 껴안고서 진심으로 안도했다. 이제 겨우 산 하나를 넘었다. 그 앞에는 비교도 할 수 없이 높은 산들이 기다리고 있을 테지만 비현이 자신을 따라준다는 것만으로도 유인은 힘이 솟았다. 하지만…… 유인은 마냥 기뻐할 수만은 없었다. 마음 한 자락에 걸리는 것이 있었기 때문이다.

전쟁이 시작되었다는 것을 비현이 안다면 어떻게 나올까. 지금은 애써 막고 있지만 풍문이라는 것이 언제 어떻게 담을 넘을지 알 길이 없다. 세상 사람은 다 알아도 비현만큼은 제일 늦게 알아야 한다. 시간을 벌 때까지, 그때까지는 몰라야 한다. 유인은 비현의 눈과 귀를 막고 싶었다. 오로지 자신의 얼굴과 목소리만 보고

듣게 하고 싶었다. 그는 비현의 힘껏 안으며 좀처럼 떨쳐지지 않
는 두려움을 애써 밀어냈다. 그러나 마음의 불안은 더 크게 다가
와 귀를 바투 잡고 소리쳤다. 조심하라고, 자칫 잘못했다간 비현
을 잃을지도 모른다고. 유인은 생각만으로도 심장이 터질 것만 같
았다. 더 이상 불안이 비집고 들어오지 못하도록 그녀만으로 자신
을 채우고 싶었다.

유인은 자리에서 일어나 다짜고짜 비현의 손을 잡아끌었다. 그
의미가 무엇인지 알아챈 비현은 눈을 동그랗게 뜨고 연신 고개를
저었다. 하지만 유인은 이 순간 비현이 미치도록 간절했다. 지금
당장 그녀를 안지 못하면 몸이 타버릴 것만 같았다. 유인은 자꾸
만 도망가려는 그녀를 안아 들고 후원 깊숙이 걸어 들어갔다.

"전하, 안 돼요! 내려주셔요!"

비현은 그의 가슴을 밀어내며 버둥거렸지만 그는 꿋꿋하게 걸
음을 옮겼다.

"사람들이, 사람들이 올지도 몰라요."

"여기 오는 이는 그대와 나뿐이잖아."

"그래도……."

비현은 더 이상 말을 잇지 못했다. 뜨거운 숨이 귓가를 스치자
숨이 막혀 아무 말도 할 수가 없었다. 비현이 어쩔 줄 몰라 하는
사이, 불처럼 뜨거운 입술이 다가와 닫힌 입술을 부드럽게 열고
들어왔다. 그 부드러움과 뜨거움이 몸에 흐르는 피와 숨을 덥힌
다. 비현은 그 뜨거운 유혹을 차마 이기지 못하고 그의 목을 끌어
안았다. 유인은 기쁜 듯 비현을 꼭 안고 날듯이 걸음을 옮겼다.

그는 후원 안쪽으로 들어가 기다렸다는 듯 푸른 가지를 길게 늘어뜨리고 있는 수양버들로 걸어갔다. 연둣빛 잎이 총총히 달린 수양버들 주렴을 걷고 폭신한 그늘 속에 자리 잡으니 더없이 아늑하다. 유인은 수줍어 어쩔 줄 모르는 비현을 조심스레 눕히고 감은 눈과 콧날과 입술에 차례로 입을 맞췄다. 그리고 옷고름과 가슴띠를 풀어내고 옷자락을 벌렸다. 눈부신 속살, 수줍게 드러난 가슴과 살굿빛으로 살짝 도드라져 나온 돌기가 한없이 어여쁘다. 유인은 한곳한곳 정성스레 입을 맞추었다. 그럴 때마다 비현은 그의 옷자락을 움켜쥐고 터져 나오는 숨을 몇 번이고 삼켰다.

햇살 알갱이들이 풀밭 위를 다글다글 구르고 지천으로 핀 꽃들이 고운 잎을 활짝 펼치고 향긋한 숨을 토해낸다. 나비와 벌이 뒤엉켜 향그러운 꽃 사이를 서성이는 가운데 어디에선가 불어온 짓궂은 바람이 수양버들 주렴을 흔들었다. 춤을 추듯 흔들리는 주렴 사이로 남녀의 달콤한 속삭임과 가쁜 숨소리가 새어나오고 사내의 벗은 등과 여인의 흰 속살이 언뜻언뜻 보였다. 행여나 그들이 부끄러울까, 수양버들이 긴 가지를 늘어뜨려 가려주고 새들은 속삭임이 새어나가지 않도록 호롱호롱, 호로로로 큰 소리로 울었다. 봉밀처럼 달콤한 한낮에 그림처럼 아름다운 연인은 오래토록 사랑을 나누었다.

해가 훌쩍 기울어서야 후원을 나온 비현은 달아오른 얼굴을 식히느라 한참 동안 애를 먹었다. 혹시나 얼굴에 드러나 보이진 않을지 걱정되어 찬물에 몇 번이고 얼굴을 담갔지만 여전히 뜨거웠다.

비현은 뛰는 가슴을 지그시 누르고 숨을 길게 내쉬고는 병사(病舍)로 향했다. 막 병사 입구에 들어서기도 전이었다. 비현을 발견한 단홍이 뛰어나오며 외쳤다.

"도대체 어디 가셨던 거예요? 잠비랑 저랑 얼마나 찾았는지 아세요?"

애쓴 보람도 없이 다시금 얼굴이 붉어진 비현은 말을 더듬으며 고개를 푹 숙였다.

"저, 저기…… 잠깐 어디 좀……."

"하여튼, 늦바람이 무섭다더니…… 딱 그 짝이구먼요. 우리 순진한 마마님 이제 어쩔거나, 밤낮으로 바쁘시것네."

"뭐?"

"아, 아니어요. 그냥 헛소리 잠깐 해봤어요. 그나저나 오늘따라 어찌나 사람들이 밀려드는지 눈코 뜰 새 없이 바빴구요. 어여 들어가셔요."

비현은 단홍에 떠밀려 정신없이 안으로 들어갔다. 뒤에 선 단홍은 그저 희희낙락 웃느라 여념이 없었다.

서주의 아문 한쪽에 마련된 병사는 원래 하급 관원들을 위한 숙직관이었는데 비현의 소문을 듣고 밀려드는 인원을 수용하기 위해 다시금 고쳐서 병자들을 받았다. 하륜과 의술을 배우는 제자들, 그리고 비현이 꾸려가는 병사에는 항상 일손이 모자란 탓에 밖에서 기다리는 줄이 새벽부터 길게 늘어서 있었다. 비현이 이제 막 들어온 병자들이 있는 방으로 가자 모두들 일어서서 그녀의 발치에 절을 했다. 하나같이 가난하여 제대로 약도 써보지 못한 백성들이었다. 비현은 그들을 향해 인사하곤 엎드려 있는 이들을 일으켰다. 제일 먼저 그녀의 눈에 들어온 이는 둘둘 만 이불 보퉁이를 안고 있는 여인이었다. 다가가 이불을 들춰보니 일곱 살가량 되어 보이는 여아가 온몸에 큰 화상을 입고 고통스러워하고 있었다. 부풀어 오른 얼굴이 어찌나 참혹한지 옆에 앉은 이들이 주춤하여 물러설 만큼 아이의 상태는 심각했다.

"어쩌다 이리 다쳤습니까?"

비현의 말에 어미는 눈물이 그렁그렁해져서 말했다.

"솥에 뜨거운 물을 끓이고 있었는데 실수로 그 속에 빠져 버렸구먼요."

"아! 저런!"

비현은 안쓰러운 시선으로 아이를 보다가 말했다.

"깨끗하게 낫지는 못할 겁니다. 흉터가 조금 남을 거예요."

"아이고, 부처님. 살려만 주셔요. 그래만 주셔도 원이 없습니다."

고개를 끄덕인 비현은 아이의 손을 잡고 부드럽게 말했다.

"아가야, 아득한 견우성이란 노래를 아니?"

아이는 고통스런 숨을 쉬면서 고개를 끄덕여 보였다.

"이제부터 그 노래를 부르는 거야. 노래를 다 부르고 나면 한결 기분이 좋아질 테니 같이 불러보자."

아이가 고개를 끄덕였다. 비현은 작은 손을 잡고 노래를 불렀다.

1)아득한 견우성 그리는

아름다운 직녀성,

고운 흰 손 들어

잘각잘각 베를 짜는데

종일 한 폭도 짜지 못하고

눈물만 비 오듯 흘리네.

은하수는 맑고도 얕으니

서로의 거리 그 얼마나 되는가?

찰랑찰랑 흐르는 한 강물 사이에 두고

빤히 바라보며 말조차 못 건네누나.

비현의 목소리가 점차 잦아들고 여자 아이의 고운 목소리가 점점 커졌다. 아이의 표정이 점점 환해지는 가운데 몸의 부기가 빠지고 살이 익은 자리가 본래 색으로 돌아오며 흉터가 가시기 시작했다. 마침내 상처가 아물어 목 주위와 팔, 다리 부분에 작은 흉터만이 남게 되자 아이는 신기한 듯 제 몸을 보다가 어미의 품으로 뛰어들었다. 그 모습을 본 어미가 목 놓아 울자 옆에 앉은 비현이 등을 쓸어주며 부드럽게 달래주었다.

그 광경을 멀찍이서 지켜보는 눈이 있었다. 비현의 음성, 손길, 표정 하나 놓치지 않는 예리한 눈빛. 병자들을 돌보느라 경황이 없던 비현은 이상한 기운을 감지하고 뒤돌아보았다. 병사 입구에

---

1)아득한 견우성[迢迢 牽牛星]:악부시선(김학주 著, 명문당) 한위악부(漢魏樂府)에서 인용

건장한 백발노인이 자신을 노려보고 있었다. 적잖이 놀란 비현은
무례인 줄 알면서도 그를 빤히 보았다. 고집과 결기가 가득 서린
얼굴이 범상치 않은 데다 자신을 보는 눈빛으로 보아 무슨 사연이
있는 듯 보였다. 비현은 잠시 망설이다 노인에게 다가갔다.

"할아버지, 어디 편찮으신가요?"

할아버지란 말이 마음에 안 들었는지 그는 미간을 접으며 크게
헛기침을 했다.

"목이 안 좋으신가요? 제가 봐드려요?"

비현이 친근하게 물을수록 노인의 인상은 더 형편없이 구겨졌
다. 그는 싸늘한 눈빛으로 비현을 내려다보며 말했다.

"잠시 나 좀 봅시다. 대왕전하에 관한 일이오."

무뚝뚝한 말을 툭 던져 놓은 노인은 그대로 병사를 나갔다. 비
현은 그 말에 까닭없이 심장이 쿵 하고 내려앉았다. 불안함을 지
울 수 없어 비현은 떨리는 손끝으로 옷을 갈아입고 서둘러 그를
따라나섰다.

얼마 지나지 않아 선교장이 발칵 뒤집혔다. 낮에만 해도 병사에
있던 비현이 감쪽같이 사라졌기 때문이다. 사람들이 모두 흩어져
비현을 찾아 나설 적에 이 사실이 유인의 귀에도 들어갔다.

몹시 노한 왕은 비현을 몰래 호위하던 병사들을 불러 다그쳤다.

"갑자기 사라지다니, 그게 말이 되느냐! 너희들이 그러고도 친
위군(親衛軍)의 부장(副將)이란 말이냐!"

병사들은 유인의 거친 언행에 주눅이 잔뜩 들어 있었다.

"대장군께서 긴히 얘기할 것이 있다 하셔서 멀찍이서 지키고

있었사옵니다. 대장군께서 돌아가시고 병사에 들어가시는 듯하더
니 갑자기 종적을 감추셔서……."

병사 중 하나가 내뱉은 말에 유인의 얼굴이 삽시간에 굳었다.

"장군께서 그곳을 찾아가셨단 말이냐?"

"예, 전하. 꽤 오랫동안 얘기를 나누셨사옵니다."

"도대체…… 도대체가……."

유인은 말을 다 잇지 못하고 밖으로 뛰쳐나갔다. 그가 비현을
찾고 헤매는 동안 핏빛 석양은 서둘러 지평선 아래로 가라앉고 주
위 공기는 공허하고 싸늘하게 돌변했다. 먼 하늘에서 비구름이 몰
려오고 있었다.

비현은 주체할 수 없이 흐르는 눈물을 내버려 둔 채 낯선 거리
를 헤맸다. 눈물로 뿌연 시야 때문에 사람들에 걸려 넘어지고 상
처가 나도 아프지 않았다. 그녀의 귀에는 대장군의 서릿발같이 차
가운 음성만이 맴돌 뿐이었다.

"소저가 비(妃)에 책봉될 자질이 있는가에 관해서는 입에 담지
않겠소. 지금 중요한 것은 소저 하나로 인해 예의 백성들은 물론
전하까지도 고통받고 있다는 사실이오."

북녘 하늘에서 빛이 번쩍이더니 잠시 후 우르릉 소리가 들려왔
다. 곧 비가 올 모양이다. 골목 이곳저곳을 헤매느라 지쳐 버린 비
현은 어느 집 처마 아래에 주저앉아 눈물을 뚝뚝 흘렸다.

"한주가 체주성을 공격해 많은 병사들이 죽고 성도 함락될 위
기에 놓였소. 전쟁이 소저 한 사람 때문에 일어났단 말이오."

후두둑 후두둑 빗방울이 떨어진다. 처음엔 가늘게 내리던 빗방울이 점점 굵어지더니 나중엔 물동이로 쏟아 붓듯 장하게 내렸다. 비현은 몸이 흠뻑 젖는데도 불구하고 그 자리에서 움직일 수가 없었다.

"소저에게 잘못이 있는지 없는지의 문제가 아니오. 전하와의 정이 얼마나 깊은지, 어떤 언약을 했는지도 중요하지 않소. 아까 아이를 고치는 것을 보고 소저는 생명을 소중하게 여기는 사람이란 걸 알았소. 그러하기에 모두를 위해 옳은 결정을 해주리라 믿소."

대장군의 눈빛과 목소리가 귀에서 떠나지 않는다. 그 서늘한 음성은 천지사방에서 들려와 귀를 막고 눈을 감아도 소용이 없었다. 갈수록 커지는 음성은 비현의 몸을 옥죄고 슬픔과 절망이 몸을 무겁게 내리눌렀다. 그녀는 얼굴을 감싸고 흐느꼈다.

"왜 말해 주지 않았어요. 나 때문에 전쟁이 났다고, 그래서 사람들이 죽어간다고…… 왜 말해 주지 않았어요."

비현의 울음은 빗소리에 묻혔고 야속한 비는 그녀를 녹여 없앨 것처럼 거세게 내렸다. 비현은 이대로 죽어 없어져 버리기를 바랐다. 죄없는 사람들과 사랑하는 이까지 불행으로 몰아넣는 자신이 못 견디게 저주스러웠다. 쉽게 헤어나갈 수 있으리라고는 생각하지 않았다. 몹시도 힘든 길이란 걸 알았기에 어느 정도 각오는 되어 있었다. 하지만 이것은 아니었다. 자신 때문에 전쟁이 나고 사람들이 죽어갈 거라고는 꿈에도 생각하지 못했다.

"이런 말을 해야 하는 나도 가슴이 아프오. 소저가 좋은 이라는 걸 알고 나니 그 아픔이 더욱 크오. 그러나 지금은 사사로운 감정에 얽매일 때가 아니오. 전하를 위해서 소저가 마음을 돌려주시오. 이대로 조정대신들의 반대가 거세지면 나조차도 더 이상 전하를 감쌀 수가 없소.”

그래서였다. 이 일 때문에 그의 얼굴이 그토록 안 좋아 보였던 것이다. 자신은 그것도 모르고 그저 행복하기만 했다. 수많은 목숨을 희생시키며 살아가고 있는지도 모르고 그의 옆에 있을 수 있게 되어서 안도했다. 그의 목숨을 갉아먹는지도 모르고 혼자만 기뻐하고 있었다.

“한주는 소저를 보낼 때까지 공격을 계속한다고 했으니 피해는 계속 늘어만 갈 것이오. 모처럼만에 평화로웠던 예는 또다시 전쟁에 휘말리고 백성들은 고통스런 삶을 살게 되겠지. 소저는 모를 게요. 전쟁이라는 것이 얼마나 황폐하고 끔찍한지, 얼마나 많은 이들이 죽고 고통받는지를. 소저가 마음을 돌려주면 그 끔찍한 고통에서 벗어날 수 있소. 한 사람의 희생으로 인해 나라와 백성들이 평화로워질 수 있다면 나라도 대신 가고픈 심정이오.”

비현은 느낄 수 있었다. 대장군이 유인을 얼마나 아끼는지, 백성과 나라를 얼마나 소중히 여기는지 알 수 있었다. 그 숭고한 마음 앞에 비현은 부끄러워 견딜 수가 없었다. 그는 왕을 지킬 수 있지만 자신은 아니었다. 은비현이 할 수 있는 것은 아무것도 없다. 그저 주위 사람들을 불행에 빠지게 할 뿐.

“이제 어떻게 해, 난 어떻게 해야 해!”

비현은 눈앞에 떠오르는 유인의 모습에 더욱 크게 흐느꼈다. 그동안 함께했던 기억이 주체할 수 없이 밀려와 가슴을 짓뭉갰다. 일이 이렇게 된 이상 선택은 하나뿐이었지만 그는 무슨 일이 있어도 보내주지 않을 것이다. 일이 이 지경이 될 때까지 숨긴 사람이니 자신의 결정을 안다면 어떻게 나올지 눈에 선했다.

'저도 가기 싫어요. 전하 곁에서 숨 쉬고, 웃고, 울고 싶어요. 전하 없는 곳에서 홀로 죽고 싶지 않아요.'

몸은 점점 차갑게 얼어가고 뜨거운 눈물은 쉼없이 흘러나왔다. 빗발이 점점 굵어지는 가운데 비현의 울음도 점점 커져 갔다.

말을 탄 채 빗속을 헤매던 유인은 비현의 이름을 목이 터져라 불렀다. 대로와 성 외곽을 돌았지만 그녀의 모습은 보이지 않았다. 수문장에게서 들은 말로는 비현과 그 또래 여인은 나간 적이 없다고 했으니 분명 서주성 안에 있을 것이다. 유인은 말고삐를 바투 쥐고 빗속을 달렸다.

'찾기만 해봐라, 눈물이 쏙 나오게 혼을 내줄 것이야. 몸도 약한 사람이 이 비를 맞고 병이라도 나면 어쩌려고.'

캄캄한 하늘에 이따금씩 번개가 치고 천둥이 울었다. 빗방울이 어찌나 굵은지 얼굴이 다 얼얼할 지경이었다. 이 빗속 어딘가에서 떨고 있을 그녀를 생각하니 마음이 더 조급해졌다. 유인은 성내의 우물가, 작은 연못까지 돌아보며 비현을 찾아 헤맸다. 어둡고 비까지 오는지라 인적이 없었다. 이런 때에 잘못되면 도움도 못 받을 것인데 참으로 무모하다. 걱정하는 사람은 생각도 안 하고 어찌 이럴 수가 있는가. 유인은 내내 비현을 원망하며 어둠을 헤맸다. 혹시나 그 와중에 돌아왔을까 하여 선교장으로 되돌아가 보았다가 하륜의 어두운 얼굴을 보고 다시 나왔다.

"그 사람이 잘못되면 장군을 원망할 테다. 두고두고 원망할 것이다."

유인은 이를 득득 갈며 거리를 뒤졌다. 이따금씩 인걸과 효겸을 만났지만 그들 역시 허탕이라 고개를 저었다. 유인은 말에서 내려 좁은 골목을 찾아 들어갔다. 투둑투둑 우장 위에 떨어지는 빗소리만큼이나 심장이 거세게 뛴다. 유인은 미로같이 좁고 지저분한 골목을 헤매며 비현의 이름을 목청껏 불렀다.

서주성에서도 가장 외진 거리 골목 어귀에 당도했을 무렵이었다. 막 모퉁이를 도는데 허름한 집 처마 아래 웅크린 뭔가가 눈에 들어왔다. 유인은 급한 마음에 비현의 이름을 크게 불렀다. 그러자 작은 몸이 움찔하더니 움직인다. 드디어 찾았다고 안도하며 다가서는데 작은 몸이 무엇에 쫓기는 사람처럼 서둘러 달아나기 시작했다.

"비현! 비현!"

유인은 단숨에 뛰어가 손목을 붙잡았다. 손에 익숙한 감각이 전해오는 순간, 기쁨이 온몸으로 퍼졌다. 손목만 잡아도, 보드라운 피부 감촉만 닿아도 비현임을 알아볼 만큼 유인은 모든 걸 기억하고 있었다. 자신은 이토록 기쁜데 그녀는 잡은 손을 뿌리치고 도망가려 하고 있었다. 유인은 비현을 와락 끌어안았다. 얼음장처럼 차가운 체온에 유인의 가슴이 무너진다. 이 비를 고스란히 다 맞은 겐가? 유인은 자신의 품에서 벗어나려고 저항하는 비현을 으스러질 듯이 껴안으며 소리쳤다.

"도대체 왜 여기 있는 거야? 게다가 이 비를 다 맞고, 몸이 얼음장 같잖아!"

그녀는 말이 없었다. 유인은 어둠으로 인해 표정을 읽을 수가 없어 애가 탔다.

"비현, 말을 해봐! 몸은 괜찮아?"

유인은 자신의 우장을 벗어 비현에게 씌웠다. 그리곤 그녀가 저항을 하든 말든 번쩍 안아 들고 말이 있는 곳으로 달렸다. 말이 있는 곳으로 돌아오자 부장 몇몇이 기다리고 있었다. 유인은 그들과 함께 선교장으로 향했다. 품에 안긴 비현이 여전히 말이 없자 유인은 더욱 불안해지기 시작했다.

유인이 선교장에 돌아오자 불안한 얼굴로 서성이던 사람들이 달려나왔다. 밝은 불빛 아래서 우장을 벗겨보니 비현이 종잇장처럼 창백한 얼굴로 떨고 있었다. 놀랄 만큼 수척해진 데다 젖은 모습이 물에 헹군 듯 희미해서 사람 같지가 않았다.

"아이고, 어쩌다 이 지경이……. 뜨거운 물을 준비해 놨으니 이리로 오셔요!"

단홍은 목욕물을 준비해 둔 세수간으로 유인을 안내했다. 비현을 안아 든 그는 발소리조차 내지 않고 조심스럽게 따라갔다. 부엌 옆 세수간으로 가니 한 아낙이 커다란 욕통에 뜨거운 물을 연신 붓고 있었다. 허공에 하얀 김이 자욱한 곳을 성큼성큼 걸어간 유인은 품에 안은 비현을 조심스럽게 욕통에 밀어 넣었다. 옷을 입은 채로 뜨거운 물속에 들어간 비현은 한참이 지나도 제 혈색으로 돌아오지 않았다. 그 여린 마음에 얼마나 놀랐을까. 얼마나 추위에 떨었을까. 유인은 보기만 해도 가슴이 메어 제자리에서 꼼짝도 할 수가 없었다. 그러자 옆에 선 아낙과 단홍이 난처한 얼굴로 말했다.

"전하, 저희가 잘 돌보겠사옵니다. 그러니 이만."

그제야 정신을 차린 유인은 얼굴을 붉힌 채 세수간을 나갔다. 안타까운 눈빛을 나눈 여인들은 비현의 옷을 벗기고 굳은 몸을 주물러 주었다. 두 눈을 지그시 감은 비현은 그때까지도 입을 다문 채 아무 말도 없었다.

문 앞에서 초조하게 서성이던 유인은 아낙이 이불에 싼 비현을 업고 나오자 자신이 대신 안아 들었다. 그는 주변의 놀란 시선도 아랑곳하지 않고 침실로 향했다. 침상에 그녀를 눕히고 나니 새파랗던 얼굴이 이번에는 열에 들떠 빨갛게 달아올라 있었다.

"전하, 아씨 옷을 입혀야 하니 잠시만 자리를 비켜주셔요. 그리고 곁방에 새 옷을 준비해 뒀으니 갈아입으시어요."

아낙의 말에 고개를 끄덕인 그는 재빨리 젖은 옷을 갈아입고 다시 비현의 침실 앞을 서성였다. 그리곤 단홍이 문을 열자마자 뛰어들어 와 비현의 옆을 지켰다. 열을 내리기 위한 약을 지어 입술에 떠 넣고 물수건을 이마에 얹는 등 주위 사람들이 바삐 오가는 가운데 유인은 비현의 손을 잡고 잠든 듯 고요한 얼굴을 들여다보았다.

밤이 깊어 사람들이 하나둘 물러가고 곁에 남으려는 단홍마저

다른 처소로 보냈다. 유인은 잠든 얼굴을 담담히 응시하다 뜨거운 손을 자신의 이마에 대고 들릴 듯 말 듯 중얼거렸다.

"그대는 참으로 독한 사람이다. 이리 마음 졸이고 있는데 괜찮다는 말 한마디라도 해주지, 눈 뜨고 내 얼굴 한 번 봐주면 마음이 놓일 것을. 눈도 꼭 감고, 입도 꾹 다물고……. 참으로 매정하다."

들리는 것이라곤 고른 숨소리와 거세게 들이치는 빗소리뿐이었다. 얼마나 놀랐으면 몸이 이 지경이 되도록 거리를 헤맸을까, 무슨 생각을 하며 빗속에서 떨었을까. 생각을 하면 할수록 머리가 아프고 목이 멨다. 장군도, 비현도 원망스럽기만 했다.

"날 믿고 하자는 대로 따라오라고 했잖아. 괴로운 건 내 몫이야. 그대는 내 옆에만 있어주어. 그대만 옆에 있으면 나는 얼마든지 헤쳐 나갈 수 있어."

유인은 작고 보드라운 손을 꼭 쥔 채로 침상에 엎드렸다. 오랫동안 빗속을 헤매선지 몸에 열이 나고 머리가 무거웠다. 유인은 잠들지 않으려고 애를 쓰다 결국 잠들어 버렸다.

비현은 고른 숨소리를 듣고 나서야 비로소 눈을 떴다. 잠든 유인을 보는 젖은 눈빛이 애잔하기 그지없다. 비현은 깊이 잠든 그의 머리칼을 가만히 쓸어보며 억눌러온 숨을 조금씩 토해냈다. 잠든 그를 보고 있자니 안쓰러워 견딜 수가 없다. 이 사람을 어찌해야 하나. 이제 우리는 어찌해야 하나. 비현은 밀려오는 절망에 숨 끝이 떨렸다.

'우리가 어리석었어요. 진실한 마음이면 이겨낼 수 있다고 생

각했지만 세상은 생각만큼 너그럽지만은 않았던 거예요.'

애써 참아온 눈물이 방울방울 흘러내린다. 비현은 울음이 새어 나가지 않도록 입술을 세게 깨물었다.

'전하를 위험 속으로 몰아넣고 죄없는 사람들이 죽어가는 것을 모른 척할 만큼 전 독하지 않아요. 매 순간이 지옥이겠지요. 끝내 말라죽고 말 거예요. 뒤늦게 후회하느니 떠날 수 있을 때 갈게요. 전하와의 약속을 지키지 못해서 미안해요. 정말…… 미안해요.'

연신 그의 머리를 쓰다듬던 비현은 그의 이마에서 뜨거운 열기를 느꼈다. 비현은 그가 깨지 않도록 조심하며 나지막이 노래를 불렀다.

이젠 옆에 있어드릴 수 없으니 부디 아프지 말기를.
마음 아파할 임 걱정에 모든 시름 안고 가고 싶지만
그럴 수 없으니 죽는 순간까지 마음 아플 수밖에.
함께한 기억을 지울 수 있으면 좋으련만
여자인지라 그것만은 견딜 수가 없어서
떠올려 슬프지 않고 오래 기억되길 바라네.
이 몸이 죽어 재가 된다면 바람 타고 임 곁에 와서
임의 고운 아내와 어여쁜 아이들을 지켜주다
백년장수하신 임이 저승 가실 제 따라가서는
못다 한 부부 연을 맺어보고 싶네.

그의 열이 차츰 내려가자 비현은 비로소 노래를 멈추고 두 손으

로 입을 막은 채 서럽게 흐느꼈다. 밤은 짧고 빗소리는 잦아들 줄
몰랐다.

아침 무렵에 잠이 깬 유인은 손이 허전함을 알고 황급히 몸을
일으켰다. 빗소리는 그쳤고 침상은 차갑게 식어 있었다. 심장이
무겁게 내려앉으며 불안이 온몸을 뒤흔든다. 유인은 침실을 뛰쳐
나와 주위를 뒤졌다. 그러다 부엌에서 울고 있는 아낙을 발견하고
비현의 행방을 물었다. 아낙은 울기만 할 뿐 끝내 대답이 없었다.
불길한 생각들이 뇌리를 스쳐 가고 이대로 비현의 행방을 알지 못
한다면 미쳐 버릴 것만 같았다. 벌겋게 충혈된 눈으로 부엌을 뛰
쳐나온 유인은 복도에서 효겸, 인걸과 마주쳤다.

"어디 있느냐? 그 몸을 해가지고 어딜 갔더란 말이냐?"

유인의 물음에 그들은 입을 꾹 다물었다. 그러자 유인이 사납게
소리쳤다.

"말해! 어디 있어!"

"전하, 소저는 새벽에 떠나셨습니다. 대장군께서 한주 접경까
지 친히 호위를……."

그 말을 듣는 순간, 유인은 온 세상이 무너지는 듯했다. 머리 속
이 하얗게 비워지고 목구멍이 오그라들어 숨을 쉴 수가 없었다.

"너, 너희들은 보고만 있었느냐? 떠나는 걸 보고만 있었더란 말
이냐!"

"말려보았지만 소용없었사옵니다. 단 소저가 그리 울면서 말렸
건만 눈썹 하나 까딱하지 않고 매몰차게 떠나시더구먼요."

인걸의 침통한 표정에 유인의 얼굴이 검게 변했다. 그는 말리는 사내들을 뿌리치고 급하게 말에 올랐다. 유인은 성문을 나와 그들이 간 방향으로 미친 듯이 달리면서 소리쳤다.

"절대로 한주에 보내지 않는다! 나 없이 혼자 죽게 내두지 않을 것이다!"

그가 흘린 눈물이 공기 중에 흩어졌다. 유인은 한줄기 바람이 되어 들판을 날아갔다.

三. 적루赤淚

천마(天馬)는 거침없이 내달렸다. 임을 싣고 사지(死地)로 향하는 행렬을 잡기 위해 끝도 없이 펼쳐진 들판을 달리는 천마는 빠르고 세찬 북풍이었다. 하늘을 흐르는 구름도, 남쪽에서 돌아온 새들도 천마처럼 빠르진 못했다. 한줄기 바람처럼, 빠르게 내리꽂히는 섬광처럼 말은 들판을 가로질러 달렸다.

말에 올라탄 유인은 홀로 죽으러 가는 임을 잡기 위해 필사적으로 말을 몰았다. 말발굽이 땅에 닿을 때마다 온몸이 격렬하게 요동치고 뼈마디 마디가 부서지는 듯했다. 얼굴을 할퀴는 매서운 바람에 절운관(切雲冠)은 어디론가 날아가 버리고 긴 머리가 바람에 나부꼈다. 옷 속으로 스며드는 찬바람에 온몸이 얼어붙으면서도 격한 움직임 때문에 등에선 쉴 새 없이 땀이 흘러내렸다. 천마도,

주인도 점점 한계에 다다르고 있었지만 유인은 심장이 터지고 온몸이 찢겨 나간다 해도 비현을 붙잡기 전까진 멈출 수가 없었다.

그렇게 미친 듯이 내달린 끝에 드디어 행렬의 후미(後尾)가 눈에 들어왔다. 유인은 혹어 환영이 아닌가 몇 번이고 눈을 깜빡인 후에야 그것이 실물임을 깨달았다. 들판에 실처럼 가늘게 늘어선 행렬 중 작은 가마 하나가 눈에 들어온다. 유인은 그 속에 비현이 있음을 확신했다. 말을 타고 오는 내내 격앙됐던 표정이 일순간 차갑게 가라앉는다. 유인은 지그시 어금니를 깨물고 그들을 향해 갔다. 선봉에 다다르기 전에 창을 든 병사들이 일제히 막아선다. 유인은 무서운 기세로 말에서 내렸다. 그리고 적과 대치하듯 매서운 눈빛으로 그들을 노려보았다.

"비켜라!"

유인의 눈에선 단순한 위협이 아니라 살기가 번뜩였다. 그가 난폭해지면 어떻게 변하는지 아는 자들은 두려움에 움찔하며 뒤로 물러섰다. 하지만 이런 일을 미리 예견하고 내린 명령에 따라 병사들이 둑을 쌓듯 빙 둘러섰다. 유인은 자신을 둘러싼 병사들을 노려보다 검을 뽑았다.

"너희들을 죽이고 싶지 않다. 그러니 길을 터라!"

병사들은 크게 동요했으나 끝내 물러서지 않았다. 병사들과 유인 사이에 긴장감이 팽팽해지는 가운데 선봉에서 가마를 호위하던 사예문이 되돌아왔다. 그는 병사들 속에 갇힌 유인을 향해 추상같이 꾸짖었다.

"전하, 아군에게 검을 겨누시다니요! 군주로서의 위엄을 갖추옵소서!"

"짐의 앞길을 막는 것은 모두 적이다!"

유인은 살의(殺意) 가득한 눈으로 예문을 노려보았다. 사예문은 그 서늘한 눈빛에 착잡함을 느끼며 타이르듯 말했다.

"본인 스스로 내린 결정입니다. 부디 보내주시지요."

"왜 죄없는 사람을 사지에 몰아넣는가! 그 사람이 무슨 잘못을 그리하였는가!"

"전하, 대의명분을 위해선 어쩔 수 없사옵니다."

"죄없는 사람을 죽이는 것이 무슨 놈의 대의명분인가!"

"그분의 생명이 소중한 만큼 백성들의 생명도 소중한 것입니다. 본인이 원하신 이상, 신은 한주 접경까지 모셔갈 것이옵니다. 부디 노신의 불충을 용서치 마옵소서. 벌은 돌아와서 받겠사옵니다."

사예문의 의지는 단호했다. 상대가 설령 왕이라 하더라도 이 일만큼은 포기할 수 없었다.

"앞서 가는 가마는 멈추지 말고 계속 가라 일러라."

예문의 말에 유인이 격하게 소리쳤다.

"명령이다! 가마를 돌려라!"

"선봉은 그대로 접경을 향해 가라! 내 명을 어기는 자는 그 자리에서 목을 베겠다."

"왕명이다! 이를 어길 시에는 반역으로 처단할 것이다."

군법에 따르자면 병사들은 유인의 명을 받들어야 했으나 이 군대는 예문에게 직접 통수할 수 있는 권한을 주어 그가 절대적인 명령권을 행사할 수 있었다. 병사들은 주군의 명을 받들지 않고 예문의 명을 따랐다. 대오(隊伍) 중에 선봉(先鋒)은 가던 길을 재촉하고 뒤에 남은 후부(後部)가 유인을 둘러쌌다.

이것을 본 유인은 산야가 부르르 떨도록 고함을 질렀다. 격노한 그의 동공은 불붙은 듯 활활 타오르고 홍체엔 시퍼런 불꽃이 튀었다. 유인은 이를 악문 가운데 손가락 관절이 하얗게 드러나도록 검을 움켜쥐었다. 그리고 병사들을 벨 것처럼 천천히 검을 치켜들었다. 병사들이 바싹 긴장을 하는 사이 밖으로 향해야 할 검끝이 갑자기 방향을 바꿨다. 순간, 어느 누구도 생각지 못한 일이 창졸간에 벌어졌다. 안으로 파고든 검이 유인의 복부를 깊숙이 찌른 것이다. 보는 이들이 경악을 금치 못하는 가운데 유인은 원망에 가득 찬 눈으로 예문을 노려보았다. 그에게서 흘러나오는 기가 보는 이들을 압도한다. 유인은 신음조차 흘리지 않고 복부에 박힌 검을 서서히 빼냈다. 더운피가 뿜어져 나와 옷을 적시고 질퍽한 흙바닥에 흘렀다. 유인은 그제야 비틀거리더니 피 묻은 검을 땅에 내던지고 꺾이듯 한쪽 무릎을 꿇었다. 그 모습을 넋 놓고 보던 예문은 간신히 정신을 차리고 소리쳤다.

"전하!!"

"데려오라. 날 죽이고 싶지 않으면 당장 데려오라!"

유인은 부득부득 이를 갈며 소리쳤다. 이에 예문은 자신이 칼에 찔린 듯 신음을 흘렸다. 장포를 적시며 흘러내리는 붉은 피를 복잡한 표정으로 응시하던 예문은 어깨를 늘어뜨리고 옆에 선 부장에게 손짓을 했다. 잠시 후 병사 하나가 선봉에 있는 가마로 달려가 소식을 전했다.

비현이 달려왔을 때 유인은 한쪽 무릎을 꿇은 채 피를 흘리고 있었다. 그 기막힌 광경에 비현은 망연자실하고 말았다. 고개를 푹 숙인 채 한쪽 팔로 몸을 지탱하고 있는 그가 일순간 작게 보인다. 산처럼 버티고 선 그의 모습이 아득해 똑바로 바라보기가 겁날 때가 있었다. 너른 평야와도 같은 품에서 길을 잃어버린 것만 같아서, 영원히 벗어나지 못할 거 같아 두려운 때가 있었다. 그토록 아득하고 광활해 보였던 그가 지금은 한없이 작고 초라했다. 무엇이 그를 이토록 작게 만든 걸까.

비현은 비명이 새어나올 것만 같아 두 손으로 입을 틀어막고 흐느꼈다. 그 흐느낌을 듣고 유인이 고개를 들었다. 두 사람의 눈빛이 마주친 순간, 유인의 눈에 기쁨과 원망, 서러움이 수없이 교차했다. 마침내 찾아냈다는 안도의 미소가 퍼지는 순간, 그는 척추가 쑥 뽑힌 듯 갑자기 허물어졌다. 비현은 쓰러진 그에게 달려가 품에 안으며 울음을 터뜨렸다. 유인은 피에 젖은 손을 들어 비현의 얼굴을 더듬으며 희미하게 웃었다.

"날 두고 혼자 죽으려 하다니…… 그대는 정말 독한 사람이다."

비현은 뜨거운 눈물을 쏟으며 그를 꼭 안았다. 그리곤 더운피가 쏟아져 나오는 복부에 손을 가져다 댔다. 순간 여기까지 달려오면서 유인이 느꼈던 수많은 감정들이 비현에게 흘러들었다. 오직 한 사람만을 위한 진심, 그 사람이 아니면 땅 위에 버티고 설 이유가 사라져 버리는 애절한 마음에 비현은 목이 멨다. 자신의 사랑보다 그의 사랑이 더 크게 다가오는 순간, 입에서 울음 섞인 노래가 흘러나왔다.

임이 흘리신 피는 눈물이어라.
떠난 여인을 향해 흘린 붉은 눈물이어리.
임의 눈물이 여인의 가마를 멈추니
여인의 눈에 붉은 피 흐르네.

그렁그렁 고인 눈물이 창백한 뺨을 타고 주룩 흘러 유인의 이마 위로 떨어졌다. 유인은 방울방울 떨어지는 눈물을 소매로 닦아주었다. 비현은 그런 유인에게 원망 어린 시선을 보냈다.

'그냥 가게 두지 왜 오셨어요. 못난 사람 보내고 잊으시지 왜 이러셨어요.'

유인은 비현의 눈빛에 희미한 미소를 지어 보였다.

'모든 이들이 어리석다 욕해도 좋아. 그대를 죽이고 성군 추앙을 받느니 곁에 두고 폭군 소리를 들을 테다.'

'이것이 절 더 힘들게 한다는 것을 왜 모르시나요? 전하를 곤경에 빠뜨리고 어찌 옆에 있을 수 있겠어요. 모든 이들이 저 하나로 죽어가는데 제가 어찌 숨을 쉬고 살겠어요.'

'그대 없이 들이마시는 숨이 온전히 내 것이 되겠는가. 태양이 사라진 대지에 들풀이 살아갈 수 있겠는가. 그대가 죽으면 나도 죽는다.'

두 사람은 눈빛으로 원망과 그리움을 나누며 한동안 움직이지 못했다.

마침내 피가 멈추고 상처가 아물자 유인은 서주로 돌아갈 것을 명했다. 예문은 더 이상 그의 명을 거스르지 못했다. 그로선 더 이상 말릴 여력이 없거니와 이것이 정녕 하늘의 뜻이라면 어떻게든 헤쳐 나갈 길이 열릴 것이라 생각했다.

서주성에 돌아온 유인은 자신의 처소 대신 선교장으로 향했다. 곧바로 비현의 침실로 향한 그는 신열이 있는 비현을 억지로 침상에 눕혔다. 비현이 치유했다 하나 아직 온전한 몸이 아닌데 그는 끝까지 고집을 피우며 돌아가지 않았다. 유인은 침상에 기운없이 누워 있는 비현을 보고 말했다.

"내게 화났지? 그래서 한마디도 안 하는 거지?"

비현은 말없이 눈물만 흘렸다. 그런 모습에 유인은 속이 졸아드는 것 같아 거듭 물었다.

"뭐라 말 좀 해봐. 내가 그리도 미운가?"

비현이 고개를 끄덕이자 두 손으로 젖은 볼을 감싼 그가 투정하듯 말했다.

"나도 그대가 말없이 떠나 버려서 몹시 화가 난다고. 그렇지만 이번 한 번은 용서해 주기로 했어. 다음에도 달아나 버리면 그땐 절대로 용서치 않을 테니 각오해."

유인은 비현의 눈물을 닦아주며 손을 꼭 잡았다. 두 사람을 위한 약탕이 들어오고, 저녁상이 들어와서도 그는 비현의 손을 붙든 채 한 손으로 밥을 먹었다. 손을 놓으면 비현이 어디론가 사라져 버릴 것만 같아서, 영영 볼 수 없을 것만 같아 두려웠다.

"불편해도 어쩔 수 없어. 마음이 놓이기 전까진 절대로 놓지 않을 테니까."

유인은 부러 호통을 치며 눈을 부릅떴지만 비현은 젖은 눈망울로 바라볼 뿐 입을 열지 않았다. 유인은 그녀가 무슨 생각을 하고 있는지 알지 못해 불안했다. 혹시나 또다시 도망갈까 하여 잠자리에 들 시각이 되도록 곁을 떠날 수가 없었다. 그렇게 침상을 지키고 있는 그를 보고 마침내 비현이 입을 열었다.

"전하, 이제 그만 가보셔요."

이번엔 유인이 입을 꾹 다물고 앉아 있었다. 얼굴에 피곤함이 가득한데도 불상처럼 앉아 꼼짝도 하지 않았다. 이를 보다 못한 비현이 말했다.

"그럼 이리로 올라오세요."

유인은 벌게진 얼굴로 연신 고개를 젓다가 비현이 잡아끌자 힘없이 끌려와 침상 옆에 누웠다. 두 사람은 마주 보고 누워 서로의 얼굴을 들여다보았다.

"후회하실 거예요."

비현이 자그맣게 말했다. 그녀의 눈빛은 담담한 달빛처럼 고즈넉한 슬픔에 젖어 있었다. 유인은 흰 손등에 입을 맞추며 속삭였다.

"그대를 보냈다면 평생을 두고 후회했을 거야."

"전하께서는 예(澧)를 그 누구보다도 아끼시잖아요. 제가 옆에 있으면 예는 물론 전하의 안위까지 위태롭게 돼요."

"내게 가장 소중한 것을 지킬 수 있어야만 나라도 지킬 수 있는 거야. 그대도, 내 나라도 이 가슴으로 지킬 거야. 그러니 그대도 날 포기하지 마."

유인은 작은 몸을 끌어당겨 품에 안고 어깨에 얼굴을 묻었다. 그녀에게 나는 희미한 약 냄새와 특유의 체취가 불안한 마음을 편안하게 했다. 비현은 아직까지 놀란 가슴이 진정되지 않은 듯 떨고 있었다. 이에 유인은 어미가 알을 품듯 따스하게 보듬어주었다.

"그때도 이랬어. 그대가 아플 때, 내가 이렇게 안아주었어."

비현이 살짝 고개를 든다. 등잔 불빛에 드러난 그녀의 얼굴이 신열과 부끄러움에 붉어져 있었다. 유인은 명주실처럼 길고 부드러운 머리를 쓰다듬다가 비현의 턱을 살짝 들고 입을 맞췄다. 열에 들뜬 입술에 자신의 입술이 부드럽게 포개진 순간 뜨거움이 밀려들면서 그녀의 모든 것이 유인의 몸 안으로 흘러들었다. 불안했던 마음이 차분히 가라앉고 눈앞이 선명해진다.

유인은 눈을 감고 있음에도 마치 가까이서 들여다보듯 비현의 모습이 보였다. 나비의 날갯짓처럼 파르르 떨리는 눈꺼풀, 수줍음을 살짝 감춘 긴 속눈썹 그늘, 천진한 빛을 띠는 귀밑머리, 내밀한 속살에서 배어나오는 은은한 연꽃 향, 얇은 옷감을 사이에 두고 전해져 오는 심장 박동. 유인은 작은 것 하나도 놓치지 않고 온몸으로 받아들였다. 그녀의 모든 것을 몸속에 각인하고 싶었다. 비현의 몸속에서 흘러나온 숨을 들이마시고 보드라운 입술을 열고 들어가 그 속에 담긴 미소와 웃음소리, 눈물과 한숨을 음미했다. 여전히 소녀처럼 작고 여린 그녀의 몸은 마치 우주와도 같아서 다 안다 생각하면 헤아릴 수 없이 아득해져 오고, 그 막막함에 돌아서려 하면 손에 잡힐 듯 가까이 다가왔다. 유인은 차라리 그 안으로 침몰해 버리고 싶었다. 비현의 몸속 깊이 가라앉아 영원히 함께 있고 싶었다. 그녀를 향한 열정으로 가슴이 벅찬 가운데 사내의 본능이 아플 만큼 거세게 밀려왔다. 자칫 잘못해 뜨거운 격랑에 휩싸일까 두려워 유인은 간신히 입술을 뗐다. 그리고 눈을 감은 채 떨고 있는 비현을 바라보며 속삭였다.

"나와 영주에 가자. 하루라도 빨리 혼례를 올리고 그대를 내 아내로 맞고 싶다."

비현은 대답없이 유인의 가슴에 기댔다. 그녀가 혼란스러워하고 있음을, 두려워하고 있음을 유인은 알고 있었다.

"더 이상 혼자 괴로워하도록 내버려 두지 않을 것이다. 흔들릴 때마다 이렇게 꼭 붙들고 놓지 않을 거야."

유인은 작고 보드라운 몸이 행여나 부서질까 조심하며 꼭 껴안았다. 그러자 비현의 떨림이 점차 잦아들면서 몸의 긴장이 느슨하게 풀어지는 것이 느껴졌다. 유인은 머리를 쓰다듬어 주며 등을 토닥여 주었다. 잠시 후 규칙적인 숨소리가 들려 내려다보니 비현이 아이같이 천진한 표정으로 잠들어 있었다.

'밤새 잠도 자지 못하고 하루 종일 그 난리를 겪었으니 피곤하기도 하겠지.'

유인은 입가에 미소를 머금은 채 자신도 지그시 눈을 감았다. 정인과 이리 누워 있으니 세상은 고요하고 포근했다.

'이래서 사람은 죽지 않고 사는구나, 이래서 살아갈 힘을 얻는구나.'

　속으로 읊조린 유인은 희미한 미소를 지으며 근심없이 편안한 잠 속으로 빠져들었다.

　"전하, 이제 돌아갈……."

　밖에서 아무리 기척을 해도 대답이 없어 문밖을 서성이던 효겸은 슬며시 문을 열어 안을 들여다보았다. 침실을 휘휘 훑어보다 침상에서 잠든 두 사람을 본 그는 얼굴이 붉어져서 뒤통수를 연신 긁적였다. 덩달아 들어온 인걸 또한 기막히다는 표정으로 멍하니 선 가운데 단홍이 사내들의 등을 떠밀어 밖으로 내보냈다. 안쓰러운 표정으로 두 사람을 응시한 단홍은 타고 있던 등불을 끄고 소리나지 않게 문을 닫았다.

　동이 트고도 한참이 지난 시각이었다. 쏟아져 들어오는 햇살에 눈을 뜬 비현은 무심코 고개를 돌렸다가 유인의 시선과 마주치자 부끄러운 나머지 이불을 끌어다가 얼굴을 가렸다. 이불 위로 살짝 드러난 검은 눈망울이 마냥 우스운 유인은 이불을 끌어 내리며 장난을 쳤다. 비현은 어떻게든 이불을 놓치지 않으려고 애를 쓰다 그가 옆에 눕자 더 크게 당황했다. 유인은 싫다는데도 억지로 팔을 베게 하고는 들창에서 새어드는 빛과 반딧불처럼 무리지어 나는 먼지들을 응시하며 흐뭇한 미소를 지었다. 비현은 그런 유인의 옆모습을 숨죽여 훔쳐보다 시선이 마주치자 얼른 고개를 돌린다. 유인은 모로 누워 비현의 얼굴을 세심하게 살펴보았다. 그녀의 백옥 같은 얼굴이 붉어지고 숨이 가쁘게 오르내린다. 유인은 그녀의 이마를 짚으며 중얼거렸다.

"열도 많이 가라앉았고 낯빛도 한결 좋은걸. 다행이다."

그의 다정한 음성을 듣고 있자니 어제의 악몽이 떠올라 비현은 눈을 지그시 감았다. 피투성이가 된 채 원망 어린 눈빛으로 자신을 바라보던 그가 떠오르자 자신도 모르게 진저리가 쳐졌다. 그의 사랑이 너무나도 절실해서 두렵다. 자신 하나로 인해 모두 망그러질까 봐, 그를 파멸의 나락으로 이끌까 봐 두렵다. 이 사람을 어찌해야 하나, 이 사랑을 어찌해야 하나. 비현은 눈앞이 아득하기만 했다. 비현의 마음이 까맣게 타 들어가는 가운데 유인의 눈빛은 더욱 깊어졌다.

"비현, 부디 견뎌줘. 아무리 괴로워도 조금만 더 버텨줘. 그래 줄 거지?"

유인은 비현의 손가락에 입을 맞추고 조용히 속삭였다. 그 말에 비현은 아무런 대답도 할 수가 없었다. 어떻게 해야 할지 종잡을 수가 없다. 차마 떠날 수도 없고 그렇다고 이대로 있을 수도 없다는 생각만이 머리 속을 맴돌고 있었다.

'지금 내가 할 수 있는 것은 없다. 그저 그의 옆에 머물러 있는 것뿐. 내가 할 수 있는 것은 정녕 이것뿐일까.'

그 어두운 낯빛을 안쓰럽게 바라보던 유인은 우울한 기분을 떨쳐 내기 위해 쾌활하게 말했다.

"그대가 깰 때까지 기다렸더니 몹시 시장하군. 그대는 어때? 가서 죽 좀 내오라고 할까?"

"전 괜찮아요. 가서 아침 내오라고 이를게요."

유인은 좀 더 안정을 취해야 한다고 말렸지만 비현은 서둘러 옷매무새를 매만지고 침상을 나왔다. 막 침실 문을 여니 밖에 세숫물과 간단한 아침이 놓여 있었다. 단홍의 배려라 생각한 비현은 얼굴을 붉히며 안으로 가지고 들어왔다.

두 사람은 탁자에 마주 앉아 천천히 아침을 들었다. 상을 물리고 나자 유인은 세안을 했고 화각빗을 가져온 비현이 정성껏 그의 머리를 빗어주었다. 그것이 마음에 들었던지 유인은 만면에 미소를 가득 머금었다.

"이러니 꼭 부부 같군. 그대를 왕비로 맞으면 한방을 쓰고 시중도 그대보고 들어달라고 해야겠어. 그래도 괜찮지?"

유인은 이른 단꿈에 젖어 있었지만 비현에겐 영원히 오지 않을 것만 같은 꿈이었다. 그녀의 얼굴에 지는 그늘을 보지 못한 유인은 여전히 신이 나서 말했다.

"그대 혼자만 하면 불공평하니 그대 시중은 내가 들어주지. 궁녀들보다야 못하겠지만 난 뭐든 잘 배우거든."

관을 단정하게 쓴 유인이 화각빗을 들더니 의자에 비현을 앉히고 검고 탐스러운 머리채를 조심스럽게 빗어 내렸다. 그의 솜씨가 여간 어설픈 것이 아니어서 보다 못한 비현이 대신 빗질을 하고 머리를 땋았다. 그 모습을 신기한 듯 쳐다보던 그가 말했다.

"그대 머리는 나 혼자는 안 되겠는걸. 생각보다 어렵군."

유인은 면경을 이리저리 비춰주며 노상 어여쁘다, 곱다, 칭찬을 그치지 않았다. 그 모습을 보는 비현의 눈빛이 사뭇 처연해졌다. 그의 곁에 있어도 예전처럼 기쁘고 행복하지 않다. 임의 곁을 떠날 땐 세상이 무너지더니 임의 곁에 있어도 괴로운 건 매한가지

다. 하지만 자신을 위해 더 밝고 꿋꿋한 모습을 보이는 그를 저버
릴 수는 없었다. 지금 자신이 할 수 있는 거라곤 그를 위해 웃는
것, 그리고 옆에 있어주는 것밖에는 없다. 마음 아프게도 그것밖
에는 할 수 있는 것이 아무것도 없었다. 비현은 겉으론 애써 미소
짓고 있었지만 속으론 끊임없이 울고 있었다.

예 왕은 한주에 국서를 보내 그들의 요구를 들어주지 않는 것은
물론 전면전도 불사하겠다고 엄포를 놓았다. 당연히 비현을 보낼
거라 생각한 한주 조정은 이 국서에 적잖이 놀라면서 범을 건드려
괜한 일을 만들었다는 여론과 이것을 기회로 예를 토벌해야 한다
는 여론으로 나뉘게 되었다. 태후의 지지를 얻은 위영종 패당은
유이항을 위시한 황족의 반대를 누르고 본격적으로 전쟁 준비에
들어갔다.

한편 유인은 대륙의 남쪽인 용교와 양주, 항주에 이르는 지역의
방비를 강화하고 북으로 조주, 운주, 제주, 덕주에 이르는 지역에
정병을 집중시켰다. 한주와의 접경에 일촉즉발의 위기가 감도는
가운데 예(滅) 전역에는 왕이 한주 선황제의 후궁을 비(妃)로 책봉
하려 한다는 이야기가 퍼지면서 이를 반대하는 상소가 끊임없이
올라오기 시작했다. 조정의 격렬한 반대에도 불구하고 왕은 대례
를 올리기 위한 준비를 지시했고 월(越)에서 온 사신에게 파혼과
이에 관한 심심한 사과를 적은 국서를 보냈다. 이를 두고 문무백
관의 불만이 갈수록 거세졌다.

“이것은 월국(越國) 조타왕(趙佗王)의 면전에다가 대고 욕을 보인

것이오. 일국의 공주를 두고 적국의 후궁을 비로 삼다니……. 그
것도 대례를 코앞에 두고 이런 일을 벌였으니 나라의 치욕이 아니
고 무엇이오?”

“전하께서 요부에 현혹당하셔서 국사를 그르치고 계신 것이오.
어디 그런 여인을 국모로 삼는단 말이오?”

“쯧쯧, 망국의 징조요. 자고로 계집 때문에 나라를 망친 예가 비
일비재하지 않았소?”

조정은 양분되어 반대파가 들고일어나려는 조짐이 보이기 시작
했다. 그 무렵, 한주에서부터 시작된 비현의 대한 악의적인 소문
이 예까지 퍼지기 시작했다.

“부처는 무슨 놈의 부처. 황궁에서 행실이 천박하기로 유명했
다네요. 내시와 정분이 나서 밤낮 제 방으로 끌어들이고 이번엔
대왕전하를 홀려 중궁전을 차지하려고 한다니 발칙한 계집이지
요.”

“요사스런 술수를 써서 백성들을 현혹시키려고 하나 어림도 없
지. 어디 그런 음탕한 계집이 예의 국모가 된단 말이오?”

“나라님은 그런 계집인 줄도 모르시고 푹 빠져서는 전쟁이 나
든 말든 괘념치 않으신다니 예도 곧 망하려나 봅니다.”

비현을 한 번이라도 본 사람이라면 절대로 입 밖에 낼 수 없는
말이 세상천지를 돌아다녔다. 비현에게 도움을 받은 이들은 그런
소문을 들을 때마다 펄쩍 뛰며 아니라고 항변했지만 예국 백성들
은 비현에 대해 점점 반감이 더욱 깊어지기 시작했다. 민심이 두
사람에게서 돌아서고 있음에도 불구하고 유인은 한 치의 굽힘 없

이 일을 처리해 갔다.

"남쪽을 방비하는 데 시간이 좀 더 걸릴 듯해. 여기 일이 정리되는 대로 그대를 영주로 데려갈 테니 조금만 기다려 주어."

정무가 바빠서 오랜만에 선교장에 들른 유인은 얼굴을 보자마자 환궁 이야기를 꺼냈다. 누가 재촉하지도 않았건만, 불안한 마음에 서두르는 기색이 완연했다. 비현은 전보다 야위고 피로에 지친 낯빛이 안타까워서 후원 쪽으로 난 들창을 열고 보료를 깔아 그를 눕혔다. 이제 막 입하(立夏)를 지났을 뿐인데 날은 제법 더워지고 있었다. 비현은 부엌으로 가서 아낙에게 원기를 돋울 수 있는 요리를 부탁하고 곡우 때 채취해 만든 우전차(雨前茶)를 가지고 돌아왔다. 막 내실을 들어서는데 유인은 기다렸다는 듯이 다가와 차반을 내려놓고 보료로 이끌어 앉혔다. 그리곤 무릎을 끌어다 베니 비현은 어이가 없어서 웃어버렸다.

"여기 오시면 꼭 제 무릎부터 찾으시네요."

"이렇게 그대 무릎을 베면 잠이 잘 와. 그리고 여긴 공기마저도 시원하고 달아, 그대처럼."

비현은 지그시 눈을 감고 있는 유인을 보다가 부채로 솔솔 부쳐주었다. 꽃 향을 실은 싱그러운 바람이 불어오고 늦게 피어 지기 시작한 복사꽃잎이 햇살과 함께 날아들었다. 잠든 듯 한참 동안 누워 있던 유인은 갑자기 벌떡 일어나더니 품속에서 무언가를 꺼냈다. 비현은 그가 손에 쥐어준 것을 물끄러미 바라보았다. 매화 무늬에 가운데 홍옥이 박힌 예쁜 보요 한 쌍이었다.

“인걸이가 누굴 주려는지 서주 장인에게 부탁해 보요(步搖) 한 쌍을 만들었더군. 나도 그대 주려고 특별히 부탁해 만든 것이야. 이때껏 정인이랍시고 시시한 꽃 몇 번 주고 제대로 해준 것이 없잖아.”

“전하, 시시하지 않았어요. 얼마나 소중하고 기뻤는데요.”

비현은 정색을 하고서 말했다. 진지한 얼굴과 목소리에 흐뭇한 미소를 지은 유인이 은근하게 물었다.

“정말? 그리 기뻤어?”

“그럼요. 지금도 매일 물 주고 소중히 가꾸는걸요.”

“그래? 나도 그대가 준 정과가 아까워서 그대로 두었어.”

“네? 또 만들어달라고 하시지 왜 그러셨어요?”

“부탁하면 또 만들어주나?”

“그럼요. 지금 당장 만들어 가지고⋯⋯.”

서둘러 일어나려는 비현의 손을 잡아끌어 품에 앉힌 유인은 기쁨에 겨운 목소리로 속삭였다.

“그대를 사랑해. 깊이깊이 사랑해.”

비현은 그의 품속에서 두 눈을 지그시 감았다. 그의 심장 박동이 크게 울리면 울릴수록 마음속에 슬픔이 한없이 솟아나 심장이 딱딱하게 얼어붙는다. 유인은 촉촉해진 비현의 눈망울을 보다가 고개 숙여 입을 맞추었다. 그 따뜻하고 부드러운 입술에 비현의 얼어붙은 심장이 잠시잠깐 따스해진다. 비현은 이 순간이 영원히 계속되길 마음속으로 빌며 그와 잡은 손을 꼭 쥐었다. 떨어지는 꽃잎처럼 허공에서 맴돌던 나비 한 쌍이 창을 넘어와 두 사람 주위를 맴돌다 나갔다. 막 음식을 만들어온 단홍은 그들의 뒷모습을 보고 문 앞에 쟁반을 두고 사라졌다.

한주와 인접한 성이 또다시 공격당했다는 소식이 날아들었다. 곧이어 병사들과 백성들이 합심하여 싸웠지만 끝내는 성을 뺏기고 수많은 이들이 죽거나 포로로 끌려갔다는 풍문이 퍼졌다. 선교장 사람들은 그 소식이 비현의 귀에 들어가지 않도록 입단속을 했지만 눈치없는 아낙 하나가 병사에서 입방정을 떠는 바람에 탄로가 나고 말았다. 비현은 며칠째 불면에 시달리며 침실과 후원을 서성였다. 들려오는 상황은 악화되어 가는 듯한데 유인은 그저 웃을 뿐이고 자신만 따라달라는 말을 반복할 뿐이었다.

비현은 점점 벼랑으로 내몰리는 듯한 심정이 되었다. 이러지도 저러지도 못하는 자신이 너무나도 미워서 견딜 수가 없었다. 한 손에는 임의 손을 잡고 다른 한 손으로는 칼날을 쥐고 있는 셈이었다. 임의 얼굴을 보면 웃으나 칼날을 쥔 손에는 피가 흐르고 있었다.

'평생을 이리 살아야 하나? 전하 뒤에 숨어서 세상이 어떻게 돌아가든 말든 두 눈과 귀를 막고 있어야 하나?'

생각만으로도 벅찼다. 아무리 그를 사랑한다고 하나 그것은 살아도 산 목숨이 아니요, 자신이 원하던 삶이 아니었다.

"어찌해야 해. 난 어찌해야 하는 거야."

깊은 밤 후원 한 켠을 서성이던 비현은 제자리에 주저앉아 흐느꼈다. 그녀는 하루가 다르게 여위어갔다.

✻

“전쟁이 났단다. 이 빠진 노인, 거웃도 채 자라지 않은 아이들까지 모조리 징발해 가고 포로와 죄수들을 끌어다가 화살받이로 내세운단다. 그뿐만이 아니라 곡식이며 개, 돼지 할 것 없이 남김없이 쓸어가 버려 굶어죽는 이가 태반이요, 그 시체들을 훔쳐다가 연명하는 이들도 있다 하니 이대로 가다가 한주는 망하고 말 것이다.”

한주 백성들 사이에는 나라가 곧 망하고 말 거라는 풍문이 돌았다. 민심은 피폐해져 내란이 거세지고, 사회가 각박하고, 혼란할수록 관리들은 부패하고 귀족들은 타락해 가기 시작했다. 세아는 밤마다 귀족들을 불러들여 주연을 벌였고 제각기들 뒤섞여 난교(亂交)하는 모습을 구경하곤 했다. 또한 서역 출신의 무희와 배우를 불러들여 화려한 연희를 열고 어린 소년들을 환관으로 뽑아 그중 미모가 빼어난 아이들에게 시중을 들게 했다. 일부 환관들은 채 거세가 안 된 상태로 궁에 들어와 궁녀들과 사통하여 아이까지 배는 일이 일어났지만 세아는 오히려 재미있다는 듯 즐길 뿐이었다. 위 영종의 조심스런 간언에도 불구하고 세아는 방탕한 생활을 계속해 나갔다.

그 와중에 한주의 재정이 어려워져서 전쟁에 필요한 물자들이 부족해지기 시작했다. 세아는 이참에 눈엣가시 같던 불교를 없애버리기 위해 배불정책을 펼쳤다. 신도 안에 수백 개의 사찰이 허물어지고 그곳에 속해 있던 재산은 국고로 환수되었다. 금불상들은 녹여서 새로 세울 염교(炎敎) 사원을 장식하는 데 썼으며 비구들을 강제로 환속시켜 전장에 내보내고 비구니들은 노비로 만들었다. 이를 격렬하게 거부하던 승려와 백성들은 끝내 비참한 죽임을 당했다.

"한족은 어른 아이 할 것 없이 모두 전장에 끌려가고 후족 놈들이 몰려와 그 자리를 채우고 있어. 이러다간 한족은 모두 멸족당하고 말 것이야."

유이항은 분한 얼굴로 탁자를 내려치며 신음을 흘렸다. 세아를 양녀로 삼아 궁에 들여보낸 것이 이런 결과를 낳을 줄은 꿈에도 몰랐으니, 그 년놈들에게 이용당한 것을 생각하면 피가 거꾸로 솟고 속이 문드러졌다.

"내 목에 칼을 꽂은 격이다. 그것들이 이제 곧 나를 죽이려고 수를 쓰겠지. 내가 당하기 전에 먼저 그것들을 없애야 한다."

지금 이항은 사병을 모아 훈련시키며 그들을 죽일 기회를 엿보고 있는 중이었다. 그러나 그들의 기반은 이미 견고해져서 쉽게 무너뜨릴 수 있을 정도로 만만하지 않았다. 조정의 절반 이상이 위영종의 일당들로 채워지고 한주의 상권은 모두 후족 상인들에게 넘어간 상태였다. 나라의 권력과 재력을 움켜쥐었으니 위영종은 점점 더 기고만장해져 가고 있었다. 궁궐에 버금갈 만한 저택이 오십 채에 이르고 창고마다 보화로 가득 차서 헤아릴 수가 없을 정도요, 노비들만 삼천에 첩들만도 이백여 명을 거느리고 있다니 왕이나 다름없는 권세다. 낙타나 팔던 장사치가 한 출세치고는 과한 것이니 자신이 가져야 할 것을 그가 훔쳐 갔다 생각되어 분한 마음에 피눈물이 날 지경이었다.

"널 그 자리에 올려놓은 인물이 세아였듯이 끌어내는 이도 세아일 것이다. 지금 황궁의 돌아가는 사정으로 보아 충분히 그러고도 남음이지. 애써 공들여 쌓아놓은 탑에 제 풀에 깔려 죽는 꼴이 될 테니 단단히 각오해 두어라."

이항은 이를 갈며 칼날처럼 날카로운 복수심을 예리하게 세웠다. 그는 재산의 일부를 처분해 가까이서 세아를 보필하는 태감을 매수했다. 그를 통해 태후와 황궁의 동태를 파악한 이항은 태후를 끌어내릴 기회만을 호시탐탐 노리고 있었다.

✱

계절은 입하(立夏)를 지나 소만(小滿)에 들어서고 천지만물은 무성히 자라기 시작했다. 서주성을 떠날 날이 얼마 남지 않자 선교장 사람들은 영주로 옮겨가기 위해 병사를 정리하고 짐을 정리하느라 여념이 없었다.

"쉬시라는데도 부득부득 나오시다니, 웬 고집이 그리 세셔요?"

단홍은 내실에 들여보냈음에도 불구하고 다시 나와 일손을 거드는 비현을 곱게 흘겨보았다. 부쩍 수척해진 얼굴로 한시도 가만있지 못하고 움직이는 비현의 모습이 금방이라도 쓰러질 듯 위태롭게 보인다.

"아픈 데도 없는데 왜 자꾸 누워 있으라는 거야? 난 괜찮으니

하던 일이나 마저 해."

"아픈 데가 없기는요. 요즘 들어 대꼬챙이처럼 마르시기만 하는데."

비현은 연신 투덜거리는 단홍에게 시선을 주다 머리에 꽂은 보요 한 쌍을 보고 놀라서 일손을 놓았다. 그 시선에 얼굴이 붉어진 단홍은 머리를 매만지며 수줍게 웃었다.

"홍아! 혹시 그걸 준 이가 좌호위가 아니니?"

"마, 맞아요."

"세상에, 언제부터야? 난 감쪽같이 몰랐어."

단홍은 귀까지 빨갛게 달아올라서는 어쩔 줄 몰라 했다. 석상처럼 거대하고 우직한 적인걸과 아담하고 야무진 단홍이 정인이었다니, 비현은 그저 놀랍고 신기할 뿐이다.

"전에, 곡예단이 왔을 적에요. 사실은 그이가 며칠 전에 영주에 가는 대로 혼인을 하자고 했어요."

"어머, 홍아! 잘됐구나."

비현은 단홍을 끌어안고 기쁨의 눈물을 흘렸다. 단홍은 눈물을 닦아주며 넌지시 말했다.

"마마님께 허락을 받을 때까지는 답을 안 주겠다고 했어요. 전에 언제까지나 마마님 옆에 있겠다고 약속했었잖아요."

"세상에, 둘이 서로 은애하면 됐지 내 허락이 무에가 필요해? 잘됐다, 네 옆에 듬직한 이가 있어서 나도 한결 안심이 돼."

"저도 마마님 곁에 전하께서 계셔서 더없이 기뻐요. 이제 가슴 아플 일 없이 백년해로(百年偕老)하실 일만 남았네요."

그 말에 비현의 눈빛은 어둡게 그늘졌다. 백년해로. 한평생을 전하의 옆에서 늙어갈 수 있을까. 전하를 닮은 아이들을 낳고 그 아이들이 커가는 모습을 볼 수 있을까? 정녕 그럴 수 있을까? 비현의 미소 속에 진한 슬픔이 어려 있었다.

따스한 햇볕이 한창 내리쬐는 오후였다. 어디선가 맑고 경쾌한 음이 들려왔다. 새소리라 하기엔 인위적인 맛이 있고 그렇다고 악기가 내는 음이라기엔 너무나도 청명했다. 선교장 식구들도 경쾌한 음률에 귀를 기울이다가 호기심에 못 이겨 너도나도 밖을 내다보았다.

"잠비야, 이것이 무슨 소리라니? 네가 나가서 누가 이리 좋은 소리를 내는지 보고 오너라."

단홍의 말에 잠비가 벌떡 일어나더니 밖으로 뛰어나갔다. 얼마 안 있어 상기된 얼굴로 돌아온 잠비는 근처 빈터에서 승려가 아적(雅笛)을 불고 있다고 말했다.

"근처 절에 스님이 오셔서 2)속강이라도 하시려는 모양이네."

단홍은 들뜬 얼굴로 비현을 슬쩍 쳐다보며 말했다. 불교를 포교함에 있어 글을 모르는 이들이 많았기에 저잣거리에서 백성들을 모아놓고 경전이나 불교 고사를 들려주는 속강승은 흔했다. 그러나 이처럼 예사롭지 않은 음률로 사람들을 끌어 모으는 경우는 흔치 않은지라 비현도 호기심이 일었다.

------

2)속강(俗講): 중국(中國) 당(唐)나라 중기(中期) 이후(以後) 중이 속인(俗人)을 대상(對象)으로 주로 도시(都市)의 절에서 정기적으로 행한 통속적인 설법(說法)을 말한다

비현의 허락이 떨어지자 신이 난 잠비와 단홍은 밖에 나갈 차비를 했다. 덕분에 호위하는 이들도 비현을 따라나섰다. 문밖을 나가니 얼마 걷지 않아 공터에 사람들이 빼곡하게 들어차 있는 것이 보였다. 모두들 젊은 승려가 부는 아적 소리에 귀를 기울이며 저마다 감탄을 내뱉었다. 비현 일행도 한구석에 자리 잡고 앉아 아적을 부는 젊은 승려와 나이 지긋한 노승을 보았다. 음률만큼이나 인물도 범상치 않아 속강승이라고 보기엔 법력이 꽤 높아 보이는 승려들이었다. 사람들이 어느 정도 자리를 잡고 앉자 피리 소리가 그쳤다. 청중의 소란스러움을 잠재우고자 젊은 승이 압좌문(押座文:좌석을 안정시키는 글)을 읊자 좌중은 금세 조용해지고 이야기에 빠져들었다.

3)한 해가 가고 한 해가 오면서 세월은 흘러가는데,
그 누구도 깨달음 얻는 자 없다네.
어저께는 뺨에 붉은 빛 감돌더니,
오늘은 머리 위에 하얀 머리카락뿐.
존귀하신 분 비록 천 사람의 복종을 받을 수 있었으나,
세월이 핍박하니 모두 한바탕 꿈이 되어버렸구나.
노인네 구부러진 허리를 다시 보게나.
고생하며 뛰어다닌 것은 아내와 아이들을 위해서였다네. •

----

3)명대(明代) 의화본(擬話本)에 끼친 당(唐) 전기(傳奇)와 돈황(敦煌) 강창문학(講唱文學)의 영향고(影響考) -김민호(金敏鎬) 著

젊은 승은 불교 고사를 제재로 취한 파마변문(破魔變文) 이야기를 들려주었다. 이는 석가모니가 육 년간의 고행 끝에 성불하자 마왕이 이를 두려워하여 무력으로 위협하고 미인으로 유혹하였으나 석가모니는 조금도 동요하지 않고 결국에는 마왕을 굴복시킨다는 불교 전설을 이야기로 꾸민 것이다. 젊은 승이 어찌나 재미있게 얘기를 하는지 비현도 이야기에 빠져서 열심히 들었다. 속강을 위한 압좌문이 끝나니 본문으로 접어들었다. 본문에서는 노승도 이야기를 거들었다.

이때 마야 부인은 꿈으로 임신을 알았고, 임신 기간이 다 되어 조만간 해산을 하려 하였다. 궁중에는 번민과 수심이 가득하였기에 마야 부인은 비빈(妃嬪)과 더불어 후원에서 노닐었다. 무우수(無憂樹)를 보고 손을 뻗어 가지를 잡자 석가모니가 우측 옆구리로부터 탄생하였다. 이때 무슨 노래가 있었느냐 하면…….

무우수 나무 아래서 잠시 꽃가지 잡을 때,
우측 옆구리서 석가가 태어나셨다네.
오백 명의 천인이 태자를 따르고,
삼천 명의 궁녀가 마야 부인을 떠받든다네.
산후에 아이에게 상서로운 조짐이 많이 보이기로,
밝으신 임금께서는 그 소식 듣고 끝없이 기뻐하신다네.

노승이 담담한 음성으로 이야기하면 젊은 승은 옆에서 노래를 하니 그 소리가 참으로 듣기 좋았다. 승려들은 마야 부인이 석가를 낳으신 일화를 들려준 후 목련경(目連經)을 이야기했다. 목련경은 석존의 십대제자 가운데 신통제일로 알려진 목련 존자의 지옥순례기로 그 묘사가 세밀할 뿐만 아니라 박진감이 넘치니 좌중은 지루해할 틈이 없었다. 목련의 어머니는 생전에 지은 죄로 여덟 지옥 중에서도 가장 깊은 아비지옥에 떨어져 고통을 받았는데, 효심 지극한 목련이 부처께 간구(懇求)하여 어머니를 구하는 내용이었다. 노승은 이야기 말미에 한 망령이 목련에게 한 말을 들려주었다.

원컨대, 집에 있는 아들과 손자들에게 알려주시오.
백옥으로 관(棺)을 만들어도 소용없다고.
황금을 무덤에 넣어도 부질없다고.
끝없는 슬픔과 애도도 결국은 아무 소용이 없다고.
망자의 고통을 없애주고 싶거든
공덕을 쌓아 내 영혼을 어둠에서 구해내는 길밖에 없다고.

청중이 시간 가는 줄 모르고 이야기를 듣는 사이 해가 차츰 기울어지고 있었다. 노승이 이야기를 끝내니 젊은 승이 청중을 향해 말했다.

"오늘 법사께서 진리를 설법하셨으니, 좌중의 청중들께선 이를 소홀히 하지 말아야 합니다. 염불(念佛)하고 속히 집으로 돌아가세요."

이 말에 사람들은 서둘러 염불과 합장을 하고 제 집으로 발길을 돌렸다. 비현은 승려들의 이야기를 감명 깊게 들은지라 다가가서 합장을 하며 말을 건넸다.

"좋은 말씀 잘 들었습니다. 괜찮으시다면 모셔서 공양(供養)을 올리고 싶은데 허락해 주실는지요."

비현은 성 안 사찰에 정기적으로 육법 공양(향, 등, 꽃, 과일, 차, 쌀)을 올렸고 지나가는 승려들을 그냥 지나치지 않고 공양을 했다. 맑은 아적 소리와 뜻 깊은 이야기를 들어 음식 공양을 하고 싶은 마음에 청하니 노승는 비현의 얼굴을 뚫어져라 쳐다볼 뿐 별다른 말이 없었다. 옆에 선 젊은 승도 놀란 듯 눈을 동그랗게 뜨더니 서둘러 합장을 하며 감사의 뜻을 전했다.

비현은 두 승려를 선교장으로 모셔오고 정성껏 저녁을 지어 올렸다. 승려들은 따로 마련한 거처에서 조용히 저녁을 먹었다. 비현은 바랑에 넣어드릴 요량으로 보릿가루, 우유, 꿀 경단을 챙겨 들고 안으로 들어갔다. 막 저녁 공양을 마쳤는지 바리때를 정돈하는 것이 보였다. 비현은 꼼꼼하게 싼 보자기를 내밀었다.

"오랫동안 수행 중이신 거 같아 준비했습니다. 부족하지만 사양치 마시고 받아주세요."

반가부좌를 하고 손 안에 염주 알을 굴리던 노승이 나지막이 말했다.

"무슨 이유로 병자들을 치유하십니까?"

다짜고짜 날아드는 질문에 비현은 적잖이 놀랐다. 은비현임을 밝히지 않았는데도 불구하고 노승이 자신을 알아보니 놀랍고 별다른 말도 없이 불쑥 질문부터 하니 그 의도를 알지 못해 당황스러웠다. 비현은 잠시 주저하다 조심스럽게 입을 열었다.

"그저 아픈 이들을 돕고 싶을 뿐입니다."

"그로 인해 많은 고초를 겪을 줄로 아옵니다만 어찌하여 계속 하시는 것입니까? 모래알만큼이나 많은 중생들을 혼자 다 고치기 란 어려운 일일 터, 혼자서 부귀복락을 누려도 될 텐데 어찌하여 고생을 자처하십니까?"

"스님께서 사람들을 찾아다니며 부처님의 가르침을 전하는 것 은 많은 이들을 고통에서 구원하고 깨달음을 얻도록 도우려는 뜻 이 아니신지요. 저도 제 작은 힘으로나마 아픈 이들을 돕고 싶을 뿐입니다. 모래알처럼 많은 사람들 중에 개인일 뿐이나 그 개인에 게는 무엇보다 절실히 필요한 힘이 아니겠습니까?"

"혹여 사람들이 부처라 칭송하는 것에 미혹하여 행하시는 일은 아니십니까?"

노승의 말속에는 책망보다는 담담한 물음이 담겨 있었다. 비현 은 나쁜 감정으로 받아들이지 않고 담담히 대답했다.

"그들에겐 자신을 도와주는 이들이 부처입니다. 가난하고 헐벗 은 자들에게 고통을 덜어주었으니 그 은덕이 부처님께 있다 생각 하고 저를 부처라 부르니 저를 향한 칭송이 아니라 부처님을 향한 칭송이 아닐는지요?"

"예국의 비로 책봉되셨다 들었습니다. 지금까지의 쌓아온 공덕 에 목적이 있으셨습니까?"

백성들의 환심을 사서 비로 책봉되는 데 도움을 받으려고 했냐 는 의미였다. 비현은 잠시 숨을 돌렸다가 대답했다.

"병을 치유하는 데에 사심을 품었다면 예(滅)까지 오지 않았을 겁니다. 그리고…… 전하께서는 제가 단지 사람들의 칭송을 받는 이여서 비로 맞으려는 것이 아닐 줄로 압니다."

말을 하는 비현의 얼굴이 복사꽃처럼 붉게 물들어 있었다. 노승은 여전히 속내를 알 수 없는 얼굴로 비현을 응시했다.

"서역 남로의 정국(淨國)을 아시는지요?"

"과거 누란국(樓蘭國), 법국(法國)이라 불리다 법왕(法王)께서 극락정토(極樂淨土)를 만들기 위해 새로이 세우신 불교국이 아닌지요."

"맞습니다. 모든 종문을 초월해 수천 개의 사찰과 수십만의 승려들로 이루어진 4)불국토(佛國土)지요. 그곳을 이끄시는 다섯 5)아라한(阿羅漢) 중 한 분이 열반에 이르실 제 유음(遺音)을 남기셨습니다."

비현은 그 이야기를 왜 자신에게 하는지 의아해하며 숨죽여 들었다.

"곧이어 대륙에 긴 전쟁이 일어 수많은 이들이 죽어가고 고통받을 것이다. 그 땅에서 중생들의 아픔을 치유해 깨달음으로 이끌 분이 나실 것이니, 이분을 불국토로 모셔와 발원(發願) 수행하여 깨달음을 얻으면 6)예토(穢土)가 긴 고통에서 벗어나게 될 것이다."

----

4)불국토(佛國土): 부처님이 계시는 국토 또는 부처님이 교화하는 국토를 말한다
5)아라한(阿羅漢, arhan): 소승불교에서 모든 번뇌를 끊고 사제(四諦)의 이치를 깨달아 열반의 경지에 이른 성자를 이르는 말이다
6)예토(穢土): 중생이 사는, 번뇌로 가득 찬 고해(苦海)인 현실 세계를 이르는 불교 용어이다

비현은 순간적으로 몸이 굳어 숨을 쉴 수가 없었다. 노승은 담담하면서도 또렷한 눈으로 바라볼 뿐인데도 혼이 나는 사람처럼 몸이 자꾸만 오그라들었다. 비현은 눈앞이 어지러워서 지그시 눈을 감았다가 떴다.

"그 유음을 왜 제게 들려주시는 건지요?"

"[7]청신녀(淸信女)께서는 이 땅의 많은 병고자들과 불구자들을 괴로움에서 구원하기 위해 각별한 운명을 타고나신 것입니다. 본인이 가지신 영묘한 힘이 그 증거이지요. 이제 때가 왔습니다. 정국으로 가셔서 아라한이 되시어 모든 병고중생을 구제해 주소서, 모든 이들을 깨달음으로 이끄소서."

"아니에요. 뭔가 잘못 아신 걸 겁니다. 전 그저 평범한 사람일 뿐입니다."

당황한 비현은 황급히 일어서려 했다. 그때 노승의 엄숙한 목소리가 내실에 울려 퍼졌다.

"이 모든 것이 날 때부터 정해진 것, 부정한다고 해서 본인의 운명을 거스를 순 없습니다."

비현은 제자리에 주저앉아 금방이라도 울음이 터질 듯한 얼굴로 말했다.

"단지 사람을 고치는 능력이 있기 때문입니까? 어찌 저 같은 사람이 아라한이 된단 말씀입니까?"

"청신녀님께서 놀라시는 것도 무리가 아닙니다. 낯선 이가 찾

---

7)청신녀(淸信女): 불교에서 출가하지 않고 부처의 제자가 된 여자를 이른다. 우바이(優婆夷) 근사녀(近事女)라고도 한다

아와 출가하라 하면 누군들 놀라지 않겠습니까. 결코 강요하기 위해 찾아온 것은 아닙니다. 소승은 지금의 삶이 정녕 원하신 것인가 스스로를 돌아보라 권유하고 싶습니다. 청신녀님의 청정한 마음을, 사람들을 향한 따사로운 자비심을 좀 더 많은 이들에게 베풀어 그들을 구원해 낸다면 그게 어찌 개인의 영화겠습니까? 구름이 하늘을 어둡게 만들 수 없듯이, 먹물이 허공을 더럽힐 수 없듯이, 그 무엇에도 더러워지지 않는 청정한 불성(佛性)으로 중생들을 구원해 주십시오.”

“저는 자격이 없는 사람입니다. 미리 정해진 운명이라 말씀하시나 무엇을 근거로 그리 말씀하시는 것입니까?”

“본국에서는 그동안 몇 차례 시험이 있었습니다. 그중 첫 번째는 청신녀(淸信女)님이 세 살 되던 해에, 두 번째는 황궁에 계실 때 법륜대사께서 하셨지요.”

순간 비현의 머리 속에 섬광처럼 스쳐 가는 것이 있었다. 어머니가 세 살 된 자신을 데리고 저잣거리에 갔다가 만났다는 여승에 관한 이야기와 황후마마의 병증이 저주술로 인해 악화되었을 때 궁에 모신 법륜대사의 말이 떠오른 것이다.

“다른 이의 말에 귀 기울이지 말고 마음이 원하는 대로 따라가시면 길이 열릴 것입니다. 다시 뵐 때까지 부디 옥체 보전하옵소서. 나무아미타불, 나무아미타불…….”

대사의 마지막 말이 떠오르자 비현은 눈앞이 하얗게 변하고 몸이 덜덜 떨려왔다. 자신이 모르는 사이에 그 많은 일들이 있었고 애초부터 운명이 결정되어 있다는 사실이 믿겨지지가 않았다.

"정국(淨國)에서는 어릴 때 출가를 권했으나 그것도 운명이었는지 양친께서 거절하시어 못 이루고 후에 황궁에 들어가셨지요. 천자께서 불러도 좀처럼 발을 떼지 않으시는 법륜대사께서 친히 움직이신 것은 다 청신녀님을 뵈러 간 것입니다. 정국으로 돌아오신 법륜대사께서 하시는 말씀이 지금 당장은 때가 아니고 좀 더 세월이 지나야 한다고 말씀하셨습니다. 그리고는 몇 달 전 제게 황급히 예국으로 가서 청신녀님을 모셔오라 하셨습니다."

노승의 말에 비현은 더욱더 혼란스러워졌다.

"저, 전 모르겠습니다. 지금은 아무 말도 드릴 수가 없습니다."

"여기 법왕폐하께서 수결(手決)하신 서신이 있습니다. 잘 읽어보시고 의향을 말씀해 주십시오. 부디 마음의 눈, 마음의 귀가 열리어 진리에 이르시길……."

비현은 노승이 준 서신을 받아 들고 도망치듯 내실을 나왔다.

침실로 돌아온 비현은 등불 아래 자리를 잡고 앉았다. 서신을 앞에 두고 차마 읽지 못하고 망연히 앉아 있다가 한참이 지나서야 비로소 읽어 내려갔다. 법왕의 서신은 여인이 쓴 것이 아닐까 싶을 정도로 단아하고 섬세한 필체로 써 내려간 글이었다. 서신에는 그동안의 안부와 함께 노승이 말한 대로 정국(淨國)에 와서 8)서원(誓願)을 세우고 중생들을 제도(濟度)해 달라는 내용이 쓰여 있었다.

----

8)서원(誓願): 부처나 보살이 중생을 제도(濟度)하려는 소원이 이루어지도록 기원하는 것을 말한다

더불어 현재 한주가 배불정책을 실시하여 불교사찰을 정리하고 딸린 재산과 사전(寺田)을 몰수, 승려들을 환속시켜 조세 부담을 지우고 있다는 내용과 함께 유세아가 언급되어 있었다.

[전(前) 왕조의 법난(法難)으로 위축됐던 불교가 다시 흥기하기 시작한 지금, 한주가 불교를 배척하는 것은 황태후 유씨와 깊은 관계가 있습니다. 황태후가 나서서 사교(邪敎)를 장려하니 혼란에 빠진 한주 백성들은 염교(炎敎)의 흑희라는 여신을 받들며 현실의 고통에서 벗어나려고 하고 있습니다. 하지만 염교는 백성들의 재산을 빼앗고 사악함으로 이끄니, 이에 현혹된 백성들은 인륜을 저버리는 짓을 서슴없이 하며 염교 이외의 모든 사찰을 불태우고 승려들을 죽이고 있습니다. 이 밖에 참혹함을 필설로는 담아내지 못할 지경이니, 이 난국을 구제할 분은 오직 여래의 화신뿐입니다. 부디 정국으로 오시어 번뇌로 가득 찬 사바세계의 중생을 깨달음으로 이끌어주시길 간절히 고대합니다.]

비현은 손에 든 서신을 떨어뜨리고 자리에서 벌떡 일어섰다. 바위에 짓눌린 듯 숨을 쉬기가 고통스럽고 머리가 어지럽다.

'이 서신이 나와 무슨 상관이란 말인가. 왜 이걸 나에게…… 내가 무슨 부처의 화신이라는 것인가, 누가 누구를 구원한다는 것인가. 그들이 잘못 알고 있는 것이다. 세상에 떠다니는 허명(虛名)을 듣고 이러는 것일 게다.'

그렇게 속으로 되뇌면서도 손끝은 덜덜 떨려오고 몸은 허방을 짚은 듯 자꾸만 기울고 있었다.

"이러면 안 된다. 정신을 차려야지, 정신을 차려야 해."

비현은 한참을 꼼짝도 않고 서 있다가 견딜 수 없이 답답해져서 후원으로 뛰쳐나갔다.

먹장 같은 그믐밤, 비현은 어둠 속에서 들려오는 풀벌레의 울음소리를 망연히 듣고 서 있었다. 꼭 사람들의 울음소리 같다. 자신을 원망하며 내지르는 울음소리 같다. 넋이 나간 사람처럼 서 있던 비현은 견딜 수 없는 공포에 몸을 떨었다. 그리곤 갑자기 정신을 차리고 어디론가 달려가기 시작했다. 정신없이 달리던 비현은 낯익은 중문을 맞닥뜨리자 제자리에 멈춰 섰다. 그제야 주위를 둘러본 비현은 자신이 유인에게 달려가고 있었음을 깨닫고 떨리는 손끝을 문쪽으로 가져갔다.

'지금 만나지 않으면, 오늘 이 일을 얘기하지 않으면 영원히 못할 거야. 그러니 이 문을 열고 전하를 만나야 해. 가서 이 떨림을 멈춰달라고, 이 두려움을 떨쳐 달라고 부탁해야 해.'

머리 속 간절한 외침에 비현은 입술을 깨물고 문을 밀었다. 끼이익 소리를 내며 문이 열렸지만 비현은 더 나아가지 못하고 서버렸다.

'이렇게 살 수는 없어. 전하의 그늘 아래 숨어서 아무것도 모르는 척 웃으며 살 순 없는 일이야. 무영과 식솔이 죽은 것도 모자라 죄없는 사람들이 죽어가고 있어. 나 때문에…… 사람들이 죽고 있어.'

비현은 알고 있었다, 무영이 돌아오지 않을 것이라는 사실을.

그에게 느껴지는 깊은 슬픔이 그 때문이라는 것도 일찍부터 느끼고 있었다. 자신이 옆에 있으면 모두 불행해진다. 부모님과 무영도 모자라 이제는 얼굴도 알지 못하는 많은 이들이 자신 때문에 죽어가고 있었다. 이대로 그들을 모른 척할 수는 없다. 차마 자신만을 위해 살 수는 없다.

비현은 온몸의 떨림이 더 심해져서 토담에 기대섰다. 어느 사이엔가 뜨거운 눈물이 흘러 앞섶을 적셨다.

'하지만 출가를 하면 전하를 잊어야 해. 그것은 너무나도 두려워.'

자꾸만 피에 흠뻑 젖은 채 자신을 바라보던 눈빛이 떠오른다. 기쁨과 원망이 어린 시선, 뜨겁고 부드러운 입술의 감촉, 두 손을 꼭 잡으며 속삭였던 말들, 너무나도 행복했던 순간순간들. 비현은 제자리에 힘없이 무너졌다. 출가를 하면 이 모든 것을 잊어야 한다. 함께했던 모든 기억을 잊어야 한다. 비현은 흘러나오는 울음을 두 손으로 막았다.

'차라리 죽는 것이 나아. 모든 걸 잊어야 하느니 죽는 것이 나아.'

죽어서 임 곁을 떠나면 기억을 고스란히 가지고 갈 수 있으련만. 출가를 하게 되면 모든 것을 잊어야 하니 그것은 생살을 찢는 아픔보다 더한 것이었다. 아픈 기억이 더 많다고 할지라도 그로 인해 행복했던 삶이었다. 가슴 떨리는 기억과 함께 세상을 알아가던 기쁨을 잊고 살 수 있을지 자신이 없다. 그 아름다운 기억들을 잊는다면 그가 용서치 않으리라. 자신을 떠난 것도 모자라 기억마저 잊는다면 그는 견뎌내지 못할 것이다. 비현은 생각만으로도 고통스러워서 숨이 막혔다.

'전하의 가슴을 찢어놓고 내가 온 정신으로 살 수 있을까. 죽는 한이 있어도 그리는 못한다. 도저히 그리는 못해.'

하지만 비현은 이미 알고 있었다. 노승의 말을 듣는 순간, 거짓말처럼 깨닫고 말았다. 자신이 그 예언 속의 사람이라는 것을, 임을 떠나 낯선 땅, 멀고 먼 곳으로 떠나야 함을, 그것이 운명임을.

운명은 눈부신 기쁨을 주고 그보다 잔인한 시련으로 인도하고 있었다. 이제 모든 것을 기억 저편으로 묻어버리고 험한 여정을 가야 한다. 사모하는 이를 떠올릴 수조차 없는 곳으로. 비현은 자신이 감당해야 할 운명이 버거워 어둠 속에서 울고 또 울었다.

정국(淨國)의 승려가 온 지 이틀이 지났다. 영주로 떠날 날이 가까워져 분주한 터라 누구도 승려들의 존재에 대해 신경 쓰지 않았다. 오직 단홍만이 그들의 시중을 들었고 그사이 비현은 가벼운 감모에 걸렸다는 핑계를 대고 침실 밖으로 나오지 않았다. 하륜이 진맥을 짚으려고 해도 괜찮다고만 하고 돌아누우니 걱정이 된 유인이 수시로 인편을 보내 안부를 물었다. 그리 심려할 정도는 아니라는 서신을 보낸 비현은 하루 종일 두문불출했다.

9)다정함이 오히려 무정한 것만 같아

님 앞에 마주해도 웃을 수가 없네.

---

9)증별(贈別): 다정각사총무정(多情却似總無情) 유각준전소불성(唯覺樽前笑不成)
납촉유심환석별(蠟燭有心還惜別) 체인수루도천명(替人垂淚到天明) ―두목 唐

저 촛불은 또 헤어지는 것을 아쉬워해서인가.

사람 대신 날이 새도록 눈물을 드리우네.

내실 여기저기에 정신없이 써 내려간 글귀들이 수북하게 쌓여 있었다. 비현은 손가락에 먹물이 까맣게 들도록 수많은 시와 불경들을 끊임없이 써 내려갔다. 나중에는 자신이 무엇을 쓰고 있는지조차 분간할 수 없었다. 그저 이 깊은 정을 퍼내고 또 퍼내면 언젠가는 마를 것이라고, 그렇게 남김없이 모두 꺼내어 마음이 텅 비게 되면 그때 떠날 수 있을 것이라 막연히 생각할 뿐이었다. 비현은 자신이 흘린 눈물로 붓을 적셔 이별의 고통을 써 내려갔다. 하지만 마음이 비워지는커녕 그리움은 진해지고 괴로움은 더해갔다.

'모두 버려야 해. 남김없이 비워야 해. 깨끗이 잊어야 해.'

마음속 외침과 달리 그에게 묶인 마음은 끊어지질 않았다. 아니, 더욱더 매달려 떨어지지 않으려 애쓰고 있었다. 비현은 이를 악문 채 쓰고 또 써 내려갔다. 마음을 비워내려고 한장두장 쓰기 시작한 것이 수십 장이 되었다. 아무리 써도 마음속 우물은 차고 넘쳤다. 끝내 이 마음을 비우지 못할 것만 같아 두렵고, 또 영원히 잊을까 두렵기도 했다.

비현은 하룻밤을 꼬박 새우고 푸르스름한 새벽빛이 밝아올 무렵, 임에게 보내는 마지막 서신을 써 내려갔다. 한자한자 적을 때마다 통곡이 흘러나왔다. 종이가 눈물로 얼룩지면 새 것을 가져와 처음부터 다시 써 내려가기를 수십 번, 마침내 붓을 내려놓은 비현은 그대로 정신을 잃고 말았다.

깊은 밤, 하륜의 서재에 두 명의 사내가 들어섰다. 한 사람은 사예문, 다른 이는 척경진이었다. 그들은 막 잠자리에 들려던 중에 아무에게도 알리지 말고 선교장에 와달라는 서신을 받고 부랴부랴 달려온 참이었다. 두 사람은 서재에 자리해 있는 두 명의 승려와 하륜, 비현을 보고 얼떨떨한 표정을 지으며 착석했다.

"자, 부른 이들은 모두 모인 것 같으니 이제 이야기를 들어봅시다."

무슨 일이 있음을 감지한 하륜은 굳은 표정으로 비현을 바라보았다. 며칠 사이에 몰라보도록 해쓱해진 비현은 담담한 얼굴로 이야기를 시작했다. 비현이 이야기를 하는 사이 승려들을 제외한 다른 이들은 놀란 기색이 완연했고 동시에 얼굴이 어두워졌다. 비현이 입을 다물자 이번엔 노승이 탁자에 놓인 서찰을 경진에게 건넸다. 이것은 정국의 재상이 예국의 재상에게 보내는 국서였다. 경진은 침착하게 서신을 읽어 내려갔다.

[지금 한주의 형상은 뿌리가 썩어 서서히 말라가는 나무와도 같습니다. 제왕의 기운은 사라진 지 오래인데다 승냥이 같은 관리들이 백성들의 고혈을 갈취하고 사교가 난립하여 인륜이 무너지고 있습니다. 한주에서 시작된 환난이 대륙을 고통 속으로 몰아넣을 것이니 이는 수백 년 동안 지속될 재앙이 될 것입니다. 일찍이 정국의 야라한이신 법연(法然)께서 이러한 난세를 구제해 줄 분이 오실 것이라 예언하시었습니다. 오랜 기다림 끝에 미래불을 맞이하니 도탄에 빠

진 대륙에 살길이 열린 것이고, 더불어 제왕의 기운이 동쪽에서 깃
드니 모든 환난을 종식시킬 황제가 등장하실 것이라 말씀하셨습니
다. 그 두 분이 동시에 서주에 계신 것은 신이한 하늘의 뜻이 아닐는
지요. 정국은 하늘의 뜻을 받들어 장차 부처가 되실 분을 섬기고 예
왕께서 환난을 종식시키고 중원의 제왕으로 자리매김하도록 도울
것입니다.]

자리한 이들이 서신을 읽어 내려가는 동안 비현은 어두운 눈빛
으로 시선을 내리깐 채 석상처럼 앉아 있었다. 그녀가 예전과 달
라졌음을 자리한 이들은 느낄 수 있었다. 제일 먼저 입을 연 것은
경진이었다. 그는 날카로운 눈으로 노승을 바라보았다.

"환속하기 전, 법회에서 법사님을 먼발치에서 뵌 적이 있습니
다. 예의 대신이기 앞서 존경하는 법사님께 예를 갖춥니다."

경진은 정중히 예의를 갖춘 후 말했다.

"한주의 배불정책으로 정국이 많은 어려움을 겪고 있는 것으로
압니다. 사원 철폐에 돈황에서만도 삼천여 명의 승려들이 죽임을
당하였다니 중원 내에 입지가 갈수록 좁아지고 있는 실정이겠지
요. 이 시점에서 왕후에 오르실 분에게 출가를 권하시는 것에 의
문이 듭니다. 혹여 정국의 곤란한 상황을 타개하기 위한 고육지책
이 아닙니까? 어릴 적부터 부처의 화신이다 칭송받는 분이 정국에
서 출가하면 다시금 불심을 모을 수 있을 테니 이를 이용하려고
드는 것이 아닙니까?"

경진의 눈빛은 얼음장처럼 차가웠다. 곧 노승이 대답했다.

“정국 또한 나라입니다. 어찌 정치적 이득에서 자유로울 수 있 겠습니다. 허나 이것은 배불정책 그 이전에 나온 예언입니다. 한 순간의 어려운 상황을 모면하기 위함이 아닌 오랫동안 지켜보고 기다려 온 일입니다.”

“그냥은 허락지 않을 듯하니 왕후전하와 정국의 지지(支持)를 맞 바꾸자는 심산이 아닙니까? 이것은 전하를 모독하는 일입니다.”

“정국에서는 현 상황을 있는 그대로 보고 있을 뿐입니다. 지금 한주는 몰락의 길을 걷고 있습니다. 역사이래로 중원은 한 왕조가 다스리지 않으면 오랜 전쟁으로 피폐해져 백성들이 고통받아 왔습 니다. 그것은 누구도 원치 않는 것입니다. 정국에서는 다음 패권을 쥘 나라를 예국으로 보고 지원하려는 것입니다. 난세를 통일하는 것은 예 왕이시고 중생들의 불안하고 피폐해진 마음을 구제하는 것은 이 자리에 계신 분입니다. 정국은 모두가 더불어 살자는 것이 지 자국의 이득만을 취하려는 것이 아님을 유념하여 주십시오.”

“대장군님과 절 비밀리에 부른 이유를 알 수 없을뿐더러 이것 은 절대로 받아들여지지 않을 겁니다. 전하께서 허락하실 리가 없 습니다.”

내실 안에 긴장이 감도는 사이 비현의 목소리가 흘러나왔다.

“전 이미 가겠다고 결정을 내렸습니다.”

그 담담한 목소리에 흠칫 놀란 사내들이 승려들 옆에 앉아 있는 비현을 일제히 쳐다보았다. 비현은 그동안 한 번도 본 적이 없는 싸늘한 표정과 어조로 말을 이어나갔다.

“여러분들을 모신 것은 제 결정을 말씀드리고 도움을 청하기 위해섭니다."

"안 될 일입니다. 어찌 그런!"

경진은 몸을 앞으로 내밀고 다급하게 소리쳤다. 비현은 두 눈을 느리게 깜박였을 뿐, 차분하게 말했다.

"지금 저 한 사람으로 전쟁이 반발하고 조정이 분열됐다 들었습니다. 이 상황에서 제가 영주에 가게 되면 전하께 큰 누가 될 것입니다."

누구도 비현의 말에 반대 의견을 내놓지 못했다. 현 상황은 확실히 유인에게 안 좋게 돌아가고 있었기 때문이다.

"전 전하를 위험에 몰면서까지 비(妃)가 되고픈 마음은 없습니다. 이 길이 제 운명임을 받아들이고 담담히 떠나겠습니다."

"하지만……."

경진이 입을 열자 예문이 손을 들어 막고 말했다.

"전하께선 분명히 반대하실 겁니다. 한주로 떠나려던 것을 어찌 막았는지 아시지 않습니까?"

"그래서 여러분을 이 자리에 모신 것입니다. 도와주세요. 떠나는 순간까지 전하께서는 모르셔야 합니다."

비현의 목소리에 서린 결연한 의지에 자리한 이들은 입을 열 수가 없었다. 둘의 정이 얼마나 깊은지 알기에 그 마음이 얼마나 아플지도 잘 알고 있었다. 하지만 비현의 모습은 침착하기 그지없었다. 이미 출가하여 모든 사념에서 초월한 이처럼, 그녀는 담담히 앉아 있었다.

四. 파애破愛

밤이 늦도록 침실의 불은 꺼질 줄을 몰랐다. 눈물 같은 촛농이 엉겨 흐르는 가운데 이따금씩 불어오는 바람에 문풍지가 다르르 떨렸다. 그때마다 고개를 들어 창문을 바라보던 비현은 아득한 표정을 짓고는 다시 고개를 떨구었다.

그녀는 옷을 짓고 있었다. 윗옷인 편삼(偏衫)과 아래옷인 군자(裙子)를 합쳐 꿰맨 장삼(長衫)이 불빛에 비춰 노랗게 빛났다. 그녀는 자신이 입고 갈 법복(法服)을 짓고 있는 중이었다. 서투른 솜씨지만 한땀한땀 정성이 깃들어 있었다. 단홍이 만들어준다며 한사코 고집을 부렸지만 비현은 기어이 빼앗아 자신이 지었다. 긴 밤을 한숨으로 보내느니 무언가라도 하고 있으면 상심이 덜했기 때문이다. 사경(四更)이 훌쩍 넘도록 옷 짓는 것에 매달려 있자니 인기척과 함께 단홍이 들어왔다. 자다 깬 참인지 단홍의 목소리가 잠겨 있었다.

"마마님, 늦었으니 이만 주무셔야지요."

"자다 말고 왜 나왔어? 거의 다 지었으니 걱정 말고 가서 자."

비현을 보는 단홍의 시선은 참으로 애처로웠다. 단홍은 더 이상 눈물도 나오지 않았다. 아무리 매달려 달래고 을러보아도 그녀는 마음을 바꾸지 않았다. 그 먼 땅에 가서 어찌 살려느냐고, 그리 애틋했던 정을 버리고 어찌 살려느냐고 매달렸지만 비현은 꿈쩍도 하지 않았다.

"마마님."

단홍이 지그시 부르자 비현이 고개를 돌렸다. 슬픈 시선이 마주치자 두 여인의 입에서 동시에 한숨이 새어나온다.

"마마님, 지금이라도 늦지 않았으니 마음을 돌리셔요."

"이미 정한 일인데 왜 자꾸 그러니."

"짧은 인생, 사모하는 이랑 살아보고 싶지 않아요? 아들딸 낳아 도란도란 살고 싶지 않아요? 무슨 영화를 보자고 그 먼 땅으로 떠나십니까?"

생각만으로도 눈시울이 뜨거워지고 설움이 끓어올라 단홍은 소리 죽여 흐느꼈다. 비현은 들썩이는 그녀의 어깨를 안고 등을 쓸어 내렸다.

"네가 내 몫까지 살려무나. 아들딸 낳고 어여쁘게 키우면서 정인과 행복하게 살려무나. 너는 어여쁜 아이니 아이들도 참 고울 것이야. 아비 될 사람이 참으로 듬직한 이이니 아이들도 의젓할 것이야.”

“마마님 속이 까맣게 타 들어가는데 남이 어찌 살든 무슨 소용이에요? 아이고, 생각하면 할수록 기막힌 노릇이지. 왕후마마 되신다고 말 나온 것이 엊그제인데 난데없이 비구니가 웬 말이어요.”

비현의 어깨에 서러운 울음을 토해낸 단홍은 끝내 목 놓아 울었다.

“홍아, 부디 지아비 잘 모시고 건강하여라.”

비현은 갈수록 커져만 가는 단홍의 울음을 들으며 긴 한숨을 내쉬었다. 이별은 언제나 감당하기 버겁다. 이대로 바람처럼 사라져 서역에 도착했으면 좋으련만, 모두의 기억 속에서 수월히 잊혀지면 좋으련만. 비현은 단홍을 달래느라 날을 하얗게 지새워야 했다.

서주를 떠나 영주로 환궁할 날이 내일로 다가왔다. 환궁 준비로 바쁜 와중에 간신히 짬을 내어 선교장을 찾은 유인은 더욱 야윈 비현의 얼굴을 보고 걱정이 되어 물었다.

“며칠 앓았다더니 어쩌다 얼굴이 이 지경이 됐어? 괜찮겠어? 여정을 늦추어볼까?”

잠시 앓았다는 이야기는 전해 들었지만 몰라보게 해쓱해져서 가뜩이나 작은 몸이 더 작아졌으니 유인은 속이 몹시 상했다. 그가 야윈 뺨과 더욱 가늘어진 목과 손목을 이리저리 살펴보며 걱정스런 눈빛을 보내자 비현은 애써 밝게 웃으며 고개를 저었다.

“괜찮아요. 이제 다 나았는걸요.”

“꽤 긴 여정이 될 텐데 그 몸으로 어찌 견디겠어? 영주는커녕 반도 못 가게 생겼군."

"전하, 정말 괜찮아요."

비현은 안심을 하지 못하는 유인의 뺨을 부드럽게 어루만지며 미소를 지어주었다. 미소 속에 담긴 왠지 모를 처연함이 마냥 불안해서 유인은 마음이 놓이지 않았다.

"바빠도 자주 들러보는 건데 그랬어. 미안해, 신경 써주지 못해서."

"전하, 그리 미안하시면 오늘은 제 어리광을 받아주셔요."

당황한 유인이 입술을 열기도 전에 비현은 그의 무릎을 베고 누웠다. 유인은 좀처럼 없는 일이라 놀라면서도 더없이 기뻤다. 그녀가 애틋한 눈빛으로 바라만 보아도 가슴이 뛰고 숨이 막히는 그였다. 자신은 몇 번이고 고백을 하는데 그녀는 얼굴을 붉힐 뿐 대답이 없어서 속이 상하다가도 부드러운 손으로 잡아줄 때면 하늘을 나는 것처럼 마음이 부풀어 오르곤 했다. 그런 그녀가 자신의 무릎을 베고 누우니 그저 좋아서 입이 절로 벌어졌다. 유인은 누워 있는 그녀의 모습을 흐뭇하게 바라보다가 불쑥 말했다.

"이참에 자장가라도 불러줄까? 한숨 푹 자고 나면 한결 나아질 거야."

"정말요? 네, 불러주셔요."

유인은 부끄러운 듯 잠시 머뭇하다 더듬더듬 자장가를 불렀다. 그 부드러운 음성을 들으며 지그시 눈을 감은 비현은 떨리는 입술을 세게 깨물었다. 속눈썹에 눈물이 스몄지만 비현은 끝내 울음을 참아냈다.

'전하, 저는 울 자격도 없는 사람입니다. 전하의 이런 마음을 배신하였으니 두고두고 벌을 받을 것입니다.'

비현은 설움과 울음을 삼키며 필사적으로 숨을 골랐다. 끝까지 그가 모르게 해야 한다. 설불리 행동했나가 그가 눈치라도 채면 모든 것이 끝나는 것이다. 비현은 잠든 듯 평온한 숨을 쉬며 누워 있었다. 그리 있으니 한참 후에 노래가 멈추었다. 유인은 자장가를 부르다가 덩달아 잠이 왔는지 잠시 주저하다 옆에 누웠다. 그리곤 긴 팔을 벌려 비현을 품에 안고 꼭 끌어안은 채 잠을 청했다. 두 사람이 사이좋게 누운 정자(亭子) 주변으로 따스한 바람이 감돌았다. 바람에 실려온 행긋한 풀냄새에 유인의 입가에는 옅은 미소가 드리워져 있었다.

그가 잠들자 비현은 그동안 억눌러 온 숨을 토해냈다. 고개를 들어 잠든 임의 얼굴을 보니 자꾸만 슬픔이 몸 밖으로 밀고 나오려 한다. 비현은 아주 잠깐 동안 그에게 모두 털어놓고 자신을 지켜달라고 사정하고픈 충동도 느꼈다. 하지만 그녀는 아무 말도 꺼내지 못했다. 단홍의 말대로 자신은 독한 사람인가 보다. 이리 자신을 아끼고 사랑하는 이에게 거짓 웃음을 짓고, 거짓 시늉을 하여 속이니 참으로 악독한 사람이었다.

'독하지 않으면 아무것도 지켜낼 수 없다. 이래야만 전하도, 나라도 내 자신도 지킬 수 있다.'

비현은 이를 악물고 버텼다. 더 이상 약해지지 말자고, 이것이 가장 현명한 결정이라고 마음속으로 거듭 되뇌었다. 허나 세상의 시름을 잊은 듯 편안한 표정으로 잠든 그의 모습이 애처롭게 눈에

밟힌다. 비현은 조심스레 움직여 유인의 얼굴을 더듬어보았다. 떨리는 손가락이 반듯한 이마와 코, 턱을 차례로 오가며 임의 모습을 하나하나 기억했다.

'지금 당장은 죽을 듯이 아프고 괴로울진 모르나 후에 가서는 옛일이 되어 무덤덤해질 날이 오겠지요. 시간 앞에 변하지 않는 것이 있던가요. 아무리 깊은 정도 언젠가는 변하기 마련이라는데 우리 정이라고 남다를까요.'

비현은 그의 입술에 자신의 입술을 살포시 포갰다. 그의 온기와 감촉이 온몸으로 퍼지자 아픔이 점점 더 옥죄어온다. 너무 힘들다고, 죽을 것처럼 아프다고 소리 지르고 싶은데 차마 그럴 수 없으니 비현은 애써 눈물만 삼킬 뿐이었다.

해가 지기 전 선교장을 나온 유인은 정무를 보던 아문을 한 바퀴 돌아보고 자신의 처소로 향했다. 살아온 날들 중에서 가장 기쁘고 행복했던 순간을 보낸 곳이니 애착만큼 아쉬움도 컸다.

'세상사라는 것이 한 치 앞을 볼 수 없다 하나 사랑하는 이와 더불어 영주에 갈 줄은 꿈에도 몰랐음이야.'

유인의 입가에는 내내 웃음이 떠나지 않았다. 전쟁의 위기가 닥쳐오고, 조정에서 대신들의 반대가 격해지고 있다 하나 그는 아무것도 보이지도, 들리지도 않았다. 지금 유인에게는 세상에 두려운 것이 없었다. 뭐든 다 해낼 것처럼 가슴이 뿌듯하게 부풀어 오른다. 아무리 험난한 역경이라도 모두 이겨낼 수 있다는 자신감이 차 오르니 사랑이 그를 무모하고 강하게 만들고 있었다.

그가 막 처소에 들려는 참이었다. 효겸이 다가오더니 귓속말을 건넨다. 유인은 낯빛이 확 변하여 침소 문을 열고 들어섰다. 그러자 고개를 숙이고 앉아 있던 비현이 화들짝 놀라서 일어선다. 유인 또한 적잖이 놀라며 다가섰다.

"이 밤에 웬일이야? 혹 무슨 일이라도 있어?"

유인의 비현의 얼굴이 유난히 창백해서 어디가 아픈가 걱정이 되었다.

"전하."

비현이 조용히 불렀다. 유인은 다른 말을 하려다 입을 닫고 그녀의 얼굴을 응시했다. 비현은 힘겨워 보이는 표정으로 한참을 망설이다 간신히 말을 꺼냈다.

"오늘밤 여기서 자고 싶은데, 괜찮을까요?"

유인은 잠시 할 말을 잊었다. 그녀가 찾아온 것도 놀랍지만 이런 식으로 마음을 표현한 적이 없어서 당황이 되었다. 그는 어떻게 대답해야 할지 몰라 침실을 초조하게 서성대다 끝내 말을 더듬고 말았다.

"그, 그게 지금은 그대 몸이 좋지 않으니……."

유인은 간신히 숨을 삼키고 그녀를 바라보았다. 저 예쁜 눈과 소담스런 입술을 볼 때마다 끓어오르는 열정을 식히느라 얼마나 애썼는지 비현은 모를 것이다. 하루 종일 그녀 생각에 넋을 놓고 있을 때도 있었고, 이유없이 웃다가 인걸에게 들켜 무안을 당한 적도 있었다. 비현을 매 순간 그리워하고 미치도록 원하는 유인이었지만 자신의 열정보다는 그녀의 건강이 더 우선이었다. 유인은 풀어놓은 망아지처럼 날뛰는 심장을 애써 누르고 말했다.

"머, 먼 길을 떠나려면 충분히 자둬야 할 거야. 그리고……."

그가 또 다른 변명을 생각해 내느라 주춤하는 사이 비현이 다가왔다. 그녀는 유인의 가슴에 이마를 대고 조용히 속삭였다.

"같이 있고 싶어요."

유인은 더 이상 거부하지 못하고 허물어졌다. 그는 비현의 볼을 부드럽게 감싸고 입을 맞추었다. 비현은 가만히 눈을 감았고 유인은 감은 두 눈에 번갈아 입을 맞추고는 보드라운 입술을 열고 깊숙이 파고들어 갔다. 온몸에 감각이 올올이 일어서고 피가 중심으로 모인다. 유인은 비현의 허리를 끌어안고 침상으로 이끌었다. 그는 뜨거운 열정에 사로잡혀 자신의 모든 것을 그녀 안에 묻고 싶은 충동을 느꼈지만 서두르지 않았다. 그녀가 찾아온 것이 정염을 채우기 위해서가 아닌 마음을 나누고 싶어서일 거라는 생각이 들었기 때문이다.

유인은 스스로가 고통스러워 견딜 수가 없을 만큼 길고 부드러운 입맞춤을 나누었다. 그사이 손길은 그녀의 옷을 벗긴다. 사그락 소리를 내며 비현의 겉옷이 벗겨지고 흰 살결이 드러나는 투명한 비단 속옷이 드러난다. 살짝 내비치는 하얀 어깨와 봉긋이 솟아 나온 가슴에 입을 맞춘 그는 자신이 걸친 옷을 하나씩 벗겨냈다. 나신이 된 그들은 서로를 끌어안고 누웠다. 더없는 따스함과 희열이 서서히 밀려오는 가운데 유인은 비현의 눈을 들여다보며 머리칼을 쓰다듬어 주었다. 왠지 그녀의 눈빛에서 슬픔이 느껴지자 유인은 가슴이 묵직했다. 그녀의 눈빛은 오늘이 아니면 다시 못 볼 것처럼 아픔으로 일렁였다. 가슴이 뭉클해진 유인은 손가락으로 비현의 볼을 쓸어 내리며 말했다.

"내가 비밀 하나를 가지고 있는데 말이야, 그대에게만 특별히 가르처 줄게. 어릴 때 나는 지독한 울보였어. 언젠가 한번은 효겸이와 장난을 치다가 나무에서 떨어진 일이 있었는데 대장군께 엄청 혼이 났었지. 그땐 그 일이 왜 그렇게 서럽던지 어느 집 헛간에 숨어서 엉엉 울고 말았어. 그때 그 집 노파가 달걀을 가지러 왔다가 울고 있는 나를 보고는 등을 어루만지면서 말하는 거야. 자신이 눈물을 그치게 하는 주술을 알고 있다고 말이야. 그 노파는 내 귀에다 대고 속삭였어."

유인은 고개를 숙여 비현의 귀에다 속삭였다.

"곧 지나가리라."

비현의 눈에 눈물이 가득 고였다. 유인은 그 눈물을 닦아주며 말했다.

"지금 느끼는 아픔도, 두려움도 시간이 흐르면 곧 지나갈 거야. 그러니 조금만 더 용기를 내. 그리고 눈물이 날 때마다 말하는 거야. 이것 또한 곧 지나가리라. 그러면 거짓말처럼 눈물이 멈출 거야."

비현은 손등으로 눈물을 훔치며 작게 속삭였다.

"곧 지나가리라."

유인은 웃음을 터뜨리며 비현을 감싸 안았다.

"그래, 아픔은 언제고 곧 지나가기 마련이야."

그의 희망에 찬 목소리에 비현의 가슴은 와르르 무너졌다. 그녀는 유인의 목을 끌어안고 입술을 깨물었다.

'용서해 주세요. 부디 용서해 주세요. 어쩔 수가 없었어요. 나 때문에 모두가 불행해지는 것을 볼 수가 없었어요.'

칼로 뱃속을 휘젓는 듯한 아픔이 밀려온다. 비현은 그의 가슴에 얼굴을 묻고 고통스런 표정을 숨겼다. 그사이 그의 섬세한 손끝은 귓불을 스친 후 어깨를 지나 가슴으로 내려왔다. 그의 따스한 숨결이 가슴에 닿는다고 느낀 순간, 비현의 몸에 저릿한 감각이 퍼졌다. 비현은 슬픈 환희 속에 잠겨 생과 사를 헤매고 있었다. 이대로 그의 품속에서 숨이 막혀 죽어버렸으면 좋겠다. 그리하면 그는 적어도 배신으로 인한 아픔은 겪지 않을 테니까. 다른 세상으로 떠난 여인을 미워하진 않을 테니까. 아니다. 그것은 이기적인 생각이다. 그는 은비현이란 여인을 그리워하면 안 된다. 미워하고 증오해야 한다. 그 힘으로 일어서고 그 힘으로 살아가야 한다. 그는 강한 사람이니까, 곧 이겨낼 수 있을 것이다. 온몸에 퍼지는 뜨거움과 죄책감이 비현을 지옥으로 몰고 갔다. 비현은 어금니를 깨물고 고통스런 비명을 삼켰다.

유인은 미처 알지 못했다. 그가 하늘로 날아오를 때, 비현은 나락으로 떨어지고 있었단 사실을. 그가 기쁨에 못 이겨 뺨에 입을 맞추었을 때, 비현은 작별 인사를 보내고 있었다는 사실을. 이 모든 것을 까맣게 모르는 유인은 비단처럼 고운 살결과 달콤한 향기에 취해 있었다. 그는 비현의 몸에서 생명과 삶을 느꼈다. 과거 어머니와 하나로 이어져 있었던, 지금은 작은 흔적만 남은 자리를 입술로 쓸어 내리며 그녀 안에서 태어날 또 다른 생명을 생각했다. 청정하고 무구한 수풀을 지나 연꽃처럼 싸인 그녀의 안으로 파고들어 갔을 때는 한 사람으로 인해 삶이란 얼마나 바뀔 수 있는지 실감하며 하늘에 감사했다.

내 모든 것은 네 안에서 시작되고 끝난다. 어미와 태아가 하나의 탯줄로 연결되어 있는 것처럼 나는 너와 연결되어 숨 쉬고, 웃고, 울며 살아갈 것이다. 내겐 오직 한 사람, 은비현뿐이다.

숨이 막힐 듯한 희열이 온몸을 감싸고 유인의 머리 속도 점점 비워져 끝내는 아무 생각도 할 수가 없었다. 드디어 숨이 끊어지고 온몸이 찢어질 듯한 쾌감이 그를 뒤흔들었다. 유인은 비현의 몸 위로 쓰러지며 한숨처럼 중얼거렸다.

"비현, 사랑한다. 사랑한다."

유인은 그녀를 소중히 품고서 잠이 들었다. 점점 평온을 찾아가는 그의 심장 소리를 들으며 비현은 비로소 눈물을 흘렸다.

여명이 채 밝기도 전이었다. 어둠 속에서 몸을 일으킨 비현은 등잔에 불을 붙이고 엎드린 채 깊이 잠든 유인을 내려다보았다. 은은한 불빛 속에 드러나는 나신이 천상의 사람처럼 아름답다. 비현은 그의 뺨에 조용히 입맞추고 헝클어진 머리칼을 쓸어보았다.

'전하, 깊이깊이 사랑하였습니다. 짧았지만 더없이 행복하였습니다.'

안에서부터 치밀어 오르는 슬픔에 비현은 한동안 움직일 수가 없었다. 그의 옆에 앉아 소리없이 흐느끼던 비현은 세상이 보랏빛으로 변하기 전에 침실을 빠져나왔다.

그의 침실에서 멀어질수록 가슴에 커다란 균열이 생기고 마침내 그의 침실이 보이지 않을 만큼 멀어졌을 땐 조각나 와르르 무너져 내렸다.

비현은 선교장 앞에 다다르자 힘없이 주저앉아 서럽게 흐느꼈다. 그의 진심을, 꿈을, 내일을 자신이 짓밟았다는 사실이 견딜 수가 없었다. 쉽게 나을 수 있는 상처가 아닐진대, 두고두고 자신을 원망할진대, 이를 어이할까. 비현은 하륜과 단홍이 나와 부축하기 전까지 주저앉은 자리에서 움직일 수가 없었다. 이제는 눈물조차 흐르지 않았다. 그저 탁한 울음만이 흘러나올 뿐, 자신의 몸속은 텅 비어버린 것만 같았다.

'여기까지가 우리의 운명인 것을…… 세상 무엇을 원망하고 서러워하겠습니까. 부디 어진 마음 다치지 않기를, 그 따뜻한 마음을 오롯이 간직하였다가 좋은 인연을 만나 못다 한 정을 나눌 수 있기를, 세상 그 누구보다도 바른 성군이 되시기를…….'

비현은 유인의 처소 쪽을 한참 동안 바라보다 비로소 발길을 돌렸다. 기다리지 않을수록 시간은 더욱 빨리 오는 법이라던가. 짧은 밤이 지나고 서러운 여명이 밝아왔다. 여명의 푸름처럼 그녀의 가슴속에도 푸른 멍이 드니, 이별은 길고 아픈 여운을 남기고 있었다.

날이 채 밝기도 전에 수백 명의 정병과 기마병, 호위대가 길을 떠날 차비를 끝냈다. 선교장으로도 비현을 위한 수레와 호위대가 당도했다. 모두들 짐을 꾸리고 채비를 하느라 바쁜 사이 하얀 상복을 입고 흰 너울을 쓴 여인이 수레 안 안교(鞍橋)에 올랐다. 하륜을 비롯한 선교장 식구들도 각기 말과 조랑말을 타고 성문으로 향했다. 수레가 성문을 막 지나자 기다리고 있던 유인이 수레 앞으로 다가왔다. 그러자 하륜이 가마 앞을 가로막으며 말했다.

"몸이 미령하신 듯하여 푹 주무실 수 있는 약탕을 지어드렸습니다. 편히 쉬시도록 하심이……."

그 말에 유인은 한 점 의혹없이 고개를 끄덕이며 돌아섰다. 곧이어 행렬이 출발했다. 선봉에는 사예문과 유인이 서고 수레는 그 뒤를 따랐다. 왕과 비현이 떠나는 것이 아쉬운 서주 백성들이 나와 눈물로 배웅을 하고 행렬은 왕도(王都)인 영주로 출발했다. 긴 여정을 가야 하니 짐도, 사람도 많았다. 장엄한 왕의 행렬을 보며 백성들이 몰려나와 절을 하고 비현의 수레에 꽃을 뿌렸다. 그녀를 향한 백성들의 존경을 느낄 수 있으니 유인은 그저 흐뭇할 뿐이었다.

하루 종일 길을 재촉해 이웃해 있는 성에 도착하자 태수가 나와 유인을 반기며 아문(衙門)으로 안내했다. 막 태수의 사저 앞에 당도했을 무렵이다. 유인이 수레 쪽으로 걸어가 말을 세우고 휘장을 걷었다. 안에는 하얀 상복에 흰 너울을 쓴 여인이 다소곳하게 앉아 있었다. 순간 뭔가 이상하다는 느낌을 받은 유인은 서둘러 그녀를 내리라 하고 의아한 얼굴로 너울을 들어 올렸다. 여인의 얼굴을 본 유인의 낯빛은 순식간에 검게 변했다. 상복을 입은 여인은 비현이 아닌 단홍이었다. 단홍은 그의 발치에 엎드려 울음을 터뜨렸다.

"전하, 용서해 주옵소서."

유인은 굳은 얼굴로 주위를 둘러보았다. 영문을 알 수 없다는 표정을 짓는 효겸과 인걸 뒤로 무릎을 꿇은 예문, 하륜, 경진이 보였다. 유인은 무릎을 꿇은 이들에게 다가가 무섭도록 낮은 어조로 물었다.

"설명하라."

고개를 조아란 경진이 차분한 어조로 자초지종을 이야기했다. 경진에게서 그간 있었던 일을 듣는 동안 유인은 반쯤은 넋이 나간 표정으로, 나머지 반은 경악과 분노로 가득 찬 주위를 노려보았다.

"정국에서는 마마의 안전을 위해 스무 명의 승병을 보냈습니다. 마마께서는 오늘 새벽 승병들과 함께 정국으로 떠나셨습니다. 그리고 이 서신을 남기셨습니다."

으드득 소리가 나도록 어금니를 깨문 유인은 차가운 얼굴로 서신을 낚아채고는 천천히 읽어 내려갔다.

[전하, 단지 전하의 앞길에 걸림돌이 되고 싶지 않아 떠나는 것은 아닙니다. 저로 인해 죽어갈 이들을 위해서도 아닙니다. 저는 먼 이역 땅에서 기다리는 운명을 만나기 위해 길을 떠나려 합니다. 이대로 전하의 그늘 아래 꽃처럼 어여쁘게 살 수도 있겠지요. 궁궐 깊숙이 숨어 나라가 어찌 되든 혼자만 행복하게 살 수도 있겠지요. 하지만 끝끝내 불행해지고 말 것입니다. 그것을 알고도 차마 그른 결정을 할 수가 없었어요. 태어나서 처음으로 스스로 선택한 삶입니다. 두렵지만 진정코 원해서 가는 길이기에 후회는 하지 않을 거예요. 전하와의 언약을 깨고 떠나는 저를 차마 용서해 달라고는 하지 않겠

습니다. 이 무정한 사람을 미워하시고, 욕하셔요. 그리고 잊으셔요. 봄 정취에 이끌린 연정, 봄과 함께 떠나보내고 새로운 인연 맞으시길 바랍니다.]

하늘이 무너진다는 것이 이런 것인가. 기가 막힌다는 것이 이런 것인가. 유인은 기막힌 나머지 헛웃음을 터뜨렸다. 마음은 울고 싶은데, 너무 화가 나서 미칠 것만 같은데 이상하게도 웃음이 흘러나왔다.

'출가를 한단 말이지. 나를 속이고 중이 되기 위해서 떠났단 말이지.'

유인의 눈빛에 시퍼런 불꽃이 튀었다.

'너는 우리가 나눈 정을 한낱 춘정으로 생각했나? 날 위해 죽으려고까지 했고, 그런 널 지키기 위해 내 왕위까지 걸었는데 그것이 바람처럼 스치는 연정이란 말인가?'

유인은 주체할 수 없이 끓어오르는 화 때문에 눈앞이 아득했다. 은비현이 어떤 여인인지 알면서도, 자신을 향한 마음이 어땠는지 알면서도 분노에 눈이 멀어 정신을 차릴 수가 없었다. 그녀가 자신을 속였다는 사실을 받아들일 수가 없다. 그녀가 떠나 버렸다는 사실을 유인은 인정할 수가 없었다. 유인은 많은 시선이 자신에게 향해 있는 것도 잊은 채 갈피를 잡지 못하고 이리저리 헤맸다.

'내 마음을 알면서 어찌 배신할 수가 있는가. 어떻게 나와의 언약을 깨고 중들을 따라갈 수가 있단 말인가!'

차가운 얼음물을 뒤집어쓴 듯 뒤통수가 서늘하고 온몸의 피가 차갑게 식었다. 오랫동안 꾹꾹 눌러둔 사나운 야성이 갑자기 뛰쳐나와 그를 잡아 흔들었다.

'그동안 함께한 날들을 이리 헌신짝처럼 내던질 정도로 네게는 의미가 없었던 일인가? 우리가 나눈 이야기, 우리가 나눈 사랑은 다 무엇이란 말이냐! 널 믿었다, 이 세상 누구보다도 믿었다! 그런데 내 등에 비수를 꽂다니!'

유인은 배신감에 치를 떨었다. 함께 보낸 지난밤은 무엇이었단 말인가! 나에게 어떻게 이런 일이 일어날 수 있단 말인가! 마침내 유인의 몸속에 일던 불길이 폭발해 버렸다. 유인은 짐승의 눈처럼 붉게 충혈된 눈으로 주위를 두리번거렸다.

'나를 속인 것들을 전부 잡아 죽일 것이다. 당장 말을 타고 달려가 너의 머리채를 잡아채고 두 팔과 다리를 잘라 내 곁에서 절대로 떠나지 못하도록 붙들어둘 것이다.'

유인은 살기등등한 얼굴로 단홍에게 다가갔다. 땅에 머리를 조아린 그녀를 노려보던 유인이 검을 빼어 들자 주위가 놀라는 동시에 인걸이 뛰어들었다. 인걸은 단홍 앞을 두 팔로 막으며 소리쳤다.

"전하, 안 됩니다!"

사색이 된 인걸의 얼굴을 노려보며 유인이 싸늘히 말했다.

"비켜라! 짐을 속인 계집이다."

"전하, 저와 정혼한 처자이옵니다. 목을 베시려거든 저도 같이 죽여주시옵소서!"

"안 됩니다. 제 잘못이니 절 죽여주시옵소서!"

단홍의 외침에 인걸의 눈에 눈물이 고였다. 유인은 그 모습에서 지난날 보요 한 쌍과 가락지를 받아 들고 좋아하던 사내를 떠올렸다. 유인은 검을 세게 움켜쥐고 외쳤다.

"너도 이 일을 알고 있었느냐?"

"모르고 있었시옵니다."

인걸은 비통한 어조로 고개를 푹 숙였다. 그런 인걸과 단홍을 번갈아 바라보던 유인은 이를 악문 채 검을 치켜들었다. 날카로운 검날이 인걸의 목을 내리치려 하자 단홍은 비명을 지르며 혼절해 버렸다. 효겸 또한 외마디 비명을 지르며 그 앞으로 뛰어들 찰나, 경진이 황급히 팔을 붙들었다. 효겸은 그제야 인걸의 목이 떨어지지 않았다는 것을 깨달았다. 유인의 검은 인걸의 목을 지그시 누르고 있었고 그 언저리에서는 붉은 피가 조금씩 흐르고 있었다. 유인은 그대로 서서 싸늘하게 말했다.

"절대 그대들을 용서치 않을 것이다. 단홍, 사예문, 하륜, 척경진은 옥에 가두고 추후에 심리할 것이며 적인걸, 사효겸은 지위를 강등하고 짐이 직접 채찍형을 내릴 것이다."

유인은 비로소 검을 거두었다. 그의 눈에 일렁이던 살기는 점차 누그러졌으나 표정은 가슴이 서늘할 정도로 차갑게 변해 있었다.

'모두가 나를 기망했다. 내 여인이라 굳게 믿었던 사람마저 날 배신하고 떠났다. 내 사랑과 믿음은 아무것도 아니었던 것이다.'

입가에 싸늘한 조소를 머금은 유인은 엎드린 이들을 노려보다 그대로 태수의 사저로 향했다. 이 광경을 멍하니 바라보고 있던 태수는 서둘러 유인을 따라 들어갔다.

태수가 준비해 놓은 주연을 거절한 유인은 자신의 거처에 들어간 후로 한 발자국도 나오지 않았다. 그는 불조차 밝히지 않고 어둠 속에 서서 멍하니 허공을 노려보았다. 사방은 고요했고 바람마저 불지 않아 모든 것이 정지해 있었다. 그럼에도 불구하고 유인의 귓가에는 비현의 웃음소리와 거문고 소리가 맴돌았다. 어둠을 보고 있는 눈에는 바람에 흩날리는 머리칼과 하얀 목덜미, 눈부시도록 어여쁜 미소가 떠올랐다가 사라졌다. 참으로 맑고 깨끗한 사람이었다. 그 고운 얼굴이 행여나 닳을까 곁에 두고 볼 때마다 마음을 졸여야 했다. 정녕 목숨을 내주어도 아깝지 않은 이였다. 모든 것을 포기하고 그녀 하나만을 택하라 해도 서슴없이 따랐을 것이다. 그런 이가 나를 버렸다. 그리 연모한 이가 자신을 능멸하고 떠나 버렸다.

망연히 서 있던 유인은 갑자기 웃음을 터뜨렸다. 어둠 속에 울려 퍼지는 그의 웃음은 그칠 줄 몰랐다. 허무하고도 고통이 뒤섞인, 울음과도 같은 웃음이었다. 피를 토하는 듯한 웃음이 잦아들자 유인은 다시 이를 갈며 허공을 노려보았다.

'왜 가서 붙잡지 않는가!'

유인은 자신에게 물었다. 며칠 밤낮을 달리면 잡을 수 있을 것이다. 국경을 넘었으면 군대를 이끌고 가서 잡아오면 될 것이다. 하지만 유인은 그러지 않았다.

[태어나서 처음으로 스스로 선택한 삶입니다. 두렵지만 진정코 원해서 가는 길이기에 후회는 하지 않을 거예요.]

그 글자 하나하나가 가슴에 비수가 되어 박혔다. 비수가 박힌 심장에서 뜨거운 피가 줄줄 흐른다.

'그래, 어쩔 수 없었을 것이다. 그런 결정을 할 수밖에 없었을 것이다.'

비현을 지독히 원망하면서도 한편으로는 그녀를 이해하려고 노력하는 자신이 한없이 처량하다. 자신을 미워할지언정 그녀를 미워할 순 없었다. 아무리 노력해도 그녀를 원망하기는커녕 자신의 잘못만이 떠올랐다.

'내가 그대를 그리 옭아맸는가? 세상으로부터 그대를 지켜주고 싶었던 것인데 그게 그리도 고통스러웠나?'

그동안의 모든 기억들이 갑자기 머리 위에서부터 쏟아져 나와 온몸을 타고 흘렀다. 소소한 기억들조차도 날카로운 칼날이 되어 살갗을 찢어놓아 불에 덴 듯 아파왔다.

'믿을 수가 없다. 그대가 날 버리고 떠났다는 사실이 믿겨지지가 않는다. 날 두고 가다니…… 날 두고 출가하기 위해 떠났다니.'

눈앞에 그녀의 크고 맑은 눈이, 붉게 물들었던 볼이 떠올랐다. 부드러웠던 입술의 감촉, 싱그럽고 은은하게 풍겨오던 향내가 코끝에 맴돌았다. 초막에서 나누었던 사랑, 수양버들 아래서 나누었던 입맞춤이 가슴을 짓밟는다. 끝내 울분이 북받친 유인은 성큼성큼 걸어가 문고리를 쥐었다.

지금 당장이라도 달려가면 그녀를 잡을 수 있다. 그래, 가서 데려오는 거야! 유인을 문을 밀려다가 무언가에 흠칫 놀라며 멈춰 섰다. 멀리서 그녀의 목소리가 들려왔다.

'전하, 이대로 보내주시어요. 더 이상 잡지 말아주셔요.'

유인은 비틀거리며 고통스럽게 중얼거렸다.

"어쩌란 말이냐. 네가 없으면 살 수 없는 것을, 네가 옆에 없으면 숨 쉬는 것조차 고통이거늘. 널 잊고 어찌 살란 것이냐."

문고리를 놓고 주저앉으니 눈에선 뜨거운 눈물이 흘러내렸다. 유인은 목 놓아 비현의 이름을 불렀다. 부르고 또 불러도 그녀는 대답하지 않는다. 모든 것을 뒤로한 채 떠나 버렸다. 마음속에선 그녀를 원망하고 미워하라고 소리치고 있었다. 그렇지 않으면 살 수가 없다고, 그렇지 않으면 영영 벗어나지 못할 거라 외치고 있었다. 유인은 턱이 실룩거려질 정도로 세게 어금니를 물었다. 벌겋게 충혈된 눈이 섬뜩하리만치 차갑게 변하기 시작했다.

"용서하지 않을 것이다! 죽도록 원망할 것이다!"

유인은 손에 잡히는 대로 부수고 찢어발겼다. 그러다 고통에 못 이겨 벽에 이마를 박고 주먹으로 내려치니 이마가 터지고 손이 찢어져 온통 피투성이가 되었다. 몸은 멍들어갔지만 그의 마음속 상처만큼 깊지는 않았다. 유인은 미친 이처럼 몸부림치며 깊은 나락으로 떨어지고 있었다.

한 고개만 넘어가면 예 땅을 벗어나게 된다. 그러면 더 이상 되돌릴 수 없게 된다. 비현은 속으로 몇 번이나 되뇌며 처연한 눈길로 산야를 응시했다. 비현이 좀처럼 예 땅에서 눈을 떼지 못하자 옆에 선 노승 학선(鶴仙)이 넌지시 말했다.

"자, 이만 가시지요."

머리칼과 눈썹에 백발이 성성한 학선은 좀처럼 움직일 줄 모르는 비현을 담담히 바라보았다. 그러자 옆에 서 있던 학선의 제자 심우(心雨)가 품속에서 아적을 꺼내 불었다. 그녀의 마음을 달래줄까 하는 마음에서였다. 심우의 고적한 아적 소리가 들리는 가운데 앞에 가던 승병(僧兵)들도 발길을 멈추고 멀리 펼쳐진 수많은 봉우리들을 바라보았다.

한때는 낯선 땅이었으나 이제는 고향처럼 친근한 곳. 임이 다스리는 나라, 임이 발을 디디고 숨을 쉬고 있는 나라, 임의 자손들이 오래도록 통치할 나라. 비현은 밀려오는 그리움을 지그시 눌렀다. 심우의 구슬픈 곡이 끝나자 비현은 그제야 고개를 돌렸다. 사미승 복장에 테두리가 넓은 대갓을 쓴 그녀는 죽장에 힘을 실으며 발걸음을 옮겼다.

마침내 여정은 시작되었다. 멀고도 먼, 살을 저미는 듯 아프고 죽음보다 고통스런 길이 비현을 기다리고 있었다. 정국에 닿으려면 한주를 통과해야 하며 죽음의 땅, 사막을 지나야 한다. 태후의 위협과 사막에서 도사리고 있을 위험에 가까이 가면서 비현은 비로소 삶의 중심으로 향하는 듯한 기분이 들었다. 곁길에서 잠시 숨을 돌렸다가 비로소 자신이 가야 할 길로 향하는 마음은 비장하기만 했다.

"운명이란 놈은 결코 쉬운 길로 가지 않는다. 길이 험난할수록 가치있는 것을 얻는다고 믿기 때문이지."

비현은 언젠가 하륜에게서 들은 이야기를 떠올리며 아프고 저린 마음을 달랬다. 그리고 여정 중에 고통스러워 주저앉고 싶을 때마다 자신을 기다리고 있는 운명을 생각했다. 이 고통과 눈물을 견디고 정국에 닿으면 자신은 분명 단단하고 강한 사람으로 변해 있을 것이다. 여정 끝에서 어떤 운명이 기다리고 있든지 의연히 맞이하리라. 더 이상 휘둘리지 않고 자신의 것으로 만들리라. 진정 원하는 것을 이뤄내야만이 내 자신과 그 사람 앞에 떳떳해질 수 있는 것이다. 그에게 고통을 주고 떠난 것을 결코 헛된 것으로 흘려보낼 순 없었다. 만일 그런다면 비현은 자신을 용서하지 못할 것이다. 비현은 고개를 들어 하늘에 흐르는 구름을 올려다보았다. 그리곤 결연한 표정으로 한발한발 내디뎠다.

왕은 행차 도중 한주의 사만(四萬)의 군대가 오산으로 향하고 있다는 급보를 받았다. 이에 유인은 주위 신하들의 만류에도 불구하고 말머리를 돌려 오산으로 향했다. 오산에 도착하자마자 기다리고 있었다는 듯 한주군이 밀어닥쳤다. 유인은 직접 전략을 짜고 지휘했다. 전장으로 다시 돌아온 그는 한 여인을 사모하는 인간에서 붉은 귀신이라 불리는 장수로 변해 있었다. 유인의 등장에 아군의 사기는 충천해 있었다. 더욱이 군공사작(軍功賜爵)이라 하여 적을 죽여 목을 베어오는 수에 따라 작위와 땅을 주고 그것을 계승할 수 있는 권한을 준다는 명령이 내려진 터라 패기가 하늘을 찔렀다. 예상치 못한 붉은 귀신의 출현에 적군은 적잖이 동요하여 몇몇은 군을 이탈해 도망을 치기도 했다. 전투를 시작하기도 전에 사기가 꺾기니 한주군은 당황하는 모습이 역력했다.

마침내 공격을 시작하는 북이 울리자 군진 양쪽에 늘어선 궁노수들이 적을 향해 활을 쏘았다. 하늘이 일시에 어두워질 정도로 많은 화살이 날아가 적의 선진을 쓰러뜨렸다. 대부분이 죄수들과 노인들이었다. 한주군은 고함을 지르며 쓰러진 시신들을 타 넘고 전진해 왔다. 그때까지 예군은 대오를 정렬한 채 움직이지 않았다. 한주의 장수들이 이상한 낌새를 눈치챘을 때 이미 상황은 늦은 뒤였다. 땅에 박힌 수만 개의 쇠못과 칼날에 말들은 넘어지고 병사들은 비명을 지르며 쓰러졌다. 풀 섶에 가려 미처 보지 못한 것이 화근이었다. 장수들은 서둘러 퇴각 명령을 내렸지만 무슨 일인지 후진이 계속 밀려오고 있었다. 예군의 급습으로 병사들이 도망쳐 오고 있었던 것이다.

넓은 벌판을 가로질러 예군이 물결처럼 밀려들었다. 그리고 그 선봉엔 반유인이 있었다. 그는 거침없이 적의 목을 베고 몸을 두 동강 냈다. 그리고 오랫동안 굶주렸던 사나운 짐승처럼 포효하며 적이 흘린 피를 자신의 얼굴에 칠했다.

유인은 비릿한 피냄새를 맡자 본래의 자신으로 돌아왔음을 실감했다. 그는 목이 날아간 적장의 몸뚱어리를 밟고 서서 차가운 미소를 지었다.

'무정한 사람이라 미워하고, 욕하라고 했나? 그간의 일을 모두 잊으라 했나? 그래, 모두 잊을 것이다. 이 붉은 피에 깨끗이 씻어낼 것이다. 너를 향한 내 마음을 이 피에 말끔히 씻어내고 말 것이다.'

유인은 마주 오는 적의 검을 피하며 그대로 몸을 돌려 적의 등에 검을 쑤셔 넣었다. 갑옷과 살을 뚫고 들어간 검에 적의 내장과 뼈가 부서졌다. 유인은 검을 비틀어 뽑고는 뿜어져 나오는 피에 갑옷이 젖는 것을 보며 날카로운 웃음을 흘렸다.

'이게 내 본모습이다. 그깟 여인 하나에 모든 것이 변하리라 생각했던가!'

전투가 끝나자 유인은 피에 흠뻑 젖은 채 아군을 향해 적장의 목을 치켜들고 포효했다. 예군은 일제히 창검을 높이 들고 승리의 고함을 질렀다. 그 모습을 멀리서 바라보는 효겸과 인걸의 얼굴이 딱딱하게 굳어 있었다.

호희(胡姬)의 꿈틀거리는 허리는 뱀의 살가죽처럼 서늘하고 관능적이었다. 벌어진 치마단 사이로 드러난 허벅지와 얇은 옷감으로 내비치는 풍만한 유방이 음악에 따라 부드럽게 혹은 격렬하게 출렁였다. 맨발의 호희는 발목에 찬 방울 장식을 흔들며 둔부와 가는 허리를 관능적으로 쓰다듬다가 유혹하듯 손을 뻗었다. 정염에 들뜬 여인처럼 몽롱한 표정의 그녀는 자신의 목을 쓰다듬기도 하고 못 참겠다는 듯 유방을 움켜쥐고 입을 벌렸다. 호희의 교태 어린 춤을 지켜보던 이 또한 정염에 못 이겨 낮은 신음을 흘렸다. 주렴을 사이에 두고 서역의 무희에 마음을 빼앗긴 사람은 무소불위(無所不爲)의 권력을 움켜쥔 태후 유세아였다.

근래 들어 호악(胡樂)에 푹 빠져 있는 그녀는 밤마다 서역인들을 불러들여 은밀한 기쁨을 누렸다. 무희의 관능적인 춤에 세아는 달아올랐고 절정에 다다를 때면 나이 어린 미소년을 불러들여 탐했다. 소년들은 대부분 막 입궐한 환관들이었다. 그들은 이름뿐인 환관들로 남성으로서의 생식기가 온전한 상태였다. 세아는 유독 피부가 하얗고 보드라운 소년들을 골라서 올리도록 명령했다. 그리고 이국적인 음악 속에서 뜨거운 정사를 벌였다. 육체와 정신이 좀먹어 들어갈수록 쾌락에 대한 세아의 탐욕은 깊어져만 갔다. 그녀는 질척하게 젖어드는 환락 속에서 세상과 자신을 잊을 수 있었고 끔찍한 고통에서 벗어날 수 있었다.

곡이 끝나자 호희가 주렴이 쳐진 쪽을 향해 엎드려 절을 했다. 세아는 머리맡에 있는 옥함에서 보석 한 줌을 집어 바닥에 뿌렸다. 바닥에 흩어진 보석을 주워 든 호희는 은근한 미소를 보내며 고개를 거듭 숙였다. 무희가 한쪽에 자리 잡은 서역 악사들에게 눈짓을 보내자 10)횡적(橫笛), 11)박판(拍板), 12)요고(腰鼓), 13)동발(銅鈸), 당비파, 공후를 든 사내들이 눈짓을 나누며 다음 곡을 타기 시

---

10)횡적(橫笛): 피리

11)박판(拍板): 당악기(唐樂器) 중 하나. 여섯 조각의 얇고 긴 판목(板木)을 모아 한쪽 끝을 끈으로 꿰어 폈다 접었다 하며 소리를 낸다. 음악의 시종(始終)과 음절 완급을 지시하며, 무작(舞作)의 변화 속도도 조절한다

12)요고(腰鼓): 장구

13)동발(銅鈸): 금부(金部)에 속하는 타악기. 구리나 쇠로 만들며 오늘날의 심벌즈와 같은 악기로, 고대 이집트, 아시리아, 유대 등에서 사용되었고, 인도에는 이미 기원전에 들어와 탈라(tala)라고 불렸다. 중국에는 남북조시대에 전해졌으며, 한국을 거쳐 일본까지 전해졌다

작했다. 자신이 좋아하는 곡이 흘러나오자 만족한 표정을 지은 세아는 보료에 비스듬히 누워 호희의 움직임을 바라보았다. 호희는 한 겹씩 옷을 벗으며 나신 춤을 추었다. 아름다운 얼굴에 희고 부드러운 몸. 세아는 그녀에게서 자신의 과거를 보았다. 그리고 다시 돌아갈 수 있다는 희망에 젖어들었다.

세아는 한 달 전 영주에 도착해야 할 은비현이 도중에 없어졌다는 서신을 받았다. 왕은 분노하며 전쟁터로 떠났다 했다.

"뒤늦게야 자기 주제를 안 건가? 아니야, 한주에 넘겨질까 두려워 일찌감치 도망을 친 것이 분명해. 교활한 암캐 같으니!"

세아는 코웃음을 치며 좋아했다. 그런 계집이 왕비가 된다니 안 될 말이다. 그나저나 그 계집은 어디로 간 걸까? 그녀가 어디로 사라졌는지 알 수는 없지만 예 땅을 벗어난 것은 분명했다. 세아는 은비현의 목에 걸린 상금을 세 배로 올리고 높은 관직을 주겠다고 공언했다. 지금쯤 높은 관직과 상금에 눈먼 자들이 너도나도 그녀를 찾으려고 혈안이 되어 있을 것이다.

'그 계집이 잡히면 나도 저 호희처럼 아름답던 예전으로 돌아갈 수 있을 거야. 이제 그날도 멀지 않았어.'

미소를 머금고 호희를 바라보던 세아는 환관을 향해 손가락을 까딱했다. 그러자 환관이 하얀 알몸을 빛내는 소년을 데리고 와서 세아 옆에 뉘었다. 세아는 소년의 부드러운 몸에 자신의 몸을 문지르며 풋풋한 내음이 나는 살갗을 혀로 핥았다. 세아는 옛 기억에 젖어들며 기쁨에 겨운 탄성을 내뱉었다. 소년의 얼굴에 무영의 얼굴이 겹쳐지며 흥분이 등줄기를 타고 흘렀다.

"무영, 전처럼 나를 안아줘. 빨고, 핥고, 쓰다듬어 줘."

겁에 질린 소년은 세아가 하라는 대로 열심히 애무해 나갔다. 음악은 점점 절정에 다다르고 호희의 움직임도 격정적으로 바뀌었다. 몽롱한 눈으로 호희의 춤을 바라보던 세아는 못 견디겠다는 듯 신음을 내지르며 몸을 비틀었다. 숨은 턱에 차고 연신 짐승의 울음 같은 비명을 흘러나왔다. 격렬한 음악처럼 온몸의 피가 휘몰아치고 신경과 근육이 타 들어가는 것 같았다. 세아는 도저히 참을 수 없는 상태가 되자 소년을 잡아끌어 작은 유두를 덥석 물었다. 그리고는 검지에 끼운 날카로운 손톱 장식으로 소년의 목을 찔렀다. 소년이 비명을 지르려고 하자 옆에 선 환관들이 황급히 입을 막고 몸을 붙들었다. 흰 목에서 흘러나오는 붉은 피를 응시하던 세아는 미소를 지으며 빨아먹기 시작했다. 그녀의 눈빛은 이미 사람의 것이 아니었다. 세아는 피에 굶주린 짐승처럼 살기가 번뜩이는 눈빛으로 피를 마셨다. 소년의 살 냄새와 신선한 피를 마음껏 들이마시면 머리 속 독충도 얌전해지고 그리하여 미칠 듯한 고통에서 벗어날 수 있었다. 어쩌면 무영을 다시 느끼고 죽여 버림으로써 못다 한 복수를 하고 싶은 건지도 몰랐다. 어떤 연유에서 시작됐든 세아는 이 피의 향연을 멈출 수가 없었다. 이것만이 그녀를 살아갈 수 있도록 지탱해 주었고 삶의 유일한 기쁨이었기에 멈추고 싶지 않았다. 세아는 마음껏 피를 취하고 환관들에게 명령해 죽어가는 소년을 치우게 했다. 옆에 있던 비단 손수건으로 입 주위를 닦은 세아는 호희의 춤을 한 번 더 청하며 느긋하게 술을 마셨다.

"촉영, 그 아이는 점점 미쳐 가고 있어! 이대로 보고만 있을 텐가?"

위영종은 초조한 걸음으로 내실을 서성였다. 그의 얼굴은 불안과 초조로 일그러져 있었고 맞은편에 앉은 촉영의 얼굴 또한 굳어 있었다.

"나도 어쩔 수가 없어요. 그 아인 이제 내 말을 듣지 않으니까."

"빌어먹을, 이대로 가다간 우리 모두 파멸하고 말 거야."

"우리가 아니라 당신이겠지요. 난 더 이상 잃을 것도 없는 사람이니까."

촉영의 냉소적인 어조에 위영종의 얼굴은 더 구겨졌다.

"지금 날 비난하는 건가? 나 혼자만의 영화를 위해 여기까지 왔다는 것처럼 말하는군."

"그래요, 입이 닳도록 외쳤던 후족의 앞날을 위한 일이었지요. 하지만 결국 이렇게 되어버렸어요. 아란이는 미쳐 가고 있고 당신은 이제 와서 모든 것을 잃어버릴까 봐 두려움에 떨고 있죠."

촉영의 눈빛은 싸늘하기만 했다. 분노와 원망, 자괴감으로 인해 그녀의 아름다움은 빛이 바랜 지 오래였고 사랑하는 이에게 배신당한 고통으로 인해 더 늙고 추레한 모습으로 변해 있었다. 변한 것은 그녀만이 아니었다. 과거 촉영이 그토록 사랑한 위영종은 더 이상 패기 넘치는 사내가 아니었다. 탐욕으로 비대해지고 야비하고 치졸한 눈빛을 가진 늙은이로 전락했을 따름이다. 그는 자신이 어떻게 변했는지 따위엔 관심없었다. 그저 애써 이루어놓은 것이 위태롭게 흔들리자 몹시 불안해하고 있었다.

"그 아이가 모든 걸 망쳐 버리고 말 거야! 사람들은 태후가 사람을 잡아먹는다고 수군대고 양왕(煬王)은 물증을 잡으려고 궁 안팎을 감시하고 있어. 백성들은 이미 세아에게 돌아서서 양왕 쪽으로 기울고 있으니 일이 언제 터질지 모른다고."

"그것을 막으려고 당신이 있는 거잖아요. 지금 가진 권력과 돈으로는 어찌해 볼 방법이 없는 건가요?"

촉영의 조롱하는 듯한 어조에 위영종은 이를 악물고 두 눈을 부릅떴다.

"감히 날 비난하는 건가? 이 일을 망친 것은 그 아이야!"

"태후마마라고 부르세요. 아니면 딸이라고 부르든지요."

딸이라는 말에 위영종의 얼굴에 경멸과 분노가 스쳐 갔다. 그는 촉영의 얼굴을 노려보며 소리쳤다.

"당신이 망쳐 놓은 거나 마찬가지야. 그 지경이 되도록 도대체 무얼 한 거야!"

"아! 잊었나 보군요. 알다시피, 제가 한 건 별로 없어요. 죽을 뻔한 아란이를 살려내고 황제를 죽일 수 있도록 독을 만들었을 뿐이지요. 그사이 당신은 무얼 했나요? 고대광실 같은 집에서 계집들을 끼고 질펀하게 놀아나지 않았나요?"

촉영의 조소에 위영종은 분통을 터뜨렸다.

"지금 그따위 일을 가지고 입씨름할 때가 아니야! 아란이는 정도를 벗어났어! 적당한 공포는 사람들을 옴짝달싹 못하도록 만들지만 그것을 넘어서면 돌을 집어 들고 덤비기 마련이야. 더 이상은 안 돼! 하루에 수천 명씩 죽여대는 것도, 아무 데나 돈을 마구 뿌려대는 것도, 어린 사내애들을 죽이는 것도 그만두게 해야 돼.”

“그 아이를 말리는 방법은 오직 하나뿐이에요. 은비현이라는 계집을 잡아와요. 그렇지 않으면 더 미쳐 날뛰고 말 테니.”

위영종은 짧은 한숨을 내쉬며 의자에 털썩 주저앉았다. 시시각각 파멸이 다가오는 소리가 들린다. 태후의 광기가 모든 것을 앗아갈 거라는 불길한 예감이 점점 현실로 드러나고 있었다.

‘그럴 순 없다. 어떻게 여기까지 왔는데 이대로 맥없이 무너질 수만은 없다. 은비현을 꼭 찾아야만 한다. 그렇지 않으면 모든 것이 끝장난다. 하지만 이 넓은 땅에서 그 계집을 어찌 찾는단 말인가.’

위영종은 눈앞이 막막하기만 하였다. 들려오는 소식이란 한주가 계속 패하고 있다는 것뿐이었고 이제 상황은 역전되어 예 왕의 군대가 한주를 침략해 들어오고 있었다. 이 전쟁에서 지고 만다면 모든 책임은 자신과 태후에게 돌아가고 말 것이다. 그렇게 된다면 양왕 유이항이 이 나라를 차지하게 된다. 절대로 그렇게 되도록 두고 볼 수만은 없다. 여기까지 오기 위해 어떻게 살아왔는가! 위영종은 이 위기에서 벗어나기 위해 발버둥을 치고 있었다. 그러나 상황은 이미 손 쓸 틈도 없이 어그러지고 있었다. 한주가 붕괴되는 것은 시간문제였다.

五. 자밀라

서역을 향해 길을 나선 지 오랜 시간이 흘렀다. 서주에서 출발하여 한주 땅에 들어섰고 신도를 거쳐 난주를 지나 황하를 건넜다. 지금 한주의 상황으로 보면 승려들의 여행은 무척이나 무모한 일이지만 학선은 단순한 승려가 아닌 사신의 자격으로 여행하고 있었기에 비현의 정체가 드러나지만 않는다면 무사히 국경을 지날 수 있을 터였다.

비현 일행이 14)하서주랑(河西走廊) 입구에 위치한 무위(武威)에 도착했을 때는 창월(暢月:11월)에 막 접어들었을 무렵이다. 여인의 몸으로는 벅찰 만큼 힘든 여정이었지만 비현은 잘 견뎌내었다. 그

----

14)하서주랑(河西走廊): 중국 간쑤성[甘肅省] 서부, 치롄[祁連]산맥 북록에 동서로 이어져 있는 오아시스 지대를 말한다

녀에게 가장 힘든 것은 여행의 고단함이 아니라 임을 떠나온 죄책
감과 그리움이었다. 비현은 산허리에 걸린 구름을 볼 때마다, 아
련한 산 능선을 볼 때마다 유인이 떠올라 명치끝이 저렸다. 길을
나선 지 한참이 지나도록 눈길이 닿는 곳마다 온통 그의 얼굴이
보였다. 산에도, 강에도, 하늘에도 있는 그는 원망 어린 눈빛으로
비현을 바라보고 있었다. 그때마다 비현은 고통 어린 표정으로 고
개를 돌렸다.

그가 아닌 다른 것이 눈에 들어오기 시작한 것은 최근의 일이었
다. 사랑에 눈을 뜨면 시야 또한 깊어지고 넓어지는 걸까. 비현은
전과는 다르게 보이는 세상에 놀라며 어느 때는 경이에 찬 눈으
로, 어느 때는 연민과 슬픔에 찬 눈으로 세상을 보았다. 사람답게
살아가기가 참으로 힘든 시기였다. 시선이 닿는 곳마다 병에 걸리
고 굶주린 이들이 있었고, 노름이나 사교에 빠져 가산을 탕진하고
떠도는 유민들도 수없이 보았다. 모든 사람들이 가지에서 땅으로
떨어지는 낙엽처럼 메마르고 무기력해 보였다. 비현은 생기를 잃
고 점점 죽어가는 사람들 사이를 지나며 자신이 정말 예언 속 인
물인지 하루에도 몇 번씩 회의에 빠졌다.

길고 고된 여정을 지나 마침내 무위성을 눈앞에 두자 언제나 그
랬듯 학선법사가 나서서 비현에게 주의를 주었다.

"하서주랑을 지나면 곧 국경입니다. 한주 국경만 넘으면 한결
수월할 테니 조금만 참으십시오. 거듭 당부하건대, 곳곳에 방이
붙어 있으니 두건과 방갓이 벗겨지지 않도록 단단히 주의하셔야
합니다."

비현은 사미승(沙彌僧)으로 꾸며 여행을 하고 있었으므로 여자
인 모습이 드러나면 단박에 의심을 받게 될 것이다. 그동안은 비
교적 수월하게 지나온 편이지만 한시라도 마음을 놓을 수 없기에
학선은 몇 번이고 당부를 했다. 안심하라는 듯 입을 꾹 다물고 고
개를 끄덕인 비현은 승병 사이에 섞여서 무위성 동쪽 성문을 향해
갔다. 성문을 지키던 병사들은 승려 일행을 날카로운 눈으로 훑었
다. 학선이 건네는 통행증과 정국 법왕과 한주 관료의 인장이 찍
힌 문서를 번갈아 보던 병사들은 고개를 까딱하며 안으로 들여보
내 주었다.

성문을 거쳐 안에 들어가니 특유의 거리 풍경이 펼쳐졌다. 대로
에 죽 늘어선 백양나무 그늘 아래 짐을 실은 낙타와 수레가 보이
고 말들과 양 떼를 모는 목부들이 눈에 띄었다. 서역으로 가거나
반대로 한주로 들어가기 위해선 꼭 하서주랑을 거쳐야 하기 때문
에 상업의 발달과 함께 이족 문화가 섞여 독특한 모습을 하고 있
었다. 비현은 방울을 뎅그렁뎅그렁 울리며 지나치는 양 떼를 바라
보다 승려들을 따라 거리 안으로 들어갔다.

일행은 쉬지 않고 길을 재촉한 탓에 잔뜩 지쳐 버린 비현을 위
해 무위에서 하룻밤을 묵기로 했다. 법난으로 이곳 또한 대부분의
사찰들이 허물어진 터라 어쩔 수 없이 여관에 여장을 풀었다. 언
제나 그랬듯 비현은 혼자 방을 썼고 오랜만에 목욕물도 들여왔다.
비현은 옷을 벗고 따뜻한 물속으로 들어가 몸을 담그고 몸속에 쌓
인 흙먼지를 토해내듯 긴 한숨을 쉬었다. 이렇게 혼자 있을 때면
서주에서의 기억이 하나둘 떠올라 더욱 견디기가 힘들어진다. 한

발한발 내디딜 때마다 그리움과 설움을 묻었다. 옷을 한겹한겹 벗듯 욕망과 집착을 벗었다. 아무리 그리하여도 마음속의 사념은 차고 넘치니 마치 바닷물을 들이키듯 마음의 갈증은 더해져만 갔다.

'전하의 숨결이 배인 모든 것들이 없어질 즈음이면 잊을까요? 전하를 기억하는 이 머리칼이, 살갗과 피와 뼈가 모두 없어지고 다시 생겨나면 잊을 수 있을까요? 어찌해야 전하로부터 벗어날 수 있을지 갈피를 잡지 못하겠어요.'

비현은 차갑게 식어가는 물속에 오랫동안 앉아 있었다. 몸 안에 묵은 기억들을 불리고 물에 씻어내려 안간힘을 썼다. 하지만 그럴수록 그는 더욱더 뼈아프게 각인될 뿐이니, 눈물이 그렁그렁해진 비현은 살갗이 까지도록 아프게 문질렀다.

비현은 성에 머무를 때면 밖에 나가지 않고 으레 여관에서 혼자 지냈다. 일부 승려들은 탁발을 나가고 일부는 남아서 비현을 지켰다. 저녁 무렵, 승려들의 찢어진 옷을 깁던 비현은 밖에서 들려오는 시끄러운 소동에 고개를 들었다. 얼굴이 찌푸려지는 거친 욕설과 귀에 익은 목소리가 섞여 들리니 도저히 가만히 있을 수가 없어 문을 살짝 열고 내다보았다. 여관 아래층에 체구가 건장한 사내들과 자신의 일행이 대치해 있었다.

"땡중 주제에 노려보면 어쩔 거야."

사내들 중 우두머리로 보이는 자가 의뭉스런 웃음을 흘리며 말했다. 옷차림새로 보아 꽤 부유한 상인이 분명했으나 언행은 시정 부랑배와 다름없이 사나웠다.

"저희는 그저 비켜달라고 했을 뿐입니다."

승병 한 사람이 나서서 말했다. 그러자 십여 명의 사내들은 어깨에 힘을 잔뜩 주고 자기네들끼리 낄낄거렸다.

"안 비킨다면 어쩔 건데? 땡중이 사람이라도 팰 건가? 요즘 세상이 어떤 세상인데 중놈들이 쏘다니는 게야? 너희들도 정국으로 꽁무니가 빠져라 도망을 가는 거냐?"

분위기가 차츰 험악해지자 심우가 나서서 부드러운 어조로 말했다.

"괜한 소란을 일으켜 무엇 하겠습니까. 그러니 그만……."

심우가 말을 다 마치기도 전에 사내 하나가 심우의 뺨을 후려치고는 통쾌하다는 듯 웃음을 터뜨렸다. 사내들은 아예 작정을 하고 시비를 걸었다. 이에 심우를 비롯한 승병들의 얼굴도 점점 굳어지기 시작했다. 오랫동안 무술 수련을 받은 승병들에게 시정잡배쯤이야 일도 아니지만 말썽을 부려 세간의 주목을 받으면 큰일이기에 그저 참을 뿐이었다. 그때 여관 안으로 웬 사내가 뛰어들어 왔다.

"대인어른, 수레에 실어놓은 물품이 빕니다. 아무래도 도둑맞은 듯싶습니다."

"뭐야? 그 물건이 돈이 얼만데 잃어버려?"

화를 벌컥 낸 사내는 서둘러 나갔다. 이것으로 일당들과의 대면은 끝난 줄 알았으나 그들의 행패는 다시 이어졌다. 그들은 없어진 비단과 옥을 승려들이 훔쳐 갔다 억지를 쓰며 강제로 방을 뒤지려 했다. 승려들이 한사코 거부하자 더욱 의심한 그들은 패거리를 불러들여 여관을 에워쌌다. 일이 이쯤 되고 보니 어쩔 수 없이 방을 보여줘야만 했다. 사내들은 승려들이 머무는 방을 차례로 뒤졌고 마침내 비현의 방을 수색할 차례가 되었다.

퉁방울 같은 눈을 굴리며 비현의 방에 들어온 마휘는 두건을 쓴 채로 고개를 숙이고 있는 비현을 지나 방 이곳저곳을 뒤졌다. 아무리 뒤져도 나오는 것이 없자 욕설을 내뱉은 사내는 비현을 보다가 능글능글한 웃음을 흘리며 다가왔다.

"중놈이 겉모양새가 여지없이 계집이구나. 어디 생김새나 한번 보자."

마휘가 비현의 팔을 끌어당겨 일으키려고 하자 승병들이 막으려고 나섰다. 그러자 마휘를 호위하던 이들이 승병들을 밀쳤다. 그중 사내들의 제지를 받지 않은 심우가 비현 앞을 막아섰다.

"어린 사미승에게 무슨 짓입니까?"

심우는 사내를 노려보며 소리쳤다.

"시끄러워, 넌 왜 자꾸 나서는 게야?"

심우를 밀친 마휘가 잽싸게 비현의 두건을 벗겨냈다. 그 순간 단단히 고정해 두었던 긴 머리 타래가 폭포수처럼 쏟아지자 방에선 사내들이 놀란 눈을 휘둥그레 떴다. 중인 줄만 알았던 자가 고운 머리칼을 가진 여자일 줄 누가 상상이나 했겠는가. 모두가 놀라는 가운데 비현과 눈이 마주친 마휘는 자기도 모르게 움찔하며 뒤로 물러섰다. 구슬처럼 단단하고 맑은 눈이 일순간 그의 마음을 흔든 탓이었다. 하얀 얼굴에 고운 콧날과 도톰한 입술이 참으로 어여쁘다는 생각이 들면서 그 모습이 왠지 낮이 익어 마휘는 비현을 물끄러미 응시했다. 바로 그때 어느 틈엔가 죽장을 집어 든 심우가 잽싼 손놀림으로 마휘의 등을 후려치고 무릎 뒤쪽을 가격해 쓰러뜨렸다. 얼핏 보아도 보통 솜씨가 아니자 패거리들은 적잖이 놀라며 뒤로 물러섰다.

“행패도 정도껏입니다. 이 이상 무례를 범하신다면 저희도 가만있지 않을 것입니다.”

분위기가 일시에 차갑게 얼어붙는 가운데 쓰러졌던 마휘가 분한 얼굴로 일어섰다.

“이 중놈아, 내가 너를 가만둘 줄 아느냐?”

“어디 해볼 테면 해보시오. 괜한 사람을 도둑으로 몰아 행패를 부렸으니 이 일을 관가에 고발하고 말 테요.”

승병장이 나서서 으름장을 놓자 잠시 멈칫한 마휘는 눈을 부릅뜨고 승려들을 노려보았다. 성질이 급하고 난폭한 그이지만 장사꾼이라 잇속을 따지는 데는 빨랐다. 괜한 다툼을 일으켜 일정이 늦춰지면 자신만 손해라고 생각한 그는 콧방귀를 뀌며 방을 나갔다. 일당들이 나가자 비현은 한숨을 쉬며 제자리에 주저앉고 승려들은 안도의 표정을 지었다. 그러나 학선만은 긴장을 늦추지 않고 말했다.

“혹여 그 사내가 얼굴을 알아보고 관에 고하면 큰일이니 서둘러 무위를 빠져나가는 것이 좋겠습니다.”

일행은 서둘러 짐을 챙겨 나와 무위성을 나서기로 결정을 내렸다. 하서주랑은 복도처럼 길고 좁은 길이다. 여기서 정체가 들키게 되면 고립무원이라, 잡히는 것은 시간문제였다.

승려들은 눈에 띄지 않게 여관을 나와 성문으로 향했다. 성문 앞에는 서쪽으로 가기 위한 상인 행렬이 통행세를 내기 위해 길게 줄을 서 있었다. 일행은 일몰 전에 성밖을 빠져나가지 못할까 노심초사하며 노을이 내리는 하늘을 올려다보았다.

"젠장, 어디서 본 얼굴인데 당최 기억이 나질 않는단 말이야."

여관을 나와 근처 기루로 향하던 마휘는 길에 나뒹구는 돌을 걷어차며 연신 중얼거렸다. 분명 여러 번 보아온 얼굴인데 왜 생각이 나지 않는 걸까. 성질이 급한 마휘는 고개를 갸웃하며 거리를 걸었다. 그렇게 정신을 놓고 걷던 중에 누가 부딪쳐 오는 바람에 인상을 구긴 그는 사납게 눈을 치켜뜨다 상대방의 어깨 너머에 붙은 방을 보고 멈춰 섰다.

"맞아! 그 계집이야!"

마휘는 상대방을 밀어 넘어뜨리고 방으로 달려갔다. 거리 한 편에 붙은 여인의 그림. 눈, 코, 입의 생김새가 그 사미승과 똑같았다.

"이 마휘가 관직에 돈까지 만져 보게 생겼구나. 으하하하!"

한바탕 웃어 젖힌 마휘는 곧장 관아로 달려갔다. 관리에게 자초지종을 설명한 마휘는 십여 명의 병사들과 더불어 여관으로 달려갔으나 승려들은 이미 떠나고 없었다. 성문으로 달려가던 마휘는 일몰을 알리는 징소리가 울리기 시작하자 마음이 더욱 조급해졌다. 일몰을 알리는 징이 삼백 번 울리면 성문이 닫힌다. 마휘는 성문이 닫히기 전에 그들을 잡을 수 있기만을 바랄 뿐이었다. 마침내 일몰을 알리는 징이 멎고 성문이 닫혔다. 급하게 성문 앞에 당도한 마휘는 미처 나가지 못하고 발길을 돌리는 대상 사이를 누비며 승려들을 찾았다. 그러나 승려 일행은 이미 신도를 빠져나간 직후였다.

"초! 초! 초!"

낙타 바리꾼이 낙타의 속도가 처지지 않도록 고삐를 당기며 채찍질을 했다. 한 줄로 길게 묶인 낙타들이 빠르게 움직였다. 그 바람에 낙타 안장 위에 꽂아둔 방울이 딩당딩당 빠르게 울렸다. 모두의 마음이 급한지라 경쾌하게 들리던 방울 소리가 오늘따라 조마조마하기만 했다. 승려 일행은 상단이 다니지 않는 길을 골라 재촉했다. 혹여 뒤따라오는 수색대가 있을까 해서다. 하지만 모든 걱정이 기우인 듯 무위를 빠져나온 지 만 이틀이 지났건만 별다른 기미가 보이지 않았다. 그렇다고 마음을 놓을 수 있는 상황은 아니었다. 비현을 보는 사내의 눈빛이 예사롭지가 않았기 때문이다. 침묵 속에서 긴장감과 초조함이 어리는 가운데 이틀 동안 꼬박 낙타 등에 앉아 있던 비현은 눈에 띄게 지치기 시작했다. 충분히 쉬지 못하고 바로 여정을 나섰으니 몸이 약한 그녀로서는 큰 무리를 한 셈이었다. 큼직한 모피 옷에 폭 싸인 채 기운없이 고개를 늘어뜨리고 있는 그녀를 보다 못한 심우가 스승을 돌아보며 말했다.

"스승님, 이 근처 수원에서 잠시 머물러 쉬어감이 어떻습니까?"

비현 쪽을 쳐다본 학선은 마지못한 듯 고개를 끄덕이며 바리꾼에게 근처에 수원(水源)이 있는지 물었다. 바리꾼은 두 시진만 가면 식수원이 있다고 말했고 일행은 그곳에서 잠시 쉬어가기로 했다. 거친 황무지와 초원 지대 가운데 이따금씩 나타나는 천지(泉地)에는 도시가 들어서기도 하고 보잘것없는 수풀에 우물이 전부인 곳도 있었다. 승려 일행이 찾은 곳은 물이 말라 역참이 없어지고 간신히 우물 몇 개만이 남아 있는 곳이었다. 낙타에서 내려와 땅을 밟은 비현은 비틀거리며 바닥에 주저앉았다. 온몸이 욱신거리고 피곤해서 어디든 머리를 대고 누우면 바로 잘 수 있을 것만 같았다. 잔뜩 지쳐 있는 비현에게 수통과 요깃거리를 내민 심우는 천천히 먹으라고 일러주고는 다른 승려들을 챙기기 위해 나섰다.

나무 그늘 아래에 앉아 물을 들이킨 비현은 황량한 대지에 시선을 주며 기진한 몸을 기댔다. 이것은 여행이 아니라 지독한 수행의 길이었다. 마음도, 몸도 무겁고 지쳐서 걸음을 내디딜 때마다 그대로 땅속으로 꺼질 것만 같았다. 비현은 노정이 너무 힘이 들어서 주저앉고 싶을 때마다 서주에 두고 온 유인을 생각하며 일어섰다. 정인의 마음을 그리 찢어놓고 와서는 힘들다 투정할 수는 없었다. 힘들어도 참고, 아파도 참았다. 그리워도 참고, 이름을 불러보고 싶은 것도 참았다. 학선법사는 이 긴 여정 동안 극한의 상황에서 인고하는 법을 배우고 그동안의 삶을 하나씩 잊으라고 했다. 그의 말대로 황무지 속에 연정을 묻고 작열하는 햇볕에 그리움과 눈물을 태워야 한다. 그래서 이 여정이 끝났을 때는 모두 잊어야 한다. 비현은 황량한 벌판 위에 말을 타고 서 있는 그의 환영을 아프게 바라보다 두 눈을 질끈 감았다.

'곧 지나가리라. 괴로움도 슬픔도 곧 지나가리라.'

비현은 몇 번이나 되뇌며 나무에 등을 기댔다.

일행이 다시 기운을 차려 짐을 수습해 떠나려던 때였다. 멀리 보이는 지평선에서 뿌연 먼지가 이는 것이 보였다. 승려들은 그것이 뒤쫓아온 수색대임을 직감하고 크게 동요하기 시작했다. 이제 겨우 사막 입구에 들어섰건만 여기서 잡히면 비현뿐만 아니라 정국에도 난처한 일이 되고 만다. 아무리 빨리 간다 해도 하루 안에 붙잡히게 될 터. 승려들은 상의 끝에 우선은 부딪쳐 보기로 결론을 내렸다. 긴 상의가 끝나자 심우가 뛰어와 비현을 잡아끌었다. 심우는 메마르고 얕은 우물 속에 비현을 집어넣고는 나오라고 하기 전에는 밖을 내다봐서도 안 된다며 몇 번이고 당부를 했다.

"하지만 스님들은요?"

비현은 울 듯한 얼굴로 심우의 옷자락으로 잡았다. 심우는 아무 일도 아니라는 표정으로 비현을 안심시켰다.

"사막을 지나는 상인일지도 모릅니다. 만에 하나 대비하기 위해 이러는 것이니 너무 심려치 마세요."

"하지만……."

"여기 수통을 넣어드릴 테니 너무 걱정하지 마시고 조용히 있으셔야 합니다."

심우는 억지로 비현을 밀어 넣고서 나무판자로 우물 입구를 닫았다. 그리고는 나뭇가지를 가져와 보이지 않게 가렸다. 캄캄한 우물 안에 웅크리고 앉은 비현은 밖에서 나는 소리에 귀를 기울였다. 얼마나 흘렀을까, 갑자기 사내들의 고함 소리가 들렸다. 이윽고 말싸움이 시작된다 싶더니 잠시 동안 조용해졌다. 걱정이 앞선 비현은 초조한 마음을 참지 못하고 판자를 조금 벌려 밖을 내다보았다. 순간 믿을 수 없는 광경이 눈에 들어왔다. 셀 수 없이 많은 군사들이 승려들을 에워싸고 싸움을 벌이고 있는 것이다. 놀란 비현은 두 손으로 입을 틀어막고 싸움을 지켜보았다. 승병은 무술이 아무리 뛰어나다 해도 수적으로 열세였기에 당해내지 못했다. 비현은 경악에 찬 눈으로 승려들이 칼에 맞아 쓰러지는 것을 바라보았다.

'나가야 해. 저대로 죽게 놔둘 순 없어!'

몸을 일으키려던 비현은 차마 나가지 못하고 다시 주저앉았다. 두려움인지, 장시간 웅크리고 있어 쥐가 나선지 다리가 움직여지지 않았다. 비현은 끄윽끄윽 속울음을 삼키며 승려들이 하나둘 쓰러지는 지켜보았다.

'저들은 나를 위해 죽어가는 것이야. 나를 온전히 정국에 보내기 위해서. 그 기대를 무너뜨리면 안 돼.'

비현은 병사에 의해 몸이 포박된 학선과 심우를 바라보았다. 그들은 병사들에게 발길질을 당하면서 한순간도 비현 쪽을 보지 않았다. 그 얼굴에서 결연한 의지를 읽은 비현은 흐느낌이 새어나가지 않도록 입을 막았다.

군사들은 살아남은 승려들을 무릎 꿇려놓고 사라진 여인의 행방을 물었다. 채찍으로 아무리 때려도 실토하지 않자 군사들은 천지 곳곳을 뒤지기 시작했다. 허물어진 역참 주변과 우물을 수색해도 그들은 비현을 찾을 수 없었다. 외진 곳에 숨겨진 마른 우물에까지 시선이 닿지 않은 탓이다.

“제기랄, 어디다 빼돌린 거야? 앙?”

병사 하나가 승려를 걷어차며 소리쳤다.

“질긴 놈들, 우선은 관으로 끌고 가서 그년을 어찌했는지 문초해 봐야겠다. 다들 끌고 가!”

아무리 찾아도 비현이 없자 군사들은 살아남은 승려들과 낙타를 끌고 떠나 버렸다. 비현은 그들이 떠나자마자 우물에서 뛰쳐나와 쓰러진 승려들에게로 달려갔다. 그들의 목숨이 모두 끊어져 있자 비현은 울음을 터뜨렸다. 고작 한 여인을 위해 이 많은 사람들이 죽어야 한다니. 비현은 또다시 운명이라는 족쇄에 온몸이 갈기갈기 찢겨지는 것만 같았다. 얼마나 흘렀을까. 간신히 정신을 차린 비현은 칼 앞에 무참히 쓰러진 시신을 추슬러 땅에 묻었다.

‘이제 무엇을 한단 말인가. 혼자 몸으로 어찌 사막을 건넌단 말인가.’

천만다행으로 지나치는 대상을 만난다 해도 붙잡히지 않는다는 장담은 할 수 없다. 이제 자신의 신세는 한 치 앞을 내다볼 수 없는 위기에 빠진 것이다. 비현은 두려움에 몸을 떨며 먹장을 갈아 놓은 듯한 하늘을 올려다보았다.

비현이 수원(水源)에 혼자 남겨진 지 닷새가 흘렀다. 그동안 물로 간신히 생명을 이어온 비현은 나무 그늘 아래 쓰러진 채 일어나지 못했다. 수원지라 사람들이 지날 법도 한데 아무도 찾아오는 이가 없었다. 이대로 며칠이 더 흐른다면 그대로 죽고 말리라. 비현은 마치 이승과 저승의 사이에 고립된 것만 같았다. 이대로 잠이 들면 곧 죽음에 이르리라는 생각에 애써 잠을 쫓으며 누런 지평선을 응시했다. 이제는 하늘과 지평선이 하나로 합쳐져 누런 황무지로 보였다. 비현은 모래 바람이 몸과 얼굴에 켜켜이 쌓여가도 치울 힘이 없었다. 온몸의 수분이 모두 빠져나가고 그대로 말라비틀어져 버릴 것만 같았다. 의식은 혼탁해지고 환영이 하나둘 나타나기 시작했다.

소나무 아래 서 있는 무영의 모습이 보인다. 얼굴에 항상 드리워져 있던 시름 대신 환한 웃음을 짓고 있는 그의 모습이 참으로 아름다워 보였다. 손만 뻗으면 잡힐 듯 가까운데 팔이 들려지지가 않는다. 비현은 하얗게 마른 입술을 달싹거려 무영의 이름을 부르려고 애쓰다 포기해 버렸다. 잠시 후 그의 모습은 사라지고 유인의 모습이 나타났다. 그는 궁궐로 보이는 곳에 서서 아기를 품에 안은 채 세상에 부러울 것이 없다는 듯 웃고 있었다. 통통하고 말랑한 볼에 그를 닮아 잘생긴 사내아이. 비현은 흐뭇한 미소를 지으며 아이를 번쩍 안아 올리는 그의 모습을 보다 눈물을 흘리고 말았다. 그리움에 솟아오른 눈물이었다. 안도와 기쁨의 눈물이었다.

'그이는 잘 계시는구나. 다행이야, 정말 다행이야.'

비현은 천천히 눈을 감았다. 죽음이 다가오고 있었다.

"사람이에요! 살아 있는데요?"

겁을 먹고 다가가 두툼한 모피를 슬쩍 치운 루아이가 일행에게 소리쳤다. 사막에서 죽어가는 이들을 만나는 것은 흔한 일이었기에 곡예단 사람들은 크게 염두에 두지 않았다. 보나마나 일행과 뒤처진 사내거나 병에 걸려 버려두고 간 늙은이일 것이다. 그들은 큰 관심을 두지 않고 낙타에게 풀을 뜯게 하고 휴식을 취하려 했다. 그러나 뜻밖의 소리가 들려온다.

"여자예요! 그것도 예쁘고 젊은 여자!"

여자라는 말에 사내들이 일제히 고개를 돌렸다. 그들은 조금이라도 먼저 보기 위해 앞 다퉈 달려가 쓰러진 여인을 살폈다. 꼬마의 말대로 꽤 예쁘게 생긴 여인이다. 생김새로 보아 이제 막 스물을 넘긴 듯 보였다.

"하여튼, 계집이라면 사족을 못 쓰지. 다들 저리 썩 비켜서지 못해!"

음식 접시에 모여 앉은 파리 떼처럼 우글우글 대는 사내들을 발길로 걷어찬 라리슈카는 죽은 듯 눈을 감고 있는 여인에게 다가가 두건을 벗겨보았다. 여인의 얼굴을 본 순간 라리슈카의 얼굴에 웃음이 가셨다. 그녀는 자신 앞에 있는 여인이 예국에서 만난 은비 현임을 첫눈에 알아보았다. 황급히 몸을 숙여 비현의 숨과 맥박을 확인한 라리슈카는 한 사내를 시켜 안아 들게 하고 자신의 장막 안으로 데려왔다. 그녀는 바싹 마른 입술에 물을 흘려 넣고 얼굴과 손발을 물수건으로 닦아주었다.

"라리슈카, 아는 여자야? 어떻게 아는 여자야?"

곡예단 사내들은 호기심 어린 눈을 반짝이며 옆에서 떠날 줄 몰랐다. 라리슈카는 그들을 노려보며 소리쳤다.

"오늘 하루는 여기서 지샐 테니까 가서 땔감이나 모아와! 그리고 소마 좀 데려와."

의술을 조금이나마 다룰 줄 아는 소마는 비현을 보더니 가지고 있던 약을 먹이고 죽을 먹이도록 했다. 굶어 죽기 직전인데다 몹시도 허약해져 있다는 말에 라리슈카는 걱정스런 얼굴로 비현의 얼굴을 들여다보았다.

비현이 눈을 뜬 것은 라리슈카 일행에게 구해진 지 하루가 꼬박 지나서였다. 어둠이 내려앉은 밤, 흥겨운 비파 소리에 눈을 뜬 비현은 자신의 주변에 있는 사람들을 보고 놀랐다. 온통 서역 사람들이었다. 그들은 불가에 모여 앉아 서역 악기 소리에 맞춰 흥겨운 노래를 부르며 음식을 먹고 있었다. 비현은 지독한 시장기를 느끼며 주섬주섬 일어났다. 그런 그녀를 발견한 어린 루아이가 큰 소리로 외쳤다.

"예쁜 여자가 일어났다!"

그 말에 모두들 고개를 돌려 비현을 쳐다보았다. 비현은 갑작스런 시선들에 겁을 먹고 몸을 움츠렸다. 그때 한 여인이 다가와 비현의 손을 잡았다.

"저 기억할 수 있겠어요?"

갈색 머리에 화려한 옷과 장신구를 한 여인을 한참 동안 바라보던 비현은 그제야 그녀가 한때 도움을 준 적이 있는 여인이라는 것을 알아보고 눈을 크게 떴다.

"라리……."

"라리슈카예요. 알아보는군요?"

라리슈카는 기쁨에 들떠 비현을 껴안고는 큰일이 나기 전에 자신과 만나게 돼서 다행이라고 거듭 말했다.

"사람의 인연이라는 것이 참으로 오묘하지요? 이런 곳에서 다시 만나게 되다니!"

라리슈카는 어쩌다가 이 지경이 되었냐고 물었다. 잠시 서글픈 표정을 지은 비현은 긴 이야기를 하나둘 풀어놓기 시작했다. 수원에서 벌어졌던 참극을 끝으로 입을 다물자 라리슈카는 여인의 몸으로 그 험한 일을 겪은 비현이 안쓰러워 눈물을 흘렸다.

"그런 일이 있었군요. 이 작은 몸으로 그 많은 고통을 겪다니, 이제라도 만나서 다행이에요. 우리 곡예단이 정국까지 같이 가줄게요. 곡예단 사람으로 행세하면 한주군의 눈에 띄지 않을 거예요."

라리슈카는 어렵지 않은 듯 쉽게 말했지만 비현은 걱정스런 얼굴로 고개를 저었다.

"그저 사람이 살고 있는 도시로 데려다 주시면 돼요. 자칫 잘못하면 여기 분들이 다치시게 될 거예요."

"내 어머니의 목숨을 구해준 은인께 그리할 수는 없죠. 너무 걱정하지 말아요. 우리한테는 든든한 주인이 계시거든요. 그분이라면 안전하게 지켜줄 수 있을 거예요."

외모만큼이나 시원스럽게 결정을 내린 라리슈카는 불안해하는 비현을 거듭 안심시켰다.

"다른 이들의 의심을 받지 않으려면 뭐든 해야 해요. 노래 솜씨야 익히 들었고 춤은 출 줄 아나 모르겠네. 아참, 이름도 바꿔야겠어요. 뭐라 불러야 하나? 아! 그 이름이 좋겠어요. 비현은 아름다우니까 자밀라로 부르지요. 자밀라는 아름답다는 뜻이거든요."

얼굴이 붉어진 비현이 뭐라 얘기하기도 전에 라리슈카가 강국(康國) 말로 소리쳤다.

"이제부터 자밀라는 곡예단 사람이 되어 함께 갈 거야. 불만있는 사람은 말해, 여기에 두고 갈 테니."

그녀의 말에 장막 안에 있던 사람들은 껄껄 웃으며 못 말린다는 듯 고개를 저었다. 라리슈카는 비현의 손을 잡으며 환하게 웃어 보였다.

수원지에 하루 더 머문 곡예단 일행은 비현이 수레에 탈 수 있을 정도로 몸이 회복되자 다음 도시인 장액으로 떠났다. 일행이 장액으로 가는 동안 비현은 비록 말은 통하진 않지만 곡예단 사람들과 친해질 수 있었다. 그들은 언제나 쾌활했고 또 소란스러웠다. 그들에게는 걱정이 없는 듯했다. 길을 가다 힘들면 멈춰 서 노래를 부르고 춤을 추고 그러다 지치면 며칠이고 쉬었다가 또다시 길을 떠났다. 그들은 비현을 이방인이 아니라 동료로 생각해 주었고 라리슈카는 동생처럼 보살펴 주었다. 비현은 그들에게 제발 나쁜 일이 일어나지 않기만을 바랄 뿐이었다.

라리슈카는 노정 중에 이따금씩 대상들과 마주칠 때마다 최근 한주의 동정에 대해서 물었다. 그들의 입에 가장 많이 오르내리는 것은 한주군이 필사적으로 찾고 있는 한 여인에 관한 이야기였다. 간신히 찾아냈으나 여인은 이미 사라지고 승려들은 모진 고문에 시달려도 끝내 여인에 대해 얘기하지 않았다고 했다. 결국 한주군은 하서주랑 일대를 뒤지고 있으나 아직 여인을 찾지 못해 각 도시마다 수색을 하느라 북새통을 이루고 있다 했다. 라리슈카의 곡예단에도 수색대가 밀어닥쳤다. 그러나 라리슈카와 루아이를 제외하고는 한족 말을 쓰는 이들이 없는 데다 특유의 낙천적인 행동과 부산함으로 혼을 빼놔서 제대로 수색하지도 못하고 돌아가 비렸다.

"거봐, 자밀라. 우리 곡예단은 안전할 테니 걱정하지 마."

라리슈카는 호족 여인들이 입는 독특한 옷을 입고 화려한 장신구로 치장해 본모습을 숨긴 비현을 자랑스럽다는 듯이 보았다. 비단 천으로 얼굴을 반쯤 가린 비현은 서역 무희처럼 아름다운 데다 살짝 드러난 속살이 매혹적이기까지 했다. 처음엔 도저히 못 입는다고 고개를 젓던 비현도 이제는 제법 익숙해졌는지 어색해하지 않고 담담해진 터였다.

곡예단이 장액에 들어섰을 때는 일 년에 두 번 있는 큰 장이 들어서서 몹시도 혼잡했다. 서역 상인들은 향신료, 옥, 상아, 유리, 양탄자 등을 팔았고 중원 상인들은 비단, 도자기, 철, 계피 등을 내다 팔았다. 장액은 이들 상인들에게 받은 세금으로 큰 부를 누리며 번화한 도시였다.

곡예단이 성문에 다다르니 행인과 상인들의 짐을 검문하는 줄이 길게 늘어서 있었다. 병사들이 와서 곡예단 일원들을 하나하나 훑어보고 짐들을 수색했다. 수레에 라리슈카와 함께 앉아 있던 비현은 바싹 긴장을 했지만 병사는 짙은 화장에 화려하게 꾸민 비현을 알아보지 못하고 성안으로 들여보냈다. 성안의 한 여각에 여장을 푼 라리슈카는 발빠른 루아이를 불렀다.

"아사드께서 어디에 묵고 계신지 찾아봐. 그리고 만나뵙거든 우리가 이곳에 머물고 있다고 말씀드려."

힘차게 고개를 끄덕인 루아이는 잽싸게 여각을 뛰어나갔다. 여각에서 잠시 숨을 돌린 라리슈카 일행은 한바탕 기예를 펼칠 준비를 했다. 상인들의 주머니에 돈이 두둑하면 인심도 후해져서 큰장이 서면 돈을 많이 벌 수 있었다. 라리슈카는 비현에게 자기의 옆을 따라다니며 노래만 따라 부르면 된다고 일러주었다. 여자의 몸으로 곡예단을 이끄는 그녀는 무엇이든 거침이 없었다. 이 세상에 두려운 것은 아무것도 없다는 듯 당당하게 치켜든 턱과 오뚝한 코는 아름다우면서도 쉽게 범접하지 못하는 분위기를 풍겼다. 비현은 그런 라리슈카를 진심으로 좋아하게 됐다.

"자밀라, 네 얼굴을 봐. 누가 너를 한족 여인으로 보겠어."

비현의 눈썹과 눈가에 안료를 칠하고 붉은 연지로 마무리한 라리슈카는 붓을 놓고 감탄을 했다. 또렷한 이목구비에 큰 눈을 강조하는 짙은 화장 때문에 비현은 전혀 딴사람으로 보였다. 비현이 수줍게 웃자 라리슈카는 자신의 옷 중에서 가장 화려한 비취색 비단 옷을 꺼내주었다. 화려하게 치장을 한 비현은 사막의 전설에 나오는 여신들처럼 아름다웠다.

밤이 되자 거리 곳곳에 등이 내걸리고 장사를 끝내 주머니가 든든한 상인들이 술에 거나하게 취해 곡예단이 머물고 있는 여각으로 왔다. 여각 앞 거리에 자리를 마련한 곡예단들을 흥겨운 음악을 연주하고 묘기를 부리며 구경꾼들의 흥을 돋웠다. 여각 안 주점에서 공연을 시작한 라리슈카는 좌우에 악사들을 앉히고 자신은 그들 가운데에 서서 춤과 노래를 불렀다. 비현은 그 뒤에 서서 다른 무희와 섞여 노래를 불렀다.

그 무렵, 몸집이 비대한 한족 관리가 장액에 라리슈카가 왔다는 소문을 듣고 여각으로 찾아왔다. 그는 라리슈카와 가장 가까운 곳에 앉아 춤을 청하며 술을 마셨다. 성숙하고 유혹적인 라리슈카의 모습을 홀린 듯 바라보던 관리는 무심코 뒤에 시선을 주었다가 비현을 보고는 춤이 끝나자마자 물었다.

"저 뒤편에 선 아이는 못 보던 아이구나. 흠, 어려 보이는데?"

관리의 추잡한 취향을 잘 아는 라리슈카는 속살을 내보이며 은근슬쩍 주위를 돌리려 했다. 그러나 관리는 비현에게서 시선을 거두지 않고 말했다.

"저 아이가 잘하는 것은 무엇이냐?"

그의 말에 라리슈카가 대답했다.

"노래를 잘합니다."

"노래라."

"어미가 한족 출신이라 한족 노래를 부를 줄 알지요. 한 곡조 부르라 하오리까?"

"오! 좋지!"

관리는 튀어나온 배를 만족스럽게 두드리며 고개를 끄덕였다. 라리슈카는 비현에게 다가가 말했다.

"저 관리가 관심을 보이니 노래를 부르도록 해. 내가 옆에서 술을 잔뜩 먹여 취하게 할 테니 그사이에 빠져나가.”

그녀의 말에 비현은 고개를 끄덕였다. 관리 앞에 나선 비현은
악사들에게 일러 그동안 틈틈이 배워온 곡을 불렀다.

15)*변방의 성에 저녁 비 내리니*
날던 기러기도 날개를 접는다.
막 돋아난 갈대순은
차츰차츰 고르게 자라고,
무수한 방울 소리
아득한 모래톱을 건너
백련(百鍊)을 가득 싣고
안서(安西)로 가는구나.

비현의 낭랑하고도 슬픔이 배인 목소리에 좌중이 일시에 조용
해졌다. 여각에 머무르는 한족들은 고향 생각에 가슴이 뭉클해져
서 눈가에 눈물이 그렁그렁 맺혔다. 그러나 술에 잔뜩 취한 관리
는 술잔을 던지며 심술을 부렸다.

“그리 청승맞은 곡은 집어치우고 넌 내 옆에서 술이나 따라라.
라리슈카야, 네가 신나는 노래를 불러보아라.”

“나리, 저 아이는 아직 사내를 몰라서 술 따르는 일은 못합니다.
다른 이를 부르겠습니다.”

“관둬. 나는 저 아이가 마음에 든다. 사내를 모른다니 더욱 좋

---

15)양주사(凉州詞): 장적(張籍) 당(唐)

군. 내가 사내 맛이 어떤지 확실히 보여주지."

술에 취한 관리는 막무가내로 고집을 부리다가 안 되겠던지 앞으로 나와 비현의 손목을 움켜쥐고 품에 안으려 했다. 그때였다. 어디선가 날아온 채찍이 관리의 등을 후려치자 그는 비명을 지르며 탁자에 고꾸라졌다. 창졸간에 벌어진 일이라 모두들 어리둥절해 있는데 한 사내가 양손으로 채찍을 팽팽하게 잡아당기며 걸어왔다. 그를 본 사람들이 황급히 허리를 숙여 예의를 갖추는 사이 비현만은 무슨 영문인지 몰라 멍하니 서 있었다.

비현의 눈앞으로 걸어온 그는 사내라 칭하기에도 간지러울 정도로 솜털이 보스스한 미소년이었다. 값비싼 비단과 온갖 보석을 전신에 두르고 홍옥이 박힌 장식용 검에 앞코가 살짝 솟아오른 비단신을 신은 그는 온몸으로 귀하신 분이라고 말하는 듯했다. 자리한 이들은 하나하나 정성껏 조각한 듯 섬세하고 미려한 이목구비와 매끈하게 단련된 몸에 시선을 주며 은근한 감탄을 내뱉었지만 비현의 눈길을 끈 것은 짙은 눈썹 아래 깊이를 헤아릴 수 없는 눈동자였다. 마치 황옥(黃玉)을 연상케 하는 황금빛 눈동자는 노인, 청년, 소년의 눈빛을 동시에 담고 있었다. 그는 자신의 비현실적인 아름다움을 잘 아는 듯 오만하고 도도했지만 동시에 피곤과 알 수 없는 시름으로 가득 차 보였다.

비현은 점점 휘황하게 빛나는 소년의 눈을 바라보다가 문득 정신을 차리고 황급히 고개를 숙였다. 이에 소년은 흥미롭다는 듯 섬세한 콧날을 치켜들며 비현의 모습을 훑었다. 그때 탁자에 엎드려 있던 관리가 부르르 떨더니 신음을 흘렸다. 그러자 소년은 손에 든 채찍으로 사내의 등을 쿡쿡 찌르며 말했다.

"이봐, 엄살 그만 부리고 일어나. 내 여자를 건드린 데 대한 용서를 빌어야 할 거 아냐."

비현이 놀란 것은 관옥 같은 외모와 달리 신경질적이고 냉소적인 어조 때문만은 아니었다. 내 여자. 소년의 말에 비현은 할 말을 잃고 눈을 크게 떴다. 생면부지의 여인에게 내 여자라며 천연덕스럽게 얘기한 소년은 비현을 흘끔 보고는 씨익 웃었다. 일순간 스쳐 간 천진한 미소에 비현은 잠시 얼떨떨해졌다. 그사이 소년은 다시 심각한 표정을 짓고는 인상을 쓰며 일어나는 관리를 노려보았다. 신음을 흘리며 몸을 일으킨 관리는 탁자 옆에 선 서역인을 보고는 대경실색하더니 황급히 고개를 숙였다.

"제가 몰라뵙고 실수를 저질렀습니다. 용서해 주십시오."

"감히 내 여자의 손목을 잡았겠다. 그 벌로 네놈 손모가지를 잘라도 할 말이 없겠지?"

손목을 자른다는 말에 관리는 금방이라도 숨이 넘어갈 것처럼 창백해져서 땀을 줄줄 흘렸다. 이에 옆에 선 라리슈카가 말했다.

"아사드님, 이분이 몰라뵙고 한 일이니 용서해 주시어요."

"예, 예. 정말 모르고 한 것입니다. 부디 용서를……."

관리는 바닥에 이마를 찧으며 거듭 용서를 구했다. 이에 못 이긴 척 고개를 끄덕인 사내가 고갯짓을 하자 옆에 선 부하들이 관리를 여각 밖으로 내쫓았다. 이 장면을 멍하니 바라보고 선 비현에게 다가온 소년은 그녀의 귀에다 대고 중얼거렸다.

"걱정 마. 앞으론 네게 추근대는 사내들이 없을 테니. 이 아사드의 여자를 넘보는 놈들은 없거든."

다분히 유혹적인 어조에 비현이 당황하는 사이 소년은 자리에 앉아 호탕하게 소리쳤다.

"좀 전에 네 노래, 듣기 좋더구나. 한 번 더 불러주겠어?"

난처한 표정으로 라리슈카를 쳐다본 비현은 그녀가 고개를 끄덕이자 마지못해 앞으로 나갔다. 곧이어 악사가 박판을 두드리며 신나는 곡조를 타고 노래가 시작되자 무희들이 나와 춤을 추었다. 비현은 아직도 충격이 가시지 않은 듯 창백한 얼굴로 노래를 불렀다. 그런 그녀를 유심히 바라보던 아사드가 옆에 앉은 라리슈카에게 말했다.

"저 아이 예쁜데 내가 가져도 되지?"

그의 말에 라리슈카가 입가에 미소를 띤 채 대답했다.

"그런 여자가 아니에요."

"뭐야, 어디 공주쯤이라도 되는 거야?"

"그보다 더하죠."

아사드는 휘파람을 길게 불며 흥미롭다는 듯이 팔짱을 꼈다. 그는 자신의 뜨거운 시선에 잔뜩 얼어 있는 여인을 바라보았다. 그의 얼굴에는 재미난 장난감을 본 듯 생기가 흘렀다.

밤이 깊어 여각에 온 손님들이 모두 돌아가자 자신의 거처로 돌아온 비현은 화장을 지우고 올린 머리를 풀어 빗어 내렸다. 저녁 내내 아사드의 눈길을 피해 다니느라 잔뜩 지쳐 버렸다. 체구는 장성한 사내와 다름없었으나 앳된 소년의 얼굴로 보내는 은근한 시선은 도저히 감당할 수가 없다. 앞으로 어찌해야 하나. 비현은 그저 한숨만 푹푹 쉴 뿐이었다. 한창 머리를 빗던 비현은 갑작스런 인기척에 놀라 뒤를 돌아보았다. 아사드가 한쪽 벽에 기대 자신을 응시하고 있었다. 비현이 할 말을 찾지 못하는 사이 그가 먼저 입을 열었다.

"넌 화장을 지운 모습이 훨씬 낫구나. 더 마음에 드는걸."

"여인들의 방에 함부로 들어오시다니요. 나가주세요."

그 말이 달콤한 속삭임이라도 되는 듯 아사드는 황홀한 표정을 지으며 눈을 감았다.

"은근한 목소리도 일품이고, 내가 가졌으면 좋겠는데 라리슈카는 왜 안 된다는 걸까."

제멋대로인 그에게 화가 난 비현은 벌떡 일어나 나가려고 했다. 그러나 문 앞에서 손목을 잡힌 비현은 뿌리치기도 전에 그의 품에 안겼다. 놀라 밀쳐 내려는데 아사드는 비현의 가냘픈 허리를 끌어당겨 턱을 잡아 올렸다.

"헤프지 않아 손맛도 좋군."

순간 비현은 저도 모르게 팔을 들어 올려 그의 뺨을 때리려 했다. 하지만 도중에 손목을 붙들려 도리어 그의 품에 안기는 꼴이 되어버렸다. 아사드는 눈썹을 치켜뜨며 웃었다.

"어라, 힘도 세네. 또 잘하는 게 뭐가 있지?"

"이거 놔요!"

"놓기 전에 물어볼 게 있어."

아사드는 비현의 얼굴을 가까이 들여다보며 유혹적으로 속삭였다.

"사내 경험 없다는 게 정말 사실이야? 내가 그 방면에서는 꽤나 박식하거든. 원한다면 가르쳐 줄 수 있는데."

비현은 자신이 잘못 봤다는 것을 깨달았다. 그는 뛰어난 미모의 소년이 아니라 혈기가 왕성한 사내였다. 그것도 예의와 배려라고는 눈곱만큼도 없는 무뢰한(無賴漢). 아사드를 노려보던 비현은 왼쪽 팔을 들어 올렸다. 그러나 이번에도 그에게 손목을 잡히고 말았다. 비현은 이에 지지 않고 그의 손목을 물어버렸다.

"아악!"

짧은 비명을 지른 아사드는 손목을 움켜쥐고 펄쩍펄쩍 뛰었다. 그 순간 왁자지껄한 웃음소리가 터져 나왔다. 문밖에서 이 장면을 숨죽여 지켜보던 수십 명의 사람들이 일제히 웃음을 터뜨린 것이다. 영문을 모르는 비현이 가쁜 숨을 몰아쉬고 있는 사이 라리슈카가 들어와 아사드의 어깨를 툭툭 쳤다.

"그러게 안 된다고 했잖아요. 자!"

라리슈카는 인상을 쓰고 있는 아사드의 코앞에 손바닥을 내밀었다. 입을 삐쭉거린 아사드는 품에서 큼직한 진주 몇 알을 꺼내 라리슈카에게 쥐어주었다.

"쳇, 이 아사드를 거부하다니. 두고 봐, 꼭 내 여자로 만들고 말 테니까."

비현을 향해 오만한 턱을 치켜든 아사드는 걸음도 당당하게 방을 나갔다.

"자밀라, 놀랐지? 아사드 나리는 원래 저러니까 이해해. 저러다 지치면 관두겠지 뭐."

"저분이 전에 말한 곡예단의 주인이신가요?"

"단순히 주인만은 아니지. 나중에 차차 알게 될 거야. 그나저나, 아사드 나리 눈에 들었으니 한동안은 꽤 피곤하겠군. 혼자 있지 않도록 조심해. 틈만 나면 달려들 테니."

라리슈카는 의미심장한 미소를 지어 보였고, 비현은 피곤하다는 듯 이마를 찌푸렸다.

곡예단은 장액에서 삼 일 동안 머무른 후 다음 도시로 출발했다. 하지만 장액에 들어왔을 때와 달리 성문을 나올 때는 곡예단뿐만 아니라 아사드의 대상도 함께였다. 짐을 가득 실은 백여 마리의 낙타와 고급 물품으로 가득 찬 화려한 수레. 라리슈카는 아사드가 호탄에서 가장 부유한 상인이라고 했다. 하지만 단순한 대상으로 보기엔 석연찮은 구석이 많았다. 무엇보다 한족 관리들이 그 앞에서 쩔쩔매는 것이 의아했고 장사에는 도통 관심이 없어 보였기 때문이다. 하지만 그 덕분에 곡예단은 군인들의 시선에서 비교적 안전할 수 있었다. 라리슈카의 말대로 그와 함께 움직인다면 정국까지 안전하게 갈 수 있을 것이다. 하지만 실상은 그리 안전하다고 볼 수만도 없었다. 비현은 매일 그에게 시달림을 받느라 녹초가 되어 있었다. 장액에 머물 때는 노상 찾아와 주위를 맴돌며 귀찮게 하더니 성문을 나와서는 아예 같은 수레에 타서 끊임없이 지분거린다. 비현은 라리슈카에게 도움의 눈길을 보냈지만 그녀는 그저 웃을 뿐이었다.

“아사드 나리는 여자를 귀찮게는 해도 함부로 대하진 않으셔. 익숙해지면 괜찮아질 거야.”

라리슈카의 말과는 달리 비현은 그의 행동에 전혀 익숙해지질 않았다.

일행이 주천에 당도했을 무렵이다. 검문이 느슨했던 장액과 달리 주천은 수레 하나하나, 짐 속까지도 신중하게 검사했다. 그러다 병사 하나가 수레로 다가왔다. 병사가 수레 안에 있는 라리슈카와 비현을 확인하려 하자 한쪽에 팔짱을 끼고 앉아 있던 아사드가 눈을 부릅뜨고 소리쳤다.

“지금 무얼 하는 거야?”

“근방에서 달아난 죄인이 있어 여기에 있는 여인들의 얼굴을 살펴봐야 합니다.”

“그러니까 여기에 앉아 있는 내 여자가 죄인이란 말인가?”

“아니, 그게 아니라…….”

아사드는 수레에서 뛰어내리며 크게 외쳤다.

“감히 아사드의 여자를 죄인으로 취급하다니! 오, 자밀라. 나를 용서해 주오. 내가 당신에게 씻을 수 없는 치욕을 안겨주었구려.”

아사드는 광대처럼 극적으로 손을 뻗으며 외쳤다. 그가 휘감은 보석들이 뜨거운 햇살 아래 번쩍이고 황금색 눈동자엔 장난기가 가득했다. 수레에 앉아 이 우스꽝스러운 광경을 바라보던 비현은 기가 막혀서 고개를 돌려 버렸다. 라리슈카도 같은 생각이었는지 휘장을 걷고 소리쳤다.

“나리, 좀 정도껏 해야지요. 그게 뭐예요?”

"오! 자밀라, 그대는 나의 연인. 나는 그대에게 모욕을 주는 이 병사를 용서할 수가 없어. 당장에 칼을 빼 들어 배를 가르고 내장을 꺼내 그의 목에 두르고 그대 앞에 무릎 꿇게 하겠소. 그 벌이 약하다면 사내의 눈을 파서 뜨거운 물에 삶아 까마귀에게 던져 주거나 칼로 몸을 두 동강 내어……."

아사드는 마치 시를 읊듯이 우아하게 말했다. 그 바람에 얼굴이 사색이 된 병사와 소동에 쫓아온 관리들은 서둘러 용서를 구했고 아사드는 오만한 표정을 지으며 고개를 끄덕였다. 일행은 한주 병사들에 의해 정중하게 성안으로 안내되었다.

"오! 자밀라, 저 무식한 한족 병사 때문에 얼마나 상처가 크오."

수레에 앉아서도 입을 다물 줄 모르는 그를 보고 라리슈카가 쏘아붙였다.

"관리들도 없는데 그만 좀 하세요."

그 말에 싱긋 웃은 아사드는 비현의 손을 덥석 쥐고 말했다.

"나 잘했지? 그러면 오늘밤에 내 연인이……."

그의 말이 끝나기도 전에 손을 뿌리친 비현은 그를 매섭게 노려보고는 고개를 돌려 버렸다. 혼난 아이처럼 풀이 죽은 그를 보던 라리슈카는 딱하다는 표정으로 혀를 끌끌 찼다.

아사드는 주천에서 가장 크고 화려한 여각을 통째로 빌려 곡예단과 자신의 상단이 머물도록 했다. 가장 호화롭게 꾸며진 별채를 고른 그는 대리석으로 만든 커다란 욕조에서 향기로운 목욕을 즐겼다. 아름다운 가희들이 욕실 한쪽에 자리를 잡고 앉아 비파를 타며 노래를 부르고 계집종들이 아사드의 목욕 시중을 들었다. 아사드는 비파를 타는 미인들이 옆에 있는데도 좀처럼 흥이 나질 않자 옆에 있는 늙은 하인에게 말을 걸었다.

"이봐, 압달. 뭐 재미난 일 없을까?"

욕조 물에 향유를 붓던 늙은 하인 압달이 고개를 숙이며 고했다.

"전하, 정 지루하시면 재담꾼을 불러올까요?"

"됐어. 뻔한 이야기들뿐인걸. 자밀라는 무얼 하고 있어?"

"그녀는 다른 무희들과 달리 방에서 나오질 않아요. 제 평생 그렇게 조용한 여인은 처음입니다."

"흥, 나도 그런 여인은 처음 봐. 보내는 선물은 족족 돌려보내고, 이 귀한 몸과 놀아주지도 않고."

입을 삐쭉거린 아사드는 물속에 몸을 깊이 담갔다가 고개를 쳐들었다. 물에 촉촉이 젖은 그의 몸은 물고기처럼 매끈하고 섬세한 근육은 무척이나 관능적이어서 사내조차 얼굴이 붉어질 정도였다. 여인들도 울고 갈 만큼 탐스러운 흑발, 매끈한 몸의 곡선과 윤기 흐르는 갈색 피부. 그는 여인과 사내의 모습이 혼재된 아름다움을 가지고 있었다. 그리하여 시중을 드는 계집종과 가희들조차 그의 모습에 취해 부끄러운 줄도 모르고 주인의 몸을 훑었다. 예전 같으면 그녀들 중 하나를 골라 같이 목욕을 하고 침실로 이끌었을 테지만 지금은 아무런 흥이 나지 않았다. 그는 손짓으로 가희들을 내보내고 혼자 남았다. 그의 머리 속에는 온통 자밀라 생각뿐이었다.

지금까지의 삶은 온통 우울하고 지루한 것뿐이었다. 세상 그 무엇도 자신을 들뜨게 하거나 기분 좋은 감정을 느끼게 하지 못했다. 최근 몇 년 동안 사막을 오가며 자신이 진짜 원하는 것이 무엇인지 찾았지만 밋밋한 사막 풍경만큼이나 밋밋한 것들뿐. 아사드는 질식할 것만 같은 지루함 속에 서서히 지쳐 갔다. 그 무렵에 만나게 된 자밀라. 아사드는 지금껏 그렇게 독특한 여자를 만난 적이 없었다. 그가 만나본 여자들은 너무 쉽게 손에 들어왔고 그만큼 쉽게 질렸다. 열여덟 해를 사는 동안 언제든 자신을 위해 웃고 울 준비가 된 여인들에 둘러싸여 있다가 처음으로 자신을 거부하는 여인을 만나니 아사드는 당혹하면서도 신선한 기쁨을 느꼈다. 원하기만 하면 세상의 모든 여자들을 가질 수 있다 생각했다. 금과 보석만 있으면 무엇이든 살 수 있다 생각했다. 그런데 자밀라는 아무리 많은 보석과 장신구를 안겨줘도, 아무리 아름답다 칭찬을 해줘도 눈 하나 꿈쩍하지 않는다. 그것이 아사드의 심장을 뛰게 만들었다. 자신이 찾던 것을 그녀가 줄 것만 같다. 왜 태어났는지, 무엇을 위해 사는지 가르쳐 줄 것만 같다. 아사드는 신비한 한족 여인에게 더욱 빠져들며 태어나 처음으로 설렌다는 것이 어떤 것인지 느꼈다.

곡예단은 여각에 여장을 풀자마자 곧 거리 공연을 나갔다. 수색이 한층 삼엄해진 터라 비현은 그대로 여각에 머물며 무희들의 옷을 수선하고 짐을 정리했다. 노상 옆에 붙어 시끄럽게 떠들던 아사드가 없으니 주위는 한결 조용했다. 비현은 혼자 있는 것이 오랜만인지라 잠시 일손을 놓고 생각에 잠겼다. 늘 그렇듯, 그를 생각하고 그리워할 때면 지독한 아픔이 밀려와 가슴을 두드렸다. 전에는 생생하게 떠올랐던 생김이 이제는 아픔만 남고 점점 희미해지고 있었다. 비현은 그의 감촉을 느껴보고 싶어서 눈을 감고 허공에 손을 뻗었다. 어둠 속에서 유인의 얼굴이 흐릿하게 보이자 그녀는 손끝으로 얼굴을 더듬어보았다. 그러자 눈물이 날 만큼 따스하고 부드러웠던 감촉이 생생하게 떠올랐다. 복사꽃이 하롱하롱 지던 날 나누었던 눈길과 비 오는 밤 서로의 몸을 쓰다듬으며 느꼈던 기쁨이 떠올라 아픈 마음을 더욱 괴롭힌다.

'잊어야 해. 잊어야만 해. 하지만 이토록 그리운 것을, 이토록 가슴 저리게 보고픈 것을.'

비현은 눈물을 머금고 애타게 그를 불러보았다.

"전하……."

"전하? 누굴 말하는 거지?"

갑작스런 사내 목소리에 눈을 번쩍 뜬 비현은 자신이 아사드의 뺨에 손을 대고 있었음을 알고 화들짝 놀라며 손을 거두었다. 아사드 역시 놀란 기색이 완연해 황금빛 눈동자가 전과 달리 어둡게 빛났다.

"말해 봐. 네가 말하는 전하란 누구지?"

비현은 재빨리 자리에서 일어나려 했다. 그러나 그가 손목을 잡고 놔주지 않았다. 아사드는 심각한 표정으로 재차 물었다.

"그가 누구냐고 묻잖아? 네 연인인가?"

비현은 울 것 같은 표정을 짓다가 힘없이 주저앉았다. 그리고 힘겹게 말문을 열었다.

"저와 정혼했던 분입니다."

"정혼? 그런데 지금은 왜 혼자지?"

비현은 더 이상 얘기하고 싶지 않아 몸을 돌렸다. 그러자 아사드가 어깨를 힘 주어 잡고 말했다.

"한족에게 쫓기는 것과 관계가 있나? 너 같은 여자가 무슨 죄를 지었지?"

비현은 처연한 얼굴로 멍하니 앉아 있었다. 아사드는 답답하다는 듯 어깨를 흔들었다.

"자신과 정혼한 여자가 위험에 빠지도록 내버려 두는 놈은 잊어버려. 자밀라, 나와 호탄에 가자. 내가 널 지켜줄게."

그의 눈은 순수한 열정으로 빛났다. 매사에 자신감이 넘치고 마음속에 든 것을 그대로 입 밖으로 내는 그가 밉지 않은 것은 이 순수한 눈빛 때문이다. 아사드를 물끄러미 바라보던 비현은 잡은 손을 놓게 하고 담담하게 말했다.

"아사드님, 그분은 정말 좋으신 분이에요."

"널 이렇게 힘들게 하는데도?"

"제가 원해서 온걸요. 이것만이 그분과 절 위하는 길이었어요."

"정혼자라면 이렇게 고생하도록 두면 안 되는 거잖아. 제 여자 하나 지키지도 못하는 게 무슨 사내야?"

"제가 원했기 때문이에요. 제가 간절히 원했기 때문에 괴로워도 보내준 거예요. 가두고 보호해 준다 해서 그 사람을 생각하는 것은 아니에요. 그분은 절 장식품이나 꽃이 아닌 사람으로 봐주신 거예요. 숨 쉬고 웃고 울 수 있는 사람이기에 스스로가 선택한 길을 갈 수 있도록 배려해 주신 거라 생각해요."

비현은 자신의 소망을 말하며 가슴이 뛰는 동시에 서글퍼졌다. 그렇게 믿고 싶을 뿐. 참으로 슬픈 바람이다. 아무리 정인이라 하여도 자신을 기만한 여자를 그리 쉽게 이해하고 용서해 줄 리가 없다. 자신을 깊이 사랑했던 그였으니 배신감은 더욱 깊을 것이다. 비현의 슬픈 눈빛을 바라보던 아사드는 인상을 쓰며 벌떡 일어났다. 내실을 뱅뱅 돌던 그는 비현 앞에 서서 힘주어 말했다.

"너희 한족들은 이해할 수가 없어. 뭐가 그리 복잡해? 내 여자다 생각하면 옆에 두고 행복하게 해주면 되는 거야. 나 푸아드 압드 알 살람 알 카진다르 아사드는 널 꼭 호탄에 데려가겠다고 신께 맹세한다. 두고 봐, 그 사내놈은 잊고 날 선택할 테니."

오만하게 솟은 콧날을 치켜든 아사드는 그대로 방을 나가 버렸다. 홀로 남은 비현은 울지 않으려고 애쓰며 긴 한숨을 내쉬었다. 왠지 그가 가까이 있는 것 같은 느낌을 지울 수가 없다. 금방이라도 나타나서 숨이 막히도록 안아줄 것만 같다. 비현은 그리움이 사무쳐 하루 종일 아무것도 할 수가 없었다.

✱

황량한 초원에 난데없이 우레와 같은 소리와 사방을 울리더니 흙먼지가 피어올랐다. 놀란 짐승들이 산으로, 땅속으로 숨는 가운데 기골이 장대한 사내들을 태운 군마가 평원을 가로질러 갔다.

말 안장에 새겨진 문양과 사내들이 입은 갑옷은 한주군의 것이었다. 서른 명의 사내들은 빠르게 말을 몰아 하서주랑의 입구에 당도했고 무위성을 향해 달리고 있었다. 채찍질에 가쁜 숨을 몰아쉬며 달리던 말들이 지쳐서 쓰러지기 직전, 그들은 무위성에 당도했다. 별다른 지시도 받지 않은 상태에서 들이닥친 군인들로 잔뜩 긴장을 한 병사는 그들이 내미는 군령장을 받아 들었다. 태후의 인장이 찍힌 문서에는 이들은 죄인을 잡아들이기 위해 특별히 보낸 군위이니 좋은 말과 불편함이 없는 숙식, 그리고 죄인을 찾기 위해 아낌없는 협조를 제공해야 한다는 내용이 쓰여 있었다.

갑자기 황도의 고위 무관들이 들이닥치자 무위 태수는 바싹 긴장하며 주연을 베풀어 극진히 대접하려 했다. 그러나 군위는 한시가 급하다며 옥에 갇힌 승려들을 만나길 원했다. 날이 저물었음에도 쉴 사이 없이 죄인들을 보길 원하니 병사들은 마지못해 옥으로 안내했다. 살아남아 감옥에 갇힌 승려들은 모두 열 명. 그들을 하나하나 불러 취조를 하던 군위대장이 학선과 심우라 불리는 승려들을 직접 문초했다. 그들은 끝내 입을 열지 않았다. 온갖 고문으로 누더기가 된 승려들을 차가운 눈으로 훑어보던 군위대장은 결국 아무 이야기도 듣지 못하고 물러서야 했다. 군위는 무위에서 별다른 소득을 얻지 못하고 날이 밝자마자 무위성을 빠져나가 장액으로 떠났다.

그들이 가고 나서 오후에 막 접어들었을 무렵이다. 무위성 문에 오십여 명의 한주군이 들이닥쳤다. 그들에게서 군령장을 받아 든 병사는 사색이 되어서 아문으로 뛰어갔다. 무위 태수는 군령장을 펼쳐 들고는 하얗게 질려 버렸다.

"이, 이게 어떻게 된 일이냐? 신도에서 온 군위는 이미 새벽에 떠나지 않았느냐?"

태수와 막 도착한 한주의 군위들은 어처구니없는 일에 아연한 표정을 지을 뿐이었다.

"그, 그럼 그들은 대체 누구란 말이냐? 누가 겁도 없이 태후마마의 인장을 도용해서 한주군 행세를 한단 말이냐?"

무위 태수는 그들이 예군임을, 늠름한 용태로 휘젓던 군위대장이 예 왕 반유인임을 꿈에도 알지 못했다. 그들이 당혹해하는 사이 유인은 비현을 찾기 위해 장액으로 향했다.

"전하, 말도, 사람도 숨이 넘어가기 직전입니다. 제발 좀 쉬었다가지요."

잠 한숨 못 자고 말을 달린 지 꼬박 오 일이 흘렀다. 인걸은 퀭한 눈으로 사정했고 옆에서 말을 모는 호위대도 차마 말은 못했지만 몰골이 말이 아니었다. 내내 입을 다물고 말을 몰던 유인은 한참 만에야 고개를 끄덕였다. 이곳 지리에 밝은 무사의 안내를 받아 수원지에서 야숙을 했다. 사내들은 오랜만에 땅에 발을 디디고 마음껏 물을 마시자 피곤이 밀려왔는지 부랴부랴 장막을 치고 쓰러지듯 누워 잠을 청했다. 지금 유일하게 눈을 뜨고 있는 자는 유인 하나뿐이었다. 유인은 멀리 보이는 황무지에 시선을 주며 묵묵히 서 있었다. 승려들이 붙잡히고 그녀가 사라졌다는 소식을 들은 후 그는 한시도 편한 잠을 자본 적이 없었다. 잠들면 비현의 주검이 눈에 아른거려 소스라치게 놀라 악몽에서 깨곤 했다.

'그대는 지금 어디에 있는가. 도대체 어디에……'

그가 비현의 소식을 들은 곳은 난주에서 그리 멀지 않은 황하 좌안에 위치한 은천(銀川)이었다. 한주와 예의 군대에게 있어 무엇보다도 중요한 세 가지를 꼽자면 전략, 군량, 그리고 말이었다. 두 나라의 군대는 자국의 영토를 차지하기 위해 싸우기도 했지만 더 많은 말을 차지하기 위해 싸우기도 했다. 말은 대부분이 서역의 유목국가, 특히 강국(康國)과 대식(大食)의 한혈마(汗血馬)를 최고로 쳤는데 이것을 두고 벌이는 싸움이 만만치 않았다. 한주와의 전쟁이 길어지면서 어려움에 봉착한 예는 태후가 강국과 견마 교역을 한다는 첩자의 얘기를 듣고 한주의 군마 목장을 공격하려는 계획을 세웠다. 한주가 수십만 마리의 말을 얻게 될 경우 전투에 더욱 힘이 실리게 되고 그리하면 안 그래도 군량이 부족해 열세에 놓인 예는 더욱 고전하게 되기 때문이다. 비밀리에 길을 나선 유인의 군대는 가장 많은 군마가 있는 은천으로 향했다. 황하 이북에는 수십 개의 목장이 있었는데 그중 열 곳을 습격해 품질 좋은 한혈마 삼십만 마리를 빼앗았다.

그때 한주에 심어놓은 첩자들로부터 심상치 않은 소식이 날아들었다. 비현이 서역으로 향하던 중 정체를 들켜 쫓기고 있다는 것이다. 비현을 잡기 위해 혈안이 된 태후가 가만있을 리 없었다. 태후는 하서주랑에 군대를 보강하고 자신의 직속 군위를 파견했다.

유인은 자신을 떠난 비현을 잊기 위해 원망도 해보고 미워도 해

보았다. 미친 듯이 전장을 헤매며 잊으려 노력하고 또 노력해 왔다. 그 와중에 날아온 소식은 그동안의 노력을 한순간에 무너뜨렸다. 유인에게 다른 선택은 없었다. 그에게 가장 중요한 것은 비현의 안전이었다. 죽지 않고 살 수 있기에 보내준 것이다. 이 땅 어딘가에 숨 쉬고 살고 있다는 생각에 견딜 수 있었던 것이다. 그런데 그녀가 잘못된다면, 유인은 생각만으로도 피와 살이 타 들어가는 듯했다.

"전하, 친히 가시겠다니요. 그것은 섶을 지고 불구덩이에 뛰어드는 것이 아니옵니까? 부디 통촉하여 주시옵소서."

"전하께서는 전방을 지휘하셔야 하옵니다. 전장에서 승전보가 거듭 올라오는 상황에서 전하께서 적국의 영토로 가셨다가 일이라도 잘못되는 날에는 예의 앞날이 어찌 되겠사옵니까?"

대장군들은 유인의 마음을 돌리기 위해 따끔한 일갈을 하기도 하고 머리를 풀고 엎드려 애원을 하기도 했다. 하지만 유인의 마음은 변하지 않았다. 그는 경진을 영천으로 보내 자신이 순행하는 것으로 꾸몄고 혹여 잘못되면 후에 왕위를 이을 사람으로 사예문을 지목했다. 유인은 죽을 각오를 하고 하서주랑에 왔다. 그동안 쌓아온 것이 한순간에 물거품이 된다 해도 어쩔 수가 없었다. 그녀가 죽는다면 모든 것의 의미는 사라진다. 그는 자신의 눈으로 직접 비현의 생사를 확인하기로 마음먹었다.

'네가 날 원하지 않는다 해도 상관없다. 내가 널 원하니까, 네가 이 세상에 살아 있기를 원하니까 어떻게든 찾아낼 것이다.'

유인은 불안감에 다시 길을 나서고 싶었지만 부하들의 지친 모습을 보니 차마 더 이상은 재촉할 수가 없었다. 그는 한주군보다 먼저 비현을 찾기를 고대했다. 이 넓은 땅에서 여인 하나를 찾는 것은 사막에서 바늘 찾기와 다름없지만 모래를 다 퍼내서라도 찾고 말 것이다. 그렇지 않고는 이 땅을 벗어나지 않으리라. 유인은 어둠이 내린 황무지를 응시하며 밤을 새웠다. 그의 한쪽 눈은 비현을 찾아 헤매고 다른 눈은 지난 기억들을 더듬고 있었다.

*

곡예단은 주천에서 꽤 많은 시간을 보내고 다시 여정에 나섰다. 하서주랑을 벗어날수록 사막의 본래 모습이 드러나기 시작했다. 오랫동안 바람에 깎인 바위산과 넓은 평지에 드문드문 보이던 목초지도 점점 줄어들고 보이는 것이 황량한 사막뿐인 때도 있었다.

비현은 곡예단 사람들을 만나기 전까지 사막은 죽음의 땅이라 생각했다. 온통 죽어버린 흙과 바위산이 전부인 황량한 땅. 호시탐탐 상인과 여행자들을 노리는 비적들과 거친 모래 바람. 비현은 살아서 정국까지 갈 수 있을지 암담하기만 했지만 사막에서 많은 사람들을 만나면서 생각을 바꾸었다. 사막 또한 사람이 살아가는 땅이었다. 이름조차 생소한 나라에서 온 수많은 사람들이 각자의 희망에 의지해 길을 가고 있었다. 아무리 황폐한 곳일지라도 희망이 남아 있음을 눈으로 보며 비현은 자신의 나약함을 반성했다. 곡예단 사람들이 그리 낙천적이고 항상 즐거워 보였던 것은 기뻐서가 아니라 생활에서 터득한 삶의 방식이었다. 처음 그들과 만났

을 때는 아무 시름 없어 보이는 것이 의아했지만 그들은 사막을
사랑하고 고난을 즐기고 있었다. 그들에겐 칼날 같은 모래 바람
도, 뜨거운 햇살도 삶의 일부였다. 그것을 괴로워하고 불평한다면
살아갈 수가 없으니 고난마저 제 짓으로 받아들여 즐기고 기뻐하
는 것이다. 그런 그들을 보며 비현은 자신에게 닥친 시련들을 넘
어서는 법을 배웠다.

이제 곧 행렬은 한주의 변방 지대인 안서(安西)에 당도한다. 안
서와 돈황(敦煌)을 지나면 더 이상 한주 땅이 아니다. 그것은 비현
이 위험에서 벗어남을 의미함과 동시에 가장 어려운 마지막 고비
를 앞에 두고 있음을 의미했다. 비현은 자신을 기다리고 있는 시
련을 담담하게 기다렸다. 더 이상 두렵지 않은 것은 든든한 이들
이 곁을 지켜줘서만은 아니었다. 비현은 자신이 여행길에 오르기
전보다 한층 단단해졌음을 느꼈다.

안서에 도착하자 곡예단과 아사드의 상단은 크게 환영을 받았
다. 아사드가 한주에서 가져온 물건들은 비싼 값에 팔려 나갔고
곡예단의 공연도 인기를 끌었다. 거리에 늘어난 병사들 때문에 밖
에 나가지 못한 비현은 대부분 여각에서 옷을 만들거나 서책을 읽
으며 보냈다. 아사드는 몇 번이나 찾아와 놀아달라고 떼를 썼지만
비현은 정중하게 돌려보냈다. 아사드라는 이름이 사자를 가리킨
다지만 비현이 볼 때 그는 사자가 아니라 낭묘(郎猫)였다. 그는 섬
세하고 아름답지만 또 그 때문에 지나치게 오만한 면이 있었다.
아사드는 언제나 자신의 감정에 취해 귀찮게 했고 몇 번의 거절에

도 불구하고 끈질기게 따라붙었다. 그의 돌발적인 행동에 처음에
는 수없이 당황했던 비현은 이제는 제법 익숙해져서 거절하는 방
법도 노련해졌다.

안서에 묵은 지 열흘째 밤, 안서의 관리와 무관들이 라리슈카의
가무를 보기 위해 여각에 찾아왔다. 라리슈카는 여느 때와 같이
화려하게 치장을 하고 비현 또한 탐스런 머리를 길게 늘어뜨리고
짙은 화장으로 얼굴을 가렸다. 여각에는 다른 때와 다름없이 많은
사람들로 북적거렸다. 사막에서 라리슈카는 최고의 무희였고 많
은 사내들이 흠모하는 미인이었기에 공연마다 늘 문전성시를 이
루었다.
　사내들은 라리슈카가 모습을 드러내자 들뜬 얼굴로 힘차게 박
수를 쳤다. 라리슈카의 노래와 춤은 사람들의 마음을 뜨겁게 달구
기도 하고, 슬픈 감회에 젖게 하기도 했다. 사람들은 관능과 애수
가 젖은 목소리에 매혹되어 꿈결 속을 헤매는 듯한 표정을 짓다가
노래가 끝날 때면 비로소 현실로 돌아온다. 그리곤 아낌없는 환호
와 박수를 보냈다. 삶의 모든 시름을 잊는 순간이었다.
　라리슈카가 잠시 쉬는 사이, 이번에는 비현이 나왔다. 그동안
혼자서 몇 번 부른 경험이 있기 때문에 비현은 다소 침착한 모습
으로 사람들 앞에 섰다. 관객들 중에는 아사드도 보였다. 그는 언
제나 그랬듯 무표정한 얼굴로 비스듬히 앉아 비현을 바라보았다.
악사와 시선을 교환한 비현은 공후 소리에 맞춰 노래를 부르기 시
작했다.

16)북방에 아름다운 여인 있어

세상에 둘도 없는 절세미인.

한 번 눈길에 성이 기울고

두 번 눈길에 나라 기우네.

어찌 나라가 기움을 모르리요마는

가인은 다시 얻기 어려워라.

작은 몸에서 우러나오는 고운 음색은 천상의 소리였다. 자리한 모든 이들이 비현의 고운 목소리에 반해 넋을 놓았다. 사내들은 화려한 무희들보다는 치자 꽃처럼 향기롭고 달빛처럼 고운 음색을 가진 여인에게 마음을 빼앗겼다. 그녀의 목소리는 아픈 마음을 어루만지는 듯 따스하고 부드러웠다. 그리하여 사내들은 아리따운 여인을 향해 음심(淫心)을 품기보다 여신을 보듯 경외와 동경의 눈으로 비현을 보았다.

첫 곡이 끝나고 두 번째 곡으로 이어질 무렵이었다. 여인의 아름다운 목소리에 이끌린 사내 하나가 여각 안으로 들어섰다. 부유한 상인들처럼 비단 옷을 입고 허리에 보석이 박힌 단검을 찬 그는 뚜벅뚜벅 걸어서 여각 안뜰로 향했다. 수십 명의 사내들 앞에서 아름답게 치장한 여인이 한족 노래를 부르고 있었다. 여인은

---

16)가인곡(佳人曲):북방유가인(北方有佳人) 절세이독립(絕世而獨立) 일고경인성(一顧傾人城) 재고경인국(再顧傾人國) 영불지경국(寧不知傾國) 가인재난득(佳人難再得) −한나라 무제 때 이연년이라는 가인이 무제 앞에서 춤을 추며 불렀다는 곡. 경국지색(傾國之色)이라는 말이 이 시에서 비롯됐다고 한다

긴 머리 타래에 꽃 장식을 꽂고 목과 손목에는 값비싼 보석 팔찌를 휘감고 있었다. 서역 여인처럼 보이기 위해 짙은 화장을 한 그녀, 하지만 화장으로도 숨길 수 없는 영롱한 눈동자가 빛을 발하고 있었다. 사내는 여인을 좀 더 자세히 보기 위해 앞쪽으로 걸음을 옮겼다. 그때, 좌중을 담담히 바라보던 여인의 눈동자가 사내에게 이르자 놀란 듯 목소리는 급격히 잦아들었다. 마주친 네 개의 눈동자는 잠시 망연해 있다가 서로를 알아보고 풍랑에 휩쓸린 듯 급격히 휘청이기 시작했다. 온갖 감정이 정신없이 휘몰아치는 가운데 여인의 눈빛은 환영을 본 듯 멍해지고 사내의 눈빛은 점점 평정심을 되찾아 싸늘하게 굳어갔다. 여인은 그의 눈빛이 전에 없이 차가워짐을 보고 뭐라 말하고 싶었지만 입 밖으로 나온 것은 부르던 노랫말이었다.

"사랑에 영원이라는 이름이 붙으면 순간이 되어버리니. 꽃 같은 맹세는 입 밖에 새어나가면 그만. 그 어떤 약속도 모래 위 탑처럼 부질없는 것."

힘겹게 마지막 소절을 끝낸 비현은 그대로 정신을 잃고 허물어졌다. 자리한 사람들이 크게 웅성이는 가운데 앞 자리에 있던 아사드가 벌떡 일어나 비현을 안아 들고 여각 안으로 뛰어들어 갔다. 멀리서 그것을 바라보던 유인은 차갑게 돌아서서 여각을 나왔다.

눈을 뜬 비현은 눈을 느리게 깜빡이며 고개를 돌렸다. 침상 옆에 라리슈카와 아사드가 걱정스런 눈길로 자신을 바라보고 있었다.

"자밀라, 괜찮아?"

아사드의 말에 말없이 고개를 끄덕인 비현은 간신히 몸을 일으켜 앉았다. 그녀의 눈빛은 아직도 꿈결인 듯 몽롱했다.

'내가 눈을 뜬 채로 허황한 꿈을 꾸었다. 참 어이없기도 하지. 사람들 너머 검은 망토를 걸친 임이 보였다. 꿈에서조차 모습을 허락지 않은 임이 나타나 노래를 팔고 있는 나를 차디찬 눈으로 보고 있었다.'

하지만 허황한 꿈이라고 하기에 그의 모습은 너무나도 생생했다. 그는 어딜 가도 쉽게 알아볼 수 있는 사람이었다. 여느 사내들보다 유달리 큰 키, 전장에서 단련된 골격과 보는 사람의 시선을 빨아들이는 듯한 서늘한 눈빛. 그는 아무리 많은 사람들 속에 있어도 한 번에 찾아낼 수 있는 사람이었다. 하지만 그 낯선 눈빛은⋯⋯.

열 걸음도 채 안 되는 곳에 서 있는 그에게서 차가움이 밀려오고 있었다. 그 모습이 너무 낯설어서 비현은 몇 번이고 부정했다.

'그래, 그는 내 미련과 두려움이 만들어낸 환영이다. 전하께서는 언제나 따뜻하고 부드러운 눈빛으로 나를 보지 않으셨던가.'

그 순간 비현은 모든 것이 변해 버렸음을 깨달았다. 지난 시절에는 그의 사랑을 받는 여인이었으나 이제는 아니다. 그와의 언약을 깨고 떠나온 사람이 아닌가. 그런 사람에게 분노에 가득 찬 싸늘한 눈빛을 보내는 건 당연한 것이었다. 그렇다면 그 사람은 전하였던 것일까?

‘아니야, 그럴 리가 없어. 이 먼 땅까지 어찌 오셨으려고.’

얼굴을 감싼 채 고뇌하던 비현은 생생하게 와 닿던 그의 눈빛을 몇 번이고 곱씹어 보았다. 그래, 그 모습이 꿈일 리 없다. 그토록 형형하게 살아 있는 눈빛을 한 이가 환영일 리 없다. 비현은 누가 말릴 새도 없이 침상에서 내려와 밖으로 달려나갔다.

여각을 나서는 순간 칼날처럼 날카로운 모래 바람이 얼굴을 할퀴고 지나갔다. 멀리서 모래 폭풍이 다가오는지 여각마다 처마에 걸린 등을 내리고 거리의 사람들은 점점 줄어갔다. 비현은 바람에 이리저리 휘청이면서도 그를 찾아 헤맸다. 하지만 그는 어디에도 없었다. 지나치는 이들만 비현을 이상한 사람 보듯 흘끔거리며 사라질 뿐이었다. 다른 거리로 달려갔지만 사람들은 사라지고 모래 바람만 거세질 뿐이었다. 포기하지 않고 걸음을 옮기는데 누군가가 그녀의 어깨를 잡았다.

“자밀라, 도대체 누굴 찾는 거야. 캄신(모래 폭풍)이 온다고. 안으로 들어가야 해!”

아사드의 손을 뿌리치고 앞으로 내달리던 비현은 그만 미끄러져 넘어지고 말았다. 이를 보다 못한 아사드는 한사코 버티는 그녀를 어깨에 들쳐 메고 여각으로 향했다. 막 여각 안으로 들어서는데 어두운 그림자가 아사드의 앞을 막았다. 체구가 작지 않은 아사드조차 고개를 쳐들고 볼 정도로 장신의 사내가 앞을 가로막고 있었다. 아사드는 짜증을 내며 사내를 밀었지만 그는 기둥처럼 버티고 서서 움직이지 않았다.

“뭐야, 빨리 비키지 못해?”

이때 사내가 아사드에게서 비현을 빼앗아 자기가 안아 들었다. 마치 제 것을 함부로 만진 것에 대해 화가 난 듯 우악스럽고 신경질적인 몸짓이다. 기운없이 축 늘어져 있던 비현은 갑자기 다른 사내의 품에 안기게 되자 놀라서 고개를 들었다. 그리고 그가 지금껏 찾아 헤매던 유인이라는 것을 알고는 놀란 나머지 아무 말도 할 수가 없었다. 한편 사내의 무례한 태도에 화가 뻗친 아사드가 재빠르게 단검을 빼 들어 사내의 목에 겨눴다.

"당장 그녀를 내려놔."

일순간 맹수의 눈으로 변한 아사드가 낮게 중얼거렸다. 그러나 장신의 사내는 칼날을 무시한 채 비현만 바라볼 뿐이었다. 이를 부드득 간 아사드가 검을 쥔 손에 힘을 주려는 찰나, 창백하게 질린 비현이 말했다.

"전하……."

전하라는 호칭에 아사드는 동작을 멈추었다. 전하, 분명 자신을 부르는 것은 아니다. 그럼 한때 정혼했었다는 그 사내인가? 그제야 두 사람의 눈빛이 심상치 않음을 깨달은 아사드는 검을 거두고 사내를 노려보았다. 사내의 눈빛은 짐승의 우리인 양 그녀를 꼼짝 못하게 가두고 여인은 포획된 노루처럼 겁에 질려 바들바들 떨고 있었다. 마침내 두 사람의 시선이 떨어지고 고개를 돌린 유인은 삭풍처럼 차가운 시선으로 아사드를 쏘아보고는 안으로 성큼성큼 걸어 들어갔다. 아사드는 생각지도 못한 적의 출연에 손의 관절을 마디마디 꺾으며 이를 부드득 갈았다.

사막으로부터 날아온 모래 바람이 창을 두드리고 등잔의 심지가 조용히 타 들어갔다. 침상에 앉은 비현은 선뜻 입을 열지 못하고 한쪽 벽 앞에 서서 어둠에 표정을 감추고 있는 그를 응시했다. 그는 지금 무엇을 보고 있는 걸까? 무슨 생각을 하고 있는 걸까? 비현은 머리 속이 터질 것만 같았다. 차라리 화를 내고 원망을 한다면 마음이 편할 텐데, 그는 묵묵히 서 있을 뿐이었다.

"여긴 어떻게……."

간신히 입을 뗐지만 그는 대답이 없었다. 비현은 그렇게 떠나서 미안하다고, 용서해 달라고 말하고 싶었다. 하지만 그런다고 해서 무슨 의미가 있을까. 자신은 모든 이들 앞에서 그를 속이고 서신 한 장으로 작별을 고했다. 그런 여인을 용서해 줄 리 없다.

무거운 공기가 방 안을 떠다니는 동안 그들은 서로의 숨소리를 들으며 움직이지 않았다. 이처럼 가까이 있게 될 줄은, 서로의 숨을 나눠 마시게 될 줄은 상상조차 못했기에 한편으론 기뻤지만 마음 놓고 기뻐할 수만은 없었다. 아니, 오히려 이렇게 만나게 된 것을 괴로워해야 한다. 전과 같은 이별을 다시 겪어야 하니까, 또다시 그리움으로 인한 불면의 밤을 보내야 하니까. 비현이 마음의 갈피를 못 잡고 흔들리는 가운데 낮은 목소리가 방 안에 울렸다.

"네 노랫말이 맞아. 약속은 부질없는 것이지."

그의 무거운 목소리에 비현은 몸이 아래로 가라앉는 듯했다. 싸늘한 비웃음. 비현은 숨도 크게 쉬지 못하고 어둠 속의 사내를 응시했다.

"너는 나와 한 맹세를 저버리고 떠났다. 어떤 이유에서든 용서할 수가 없어.”

비현은 누군가가 흉곽을 헤집어 심장을 움켜쥔 것만 같았다. 벙어리처럼 입술만 달싹이며 차마 숨을 내쉬지 못하는 사이 그가 말을 이었다.

“그럼에도 불구하고 내가 이곳에 올 수밖에 없었던 이유는……널 죽게 하고 싶지 않아서다. 내 비(妃)로 삼으려 했던 여인이 적에게 유린되는 것은 보고 싶지 않아서.”

그 말이 뺨을 후려친 것처럼 아프게 다가왔다. 맞는 말인 것을, 그게 당연한 것임을 알면서도 이리 가슴이 아프다니. 그동안 그를 잊어서 담담했던 것이 아니다. 애써 마음속에 꾹꾹 눌러두고 두 눈과 귀를 막았을 뿐이다. 목까지 치민 슬픔을 지그시 누른 비현은 무너지지 않기 위해 허리를 꼿꼿이 세우며 자신도 놀랄 만큼 차분히 말했다.

“이제 잘 있는 것을 보셨으니 안심하시고 가셔도 됩니다.”

시선을 떨구었기에 보이진 않았지만 그가 자신을 노려보고 있음이 느껴졌다. 비현은 얼굴이 화끈거려 견딜 수가 없었다.

“그래, 아까 본 그 사내라면 너를 지켜주겠지.”

비현은 입속에 바늘을 가득 문 것처럼 아프고 고통스러웠다. 그녀는 있는 힘껏 숨을 삼키고 온몸이 찢겨지는 아픔을 느끼며 말했다.

“네. 그, 그분이 정국까지 안내해 준다 하셨습니다.”

“그래, 그렇겠지.”

모래 바람처럼 건조한 그의 말속에서 예전의 감정을 찾으려 애쓰던 비현은 어리석은 자신을 책망하며 고개를 들었다. 어느덧 그가 가까이 다가와 있다. 검게 그을린 얼굴에 날카로운 눈매가 낯설다. 다시 한 번 예전의 그 눈빛을 볼 수 있다면, 예전의 그 웃음소리를 들을 수만 있다면. 비현은 어금니를 지그시 깨물고 그의 시선을 똑바로 응시했다. 최대한 침착하고 담담하게 보이길 애쓰면서, 더 이상 그를 원하지 않는다는 듯 차갑게 보이길 바라면서. 그는 자신의 눈빛에서 무언가를 찾으려는 듯 오랫동안 바라보다 몸을 돌려 문 쪽으로 뚜벅뚜벅 걸어갔다. 문 손잡이를 잡은 그가 문을 나서기 전에 말했다.

"다시는 그 누구도 마음에 담지 않을 것이다. 너를 내 마음에 담은 것을…… 죽도록 후회한다."

이윽고 쾅 소리와 함께 문이 닫혔다. 이에 흠칫 놀란 비현은 벌떡 일어나 몇 발자국을 떼다가 멈춰 섰다. 마음이 그를 따라가라고 외쳤다.

'가서 지금껏 한순간도 잊어본 적이 없다고 말해! 매 순간 그리움에 숨이 막혔다고, 그래서 죽을 것만 같았다고 말해!'

하지만 마음속의 외침과 달리 비현은 가지 않았다. 그녀는 입술을 깨물고 후들거리는 다리에 있는 대로 힘을 주고 섰다. 어떻게 여기까지 왔는지 잊었는가? 무엇을 보고 느꼈는지 잊었단 말인가! 여기서 포기할 수는 없다. 이것은 나 혼자만을 위한 일이 아니다. 가치있는 것을 얻기 위해서는 희생이 필요한 것이다. 비현은 입술이 찢어져 비릿한 피 맛이 날 때까지, 다리에 경련이 날 때까지 악착같이 버티고 섰다.

불어오는 폭풍에 창문은 덜그럭거리며 요란한 소리를 내고 촛불은 허리를 꺾고 눈물을 뚝뚝 흘렸다. 밤이 깊어갈수록 모래 폭풍은 온 세상을 뒤덮어 버릴 것처럼 거세게 몰아쳤다.

모래 폭풍은 삼 일 만에야 겨우 잠잠해졌다. 날이 밝자 집집마다 창과 문을 활짝 열고 쌓인 모래를 쓸어 내고 대상들은 낙타 등에 짐을 싣고 길을 떠날 차비를 했다. 새벽부터 부지런하게 움직여 준비를 마친 곡예단은 다른 상인들보다도 일찍 성문을 나섰다. 일행을 실은 수레도 들어올 때보다는 수월하게 성문을 나서서 돈황으로 향했다. 돈황은 한주를 벗어나는 마지막 도시였다. 돈황을 지나면 귀신과 용들의 땅, 한번 들어가면 나올 수 없는 사막이라 불리는 타클라마칸에 다가가게 된다. 타클라마칸 동쪽 끝에 목적지인 정국이 있었다. 타클라마칸에 비하면 지금까지의 여정은 쉽게 온 것일지도 모른다. 이제부터는 대상들을 노리는 비적들과 지독한 모래 폭풍, 혹한과 혹서가 일행을 기다리고 있었다. 그러하기에 다들 말은 하지 않았지만 전과 달리 긴장하는 모습이 역력했다.

돈황으로 가는 길은 제법 사막다웠다. 초원과 검은 자갈밭이 사라지고 모랫길이 끝도 없이 이어졌다. 그동안에는 곳곳에 우물과 호수가 산재해 있었지만 이젠 반나절을 꼬박 가야 역참이 나왔다. 이젠 역참마저도 보기 힘들어질 거라는 라리슈카의 말에 비현은 타클라마칸에 가까이 가고 있음을 실감했다. 자신이 알아온 세상이 차츰 멀어진다. 놓치고 싶지 않은 기억들도 결국 이 사막에 묻히고 말겠지. 끝내 머리 속은 텅 비어 그를 떠올려도 아프지 않는 때가 오겠지. 하지만 비현은 아직까지 그를 떨쳐 내지 못했다. 그를 떠올릴 때마다 그리움에 목이 메고 괴로움에 숨이 막혔다. 그는 지금 어디에 있는 걸까? 비현은 울음을 삼키며 모래톱을 응시했다.

길을 떠난 지 얼마 되지 않아 아사드의 부하가 말을 달려 옆에 붙더니 강국 언어로 고했다.

"멀지 않은 곳에서 삼십 명의 사내들이 따르고 있습니다. 대상 같아 보이지는 않고 뭔가 수상합니다."

부하의 말에 아사드는 날카로운 눈을 빛내며 고개를 끄덕였다. 그 말을 알아들은 라리슈카는 옆에 앉은 비현을 보았다. 요 며칠 사이 그녀는 넋이 나간 사람처럼 멍하니 앉아 있었다. 아사드가 발톱을 세우고 긴장하는 것도, 비현이 넋을 놓고 있는 것도 다 며칠 전 여각에서 만난 사내 때문일 것이다. 이 행렬을 쫓는 것도 그 사내일 테지? 라리슈카는 장신에 검은 망토를 입은 사내를 떠올리며 생각에 잠겼다.

정오에 다다라 뜨거워 더 이상 갈 수 없게 되자 행렬은 수원지에서 쉬어가기로 했다. 여인들이 나무 그늘 아래로 피해 시원한 물을 들이키는 동안 아사드는 부하 몇 명을 데리고 주위를 둘러보고 오겠다는 말을 남기고 떠났다.

말을 달린 지 얼마 되지 않아 아사드는 한 떼의 사내들을 발견했다. 부하의 말대로 장사꾼으로 보기엔 어딘가가 남다른 사내들이었다. 짐도 많지 않은 데다 생김새로 보아 군인이라면 모를까 영 장사꾼 같지는 않았다. 아사드는 사내들을 훑어보다가 날카로운 눈빛으로 자신을 노려보는 사내를 발견했다. 흰 천으로 감쌌기에 얼굴은 보이지 않았지만 꿰뚫어 보는 듯 차가운 눈동자기 낯익었다.

"쥐새끼가 따라붙는다고 해서 왔더니 당신이었군."

아사드는 사내에게로 다가가며 건방진 어투로 말했다. 사내도 얼굴에 두른 천을 벗고 아사드의 말 옆으로 다가왔다. 자신을 압도하는 큰 체구와 강렬한 인상에 기분이 나빠진 아사드가 시큰둥하게 말했다.

"그녀가 그리 반겨하지 않던데 왜 따라다니는 거지?"

"너란 사내를 믿지 못해서지."

두 사내의 시선이 햇살만큼이나 강렬하게 부딪쳤다. 아사드는 기분 나쁜 저음에 속이 뒤틀려 신경질적으로 중얼거렸다.

"그녀는 당신보다는 나를 더 믿는 것 같던데?"

그 말에 사내는 기분이 상한 듯 눈에 힘이 들어갔다. 아사드는 고소한 나머지 갸름한 턱을 치켜들었다. 그러자 사내는 짐승처럼 으르렁거리며 말했다.

"왜 비현을 돕는 거지?"

비현. 그것이 자밀라의 이름이로군. 아사드는 꽤 괜찮은 어감이라고 생각하며 눈을 가늘게 떴다.

"내 여자로 만들고 싶으니까."

도전적이고 자극적인 말을 툭 던져 놓은 아사드는 사내의 눈빛

변화를 살폈다. 사막의 밤처럼 차갑고 어두운 눈빛을 가진 사내다. 그 눈빛 속에 가둔 어둠은 세상을 삼켜 버릴 것처럼 강렬하고 한순간에 스치는 날카로움은 빛마저 자를 듯 예리했다. 보통 사내는 아니라는 생각이 드니 속에서 무언가가 반발하며 한껏 냉소적인 어조가 흘러나왔다.

"정국으로 가기 전까지 내 여자로 만들겠다고 다짐했지. 누구처럼 비열하게 사막에 홀로 버려두지는 않으니까 말이야. 이제야 온 이유가 뭐지? 한때나마 정혼했던 사이라더니 걱정이 되긴 했나?"

"그녀에게 당장 떨어져. 내가 정국까지 데려간다."

아사드는 분노에 차 오르는 눈빛을 감상하며 천연덕스럽게 대꾸했다.

"흠, 지금 그녀가 원하는 것은 당신이 아니라 나야."

"너 같은 어린애가 감히 욕심 낼 여인이 아니야."

"당신은 더더군다나 아니지."

허리에 찬 단검에 손을 얹고 날카로운 시선을 교환하는 그들을 보다 못한 부하들이 막아섰다. 아사드는 이곳에 싸움을 하러 온 것이 아니라 선전포고를 하러 온 것임을 되새기며 큰 소리로 외쳤다.

"당신이 따라오든 말든 내 알 바는 아니야. 하지만 두고 보라고. 그녀를 혼자 있게 내버려 둔 것을 후회하게 만들어줄 테니까."

사내의 얼굴에 통쾌하게 웃어준 아사드는 말고삐를 당겨 그곳을 벗어났다. 자밀라가 왜 저런 사내를 그리워하는지 도무지 이해가 가지 않는다. 아름다운 자신과 비교도 할 수 없고 그녀와도 어울리지 않았다.

'덩치만 무식하게 커서 눈에 힘이나 잔뜩 주고 있는 사내 따위에게 내가 질 수야 없지.'

아사드는 깊은 우물 같았던 사내의 눈빛을 곰곰이 되새겨 보다가 무슨 일이 있어도 비현의 마음을 돌려놓겠다고 다짐했다. 그들의 사랑이 어떠했는지, 얼마나 절절했는지는 중요하지 않다. 오직 지금 이 순간만이 중요한 것이다. 자밀라는 그를 떠났고 자신의 옆에는 그녀가 있다.

"그 마음, 꼭 내게로 향하게 만들 거야."

아사드는 연신 중얼거리며 말을 몰았다. 그의 가슴은 태어나 처음으로 뜨겁게 타올랐다.

무섭도록 추운 사막의 밤. 바람 소리가 짐승의 울음처럼 무섭게 들리는 가운데 불을 지핀 장막 안에 엉덩이를 붙이고 앉은 이들은 흥겨운 노래로 밤을 지샜다. 그들과 조금 떨어진 장막에 홀로 남은 비현은 내내 어두운 얼굴로 누워 있었다.

'전하께선 다시 예로 돌아가셨겠지?'

오감을 알 수 없는 모래 폭풍처럼 한순간에 왔다가 사라져 버린 사람. 그가 숨과 몸을 지탱하는 모든 것을 거둬가고 남은 것은 참담함뿐이었다. 비현은 먼 길을 온 유인에게 차갑게 밀쳐 낸 자신이 너무나도 원망스러웠다. 그렇다고 반겨 맞을 수도 없는 일. 멀리 보아 잘된 일이라고 생각하면서도 마음은 그렇지가 않았다. 비

현은 긴 한숨을 내쉬며 모피 속으로 파고들었다. 그는 진정 지난
날을 후회하고 있을까? 눈부시게 찬란하기만 했던 지난날, 그가
자신을 얼마나 사모했는지 알면서도 마지막 말이 마냥 서럽기만
했다. 이 몸이 빗물처럼 투명해서 마음마저 들여다보인다면 얼마
나 좋을까. 그에게 마음이 떠나서 내린 결정이 아님을, 진정 그런
것이 아님을 알아주면 좋으련만. 비현이 슬픔에 잠겨 있는 동안
장막을 걷고 루아이가 들어왔다. 한족 말을 할 줄 아는 루아이는
이따금씩 와서 비현의 말동무가 되어주곤 했다.

"자밀라, 몸이 안 좋아? 소마를 데려올까?"

루아이가 걱정스런 얼굴로 물었다. 비현은 고개를 저으며 몸을
일으켰다.

"다들 자밀라가 기운이 없어서 걱정하고 있어."

"루아이, 난 괜찮으니까 걱정하지 마."

비현의 쓸쓸한 표정을 짓는 동안 루아이가 손에 든 그릇의 뚜껑
을 열고 내밀었다. 김이 모락모락 나는 죽을 받아 든 비현은 고마
움에 루아이의 머리를 쓰다듬었다.

"자밀라가 통 먹지를 않는다고 해서 소마를 졸라 만든 거야. 이
거 먹고 기운 내."

비현은 아이의 정성을 생각해 조금 떠먹었다. 옆에 바싹 앉은
루아이는 뿌듯한 표정으로 비현을 바라보았다.

그때였다. 말 울음소리와 함께 폭풍 같은 고함 소리가 들이쳤
다. 어둠 속을 날뛰는 모래 바람처럼 사납고 거친 음성에 노래가
멈추고 대신 긴 비명이 울려 퍼졌다. 둔중한 발걸음이 땅을 울리

고 날카로운 금속성 소리가 귓전을 찢었다. 장막에 어리는 칼을 든 그림자를 보며 겁에 질린 비현은 루아이를 끌어안고 눈을 꼭 감았다. 욕설, 비명, 칼끼리 부딪치는 소리가 어수선하게 섞이고 육중한 사내들의 그림자가 한데 뒤엉켜 싸웠다. 소란은 점점 더 커지고 여인들의 비명과 말 울음소리가 공기를 뒤흔드는 가운데 한 사내가 장막을 찢고 뛰어들어 왔다.

"예쁜 계집이로구나. 오늘 횡재했는걸."

수염이 덥수룩한 사내가 누런 이를 드러내며 낄낄 웃었다. 그러자 루아이가 앞을 막아서며 소리쳤다.

"우리를 공격하면 아사드님이 가만계시지 않을 거야!"

"망할 꼬마 놈 같으니, 우린 그런 놈 따윈 하나도 무섭지 않아."

사내는 루아이의 멱살을 잡아 내던지고는 비현의 손목을 잡아챘다. 비현은 비명을 지르며 거칠게 반항했지만 사내는 우악스런 손으로 뺨을 때리고는 강제로 어깨에 메고 장막을 나섰다. 밖에는 백여 명의 사내들이 서로 얽혀 있었다. 아사드를 비롯한 일행은 비현이 납치되는 것을 미처 보지 못하고 비적들과 맞서 싸웠다. 마구 저항을 하는 비현을 업고 말로 향하던 비적 앞으로 검은 그림자가 다가왔다. 비적은 커다란 체구의 사내를 보고 놀라 움찔하더니 비현을 내려놓고 허리춤에 찬 검을 빼 들었다.

"전하!"

사내를 알아본 비현이 소리쳤다. 검을 든 사내는 유인이었다. 그는 성난 눈빛으로 비적을 노려보다 검을 빼 들었다. 두 사내의 검이 공중에 부딪치고 날카로운 소리가 고막을 울렸다. 유인에게

힘으로 당해내지 못한 비적이 잽싸게 안으로 파고들어 가 복부를
찌르려는 순간, 유인의 검에 그의 목이 날아갔다. 동시에 비현의
비명이 울려 퍼지고 이에 아랑곳하지 않은 유인은 쓰러진 비적의
심장을 찌르고 또 찔렀다. 비적의 붉은 피가 비현에게까지 튀었
다. 이미 숨이 끊어졌음에도 불구하고 유인은 사내의 몸을 갈기갈
기 찢어놓았다. 이를 보다 못한 비현이 유인에게 달려가 뒤에서
허리를 끌어안았다.

"전하! 그만, 그만 하세요."

비현은 멈춰 서서 가쁜 숨을 몰아쉬는 유인을 안고 뜨거운 눈물
을 흘렸다. 기쁨, 안도, 자신에 대한 경멸이 밀려온다. 비현은 비
적의 죽음에 안도했다. 유인이 다치지 않아서, 자신을 떠나지 않
아서 기뻤다. 그 마음이 부끄러운 것인 줄 알면서도, 이래선 안 된
다는 것을 알면서도 어쩔 수가 없었다. 그에게 돌아갈 수 없음을
알면서도 이러는 자신이 어리석게 느껴졌지만 차마 그를 놓아줄
수가 없었다.

비현이 감정의 끈을 놓고 풍랑에 휩싸이는 동안 반대로 격한
감정에서 점점 벗어나는 이가 있었다. 유인은 차가운 손길로 허
리에 감긴 손을 풀었다. 마음속에서 몰아내려는 듯 단호하고 싸
늘한 손길에 흠칫 놀란 비현이 고개를 들었다. 그는 뒤돌아보지
도 않은 채 성큼성큼 걸어갔다. 그의 모습에 비현은 얼음물을 뒤
집어쓴 듯 진저리를 치며 정신을 차렸다. 감정에 취해 잠시 잊고
있었다. 자신은 더 이상 그의 정인이 아니다, 자신은 그저 그의
마음속에 용서할 수 없는 사람일 뿐이라는 사실이 비현의 가슴에

아프게 꽂혔다.

'도대체 어떤 기대를 한 걸까. 다시 시작하기라도 바란 걸까. 이미 돌이킬 수 없을 정도로 와버렸으면서 뻔뻔하게 그의 마음이 돌아서길 바란 건가.'

비현은 그의 상처는 보지 않고 자신의 감정에 휩쓸린 것이 못내 부끄러웠다. 부끄러움과 괴로움, 미처 말하지 못한 그리움의 눈물이 뜨겁게 흘러내렸다.

울고 서 있는 비현에게로 아사드가 달려왔다. 비적들과 싸우느라 피투성이가 된 아사드는 비현과 앞에 놓인 시신, 그리고 저만치로 걸어가는 사내를 번갈아가며 바라보다 이를 갈았다. 화가 난다. 그녀가 우는 것이 못 견디게 화가 난다. 왜 저런 자식 때문에 우는 걸까. 아직도 잊지 못했기 때문인가? 더없이 분한 아사드는 옷에서 피가 묻지 않은 부분을 찢어 비현에게 건넸다.

"자밀라, 울지 마."

천 조각을 받아 든 비현이 움직일 줄 모르자 아사드는 대신 눈물을 닦아주며 말했다.

"조금만 빨리 왔더라면 이놈은 내가 작살내 놨을 텐데. 제기랄!"

비현의 귀에는 아사드의 씩씩거리는 숨도, 수없이 내뱉는 욕설도 들리지 않았다. 저 멀리 말에 올라타는 유인과 그 옆에 모여든 호위대들. 그중 효겸과 인걸로 보이는 사내가 비현을 바라보고 있는 것이 보였다. 비현은 그들이 멀어지는 것을 바라보며 한참을 울고 서 있었다.

일행의 노영지는 비적들의 난입으로 어수선했다. 비적들의 시체가 즐비한 가운데 일행 중에 크게 다친 사람이 없는 것은 천만다행한 일이었다. 이렇게 피해가 적을 수 있었던 것은 비적들이 습격하고 얼마 안 있어 들이닥친 낯선 사내들 덕분이었다. 그들의 도움으로 큰 화는 면할 수 있었는데도 아사드는 불같이 화만 냈다.

"나와 내 부하들만으로도 충분했다고! 괜히 제깐 놈들이 끼어들어서는."

그동안 하서주랑을 여행하면서 한 번도 비적들의 습격을 받지 않았던 것은 모두 아사드의 이름값 덕분이었다. 일례의 사건으로 그를 잘못 건드렸다간 어찌 되는지 잘 아는 비적들은 아사드의 카라반을 건드리지 않았다. 그것은 사막의 불문율 같은 것이었다. 잘못해서 아사드를 건드렸다간 비적 자신들은 물론 그들의 일족까지 죽임을 당해 작은 마을 하나 없어지는 것은 시간문제였다. 비현 앞에서는 철부지 소년처럼 구는 그였지만 사막에서는 괴물 취급을 받는 아사드였다. 그랬기에 자신을 공격한 비적들에 대한 분노는 컸다.

"압달, 시체들을 뒤져서 어디 놈들인지 알아봐라. 내, 남은 패거리들을 모조리 모래에 파묻어 버릴 것이야."

늙은 하인은 연신 허리를 굽신거리더니 황망히 장막을 나갔다. 시체들을 모아 불태우고서도 성에 차지 않은 아사드는 신경질적으로 얼굴을 일그러뜨리며 장막 안을 서성였다. 자밀라의 눈물이 자꾸만 마음을 심란하게 했다. 자밀라의 눈물은 아름답고 슬펐다. 순수한 그녀의 내면이 밖으로 흘러내리는 듯했다. 그녀의 눈물을 소유하고 싶다. 따스한 마음과 영롱한 미소가 언제나 자신의 주위를 맴돌도록 그녀를 갖고 싶다. 처음에는 막연한 기대를 가지고 시작했었지만 이제는 진실로 원한다. 그녀의 몸과 마음, 더 나아가 모든 것을 소유하고 싶다. 아사드는 그녀라면 자신의 지루한 삶을 바꿀 수 있다는 확신을 가졌다. 피 튀기는 제위 다툼에서 도망쳐 세상을 떠도는 자신을 정착시켜 줄 수 있는 사람은 오직 그녀뿐이다. 그러니 꼭 갖고 싶다. 꼭 가질 것이다. 아사드는 그녀의 눈물을 곰곰이 곱씹으며 깊은 생각에 잠겼다.

六. 사막의 등대

사막의 꽃이라 불리는 돈황은 하서주랑의 도시 중에 가장 화려하고 아름다운 도시다. 동서 교역에 중요한 역할을 했기에 상업이 번성했고 더불어 대식(大食), 천축(天竺), 대진(大秦), 강(康), 월(越), 석(石) 등지에서 이주해 온 이와 현지인 상인들이 한데 얽혀 살았다. 돈황성의 성벽은 이중으로 되어 있었는데 외성은 벽돌을 쌓았고 내성엔 두꺼운 토벽으로 적의 침략에 대비했다. 삼층 성루가 세 개나 되는 복잡한 구조에다 성안에서도 각 나라의 자치구가 따로 만들어져서 미로처럼 복잡한 것이 돈황성의 특징이었다. 게다가 나라별 자치구 외에 목부, 수공업자, 상인, 승려, 유랑인, 용병, 소매치기의 거리까지 따로 있을 정도로 세분화되고 번화한 돈황은 도시가 아니라 하나의 소국이었다. 비적과 모래 폭풍 때문에 한바탕 고생을 겪은 라리슈카의 곡예단과 아사드의 대상은 드디어 돈황에 다다른 것에 안도했다. 모래만 가득하던 사막이 차츰 줄어들고 눈이 시원해지는 초원이 보이는가 싶더니 보리밭과 목화밭이 하나둘 모습을 드러냈다. 주변에 흐르는 대천강 덕에 볼 수 있는 풍경이었다.

"누런 모래만 보다가 푸른 초원을 보니 살 것 같구나. 그렇지, 자밀라?"

아사드는 수레의 휘장을 걷고 푸른 보리밭을 바라보며 들뜬 목소리로 외쳤다. 내내 침울한 얼굴로 입을 다물고 있던 비현도 이번만큼은 푸른 경치에 시선을 주었다. 지친 그녀의 눈빛에 잠시 생기가 돌았지만 이내 어두워진다.

사막의 도시들이 그러하듯 돈황성으로 가는 길은 수많은 낙타 떼와 상인들의 수레로 복잡했다. 한주군의 긴 검문을 지나 돈황 성내에 들어가니 사람들로 보통 번잡한 것이 아니었다. 특히 눈에 띄는 것이 한주의 병사들이었는데 그들은 손에 여인의 그림을 들고 지나는 상인들을 붙들고 캐묻곤 했다. 라리슈카가 지나가는 상인을 붙들고 물어보니 황궁에서 도망친 후궁을 찾기 위해 며칠 전 삼백여 명의 군인이 성내에 들어왔다고 말했다. 아사드는 서둘러 여각을 물색했고 이미 차서 내줄 방이 없다는 주인에게 웃돈을 줘서 손님들을 내쫓고 여각을 차지했다.

"이번엔 태수의 진연 외에는 공연을 하지 않을 거야. 오래 머물수록 위험이 크니까 이틀만 머물도록 한다. 다들 조심하도록 해."

라리슈카는 곡예단을 불러 모아놓고 진지하게 말했다. 성내 분

위기가 어떤지 눈으로 확인한 일행은 별다른 반대 없이 고개를 끄
덕였다.

오후에 접어들자 곡예단이 오늘밤에 있을 태수 생일 진연을 위
해 묘기 연습과 옷을 손보느라 바쁜 와중에 라리슈카는 루아이를
앞세우고 여각을 나갔다. 그녀가 간 곳은 기루 거리에 위치한 한
허름한 여관이었다. 여관 안으로 들어간 라리슈카는 사내들의 노
골적인 시선들을 무시한 채 위층으로 올라가 한 방문 앞에 섰다.
몇 번이나 문을 두드린 끝에 한 사내가 문을 반쯤 열고 라리슈카
를 쳐다보았다. 사내의 눈빛에 놀람과 함께 휘황한 동경의 빛이
떠오른다. 다른 사내들처럼 노골적인 시선이 아니라 순수한 열정
이 어린 눈빛이었다. 라리슈카는 신선한 시선을 보내는 그를 은근
한 눈빛으로 훑어보고는 약간은 유혹적인 어조로 속삭였다.

"주인을 만나뵙고 싶은데요."

그는 꽤 놀란 표정으로 주위를 훑어보더니 라리슈카와 루아이
를 안으로 들였다. 내실에는 문을 연 사내 말고도 두 명의 사내가
더 있었다. 라리슈카는 문에서 등을 진 채 앉아 있는 사내가 자신
이 만나려고 하는 사람임을 알아보고 다가갔다.

"여긴 무슨 일로 오셨습니까?"

사내는 라리슈카에게 의자를 권하며 나직이 말했다. 의자에 앉
은 라리슈카는 아무 말 없이 그의 얼굴을 응시했다. 왕에 걸맞는
위엄을 갖춘 목소리, 고집과 단호함이 서린 이마와 콧날, 강인해
보이는 턱에 비해 감정에 잘 휩쓸리는 여린 눈빛. 제왕이 되기에
그는 너무나도 뜨거운 심장을 가진 사람이라 자칫하면 극과 극으

로 치달을 수 있는 성질을 가지고 있었다. 이런 사내는 희대의 폭군이 되거나 어진 성군이 되거나 둘 중 하나다.

'어떤 인연을 만나느냐에 따라 인생이 바뀔 운명을 타고난 제왕(帝王)의 상이라. 비현만큼이나 독특한 상을 가진 사내로군.'

라리슈카는 잠시 동안의 침묵을 깨고 말했다.

"손금을 봐드리러 왔습니다."

뜻밖에 말에 사내는 생각하는 표정을 짓더니 순순히 손을 내밀었다. 라리슈카는 그의 손금을 자세히 들여다보았다. 지나온 과거와 앞으로 겪게 될 무수한 일들을 탐험하듯 죽 훑어보던 그녀는 어느 한 부분에서 멈추었다. 참으로 묘하다. 미래가 너무나도 뒤얽혀 있어서 아무것도 읽히지 않았다. 곧 위험과 죽음이 닥치리라는 것 외엔, 그것이 그 자신인지 타인인지조차 보이질 않았다. 라리슈카는 마음의 동요를 숨기고 은은한 미소를 머금은 채 말했다.

"이 손금으로 보아하니 이생에서 연모지정(戀慕之情)을 나눌 여인은 오직 한 분뿐이군요. 아주 드문 경우입니다. 오, 혼자만이 아니라 가문의 내력이군요. 몇 대째 이어져 왔고 앞으로도 몇 대째 이어갈 것입니다. 그리고……."

말하는 도중 그가 손을 거두어가는 바람에 라리슈카는 말을 멈추고 고개를 들었다. 침착했던 그의 얼굴이 붉게 상기되어 있었다.

"손금은 그만두고 날 찾아온 이유나 말해 보시오."

무뚝뚝한 그의 말에 라리슈카는 두 손을 가지런히 모으며 말했다.

“얼마 전 저희를 도와주신 것에 대해 감사드립니다.”

“그런 인사라면 필요없소.”

“계속 저희 뒤를 따라오실 겁니까? 저희들이 미덥지 못한 모양이로군요.”

“당신네 같은 장사치들은 잇속에 따라 움직인다 들었소. 잘못하다간 위험에 빠질지도 모를 일인데 그녀를 돕는 이유가 궁금하오.”

“전에 서주에서 비현을 만난 적이 있습니다. 비현이 제 어미를 고쳐 주었지요. 단순히 그 이유만은 아닙니다. 비현을 처음 보았을 때 보통 사람들과는 다른 무언가를 보았습니다. 그녀는 대왕전하의 삶뿐만 아니라 제 삶과도 이어져 있습니다. 본인은 느끼지 못하지만 그녀는 모든 사람들의 중심에 서 있습니다. 그녀가 죽음을 많이 보는 것도, 그리 마음이 아픈 것도 모든 인연의 중심에 있기 때문이지요. 그녀를 돕는 것은 저를 돕는 일입니다. 제가 살려고 그녀를 돕는 것이니 제 잇속을 차리는 셈이지요.”

대왕전하라는 말에 자리에 있는 사내들의 숨소리가 틀려졌다. 라리슈카는 침착하게 말을 이었다.

“제가 여기까지 온 것은 이왕 같이 정국으로 갈 바엔 동행하자는 부탁을 드리려고 온 것입니다. 앞으론 더욱더 위험이 커질 테니 대왕전하의 힘이 필요합니다.”

라리슈카는 유인의 대답도 듣지 않고 머리에 쓴 천을 매만지며 의자에서 일어났다. 그리고 유인을 바라보며 차분히 말했다.

“아무리 감추려고 해도 감출 수 없는 게 있지요. 그녀를 가까이

서 지켜보세요. 그녀의 진심이 눈에 보일 것입니다. 그리고 대왕
전하의 진심도요.”

문 쪽으로 걸어가던 라리슈카는 효겸과 눈이 마주치자 살짝 미
소를 지었다. 그 바람에 얼굴이 붉어진 효겸은 눈에 띄게 당황하
며 고개를 숙였다. 라리슈카는 유유히 방을 나갔고 그녀가 나간
방에는 말리꽃 향이 진하게 남아 있었다.

어둠이 내리자 곡예단 여인들은 꽃같이 아름답게 꾸미고 사내
들은 기예에 필요한 도구를 챙겨 가지고 태수의 아문(衙門)으로 향
했다. 아사드도 진연에 초대가 되어 태수가 보내온 가마를 태고
아문으로 갔다. 부유한 도시의 태수답게 아문은 궁궐이라 불러도
손색이 없을 정도로 크고 웅장했다. 안뜰에는 각처에서 온 손님들
로 가득했고 라리슈카의 곡예단 외에 다른 유랑 곡예단도 여럿 보
였다. 라리슈카는 비현에게 공연은 하되 자신의 뒤에서 눈에 띄지
않게 노래를 부르라고 일렀다.

연회장 안으로 들어가자 벌써부터 분위기가 무르익어 다들 취
해 있었다. 가운데 상석에 앉은 태수는 호희를 끼고 술을 마시고
있었고 옆에는 관리들과 무관, 그리고 아사드도 앉아 있었다. 그
밑으로는 대부분 돈황의 토호들로 양쪽으로 길게 앉아 무희들을
홀린 듯 바라보고 있었다. 곧 흥겨운 음악이 시작되고 라리슈카의
매혹적인 노래가 시작됐다. 사내들은 라리슈카의 미모에 반해 넋
을 놓았고 고혹적으로 흔들리는 허리 곡선과 유혹적인 손짓에 더
없이 좋아했다. 초대된 손님들 중 가장 말석에 앉은 마휘는 내내

못마땅한 표정으로 술을 연거푸 들이켰다.

'이 마휘 어른을 이리 박대하다니, 내 그 후궁년을 잡아 태후께 바치는 날이면 너희들 따윈 내 발밑에서 설설 기게 될 것이야.'

마휘는 도망간 후궁을 잡기 위해 황궁에서 파견된 군위들과 하서주랑을 지나가고 있던 중이었다. 군위대장은 태수의 옆을 차지하고 앉아 비싼 요리를 먹는데 자신은 가장 뒤편에서 술이나 마시고 있으니 후궁을 처음 발견한 자신을 홀대하는 것이 불만스럽기 그지없었다.

"그년을 본 것은 이 마휘 어른이란 말이야! 나를 이리 대하면 안 되지."

흐리멍텅한 눈을 여기저기 굴리던 마휘의 눈에 왠지 낯익은 계집 하나가 들어왔다. 마휘는 눈을 크게 뜨고 무희들 속에 섞여 있는 가희(歌姬)를 노려보았다. 짙은 화장을 하긴 했으나 왠지 익숙한 생김새다. 오랜 장사 경험으로 눈썰미 하나는 남다른 그였다. 마휘는 비틀비틀 일어나 무희들을 헤치고 가서 계집의 팔을 잡았다.

"어디서 많이 본 계집인데, 네가 혹시……."

마휘가 말을 다 마치기도 전에 채찍이 날아와 그의 발목을 후려쳤다. 이윽고 쿵 하는 소리와 함께 마휘가 바닥에 쓰러졌고 어느새 달려온 아사드가 한쪽 발로 그의 가슴을 밟고서 사납게 소리쳤다.

"그 더러운 손을 어디다 갖다 대? 죽고 싶어!"

음악이 멈추고 사람들의 웅성거림이 커졌다. 자리한 백여 명의 시선이 아사드와 마휘, 그리고 옆에 선 비현에게 모아졌다.

"그 계집이다! 태후께서 잡아들이라 명령하신……."

마휘가 말을 다 마치기도 전에 아사드가 발로 그의 입을 틀어막았다.

"감히 내 여자를 건들다니, 네놈의 혀를 뽑아버리겠다."

그때 태수 옆에 앉은 군위대장이 벌떡 일어나 걸어왔다.

"그 사람은 태후마마의 영을 받들고 죄인을 쫓고 있는 사람이오. 당장 그 발을 치우시오!"

"태후 따윈 내 알 바 아니야. 이 자식이 내 여자를 건드렸으니 오늘 죽여 버리고 말겠어."

아사드의 말에 좌중은 크게 술렁였다. 얼굴이 딱딱하게 굳은 군위대장은 부하에게 검을 가져오라 시키며 아사드에게 말했다.

"감히 한주 땅에서 태후마마의 이름을 더럽히다니 오늘 이 자리에서 네놈을 죽이겠다."

"흥, 날 죽인다고? 그래, 할 수 있으면 해보시지."

흥분한 사내가 검집에서 검을 빼 들자 무희들과 악사들이 비명을 지르며 몸을 피하고 멀찍이 있던 태수가 달려와 군위대장의 팔을 잡았다.

"대장, 이게 무슨 짓이오. 이분은 [17]대식국(大食國)의 황자전하십니다."

순간 마휘와 군위의 얼굴이 흙빛으로 변했다. 대식국(大食國)이

라면 안식(安息)과 조지(條支)를 통일한 제국이 아닌가. 그곳의 황자라면 자신들이 함부로 건드릴 인물이 아니었다. 아니, 자칫 잘못했다간 자신들의 목이 날아갈 판이었다.

"화, 황자전하 무례를 저질렀습니다. 용서해 주십시오."

군위대장은 마지못해 예의를 갖추며 고개를 숙였고 아직도 사태 파악을 못한 마휘는 몸을 피한 비현을 찾아 두리번거렸다.

"하오나 전하, 이자가 본 여인이 혹시 황궁에서 도망친 후궁이 아닌지 조사해 봐야 합니다. 무례인 줄은 아오나 너그러이 이해해 주십시오."

군위대장의 말에 아사드는 딱 잘라 말했다.

"싫다. 그녀는 나와 호탄에서부터 같이 여행 중이므로 황실의 후궁일 리가 없다."

"하오나……."

"너희들이 찾는 계집이 아니라고 하지 않나. 태수는 손님을 청해놓고 이리 대하다니, 심히 불쾌하다. 이 일, 두고두고 잊지 않을 것이야."

쩔쩔매는 태수에게 신경적으로 중얼거린 아사드는 유유히 돌아서서 나왔다. 그의 뒤통수를 노려보던 군위와 마휘는 눈을 가늘게 뜨고 이를 바드득 갈았다.

다음날, 수레에 실린 물품을 낙타에 나누어 싣고 여행에 필요한 식량과 물, 낙타에 먹일 사료를 마련한 일행은 바로 돈황성을 빠져나왔다. 일행 사이에 긴장감이 감도는 가운데 성문을 나선 지 얼마 되지 않아 삼십여 명의 사내들이 다가왔다. 유인의 얼굴을 알아본 아사드는 오만상을 찌푸리며 말했다.

"저 인간들은 뭐야?"

"타클라마칸에는 도적들이 많으니 제가 호위해 달라고 했어요."

라리슈카의 말에 아사드는 여전히 얼굴을 구기며 말했다.

"내 부하들로도 충분해. 이렇게 몰려다니면 한주 놈들이 이상하게 생각할 거라고."

"아사드 나리가 필요 이상으로 험악하게 구는 바람에 이미 이상하게 생각하고 있어요. 지금쯤 우리를 쫓고 있을걸요."

"이런, 젠장!"

아사드는 조금 뒤떨어져 오는 유인 일행을 쏘아보았다. 유인은 무명천으로 얼굴을 반쯤 가린 채 묵묵히 말을 몰고 있었다. 겉으로는 냉담했으나 그의 눈빛은 비현의 뒷모습에 꽂혀 있었다.

라리슈카의 말대로 한주군과 마휘는 대상 일행을 쫓아왔다. 대식국 황자 때문에 은비현을 확인해 볼 수 없는 그들은 마휘가 내놓은 계략에 동조하여 일을 꾸미기 시작했다. 그들은 병사 수십 명을 추려 대상 일행을 앞질러 가게 했다. 그리고 남은 인원은 대상의 뒤를 유유히 따라갔다.

한주군이 어찌 나올지 알 수 없는 라리슈카 일행은 비현을 지키는 것을 최선의 방법으로 삼았다. 이따금씩 나타나는 역참과 천지(泉地)에 머물 때도 비현의 정체가 드러나지 않도록 최대한 주의를 기울였고 방비도 튼튼히 했다.

같이 여행하면서도 유인과 비현은 한 번도 시선이 마주친 적이 없었다. 유인 일행은 합류했어도 언제나 조금은 떨어져서 따라왔다. 하지만 그렇게 멀리 떨어져서 시선을 피한다고 해서 마음까지 어찌 되는 것은 아니었다.

유인은 모래 바람과 뜨거운 햇살을 피하기 위해 천으로 얼굴을 가린 것이 아니라 그녀를 보는 자신의 눈빛을 숨기기 위해, 그리고 고통스런 표정을 숨기기 위해 얼굴을 가렸다. 애써 아무렇지도 않은 척하는 그였지만 이따금씩 그녀를 훔쳐볼 때마다 맨몸으로 뜨거운 모래톱을 구르는 것처럼 고통스러워했다.

비현 또한 아무도 모르게 그의 모습을 훔쳐보며 아픈 마음을 달랬다. 가까이 있어도 영원히 닿지 않을 것처럼 멀게 느껴지지만 그가 옆에 있다는 것만으로도 위안을 얻곤 했다.

안 된다고 할수록, 잊어야 할수록 더욱 그리게 되는 것이 사람의 마음인 것을. 두 사람의 마음은 서로를 향해 있으면서도 눈빛은 허공만을 헤매고 있었다. 차마 가까이가지도 못하고, 매섭게 돌아서지도 못하는 안타까운 시간이 무심히 흘러가고 있었다.

한 역참에서 다음 역참에 당도하기 위해서는 반나절이 걸릴 수도 있고 이틀 이상 걸릴 수도 있다. 아사드의 카라반은 일행 중에 여인들이 많기 때문에 야숙을 하기보다는 역참에서 잠을 자기 위해 서둘러 길을 갔다. 카라반의 사람 숫자만도 사십여 명에 곡예단이 삼십여 명, 게다가 유인 일행까지 합세해서 보통 많은 인원이 아니었다. 그들은 낙타들을 열 마리씩 묶어 나누고 앞뒤에 사내들을 배치에 비적들을 견제했다.

부유한 카라반과 함께 가는 길이라 먹을 것만은 풍족한 편이었다. 특히 식성이 까다로운 아사드 때문에 신선한 물을 채운 항아리에 생선을 넣어가지고 다니면서 식사 때엔 싱싱한 생선 요리를 먹었고 그때그때 잡아먹기 위해 양 떼까지 끌고 다녔다. 일행은 밤이 되면 모래 바람을 피해 사구 아래에서 야숙을 했는데 사내들은 주위 망을 보고 나머지 사람들은 지금껏 그래 왔듯 술과 노래를 부르며 지친 심신을 달랬다.

땅을 끓이고 하늘을 익히는 폭염 속을 지나고 있을 때였다.

"저기 등대가 보여요!"

낙타에 탄 루아이가 사막 한 켠에 서 있는 탑을 가리켰다. 사막의 등대 혹은 모래신의 뿔이라 불리는 탑은 한주의 국경을 나타냄과 동시에 여행자들에게 길을 안내하는 역할을 했다. 탑 자체가 높기보다는 단을 높게 쌓고 그 위에 탑을 세운 것인데 밤에는 송진과 마른 나뭇가지를 태워 불을 밝혔다. 서역에서 한주로 들어오는 상인이나 서역으로 나가는 중원 상인들은 꼭 이 탑을 지나면서 간단한 제를 지내 여행 길이 무사하기를 빌었다.

"자, 빨리 제를 지내고 가자고."

라리슈카의 말에 사람들은 준비해 두었던 술과 고기를 가지고 등대로 향했다. 그들과 함께 가지 않고 남은 비현은 무료하게 주위로 둘러보다 대열의 후미에서 들려오는 웅성거림에 뒤를 돌아봤다. 사내들의 웅성거림이 더욱 커지자 비현은 낙타에서 내려 뒤편으로 갔다. 그녀가 다가가자 사내들이 긴장한 눈빛으로 길을 터주었는데 호위무사 중 하나가 모래바닥에 쓰러져 신음을 흘리고 있었다. 사내를 부축하던 효겸이 걱정스러운 얼굴로 서 있는 비현을 반기며 말했다.

"며칠 전 말에게 배를 차였는데 괜찮다고 하더니 이렇게 고통스러워합니다."

그 말에 고개를 끄덕인 비현은 쓰러져 있는 사내에게 다가가 배에 손을 얹었다. 배가 크게 부풀어 오른 것이 말에 차여 내장이 상한 듯 보였다.

"제가 좀 봐도 될까요?"

비현의 말에 젊은 사내는 고통에 겨운 신음을 흘리며 고개를 끄덕였다. 비현은 배에 손을 얹은 채 눈을 감고 작은 소리로 노래를 불렀다. 누군가를 치유하는 것이 오랜만인데다 주위에 유인이 있다 생각하니 집중력이 흐트러져 시간이 생각보다 오래 걸렸다. 내내 신음을 흘리던 사내의 얼굴이 점차 평온해지고 가쁜 숨소리가 차츰 잦아들자 병풍처럼 둘러선 호위무사들 사이에서 안도의 한숨이 터져 나왔다.

"우라질 놈, 다쳤으면 진작 말을 했어야지. 마마님이 안 계셨으면 어쩔 뻔……."

인걸은 아무 생각 없이 입을 열었다가 얼른 닫았다. 단홍에게서 귀에 못이 박힐 만큼 들은 데다 비현을 비(妃)로 책봉한다는 교지가 있었을 때부터 써온 호칭이 그만 입 밖에 나온 것이다. 마마라는 말에 당황한 비현은 황급히 일어서다가 멀찍이 선 유인과 시선이 마주쳤다. 그와는 비적 떼들에게 습격당한 밤 이후 처음으로 마주친 눈빛이었다. 그는 천으로 얼굴을 가리고 있었지만 날카로운 눈빛은 생생하게 드러나 있었다. 아무것도 느껴지지 않는 건조한 눈빛에 작은 상처를 입은 비현은 황급히 자리를 벗어나려 했다. 하지만 말을 탄 유인이 앞을 가로막았다. 그는 버석버석 소리가 날 만큼 메마른 어조로 말했다.

"고맙소."

그 한마디가 어찌나 싸늘한지 뜨거운 햇살 아래 서 있는데도 온몸이 추웠다. 비현은 간신히 고개를 숙이고는 황급히 그 자리를 벗어났다. 치밀어 오르는 슬픔과는 달리 심장은 미칠 듯이 쿵쾅대고 다리는 후들거렸다. 곡예단으로 돌아와서도 가슴을 진정시키지 못하고 얼굴이 상기되어 있자 탑에서 돌아온 아사드가 무슨 일 있었냐며 눈썹을 치켜떴다. 비현은 고개를 저으며 달아오른 얼굴을 가렸다. 여전히 심장은 그녀의 의지와 상관없이 쿵쾅대고 있었다.

한주 국경을 지나 사막 길을 가다 보니 차츰 한족 풍경이 사라지고 이족 문화들이 자주 눈에 띄었다. 사막에는 석(石), 강족(康族), 회흘족(回紇族), 극열족(克烈族) 등 수백의 민족들이 얽혀 살아가고 있었다. 그들은 유목을 하거나 상인들에게 비단, 옥(玉) 등을 팔고 또는 역참을 운영하면서 살아갔다. 아사드의 대상이 작은 마을에라도 머물라치면 모두들 나와 환영해 주고 물건을 사거나 팔았으며 따뜻하게 배웅을 해주곤 했다. 비현은 비록 말은 통하지 않지만 순수한 그들을 만나면서 사막도 정이 넘치는 곳임을 알게 됐다.

국경을 지난 지 얼마 되지 않아서였다. 일행은 호수를 끼고 자리 잡은 작은 마을 입구에 들어서는 순간 무언가 안 좋은 느낌을 받았다. 대상이 들어서면 모두들 뛰어나와 반기는 것이 대부분인데 마을은 무덤처럼 조용하기만 했다. 일행은 무언가가 있음을 감지하고 바싹 긴장하며 마을 대로에 들어섰다. 그때였다. 열 살 정도 되어 보이는 아이들이 우르르 몰려오더니 일행을 향해 돌을 집어 던졌다. 어린 아이들은 공포에 질려 필사적으로 일행이 들어오는 것을 막았다. 아사드의 부하들이 황급히 말에서 내려 도망가려는 아이를 붙잡고 무슨 일인지 물었다. 하지만 아이는 대답은커녕 울음을 터뜨리고는 그대로 도망가 버렸다. 서둘러 마을을 돌아본 지 얼마 되지 않아 끔찍한 사실이 드러났다. 이십여 명의 사내들이 마을을 습격해 와 어른 대부분이 몰살당했다는 것이다. 비현은 라리슈카를 따라 마을 뒤편으로 향했다. 그곳에는 아이들이 만들어놓은 어른들의 무덤이 있었다.

"살펴보니 수상쩍은 점이 많습니다. 비적들이라고 하기엔 가축들도 그대로고 아이들을 잡아가지 않고 그대로 둔 것도 수상합니다."

아사드에게 부하가 와서 고하는 사이 비현은 한 집에 들어갔다가 죽어가는 젊은 여인을 보았다. 한 계집아이가 그녀를 돌보고 있었는데 피를 많이 흘린 탓에 정신을 놓고 사경을 헤매고 있었다. 비현이 다가가려고 하자 라리슈카가 손목을 잡으며 막아섰다.

"자밀라, 그녀를 도와주면 안 돼. 한주군이 도망간 후궁인지 확인하기 위해 놓은 덫일지도 몰라.”

그래도 비현이 다가가려고 하자 라리슈카가 잡은 손에 힘을 주며 말했다.

“모든 사람들을 다 살릴 수는 없는 거야. 어쩔 수 없는 상황도 있는 법이라고. 여기서 사람들을 고쳤다간 우리 모두 위험해져.”

그녀의 말이 맞다. 하지만 비현은 그냥 돌아설 수 없었다. 지금까지 아픈 이들을 앞에 두고 외면한 적은 한 번도 없었다. 이로 인해 자신이 고통을 겪었지만 그냥 지나칠 수 없었던 것은 그들의 삶을 사랑했기 때문이다. 자신이 구한 이가 살아 누군가를 사랑하고 아이를 낳고 또 그 아이가 자라고……. 비현은 그 삶을 동경하고 또 그리워했다. 살아간다는 것은 얼마나 아름다운 것인가. 살아 있다는 것 하나만으로도 얼마나 행복한 일인가. 비현은 삶의 소중함을 알기에 낯선 타인의 것이라도 망가뜨리고 싶지 않았다.

“라리슈카, 이 여인을 고치게 되면 우리가 위험에 빠질지도 몰라요. 하지만 난 고치고 싶어요.”

비현은 결연한 눈빛으로 힘주어 말했다. 라리슈카의 눈빛이 차츰 깊어졌다.

“생명 앞에서 이득을 따지는 것은 옳지 못한 일이에요. 내가 본 이상은 이 여인을 고쳐야만 해요. 만약 내 안전을 위해 그냥 돌아선다면 그저 높은 자리에 오르기 위해, 사람들의 추앙을 받기 위해서 제 능력을 쓴 것밖에는 안 돼요. 그렇다면 정국에 갈 이유도 없어지는 거예요.”

비현의 말에 희미하게 미소를 지은 라리슈카는 고개를 끄덕이곤 손을 놓아주었다. 비현은 젊은 여인의 배에 손을 올려놓고 노래를 불렀다. 지금까지 들어본 그 어떤 노래보다 따뜻하고 강한 힘을 주는 노래에 라리슈카는 눈을 지그시 감았다.

라리슈카는 비현의 노래를 듣고 그녀가 달라졌음을 온몸으로 느꼈다. 지금까지는 그저 여리고 맑은 여인인 줄만 알았다. 그녀는 슬픔에 잠겨 있었고 사람들을 치유하는 데 작은 두려움을 품고 있었다. 살짝 건드려도 무너질 것만 같았던 그녀가 이제 단단해지고 있다. 남에게 끌려 다니는 것이 아니라 자신의 생각을 단호하게 얘기하고 이끌어 나갈 수 있는 사람으로 바뀌고 있는 것이다. 라리슈카는 생기 넘치는 비현의 노래를 들으며 가슴이 벅차오름을 느꼈다.

젊은 여인을 치유한 비현은 사람들을 불러 모아 다친 이들을 찾도록 했다. 다친 이들은 어른 다섯 명에 아이들 세 명. 비현은 그들을 모두 치유하고 아사드에게 부탁해 일행의 식량을 나누어 주었다. 이 모든 일들을 꿋꿋이 해내는 비현을 보고 일행은 감탄해 마지않았다. 그녀는 사막에 살아 있는 부처였다.

마을에서 하루를 보내고 떠나려고 하자 마을 사람들이 멀리까지 나와서 비현에게 손을 흔들었다. 아이들의 밝은 표정을 보고 비현은 가슴을 짓누르던 무언가에서 벗어남을 느꼈다. 정국은 더욱 가까워지고 있었다.

그로부터 이틀 후, 사십여 명의 군인들이 아사드의 대상이 떠난 마을을 찾았다. 마을 어른들과 아이들은 제각기 무기를 손에 쥐고

사내들을 노려보았다. 군위대장과 마휘는 한 여인을 잡아 며칠 전
지나간 일행에 대해 캐물었다. 겁에 질린 여인은 비현이 자신을 치
유해 준 이야기를 털어놓았다. 회심의 미소를 지은 그들은 여인을
놓아주고 그대로 마을을 떠났다. 군위대장은 돈황으로 명타사(明馳
使: 낙타 전령)를 보내 지원군을 요청하고는 비현 일행을 추격했다.

  타클라마칸에 깊숙이 들어갈수록 날씨는 점점 예측하기가 힘들
어졌다. 거친 모래 바람은 예사로 불어왔고 느닷없이 삭풍이 몰아
치기거나 산맥에 쌓인 눈이 녹아 강과 호수가 범람해 홍수가 일기
도 했다. 일행이 거친 바람과 변덕스런 기후에 잔뜩 지쳐 있을 때
에 한 도시국가가 나타났다. 염국(鹽國)이라 불리는 이 나라는 근
처에 소금 호수가 있어 붙여진 이름으로 도시 전체가 소금처럼 하
얀 건물들로 이루어져 있기 때문에 그 이름이 더욱 잘 어울렸다.
  비현은 눈이 부실 정도로 하얀 도시에 들어서자 모처럼 들떴다.
도시 전체가 활기차고 사람들의 표정도 밝고 건강한 점이 마음에
들었기 때문이다. 일행은 큰 여각을 빌렸고 그동안 지친 심신을
달래기 위해 닷새 동안 머물기로 했다. 아사드는 도시의 국왕을
만나러 나가고 라리슈카는 시장에 물건을 사러 나갔다. 혼자 남은
비현은 여각을 둘러보며 시간을 보냈다. 한때 부유한 상인의 저택
이었다는 여각은 과거의 영화로운 모습을 고스란히 가지고 있었
다.
  여각 안에 넓은 정원에 들어선 비현은 그 화려함에 벌어진 입을
다물지 못했다. 문 입구에는 당초 무늬가 그려진 화려한 자기 접

시들로 꾸며져 있었고 정원 한가운데에는 코끼리 형상을 한 분수가 물을 뿜어내고 있었다. 낯선 식물들과 동물 조각상이 가득한 정원을 거닐던 비현은 작은 인기척을 느끼고 정원 입구를 바라보았다. 서역인들처럼 품이 넓고 까칠한 베로 만든 옷을 입고 있는 그는 막 목욕을 끝냈는지 머리칼이 촉촉이 젖어 있었다. 조용한 눈으로 정원을 훑어보던 그는 비현과 눈이 마주치자 그대로 돌아서서 나가려고 했다. 비현은 자신도 모르게 그를 불렀다.

"전하!"

유인은 잠시 멈춰 섰다. 비현은 급한 마음에 그를 붙잡아두었으나 무슨 말을 해야 할지 몰라 당황했다. 말을 잇지 못하고 우물쭈물하던 그녀는 뜬금없이 청동상을 가리키며 물었다.

"혹시 이것이 어떤 동물인지 아셔요?"

돌아선 유인의 얼굴에 당혹한 기색이 역력했다. 두 사람 사이에 어색한 공기가 감도는 가운데 들리는 소리라고는 분수대에서 흘러나오는 경쾌한 물소리뿐이었다. 냉담하기만 했던 유인의 눈빛이 차츰 부드러워졌다. 그는 잠깐의 망설임 끝에 헛기침을 몇 번 하고는 입을 열었다.

"그것은 무소라고 하오."

"아, 무소. 소처럼 생기지는 않았는데. 다리가 짧고 코에 뿔이 있는 것이 신기하네요."

비현은 진기한 듯 동물상을 빙 돌아보며 슬쩍 만져 보았다. 청동상이 진짜 무소라도 되는 것처럼 조심스럽게 만지는 손길이 유인의 마음을 풀어지게 했다.

"전하, 이 새는요? 세상에, 이렇게 주둥이가 긴 물고기도 있나요?"

비현은 정원에 있는 동물들을 하나하나 가리키며 물어보았다. 유인은 여전히 남아 있는 그녀의 왕성한 호기심과 천진함에 씁쓸함을 느끼며 일일이 답해주었다. 실상은 모르는 것도 있었으나 어차피 그녀는 모를 테니 그 자리에서 이름을 지어 말해 주기도 했다. 멀리 떨어져 있던 두 사람의 거리가 한 걸음씩 가까워지고 마침내 나란히 서서 동물들을 구경하기에 이르렀다.

비현이 동물상을 보기 위해 허리를 숙일 때마다 유인은 긴 머리와 하얀 피부를 만져 보고 싶은 충동을 애써 참아야 했다. 그녀는 전보다 한층 성숙한 아름다움을 지니고 있었다. 화장을 해서, 화려한 옷을 입어서만은 아니었다. 지금 그녀의 표정에는 자신이 주지 못한 편안함이 있었다. 작은 풀 한 포기도 그냥 지나치지 못하는 그녀가 자신 때문에 전쟁이 나고 사람들이 죽어가는 것을 보고 마음이 편했을 리 없다. 왕후로 맞아들이겠다는 자신의 고집을 차마 꺾지는 못하고 여린 속이 까맣게 타 들어갔을 것이다. 왜 그것을 알고도 짐짓 모른 척했던가. 왕후로 살아가는 것에 대해, 한 나라의 국모가 되는 것에 대해 의향을 물은 적이 없었다. 서로 은애하기에 그녀가 비(妃)가 되는 것이 당연한 거라고만 생각했었다. 자신이 당연하다고 생각했던 것이 그녀에겐 얼마나 힘겨웠을까. 그때 보았던 어두운 표정이 지금에 와서야 마음에 드리웠던 그늘이었다는 것을 깨달은 유인의 마음이 무거워졌다. 그때 비현을 주의 깊게 살펴보았다면, 좀 더 이해하려고 노력했었더라면 지금 이렇게까지 되었을까. 유인은 착잡한 표정으로 비현의 모습을 바라보다 그녀가 갑자기 돌아서서 진지한 눈으로 올려다보자 잠시 숨을 멈추고 섰다.

"좌호위를 통해 들었어요. 단홍을 용서해 주셨다고요. 감사드립니다."

비현의 정중한 절에 유인은 이 의례적인 인사가 낯설고 멀게만 느껴져서 싫었다. 이 말을 하고 싶어서 나가려던 자신을 붙잡은 건가. 유인은 그녀가 미안하다고, 용서해 달라는 말만은 제발 하지 말기를 바랐다. 그러면 정말로 그녀를 용서하게 될까 봐, 그리되면 가지 말라고 붙잡고 애원하게 될까 봐 두려웠다. 자신을 떠날 그녀, 상처 입을 자신이 두려웠다.

"저는 용서를 구할 자격조차 없는 사람입니다. 하지만 그것이 바른길이라 믿었고 지금도 같은 생각입니다."

유인은 시선을 들어 비현의 눈동자를 보았다. 처음 보았을 때부터 지금까지 한결같이 맑은 눈동자. 그 고운 눈빛은 침착하고 평온했다. 그 모습에 화가 치미면서도 한편으로 안도가 되는 건 무슨 이유일까. 유인은 자신이 가진 모순과 그것이 주는 고통에 이미 둔감해져서 더 이상 상처받지 않았다. 실제로 그렇지 않다 하더라도 본인 스스로는 그렇게 생각하려고 노력하고 있었다.

"제 스스로 찾아온 길이고 끝내 와야만 했던 길입니다. 그래서 전 슬프지도, 불행하지도 않습니다. 전하께서도 마음속의 짐을 훌훌 벗고 평화로운 삶을 사시길 고대합니다. 원망과 번민으로 채우기에는 삶이 너무나도 짧으니까요."

　정중히 합장을 하고 사라지는 비현을 보며 유인은 어금니를 지그시 깨물었다. 그녀는 점점 더 성숙해지고 있었다. 마음을 숨기는 것에 노련해졌고 사람을 설득시키는 능력도 생겨났다. 그녀가 단단한 땅처럼 굳건해지고 있는 사이 자신은 애증의 간극을 헤매고 있었다. 그녀는 또 다른 세계로 날아가는데 자신은 과거에 얽매여 고통에 신음하고 미련하게 자신을 상처 입히고 있었다.

　'그대는 갈수록 빛이 나는군. 그 찬란한 빛은 나를 부끄럽게 해. 그리고 더욱 벗어날 수 없게 만들어. 이것이 내가 받아야 하는 죗값인가. 그렇다면 지독히도 잔인한 벌이로군.'

　유인은 잠깐이나마 그녀를 사랑한 것을 후회한 자신이 부끄러워졌다. 그렇게라도 하면 잊을 수 있으리라 생각한 것이 어리석게 느껴졌다. 그녀는 하늘이자 달이었다. 하늘은 아무리 가리려고 해도 가려지지 않고, 달은 그 어떤 곳에서 보아도 한결같은 아름다움에 보는 이의 눈이 시리게 한다. 비현은 유인에게 그런 존재였다.

　'이젠 나도 어찌해야 할지 모르겠다. 아무리 멀리하려 해도 몸과 마음이 네게로만 흘러가니 나도 어쩔 도리가 없다.'

　유인은 비현이 사라진 곳에 한참 동안 시선을 두며 망연히 서 있었다. 그의 얼굴은 지쳐 있었지만 눈빛만큼은 빛에 휩싸여 있었다.

✳

염국(鹽國) 왕은 도시에 곡예단이 들어오면 후한 대우를 해주기로 이름난 이였다. 워낙 기예와 음악을 좋아하는 데다 라리슈카의 미모에 반해 예우가 남달랐다. 왕은 라리슈카에게 몇 년째 청혼을 넣고 있었는데 염국에 발을 내딛는 순간부터 시종을 보내 진귀한 보석이며 꽃을 선물했고 왕궁에서 공연이 있는 사흘째 날에는 화려한 금자수를 놓은 비단 옷과 비취로 장식한 가마를 보내올 정도로 열의가 대단했다. 왕의 구혼에 시큰둥한 반응을 보인 라리슈카는 마지못해 선물받은 옷을 입고 가마에 올랐다. 물론 곡예단과 비현, 그리고 유인 일행도 함께였다.

부유한 서역 왕의 궁궐은 생각보다 훨씬 화려했다. 구운 벽돌에 규사를 녹인 유약을 발라 특유의 흰빛을 띤 건물은 하나의 보석 같았다. 우뚝 솟은 기둥과 정원을 지나 궁으로 들어가니 염국 왕이 시종들과 함께 나와 반갑게 맞이했다. 비현은 왕이 생각했던 것보다 젊고 잘생긴 것에 놀랐고 그의 아내가 백여 명에 이른다는 라리슈카의 말에 더욱 놀랐다.

"아름다운 것은 뭐든 소유해야 직성이 풀리는 분이지. 여인을 자신의 장식품쯤으로 생각하고 계실걸. 그래서 청혼을 받아들이지 않는 거야. 누구의 수집품이 되고 싶은 생각은 추호도 없으니까."

한쪽 눈을 찡긋한 라리슈카는 왕 앞으로 다가가 절을 했고 뒤에 선 일행들도 일제히 예의를 갖추었다.

"오! 그대는 언제나 눈이 부시군. 태양처럼 눈부신 그대 하나로 인해 이 궁전이 환해지는 것 같소."

왕은 과장된 몸짓과 격앙된 어투로 라리슈카의 아름다움을 찬
미했다. 그러고 보니 그의 모습이 누군가와 닮았다. 비현은 그제
야 염국에 온 후 아사드가 여각에 머물지 않고 궁 안에 머문다는
것을 깨달았다. 섬세한 생김새와 말투가 비슷한 걸 보니 혹시 그
의 형님이 아닐까? 비현이 생각에 빠진 사이, 기다렸다는 듯이 아
사드가 나타났다. 그는 무관심한 눈으로 주위를 훑어보다 비현을
발견하고는 뛰다시피 해서 오더니 비현의 손을 잡아 왕 앞으로 이
끌었다.

"형님, 제가 말했던 여인입니다."

갑작스런 아사드의 태도에 비현이 놀라는 사이 염국의 왕은 그
림을 감상하듯 눈을 가늘게 떴다. 민망할 정도로 비현을 훑어보던
그는 연신 감탄을 내뱉으며 말했다.

"오, 세상에 아름다운 여인이 이리도 많을 줄이야. 그대들의 눈
부심에 궁은 해가 진다고 해도 낮처럼 밝을 것이오. 자, 어서 후원
으로 갑시다. 주연에 참석한 모든 이들이 그대들을 기다리고 있
소."

숨도 쉬지 않고 찬사를 늘어놓은 왕은 궁전이 쩌렁쩌렁 울리도
록 웃으며 걸음을 옮겼다. 그의 모습이 꼭 나이 든 아사드의 모습
을 보는 것만 같아 비현은 슬쩍 웃음을 머금었다.

대리석과 옥으로 장식한 호화로운 후원에 들어서자 한창 주연
이 열리고 있었다. 라리슈카와 무희들이 왕 앞에서 춤과 노래를
하는 사이, 더 이상 가희 행세를 하지 않아도 되는 비현은 따로 떨
어진 내실에서 그 모습을 지켜보았다. 남자와 동석을 할 수 없다

는 왕실 풍속 때문인지 궁중 여인들은 머리에 올이 성긴 천을 쓰고서도 발을 드리우고 공연을 구경했다. 그들이 다 왕의 아내들과 아이들이라 생각하니 비현은 놀랍기도 하고 신기하기도 해서 서역 여인들을 모습을 살짝 훔쳐보기도 했다.

주연이 한창 무르익을 무렵, 비현은 궁궐 구경을 하고 싶은 마음에 조심스럽게 자리에서 일어나 후원 반대편으로 갔다. 색색이 유리로 장식된 회랑을 지나 분수가 흐르는 후원에 들어서니 이국적인 풍경이 펼쳐졌다. 굳이 이름을 짓자면 새의 정원이라고 해야할까. 곳곳에 걸린 조롱 속에서 고운 빛깔을 가진 새들이 노래하듯 지저귀고 작은 연못에는 비단잉어가 노닐고 있었다. 비현은 조롱 사이를 오가며 색이 화려한 남방의 새를 구경했다.

"내가 다스리는 호탄에는 더 진귀한 것이 많아."

갑자기 들려오는 목소리에 흠칫 놀라 돌아보니 팔짱을 낀 아사드가 미소를 머금고 서 있었다.

"호탄은 아름답고 풍족한 곳이야. 전쟁 따위도 없고 굶어 죽어가는 이들도 없지. 사막에 사는 이라면 누구나 호탄에서 살기를 원해. 비현, 그런 곳에서 나와 함께 살지 않겠어? 아픔이 없는 곳에서 평화롭게 살고 싶지 않아?"

"아사드님, 세상에 아픔이 없는 곳은 없어요. 불행과 아픔이 없는 곳이라면 그곳엔 평화라는 말조차 없을걸요."

비현은 여느 때처럼 웃음으로 넘기려고 했다. 그러나 이번에는 그냥 지나칠 수 없을 정도로 아사드의 눈빛은 진지했다.

“비현을 놀리기 위함이 아니야. 진심으로 그대를 내 아내로 맞고 싶어. 그대의 운명이 불행만 가져온대도 상관없어. 난 뭐든 이겨낼 수 있으니까.”

“저는 이미 결정했는걸요. 정국에 가서…….”

“그래, 알아. 승려가 되기 위해 가는 것이지. 하지만 말이야, 칙칙한 승복을 입고 늙은이들 속에서 살아가기에 비현은 젊고 아름다워. 그대는 왜 그렇게 힘들고 어려운 길을 가려고 하는 거지? 고개만 돌리면 얼마든지 영화롭게 살 수 있는데 말이야.”

“풍족하고 화려하게 산다고 해서 영화로운 것은 아니에요. 본인이 진정 원하는 것을 찾는 것이 영화롭게 사는 것이 아니겠어요? 아사드님, 몇 번을 물으셔서 제 대답은 같아요. 그러니 이만.”

비현의 예의를 갖추며 후원을 나가려고 하자 아사드가 가로막으며 말했다.

“나는 대식국의 스물두 번째 서열의 황자이자 호탄을 다스리는 왕이야. 어릴 때 맞은 왕비가 있었지만 지금은 죽어버리고 없고 그 후로 아내를 맞지 않았어. 이것이 지금까지의 아사드야. 그동안은 삶이 지루해서 바람처럼 떠돌면서 살았지만 이제는 달라졌어. 비현을 아내로 맞으면 더 이상 바람이 되지 않을 거야. 그대에게 뿌리내리는 나무가 되고 싶어. 그대의 조롱 안에 갇힌 새가 되고 싶어.”

아사드의 진심 어린 표정을 보고 비현은 잠시 동안 입을 열 수가 없었다. 진지한 황금빛 눈동자가 아름다운 동시에 투명해 보였다. 그는 아직 어리기에 남녀의 사랑을 모른다. 비현이 생각하건대 그는 진정 자신을 연모해서 원하는 것이 아니다. 다만 권태로운 방황에서 벗어나게 해줄 누군가가 간절히 필요할 뿐. 비현은 어미가 아이를 어르듯 부드러운 표정으로 말했다.

"아사드님, 저는 생명을 내주어도 아깝지 않을 정인의 마음에 상처를 주며 여기까지 왔어요. 그분을 두고 오면서 제가 얼마나 고통스러웠는지 아사드님은 상상도 못하실 거예요. 제가 만약 승려가 되지 않고 누군가의 아내가 된다면 그 사람은 아사드님이 아닌 그분일 것입니다. 제가 한평생 사랑하고 섬기고 싶은 분은 그분뿐이니까요."

비현의 눈빛은 물을 머금은 달빛처럼 요요(姚姚)해 보였다. 그 속에 얽힌 그리움과 슬픔을 읽은 아사드는 끓어오르는 화를 억누르며 말했다.

"왜지? 왜 내가 아닌 그 사내지?"

"전 한 번도 하늘이 왜 푸른지, 바람이 왜 부는지 생각해 본 적이 없어요. 그분도 제게 그렇게 다가오셨어요. 그분을 왜 마음에 담았는지, 왜 그리워하는지 이유는 없답니다. 그저 나를 있게 해주는 물과 숨과 같은 분이지요. 제가 정국에 가려는 것은 그분을 생각하는 마음이 얕거나 변해서가 아니에요. 더 좋은 세상을 만들고 싶었어요. 그분의 나라 백성들이 고통없이 살아가길 원하고 그분의 살과 피를 받은 아이들이 고이 자랄 수 있는 세상을 만들고 싶었어요."

아사드는 비현의 얼굴에서 한 번도 보지 못한 것을 읽고 아찔했다. 그녀의 얼굴에선 눈부신 빛이 흐르고 있었다. 맑고 선한 빛,

숭고하기까지 해서 고개가 절로 숙여지는 빛이 그의 가슴을 꿰뚫었다. 사랑이란 것은 이런 것인가. 이토록 눈부시고 거룩해 보이는 것인가. 자신처럼 육체적인 쾌락이나 탐닉하고 싫증나면 버리는 부류는 도저히 따라가지 못할 곳에 그녀는 서 있었다. 눈에 보이는 것, 소유하는 것만이 전부인 줄 알았다. 하지만 그런 것은 의미없는 것이었다. 마음, 그 마음이 죽어 있으면 아무짝에도 쓸모가 없는 것이다. 아사드는 그녀의 마음이 너무나도 깊어 자신 따위가 어찌할 수 없음을 깨닫고 어깨를 축 늘어뜨렸다.

"아사드님께도 머지않아 운명의 실로 엮인 연인이 나타나실 것입니다. 그런 인연은 조르고 애원하지 않아도 저절로 곁에 오기 마련이지요. 그분과 혼자만의 요구가 아닌 함께 나누는 사랑을 하시길 바랍니다. 두 마음이 한곳에 담긴다는 것은 큰 축복이지요."

비현은 정중히 예의를 갖춘 후 정원을 나왔다. 궁 안에는 여전히 라리슈카의 노랫소리가 들려오고 구슬발이 흔들리듯 청명한 공후 소리가 내밀한 가슴을 어루만졌다.

막 회랑을 벗어나려는 순간이었다. 어둠 속에서 불쑥 튀어나온 그림자가 비현의 손목을 잡아당겨 자신의 품에 가뒀다. 어둠 속으로 빨려드는 듯 아찔함에 비명조차 지를 수 없었던 비현은 회랑 등불에 비친 사내의 얼굴을 보고 가까스로 비명을 삼켰다. 사내는 바로 유인이었다. 얼굴에 와 닿는 그의 숨은 뜨거웠고 허리를 감싼 손길은 격정적이었다. 난데없는 유인의 출연과 격렬한 손길에 비현은 숨이 턱 막혔다. 아사드에게 털어놓은 마음을 그가 들은 것이 분명했다.

'아! 이를 어쩌면 좋아!'

비현은 창백하게 질린 채로 그의 품에서 벗어나려고 몸을 틀었다. 그러나 유인은 더욱더 힘껏 끌어안으며 비현을 벽 쪽으로 밀어붙였다. 비현은 발이 공중으로 들려진다는 느낌과 함께 그의 얼굴이 가까이 다가오자 작게 진저리를 치며 그를 밀었다. 그사이 모래 바람이 도시를 덮치듯 순식간에 입술이 다가왔다. 예전의 부드러웠던 입술이 아니다. 거친 숨과 함께 온몸을 녹일 듯 뜨겁게 다가온 입술에 비현의 머리 속이 하얗게 비워졌다. 그와 서로의 숨을 나눠 마시며 입을 맞춘 것이 천년 전 일인 듯 아득했다. 그의 입술이 다가오기 전까진 몰랐던 갈증이다. 비현은 황무지가 물을 흡수하듯 그의 입술을 몸 깊숙이 받아들였다. 그리웠던 감촉, 체온, 숨소리가 빠르게 몸 안에 녹아들었다. 비현은 척추를 타고 흘러내리는 전율에 그만 몸의 힘이 빠져나가 중심을 잃고 무너졌다. 하지만 강인한 팔이 그녀를 잡고 있었기에 비현은 바닥에 쓰러지지 않았다. 아니, 위로 끌어 올려져 얼굴을 마주하고 그의 입술을, 그의 날뛰는 기쁨을 받아들였다.

'왜 밀쳐 내지 못하는 거지? 왜 안 된다고 말하지 못하는 거야?'

하얗게 비워진 머리 속이 서서히 많은 물음들로 채워지기 시작했다. 그리웠기에, 그의 숨과 체온과 입술이 너무나도 그리웠기에 거부할 수 없었다. 이 낯선 모습이 두렵기는커녕 깊은 안도와 환희가 밀려왔다. 지금껏 쌓아 올린 마음의 탑이 한순간에 흔들리고 있었다.

'잠시만이라도 이대로 있으면 안 될까? 아주 잠시만이라도 그를 느끼면 안 되는 걸까?'

비현은 자신도 모르게 그의 머리를 쓰다듬으며 뺨에 손을 가져다 댔다. 그와의 기억이 해빙된 대지의 아지랑이처럼 피어올랐다. 예전으로 돌아가 임과 다정하게 이마를 맞대고 내일을 꿈꾸고 싶다. 서로의 머리를 만져 주고, 입에 맛난 것을 넣어주며 흐뭇해하는 모습을 보고 싶다. 하지만 지금 있는 곳은 사막의 도시고 곧 정국을 앞두고 있었다. 그동안의 일은 꿈이 아니다. 이것은 현실인 것이다. 순간, 비현의 눈앞에 모래 속에 묻힌 시신들의 참혹함이 스쳐 갔다. 여정 중에 보았던 유랑민들의 고통이 가슴을 쳤다. 아련한 꿈에서 외면할 수 없는 현실로 돌아온 비현은 머리와 가슴이 차갑게 식는 것을 느꼈다.

'맙소사, 내가 잠시 어찌 되었던 거야.'

비현은 가까스로 남은 힘을 끌어 모아 그의 가슴을 밀치고 고개를 돌렸다. 유인은 마지못해 비현을 내려놓았지만 여전히 품에 가두고 보내주지 않았다.

"이러면 안 된다는 거 아시잖아요."

떨리는 비현의 목소리에 유인이 말했다.

"그대 마음대로 떠나는 게 아니었어."

"어쩔 수가 없었어요. 말했다면 전하께서는 보내주지 않았을 거예요."

"그래, 그랬겠지. 하지만 그런 식으로 이별해서는 안 되는 거였어. 그대는 마음의 준비를 했지만 난 아무 준비도 못한 채 그대를 떠나보내야만 했어."

얇은 옷감 사이로 전해져 오는 그의 심장 고동에 다시금 마음이 흔들리려 하자 비현은 마음을 비우기 위해 필사적으로 노력했다. 하지만 그의 몸은 너무나도 가까이 있고 자신의 마음은 위험할 정도로 흔들리고 있었다. 이대로라면 혼미한 정신에 무슨 말을 내뱉을지 자신도 알 수가 없다. 두려운 나머지 선뜻 입을 열지 못하는데 유인이 말했다.

"비현, 그대가 원한다면 보내준다. 하지만 나에게도 그대를 떠나보낼 마음의 준비가 필요해. 후회한다는 것도, 단지 그대가 죽는 것을 보고 싶지 않았다는 것도 다 거짓말이다. 난 그대와 이별하지 못했어. 아직도 내 안에는 은비현이 살고 있어. 그대 마음이 정해졌다 해서 차갑게 외면하고 가지 마. 나에게도 그대를 떠나보낼 시간이 필요하다."

유인은 비현의 이마에 자신의 이마를 맞대고 고통스럽게 말을 이어갔다.

"그대의 마음을 알아. 아니, 알려고 노력하고 있어. 힘들게 하지 않는다, 원하는 대로 들어주겠어. 그러니 헤어지기 전까지는…… 가까이 있어줘."

"아……."

그의 눈에서 떨어진 눈물이 얼굴을 적시자 비현은 신음을 흘렸다. 정인이 보이는 눈물에 애써 붙들고 있던 감정의 끈이 툭 하고 끊긴다. 그의 마음속 고통이 이리 클 줄은, 자신을 향한 마음이 이리 깊은 줄은 상상도 못했다. 강하고 굳건한 사람이기에 이겨내리

라 생각했다. 멀어지면 언젠가는 잊으리라 생각했는데……. 그에
게 상처를 준 자신이 죽도록 미워진다. 비현은 뜨거운 눈물을 흘
리며 그의 목을 끌어안았다.

"미안해요. 그렇게밖에 하지 못해서 미안해요."

비현은 그의 머리를 쓰다듬다가 끝내는 흐느끼고 말았다. 유인
은 떨고 있는 비현을 힘껏 끌어안고 속삭였다.

"그대를 힘들게 하지 않을 거야. 약속해."

"이러면 더 견디기 힘겨울 거예요."

"난 괜찮아."

비현은 그의 단단한 목덜미를 쓰다듬으며 자꾸만 치밀어 오르
는 흐느낌을 삼켰다.

'아, 이 사람을 어찌해야 할까요. 이렇게 서로를 놓지 못하는 우
리를 어찌해야 할까요. 다가오는 내일이 두려워짐을 어찌해야 할
까요.'

비현은 그의 볼에 자신의 볼을 부비며 말했다.

"꼭 좋은 분과 혼인하겠다고 약속해요. 제게 했던 것처럼 아껴
주겠다고 약속해요."

"그래, 약속한다."

"아이들을 많이 낳아서 그 누구보다도 훌륭하게 키우겠다고 약
속해요."

"약속한다. 그대가 하라면 뭐든 할게."

"나 때문에 괴로워하지 않겠다고 약속해요. 나 때문에 울지 않
겠다고 약속해요."

"그래, 약속해. 그대로 인해 괴로워하지도 않고 울지도 않을 것이다."

유인은 비현의 볼을 감싸고 다시 한 번 입을 맞추었다. 그들은 좀 전의 격렬함이 아닌 애틋함으로 서로의 그리움과 다친 마음을 보듬어주었다. 서로의 입술에서 진한 그리움이 섞인 눈물 맛이 났다.

꽃과 나무가 가득한 후원으로 찾아 들어간 두 사람은 향기로운 그늘에 숨어 추운 듯 몸을 떨며 서로를 끌어안았다. 서로의 볼과 볼을 맞대고 두 손을 깍지 끼고는 손을 놓으면 그대로 낭떠러지로 떨어질 것처럼 필사적으로 붙들었다.

"제가 떠나고 나서 마음이 많이 아프셨지요?"

유인은 무겁게 고개를 저었다.

"내가 차갑게 굴어서 마음 아프지 않았어?"

비현도 고개를 저었다.

"거짓말."

유인이 말했다.

"거짓말."

비현도 따라 한다.

두 사람은 서글픈 미소를 머금은 채 서로를 꼭 끌어안았다. 이 순간이 꿈만 같아서, 허공을 밟고 선 듯하고 진한 꽃향기를 맡은 듯 미간이 아득했다. 이렇게 서로의 손을 잡기를 얼마나 꿈꾸었던 가. 다시 한 번 입을 맞추고 그리웠다 말할 수 있게 되기를 얼마나 소망했던가.

"그대가 살아 있어줘서 얼마나 기뻤는지 몰라. 지켜주지 못해서, 고생하게 해서 미안해."

"걱정하게 해서 미안해요."

비현은 그의 눈가에 입을 맞추었다. 유인은 한숨을 쉬며 비현을 힘 주어 끌어안았다.

"많이 괴로워하셨네요. 마음이 온통 상처뿐이에요."

"그래도 이렇게 살아 있잖아. 그대를 보고 있잖아."

유인은 고운 콧등에 입을 맞추었다.

"지금 이 순간이 그대와 나를 더욱 힘들게 하겠지만 후회하지 않아."

"저도 후회하지 않아요."

다시 한 번 입술이 포개지고 그리움과 눈물과 슬픔과 상처가 숨과 함께 오갔다. 서로의 입술을 찾으면 찾을수록 참을 수 없는 갈증이 밀려온다. 다시는 놓치지 않겠다는 듯 힘껏 끌어안을수록 견딜 수 없는 슬픔이 밀려온다. 그래도 이렇게라도 안을 수 있음에, 입을 맞출 수 있음에 유인은 감사했다. 오늘의 기쁨이 내일의 눈물이 될지라도, 지옥을 헤맨다고 할지라도 이 순간만큼은 그녀를 만지고 입맞출 수 있다는 것에 행복하다. 진심은 언제나 눈물겨운 것이라고, 쉽게 주어지지 않기에 슬프다는 걸 유인은 점차 깨달아가고 있었다. 비현을 마음 깊이 끌어안을수록 그의 가슴은 슬픔으로 차 오르고 있었다. 죽을 것처럼 고통스럽지만 죽어도 여한이 없는, 황홀한 슬픔이었다.

주연은 아침이 되어서야 끝이 났다. 왕의 가마를 타고 여각으로 돌아오던 비현은 휘장을 걷고 먼동이 터오는 것을 보았다. 그리고 가까이서 말을 타고 오는 유인을 보았다. 비현은 지난밤 그와 약속했듯이 외면하지 않고 따뜻한 눈으로 그를 응시했다. 아침 햇살에 드러난 그의 얼굴은 한결 밝았다. 아니, 그 어느 때보다 눈부시도록 늠름했다. 눈이 마주치자 그가 미소를 보낸다. 마음속의 고통과 슬픔을 애써 가린 서글픈 미소. 비현은 그 미소를 아프게 응시하다 겨우 웃는 얼굴을 보여주었다. 새벽녘까지 서로를 끌어안고 그리움과 기쁨에 한없이 부풀어 오르다 곧 다가올 이별의 나락으로 떨어지길 반복했어도 더없이 기뻤으니, 비현은 그와의 순간을 후회하지는 않았다. 비현은 그가 아픔을 견뎌내고 약속을 지킬 것이라 믿었다. 그는 강한 사람이니까, 이리 늠름하고 당당한 사람이니까 꼭 약속을 지킬 것이라고……. 비현은 끝까지 믿고 싶었다.

아사드의 카라반은 염국을 떠나 정국으로 향했다. 염국에서는 짧은 시간을 머물렀을 뿐인데 일행 안에 작은 변화가 생겨났다. 그중 하나는 아사드가 달라졌다는 것이었다. 아사드는 더 이상 비현 옆을 맴돌지 않고 행렬의 선두에 서서 길을 갔다. 까탈스러운 성격에 시종이 작은 실수라도 할라치면 길길이 날뛰던 그가 무덤덤해진 것을 보며 라리슈카마저도 이상히 여겨 거듭 안부를 물었다. 그러나 아사드는 천으로 얼굴을 감춘 채 묵묵히 길을 갈 뿐이었다. 비현은 그것이 자신 때문임을 알기에 별다른 말은 못하고

그의 등만 묵묵히 바라볼 뿐이었다. 아사드 외에 또 하나의 변화
는 비현과 유인의 행동이었다. 서로 시선이라도 부딪칠까 안절부
절못하던 그들이 이제는 얼굴을 마주하고 다정하게 이야기를 나
누었다. 처음 여정에 비하면 상상도 못했던 변화다. 이에 라리슈
카 일행과 호위대는 염국에서 무슨 일이 있었음을 짐작하고 호기
심 어린 눈으로 그들을 지켜보았다.

七. 나락奈落에 떨어지다

타클라마칸은 혹한과 혹서로 이름난 곳이다. 계절은 겨울에
서 봄을 향해 가고 있었지만 한낮의 태양은 온몸을 다 태워 버릴
듯이 뜨거웠고 밤에는 모피를 꽁꽁 싸매고 있어야 할 만큼 추웠
다. 그들은 반나절, 혹은 하루를 꼬박 가야 만날 수 있는 역참에
닿기 위해 부지런히 길을 재촉했다. 한주 혹은 주변 도시국가의
지원으로 여는 역참에서만큼은 따뜻한 잠자리와 물을 기대할 수
있기에, 카라반은 낙타들이 지친 나머지 침을 탁탁 뱉으며 주저앉
을 때까지 달리기도 했다. 더위와 추위를 제외하고 일행을 괴롭히
는 것은 없었다. 비적들도, 모래 바람도 잠잠했다. 카라반은 귀한
분을 모시고 가기 때문에 날이 잠잠한 것이라고 했지만 라리슈카
는 쉽게 안심할 수가 없었다.

"지나치게 조용해. 이건 불길한 거야."

그녀의 말에 아사드는 묵묵히 입을 다물고 있을 뿐이었다. 눈썹을 살짝 치켜뜬 라리슈카는 옆에 앉은 유인에게 물었다.

"뒤에 따라오던 군인들은 어찌 됐나요?"

"염국에서부터는 따라오지 않았소."

"그냥 포기하고 돌아갔을까요?"

"절대로 포기할 이들이 아니오. 뭔가 꿍꿍이가 있는 것이 분명해."

유인의 말에 라리슈카는 미간을 살짝 찡그리며 생각에 잠겼다. 그날 밤 라리슈카는 루아이를 몰래 불렀다.

"루아이야, 지금 당장 가장 빠른 낙타 세 마리를 끌고 정국으로 가거라. 그리고 이 서신을 법륜대사께 전해야 해. 빨리 가야 하니 서둘러."

고개를 끄덕인 루아이는 낙타 세 마리에 식량과 물을 싣고 길을 떠났다. 루아이는 잠시도 쉬지 않고 정국으로 향했다.

정국이 점점 가까워지고 있었다. 이제 열흘 정도만 더 가면 당도할 수 있다. 일행은 여기까지 무사히 왔으니 다행이라며 한시름 덜었다. 막 해가 저물고 뜨겁게 달궈졌던 대지가 식어가던 무렵이었다. 먼저 떠났던 척후병이 숨 가쁘게 돌아왔다. 라리슈카는 장막 안에 아사드와 유인을 불러놓고 척후병의 얘기를 들었다.

"반나절 거리에 비적들이 숨어 있습니다. 자세히는 볼 수 없었으나 대략 삼백 이상으로 보입니다."

척후병의 말에 자리에 있던 세 사람의 얼굴이 굳어졌다. 맨 처음 입을 연 것은 라리슈카였다.

"이 근처에 그렇게 큰 비적 패거리는 없어요. 상인들 대부분이 남로나 북로를 이용하기 때문에 큰 패거리들은 그쪽에 모여 있지요. 그들이 비적이 아니라면 분명 한주군일 거예요. 그들은 다른 이는 몰라도 아사드님에 대해서는 잘 알아요. 잘못 건드렸다간 곤란해질 것을 알고 위장을 한 걸 겁니다. 후에 항의를 해도 비적이라 둘러대면 그만일 테니까요. 얼마 전 루아이를 정국으로 보냈어요. 법왕께서 보낸 군대가 온다 해도 꽤 시일이 걸릴 텐데 어쩌죠? 여기서 그냥 버티기에는 식량과 물이 모자라요."

"결국은 싸우는 수밖에 없겠군."

유인의 말에 자리에 한 이들의 얼굴이 더욱 어두워졌다.

"대상과 곡예단은 길을 돌아서 정국으로 가시오. 나는 여기서 비적들과 맞서 싸우겠소. 나와 내 호위대는 전장 경험이 많으니 이길 승산이 전혀 없는 것은 아니오."

그 말에 내내 입을 다물고 있던 아사드가 입을 열었다.

"겨우 삼십 명이 삼백 명을 상대하겠다는 건가? 자만이 지나치구만. 내 부하들은 허수아비가 아니야. 우리도 싸울 거야."

"위험을 감수하면서까지 호의를 베푸는 저의가 뭐지?"

유인의 말에 아사드는 오랜만에 밝아진 표정으로 말했다.

"여전히 비현을 지켜주고 싶으니까. 그녀는 내게 큰 의미를 가르쳐 준 사람이거든."

아사드는 당당하게 어깨를 펴고 말했다. 비로소 아사드다운 말투와 웃음이 나오자 라리슈카는 의미심장한 미소를 지었다. 천방지축 날뛰던 소년이 뜨거운 심장을 가진 사내로 변하고 있는 것이 눈에 보였다.

"게다가 당신네 병사들은 사막에서 경험이 별로 없는 데다 지리도 알지 못해. 정면으로 맞서 싸운다는 건 무모하다고. 지금 염국과 호탄에 지원군을 요청할 거야. 우리는 그때까지 적들을 유인하면서 시간을 벌어야 해."

서로만 보면 으르렁거리던 사내들의 눈빛에서 신뢰가 오갔다. 아사드는 자신의 여자를 빼앗아간 그가 그리 밉지 않았다. 이 정도로 여인을 아낄 줄 아는 이라면 친구로 삼아도 괜찮으리라. 아사드는 황금빛 눈동자를 반짝이며 유인의 얼굴을 응시했다.

"왜 곡예단만 따로 떨어져서 가는 건데요? 전하께서는 같이 가지 않나요?"

비현은 곡예단이 지금 일행과 떨어져 다른 길로 간다는 얘기를 듣고 유인의 장막으로 찾아갔다. 유인은 불안해하는 비현의 얼굴을 안심시키며 말했다.

"비적들을 처리하기 위해 잠시 떨어져서 가는 것뿐이야. 곧 합류하게 될 거라고."

"그러면 다같이 힘을 모아 싸워야죠. 왜 따로 떨어져서 가요?"

"위험하니까 여인들은 잠시 피해 있는 거야. 곧 따라갈게."

"하지만……."

유인은 불안에 떠는 비현의 머리를 가만히 쓰다듬었다.

"절대로 잘못되지 않아. 그러니까 믿고 먼저 가고 있어."

"왠지 예감이 좋지 않아요."

비현은 자꾸만 무서운 생각이 들어서 그의 옷깃을 놓을 수가 없었다. 지난밤 악몽을 꾸고 잠을 설친 것도, 이유없이 한기가 드는 것도 자꾸만 불안을 부채질했다. 혹여 이것이 마지막이 되지 않을까, 그가 잘못되지 않을까 하는 불길한 생각이 머리 속에서 떠나질 않아 그를 보내고 싶지 않았다.

"또래들이 목검을 가지고 놀 때, 난 진검을 들고 전쟁터를 떠돈 몸이야. 그러니 그깟 비적들에게 어찌 되진 않아."

유인의 호언장담에 비현은 몇 번이고 당부했다.

"약속해요. 다치지 않겠다고, 무사하겠다고."

"그래, 약속해."

비현은 그제야 안심을 하고 유인을 놓아주었다. 불안해하는 자신을 안심시켜 주려는 듯 그는 애써 환하게 웃고 있었다. 그는 대수롭지 않은 것처럼 굴었지만 비현은 느낄 수 있었다. 그들의 앞에 먹구름이 드리운 것을, 무언가 두려운 것이 다가오고 있다는 것을. 떨어지지 않는 걸음으로 장막을 나온 비현은 몇 번이고 뒤를 돌아보며 걸었다.

지금껏 같이 사막을 건너왔던 일행 중 라리슈카의 곡예단은 먼 길로 돌아가기로 했다. 아사드의 부하 몇 명이 그들을 호위하기로 결정한 가운데 비현은 계속 유인을 응시하며 눈을 떼지 못했다. 유인은 그런 그녀를 향해 괜찮다는 표정을 지으며 고개를 끄덕였다. 곡예단이 출발하고 마침내 시야에서 사라지자 아사드가 유인에게 다가와 말을 걸었다.

"나참, 누구처럼 입술이라도 맞대어보고 이 고생을 하면 억울하지나 않지."

아사드는 연신 툴툴거리더니 말을 몰아 앞으로 달려갔다. 유인은 미소를 머금은 채 그의 뒷모습을 바라보다 비현이 사라진 지평선을 응시했다. 하늘은 그 어느 때보다 맑고 선명했다.

'죽기에 그리 나쁘지만은 않은 날씨군.'

쓸쓸하게 중얼거린 유인은 아사드가 달려간 쪽으로 말을 몰았다.

다섯 배가 넘는 숫자의 적과 정면으로 부딪쳐 싸운다는 것은 무모한 짓이다. 그들이 노략질만 일삼던 비적이 아닌 군인일 경우 그 위험은 더욱 크다. 유인과 아사드는 밤을 틈타 기습을 하기로 하고 은밀히 적이 있는 곳으로 다가갔다. 적은 칼날 계곡이라 불리는 바위 산에 숨어 있었다. 그들이 몸을 숨기기 위해 택한 장소가 오히려 유인에게 유리한 지형이 되었다. 유인은 부하들과 함께 몸을 숨긴 채 서서히 다가갔다. 하늘에 피어오르는 연기를 따라가니 적은 바위 계곡 사이에서 모닥불을 피워놓고 한가롭게 밥을 지어 먹고 있었다. 유인은 그들이 잠들 때까지 기다렸다. 그리하여 보초를 제외한 적들이 잠들자 유인과 아사드는 각각 양옆에서 치고 들어갔다.

꾸벅꾸벅 졸며 망을 보던 보초는 부스럭거리는 소리에 뒤돌아보았다가 그대로 쓰러지고 말았다. 어둠 속에서 십여 명의 사내들이 소리없이 쓰러졌을 때서야 적은 이쪽의 존재를 알아채고 허겁지겁 칼을 집어 들었다. 유인은 그들의 검법과 일사불란하게 진을 이루는 모습을 보고 군인임을 확신했다. 그는 적들 중 하나를 사로잡아 목에 검을 들이대고 물었다.

"너희의 지휘관이 누구냐?"

"모른다!"

유인은 사내의 가슴을 발로 걷어차며 거듭 물었지만 나약한 병사는 제 풀에 꺾여 바닥에 쓰러졌다. 이때 옆구리로 검이 쑥 들어왔다. 반사적으로 몸을 튼 유인은 치명상은 면했지만 적지 않은 부상을 입고 신음을 흘렸다. 앞에는 날렵한 외모의 군위대장이 유인을 향해 검을 겨누고 있었다.

"네가 누구인지 안다. 붉은 귀신 반유인이 아니냐!"

"날 알아보는 걸 보니 벽지에서 망이나 보는 자는 아니구나."

"네놈 때문에 내 부하들이 몰살당하다시피 하였다!"

"네가 우두머리로군. 여기까지 온 목적이 무엇이냐!"

"이미 알고 있지 않느냐. 은비현을 신도로 잡아가기 위해 태후마마의 영을 받고 왔다."

"내가 있는 한 어림없다."

"흠, 과연, 그럴까?"

군위대장은 긴 검으로 빠르게 파고들었다. 그는 적이라기엔 아까울 정도로 검술이 훌륭한 자여서 좀처럼 틈이 보이지 않았다. 유인은 적의 체력을 떨어뜨리며 허점을 노렸다. 사내의 검술은 뛰어났으나 체력이 쉽게 떨어졌다. 점점 가쁜 숨을 몰아쉬며 검을 든 팔이 기울자 유인은 때를 놓치지 않고 파고들어 가 사내의 가슴을 베었다. 사내는 거친 숨을 터뜨리며 쓰러졌다. 하지만 쓰러지고서도 기가 꺾이지 않은 그는 검을 치켜드는 유인을 노려보며 소리쳤다.

"네 계집은 한주로 끌려갈 것이다! 태후마마께서 직접 요망한 계집을 잡아 죽이실 것이야!"

얼굴이 흙빛으로 변한 유인이 사내의 가슴을 발로 밟고서 소리쳤다.

"죽어가면서 말이 많구나. 네 바람대로 될 성싶으냐."

"흐흐흐, 지금쯤 그 계집을 잡으러 병사들이 가고 있을 것이다. 네 계집은 잡힌다. 그리고 죽을 것이다."

사내는 통쾌하다는 듯이 웃다가 피를 토하고 죽었다. 순간 유인은 이들이 자신들을 이끌어내기 위한 미끼임을, 나머지 병사들은 비현에게 향해가고 있음을 깨달았다. 유인은 황급히 주위를 살폈다. 자신의 병사들은 적들과 얽혀 정신없이 싸우고 있었다. 이대로라면 비현을 구하러 갈 수 있는 이는 자신과 몇 명이 고작일 것이다. 유인은 아사드를 찾아 동이 터오는 대로 후퇴하여 시간을 끌라 말하고는 효겸과 몇 명의 부하들을 데리고 그곳을 떠났다. 유인은 비현과 라리슈카가 간 방향으로 빠르게 말을 몰았다.

새벽녘이 되자 낙타들의 움직임이 느려졌다. 이삼 일을 쉬지 않고 가도 지치지 않는 낙타였지만 하루 동안 꼬박 달리니 지친 나머지 자꾸만 주저앉거나 처지는 낙타들이 늘어갔다. 타호(駝戶)는

낙타의 혹이 물렁하게 내려앉았으니 휴식을 취하지 않으면 낙타
가 병에 걸린다며 다 죽어가는 소리를 했다. 하지만 라리슈카는
쉬지 않고 길을 재촉했다. 그녀가 필요 이상으로 서두르는 것을
보며 비현은 견딜 수 없이 불안해졌다. 사내들이 따로 떨어져 가
는 것은 분명 한주군 때문일 것이다. 비현은 라리슈카의 긴장한
뒷모습을 보고 불길한 예감에 몸을 떨었다.

해가 뜨고 대기가 서서히 뜨겁게 달궈질 무렵이었다. 서남쪽 완
만한 사구(砂丘)에서 말을 탄 사내들이 하나둘 나타나더니 금세 백
여 명의 사내들이 나타났다. 그들은 천지가 찡찡 울릴 정도로 고
함을 치며 달려왔다. 놀란 낙타들은 제멋대로 날뛰기 시작하고 공
포에 질린 여인들은 비명을 지르기 시작했다. 서역에 창궐하는 비
적들처럼 긴 언월도(偃月刀)를 휘두르며 일행을 에워싼 그들은 곡
예단 사내들과 격렬한 싸움을 시작했다. 그러나 이십 명도 채 안
되는 사내들이 백여 명에 가까운 적들을 상대하기란 무리였다. 싸
운 지 얼마 되지 않아 곡예단 사내들은 모두 칼을 버리고 바닥에
엎드렸고 여인들을 울부짖으며 서로를 끌어안았다.

적들은 한곳에 모여 떨고 있는 여인들 쪽으로 다가왔다. 그들
중 한 사내가 여인들 사이를 오가며 얼굴을 꼼꼼히 관찰했다. 그
는 돈황 태수의 주연에서 비현을 알아본 마휘였다. 눈을 가늘게
뜨고 여인들을 노려보던 마휘는 고개를 숙인 채 떨고 있는 비현을
발견하고 묘한 미소를 지으며 입술을 뒤틀었다.

"드디어 만났구나. 네년을 찾느라 온 사막을 뒤졌다!"

마휘의 우악스런 손이 비현의 머리채를 휘어잡았다. 그는 비명

을 지르며 말리는 여인들을 발로 걷어차며 비현을 끌어냈다. 그리곤 아픔으로 일그러진 비현의 얼굴을 꼼꼼히 살펴보며 의뭉스럽게 웃었다.

"흐흐흐, 네까짓 년이 무엇이건대 그리 높은 관직과 상금이 걸렸단 말이냐."

투실투실한 손이 비현의 볼을 쓰다듬더니 목과 어깨를 지나 가슴으로 향했다. 비현이 외마디 비명을 지르자 라리슈카가 소리쳤다.

"이 돼지 같은 놈아! 어디다 손을 대는 거야!"

마휘는 병사들에게 팔이 붙들린 채 악을 쓰는 라리슈카를 보더니 비현을 팽개치고 다가왔다. 그는 라리슈카의 턱을 잡고 얼굴을 훑다가 느닷없이 뺨을 때리기 시작했다. 우악스런 손찌검에 라리슈카의 입술이 터져 피가 흘러나오고 광대뼈에 피멍이 들었다. 마휘는 병사들에게 팔을 잡힌 채 축 늘어져 있는 라리슈카를 노려보고 한껏 비웃었다.

"은비현이야 태후께 바치면 그만이고 네년은 내가 갖겠다. 생김이 요망스러운 데다 암팡지기까지 하니 잠자리에선 그만이겠구나."

라리슈카는 마휘의 웃는 얼굴에다 침을 탁 뱉으며 말했다.

"아사드님이 곧 오실 거야. 그러면 너희 따위는 뼈도 못 추리게 될 거다."

"과연 그럴까? 그러기엔 시간도, 머릿수도 부족할 텐데."

마휘는 낄낄거리며 기분 나쁘게 웃어댔다. 그는 살아 있는 곡예단 사내들의 옷을 벗겨 사구 아래로 밀어버리고 여인들은 묶어서 낙타 위에 짐짝처럼 실었다. 다른 무희들은 두려움에 비명을 지르며 울었지만 비현은 침착한 표정으로 낙타 위에 올랐다. 유인이 꼭 와줄 것이라 믿고 있었기에 두렵지 않았다. 언제나 자신을 지켜주던 그가 있었기에 확신을 가지고 기다렸다. 하지만 얼마 못 가 비현의 기다림에 대한 확신은 무참히 깨지고 말았다. 막 사구 하나를 지났을 때였다. 저 멀리서 나부끼는 수백 개의 깃발을 본 비현은 그제야 마휘가 왜 그리 자신만만했는지 깨달았다. 이글대는 모래톱 위에 이천여 명의 병사들이 있었다. 땅을 가득 메운 낙타와 병사, 그들이 든 황기에 박힌 한주라는 두 글자가 비현을 떨게 했다. 그리고 아까와는 달리 유인이 자신을 구하려 들까 봐 두려워졌다. 그녀의 부디 그가 무모한 짓을 하지 않기를 바랐다. 무리하게 자신을 구하려 들다가는 모두 다칠 것이 분명했다.

"흐흐흐, 제 놈이 아무리 대식국 황자라고 해도 우리가 한주 국경을 넘으면 어쩌지는 못할 것이다. 자, 그럼 가볼까."

마휘는 의기양양하게 웃으며 낙타를 몰았다. 비현은 두려운 눈빛으로 라리슈카를 돌아보았다. 라리슈카는 침착함을 잃지 않았지만 눈빛은 깊게 그늘져 있었다.

걷잡을 수 없이 밀려온 인해(人海)는 다시금 썰물처럼 빠져나가 한주로 향하기 시작했다. 군대의 이동은 바람처럼 빨랐고 빈틈 하나없이 삼엄했다. 그들은 잡힌 여인들 중에 비현을 따로 떨어뜨려 한 시도 눈을 떼지 않았다. 병사들은 함부로 굴지 않았고, 잠자리

와 음식도 소홀함이 없었다. 물샐틈없는 감시가 없었다면 끌려가
는 것이 아니라 어림군(御林軍)의 호위를 받으며 가는 것으로 보일
지경이었다.

깊은 밤, 바람에 모래알이 구르는 소리가 유난히 구슬프게 들려
오는 밤이었다. 뼛속까지 엄습해 오는 추위에 두꺼운 모직으로 어
깨를 감싼 비현은 다르르 떠는 장막 천을 멍하니 응시하며 앉아
있었다. 그녀의 눈은 사구 저 너머를 바라보고 있었다. 비현은 그
가 따라오고 있음을 느낄 수 있었다. 바람 소리에 그의 숨이 섞여
차갑고 쓰라리다. 그는 두려워하지 말라고, 곧 갈 테니 포기하지
말라고 외치고 있었다. 비현은 그 목소리에 귀 기울이며 자꾸만
약해지려는 자신을 추슬렀다.

'전하께서 오실 거라 믿어요. 아무리 어려운 상황에 있어도 꼭
구해주실 거라 믿어요. 그때까지 기다리고 있을게요. 절대 포기하
지 않고 버텨낼게요.'

비현은 떨리는 입술을 깨물며 조용히 눈을 감았다.

달은 지고 바람은 다소 조용했다. 멀리서 어룽거리는 불빛을 바
라보는 유인의 눈빛은 차갑고 날카로웠다. 한주 군대를 쫓기 시작
한 지 이십여 일이 다 되어간다. 그는 늑대가 먹잇감을 노리듯 민
첩하고 맹렬하게 그들을 쫓았다. 유하를 잃었을 때처럼 절망하는
모습은 드러나지 않았다. 유인의 몸가짐은 침착했고 머리 속은 맑
게 깨어 있었다. 두꺼운 천으로 얼굴의 표정을 가렸으나 살짝 드
러나는 눈빛이 형형하게 빛나고 있었다. 그는 당연한 것처럼 그들

을 따랐다. 망설임도, 부탁도 없었다. 그저 입을 굳게 다물기 전 부하들에게 한마디 했을 뿐이다.

"나와 같이하지 않을 자는 고향으로 가라. 그 누구도 탓하지 않을 것이다."

부하들은 별다른 말 없이 유인과 함께했다. 이미 왕에게 목숨을 내맡겼다 생각해 온 그들이기에 주군과 함께라면 불구덩이라도 뛰어들 자신이 있었다. 그렇게 호위대는 유인을 따랐고 떠나는 그들을 따라온 아사드가 말했다.

"나도, 내 부하들도 함께 가기로 했어."

유인은 깊은 눈빛으로 아사드를 보았다. 언제나 그랬듯 자신만만한 표정을 지은 아사드는 힘주어 말했다.

"난 한 번도 당신들 같은 이들을 본 적이 없어. 세상에서 가장 어리석고 또 가장 진실하기도 해. 그래서 기꺼이 당신들을 돕기로 했어."

"돌아가라. 너까지 위험에 처하게 만들고 싶지 않아."

"라리슈카는 내 누이나 마찬가지야. 이대로 돌아갔다간 원망할 사람들이 많거든. 게다가 좀 더 넓은 세상을 보고 싶어졌어. 내가 원해서 가는 거니 말리지 말라고."

아사드의 눈빛은 모험을 떠나는 이처럼 반짝거리고 있었다. 그의 눈빛은 앞으로 펼쳐질 새로운 나날들에 대한 기대로 차 있었고 유인은 별다른 말 없이 그를 받아들였다. 그렇게 그들은 다시 한 주 군대를 쫓았다. 그리고 이십여 일을 흐른 지금 이대로는 비현을 구해낼 수 없다는 것을 깨닫고 계획을 바꾸었다. 유인은 떠나기 전, 마지막으로 비현이 있을 곳을 바라보며 다짐했다.

'이것으로 끝이 아니다. 꼭 비현을 구해내고 비명에 간 유하의 복수를 하고 말 것이다.'

유인은 자신이 가기 전까지 비현이 꿋꿋하게 버텨주기를 바랐다. 그녀는 강한 사람이니 꼭 기다려 줄 것이다. 그러니 수단 방법을 가리지 않고 구해내야 한다. 유인은 진지에서 시선을 거두고 돌아섰다. 그리고 그 밤, 유인은 육십여 명의 사내들을 이끌고 염국으로 향했다.

한주의 군대는 단숨에 하서회랑을 건너 마침내 신도에 다다랐다. 수백 명의 병사들이 에워싼 마차를 백성들은 호기심 어린 눈으로 바라보았다. 한 대의 마차는 두터운 휘장 탓에 누가 탔는지 알 수 없었으나 다른 마차에는 서역 여인들이 타고 있었다. 그중 한 대는 황궁 안으로 들어갔고, 다른 한 대는 옥사로 향했다. 백성들 사이에는 혹시 은비현이 잡힌 것이 아니냐는 풍문이 조심스래 나돌았다.

궁녀가 마차의 휘장을 걷자 자그마한 여인이 내렸다. 여인은 일말의 두려움없이 침착한 얼굴로 주위를 바라보았다. 창백한 이마에 햇살이 드리워져도 낯빛은 여전히 어두웠다. 그러나 눈빛만은 지난 추억을 더듬는 듯 감회에 젖은 눈으로 주변을 바라보고는 궁녀들에 이끌려 회랑을 걸었다.

낮인데도 불구하고 주변은 스산하고 음침한 분위기가 감돌았다. 궁녀들의 표정은 한결같이 무표정했고 정원의 꽃과 나무는 생기를 잃어 볼품이 없었다. 주위의 모든 것이 제 빛을 잃고 스산해 보이니 비현은 온몸에 한기를 느끼며 궁녀들이 이끄는 대로 걸어 갔다.

비현이 안내된 곳은 뜻밖에도 목욕물과 요깃거리가 준비된 내실이었다. 비현은 궁녀들에게 억지로 이끌려 목욕을 하고 옷을 갈아입고 음식을 먹었다. 잡아온 사람에게 이렇게 후한 대우를 하는 것이 수상쩍었으나 비현으로서는 무슨 꿍꿍이가 있는지 짐작조차 할 수가 없었다.

준비를 끝내자 다시금 안내된 비현은 한 편전(便殿)에 들어섰다. 양편에 늘어선 기둥에 색색이 비단이 휘장이 길게 늘어져 있고 화려한 등이 빛을 내뿜고 있었다. 사치스럽고 현란한 장식이 아름답다고 생각되기는커녕 마음을 움츠러들게 했다. 비현은 엄습해 오는 스산한 기운에 어깨를 움츠리며 편전 중앙으로 걸어갔다. 걸음을 옮길수록 서늘한 한기가 온몸을 감싼다. 그 한기는 점점 진해져 심장을 조여왔다. 작두날처럼 시퍼렇게 날이 서 있는 살기였다. 금방이라도 몸을 두 동강이 낼 것처럼 위협적인 기운이었다.

그 살기의 진원지를 찾던 비현은 어두운 구석에 앉아 자신을 바라보는 이를 발견했다. 옷차림으로 보아 분명 지체 높은 여인인데 얼굴이 다소 낯설다. 어둠에 눈이 익숙해지고 나자 비로소 그 얼굴이 낯설었던 이유가 드러났다. 얼굴의 반은 가면으로 가려져 있었다. 무엇을 가리기 위함이 아닌 장식을 위한 것인 듯 화려하게 치장된 가면. 비현은 그제야 가면을 쓴 여인이 태후임을 깨달았다. 그녀에게서 증오와 분노가 흘러나오고 있었다. 지금껏 한 번도 느껴보지 못했던, 너무나도 끔찍해서 몸서리가 쳐질 만큼 강렬한 살기가 불과 몇 걸음을 사이에 두고 전해져 오고 있었다.

순간 비현의 속에서 뜨거운 뭔가가 치밀어 올랐다. 자신의 일가를 죽음에 몰아넣은 여인. 황후 손씨와 황자를 비롯해 수많은 한주 백성들을 도륙한 것도 모자라 예와 전쟁을 벌여 많은 이들을 죽이려고 하는 태후 유씨. 여정 중에 보았던 절망과 황폐함이 눈앞에 생생히 떠오르자 비현의 몸은 주체할 수 없이 떨리기 시작했다.

"태후마마께 예를 갖추시오!"

편전이 쩌렁쩌렁 울리도록 태감이 소리쳤다. 하지만 비현은 꼿꼿하게 서서 태후를 정면으로 바라보았다. 그러자 여관이 다가와 억지로 무릎을 꿇게 하고 뒷덜미를 잡아 눌렀다. 곧이어 태후의 음성이 들려왔다.

"오랜만이군."

탁하고 짓눌린 듯한 목소리는 예전 유세아의 목소리가 아니었다. 흉물스러운 짐승에게나 어울릴 만한 추악한 목소리에 비현은 온몸에 소름이 돋았다.

"여전하군. 아니, 더 아름다워졌다고 해야 하나?"

태후는 잠시 숨을 골랐다. 그녀 역시 터져 나오는 분노를 애써 다스리고 있는 것이 역력해 보였다. 비현은 그런 그녀를 똑바로 바라보며 자신이 두려워하고 있지 않다는 것을 보였다. 이를 두고 한쪽 눈썹을 치켜 올린 태후는 손짓으로 궁녀들을 내보내고 태감과 환관 몇 명만을 남겼다. 태후는 자리에서 천천히 일어나 비현 곁으로 다가왔다.

"그래, 부처가 되기 위해 정국으로 가는 길이었다고? 왕후 자리에 오르기는 글렀다 생각하고 차라리 사람들이 떠받들어 주는 부처가 되기로 마음먹은 건가? 역시 머리가 좋군."

비현은 드러나지 않게 숨을 고르며 태후의 시선을 마주했다. 지금 그녀는 자신이 두려워하기를, 고통스러워하기를, 고개를 조아리며 목숨을 구걸하기를 바라고 있었다.

'하지만 난 당신이 두렵지 않다. 당신이 생살여탈(生殺與奪)의 권한을 갖고 있다 하여 날 꺾을 수 있다고 생각했다면 큰 오산이야. 당신이 원하는 것이 무엇인지 모르나 끝내 얻을 수 없을 것이다. 나는 그 어느 것에도 굴복하지 않을 테니까.'

비현은 마음속 의지를 몇 번이고 되새기며 태후를 당당히 바라보았다.

"세월이 나만 변하게 한 것은 아닌가 보군. 네 눈빛도 전과는 달라. 내 앞에서 두려움에 벌벌 떨었던 것이 엊그제인데 이제는 제법 단단해졌어."

태후는 웃음을 흘리며 다가와 비현의 머리칼을 손에 쥐고 만지작거렸다.

"너는 참으로 향그러운 계집이야. 그리 선하고 맑은 눈빛과 얼굴에 어느 사내인들 마음이 흔들리지 않을까."

태후의 앙상한 손가락이 비현의 이마와 입술을 스친다. 비현은 뱀처럼 서늘한 기운이 끔찍해 고개를 돌렸다. 이를 보고 슬쩍 미소 지은 태후는 비현의 뺨을 쓰다듬으며 말했다.

"백성들을 나를 두고 독부(毒婦)라 욕하겠지만 진짜 독부는 선량하고 아름다운 얼굴로 사람들을 속이는 계집이지. 사람들을 위해 희생하는 척하면서 온갖 죽음을 몰고 다니는 것이 네 본색이잖아. 난 눈에 보이는 가면을 썼고 넌 보이지 않는 가면을 쓴 게야. 그러니 이제 그만 벗어버리는 것이 어때? 더 이상 아양 떨 이도 없으니 제 모습을 드러내는 거야."

비현의 차갑게 가라앉은 눈빛을 본 세아는 큰 소리로 웃어 젖혔다. 그리고는 다시금 비현의 턱을 쓰다듬으며 말했다.

"내가 미운가? 하긴 부모를 죽인 원수이니 그럴 만도 해. 하지만 나도 네가 마냥 곱지는 않아. 네 덕에 너무도 큰 희생을 치렀거든. 네가 정무영을 사주해 나를 죽이려고 든 덕에 내 얼굴은 추악하게 일그러졌어. 그 때문에 내 삶마저 망가졌단 말이다."

비현은 태후를 차갑게 노려보았다.

"태후마마께서는 단순히 얼굴 때문에 삶이 망가졌다고 생각하십니까? 스스로가 그리 만들었다고 생각해 보신 적은 없습니까?"

"오호, 제법 말을 할 줄 아는군. 그래, 내가 날 이리 만들었단 말이지? 하! 그럴 리가 없어. 내 얼굴이 이 지경이 되지 않았다면 난 지금과는 다른 이가 됐을 거야. 모두 다 네가 정무영을 시켜 날 죽이려 했기 때문이라고. 이왕 말문을 연 김에 한번 말해 보지 그래. 왜 날 죽이려 했지? 왜 혼자서만 황궁을 빠져나간 게야?"

"제가 시킨 일이 아닙니다. 무영이 절 걱정해서 한 일이에요."

"하! 어처구니없는 변명이군. 내가 바른대로 말해 줄까? 넌 무영을 빼앗은 내가 눈엣가시 같았던 거야. 그래서 무영을 시켜 날 죽이라고 한 거지. 그리곤 화를 입을까 봐 혼자만 유유히 빠져나갔던 거야. 무영은 그것도 모르고 날 죽이려고 했고 넌 예로 가서 무영의 죽음으로 동정을 사서 왕을 유혹했지. 그 잘난 얼굴로, 그 몸뚱어리로 말이야."

"아니에요!"

"예 왕은 눈물을 뚝뚝 흘리는 널 보고 동정했을 거야. 어리석은 왕은 끝내 가련한 척 구는 여인을 품었고 왕후 자리를 약속했겠지. 하지만 전쟁이 난 거야. 왕은 널 한주에 보내려고 했겠지. 그러자 너는 정국으로 도망쳤던 거야."

"그렇지 않아요! 그분은, 그분은……."

비현은 입술을 깨물고 부르르 떨었다. 차마 말을 잇지 못하는 비현을 본 태후는 코웃음 치며 말했다.

"가엾은 것. 이제 그따위 가면은 벗어버리지 그래. 나처럼 말이야."

태후는 비단 끈을 풀러 가면을 벗었다. 흉측하게 일그러진 얼굴이 드러나자 비현은 저도 모르게 눈을 돌렸다. 태후는 그녀의 턱을 잡고 자신의 쪽으로 돌리곤 속삭였다.

"난 널 증오하면서도 한편으론 가엾게 여기고 있어. 왜냐하면 너도 나와 같은 부류거든. 그러니 가식 따윈 벗어버리고 나와 함께하는 게 어때? 이 황궁에서 황후 못지않은 권세를 누리게 해줄게. 원하면 사내들도 마음껏 거느릴 수 있어. 그까짓 부처 시늉을 하느니 이편이 훨씬 만족스러울걸. 어때, 생각만 해도 흥분되지 않아?"

비현은 주저없이 태후의 눈을 들여다보며 말했다.

"과거에 제가 본 마마의 모습은 언제나 불안해 보였어요. 더 많은 것을 가지려, 갖고 있는 것을 뺏기지 않으려 안간힘을 쓰고 계셨지요. 지금 마마께서는 태후의 자리에 올라 계시지만 여전히 원하는 걸 얻지 못해서 괴로워하고 계세요. 욕망이라는 것은 매 순간을 공허하고 허탈하게 만들어요. 더 많이 취하고 빼앗을수록 굶주림은 더해져 가지요. 그러다 결국에는 사람이 아닌 아귀(餓鬼)가 되고 말아요."

비현의 눈빛을 노려보던 태후의 입꼬리가 슬며시 올라갔다. 태후는 비현의 얼굴에 침을 탁 뱉었다.

"건방진 년! 머리가 좋은 줄 알았더니 좀처럼 알아듣지를 못하는군. 나는 네게 기회를 주려는 거야. 살 수 있는 기회, 부귀영화를 누릴 수 있는 기회!"

"그냥 얻어질 대가는 아니지요. 제게 무엇을 원하시나요?"

"흥, 이제 좀 알아듣는군. 난 네 능력이 필요해. 날 예전으로 돌려놔. 이 얼굴도, 밤마다 찾아오는 끔찍한 고통도 이젠 지겨워, 견딜 수가 없어. 날 고통에서 꺼내준다면 네가 원하는 것을 모두 주지."

두 여인의 눈빛이 얽혔다. 비현은 침착한 얼굴로 말 한 마디 한 마디마다 힘주어 말했다.

"못합니다."

"……."

태후는 하얗게 질려서 비현을 노려보았다. 태후가 격앙된 나머지 눈 속에서 퍼런 불꽃이 타오르는 동안 비현은 깊은 바다처럼 잔잔한 낯빛으로 담담하게 말을 이어갔다.

"지금의 얼굴은 이미 태후마마의 것이 되었습니다. 그리고 고통은 육체의 아픔에서 비롯된 것이 아닌 채워지지 않는 욕망이 고통으로 변한 것이니 치유하기란 불가능합니다."

"넌 내게 고통을 주려고 안 하는 것뿐이야! 지금 당장 내 얼굴을 돌려줘!"

"저는 병을 치유하는 사람이지 삶을 되돌리는 이가 아닙니다."

"이, 이년이……."

태후는 몸을 바들바들 떨며 비현의 머리채를 움켜쥐었다. 그럼에도 불구하고 비현의 말은 계속 이어졌다.

"마마님의 얼굴은 그동안 마마님이 살아온 삶을 말해 주는 것입니다. 그 모습이 추악하다 생각되시면 다시금 삶을 되돌아보세요. 그만큼 추악한 삶을 살아오신 겁니다."

"그만!"

"죽어간 이들을 다시 살려낼 수 없는 것처럼 마마님의 얼굴은 다시 되돌릴 수 없습니다. 욕망에서 벗어나지 않는 한 그 고통은 죽을 때까지 계속될 것입니다."

"그만! 그만 하란 말이다!"

태후는 비현을 머리칼을 쥐어뜯으며 비명을 질러댔다.

"고칠 수 없을 리가 없다! 네년은 지금 거짓말을 하고 있는 것이야!"

"태후마마, 고통을 멈추고 싶다면 지금 벌어지고 있는 전쟁을 멈추세요. 더 이상 사람들을 죽이지 마세요."

"헛소리 집어치워! 네, 네년 때문에 내 삶은 망가져 버렸어. 이 얼굴처럼 끔찍하게 변해 버렸어. 다 네년 탓이야! 가만두지 않겠어. 내 손안에 들어온 이상 가만두지 않을 거야!"

침착했던 태후는 서서히 무너지고 광포(狂暴)한 모습이 서서히 드러나기 시작했다. 그녀는 하얀 눈자위를 희번덕 굴리며 큰 소리로 웃어 젖혔다.

"하하하! 처음부터 네년 따위에게 자비심을 베풀 생각은 없었어. 그저 적당히 어르고 달래서 내 말을 듣게 할 심산이었지. 제 분수도 모르는 년, 어디서 감히 주둥이를 함부로 놀려. 너 같은 년은 지독한 고통을 맛봐야지 정신을 차릴 게야. 여봐라, 이년을 당장 끌고 가서 호된 맛을 보여주어라!"

환관들이 비현을 끌고 나갔다. 그 뒷모습을 노려보던 세아는 이를 갈며 중얼거렸다.

"며칠도 못 가서 내 앞에 기며 살려달라 애원하게 되겠지? 제 앞날이 어찌 될지도 모르고 입만 살아서는."

세아는 분함을 주체 못하고 주위 물건을 꺼내다 바닥에 내팽개쳤다. 도자(陶瓷)가 산산이 깨져 파편이 이리저리 튀었다. 세아는 편전을 엉망으로 만들어놓은 후에야 가쁜 숨을 몰아쉬며 허공을 노려보았다.

"네년이 언제까지 버티나 두고 보마. 살려달라 몸부림을 친다 해도 쉽게 빼내주지 않을 것이야."

세아는 다시 가면을 쓰고 옷자락을 펄럭이며 편전을 나왔다. 온몸의 진을 다 뺀 탓인지 목이 몹시도 말랐다. 그녀는 태감에게 일러 악사와 호희를 부르게 하고 어린 환관을 대기시켜 놓으라 일렀다. 피가 몹시도 고픈 밤이었다.

황궁 안에는 오직 황제와 황후만이 출입 명령을 내릴 수 있는 지하궁이 있었다. 과거 지하궁은 황실의 보물과 대대로 내려오는 무기들을 숨겨두는 곳으로 썼지만 백여 년 전부터는 죄인을 가두어 고문하고 죽이는 목적으로 썼다. 한동안 비워두었던 지하궁에 다시금 바깥 공기가 스며들었다. 실로 오랜만의 일인지라 지하궁은 단숨에 신선한 공기를 빨아들이며 사람 기척을 환영했다.

지하궁으로 이어져 있는 긴 토굴을 지나온 형리들은 한쪽에 위치해 있는 옥사로 여인을 끌고 들어갔다. 오래 묵은 탁한 공기가 폐 속에 들어오자 여인은 밭은기침을 하며 몸을 움츠렸다. 횃불잡이가 불을 치켜들 때마다 박쥐들과 벌레들이 스산한 소리를 내며 도망가고 지하궁은 살아 있는 것처럼 나직한 울음을 울었다. 그 소리가 기괴하고 음산해서 비현이 더욱 몸을 움츠리자 형리들 사이에서 웃음이 흘러나왔다. 그들에게는 이 순간이 유희와도 같아서 비현이 두려워할수록 더욱 의기양양해졌다. 마침내 도착한 감옥은 박쥐들의 분비물과 사체가 켜켜이 쌓이고 썩어서 고약한 냄새를 풍기는 곳이었다. 지네들을 비롯해 갖가지 벌레들이 우글거리는 그곳에 비현을 밀어 넣은 형리들은 문을 닫고 육중한 자물쇠를 채웠다.

"오늘부터 이 계집은 재우지도, 먹이지도 말라는 태후마마의 명이 있으셨다. 질긴 계집이라 하니 고분고분 말 잘 듣게 만들어 놔야 할 것이야."

태감의 말에 형리들은 음산한 웃음으로 답했다. 그들은 뛰어난 고문 기술을 가진 자들로 군에서 특별히 불러 올린 자들이었다.

"사내랍시고 함부로 손을 댄다면 경을 칠 것이야. 태후마마의 명을 따르게 만드는 것이 우선이니 유념들 하라고."

태감은 감옥 안에서 떨고 있는 비현을 쓱 보고는 서둘러 지하궁을 나왔다. 사내인 그조차 목덜미가 서늘해지는 기분 나쁜 곳이었다. 곧 쿵 소리와 함께 지하궁으로 향하는 문이 잠겼다. 열 수 있는 사람은 오직 태후이며 안에는 형리들과 비현뿐이었다.

며칠 후, 형리들은 감옥 문을 열고는 두려움에 이를 악무는 비현을 일으켰다. 사내들의 음산한 웃음소리가 축축하고 어두운 지하궁 구석구석에 울려 퍼졌다.

八. 지옥도地獄道

여름 내내 바위마저 녹일 듯 무덥던 더위는 한풀 꺾여 제법 서늘해지고 하늘은 깊고 푸르게 변했다. 신도성 서쪽 대로에서부터 동쪽으로 흐르는 산수(滻水) 강기슭까지 깔려 있는 흰 모래는 막 짜낸 우유처럼 신선하게 반짝이고 중앙 차마(車馬) 도로에는 말과 마차들이 바삐 오가고 있었다. 실로 오랜만에 찾아온 활기였다. 아침 일찍 신도에 들어와 여각에서 짐을 푼 카라반들은 개운한 표정을 지으며 거리로 쏟아져 나왔고 성안 상인들은 점포를 열고 물건을 펼쳐 놓느라 분주했다. 여기저기서 호객꾼과 기생들이 손님을 부르는 손짓이 이어졌다.

"요즘 들어 거리에 활기가 도는구먼. 얼마 전까지만 해도 이곳이 신도가 맞나 의심스러울 정도로 한산했잖은가."

"곧 태후마마께서 탄신하신 날이 다가오니 주변국 사신들과 조신(朝臣)들이 속속들이 들어오고 있는 모양이네. 더불어 상인들도 같이 들어오니 여각마다 사람들로 가득하다지 않은가. 오랜만에 거리가 북적이니 다시금 예전으로 돌아간 것 같아 기쁘구먼."

장사치들 중 몇몇은 거리 풍경을 보며 저마다 한담(閑談)을 나누었다. 근래 들어 신도는 과거의 영화를 잃고 점점 퇴색해 가는 느낌을 지울 수 없었다. 내정 혼란으로 안전을 보장할 수 없다 판단한 서역인들은 더 이상 신도까지 들어오려 하지 않고 하서회랑의 장액이나 주천에서 교역을 하였다. 그러니 서시(西市)는 자연 한산해졌고 급기야 내지 상인들이 오가는 동시(東市)도 눈에 띄게 한산해졌다. 이제 신도는 더 이상 제국의 심장부이자 상징이 아니었다. 과거의 신도는 어떠했는가. 비집고 다닐 틈이 없을 정도로 대로마다 사람들로 넘쳐 나고 곳곳마다 더없이 화려하고도 아름다운 도시였다. 다양한 민족과 문화가 뒤섞여 독특하고도 자유로운 분위기를 느낄 수 있었던 황도는 어느 순간부터 음습하고 죽음의 기운이 감도는 황폐한 도시로 변해가고 있었다. 신도 백성들 대부분이 이 모든 원인이 태후에게 있다고 생각하여 강한 반감을 갖게 되었다. 민심이 어지러워지고 반란을 일으킨 무리들이 신도를 습격할 것이라는 소문이 매일 나돌았다. 긴장과 두려움으로 하루하루를 지내던 백성들에게 모처럼만에 찾아온 활기는 막연한 희망을 안겨주었다. 그들은 과거의 번영이 다시금 재현되기를 몹시도 바라고 있었다.

"염국 황제께서 보낸 사신과 악단, 그리고 무희들이란 말씀이시지요?"

"거참, 몇 번을 말해야 알겠소. 여기 호조(護照: 여행 증명서)와 재상께서 친히 쓰신 서신이 있지 않소?"

"그런데 악단과 무희는 왜 온 것입니까?"

"이 양반이 여태껏 한 말을 어디로 들은 게요? 태후마마께서 서역 음악을 좋아하신다는 얘기를 듣고 염국 왕께서 보낸 거라 하지 않았소. 시간 없으니 빨리 좀 처리해 주시오. 어째, 공기가 후덥지근하구먼."

"이 많은 인원과 짐을 살펴보려면 오래 걸릴 것입니다."

"거참, 좋은 게 좋은 거지. 까다롭게 굴지 말고 후딱 해치웁시다."

염국 사신 중 하나가 옷소매에서 두툼한 지전을 꺼내 관리에게 쓱 내밀었다. 주위를 살펴보던 관리는 흐뭇하게 웃으며 돈을 덥석 받아 들었다. 한참 동안 늦장을 부리던 관리는 그제야 기민하게 몸을 움직였다. 이를 뒤에서 지켜보던 인걸은 이맛살을 찡그리며 중얼거렸다.

"우라질, 어딜 가나 꼭 저렇게 부패한 놈들이 있단 말이야."

"쉿, 조용히 해. 듣겠다."

뒤에 서 있던 효겸은 인걸의 허리를 쿡 찌르며 말했다. 인걸은 콧방귀를 뀌며 머리에 쓴 천 속에 손가락을 집어넣고 벅벅 긁었다. 그들 뒤로 낡고 허름한 옷을 입은 유인이 사내들의 어깨 너머로 보이는 성안 풍경을 물끄러미 바라보며 생각에 잠겨 있었다.

염국(鹽國)에 간 유인과 아사드는 한주 태후의 생일을 맞아 열리는 진연에 사신을 보낸다는 왕의 말을 듣고 함께 신도에 들어갈 수 있도록 허락을 구했다. 염국 왕은 선뜻 허락을 하지 않고 망설였다. 자칫 잘못하면 대시국과 염국까지 말려들 수 있는 위험한 일이었기 때문이다. 결국 염국 왕은 나중에 발각된다 해도 그들 나라와는 무관함을 밝힌다는 언약 끝에 승낙해 주었다. 그리하여 유인과 아사드, 인걸과 효겸은 사신과 동행하는 악단에 섞여 길을 나섰다. 세 달여의 여정 동안 유인은 매일 밀서를 보내고 예와 한주의 간자(間者)들과 긴밀히 연락을 취했다. 신도에 가까워질수록 유인의 머리 속에서는 비현을 구해낼 계획이 선명하게 자리를 잡아가고 있었다.

한주 관리는 한 시진이 지나서야 염국 사신 일행을 신도성 안으로 들여보내 주었다. 사신들은 사역원(司譯院: 통역관) 가까이에 있는 역관(驛館)에 여장을 풀었고 악단과 무희들은 조금 떨어진 조촐한 여관에 머물렀다. 서역 악단이 머무는 여관에는 각국에서 모여든 사람들로 떠들썩했다. 긴 여행에 지친 사내들은 주점에 앉아 여행에 지친 몸을 술과 음식으로 달랬고 허리가 낭창낭창한 여인네를 끌어안으며 풍만한 가슴에 얼굴을 묻었다.

왁자지껄한 웃음이 끊이지 않는 가운데 조심스럽게 주위를 살피며 여관으로 들어서는 사내가 있었다. 그는 잰걸음으로 여관 복도를 걸었고 구석진 방 앞에 서서 문을 두드렸다. 이윽고 문이 열리자 사내는 잽싸게 안으로 들어갔다.

방 안으로 들어선 이는 변복을 한 환관이었다. 그는 예에 매수

되어 황실 정보를 전해주는 자 중 하나로 과거에 유하에게 편지를
전해준 자이기도 했다. 그는 인걸이 가리키는 의자에 앉아 숨을
돌리며 이마에 흐르는 땀을 닦았다.

"자, 아는 대로 말해 보시오."

효겸의 물음에 환관이 대답했다.

"엿새 전에 서역에서 온 군대와 마차가 신도에 당도한 것은 이
미 아실 것입니다. 마차 두 대 중 하나는 관에 있는 옥사로 향했고
다른 하나는 황궁에 들어왔지요. 끌려온 여인이 몇 해 전 도망친
은비현이라는 풍문이 돌았는데 제가 병사들에게 확인해 보니 그
분이 맞더군요. 직접 생사를 확인해 보지는 못했지만 지금은 살아
계신 것이 분명합니다. 아직 목적을 이루지 못했으니 죽여선 안
될 테니까요."

"목적이라면?"

"태후는 과거에 화상을 입어 얼굴이 망가졌습니다. 애써 비밀
로 하려 하지만 궁인들이라면 대부분이 아는 사실이지요. 그분은
치유 능력을 가진 분이니 다시금 과거의 얼굴로 돌아가기 위해 잡
아들였을 겁니다. 하지만 그분이 거부를 했는지 아직까지도 태후
의 얼굴은 바뀌지 않았지요."

"그분은 지금 어디 계시오?"

"황궁 안에는 죄인을 가두는 지하 감옥이 있습니다. 한동안 비
어 있던 곳인데 며칠 전 형리들의 시신이 연달아 실려 나왔다지
뭡니까. 무슨 연유에서 죽었는지는 모르지만 제 짐작이 맞는다면
그곳에 계신 것이 분명합니다. 저 같은 한족 환관은 태후전에 가

까이 갈 수 없으니 아직까지는 들려오는 소문에 의지하는 것이 고 작입니다만 확실하다고 생각합니다.”

“태후의 측근 중에 이쪽으로 끌어들일 수 있는 이가 있겠소?”

“대부분 충성심이 강한 후족들인지라 자칫 잘못했다간 일이 틀 어질 것입니다.”

“일이 힘들게 됐구만. 그래, 우리가 부탁한 것은 가지고 오셨소?”

인걸의 말에 환관은 품에서 두툼한 종이를 꺼내 펼쳤다. 그것은 대홍성의 외조와 내궁이 자세하게 그려진 지도였다. 또 다른 지도 에는 화연궁의 침전과 회랑, 내원(內園), 신궁(神宮)이 상세하게 그 려져 있었다.

“음, 수고하셨소. 이것은 지도에 관한 사례요. 이후에도 태후를 계속 주시하였다가 무슨 일이 생기면 바로 연락 주시오.”

효겸이 내민 묵직한 주머니를 품속에 넣은 환관은 고개를 까딱 하고는 방을 나갔다. 문이 닫히자 인걸의 입에서 억눌린 숨이 흘 러나왔다.

“우라질, 지금 당장이라도 쳐들어가서 모시고 나오고 싶은데 그러지 못하니 답답하구만.”

“듣자하니 태후가 보통 인물이 아닌 모양이야. 우연히 점소이 들이 나누는 이야기를 들었는데 미친 나머지 밤마다 어린 내시들 을 잡아먹는다더군.”

“에엑? 사람을 잡아먹어? 정말 끔찍하구만.”

인걸과 효겸은 동시에 신음을 흘렸다.

“제발 우리들이 갈 때까지 온전하게 살아 계셨으면. 그러고 보니 라리슈카 또한 걱정이구만. 지금 어찌하고 있는지, 그 난리 통에 무사히 빠져나올 수 있을까?"

"내가 꼭 구해낼 것이다. 그때까지 아무 일도 없어야 할 텐데."

효겸은 말끝을 흐리며 침울한 표정을 지었다.

철이 들기 시작하면서부터 효겸의 머리 속을 지배하던 여인이 있었다. 우연히 사원에 갔다가 벽화 속의 여신을 본 순간, 그는 어처구니없게도 사랑에 빠져 버렸다. 신화 속의 여인을, 이 세상에 존재하지 않는 여인을 사모하게 됐으니 이젠 누구도 사랑할 수 없을 것만 같았다. 그러던 어느 날, 효겸은 거리에서 노래 부르는 라리슈카를 우연히 맞닥뜨리고 자신의 오랜 바람이 드디어 이루어졌다고 생각했다. 그녀는 정말이지 하늘에서 막 내려온 여신처럼 아름다웠다. 예전에 보았던 여신의 모습 그대로였다. 그때부터 시작된 가슴앓이였다. 효겸에게 라리슈카는 사모의 감정을 넘어서 절대적인 종교가 되었다. 그녀를 숭배하고 절대적인 사랑을 보냈지만 차마 다가설 수가 없어 그의 가슴은 까맣게 타 들어갔다. 그녀는 눈부신 태양, 흐르는 구름 같은 여인이었다. 일국의 왕조차 붙들지 못한 정열과 자유분방함을 동경하면서도 한편으로 다가설 수 없는 이유이기도 했다. 그런 그녀가 적에게 잡혀갔다는 것을 알고 나자 효겸은 그대로 미쳐 버릴 것만 같았다. 그리고 비로소 정인을 잃은 주군의 마음을 뼛속 깊이 공감할 수 있었다. 견딜 수 없는 아픔이었다. 불면의 나날들이 이어지고 고통을 겪을 그녀 생각에 피가 졸아드는 것만 같았다. 효겸은 신도로 들어오면서 그녀와 함께 이곳을 빠져나가겠다고, 그때는 서슴없이 마음을 고백하겠다고 몇 번이고 다짐하고 있었다.

"이놈아, 무슨 생각에 빠져 있는 거야? 두 분은 어디 계시냐고 물었잖아."

인걸의 물음에 퍼뜩 정신을 차린 효겸은 뒤통수를 긁적이며 말했다.

"전하께서는 청매(靑梅)에 가신다며 나가셨어. 따라가려 했더니 부득부득 우기시며 혼자 가시더라고. 그리고 대식국 황자께서는 무얼 하시는지 방에 틀어박혀 나오시지도 않던걸."

"내참, 나는 그분만 보면 이 와중에도 웃음이 나온다니까. 멀쩡한 사내를 그 지경으로 만들어놨으니."

두 사내는 아사드의 얘기가 나오자 어이없는 웃음을 흘렸다.

시름에 겨운 그들을 웃게 만든 아사드는 제 방에 틀어박혀 한숨을 푹푹 쉬고 있었다. 그는 거울에 자신의 얼굴을 비춰보며 하인에게 물었다.

"이봐, 압달. 이 모습이 정말로 내게 어울리는 거야?"

"그, 그러믄요. 웬만한 여인네보다도 훨씬 아름다우십니다."

"쳇, 내가 이따위 옷을 걸치고 계집 흉내 내는 걸 어머니가 봤다간 죽이려고 들 거야. 그래도 명색이 황자인데 이 꼴이 뭐냐고."

호희(胡姬)로 분장한 그의 모습은 장안에 이름을 떨치는 미인 못지않게 아름다웠다. 햇빛에 적당히 그을려 윤기가 흐르는 피부, 크고 또렷한 눈매와 매혹적인 입술, 멋스럽게 틀어 올린 머리와 살짝 드러난 목덜미는 묘한 분위기를 풍기고 있었다. 여장이 너무나도 잘 어울린 나머지 시중을 드는 압달의 마음마저 흔들릴 만큼 아사드는 어여뻤다.

처음 이 일을 제의한 것은 염국의 왕이었다. 워낙 눈에 띄는 외모인지라 그대로 신도에 갔다간 안면이 익은 상인들에게 금방 들통나고 말 거라며 무희로 꾸며보는 것이 어떠냐고 제안한 것이다. 아사드가 펄쩍 뛰며 눈을 부라렸음에도 불구하고 사내들은 꽤 괜찮은 생각이라며 저마다 고개를 끄덕였다. 그 이야기가 오간 직후에 태후가 호희를 무척이나 좋아한다는 얘기가 들려왔다. 유인은 황궁에 들어가고 싶으면 여장을 하라고 명령했다. 이에 격렬하게 반항하던 아사드는 몇 번이고 투덜거리더니 결국 무희들의 도움을 받아 화장을 하고 옷을 입었다. 막상 꾸며보니 아사드는 주위 사람들이 놀랄 만큼 어여뻤다. 본인 또한 그 모습에 만족한 듯 거울을 놓지 않고 몇 번이나 들여다보더니 어느덧 화장에 재미를 붙여가고 있었다.

"그런데 말이야, 나한테는 이 빛깔이 어울리지 않아? 얼굴이 좀 더 환해 보일 것 같은데."

아사드는 탁자에 놓인 분(粉)과 연지를 만지작거리더니 볼과 입술에 바르고 은근한 눈빛으로 물어보았다. 늙은 압달은 식은땀을 흘리며 주인이 화장하는 모습을 잠자코 지켜보았다.

혼자만 시간이 정지된 것처럼 거리 한 편에 못 박힌 듯 서 있는 이가 있었다. 그는 쓸쓸한 눈빛으로 허공을 더듬으며 기쁨도 슬픔도 아닌, 위태로운 표정을 짓고 서 있었다. 누군가가 살짝만 건드리기만 해도 밑동을 베인 나무처럼 그대로 쓰러질 것 같은 사내의 어깨 위로 어둠이 내렸다. 통행이 금지될 시간이 가까워지자 행인들의 걸음은 빨라졌다. 이따금씩 그의 어깨를 툭툭 치고 지나가는 이들도 있었지만 사내는 움직이지 않았다. 복잡하고도 서글픈 표정으로 허공을 응시하고 있을 뿐이었다.

'저곳에서 너를 처음 봤어. 사람들 사이를 헤매며 두 눈을 반짝이던 너를.'

멍하니 사념들을 흘려보내던 유인은 눈앞에 비현의 얼굴이 떠오르자 자신도 모르게 주먹을 움켜쥐었다. 지금 이 순간에도 그녀가 받고 있을 고통을 생각하면 온몸의 뼈와 근육들이 어긋나고 뒤틀렸다. 이미 늦었을지도 모른다는 섬뜩한 예감이 들 때마다 유인은 자신의 예민한 감각에 의지하며 마음을 다잡았다. 그녀는 살아 있다. 저 황궁 어디에서 자신을 기다리고 있다. 그러니까 꼭 찾아야 한다. 유인은 날카로운 눈빛을 빛내며 황궁 쪽을 노려보았다.

'이제 열흘이면 된다. 그때까지만 버텨줘.'

유인에게 열흘은 백년처럼 길고 긴 시간이었다. 그때까지 비현뿐 아니라 자신이 버텨낼 수 있을지 좀처럼 장담할 수가 없었다. 유인은 지금 당장이라도 황궁에 들어가 비현을 구해내고픈 충동을 억누르며 간신히 걸음을 옮겼다.

유인이 향한 곳은 신도에서 유명한 요릿집이었다. 온종일 부유한 상인들과 관리들로 호황을 이루는 청매(靑梅)는 유하가 포로로 잡혀간 시절에 신도의 정황을 살피기 위해 마련해 놓은 장소였다. 주인과 점원들은 모두 예의 첩자(諜者)들이었고 일부 뛰어난 자객도 섞여 있었다. 유인이 청매에 막 들어서자 주인이 반색을 하며 맞이했다.

"손님, 어서 오십시오. 제가 안내해 드리겠습니다."

중년의 사내는 유인을 별채로 안내했다. 그리고 내실에 들어서자마자 문과 창을 모두 닫고 정중히 고두하고 경의를 표했다. 그가 잠시 나가자 곧 젊은 사내가 들어왔다. 기골이 반듯하고 얼굴에는 명민함이 두루 흐르는 자였다. 그는 고두를 하며 예를 갖추었다.

"대왕전하, 소신 담웅, 삼가 문안 여쭈옵니다."

"그동안 노고가 많았다. 이번 일은 네 공이 크다."

"황공하옵니다."

"그래, 우리 진영(陣營)의 동향은 어떠하냐?"

"빠짐없이 함양에 집결한 이후 일제히 신도로 북진(北進)하고 있사옵니다."

"당부한 것을 절대로 잊어선 안 된다고 전해라. 하루에 두 번씩 정황을 알려오고 신도에 닿기까지 너무 빨라서도, 늦어서도 안 될 것이다. 꼭 일몰 때에 맞추어 신도에 닿아야 한다는 것을 주지시켜라. 유이항 쪽의 움직임은 어떠한가?"

"사병들의 사열(査閱)을 끝내놓고 서진(西進) 중이라 하옵니다. 유이항이 동평관과 서평관의 장수를 매수해 봉수(烽燧: 봉화)를 막고 관문을 열어놓았다 하니 신도까지는 쉽게 닿을 것입니다."

"그자가 일을 수월히 만들어주는구나. 그사이 의심하는 눈치는 없더냐?"

"반군(叛軍)에 사람을 보내 수시로 정황을 파악하고 있으나 별다른 문제는 찾지 못한 모양이옵니다. 아직까지는 별다른 의심 없이 받아들이고 있습니다. 신도에 입성할 때까지는 예가 개입한 것은 모를 것이옵니다."

유인은 고개를 끄덕이며 담웅의 일처리를 칭찬했다. 유인이 양왕을 이번 일에 끌어들이기로 한 것은 그동안 그의 야심을 지켜본 바 이용하기에 가장 적당한 인물이라 생각했기 때문이다. 그리하여 오십 일 전 유이항이 놀랄 일을 하나 벌였다.

밤이 깊도록 양왕 유이항의 분탕질은 그칠 줄을 몰랐다. 궁원(宮苑) 정자에 술판을 벌려놓고 기생들을 끼고 논 지 이틀이 다 되어 가고 있었다. 대취한 그는 거문고 소리에 흥얼거리며 어린 기생의 젖가슴을 만지작거렸다.

"이렇게 있노라니 세상사 근심은 사라지고 분하고 억울한 것도 없으니 평생을 이리 살다 갈까 보다."

유이항은 헛헛한 웃음을 흘리며 술잔을 집어 들었다. 그때였다. 휘익 소리와 함께 허공에서 날아온 화살이 기생이 타던 거문고에 와서 박혔다. 이항과 기생들이 질겁하며 뒤로 넘어가는 사이 그의 부하들이 정자로 뛰어올라 와 주위를 노려보았다. 더 이상 화살은 날아오지 않았고 사위는 고요했다. 화살 끝에 묶인 종이를 발견한 이항은 덜덜 떨리는 손끝으로 간신히 펴 들었다.

[바라는 바가 이루어지리라.]

짧은 글귀를 읽은 이항은 일순간 술이 깨고 목덜미가 빳빳해지는 것을 느꼈다.

'이것은 무슨 의미란 말인가!'

영문을 알 수 없는 이항은 눈을 끔뻑이며 몇 번이고 밀서를 들여다보았다. 누가 내원까지 숨어들어 와 이런 밀서를 남겼을까. 말미에는 '내일 이경(二更), 곡강(曲江)'이라는 글귀가 쓰여 있었다. 위영종이 파놓은 함정인가? 하지만 내원까지 들어올 수 있는 솜씨라면 이 자리에서 숨통을 끊어놓을 수도 있었을 터였다. 자신을 없애려는 것이 목적이라면 왜 굳이 밖으로 불러내는 것인가. 유이항은 밀서를 몇 번이고 읽어보았다. 자신이 바라는 일이란 오직 황제가 되는 것뿐. 그럼 그것을 이르는 것인가? 도대체 누가, 무슨 목적으로 이런 밀서를 보냈단 말인가! 이항은 불안하면서도 가슴이 두근거려 견딜 수가 없었다. 그 밤을 꼬박 새우며 생각을 거듭했지만 끝내 답은 나오지 않았다.

'이대로 가다간 앉은 채로 명줄이 끊어질 것이다. 막다른 길에 다다랐는데 이제 와 두려울 것이 무엇이냐.'

이튿날, 어스름 밤이 되자 이항은 부하들과 함께 곡강으로 향했다.

신도의 동남쪽에는 곡강(曲江)이라는 못이 있다. 못의 남쪽에 있는 부용원(芙蓉苑)이라는 궁원(宮苑)과 함께 근방에서 경치가 아름답기로 유명한 곡강은 역대 황제들이 즐겨 찾았던 곳 중에 하나이기도 했다. 유이항은 밤을 틈타 곡강에 다다랐고 만에 하나를 생각해 옆에 두 명의 심복을 남겨두고 나머지는 근처에서 숨어 기다리게 했다. 이경이 막 지났을 무렵이다. 인기척과 함께 어디선가 시 읊는 소리가 고적하게 났다.

國破山河在 나라는 깨졌으나 산하는 여선하고
城春草木深 성에 봄이 오니 초목이 무성하다.
感時花濺淚 시절을 생각하니 꽃을 봐도 눈물이 흐르고
恨別鳥驚心 이별이 한스러워 새 소리에도 놀란다.
烽火連三月 봉홧불 석 달이나 계속 타니
家書抵萬金 집으로부터의 편지가 만금같이 생각되네.
白頭搔更短 흰머리는 긁을수록 짧아져
渾欲不勝簪 이제는 비녀조차 꽂을 수 없다네.

"흠, 두보(杜甫)의 춘망(春望)이로구먼."

이항은 놀라는 대신 짐짓 대담한 척 중얼거렸다. 그때 홀연히 한 사내가 나타났다. 흐린 달빛에 자세한 윤곽은 드러나지 않았지만 장신에 몸가짐과 어조가 침착하고 대범하기 짝이 없는 자라 이항은 긴장을 늦추지 않았다.

"맞습니다. 두보의 시이지요."

"그깟 시 들려주려고 나를 불러낸 것인가?"

다가온 사내는 정중히 예를 갖추고는 두보의 얘기를 이어갔다.

"두보는 생전에 참으로 불우했던 이였습니다. 안록산(安祿山)의 난으로 장안이 함락되어 적에게 잡히자 천신만고 끝에 탈출하였지요. 관군이 다시금 장안을 회복하자 돌아와 출사하였으나 그마저도 얼마 안 되어서 지방관으로 좌천되었습니다. 그 뒤로 두보는 숱한 고생 끝에 병사하고 지금은 시인으로서의 명성만이 세간에 남아 있지요.”

기껏 사람을 불러내서 엉뚱한 얘기를 꺼내자 이항은 슬슬 짜증이 나기 시작했다.

“그래서 자네가 말하고자 하는 의도가 무엇인가?”

“그 당시 당(唐)은 차츰 자멸의 길을 걷고 있었습니다. 측천무후 시기부터 떠안고 있던 체계의 모순이 무인에게 힘을 실어주게 되었고 결국 안사(安史)의 난에 이르러 나라가 무너진 것이지요. 제 소견으로는 지금 한주의 모습이 그때와 같습니다. 전국 각지에서 일어난 난으로 혼란이 야기되고 오래지 않아 나라는 깨어지고 신도 또한 폐허가 될 것입니다.”

이항은 눈을 동그랗게 뜨고 사내를 바라보았다.

“한주가 망한다? 나라가 망하는 것이 그리 쉬울 리가 있나.”

“태후와 조정은 실정(失政)을 거듭해 한주를 병들게 하고 많은 이들을 도륙해 민심을 떠나게 했지요. 나라 안에는 크고 작은 반군 무리들이 들고일어났으며 백성들 대부분이 그들을 지지하고 있습니다. 머지않아 반군들이 세를 모아 신도를 칠 것입니다. 이곳저곳이 불타오르고 거리마다 시신들로 넘쳐 나 영영 제 모습을 되찾지 못하겠지요. 아마도 과거의 광영은 다시없을 것입니다.”

“무, 무슨 소리를 하는 것이냐. 반군이라니!”

“항간에 퍼지고 있는 이야기를 듣지 못하셨습니까?”

“반군이 쳐들어올 것이라는 풍문을 얼핏 듣긴 했지만 간이 작은 소인배들이 만들어낸 얘기일 뿐이지 않은가!"

"왕야, 그것은 사실입니다. 지금 함양으로 반군들이 속속들이 모이고 있습니다. 그들 모두 태후를 죽이고 폭정에서 벗어나 새로운 세상을 만들기를 원하고 있습니다."

"이런, 그것이 사실이라면 큰 위험에 처하게 됐구먼."

"아니지요. 왕야께는 천우신조(天佑神助)의 기화(奇貨)입니다. 반군은 수가 적고 이끌 우두머리의 역량이 부족합니다. 신도를 함락할 수 있을진 모르나 곧 관군에 의해 진압될지도 모를 일이지요. 왕야께서 도와주셔야만 만백성이 꿈꾸는 대업이 이루어질 것입니다."

이항은 사내의 이야기를 듣고 드디어 기다렸던 기회가 온 것임을 깨달았다. 위영종 일당이 자신을 호시탐탐 노리는 이때에 반군과 결탁하여 신도를 친다면 큰 힘을 들이지 않고 자신의 천하를 만들 수 있을 것이다. 하지만 모처럼 온 기회라 하여 덥석 반길 순 없는 일이었다. 이항은 만에 하나 자신을 모함하기 위한 계략일까 두려워 은근한 어조로 거부의 뜻을 내비쳤다.

"이런 무엄할 때가 있나! 황실 사람인 나에게 폐하를 배신하라는 것인가? 게다가 태후는 나의 양녀가 아닌가!"

잠시 침묵이 흐른 후, 사내는 실망스런 어조로 중얼거렸다.

"제가 사람을 잘못 본 것입니까? 저는 왕야께서 나라와 백성을 걱정하시는 분인 줄 알았사온데, 짐승의 탈을 쓴 태후가 두려워 이런 난국을 모른 척하시다니요. 정녕 무너져 가는 나라를 바로 세울 의지가 없으신 것입니까? 그럼 남몰래 사병을 훈련시켜 대비해 오신 것은 무얼 위함이셨습니까?"

사내의 말에 이항은 적잖이 놀라고 말았다. 사병을 훈련시키고 반란을 도모해 온 것을 알다니, 게다가 이리 당당하게 자신의 의사를 밝히는 모습으로 보아 그저 자신을 떠보기 위함이 아니라는 것을 알 수 있었다. 이항은 고개를 끄덕이며 사내의 말에 귀를 기울였다.

"왕야, 병들고 썩어가는 한주를 구원해 주십시오. 반군과 함께 황궁에 쳐들어가 태후와 부패한 후족 관리들을 죽이고 새 세상을 열어주십시오."

이항은 사내의 진심 어린 말에 감탄하며 앞으로 펼쳐질 일들을 머리 속으로 그려보았다.

황궁으로 쳐들어가 태후를 사로잡고 그녀의 악행과 광기를 세상에 폭로한다면, 그리하여 태후와 위영종 일당들을 잡아 죽이고 자신이 조정을 차지한다면 이제 한주는 자신의 세상인 것이다. 아니다. 황제를 내세울 것 없이 자신이 황제가 되어 새로운 나라를 건설하는 것이다. 이항은 벌써부터 꿈에 부풀어 올랐다. 큰 힘을 들이지 않고 제위에 오를 수 있다는 생각을 하니 자신이 황제가 되는 것이 천명(天命)으로까지 생각되었다. 그렇게 거사에 동참을 하려니 또다시 마음에 걸리는 것이 있었다.

"신도를 안팎으로 지키고 있는 군사들을 일개 반군이 뚫을 수 있겠는가? 신도에 오지도 못하고 중간에 무너진다면 그때는 어찌 할 것인가."

"지금 한주는 예와의 전쟁으로 대부분의 병력이 접경 지역에 밀집되어 있습니다. 신도에 주둔해 있는 부대는 대부분 부잣집 자제들로 이루어져 있는데 그나마도 다른 사람들에게 돈을 주고 병역을 떠넘기는 경우가 대부분이요, 일부는 병자(病者)들까지 돈을 받고 경계를 서고 있다 들었습니다. 그런 오합지졸들이 점차 가까이 오는 반군에 대항해 싸울 수 있을까요? 지금 신도의 백성들은 반군에 대한 소문으로 두려움에 질려 있습니다. 시시각각으로 반군이 북진해 온다는 이야기가 퍼지면 백성들은 물론 병사들까지 줄행랑을 놓을 것입니다."

"호오, 듣고 보니 일리가 있구먼."

이항은 기쁨에 입을 다물 수 없었지만 짐짓 침착한 표정으로 고개를 끄덕였다.

"또한 왕야께서는 종친 중에서 유일하게 위영종에 대항할 수 있는 세력을 가지고 계시지 않습니까? 왕야께서 신도로 향하는 관문의 장수들을 포섭하여 주신다면 큰 싸움 한번 없이 파죽지세(破竹之勢)로 신도에 닿을 수 있을 것입니다."

이항은 이 말을 듣고 마침내 마음을 다잡았다.

"정히 원한다면 내가 나서서 이 나라를 다시 한 번 일으켜 세워보겠네. 이것 또한 내 숙명인 것을, 사소한 정리에 이끌려 모른 척할 수 없는 일이 아닌가."

그러자 사내는 유이항의 발치에 머리를 조아리며 말했다.

"왕야께서 새로운 세상을 열어주신다면 백성들은 한마음으로 따를 것입니다. 그리하여 훗날, 민초들이 진정으로 추존(推尊)하는 황제가 되실 것이옵니다."

그토록 바라던 바가 이루어진다. 이 유이항이 새로운 나라의 황제가 되는 것이다. 이항은 벌써 세상을 다 얻은 것처럼 기쁨에 차 올랐다.

담웅이 유이항을 만나 거사를 도모한 지 오십 일이 지나고 유인이 신도에 들어온 지 이틀이 지났을 때였다. 신도에 청천벽력 같은 소식이 날아들었다. 삼만여 명의 반군이 일제히 신도로 향하고 있다는 것이었다. 항간에 나돌던 풍문이 사실로 드러나자 백성들은 크게 동요했고 부랴부랴 피난길에 오르는 이들도 생겨났다. 마침내 일몰이 되어 성문을 닫게 되자 군(軍)은 수많은 병사들이 도망쳤음을 알게 되었다. 그날 하루만도 천여 명의 병사들이 신도를 빠져나갔다는 소식을 전해 들은 이항은 의미심장한 미소를 지었다. 번천에서 비밀리에 훈련 중이었던 만여 명의 사병들이 일제히 신도로 향하고 있으며 관문의 장수들을 포섭해 봉수를 끊어놓아 조정의 대응이 늦도록 만들었다. 지원군이 아무리 서둘러 온다 해도 유이항에게는 충분한 시간이 있었다. 이항은 시간이 흐를수록 황제의 보좌에 가까워짐을 느끼며 가슴 뿌듯한 미소를 지었다.

"그까짓 반군 따위에 궁을 버리고 도망가라? 지금 제정신인가?"

"난이 평정될 때까지만 위주 피서궁(避暑宮)에 가 계시는 것이옵니다."

"싫다. 황제와 태후가 역도 무리 때문에 황성을 버리고 도망칠 만큼 신도의 방비가 허술하단 말이냐?"

“그들의 기세가 예상외로 거세어 닥치는 대로 밀려오고 있습니다. 이대로 가다간 신도까지 다다를 것이고 자칫하다간 황궁에까지……."

“닥쳐라. 도망갈 궁리만 하지 말고 백성들을 다 끌어내서라도 막으면 될 게 아니냐."

“태후마마!"

거듭 피난을 청하는 위영종의 청을 강경한 태도로 물리친 태후는 곧 있을 생일 진연 또한 계속할 것이라고 말했다. 위영종은 터무니없는 고집을 부리는 태후를 설득하려고 했지만 그녀는 막무가내로 버텼다. 태후는 자신의 나라가 그렇게 쉽게 무너질 리 없다고 굳게 믿고 있었다. 과거에도 이런 소문은 종종 있어왔고 설령 신도까지 닿는다고 해도 성안으로 들어오지는 못할 것이다. 성벽은 높고 단단했으며 몇 달 동안 너끈히 버틸 여력도 있다. 그들과 교전을 하는 사이 병력이 당도하면 큰 피해를 입지 않고 난을 진압할 수 있다고 태후는 생각했다.

“내가 두려워하고 있다는 걸 알면 저들은 더욱 기고만장하게 날뛸 것이지 않은가. 이럴수록 담대하게 행동하는 것이 중요하네. 태감에게 더 크고 화려하게 진연을 열라고 일러야겠어. 대신들을 모조리 부르고 무희와 악사들도 더 많이 부르고 말이야."

“태후마마, 하오나……."

위영종은 좀 더 설득해 보려고 노력했지만 태후는 신경질적인 어조로 태감을 부르며 그에게는 이만 물러가라 일렀다. 위영종은 더 이상 어쩌지 못하고 굳은 표정으로 물러났다. 그는 지금 상황에서는 태후에게 무슨 말을 해도 들리지 않을 것이란 걸 알고 있었다. 태후의 심사는 바늘 끝처럼 날카로웠고 모든 신경이 은비현에게 가 있었다. 처음에는 의기양양했던 그녀지만 시간이 차츰 흐르면서 의도하지 않았던 일들이 벌어지자 초조해하고 있었다.

"그래, 일이 어찌 된 것이냐?"

태후는 막 지하궁에 다녀온 태감에게 물었다. 무슨 일이 있었는지 태감은 두려움에 떨며 좀처럼 말을 잇지 못하고 있었다.

"태후마마, 그것이……."

"답답하니 빨리 좀 말해 보아라."

"그자들이 좀처럼 들어가려 하질 않사옵니다. 아무리 떠밀어도 벌벌 떨기만 하면서……."

"그런 못난 것들을 봤나. 겨우 몇 명 죽어나갔다고 해서 그리 겁에 질렸단 말이냐. 그 계집이 죽인 것도 아닌데 무에가 그리 무서워?"

"저 또한 보고 왔사온데, 차마 말씀 올리기 망측하여서……."

"무엇이 어떻기에 그러느냐?"

태감이 얘기하는 동안 태후의 얼굴은 서서히 굳어졌다. 그녀는 그 자리에서 바로 일어나 지하궁에 가보겠다며 연(輦)을 대령할 것을 명했다. 태감들이 극구 말렸으나 태후는 끝끝내 고집을 꺾지 않고 연에 올랐다.

캄캄하고 습한 토굴에 환관 하나가 등을 들고 앞장을 서고 뒤에 선 태후와 태감들이 따라갔다. 몇몇 이들은 두려움에 덜덜 떨었지만 태후는 담담히 걸음을 옮겼다. 지하궁에 다다를수록 빛이 드러나고 뭔가 다른 냄새가 풍겨왔다.

"이것은 무슨 냄새지?"

대후는 고개를 가웃했다. 음습한 토굴에 연향(蓮香)이라니. 아으로 걸어 들어갈수록 향은 숨 막힐 듯 진하게 풍겨왔다. 기이한 것은 이것뿐만이 아니었다. 지하궁에 당도하여 옥사로 가니 서너 명의 형리(刑吏)들이 잔뜩 위축되어 떨고 있는 것이 아닌가. 그들은 태후를 보자마자 땅에 엎드리며 대성통곡하였다.

"태후마마, 저희를 살려주옵소서! 부디 여기에서 내보내 주옵소서!"

겨우 계집 하나를 두고 이 지경이라니. 세아는 기가 막혀 말이 나오지 않았다. 은비현의 기를 꺾어놓아 자신을 치유토록 하라 보냈더니 난데없이 급사를 하지 않나, 계집아이처럼 벌벌 떨고 있지를 않나, 참으로 어이없는 노릇이었다.

"너희들이 그러고도 나라의 녹을 먹는 형리들이란 말이냐. 저깟 계집을 어쩌지 못하고 이것이 무슨 꼴이냐!"

태후의 고함에 형리들은 머리를 조아리며 말했다.

"태후마마, 열흘이 넘도록 잠을 이루지 못하였사옵니다. 잠들라치면 끔찍한 [18]등활지옥(等活地獄)이 눈에 보이니 두려워서 견딜 수가 없사옵니다."

---

18)등활지옥(等活地獄): 불교에서 이르는 팔열(八熱) 지옥의 하나. 살생의 죄를 지은 자가 가게 된다는 지옥으로, 옥졸(獄卒)에게 칼 따위로 몸을 찢기며 쇠몽둥이로 맞는 형벌을 받다가 숨이 끊어지는데, 찬바람이 불어오면 다시 깨어나 그러한 고통을 거듭 받게 된다고 한다

"태후마마, 저 여인은 부, 부처가 분명하옵니다. 저희도 어찌할 수 없으니 차라리 죽여주옵소서."

형리들은 제각기 나서서 고통을 호소하였다.

"이것들이 무슨 말을 하는 게냐?"

세아는 주위를 노려보며 소리쳤다. 곧 태감 하나가 나서서 아뢰었다.

"이자들은 죄인이 부처라고 믿고 있사옵니다. 그리하여 죽는 한이 있어도 곁에는 가지 않겠다고 이러고들 있사옵니다."

"참으로 한심한 자들이 아닌가. 그래, 너희들이 원하는 대로 죽여주마. 당장 이것들을 데려가 목을 베어라."

태감들은 형리를 끌어냈고 그들은 울음을 터뜨리며 끌려갔다. 죽는 것이 두려워 우는 울음이 아니라 이곳을 벗어나 다행이라는 안도의 울음이었다.

"자, 그년의 꼴이 어떠한지 내 눈으로 봐야겠다. 안내하여라."

태감은 두툼한 나무 문을 열고 횃불을 비추었다. 옥 안으로 한 걸음을 내딛던 세아는 얼굴을 일그러뜨리며 코를 움켜쥐었다. 숨 막힐 듯이 진한 연향이었다. 더러운 것을 밀어내려는 듯 청정한 기운과 함께 연향(蓮香)이 훅 끼쳐 와 절로 숨이 멈춰졌다. 세아는 온몸을 쥐어짜는 듯한 고통을 느끼며 억지로 걸음을 떼어 안으로 들어갔다.

어두운 옥 한가운데에 은비현이 매달려 있었다. 두툼한 쇠사슬이 뱀처럼 몸을 칭칭 감아 옥죄고 그사이로 하얀 속살이 애처롭게 드러나 있었다. 여기저기 상처난 나신과 헝클어진 머리를 훑어보던 세아는 태감을 시켜 비현의 머리채를 잡아 고개를 들게 했다. 얼굴 곳곳에 상처가 나 있고 입가에는 피가 엉겨 붙어 있는 모습이 참혹했으나 세아에게는 턱없이 부족했다.

"저자들이 열흘 동안에 한 짓이 겨우 이것이란 말이냐!"

노성이 옥 안을 쩌렁쩌렁 울린다. 세아는 정신을 잃은 비현을 분한 얼굴로 노려보았다.

'이것으로 부족하다. 더 많은 고통을 주어야 한다. 그래야 내 앞에 무릎 꿇고 목숨을 구걸할 것이며 끔찍하게 일그러진 얼굴을 고칠 것이 아닌가 말이다.'

세아는 이를 득득 갈며 소리쳤다.

"여봐라, 뭐든 가져와라. 19)협곤(夾棍)이든 20)찰지(擦指)든 닥치는 대로 가져와 이것을 반죽음으로 만들어놓아라!"

바로 그때였다. 비현의 몸 주위로 희미한 빛이 새어나오기 시작했다. 그리고 비현을 중심으로 모인 잔잔한 빛물결이 크고 작은 파문(波紋)을 그려 나갔다. 푸르스름한 빛과 함께 연향이 옥 안에 퍼지자 태감들의 입에서 탄성이 퍼져 나왔다. 그들에게는 경이로운 순간이었으나 한 사람에게는 그렇지 않았다.

예기치 못한 일에 놀란 세아는 몸이 떨려 제자리에 주저앉고 말았다. 눈앞에 믿을 수 없는 광경이 펼쳐진 탓이었다. 분명 캄캄했던 감옥 안이었는데 고개를 들고 보니 끝이 보이지 않는 커다란

---

19)협곤(夾棍): 가운데 홈을 판 나무 막대 세 개를 줄로 엮은 각곤(脚棍)에 양다리를 끼우고 줄을 잡아당겨 죄어 고통을 가하는 것. 주로 남자 죄인을 문초할 때 썼다
20)찰지(擦指): 다섯 개의 작은 막대기를 줄로 엮어 손가락에 끼우고 줄을 잡아당겨 고통을 가하는 것. 주로 여자 죄인을 문초할 때 썼다

굴 안에 서 있었다. 사방에서 불길이 타오르고 망자(亡者)들의 고통 어린 신음 소리가 들려온다. 어느 곳에선 긴 쇠손톱을 가진 망자들이 서로를 찌르며 비명을 지르고, 다른 한 곳에선 옥졸들이 망자들을 쇠곤장으로 내려쳐 가루로 만들고 있었다. 고통에 못 이겨 바닥에 쓰러진 자들이 있으면 옥졸들은 살아나라고 외쳤다. 그러자 망자들은 다시금 되살아나서 옥졸들에게 흠씬 두들겨 맞았다. 그 끔찍한 광경이 눈앞에 벌어지는 것처럼 생생하게 보이자 세아는 비명을 지르며 물러났다. 그때 옥졸 하나가 세아를 보더니 다가오기 시작했다.

"너 또한 죄를 지었구나. 오호, 헤아릴 수 없이 많은 살인을 저질렀으니 등활(等活)의 모든 형을 골고루 맛보게 해주마."

"아아아악!!"

세아는 몸을 떨며 마구 손사래를 쳤다. 그럴수록 쇠 몽둥이와 바늘 채찍을 든 옥졸들이 시시각각 다가왔다. 끔찍한 비명을 내지르던 망자들이 팔과 다리를 잡아끌고 어둠 속으로 끌어 내렸다. 세아는 미친 듯이 비명을 지르며 손들을 뿌리쳤다.

"태후마마, 어찌 이러십니까?"

"떨어져라! 당장 떨어져!"

태후가 눈을 허옇게 까뒤집으며 뒤로 넘어가자 태감들은 황급히 그녀를 안아다 밖으로 빼냈다. 하지만 그녀는 여전히 공포에 질린 얼굴로 몸을 떨고 있었다.

궁에 돌아와서도 태후의 얼굴은 여전히 허옇게 질려 있었다. 그녀는 궁녀들에게 악기를 연주하게 하고는 그것이 성에 차지 않았는지 침전 곳곳에 등을 밝혔다. 급히 화연궁으로 불려온 촉영은 침상 속에서 이불을 뒤집어쓰고 있는 세아를 발견하고 적잖이 놀랐다. 귀신이라도 본 듯 창백한 얼굴에 관자놀이에서는 식은땀이 흐르고 있었다.

"마마, 이게 다 무슨 일이옵니까?"

덜덜 떨고 있던 세아는 촉영의 소맷자락을 붙들고 말했다.

"어머니, 살려주세요. 저 좀 살려주세요."

"태후마마!"

세아는 촉영의 품에 안겨 어린아이처럼 울음을 터뜨렸다. 공포가 뼛속 깊이 스며들어 와 그녀의 몸을 뒤흔들었다. 처절한 지옥의 광경과 옥졸의 스산한 웃음소리가 끊이지 않고 그녀를 괴롭히니 죽을 것처럼 괴로웠다.

'모두 다 그년이 만든 환각이야. 그러니까 말려들면 안 돼!'

세아는 부들부들 떨며 어미의 팔을 움켜쥐었다. 얼마나 어렵게 그 계집을 잡아들였던가. 여기서 포기할 수는 없었다. 은비현이 어떤 사술을 펼친다 해도 이겨내야 한다. 세아는 불안한 얼굴로 입술을 잘근잘근 깨물었다.

"태후마마, 조금만 기다려 주시옵소서. 소인이 다른 방법을 찾아보겠사옵니다."

촉영은 필사적으로 태후를 안심시키며 말했다. 세아는 고개를 끄덕이며 어미의 품속으로 깊이 파고들었다.

기억의 마디마디가 끊겨 제멋대로 뒤섞여 버렸다. 비현은 꿈인지 현실인지 모르는 어느 곳을 헤매고 있었다. 어두컴컴한 토굴을 지나 복사꽃이 흐드러지게 날리는 벌판에 서니 그곳에 유인이 서 있었다. 피에 흠뻑 젖은 채 원망스런 눈길로 바라보는 그. 비현은 견딜 수 없이 마음이 아파 그에게로 달려갔다. 하지만 어느 순간 허공에 날리던 꽃잎은 모래로, 초록 들판은 누런 모래톱으로 바뀌어 있었다. 끝도 없이 펼쳐지는 사막을 벗어나려고 하는데 무언가가 발목을 잡아 움직이지 못하게 한다. 그것을 뿌리치고 달려나가니 다시금 어두운 굴이 나왔다. 필사적으로 굴을 벗어나니 이번엔 호수가 나온다. 눈이 부시도록 파란 호숫가에 그가 서 있다. 웃고 서 있는 그의 어깨 너머로 눈이 흩날린다. 새털처럼 가볍고 하얀 눈이 세상을 뒤덮을 것처럼 내린다.

비현은 얼크러진 기억 속을 헤매며 유인의 이름을 불렀다. 손을 뻗으면 잡힐 듯 가까이 보이다가도 어느 순간 까마득히 멀게 보여서 숨이 차도록 달렸다. 하지만 아무리 달려도 그는 멀어질 뿐이고 기억은 더욱 어수선하게 뒤섞여 끝내는 어둠밖에 보이는 것이 없었다. 눈앞이 아찔해져 온다. 비현은 어둠 속으로 굴러 떨어지며 무엇이든 잡으려고 필사적으로 두 팔을 내저었다.

비현은 단말마의 비명을 지르며 눈을 떴다. 눈앞에 보이는 것은 컴컴하고 음습한 감옥이 아닌 붉은 휘장이 드리워진 침상이었다. 비현은 두 눈을 느리게 깜빡이며 멍하니 있다가 자신을 내려다보았다. 몸에선 청결한 향이 나고 단정한 비단 속옷이 입혀져 있었다.

"어머, 일어나셨네요? 괜찮으셔요?"

어린 궁녀가 다가와 찬물을 권했다. 비현은 얼떨떨한 표정을 지으며 물을 들이켰다.

"오랫동안 정신을 차리지 못하셔서 걱정하고 있었어요."

"여긴 어딘가요?"

"화연궁 안에 있는 신궁(神宮)이어요. 며칠 전에 태후마마의 명으로 옮겨왔지요."

궁녀는 싱긋 웃으며 돌아섰다. 비현은 조심스럽게 침상에서 내려와 주위를 둘러보았다. 팔이 여럿 달린 아름다운 모습의 여신상과 그림이 곳곳에서 보이고 독특한 향이 은은히 타오르고 있었다.

"시장하시지요? 여기 간단한 요깃거리가 있어요."

비현은 궁녀가 내미는 것을 거절하곤 구석에 놓인 의자에 다소곳이 앉았다. 무엇이 어찌 돌아가는 것인지, 그들의 속셈이 무엇인지 도통 감이 잡히질 않았다. 다시금 회유하려고 이러는 것일까? 끝끝내 하지 않겠다고 버티면 어떻게 나올까? 비현은 지하 감옥에서 있었던 일을 떠올리며 진저리쳤다.

"아프다고 소리쳐라! 그만 하라고 애원해 보란 말이다!"

형리들은 비현을 발가벗겨 쇠사슬로 묶어 매달고는 채찍으로 사정없이 때렸다. 생살을 찢는 아픔이 머리 속을 하얗게 만들 때마다 비현은 어금니를 악물고 신음을 삼켰다.

"신음조차 흘리지 않다니 참으로 독한 것이로구나! 지금 당장이라도 태후마마의 분부를 받들겠다고 해라. 그러면 여기서 나갈 수 있다. 자, 명을 따르겠느냐?"

비현은 눈물을 뚝뚝 흘리며 고개를 저었다. 형리들은 기막히다

는 듯 콧방귀를 뀌고는 비현의 알몸에 소금물을 부었다. 비현은
격렬하게 몸을 떨었지만 끝내 신음조차 흘리지 않았다.

"이 지독한 계집! 지긋지긋하지도 않느냐! 제발 살려달라고 해
라! 여기서 꺼내달라고 해라!"

비현은 여전히 고개를 저으며 이를 악물었다.

"계집이라 하여 봐주려 했으나 안 되겠구나. 네가 자초한 일이
니 우리를 원망하지 마라."

형리 중 한 사람이 쇠 바늘과 전갈, 지네가 가득 든 상자를 가져
왔다. 장정들도 얼마 못 버티고 쓰러지는 고문을 시작하려는 찰
나, 갑자기 한 사내가 거품을 물고 뒤로 넘어갔다. 그리고 비현을
붙들고 있던 형리들도 차례로 나가떨어지며 목을 움켜쥐고 눈을
뒤집었다.

비현은 그들의 비명 소리와 함께 머리 속에 하얗게 변하는 것을
느꼈다. 잠시 후 그녀 또한 정신을 잃었다. 이후의 기억은 희미하
기만 했다. 가끔 정신을 차려 그들이 먹이는 물을 마신 것뿐. 무슨
일인지 그들은 형벌을 멈추고 두려움에 질려 덜덜 떨기만 했다.
비현은 그들이 자신을 두려워하는 이유를 알지 못한 채 잠들곤 했
다. 그 후 눈을 뜬 곳이 이곳이었다.

"신녀님, 어서 오시어요. 이제 막 깨어나셔서 아뢸 참이었어
요."

지난 기억에 빠져 있던 비현은 궁녀의 말소리에 정신을 차리고
고개를 들었다. 백발을 길게 늘어뜨린 중년 여인이 막 내실에 들
어서고 있었다. 참으로 아름다운 여인이었다. 얼굴이 젊고 아름다

웠기에 백발은 세월의 흔적이 아니라 타고난 빛깔 같았다.

"정신이 드셨군요. 기운이 좀 나십니까?"

여인의 얼굴에 잠시 넋이 나가 있던 비현은 자신에게 하는 말임을 깨닫고 간신히 고개를 끄덕였다. 여인은 바싹 다가와 비현의 얼굴을 살피려고 손을 내밀었다. 순간, 비현은 화들짝 놀라서 몸을 움츠렸다. 그녀에게서 지금껏 한 번도 느껴보지 못한 기운이 흘러나와 온몸을 얼어붙게 했다. 마치 차가운 물을 흠뻑 뒤집어쓴 느낌이었다. 어둠 속으로 굴러 떨어지던 순간처럼 막막한 기분이었다.

잔뜩 겁에 질린 비현의 반응에 여인의 의외라는 듯 눈썹을 치켜뜨며 말했다.

"흠, 생각해 온 것과는 많이 다르신 분이군요. 저는 신궁에서 여신님을 모시는 촉영이라고 합니다."

촉영은 여전히 경계의 눈빛을 거두지 않는 비현을 보며 옆 자리에 앉았다.

"왜 저를 여기로 데려온 겁니까?"

비현의 물음에 촉영은 웃음을 머금은 채 말했다.

"새삼스런 질문이로군요. 이미 알고 있을 텐데요. 우리는 당신이 하루라도 빨리 태후마마의 환우를 고치기를 바라고 있습니다."

"그럴 수 없다고 이미 말했을 텐데요."

"왜요? 일족이 멸문을 당해서입니까? 그것에 대한 복수심으로 이러는 것입니까? 그렇다면 참으로 어리석군요. 이미 죽은 이들을 위해 자신을 희생하다니요."

"태후께서는 그동안 수많은 생명들을 짓밟아 왔으면서 자신의 작은 아픔은 못 견뎌하고 있습니다. 많은 이들이 가족들을 잃고 비참하게 살아가는데 본인은 자신의 얼굴을 견디지 못해 스스로를 망치다니요. 저는 그것을 용서하지 못하겠습니다. 그런 이는 죽는 한이 있다 해도 치유하지 않을 것입니다."

"보기보다 고집이 있으시군요. 그런 어리석은 생각 때문에 자신이 당할 고통은 생각하지 않으시나요?"

"혹여 죽는다 해도 생각을 바꾸지는 않을 겁니다."

비현의 단단한 눈망울을 물끄러미 바라보던 촉영은 안됐다는 표정을 지었다.

"정말 딱한 분이군요. 지금 마음을 돌리지 않으면 긴긴 고통 속에서 헤어나지 못하고 어리석은 자신을 저주하게 될 것입니다. 그때 가서 후회해도 늦으니 지금 마음을 정하세요."

"제 생각은 변하지 않습니다."

"태후마마를 치유한다면 쉽고 편하게 죽여 드리겠습니다. 정녕 원치 않으십니까?"

"제가 원하는 것은 지금이라도 태후께서 마음을 돌려 살육을 멈추는 것입니다. 자신의 추악한 욕망에서 벗어난다면 고통도 줄어들 것입니다."

"작은 몸 어디에서 그런 무모함이 나오는지 모르겠군요. 저는 충분히 설득해 보려 했으나 말을 듣지 않으니 어쩔 수 없군요. 나중에 가서 저를 원망하지 마십시오."

촉영은 그대로 자리에서 일어나 내실을 나갔다. 그녀를 따라 궁녀도 나가고 내실에는 비현 혼자만이 남았다. 비현은 그들이 자신에게 어떤 짓을 할지 모르지만 이번에는 쉽게 넘어가지 않으리란 걸 알고 있었다. 이제 시간이 얼마 남지 않았다는 생각이 들자 일순간 눈물이 솟구쳤다. 비현은 떨리는 몸을 두 팔로 감싸고 속으로 되뇌었다.

'전하께서 영영 구하러 오지 않으신다 해도 죽는 순간까지 희망을 잃지 않을 것입니다. 절대로 비굴하게 목숨을 구걸하지 않을 거예요. 부모님의 자식으로서, 전하의 사랑을 받은 이로서 당당하게 죽을 겁니다.'

비현은 약해지려는 자신을 추스르며 긴 밤을 홀로 보냈다.

드디어 태후의 진연 날이자 중원의 역사가 새로 쓰일 날이 밝았다. 여느 때처럼 조용한 새벽이었으나 그 평온함이 왠지 모를 긴장을 불러일으켰다. 신도를 향해서 누런 먼지 구름이 몰려오고 화연궁 지붕에는 귀기(鬼氣)가 감돌았다. 무섭도록 고요한 아침이었다.

날은 유난히 쾌청했다. 태후의 탄신을 맞아 신도 안의 모든 집들은 동이 트자마자 일제히 폭죽을 터뜨렸고 거리에는 풍악이 울려 퍼졌다. 각 지방마다 죄수를 방면하고 관리들은 사흘간 일을 하지 말고 맘껏 즐기라는 포고가 전달됐다.

대흥성에도 오랜만에 활기가 찾아왔다. 동시(東市)에서 진연 요리에 쓸 식재료들이 줄지어 들어오고 환관과 궁녀들은 영락전(榮樂殿)에 있을 진연을 준비하느라 정신없이 바빴다. 금방이라도 반군이 들이닥칠 것만 같아 궁인들은 잔뜩 겁을 먹고 있었지만 태연히 진연이 벌어지는 것을 보며 적잖이 안심하고 있었다. 그것은 백성들도 마찬가지였다. 정말 위급하다면 제일 먼저 내뺄 것이 황제와 태후일 텐데, 진연이 벌어진다는 이야기에 일이 그리 위태로운 지경은 아닌 모양이라며 안도했다. 그러나 다르게 생각하는 이들도 있었다. 신도 안의 부유한 귀족들과 상인들은 슬슬 겁을 먹고 하나둘 신도를 떠났다. 진연에 가야 할 몇몇 대신은 병을 핑계로 몸져누웠다 고하고는 소리 소문 없이 도주하고 그리 높은 권세를 갖지 않은 이들은 대놓고 짐을 싸들고 신도를 빠져나갔다.

하오(下午)에 접어들수록 신도에는 알 수 없는 긴장감과 함께 조금씩 술렁이기 시작했다. 그저 안심하고 있던 백성들은 점점 비어가는 신도를 바라보며 불안감을 느끼기 시작한 것이다.

"자, 이제 황궁에 들어가야 할 시간입니다. 다들 마차에 오르십시오."

한 사내의 우렁찬 음성에 여관에 있던 악사들과 무희들이 우르르 몰려나왔다. 수십 명의 악사 중에는 동발(銅鈸)을 든 인걸과 유인이 섞여 있었고 요고(腰鼓 : 장구)를 든 효겸 또한 뒤를 따랐다. 무희들은 따로 마차에 올라탔는데 그 속에는 한껏 멋스럽게 치장한 아사드도 섞여 있었다.

그들을 실은 마차는 주작대로를 지나 서쪽 문으로 향해갔다. 궁문에 닿기도 전에 수십 대의 마차들이 늘어서서 차례를 기다리고 있는 모습이 참으로 장관이었다. 길게 늘어선 마차들을 구경하던 사람들은 정말 큰 잔치인 모양이라며 즐겁게 수다를 떨었다.

줄지 않을 것만 같던 긴 줄이 시간이 흐르면서 점점 짧아지더니 마침내 염국 악사의 차례가 되었다. 성문을 지키던 병사들은 통행증을 확인하고 악사들의 몸을 일일이 수색했다. 병사들은 인걸의 육중한 덩치에 움찔하다 얼굴을 보고 의아해하며 물었다.

"서역 호인(胡人)이 아닌데 어디 출신이오?"

"회남도(淮南道) 출신이요. 어떻게 흘러가다 보니 염국까지 갔구만. 하하!"

인걸의 넉살에 병사는 별다른 의심 없이 안으로 들여보냈다. 지금 그들은 칙칙한 악사들보다 젊고 어여쁜 무희들을 구경하느라 여념이 없었기 때문이다. 무희들은 향긋한 분 냄새와 미소로 병사들의 혼을 쏙 빼놓았고 그중 한 무희는 유독 주위 병사들의 시선을 한눈에 받았다. 버들가지처럼 낭창낭창한 몸에 값비싼 비단과 화려한 장신구를 두른 호희는 눈을 뗄 수 없을 정도로 매혹적이었다. 독특한 피부색과 황금빛이 감도는 갈색 눈동자, 도도하면서도 시선을 당기는 독특한 분위기에 병사들은 저마다 감탄을 내뱉곤 했다.

"이야, 사내들이 왜 그리 호희를 찾나 했더니 저리 어여쁘니 몸살을 앓는 것이구먼. 고년, 사내깨나 후렸겠다."

"어디 묵는 호희일까? 돈 보따리 싸들고 가면 하룻밤 안을 수 있을라나?"

병사들이 왁자하게 웃는 사이, 한 짓궂은 사내 하나가 그 호희 뒤로 가서 엉덩이를 살짝 꼬집었다. 그러자 팔짝 뛰어오른 호희가 재빠른 동작으로 병사의 멱살을 움켜쥐고 흔들었다. 그 험악한 기세에 병사들은 일제히 주춤하며 물러섰다.

이를 보고 놀란 효겸은 황급히 나서서 아사드의 손을 뜯어 말리고는 연신 허리를 숙이며 말했다.

"어허, 이 계집은 족제비처럼 앙칼진 터라 자칫 잘못하면 물리기 십상입니다. 그러니 장난 그만 하시고 들여보내 주시지요. 이러다 늦으면 윗분들께서 경을 칠 것입니다."

어안이 벙벙한 병사들은 콧방귀를 뀌며 마차 안으로 들어가는 호희를 넋 놓고 바라보다 서둘러 안으로 들여보내 주었다. 마침내 일행은 무사히 대흥성 안으로 들어갈 수 있었다.

간밤에 긴 악몽에 시달린 터라 제대로 잠을 자지 못한 세아는 지끈거리는 관자놀이를 누르며 몸을 일으켰다. 기분이 썩 좋지 않아 선뜻 잠자리를 나오지 못한 세아는 창을 열게 하여 앉은 채로 신선한 공기를 들이마셨다. 그때 궁녀 하나가 촉영이 문밖에 와 있음을 알렸다. 세아는 손짓으로 들어오게 하고는 헝클어진 머리를 단정히 매만졌다. 안으로 들어온 촉영은 궁녀들을 내보내고 넌지시 말했다.

"태후마마, 오늘밤 흑희께 은비현을 제물을 바치고 제를 올릴 것이옵니다. 이제 환후를 고칠 시각도 얼마 남지 않았으니 기쁜 마음으로 오늘 있을 진연을 즐기십시오."

촉영의 말에 세아는 더없이 기꺼워했다. 지난 며칠 동안 따라다니는 환몽(幻夢) 때문에 지쳐 가는 참에 더없이 반가운 소식이었다.

"그것이 정말인가? 흑희께 제를 올리면 본모습으로 돌아갈 수 있는 거지?"

"과거에 자신을 저주한 자의 신체를 먹음으로써 병에서 벗어난 경우가 있지 않았습니까. 그 정도의 기운을 가진 여인이라면 굳이 치유를 받지 않아도 피와 살만으로 충분한 효험이 있을 것이옵니다. 오늘이 마침 대안(大安:만사 대길한 날)이니 제를 올리기에 더 없이 좋은 날이지요. 태후마마께서 원하시는 대로 고통에 몸부림치며 서서히 죽어가도록 할 작정이니 이제 한시름 놓으셔도 됩니다."

촉영의 말에 태후는 뛸 듯이 기뻐하며 고개를 끄덕였다. 태후는 벌써부터 흥분에 들떠서 궁녀들을 불러서 단장하도록 지시했다.

영락전 앞에는 흥겨운 풍악과 함께 한바탕 자무(字舞)가 펼치지고 있었다. 자무 또는 화무(花舞)라 불리는 이 춤은 여러 사람이 함께 추는 군무(群舞)로, 수많은 무공들이 대오를 지어 흩어졌다 모였다 하면서 일사불란하게 춤을 추었다. 대흥성 내에 내교방(內敎坊)에서 나온 미녀들과 외모가 수려한 소년들이 나와 황홀할 만큼 어여쁘게 춤을 추고 들어가니 태후가 부른 서역인들이 나와 힘차고 역동적인 춤을 추었다.

이 장관을 바라보던 청객들은 감탄을 내뱉으며 일제히 박수를 쳤다. 진연에 초대된 이들은 대부분이 후족 출신의 신흥 귀족들이었고 일부는 지난해 광풍에서 간신히 살아남은 황족과 고위 관리들이었다. 그들은 아슬아슬한 때에 벌어지는 진연에 자리한 것이 못내 불안했지만 겉으로 내색하지는 못하고 억지웃음을 지으며 술을 홀짝거렸다.

주렴이 쳐진 높은 단에 앉아 그들을 바라보는 세아의 표정은 오랜만에 밝고 화사했다. 간간이 빠진 자리가 눈에 거슬리긴 했지만 근래 들어 오늘만큼 기분이 좋았던 적이 없었기에 모른 척 넘어갔다.

태후의 옆에는 강보에 싸인 어린 황제가 유모 품에서 새근새근 잠들어 있었다. 태후 옆에만 오면 자지러질 듯이 울어대던 아기는 풍악 때문에 소란스러움에도 불구하고 조용히 잠을 잤다. 그 모습을 바라보는 태후의 눈빛은 차갑기만 했던 과거와 달리 봄 햇살처럼 따사롭고 친근하게 변하여 가끔씩 포동포동한 볼을 토닥이며 미소 짓곤 했다.

태후와 황제가 있는 단 아래로 각국의 사신들과 조신들이 다가와 갖고 온 선물을 쌓아두었다. 일일이 다 풀어볼 수 없을 만큼 높게 쌓인 선물의 양이 아직까지 건재한 황실의 권위를 대신 보여주었다.

흥겨운 풍악은 계속 이어지고 무희들은 춤추고 가희들은 태후의 무병장수를 노래했다. 그것을 흐뭇하게 바라보던 세아는 처음으로 자신이 가진 것이 얼마나 대단하고 아름다운 것인지를 실감했다. 고통에 신음하고 있던 사이에 자신의 아이는 몰라보게 부쩍 자라 있었고 자신은 황제와 대등한 권력을 가진, 아니, 그보다 더한 지위를 누리는 여황으로 군림하고 있었다. 모두들 자신에게 머리를 조아리고 두려워한다. 보잘것없는 상인의 딸로 태어나 천대

받던 자신을 모두가 두려워하고 있다. 세아는 가슴이 뭉클해져 새삼스레 지난 기억을 들추어보았다.

'내가 뺏긴 것에만 집착한 나머지 갖고 있는 것은 미처 돌아보지 못하였구나. 그래, 이제라도 돌아보련다. 이제는 분노하지 않고, 너그러워질 것이다. 하나뿐인 내 아이도 각별히 보듬고 아끼며 살아갈 것이다.'

곧 예전 모습으로 돌아갈 수 있다고 생각하니 가슴속의 불꽃은 점점 사그라지고 여유가 자리잡았다. 다시금 태어나는 기분이었다. 그간의 일들은 잊은 채 앞으로 살아갈 날들에 대한 희망만이 가슴에 가득했다. 주홍색 공단으로 된 황실 예복에 머리에 금관을 쓴 태후는 당당히 어깨를 펴고 주위를 돌아보았다. 이제야 자신이 이곳의 주인처럼 느껴졌다. 세아는 처음으로 황궁에 애정을 느끼며 오랜만에 여유롭게 웃어 보였다.

함양을 출발한 반군은 거침없이 북진했다. 그들은 신도로 가는 관문 중 가장 큰 곳인 동평관을 순식간에 통과하니 사기가 높아져 더욱 빠르게 진격했다. 반군은 한 나라의 황도로 가는 길이 너무나도 쉽게 뚫리니 어처구니가 없으면서도 무기력한 관군의 실상을 비웃었다. 현재 대부분의 한주 관군은 전장에 가 있는 상태였고 후방에 남은 군은 엄청난 규모의 반군이 북진한다는 소문에 지레 겁을 먹고 줄행랑을 놓았다. 한주의 관군들은 제 목숨을 바쳐서 황제와 나라를 지킬 만큼 나라를 사랑하지 않았다. 군 기강은 이미 해이해질 대로 해이해졌고 그저 끼니를 때우기 위해, 아니면 억지로 끌려와 병사가 된 사람들이 대부분이었다. 군심(軍心)이 이렇다 보니 일부 부대는 신도로 향하는 반군에 투항하여 그들과 섞여 신도로 향하기까지 했다. 반군의 북진이 그토록 쉬웠던 것도 무리가 아니었다.

이렇게 하여 반군은 마침내 신도에 다다랐다. 그들은 위수를 목전에 두고 감격한 나머지 얼싸안고 기쁨의 눈물을 흘렸다. 그토록 원하던 일을 목전에 두었으니 벌써부터 신도를 점령한 듯 가슴이 뿌듯해져 왔다. 한때 한주 내에서 군소(群小)로 난립하다 무리를 이룬 반군은 다양한 계층의 사람들이 하나의 목표를 가지고 모인 집단이었다. 한때 조정의 관리였던 이도 있었고 글만 읽던 문사, 전장을 떠돌던 병사, 농부, 목수 등 참으로 다양한 과거를 가지고 있었다. 그들은 가족과 고향을 잃고 떠돌다 반군에 들어왔고 몇 년 동안 관군과 치열하게 맞서 싸웠다. 그들은 사람이 사람답게 살 수 있는 나라를 원했다. 끔찍한 수탈도, 죽임도 없는 평화로운 나라를 원했다.

그러던 어느 날, 검남(劍南), 검중(黔中), 영남도(嶺南道)에 있는 반군의 지휘부로 예군이 찾아왔다. 예군은 말과 무기를 줄 테니 신도를 쳐보지 않겠냐고 제안했다. 처음에는 터무니없고 허황된 계획이라며 거절하던 지휘부는 차츰 설득력이 있다는 것을 깨닫고 귀를 기울이기 시작했다. 신도를 칠 수 있다는 사실만으로도 전역에서 들고일어난 반군의 사기를 높이는 데 큰 역할을 할 수 있을 터였다. 거기서 그치지 않고 신도 안으로 들어갈 수 있다면, 황궁에 쳐들어가 태후를 끌어내어 죽이고 황제를 볼모로 잡는다면, 그토록 바라던 새 세상을 만들 수 있는 것이다.

지휘부는 결국 신도로 향하기로 결심했다. 신도에까지 닿는다면 황족의 도움을 얻을 수 있다는 전언에 다시금 힘을 얻은 그들이었다. 그리하어 흩어져 있던 반군은 비밀리에 함양으로 집결 후 신도로 향했다. 그리하여 마침내 신도성을 눈앞에 두자 감격에 젖었다.

"일몰과 함께 신도성에 당도해야 한다! 자, 진격하라!"

우두머리의 말에 반군은 일제히 전진했다. 그들은 날이 지는 것을 바라보며 마침내 위수를 건넜고 횃불을 하나씩 들고 신도성을 향해 다가갔다. 탑 위에 관측병이 그 불길을 보고 북을 울리자 신도는 일순간 혼란에 사로잡혔다. 삼백 년 동안 적의 침입을 받지 않았던 황성(皇城)이 마침내 무너지기 시작한 것이다.

일몰과 함께 적의 침입을 알리는 북이 울리자 회심의 미소를 짓는 이가 있었다. 병을 핑계로 입궁하지 않은 유이항은 이미 장포 안에 갑옷을 갖춰 입고 북동쪽 성문에 다다른 참이었다. 유이항이 손짓을 하자 옆에 서 있던 심복 하나가 성문 쪽으로 걸어갔다. 심복과 성문을 지키던 장수가 시선을 교환한 지 얼마 되지 않아 성문을 지키던 사십여 명의 병사들이 제 동료들을 습격했다. 순식간에 성문 앞을 지키던 병사들이 쓰러지고 변절한 병사들은 성벽에 서 있는 병사들을 차례차례 죽였다. 유이항의 돈에 매수된 관군이 벌인 참극이었다. 적의 침입에 긴장감이 팽배해지는 때에 안에서부터 적이 있다는 것을 안 한주 병사들은 눈에 띄게 당황하며 갈

팡질팡했다. 그사이 병사들은 하나둘씩 죽어갔고 끝내 성문은 열리고 말았다.

그러자 밖에서 기다리고 있던 유이항의 일만(一萬) 사병들이 신도성 안으로 밀고 들어왔다. 황도가 한 사람의 배신으로 인해 어이없이 뚫린 것이다. 안으로 밀고 들어온 사병들은 삽시간에 성벽으로 올라가 관군의 목을 베고 모든 성문을 열어젖혔다. 그러자 함성을 지르며 반군이 밀려들었다.

신도는 삽시간에 아비규환이 되었다. 곳곳에 백성들이 비명을 지르며 제 집으로 숨어들거나 짐을 싸들고 도망가려 했다. 반군과 신도성을 지키는 관군의 싸움이 격렬해지는 때에 유이항과 일부 사병은 황궁으로 향했다. 이제 그들이 노리는 이는 황제와 태후였다.

영락전에는 폭죽 놀이가 한창이었다. 타닥타닥 요란하게 타 들어가는 폭죽과 함께 떠들썩한 풍악 연주가 진연의 절정을 이루고 있었다. 그때 들려오는 북소리에 사람들의 표정은 차츰 굳어가기 시작했다. 뭔가 수상한 분위기를 감지한 악사들은 연주를 멈추고 어안이 벙벙한 얼굴로 사람들을 둘러보았다. 진연에 있던 이들은 하나둘 밖으로 나와 어둠 속에서 들려오는 북소리에 귀를 기울였다. 곧이어 헐레벌떡 뛰어온 환관 하나가 입 주위에 손을 모으고 소리쳤다.

"적이 쳐들어왔다! 성문이 뚫렸다!"

진연은 삽시간에 엉망이 되었다. 술에 취한 귀족들은 비틀거리며 도망가기에 바빴고 궁녀들은 동무들을 끌어안고 울음을 터뜨렸다. 환관들은 머리에 쓴 관을 내동댕이치고는 침소로 달려가 금붙이를 챙겨 도망치려 했다. 모든 이들이 혼이 빠져 우왕좌왕하는 사이 위영종은 재빨리 황제가 머무는 침소로 달려가 유모를 채근해 황제를 안아 들도록 했다. 그리고 옥새를 챙겨 들고는 황궁 어림군에게 명을 내렸다.

"무슨 일이 있어도 황궁을 지켜라. 이곳이 적에게 유린되면 한주도 끝이다!"

위영종은 황제를 안은 유모를 마차에 싣고 화연궁으로 향했다. 수비대가 시간을 버는 사이 태후와 더불어 황궁을 빠져나가야 한다는 사실에 마음이 조급해지기 시작했다. 황궁의 어둠은 더욱 깊어지고 시간은 빠르게 흐르기 시작했다.

신궁(神宮) 가장 깊숙한 곳에 자리 잡은 신실에는 상의 일부가 천장에 닿을 만큼 거대한 여신상이 세워져 있었다. 흑희(黑姬)는 여덟 개의 팔을 공작 날개처럼 우아하게 펼치고 신실을 내려다보고 있었다. 흑희의 시선이 닿는 곳에 비현이 누워 있었다. 검은 대리석 위에 실오라기 하나 걸치지 않은 나신이 사뿐히 내려앉은 새의 깃털처럼 가냘프고 애처롭다. 그녀는 죽은 것처럼 고요한 얼굴로 누워 있었다. 심장과 숨은 느리고 미약했으며 살결은 창백하다 못해 푸른 빛이 감돌았다. 지금 비현은 깊디깊은 잠 속으로 빠져든 것 같았지만 실제로는 잠들지 않았다. 몸은 잠들었으나 머리속만은 그 어느 때보다도 맑아서 주위의 움직임, 촛불과 향이 나는 냄새까지 모두 맡을 수 있을 정도로 정신이 깨어 있었다.

이렇게 몸과 정신이 나뉘게 된 것은 어린 궁녀가 준 죽을 먹은 후였다. 차츰 몸이 무거워지고 나중에는 손가락조차 까딱할 수 없을 만큼 나른해졌다. 희한한 일이었다. 머리 속은 점점 맑아지는데 몸은 의지대로 움직여지지가 않았다. 급기야 눈꺼풀조차 밀어 올릴 기력도 남아 있지 않자 비현은 촉영이 약을 먹여 몸이 마비되었다는 걸 깨달았다.

궁녀들이 와서 옷을 벗기고 차가운 물수건으로 몸 구석구석을 닦는 동안 비현은 끔찍한 공포를 느꼈다. 몸을 제 마음대로 어쩌지 못하는 상태에서 오는 두려움은 그간 받았던 어떤 고통보다도 큰 것이었다. 비현은 두려움으로 인해 제대로 된 생각을 하지 못하고 이것이 마지막이라는 것만을 느꼈다. 이제 끝이다. 더 이상 희망은 없다. 비현은 유인의 얼굴을 떠올리며 마음으로 울었다. 그가 아파할 생각을 하면 견딜 수 없이 고통스러웠다.

'죽는다면 아무런 흔적도 남지 않았으면 좋겠어. 그 누구의 눈에도 띄지 않고 조용히 사라졌으면…….'

비현은 죽음이 두렵지 않았다. 다만 세상에 남아 고통받을 이들이, 후회와 자책으로 자신을 괴롭힐 이들 때문에 마음이 아팠다. 그들의 상처를 어루만지고 싶었는데, 두려움에서 자유로워져서 마음껏 세상을 달릴 수 있도록 만들어주고 싶었는데 불행히도 아무것도 이루지 못하고 죽음만을 앞두고 있었다.

'아직 하고픈 것이 너무나도 많은데, 못다 한 말이 너무나도 많은데…….'

비현은 마음속으로 흐느끼며 돌아가신 부모님과 유인을 찾았다.

바깥에 시도성에 안에 난입한 소식이 퍼지자마자 영락전은 아수라장이 되었다. 귀족들과 관리들이 허겁지겁 내빼는 사이 유인은 영락전 마당 입구에 세워두었던 큼직한 좌고(座鼓) 앞으로 달려갔다. 유인은 틀어 올린 머리 속에 숨겨두었던 작은 칼날로 북을 찢고 그 안에서 있던 검 네 자루와 활을 꺼내 들었다.

"태후는 분명히 황궁에서 달아날 준비를 하고 있을 것이다. 빠져나가기 전에 무슨 일을 벌일지 모르니 서둘러야 한다!"

유인의 외침에 각자의 검을 집어 든 사내들은 단호한 눈빛으로 달렸다. 어젯밤 찾아온 환관의 말에 의하면 은비현은 지하궁에서 신궁으로 옮겨졌다고 했으니 그곳에서 심상치 않은 일이 벌어질 것이 분명했다. 그들은 숨 가쁘게 화연궁으로 향했다. 황궁은 온통 공포와 비명의 도가니였고 지금 그들을 막는 자는 아무도 없었다.

신실 안으로 촉영과 태후가 잇달아 들어왔다. 제단에 누워 있는 비현을 쓱 훑어본 태후는 촉영에게 물었다.

"이번에는 향이 나지 않는군. 지난번과 같은 일은 일어나지 않겠지?"

"겉보기에는 잠든 것처럼 보이나 정신은 깨어 있는 상태입니다. 몸은 마비되나 정신만은 또렷해지는 마비산(痲痺散)이지요. 저 여인은 깨어 있는 상태에서는 별다른 능력을 쓰지 못하는 것으로 보이니 이젠 안심하셔도 될 것이옵니다.”

태후는 고개를 끄덕이고는 한쪽에 놓인 의자에 자리를 잡고 앉았다.

“이제 곧 제를 시작하겠사오니, 태후마마께서는 천천히 즐기시옵소서.”

촉영은 주사(朱砂)를 섞은 금물을 준비해 제단 옆에 섰다. 눈을 지그시 감고 미간에 힘을 모든 촉영은 단검으로 검지를 베어 피를 내고는 금물에 손가락을 담갔다. 그리고는 후족 언어를 읊조리며 비현의 이마에서부터 시작해 발등에 이르기까지 비술을 써 내려갔다.

“너의 정신이 깨어 있음을 안다. 우리가 대체 무엇을 하려는지 궁금하겠지. 너는 오늘밤 태후마마를 위한 제물이 된다. 기회를 주었음에도 불구하고 거부하였으니 이게 다 자업자득인 것이지.”

촉영은 발꿈치에 마지막 자를 쓰고는 몸을 일으키며 말했다. 비현은 여전히 고요한 얼굴로 반듯하게 누워 있었다.

“지금 쓴 것은 네 몸에 있는 능력들을 가두고 죽음에 다다르더라도 끝내 정신과 숨이 붙어 있도록 만드는 술법이다. 난 네 몸의 피를 모두 빼낼 것이야. 네 정기가 담긴 피를 마신 태후께서는 다시금 예전의 아름다움을 되찾고 고통에서 벗어나실 것이다. 모든 절차가 끝난 후에는 넌 껍데기만 남고 말겠지. 하지만 네 뱃속의 장기를 모두 들어내고도 너는 정신을 놓지 않을 것이다. 그리고 끔찍한 고통 속으로 살려달라고 외치고 싶지만 그마저도 할 수 없을 것이야. 그 끔찍한 고통 속에서 허우적대다 천천히, 아주 천천히 죽어가는 걸 지켜봐 주마.”

촉영은 신상 앞에 절을 올리고는 단검을 들고 비현에게 다가갔다. 그녀는 입으로 주술을 읊으며 단검을 비현의 손목으로 가져갔다. 그때 갑자기 뛰어들어 온 위영종이 가쁜 숨을 몰아쉬며 외쳤다.

“지금 뭐 하시는 게요? 신도에 적들이 난입했소. 이러고 있을 때가 아니라 황급히 피해야 한단 말이오.”

위영종의 외침에 촉영과 태후가 동시에 돌아보았다.

“뭐라고요? 적들이 어찌 신도 안에 들어왔던 말입니까!”

“자세한 내막은 모르나 신도 안에 적들이 날뛰고 있소. 곧 황궁으로 밀어닥칠 것이니 태후마마를 모시고 서둘러 피신하여야 하오. 황제폐하를 모셔왔으니 어서 떠나야…….”

“아직은, 아직은 안 된다!”

위영종의 말을 끊고 세아가 소리쳤다.

“태후마마, 이러실 때가 아니옵니다. 한시라도 빨리 몸을 피하셔야 합니다.”

“아직 황궁이 뚫린 것도 아니지 않느냐. 그토록 바라던 일을 이제 막 이루려고 하는데 지레 겁먹고 도망을 친단 말이냐?”

“어서 피하지 않으면 큰 사단이 나고 말 것입니다. 그러니 우선은 위주성으로 몸을 피하시옵소서!”

“안 돼! 오늘이어야 해! 오늘이어야 한다고!”

“태후마마, 곧 신도를 되찾을 것입니다. 이 일은 그때 가서 하셔도 되는 것이 아닙니까? 지금 가장 중요한 것은 태후마마의 안위이옵니다.”

위영종이 아무리 간곡히 말해도 세아는 단호하게 고개를 내저었다.

“정히 급하면 승상께서 황상을 모시고 먼저 피해 있으시오. 될 수 있는 한 빨리 끝내고 따라가리다.”

보다 못한 촉영이 말했다. 얼굴이 벌겋게 상기된 위영종은 태후와 촉영을 번갈아 바라보다 마지못해 고개를 끄덕이었다. 그는 태후 앞에 엎드려 절을 올렸다.

“그럼 소신은 황제폐하를 모시고 먼저 황궁을 빠져나가겠습니다. 마마! 부디 옥체를 보중하옵소서!”

위영종은 촉영에게 다가가 몇 번이고 당부했다.

“신녀는 속히 일을 끝내고 태후마마를 모시고 궁을 나오시오. 밖에 병사들과 마차가 대기해 있으니 한시도 늦추지 말고 신도를 빠져나와야 하오.”

위영종은 그대로 신궁을 나와 마차를 타고 성문으로 달렸다. 마차에는 황제와 그 유모가 타고 있었고 그들 뒤로 황궁의 병사들이 말을 타고 따랐다.

“자, 그럼 시간이 없으니 서두르겠사옵니다.”

촉영은 단검을 들고 제단을 향해 갔다. 세아는 긴장된 숨을 몰아쉬며 그 광경을 조용히 지켜보았다.

사방이 어두운 가운데 신궁만큼은 환하게 불이 밝혀져 있었다.

지금껏 지나온 궁과 달리 심상치 않은 한기가 느껴지는 탓에 유인은 어금니를 지그시 깨물고 침착한 눈으로 주위를 살폈다. 백여 명의 병사들이 주변을 경계하며 처분을 기다리고 있었다. 다른 궁에 비해 경비가 삼엄한 것으로 미루어보아 아직 황후가 있는 것이 분명했다. 유인은 일행과 손짓을 나누며 신궁의 뒤편으로 향했다. 숨어들어 갈 틈을 찾던 그들은 궁비들이 드나드는 쪽문을 발견했다. 유인은 네 명의 병사들이 보초를 서는 그곳을 목표로 삼고 아사드에게 다가가 귓속말을 했다.

"뭐? 나보고 그딴 걸 하라고?"

얼굴을 잔뜩 구기고 낮은 소리로 중얼거리던 아사드는 마지못해 일어서며 쪽문으로 향해 갔다.

긴장된 표정으로 보초를 서던 병사들은 갑작스런 여인의 출현에 적잖이 놀랐다. 한눈에도 미인이라는 것을 알 수 있는 여인은 천천히 걸어오며 물었다.

"진연에 왔던 무희인데 길을 잃는 바람에 여기까지 왔어요. 궁 밖으로 나가려면 어디로 가야 하나요?"

여인의 모습을 가까이서 본 사내들은 금세 긴장을 풀고 자기네들끼리 의뭉스런 미소를 나누며 말했다.

"저런, 어쩌다 길을 잃으셨소. 이런 미인을 돕지 않으면 사내가 아니지. 우리가 도와주리다."

사내들은 미인을 풀숲으로 이끌었다. 그리고 적당히 어둡고 평평한 곳을 찾자 병사 하나가 여인을 밀어뜨리며 성급하게 허리춤을 풀었다.

"이게 웬 횡재냐. 내가 먼저 할 테니 너희들은 나중에……."

병사는 그제야 주위에 있어야 할 이들이 보이지 않는다는 것을 깨달았다. 무슨 영문인지 몰라 입술만 달싹이는데 갑자기 등짝이 뜨듯해지며 얼얼한 아픔이 밀려왔다. 병사는 더 이상 말을 꺼내지 못하고 그대로 고꾸라져 흙바닥에 쓰러졌다. 그를 밀친 아사드는 불쾌한 표정으로 옷에 묻은 흙을 털며 투덜거렸다. 이때 다가온 인걸이 쓰윽 보며 말했다.

"소저, 아주 훌륭한 미인계였소."

인걸의 놀림에 아사드는 눈꼬리를 획 치켜 올리며 노려보았다. 인걸은 흰 이를 드러내며 잽싸게 쪽문으로 달렸다.

마침내 신궁 안에 들어선 사내들은 긴장된 숨을 내쉬며 손에 든 검을 움켜쥐었다. 그들은 자신들이 늦지 않았기를, 비현이 무사하기만을 바랐다. 신궁은 겉보기완 달리 미궁(迷宮)처럼 넓고 복잡한 구조를 가지고 있었다. 인걸과 효겸, 유인과 아사드로 나뉘어 비현을 찾아 헤매던 그들은 어느 한 지점에서 다시 만나자 자신들이 한곳만 돌고 있다는 것을 깨달았다.

"우라질, 이렇게 헤매다간 날 새고 말겠구만."

인걸은 낮게 욕설을 내뱉으며 이를 갈았다. 유인 또한 마음이 급해 미칠 노릇이었다. 언제까지 이렇게 헤맬 수만은 없는 일. 한시라도 빨리 비현이 있는 곳을 찾아내야 했다. 그들은 다시 한 번 뒤얽힌 복도를 헤매다 다른 곳으로 이어지는 문을 발견했다. 그곳은 궁녀들이 생활하는 곳인지 바쁘게 짐을 싸서 밖으로 내가는 궁녀들이 왕왕 보였다. 그들은 궁녀들을 피해 몸을 숨겼다가 다시 걸음을 떼기를 반복했다.

그러던 와중에 어두운 복도 끝에서 불빛이 새어나오는 것이 보였다. 유인은 조심스럽게 다가가 살펴보니 십여 명의 병사들이 한 곳을 지키고 서 있는 것이 보였다. 저곳이 비현이 잡혀 있는 곳일지도 모른다는 생각에 그의 가슴이 뛰었다. 유인은 아사드의 머리 장식을 빼서 복도에 던졌다. 수상한 소리에 병사들은 고개를 들어 복도 끝을 바라보았다. 그들 중 세 명이 낮은 목소리로 중얼거리며 걸어왔다. 그들이 복도를 걸어와 모퉁이에서 몸을 튼 순간 유인은 병사의 허파에 단검을 찔러 넣고는 힘껏 비틀었다. 병사는 숨 한번 쉬지 못하고 쓰러졌고 다른 병사들도 인걸과 효겸에 의해 바닥으로 쓰러졌다. 병사들은 동료가 돌아오지 않자 고개를 갸웃하며 이쪽으로 향했다. 네 사내는 긴장된 숨을 삼키고는 다가오는 병사들을 향해 한 걸음을 내디뎠다. 그들의 이마엔 식은땀이 흐르고 검을 쥔 손은 땀으로 흠뻑 젖었다. 곧 어둠과 공기를 가르는 소리가 허공을 울리고 병사들의 비명이 이어졌다.

촉영은 날카로운 단검 끝에 기를 모으고 후족의 주술을 외우기 시작했다. 검을 움켜쥔 손끝이 파르르 떨리는 순간, 그녀는 주술 외기를 멈추고 비현을 내려다보며 말했다.

"네 피와 살로 태후마마는 다시금 예전의 아름다움을 되찾을 것이다. 이로써 후족은 번영할 것이며, 영원불멸하리라!"

시퍼렇게 빛나는 날[끼]이 비현의 손목 깊숙이 파고들었다. 붉은 선을 따라 피가 쿨럭쿨럭 흘러나온다. 마침내 핏물은 제단 끝의 오목한 홈을 따라 청동 단지 안으로 흘러들고, 신실에 있는 두 여인의 입가엔 미소가 번지기 시작했다. 세아는 점점 핏기를 잃고 하얗게 질려가는 비현을 내려다보며 중얼거렸다.

"서서히 죽어가는 기분이 어떠냐? 고통스럽지? 두렵지? 나는 너보다 더 끔찍한 고통에 시달려 왔다. 지난 세월 내내 차라리 죽고플 정도로 지독한 아픔 속에 살아오면서 내가 한 생각이라고는 오로지 널 죽이는 것뿐이었지."

부릅뜬 그녀의 눈에서 살기가 번뜩였다. 세아는 연신 미소를 흘리며 뱀처럼 서늘하게 속삭였다.

"무영이 내게 얼마나 각별한 이였는지 네년은 모를 테지? 그는 내게 아무것도 바라지 않은 유일한 사람이었어. 차가운 눈빛마저도 견딜 수 없이 기뻤지. 그 애만큼은 날 속이지 않았으니까. 그 애만큼은 날 이용하지 않았으니까 말이야. 그런데 네가 끼어들어 무영을 빼앗아간 거야. 그때부터 그 애 눈빛에서는 아무것도 느낄 수가 없었어. 모두 네게 주어버린 듯 텅 비어버려 아무것도 느낄 수가 없었어."

세아는 가쁜 숨을 몰아쉬며 이를 바득바득 갈았다.

"모두 네년 때문이야. 네년이 우리를 갈라놓고 날 죽이라고 시켰던 거야. 결국 내 소중한 사람이 네년 때문에 죽어버렸어."

성한 한쪽 눈에서 눈물이 주체할 수 없이 흘러나왔다. 세아는 어깨를 들썩이며 흐느끼다 돌연 낯빛을 바꾸고 소리쳤다.

"오랜 기다림 끝에 오늘에야 복수를 하는구나. 이날이 오기만을 얼마나 기다렸는지 네년은 모를 거야. 매 순간 널 죽이는 상상을 했어. 죽어가면서 내가 받은 고통을 똑같이 느끼기를 말이야. 이제 곧 너와 나의 악연도 끝이 나겠지? 지금 넌 무슨 생각을 하고 있을까?”

세아는 눈을 가늘게 뜨고 비현의 뺨을 쓰다듬었다. 손가락은 뺨과 목을 춤추듯 내려와 단단한 쇄골과 흉골을 지나쳤다. 그녀의 손가락은 비현의 명치에 이르자 배꼽까지 선을 그었다.

“여기에서 여기까지 긴 선을 긋는 거야. 피와 함께 네 내장이 쏟아지겠지? 네 내장이 어떻게 생겼는지 똑똑히 보여줄게.”

세아의 광기 어린 웃음이 신실에 가득 울려 퍼졌다.

이제 치가 떨리는 분노도, 복수도 끝이 난다! 나는 곧 내 모습을 되찾을 것이고 그리하면 고통에서도 벗어날 것이다!

세아는 은비현에게서 벗어날 수 있다는 생각에 날아갈 듯이 기뻤다. 먼 길을 숨 한 번 쉬지 않고 걸어온 것처럼 지치고 갈증이 났다. 걸을 기력조차 없는 지경에 이르러서야 은비현을 만났다는 것이 못내 화가 나기도 하지만 미쳐 버리기 직전에 고통에서 빠져 나올 수 있게 되어 그녀는 기뻤다.

끝이야, 이제 모두 끝이 난 거야!

세아는 입가에 웃음을 가득 머금은 채 촉영에게 손을 내밀었다. 의미심장한 표정을 지은 촉영은 단검을 전해주기 위해 한 걸음을 떼었다.

바로 그때, 무심코 고개를 돌린 촉영은 문 앞에 서 있는 낯선 사내를 발견했다. 한눈에도 그는 예사 사내가 아니었다. 그는 모든 것을 삼켜 버릴 듯한 어두운 눈빛으로 천천히 걸어 들어오고 있었다. 그의 눈빛은 제단 위에 누워 있는 은비현을 보고 단숨에 타올랐다. 그리고 제 몸이 찢긴 것처럼 고통스런 표정을 지으며 낮게 중얼거렸다.

"비현……."

순간, 세아는 뒤돌아서서 사내를 응시했다. 둘의 시선이 마주치자 그녀는 움찔하며 뒤로 물러섰다. 유인은 여전히 태후를 노려보며 말했다.

"이것이 진정 한주 태후의 모습인가! 짐승보다도 더 추악한 모습이군!"

그에게서 뿜어져 나오는 살기에 신실 안은 일순간 한기가 감돌았다. 그 지독한 기운에 잠시 넋을 놓았던 촉영은 재빨리 정신을 차리고 비현의 목에 단검을 겨누었다.

"비켜라! 그렇지 않으면 이 계집이 죽을 것이다."

위협에도 불구하고 사내는 성큼성큼 걸음을 내디뎠다. 그의 눈빛에 압도당한 촉영은 자신도 모르게 몸을 떨었다.

"거, 걸음을 멈춰라! 안 그러면 이 계집을 죽이겠다!"

"황궁은 이미 유이항의 손에 넘어갔다. 지금이라도 비현을 놓아준다면 목숨만은 살려주마."

"헛소리 집어치워라! 그런다고 이년을 놓아줄 성싶으냐!"

세아는 악을 쓰며 유인을 노려보았다. 그러나 그는 걸음을 멈추지 않고 서서히 다가서며 말했다.

"더 이상 너희를 지켜줄 병사들은 없다. 비현을 죽이면 너희 둘 또한 내 손에 고통스럽게 죽을 것이다. 선택하라! 여기서 죽겠는가, 아니면 살아서 도망치겠는가!"

촉영은 사나운 눈빛으로 서 있는 사내를 바라보며 지금껏 쌓아올린 모든 것들이 일제히 허물어지는 소리를 들었다. 그녀는 곧 디기올 미레를 느낄 수 있었다. 자신이 비참한 죽음과 후족의 몰락이 눈앞에 일어나는 듯 선명해서 촉영의 몸은 칼에 깊숙이 찔린 것처럼 휘청거렸다.

'안 돼! 그동안 어찌 이뤄온 세월인데, 이렇게 무너질 순 없어!'

촉영의 갈등을 읽은 유인은 침착한 목소리로 말했다.

"유이항이 태후를 노리고 있다. 그들의 눈에 뜨이는 날엔 죽음을 면치 못할 것이니 지금 당장 도망가야 할 것이다. 비현만 살려준다면 너희들의 탈출을 돕겠다. 부디 그 검을 치우고 비현을 넘겨다오."

깊은 절망이 촉영을 내리눌렀다. 더 이상 선택의 여지는 없었다. 목숨을 보전해야 후일을 도모할 터. 그녀는 체념한 듯 고개를 숙이고는 비현의 목에서 단검을 치웠다. 그때, 날카로운 비명이 터져 나왔다.

"그년의 숨통을 끊지 않고 뭐 해! 어서 죽이란 말이야!"

촉영의 행동에 세아는 새된 비명을 지르며 자신의 몸을 던졌다. 그녀는 순식간에 촉영에게서 단검을 빼앗아 비현의 목을 찌르려고 달려들었다. 유인이 고함이 허공에 울려 퍼짐과 동시에 무언가가 응축되었다가 일시에 터진 것처럼 강한 기운이 밀려왔다. 그 위력적인 기운에 유인과 촉영은 저만치 나가떨어지고 말았다. 오직 세아만이 단검을 치켜든 채 부들부들 떨고 있었는데 놀랍게도 그녀의 발은 바닥에서 한 뼘 정도 들린 상태였다. 푸르스름한 빛에 둘러싸인 세아는 공포에 질린 얼굴로 몸을 움직이려고 했으나 웬일인지 몸은 움직여지질 않고 뭔가가 옭아매는 것처럼 답답하고 숨이 막혔다.

"아란아!"

"비현!"

유인과 촉영의 외침에 신실을 흔들었다. 그들은 자신들이 보고 있는 것을 좀처럼 믿을 수가 없었다. 제단에 누워 있는 비현에게서 푸른 기운이 연신 흘러나오고 있었다. 지하궁에서 보았던 빛물결이 수많은 파문을 일으키며 퍼져 나간다. 문밖에서 이를 보고 있던 인걸, 효겸, 아사드 또한 말을 잇지 못하고 멍하니 허공만 바라볼 뿐이었다.

연향(蓮香)이다!

유인은 미간이 아득할 정도로 진한 향기에 놀라 입을 열 수가 없었다. 이것 또한 비현이 가진 놀라운 능력 중의 하나일까? 스스로 자신을 보호하려는 것일까? 유인은 몸을 움직이려고 했지만 무거운 바위가 몸을 짓누르는 것처럼 손가락 하나 까딱할 수 없었다. 그는 그저 눈앞에 벌어지는 광경을 숨죽여 바라보았다.

"요망한 것! 이거 놓지 못하느냐? 이런 사술을 쓴다고 내가 두려워할 줄 아느냐!"

세아는 격한 비명을 질렀지만 무언가에 붙들린 듯 몸을 움직이지 못했다. 그녀는 차마 입에 담지 못할 욕설을 내뱉으며 증오를 쏟아냈다.

그때였다.

세아의 눈앞이 일순간 밝아지며 신령한 기운을 가진 여인의 모습이 보였다. 단아한 표정의 여인은 머리에 꽃무늬가 수놓아진 화려하고 높다란 보관(寶冠)을 썼고, 온몸을 감싼 사라(沙羅)는 투명하여 천의(天衣)가 환하게 보였다. 천의는 연화문(蓮花文)과 귀갑문(龜甲文)을 조화있게 수놓았으며 그녀의 뒤로 두광(頭光)과 신광(身光)이 부드럽게 비치고 있었다. 관세음보살(觀世音菩薩)의 모습을 한 그녀는 세아에게 모습을 드러냈다가 다시 밝은 빛이 되어 사라졌다. 그 뒤를 이어서 담담한 목소리가 들려왔다.

「녹은 쇠에서 생겨 그 쇠를 흠이 가게 함과 같이, 부정을 행한 자는 스스로 지은 업에 따라 악취(惡處)로 이끌어가리.」

말이 끝남과 동시에 주위에 난데없이 뜨거운 불길이 일더니 지옥의 사령(死靈)들이 다가와 팔과 다리를 붙들었다. 세아는 긴 비명을 지르며 마구 몸부림쳤다. 그러나 사령들은 이에 아랑곳하지 않고 불길 속으로 세아를 끌고 들어갔다. 세아는 목이 쉬도록 외쳤다.

"어머니! 어머니! 저 좀 살려주세요!"

그녀가 아무리 외친들 촉영에겐 들리지 않았다. 촉영에게는 신실 한가운데에 높이 뜬 세아가 죽은 듯 가만히 떠 있는 모습만 보일 뿐이었다. 그녀는 달려가 세아를 끌어 내리고 싶었지만 강한 기운이 몸을 누른 탓에 꼼짝도 할 수 없었다.

"아아악! 이거 놔라! 놓으란 말이다!"

세아는 불길 속으로 들어가자 온몸이 타는 끔찍한 고통을 느꼈다. 불길 속에서 자신을 향해 미소 짓고 있는 사령들과 옥졸들이 보였다. 그녀는 비로소 자신이 죽었으며 이 끔찍한 지옥도(地獄道)에서 영원히 벗어날 수 없다는 것을 깨달았다.

"이렇게 끝날 순 없어! 안 돼! 안 돼!"

불길은 세아의 외침을 삼키며 더욱더 활활 타올랐다. 불길이 거셀수록 외침은 점점 잦아들고 끝내 그녀의 모습은 사라졌다. 그리하여 한주의 태후로 천하를 호령했던 유세아는 지옥의 불길 속에 영영 갇히고 말았다.

비현의 몸에서 퍼져 나오던 빛물결이 일시에 멈췄다. 공중에 들려 있던 세아는 힘없이 바닥으로 떨어졌고 유인과 촉영을 누르던 강한 기운도 사라졌다. 촉영은 허겁지겁 세아에게로 달려갔다. 그리고 딸의 모습을 본 순간 짧은 숨을 삼키며 얼어붙어 버렸다. 세아는 눈을 부릅뜬 채 숨이 끊어져 있었다.

"아란아! 아란아!"

촉영은 다시금 딸의 이름을 부르며 절규했다.

그사이, 유인은 비현이 누워 있는 제단으로 달려갔다. 차가운 단 위에 그녀가 있었다. 그토록 고왔던 사람이, 보기만 하여도 닳아버릴까 봐 가슴을 조마조마하게 만들었던 정인이 시신처럼 누워 있었다. 자신에게는 우주(宇宙)와도 같았던 사람인데, 신앙이 되어 몸과 마음을 다 바쳤던 사람인데 비참하게 야윈 모습으로 서서히 죽어가고 있었다.

유인은 치미는 분노를 삼키며 옆에 섰다. 핏기 없는 나신에 자신의 장포를 덮어주고 옷 귀퉁이를 찢어 피가 흐르는 손목을 압박

했다. 벌어진 상처에서 피가 멈추지 않고 연신 흘러내린다. 유인은 이를 악문 채 상처를 더욱 세게 눌렀다. 흰 천은 금세 피로 푹 젖어버렸다.

"비현, 내가 왔어. 그러니 눈 좀 떠봐."

유인은 꼭 감긴 눈을 아프게 바라보다 떨리는 입술을 질끈 깨물었다. 그사이 피는 멈출 줄 모르고 계속 흘러내렸다. 유인은 낮게 소리치며 발을 굴렀다.

"젠장, 피가, 피가 멈추질 않아!"

그는 급히 비현을 옷에 싸서 품에 안고는 효겸과 인걸을 보며 소리쳤다.

"빨리 시의(侍醫)를 찾아야 해! 지금 당장!"

유인은 으스러질 듯이 비현을 껴안으며 신실을 뛰쳐나왔다.

신실에 세아와 단둘이 남겨진 촉영은 죽은 딸을 부둥켜안은 채 피 끓는 울음을 내뱉고 있었다.

"아란아, 정신 차려보거라. 아가, 눈을 떠봐……."

이미 숨이 끊어진 딸은 차갑게 식어가기 시작했다. 촉영은 믿을 수 없다는 듯 고개를 저으며 죽음을 부정했다. 그러나 아무리 부정해도 세아의 숨은 돌아오지 않았다. 촉영은 넋이 나간 얼굴로 세아를 으스러질 듯이 껴안았다.

'내 젊음도, 사랑도, 딸자식까지도 모두 걸었건만, 남은 것은 회한뿐이로구나. 언제부터 어긋나기 시작했던 걸까. 왜 그때 바로 잡지 못했던 것일까.'

원망 어린 표정으로 두 눈을 부릅뜨고 죽어간 세아를 가만히 바라보던 촉영이 떨리는 손으로 눈을 감겨주었다. 자신이 그녀를 이렇게 만들었다는 죄책감이 가슴을 짓누른다. 세아는 잘못이 없었다. 그녀는 그저 따뜻한 온기와 사랑을 필요로 했을 뿐이었다. 어미가 되어서 권력을 위해 자식을 희생시켰다. 자신이 그녀를 나락으로 몰아세운 것이었다. 촉영은 흐르는 눈물을 내버려 둔 채 바닥에 뒹구는 단검을 움켜쥐었다.

"네가 간 곳에 나도 나련다. 지옥이라도 함께하자꾸나."

낮게 중얼거린 촉영은 검을 치켜들어 자신의 배를 힘껏 찔렀다. 촉영은 짧은 신음을 내뱉으며 딸의 몸 위로 쓰러졌다. 그녀는 숨이 끊어지기 전까지 딸을 끌어안고 소리 죽여 울었다. 한때나마 딸과 함께했던 평화로운 나날이 눈앞에 흘러가고 그녀의 울음도 점점 잦아들었다. 마침내 죽음이 찾아오니 촉영은 회한의 눈물을 흘리며 두 눈을 지그시 감았다.

비현의 상태는 유인이 생각했던 것 이상으로 위중했다. 그녀의 몸을 싼 장포가 무겁게 젖고 복도에는 붉은 피가 점점이 뿌려졌다. 유인은 견딜 수 없는 불안에 숨이 멎을 것만 같았다. 그녀가 피가, 소중한 피가 자꾸만 흘러내린다. 이대로 가다간 비현이 죽을지도 모른다는 불안이 엄습해 오자 그의 걸음은 더욱 빨라졌다.

막 신궁을 빠져나온 때였다. 유인 일행은 눈앞에 펼쳐진 살육에 잠시 멈춰 섰다. 격렬하게 싸운 흔적과 함께 곳곳에 관군이 쓰러져 있었다. 태후를 호위하던 병사들은 황성에 들어온 유이항의 사병들에 의해 죽임을 당한 것이었다. 마지막 관군이 바닥에 쓰러진 순간, 이항의 사병들이 유인을 발견했다. 병장기를 든 사병들은 신궁에서 나온 이들을 보고 위협적인 표정을 지으며 다가왔다. 그때였다.

"잠깐 기다려 보거라."

팽팽한 긴장감이 감도는 가운데 낯익은 얼굴이 사내들 사이에서 걸어나왔다.

"역시, 무언가 다른 이유가 있을 줄 알았지."

갑주를 갖춰 입은 유이항은 기세 좋게 다가왔다.

"이런, 붉은 귀신 반유인이 아닌가. 얼마 전 붉은 귀신이 한주의 후궁을 정비로 들인다는 우스갯소리를 들은 적이 있는데, 혹여 지금 안고 있는 계집이 그 후궁인가?"

붉은 귀신이라는 말에 주위에 선 무리가 크게 술렁였다. 유인은 비현을 안은 채 이항 앞에 섰다. 두 사내의 싸늘한 눈빛이 얽혀들면서 심상치 않은 분위기가 흘렀다.

"타국의 왕이 한주의 황족과 반군을 이용해 황도를 치고 제 여인을 구해낸다? 참으로 무모한 자로구먼."

이항은 여전히 웃음을 흘리며 말을 이었다.

"잘못하여 이곳에서 죽기라도 하면 어쩌려고 그랬나? 제 목숨을 아무렇게나 내던지다니, 도무지 믿을 수가 없군 그래."

"과연, 그럴까?"

유인의 담담한 말에 이항의 안색이 눈에 띄게 굳었다. 유인은 매처럼 날카로운 눈빛으로 이항을 쏘아보았다.

"왜 너희들만 신도에 들어올 수 있다고 생각하나. 안된 일이지만, 지금쯤 이만의 정병이 위수를 건너 이쪽으로 오고 있을 것이다. 아니, 이미 활짝 열려진 신도 성문을 지나쳤는지도 모르지.”

“뭐, 뭣이? 그, 그런 전언은 듣지 못했다.”

“당연하지 않은가. 한주 땅에 뻔뻔히 예의 갑주를 갖춰 입고 다닐 리가 없지. 그들은 반군의 갑옷을 입고 네가 장수들을 매수해 열어놓은 관문을 지나쳐 여기까지 왔다.”

“이런……!”

이항은 분한 듯 이를 갈았다. 바로 그때 뒤편에서 웅성거리는 소리와 함께 한 떼의 병사들이 몰려왔다. 그들의 선진에는 갑옷을 입은 담웅이 있었다. 당당하게 버티고 선 담웅과 까맣게 늘어선 병사들을 본 이항은 얼굴이 노래졌다. 이를 보고 유인이 말했다.

“긴장할 거 없다. 난 한주를 손에 넣으려고 여기에 온 것이 아니니까. 너희들이 방해하지 않는다면 우리는 조용히 신도를 나갈 것이다.”

이항은 여전히 의심스런 눈빛으로 유인을 쏘아보았지만 잠시 후 고개를 끄덕여 보였다.

“그것참 다행이로구먼. 그럼, 태후는 이 안에 있나?”

“태후는 이미 죽었다.”

이항은 눈을 가늘게 뜨고 유인을 바라보았다.

“황제는 도망치고 태후는 죽었다? 그럼 이제 한주도 끝난 게로군. 어쨌거나 도움을 받았으니 예를 차리겠네.”

이항은 간단히 예를 갖추고는 주위에 늘어선 병사들을 물리쳤다. 유인 일행은 그 사이를 걸어 자신의 병사들에게 걸어갔다. 그 뒷모습을 날카로운 시선으로 바라보던 유이항은 발길을 돌려 신궁 안으로 걸어 들어갔다.

"대왕전하!"

왕을 앞에 둔 병사들은 일제히 예를 갖추었다. 유인은 고개를 끄덕이고는 담웅을 보았다. 담웅은 인파 속에서 벌벌 떨고 있던 노인을 데려왔다.

"대왕전하, 당직관을 뒤져서 시의를 잡아왔사옵니다."

당직관에서 붙잡혀 온 시의는 의관도 제대로 갖추지 못하고 식은땀을 흘리고 있었다. 유인은 담웅이 이끄는 대로 마차 안으로 들어가 시의에게 비현을 보였다. 노인은 손목의 상처를 보고 신음을 흘리고는 곧 상처에 약을 뿌리고 봉합했다. 간신히 피는 멎었으나 숨은 거의 들리지 않을 정도로 미약했고 뺨은 차가웠다. 유인이 상태를 물으니 시의는 미간을 좁히며 어렵게 말을 꺼냈다.

"몸이 쇠약해진 데다 피를 너무 많이 흘리셨습니다. 이미 손쓸 수 없는 지경에 이르렀군요."

유인은 눈앞이 아찔한 나머지 숨이 턱 막혔다.

"이, 이자가 무슨 말을 하는 것인가! 그저 피를 조금 흘렸을 뿐인데 손쓸 수 없는 지경이라니, 그럼 죽기라도 한단 말인가!"

"상처와 흘린 피의 양으로 보아 지금까지 살아 있는 것만도 놀라울 지경입니다."

"닥쳐라! 그럴 리가 없다! 이렇게 쉽게 죽을 리가 없단 말이다!"

유인은 무섭도록 차가운 눈빛으로 시의를 노려보다 밖에 선 담웅에게 명했다.

"이자가 못 고친다면 다른 의원을 찾아봐라. 신도 안에 의원들을 모두 데려와 비현을 고쳐 놓게 하라!"

고개를 숙인 담웅은 유인과 비현이 탄 마차를 출발시켰다. 마차는 신속히 황궁을 가로질러 성문으로 향했다.

덜컹거리는 마차 안에서 유인은 죽어가는 비현을 안고 두려움에 질려 있었다. 모서리에 걸린 등(燈)이 흔들릴 때마다 백지장처럼 하얀 비현의 얼굴이 드러났다 어둠에 묻히길 반복했다. 유인은 비현의 숨소리를 거듭 확인하다가 그녀의 손을 꼭 쥐고 속삭였다.

"비현, 조금만 더 힘을 내라. 이대로 무너지면 안 돼."

그녀의 숨소리에서 고통이 느껴진다. 많이 힘겨워하는 비현을 보고 있자니 유인은 자신이 다친 것처럼 온몸이 아파왔다. 좀 더 빨리 왔더라면 일이 이렇게 되진 않았을 것을. 울분과 죄책감이 유인의 목을 조른다.

'차라리 내가 대신 잡혔다면……. 그동안 혼자서 얼마나 무서웠을까, 얼마나 고통스러웠을까.'

생각하면 할수록 괴로움이 더해져 유인은 가슴을 움켜쥐고 신음을 내뱉었다. 그녀가 잘못되면 자신을 용서하지 못하리라. 비현이 숨을 거두는 순간 자신 또한 그대로 숨이 멎고 말리라. 유인은 비현의 야윈 뺨에 자신의 뺨을 부비며 속삭였다.

"비현, 그대의 눈동자를 보고 싶다. 어서 눈을 뜨고 날 바라봐 줘. 제발……."

유인은 말을 잇지 못하고 비현의 왼손을 꼭 쥐었다. 그녀의 몸이 너무나도 차다. 이 세상 사람이 아닌 것처럼 차갑다. 황급히 비현을 끌어안고 간절히 외쳤다.

"그대를 구하기 위해 먼 곳을 달려왔다. 여느 때처럼 장하다고, 고맙다고 말해 주어야지. 어디 다친 곳은 없냐고, 괜한 고생을 시켜 미안하다고 말해 주어야지. 그대는 언제나 자신보단 남을 걱정하는 사람이잖아. 그러니까 날 걱정한다면…… 걱정한다면……."

험난한 고비를 헤쳐 오는 동안 눈시울 한번 붉히지 않았던 사내가 끝내 눈물을 쏟고 말았다. 참았던 눈물을 쏟으니 애써 가두고 있었던 슬픔이 주체할 수 없이 흘러나온다. 그는 비현을 목덜미에 얼굴을 묻고 흐느꼈다.

"비현! 가지 마라! 이 세상에 날 혼자 두고 가지 마. 다시는 못 봐도 좋으니까, 날 잊어도 좋으니까 제발 살아 있어줘!"

그의 외침에도 불구하고 비현의 모습은 사위어가는 촛불처럼 희미했다. 그럴수록 유인은 그녀를 힘껏 끌어안고 가지 말라는 말을 되풀이했다. 그의 뜨거운 눈물이 비현의 목덜미에 끊임없이 떨어져 차가운 살갗에 스며들었다.

유인이 탄 마차가 막 대흥성을 빠져나왔을 무렵이다. 신도는 곳곳이 불타고 비명으로 가득해 아비규환이 따로 없었다. 반군은 관군과 싸우는 한편 관청으로 난입해 아수라장을 만들고 귀족의 집을 습격했다. 유이항은 황궁을 장악하고 후족 환관들과 궁녀들을 끌어내 닥치는 대로 죽였다. 신도는 피에 젖은 시신들로 가득한 도시가 되었다. 죽음의 혼돈을 뚫고 신도를 빠져나온 유인은 인근 마을에 당도했다.

　한편 담웅의 부하들은 뿔뿔이 흩어져 의원을 찾아 나섰고 효겸은 라리슈카를 구하기 위해 떠났다. 라리슈카는 형관(刑官) 옥사에 곡예단의 무희들과 함께 잡혀 있었다. 신도에 반군이 닥치자마자 관리들은 모두 도망가 버리고 옥사에 남은 여인들은 불안에 떨었다. 그때 도망치던 한 병사가 문을 열어주자 라리슈카는 두려움에 질린 여인들을 일으켜 옥사를 빠져나왔다. 주변 관청은 어느새 습격을 받아 불타고 형관으로 반군이 밀려오던 차였다. 도망치던 병사 무리가 서역 여인들을 발견하고는 음심(淫心)을 주체 못하고 덮쳤다. 사내들이 저항하는 여인들을 우악스럽게 끌고 가던 중이었다. 어디선가 날아온 화살이 라리슈카를 붙들고 있는 사내의 등에 꽂혔다. 놀란 라리슈카가 고개를 드니 그 앞에는 말에 올라탄 효겸이 있었다. 두 사람의 뜨거운 시선이 얽히는 사이, 효겸의 부하들은 여인들을 구해내어 각자의 말에 태웠다. 라리슈카 또한 말에 올라타 효겸의 허리를 힘껏 끌어안았다. 그들은 형관을 빠져나와 성문으로 달렸다.

　"대왕전하, 라리슈카가 왔습니다."

　인걸의 말에 유인은 마차 문을 열어젖혔다. 효겸을 만나고 비현이 다쳤다는 얘기를 전해 들은 라리슈카는 숨 가쁘게 말을 달려 막 도착한 참이었다. 그녀는 유인에게 예를 갖출 사이도 없이 비현에게 다가섰다. 피로 얼룩진 장포를 들춰본 그녀는 나직한 신음을 내뱉었다.

　"세상에, 누가 이런 주술을……."

“이 주술에 대해서 아시오?”

“이것은 죄인을 고문할 때 고통을 오래 지속시키기 위해 쓰는 주술입니다. 누가 이런 끔찍한 사술(邪術)을 걸었단 말입니까?”

“주술을 풀 수 있겠소?”

라리슈카는 비현의 상태를 확인해 보다 금세 얼굴이 어두워졌다.

“비현이 지금껏 살아 있는 것은 이 주술이 숨을 붙들고 있기 때문입니다. 주술을 풀 수는 있지만 지금 상태라면 곧 죽고 말아요. 그렇다고 이대로 두자니 더욱 고통받을 것이고…….”

라리슈카는 목이 메어 말을 이을 수가 없었다.

“그럴 리가…… 다른 방법은 없겠소?”

유인의 물음에 라리슈카는 눈물을 글썽이며 고개를 저었다. 유인은 억눌린 숨을 토해내며 머리를 감쌌다. 이를 안타깝게 바라보던 라리슈카는 비통한 어조로 말했다.

“시간을 끌수록 비현은 더욱 고통받을 뿐입니다. 마음이 아프지만…… 편히 보내주는 것이 최선일 것입니다.”

유인은 차마 라리슈카의 말대로 할 수가 없었다. 비현의 생명을 지탱하는 주술을 풀다니. 그것은 자신의 손으로 직접 그녀를 죽이는 것이나 마찬가지였다. 그는 몸서리가 쳐지도록 두렵고 고통스러워서 도저히 견뎌낼 자신이 없었다. 하지만 자신이 두렵다 하여 그녀를 고통받게 할 수는 없다. 살아날 수 없다면 조금이라도 고통을 덜어줘야 한다. 그것만이 최선의 길일 것이다.

마음을 굳히자 유인의 표정은 담담하게 변했다. 그는 고개를 숙인 채 말했다.

"잠시 둘이 있고 싶소."

라리슈카는 조용히 고개를 끄덕이고는 마차를 나갔다. 비현과 단둘이 남은 유인은 한참 동안 말을 잇지 못하고 멍하니 앉아 있었다. 황궁에 들어설 때만 해도 비현을 만날 수 있다는 꿈에 젖었는데, 지금은 그녀의 죽음을 앞두고 있다는 사실이 도무지 믿기지가 않았다. 유인은 그녀의 헝클어진 머리칼을 쓸어 넘기다 굵은 눈물을 뚝뚝 흘렸다. 그는 작아서 금방이라도 부스러질 것만 같은 비현을 조심스레 안고 중얼거렸다.

"태어나 오직 비현만을 사랑하고, 사랑받았습니다. 그녀를 통해 다시금 태어났고 비로소 아름답게 보이는 세상을 느끼며 처음으로 행복을 알았습니다. 한때는 놓치고 싶지 않은 욕심에 그녀를 마음 아프게 했고, 그녀가 떠나갔을 때는 세상을 향해 모든 울분을 쏟아냈습니다. 오늘에 와서야 제가 한 행동들이 얼마나 어리석은 것이었는지 깨달았습니다."

유인은 잠시 숨을 고르며 비현의 이마에 입맞추었다. 그리고는 비현을 뉘이고 그 앞에 무릎을 꿇었다.

"그녀가 살아 있다는 것만으로도 감사해야 했습니다. 멀리 떨어져 있다 해서 함께했던 나날들마저 의미없어지는 것이 아님을 알았어야 했습니다. 이제 그녀에 대한 모든 집착을 버리겠습니다. 나만의 사람이 아니어도, 속세의 연을 끊고 출가한다 해도 기꺼운 마음으로 보내주겠습니다. 그러니…… 비현을 살려주십시오. 한 평생을 자신보다 다른 이들을 위해 살아온 사람입니다. 그녀만 살려주신다면 무엇이든 하겠습니다. 모든 것을 버리라면 버리고, 이 자리에서 죽으라면 죽겠습니다. 그러니 이 사람을 살려주십시오. 이 사람만은 꼭 살려주십시오."

그는 태어나 처음으로 붇타(佛陀)와 세상의 모든 천지신명(天地神明)에게 빌었다. 비현을 살려달라고, 차라리 자신을 죽이고 그녀를 구해달라고 간절히 빌었다.

그렇게 몇 번이고 애원하던 유인은 간신히 몸을 일으켜 마차를 나왔다. 밖에 서 있던 라리슈카는 참담한 표정을 짓고 있는 사내들을 바라보다 안으로 들어갔다. 곧이어 주술을 외는 라리슈카의 목소리가 흘러나왔다. 주술을 푸는 것이 쉽지 않았는지 라리슈카는 한참 만에야 마차에서 나와 기진한 얼굴로 흙바닥에 주저앉았다. 끝내 울음을 터뜨리는 그녀의 모습을 본 유인은 마차 안으로 뛰어들어 갔다.

비현의 모습은 좀 전과 다름없었으나 어딘가가 달라 보였다. 유인은 그녀의 얼굴에 평온함이 감도는 것을 보자 숨끝이 떨렸다. 그녀는 더 이상 고통스럽지 않은 걸까? 이제 죽는 걸까? 유인은 두려워 선뜻 가까이 가지 못하고 바라보고만 있었다. 그때였다. 비현이 느리게 눈을 떴다. 그 모습을 보던 유인은 제 눈을 믿을 수 없다는 듯 몇 번이고 눈을 깜빡이다 성큼 다가서서 비현의 손을 잡았다.

"비현!"

"전하……."

유인은 비현의 목소리를 듣자 눈물부터 났다. 하고 싶은 말이 너무나도 많은데 목이 잠기고 눈물만 나니 그는 부끄러워 고개를 돌리고 눈물을 훔쳤다. 비현은 한쪽 팔을 들어 그의 어깨를 토닥였다.

"전하께서 오실 줄 알았어요. 장하셔요, 그리고 더없이 고마워요."

비현의 미소에 유인의 입술에서 흐느낌이 새어나왔다. 비현은 그런 그를 아이 달래듯 어르면서 말했다.

"어디 다치신 곳은 없으셔요? 많이 걱정하셨지요?"

유인은 비현을 와락 끌어안고 숨죽여 울었다. 비현의 눈에도 눈물이 고였다. 하지만 여전히 미소를 머금은 그녀는 유인의 뺨을 쓸어 내리며 속삭였다.

"미안해요. 미안해요."

유인은 아무 말도 할 수 없었다. 이것이 꼭 마지막 인사인 것만 같아서, 자신이 입을 열고 나면 그대로 눈을 감아버릴 것 같아 겁이 났다. 비현도 그 마음을 알았는지 유인의 눈물을 닦아주며 속삭였다.

"곧 지나가리라. 이 눈물도, 아픔도, 세월과 함께 지나가고 곧…… 새로운 날이…… 오리라."

말이 끝나자마자 비현의 손에 힘이 풀려 툭 하고 아래로 떨어졌다. 유인은 두 눈을 부릅뜨고 비현의 얼굴을 쳐다보았다. 그녀는 입가에 미소를 머금은 채 눈을 감고 있었다.

"비현, 비현!"

유인은 비현의 어깨를 가만히 흔들어보다 숨소리를 듣기 위해 고개를 숙였다. 순간 그의 얼굴이 창백해졌다. 그는 비현의 가슴에 귀를 대보고는 큰 소리로 울부짖으며 끌어안았다.

"안 돼! 안 돼!"

그는 끄윽끄윽 울음을 울며 비현을 흔들었다. 아직은 보낼 수 없다. 사랑한다는 말조차 하지 못했는데, 영원히 너 하나만을 가슴에 담고 살아가겠다는 말도 못했는데, 이렇게 허무하게 이별할 수는 없었다. 유인은 온몸을 떨며 비현을 불렀다.

"비현, 제발 눈을 떠봐. 아직 내 대답은 듣지 못했잖아. 얼마나 걱정하고 그리워했는지, 얼마나 사랑하는지 듣지 못했잖아. 비현, 제발……. 아아아…… 아아아아……."

격렬한 오열과 함께 지난 기억이 한꺼번에 밀려들었다. 유인은 견딜 수 없이 고통스런 기억 속에서 비현의 얼굴을 찾아 헤맸다.

"상처도 많이 벌어지고 피도 많이 흘렸어요. 괜찮다면 제가 봐도 될까요?"

"많이 아팠겠어요. 손이 못쓰게 되어버렸어요."

"제가 직접 만든 것입니다. 예국 사람들이 즐겨 먹는 거라면서요. 부족하지만 드셔보셔요."

"전하께서 제게 하셨듯이 저도 부탁드립니다. 부디 아프지 마셔요. 몸도, 마음도."

"이제는 숨지 않을 거예요. 전하께서 깨닫게 해주셨어요. 전하께서 절 구원해 주셨어요."

"이렇게 원하잖아요. 심장이 원하잖아요."

차라리 그 시간 안에만 머물러 있었다면 이렇게 아픈 이별도 없었을 것을. 유인은 시간을 되돌리고 싶었다. 비현과 함께 호숫가를 거닐었던 그때로 돌아가 영원히 갇히고 싶었다.

"비현, 우리 돌아가자. 그때, 그곳으로…… 다시 돌아가자."

어느덧 유인의 눈물은 그쳐 있었다. 그는 비현을 눕혀놓고 마차에 있던 자신의 검을 찾아 빼 들었다. 서늘한 날을 빛내는 검을 바라보는 유인의 눈빛은 그늘져 있었다. 그는 비현의 얼굴을 바라보다 날카로운 날을 목에 비스듬히 갖다 댔다.

모든 것은 금방 끝날 것이다. 곧 비현과 함께하겠지. 그녀와 다시 돌아갈 것이다. 영원히 그곳에서 머물면서 다시는 헤어지지 않을 것이다.

유인은 어금니에 악물고 검을 움켜쥐었다. 숨을 가다듬고 검을 쥔 오른팔에 힘을 주려는 찰나였다. 그는 무언가가 변하고 있음을 깨닫고 잠시 힘을 풀었다.

어느 틈엔가 공기의 흐름이 달라져 있었다. 그리고 보이진 않으나 느낄 수 있는 기운이 차츰 비현에게로 모이고 있었다. 유인은 바닥에 검을 떨어뜨리고 비현을 바라보았다. 분명 무슨 일이 일어나고 있었다.

비현에게로 모여드는 것은 세상의 만물에 깃든 순수한 정기(精氣)였다. 땅 위에 구르는 작은 돌부터 산에 이르기까지, 풀잎에 맺힌 이슬부터 바다에 이르기까지, 땅과 하늘 사이에 흐르는 바람과 해와 달에 깃든 정기가 비현의 몸속에 스며들기 시작했다. 그것만

이 아니었다. 그녀를 염려하고 아꼈던, 몹시도 그리워하고 사랑했던 이들의 소망이 한데 모여 비현의 안으로 흘러들었다. 비현이 사랑했던 모든 것들이 이제는 그녀에게 힘을 주고 있었다. 부디 살아나라고, 다시금 숨을 쉬고 눈 뜨라며 자신의 정기를 나누어 주었다.

비현의 주위를 감싸고 느리게 흐르던 기운이 차츰 빨라지기 시작했다. 빠른 기의 흐름은 유인의 몸이 휘청일 정도로 거세지고 급기야는 마차까지 덜컹거렸다. 휘몰아지던 기운이 갑자기 멈췄다고 생각될 즈음, 어디선가 목소리가 들려왔다.

「꽃은 바람을 거역해서 향기를 낼 수 없지만, 선하고 어진 사람이 풍기는 향기는 바람을 거역하여 사방으로 퍼진다.」

유인은 그제야 은은한 연꽃 향기가 난다는 것을 깨달았다. 신궁에서도 맡았던 향기가 다시금 퍼지고 있었다.

「무릇 연꽃은 진흙탕에서 자라나나 더러움에 물들지 않으며 그윽한 향기로 주변을 정화한다. 너 또한 연꽃과 같이 주위에 물들지 않고 고고하게 자라 아름다운 꽃을 피웠으니 그 청정한 향기로 세상을 채웠구나. 그러하나 애달프다. 귀중한 가피(加被)를 얻어 중생을 이롭게 하려 하나 이르게 숨이 멎고 말았구나. 만물의 정기가 피가 되어주었으니 나는 숨을 불어넣어 주마.」

목소리는 잦아들고 비현을 맴도는 기의 흐름은 다시금 거세졌다. 비현의 몸은 빛에 휩싸이고 몸은 활처럼 휘어 고개가 뒤로 젖혀졌다. 그녀의 벌어진 입속으로 빛이 흘러들었다. 그리하여 그녀의 몸이 빛으로 채워지자 창백하던 얼굴에 핏기가 돌기 시작했다.

유인은 그 광경을 숨죽인 채 지켜보았다. 자신이 꿈을 꾸는 것이 아닌가 확인해 보고 싶지만 몸이 굳어서 움직일 수가 없었다. 그때였다. 비현이 갑자기 숨을 들이마시더니 긴 숨을 토해냈다. 유인은 비현에게 달려들어서 숨을 확인하고 심장이 뛰는지 확인해 보았다.

뛴다! 비현의 심장이 뛴다!

느리지만 분명히 뛰고 있는 심장 박동을 똑똑히 확인한 유인은 그대로 얼어붙어 버렸다. 설마, 꿈은 아니겠지? 그대가 숨 쉬고 있는 것이 맞지? 유인은 움직이지 못하고 비현의 숨소리를 들었다. 세상에서 가장 가슴 벅찬 소리에 자신도 모르게 뜨거운 눈물이 흘러내린다. 유인은 두 번 다시 이렇게 뜨거운 눈물을 흘릴 수는 없을 거라 생각했다. 이제는 그녀가 곁에 없다 해도 고통스럽지 않을 것이다. 이렇게 살아 있으니까. 이렇게 숨 쉬고 있으니까. 유인은 한참이 지나서야 가까스로 몸을 움직여 비현의 손을 잡았다. 그녀의 손은 무척이나 따스했다.

그날 밤, 신도는 유이항과 반군의 손아귀에 들어갔다. 신도의 절반은 불탔고 수많은 관군과 관리, 그리고 귀족들이 죽었다. 다음날 유이항은 태후의 혹정(酷政)과 살인을 백성들에게 폭로하고 그녀의 시신과 촉영의 시신을 주작대로 한복판에 매달았다. 백성들은 세아의 끔찍한 살상에 치를 떨며 주검에 돌을 던치고 침을 뱉었다. 그녀의 시신은 오랫동안 그 자리에서 사람들의 멸시를 받으며 까마귀 떼의 먹이가 됐다. 천하에 다시없는 미인이었고 한 나라를 휘어잡았던 여황(女皇)에게는 너무나도 비참한 말로였다.

그렇게 한 시대가 가고 새 시대가 시작됐다. 유이항은 스스로 제위에 올라 국호를 영(永)이라 하고 연호를 회창(會昌)으로 개원했다. 도읍은 여전히 신도였으며 조정에 있던 후족 대신들은 대부분 도주하거나 잡힌 일부는 죽임을 당했다. 이로써 삼백여 년 동안 중원을 다스렸던 한주는 끝내 멸망했다. 위영종은 어린 황제와 후족을 끌고 북(北)의 전(滇)으로 망명했으나 다시 내쳐져서 고원(高原) 지대를 유랑하는 신세가 됐다. 영(永)의 황제 유이항은 예와 정전(停戰) 협정을 맺고 전쟁을 그쳤으나 크고 작은 내란과 소요 때문에 언제나 좌불안석이었다.

경천동지(驚天動地)할 일이 벌어져 세상을 바꿔놓았지만 한주 백성들에게는 황궁의 주인이 바뀌었다는 것뿐, 변한 것은 없었다. 여전히 전쟁은 계속됐고 사람들은 죽어갔다. 갖기는 쉬우나 지키기는 어렵고, 올라서기는 쉬우나 몰락하는 것은 한순간인 세상 속에서 사람들은 제각기의 삶을 치열하게 살아갔다. 혼탁한 풍진(風塵) 속에서 각자의 소중한 것을 지켜내려고 애쓰며 살아 숨 쉬는 것. 이것보다 중요한 것은 없다는 것을 사람들은 차츰 알아가고 있었다.

九. 마음을 들여다보면 길이 열릴 것이니

"이제 정신이 들어? 무슨 잠을 그리 오래 자? 비현이 깨어나기만을 고대하는 이들이 얼마나 많았는지 알기나 해?"

비현은 흐릿한 형체를 제대로 보기 위해 눈을 깜빡였다. 주위가 밝지 않아 좀처럼 얼굴을 알아볼 수가 없는 와중에 낭랑한 웃음소리가 들렸다.

"얼마나 잔 줄 알아? 자그마치 한 달이야, 한 달. 이렇게 많이 자는 사람은 태어나서 처음 봤다니까."

비현은 그제야 라리슈카를 알아보고 깜짝 놀라 몸을 일으켰다. 자신이 살았는지 죽었는지조차 분간이 가지 않아 혼란스러웠다. 놀란 표정을 짓고 있는 비현에게 싱긋 미소 지은 라리슈카는 애써 일어나 앉으려는 걸 도로 눕히며 말했다.

"잠깐만, 그렇다고 일어날 것까진 없잖아. 비현은 좀 더 쉬어야 해."

라리슈카는 다정한 손길로 비현의 머리를 쓰다듬었다. 따스한 손길에 놀란 가슴이 진정되긴 했지만 비현은 여전히 얼떨떨했다. 정신을 잃기 전의 일들이 생생히 떠올랐다. 그의 눈물과 울부짖음, 견딜 수 없이 치밀어 오르는 슬픔과 서서히 밀려오는 섬뜩한 어둠. 비현은 유인에게 작별을 건넨 것으로 자신의 생은 끝이라고 생각했다. 그런데 어떻게 살아 있는 걸까. 여기는 어디일까. 아직도 꿈결에서 헤어나지 못한 듯 몽롱한 표정으로 주위를 바라보는 비현을 보고 라리슈카가 말했다.

"여기는 예국에 있는 은천(銀川)이라는 곳이야. 한주를 빠져나와서 줄곧 이곳에 있었어."

"제가 어떻게 살아 있는 거예요?"

비현은 잠시 어지러워서 머리를 짚었다. 라리슈카는 비현의 어깨를 토닥이며 다정하게 말했다.

"무슨 말이 그래? 죽었어야 한다는 것처럼 들리잖아. 대왕께서 이 소리를 들었으면 한바탕 야단을 치셨을 거야."

순간 비현의 눈앞에 마지막으로 보았던 유인의 모습이 떠올랐다 사라졌다. 그리고 겹치는 태후와 촉영의 모습, 몸서리쳐지는 사내들의 웃음과 어둠. 묻혀 있던 기억들이 하나둘 떠오르자 비현은 두려운 듯 몸을 떨며 눈을 꼭 감았다. 그러자 라리슈카가 비현의 어깨를 감싸 안으며 속삭였다.

"이제 괜찮아. 더 이상 비현을 위협하는 것은 없어. 모든 것이다 잘됐어."

비현은 조용히 흐느끼며 라리슈카의 목을 끌어안았다. 한동안 흐느낌이 멈추지 않았다. 너무나도 두려웠고 고통스러웠던 순간들이 한꺼번에 쏟아져 나와 눈물을 멈출 수가 없었다. 라리슈카는 그런 비현을 달래주며 따뜻하게 안아주었다. 비현은 한참이 지나서야 울음을 그치고 라리슈카에게 물었다.

"라리슈카는 괜찮아요? 다친 데는 없어요?"

라리슈카는 한바탕 웃어 젖히며 말했다.

"참 빨리도 물어본다. 보다시피 나는 이렇게 건강해. 걱정되는 건 비현이지."

"다행이에요. 정말 다행이에요."

비현은 눈물을 글썽이며 진심으로 기뻐했다. 한주 병사들에게 붙잡힐 때 눈빛을 나눈 이후 내내 떨어져 신도까지 왔기에 얼마나 그녀 걱정을 했는지 모른다. 자신 때문에 잡힌 것이 못내 미안했던 비현이다. 그런데 무사히 빠져나와 이렇게 같이 있다니, 기쁘면서도 꿈만 같아 실감이 나지 않았다.

"다들 무사히 신도를 빠져나와 은천에 있는 목장으로 왔어. 비현이 깨어나질 않아서 내내 옆을 지키며 간병을 했지 뭐야. 물론 나보다는 대왕께서 더 고생하셨지만 말이야."

반유인. 언제나 그리운 사람, 두려움과 고통을 이겨내도록 힘을 준 사람. 죽어가는 순간까지도 혼자 남겨질 그가 안타까워 견딜 수가 없었다. 그의 울음과 눈물 때문에 제대로 눈을 감지 못할 것 같았다. 그런데 이렇게 살아 있다니, 그가 곁에서 돌봐주었다니.

하나같이 믿기지 않는 것뿐이었다.

비현은 라리슈카의 어깨 너머로 보이는 침실 풍경을 바라보았다. 두툼한 모피가 깔린 넓은 침실, 물이 끓고 있는 청동 화로, 휘장이 반쯤 내려온 침상. 은은한 차향과 함께 따스함이 배어 있는 곳이었다. 비현은 그의 모습이 보이지 않자 작게 실망하며 시선을 떨어뜨렸다. 옆에 앉아 이를 보고 있던 라리슈카는 미소를 머금고 말했다.

"대왕전하께서는 며칠 전에 일이 있으셔서 난주에 가셨어. 비현이 깨어난 걸 아시면 무척이나 기뻐하시겠지? 빨리 돌아오셔야 할 텐데."

비현의 얼굴에 실망하는 빛이 떠올랐다가 사라졌다. 라리슈카는 비현의 머리를 쓰다듬어 말했다.

"오셨을 때 건강한 모습을 보이면 무척이나 좋아하실 거야. 그러려면 뭐든 잘 먹어야겠지? 그럼 죽부터 내오라고 할 테니 남기지 않고 다 먹도록 해."

라리슈카는 시중드는 여인을 불러 죽을 들여오게 했다. 비현은 그 죽을 남김없이 다 먹고 탕약을 마시고 한숨 더 잤다. 긴 잠에서 깬 비현은 빠르게 완쾌되어 갔다. 지하궁에서 생겼던 상처들은 이미 아물었고 오른쪽 손목에 난 상처는 움직임이 부자연스럽긴 했지만 차차 나아지고 있었다.

황궁과는 비교할 수도 없이 평온한 하루하루가 흘러갔다. 높은 산을 등지고 넓은 평원을 앞에 둔 목장은 평화롭고 사람들은 소박하고 인정이 많았다. 비현은 라리슈카와 목장에 있는 여인들의 보살핌을 받으며 안정을 찾았다. 라리슈카는 이따금씩 비현이 잠들었던 사이에 일어난 일들을 들려주곤 했는데 하나같이 망해 버린 한주와 새로 제위에 오른 황제의 이야기였다. 들려오는 소문에 의하면 여전히 전쟁과 내란이 이어져서 많은 이들이 고통받고 있었다. 나라와 황제가 바뀌었으나 다른 것은 모두 그대로인 셈이었다. 비현은 삶의 무상함과 안타까움에 마음이 무거워지기도 했다. 그중 가장 서글픈 이야기는 태후의 죽음에 관한 것이었다. 돌이켜 보건데 같은 후궁으로서 궁에 들어왔을 때만 해도 이런 삶을 살게 될 줄은 그녀도, 자신도 꿈에도 생각하지 못하였다. 한편으로는 세아의 광기가, 분노와 원망이 안쓰럽고 측은하기도 했다. 소중한 사람들을 죽이고 끔찍한 고통을 준 사람이었지만 광기로 인해 스스로를 망쳐 가는 그녀에게 조용히 명복을 빌어주었다.

"은천에 오고 나서 대왕전하께서 얼마나 끔찍하게 간병을 하셨는지 몰라. 내가 한다고 해도 굳이 나서서 죽과 약을 떠먹이고 머리 감기는 걸 도우고 손톱, 발톱까지 직접 깎으셨다니까. 다른 여인들이 흉볼 정도로 그렇게 지극하셨어."

"악몽에 시달리는지 자다가 울먹이기라도 하는 날이면 밤새도록 옆을 지키셨지 뭐야. 주위 사람들이 걱정할 정도로 정성이셨어."

라리슈카가 얘기할 때마다 비현은 방 안에서 자신 옆에 앉아 있는 유인의 환영이 보이는 듯했다. 그의 아낌없는 사랑을 생각하면 가슴이 시렸다. 자신을 위해 모든 것을 거는 그가 견딜 수 없이 고마우면서도 미안했다. 그 사랑에 답해줄 수 있다면 좋으련만. 그럴 수 없음이 한스러워 명치끝이 견딜 수 없이 아팠다.

"난주에 비현이 깨어났다는 소식을 전할 심부름꾼을 보냈어. 무척이나 기뻐하고 계실 거야. 아니, 지금쯤 달려오고 계실지도 모르겠다."

그 말에 비현의 가슴이 묵직하게 가라앉았다. 그가 그립다. 답해줄 수 없는 사랑에 그리움이 쌓이니 슬픔은 커져만 갔다.

겨울이 시작되어 해가 짧아졌다. 비현은 침실 창을 열어 막 해가 진 하늘을 바라보았다. 구름 사이로 얼굴을 내민 차가운 겨울 달이 산과 들을 비추고 있었다. 고적하지만 아름답게 보이는 광경이다. 멀리 있는 고원에서 불어온 바람이 뺨을 스쳐 지나간다. 사람들은 예리한 칼날 같은 바람이라 하지만 비현에게는 머리가 맑아지는 청량한 바람이었다. 무수한 산과 들, 나무 사이를 거쳐 온 바람에선 익숙한 내음이 났다. 그리운 그만의 체취가 바람에 묻어 있었다. 비현은 창밖으로 몸을 더 내밀고 지그시 눈을 감았다. 유인이 온몸을 감싸고 뺨과 머리를 쓸어 내리는 것만 같다. 비현은 너무나도 그리운 나머지 눈물이 났다. 할 수만 있다면 이 평원을 달려 그에게 가고 싶다. 자신의 앞날을 알면서도, 그가 더욱 힘들어할 것을 알면서도 어리석은 마음은 자꾸만 그에게 달려간다.

비현은 두 눈을 지그시 감고 그의 체취를 들이마셨다. 채워지지 않는 그리움과 뒤이어 밀려오는 슬픔에 가슴이 저미는데 순간 차가운 무언가가 이마에 닿았다. 눈을 떠보니 하늘에서 하얀 결정체가 분분히 날리고 있었다. 까마득히 옛날처럼 느껴지는 서주에서의 나날들이 선명하게 떠올랐다. 불어온 바람에 일제히 하늘로 날아오르던 진분홍 꽃잎처럼 아름다운 눈송이가 바람과 함께 날고 있었다.

"첫눈이다."

비현은 나지막이 중얼거리며 손을 내밀어 눈꽃잎을 받았다. 손바닥에서 사르르 녹아내리는 꽃잎에 마음이 시리다. 비현은 더 많은 눈을 보기 위해 몸을 내밀었다. 그때 서쪽 숲에서 말이 달려오는 소리가 들려왔다. 수십여 기의 말이 달려오는 소리에 비현의 마음도 덩달아 뛰었다.

"혹시…… 오신 걸까?"

비현은 기쁜 나머지 손으로 왼쪽 가슴을 지그시 눌렀다. 당장이라도 나가 까치발을 하고서 보고 싶은데 떨린 나머지 발이 떨어지지 않았다. 한 발이라도 떼면 그대로 주저앉을 것처럼 몸에서 힘이 빠진다. 비현이 할 수 있는 것은 떨리는 숨을 가다듬으며 그들이 오는 소리를 듣는 것뿐이었다.

말들이 목장 입구에 다다랐다. 저택 입구가 사내들의 목소리와 발소리로 요란하다. 온 집 안에 그 소리가 울리는 와중에 인걸과 효겸의 목소리도 섞여 있었다. 춥다, 혹은 눈이 많이 온다는 그들의 푸념이 연이어지고 그들이 각자의 침소로 흩어지는 소리가 들렸다. 그사이 한 아낙이 비현의 이름을 입에 담는다. 비현의 심장이 더욱 뛰어 어쩔 줄 몰라 한다. 잠시 후, 넓은 집에 발소리가 울려 퍼졌다. 무거우면서도 가볍고 빠른 발소리, 어찌 보면 들뜬 것도 같은 발소리. 그 소리가 가까워지자 비현은 문 쪽을 바라보았다.

쿵쿵, 쿵쿵.

그 사람이다. 그토록 그리웠던 사람. 발소리만으로도 설렘과 기쁨을 알 수 있는 그의 인기척. 비현은 문 쪽을 바라보며 그가 오기를 기다렸다. 복도로 향한 창에 그의 그림자가 비친다. 높고도 넓은, 그래서 언제나 아득한 그의 그림자가 느리게 걸어오고 있었다. 그리고 문 앞에 이르러 잠시 멈춰 섰다. 그는 한동안 움직일 줄을 몰랐다.

'무슨 생각을 하고 있는 걸까? 왜 망설이는 걸까?'

비현은 불러보고 싶었지만 목이 메어서 차마 부를 수가 없었다. 그의 손이 손잡이에 닿았다가 떨어지기를 반복한다. 이윽고 고개를 숙인 그는 몸을 돌려 다시금 왔던 길을 되짚어가기 시작했다. 쓸쓸한 그림자, 그리고 발소리. 비현은 그대로 방을 가로질러 가 문을 활짝 열어젖혔다.

소리를 듣고 유인은 걸음을 멈추었다. 등이 하나만 내걸린 어두운 복도의 끝과 끝에서 두 사람의 시선이 마주쳤다. 비현은 차마 입을 열지 못하고 눈물을 글썽이며 서 있었다. 그 모습을 숨죽여 바라보던 유인은 단숨에 복도를 뛰어와 비현을 품에 안았다. 그의 넓은 품속에 뛰어든 비현은 모든 것이 아득하게 느껴졌다. 바람 속을 뚫고 온 그에게서 그리운 체취가 난다. 비현은 그의 가슴에 얼굴을 부비며 살아 있는 것에 감사하고 또 감사했다.

"소식을 받자마자 바로 온다는 것이 늦어졌어. 미안해."

유인은 비현의 어깨를 조심스레 안고 말했다. 음성 끝이 떨리고 있었다.

"깨어날 때 옆에 있고 싶었는데, 일이 많았어. 그래서……."

그는 어찌할 바를 몰라 무언가를 자꾸 말하려 했다. 비현은 고개를 들어 그를 보며 나직이 말했다.

"보고 싶었어요."

유인의 굳은 얼굴이 그제야 풀어진다. 안도와 기쁨이 교차하고 유인은 미소를 머금고 말했다.

"보고 싶었어."

아무리 많은 말을 해도 늘 부족한 것이 있고 한마디 말로도 충분한 것이 있었다. 보고 싶다고, 늘 너만을 생각했다고. 너를 생각하며 눈을 뜨고 널 생각하며 눈을 감았고, 그렇게 못 견디게 네가 보고 싶었다고, 두 사람은 서로의 얼굴을 들여다보며 눈으로 말했다.

더 이상 말은 필요없었다. 지금 이 순간에는 그 말 한마디면 충분했다.

간밤에 내린 눈이 세상을 하얗게 만들어놓았다. 어디까지가 들판이고 호수인지 분간할 수 없을 만큼 온 천지가 눈에 뒤덮인 설경은 경이로울 만큼 아름다웠다. 아침 일찍 말을 타고 목장을 나선 유인과 비현은 나란히 전나무 숲을 거닐었다. 숲을 보고 온 다음에는 한가로이 바둑을 두었다. 유인이 매번 지는 통에 벌은 온통 그의 차지가 되었다. 비현이 먹물을 듬뿍 묻혀 얼굴에 낙서를 하는 동안 그는 무엇이 그리 좋은지 껄껄 웃기만 했다. 잘난 얼굴을 우스꽝스럽게 만들어놓은 비현은 짐짓 시치미를 떼며 거울을 내밀었다. 자신의 모습을 본 유인은 웃음을 터뜨리며 붓을 빼앗아 비현에게 달려들었다. 비현은 온 방 안을 뛰어다니며 피했고 그 바람에 사방이 먹물 천지였다.

슬픔 따윈 기댈 틈이 없었다. 이 행복이 평생 갈 것처럼 몸과 마음이 들떴다. 비현은 이제 어찌할 것인지 얘기하지 않았고 유인 또한 묻지 않았다. 그저 아침에 얼굴을 마주하면 오늘은 무얼 할 건지에 대해 얘기를 나누었다. 유인은 비현이 하고 싶다는 것을 들어주었고, 비현 또한 유인이 하고 싶은 것을 들어주었다. 바둑을 두고, 서로의 얼굴을 그려주고, 거문고를 타고, 노래를 불렀다. 말을 타고 멀리까지 나가보기도 하고 돌아오는 길엔 아이들처럼 눈싸움을 했다. 하루가 오롯이 서로의 것이었다. 얼굴을 마주하며 웃고 얘기하고 그러다 잠자리에 들 때면 아쉬운 표정으로 헤어졌다.

그들은 알고 있었다. 곧 다가올 일들을, 또 한 번 아픈 이별을 해야 함을 알기에 지금은 서로에게 즐거운 기억을 만들어주고 싶었다. 이제는 떠올려도 슬프지 않을 기억을. 그리고 기쁘게 돌아서고 싶었다. 그랬기에 각자의 아픔을 누르고 마주할 때는 웃는 모습을 보여주었다.

눈밭 위에서는 타구(打毬)가 한창이었다. 타구란 말에 올라탄 사내들이 기창(騎槍)으로 공을 쳐 상대방의 진지에 공을 넣는 것인데 호위대들은 홍백(紅白)으로 패를 갈라 눈밭을 종횡무진 날뛰었다.

유인 또한 그들과 함께였다. 말 위에서 위태로워 보일 만큼 몸을 깊숙이 기울인 그는 눈밭에 구르는 공을 단숨에 낚아채서 상대편을 따돌리고 구문 밖으로 강하게 쳐냈다. 함성이 터져 나오고 유인은 뿌듯한 표정으로 비현에게 기창을 흔들었다. 언덕에서 그 모습을 지켜보던 비현은 내내 긴장하다가 그의 환호에 안도의 숨을 내쉬며 웃어 보였다.

한편 같이 앉아서 경기를 보고 있던 라리슈카는 효겸이 미끄러져 기우뚱 할라치면 어쩔 줄을 모르고 발을 동동 굴렀다.

"저러다 말이 넘어지기라도 하면 어쩌려고 저런담. 보는 사람 간이 다 오그라들겠어."

라리슈카는 효겸의 앞을 가로막고 잽싸게 공을 채가는 인걸이 마냥 미워 슬며시 흘겨보았다. 효겸의 고백을 정중히 거절한 그녀였지만 왠지 모르게 자꾸만 그에게 눈이 갔다. 처음에는 자신의 아름다움에 끌린 여느 사내와 다를 바가 없다고 생각했다. 하지만 특별한 것을 소유하고 싶은 욕망, 단지 정복 상대로 자신을 생각해 왔던 사내들과 달리 그에게선 진심이 느껴졌다. 정말로 자신을 위한다는 느낌은 신선하면서도 더욱 가까이 갈 수가 없게 만들었다.

'저렇게 착한 사내와 나는 맞지 않아. 나에겐 지금처럼 사는 것이 어울려.'

하지만 의지와는 달리 라리슈카의 눈은 효겸의 뒤를 좇고 있었다. 땀에 푹 젖은 채 웃고 있는 그의 모습을 보고 있자니 자신도 모르게 입가에 미소가 퍼진다. 참으로 순수하고 천진한 사람이다.

저런 사내와 살면 어떤 기분일까? 머리 속에서 온갖 상상이 떠오르자 라리슈카는 고개를 흔들어 애써 지워 버렸다. 다른 사람의 운명은 볼 수 있어도 현재 자신의 감정은 알지 못하는 그녀였다.

사내들은 지치지도 않는지 온갖 마상 재주를 뽐내며 타구에 열중했다. 인걸이 말 옆구리에 매달린 채 달리는 시늉을 하자 효겸은 대담하게도 말 위에 서 보였다. 이를 보고 있던 여인들이 일제히 신음을 터뜨렸다.

"하여튼, 사내들이란 왜 저렇게 어린애 같을까? 잘못해서 다치면 어쩌려고 저러는지."

라리슈카의 불평에 비현은 싱긋 웃으며 말했다.

"많이 걱정되시나 봐요?"

"걱정되기는, 무모해서 그래. 자칫해서 다치면 큰일이잖아."

라리슈카는 시큰둥한 표정을 지었다. 비현은 여전히 웃음을 머금고 말했다.

"저는 다들 즐거워 보여서 기쁜걸요. 저런 모습, 정말 보기 좋아요."

이 광경을 다시는 볼 수 없을 것처럼 비현의 눈빛이 깊어지자 라리슈카의 눈빛 또한 진지해졌다. 그녀는 비현이 말하지 않아도 어떤 결정을 할지 알고 있었다. 자신을 위험에 몰아넣은 한주가 멸망했다고 해서, 예의 전쟁이 끝났다고 해서 유인에게 돌아갈 그녀가 아니었다. 그런 비현의 마음이 안타깝고 말없이 그 옆을 지키는 유인 또한 안타까웠다. 법륜대사의 명으로 비현을 보살펴 주고 정국으로 인도하는 것이 자신의 역할이라지만 두 사람의 사랑을 알기에 한편으로는 그녀가 이대로 예국에 남기를 바랐다.

"비현, 꼭 그래야만 하겠어?"

갑작스런 라리슈카의 말에 비현은 그저 웃어 보였다. 라리슈카의 말이 무엇을 뜻하는지 이미 알고 있다는 미소였다.

"한주는 이미 망해 버렸고 더 이상 비현을 위협하는 것은 없어. 그런 이때에 다시 정국으로 돌아가려는 이유가 뭐야? 그토록 서로를 은애하면서 헤어지려는 이유가 뭐야?"

라리슈카의 거듭된 질문에 비현은 담담히 말했다.

"이것이 제 길이라고 생각하니까요. 많은 이들의 바람을 저버리고 싶지 않으니까요."

"하지만 떠날 수 있겠어? 출가할 수 있겠어?"

"노력할 거예요. 늘 노력할 거예요."

"전하께서는 왜 아무 말도 않으시지? 왜 붙잡지 않으시는 거야?"

비현은 타구를 하는 유인을 바라보았다. 말을 달리며 공을 힘껏 쳐내는 모습이 똑바로 쳐다볼 수 없을 만큼 눈부시고 아름답다. 비현은 그 모습을 마음에 가득 채워 넣으며 중얼거렸다.

"이제…… 준비가 되신 거예요."

비현은 유인을 바라보며 미소 지었다.

그가 늘 이 모습만을 기억하길 바란다. 눈물보다는 미소를, 아프고 고통스러운 과거보다는 지금의 행복한 순간을 기억하기를 바란다. 그래서 헤어지고 나서도 아프지 않기를, 가슴 한구석에 묻어도 시리지 않기를 바란다. 그 또한 같은 바람일 것이다. 이곳의 기쁜 추억만을 기억해 주기를, 그래서 헤어질 때 아프지 않기를 바라고 있겠지. 그렇기에 힘든 내색 없이 애써 밝게 웃고 있는 것일 테지.

비현은 울음을 누르고 더 밝게 웃어 보였다. 그에 화답하듯 유인은 힘차게 말을 달려 상대편의 진지로 다가갔다. 그리고 기창을 휘둘러 단숨에 공을 넣고 함성을 질렀다. 같은 편에도 일제히 함성이 터져 나오며 제각기 기창을 들고 환호한다. 그는 세상을 다 얻은 것처럼 웃었다. 슬프지만…… 웃었다.

유난히 추운 밤이었다. 주위는 어둠이 내려 캄캄하고 사람들은 제각기 따뜻한 잠자리에서 잠들어 있었다. 그 가운데 유일하게 깨어 있는 이가 있었다. 등조차 꺼진 비현의 침실 앞 복도 차가운 기둥에 기대 앉아 생각에 잠겨 있는 유인. 그는 얼굴에는 지쳐 피곤한 기색이 역력했지만 일어나 자신의 따뜻한 침실로 돌아가지 않았다. 그는 성문을 지키는 수문장처럼 비현을 지키고 있었다. 적이 아닌 악몽으로부터.

비현은 혼수 중에도 이따금씩 끔찍한 악몽을 꾸곤 했다. 황궁에서 있었던 끔찍한 일이 되풀이되는 듯 그녀는 몸을 떨며 부모와 유인의 이름을 불렀다. 경련하듯 몸을 떨며 식은땀을 흘리는 그녀를 볼 때마다 유인은 손을 꼭 잡아주며 머리를 쓰다듬어 주곤 했다. 그럴 때면 비현은 악몽에서 벗어나 다시 잠들었고 유인은 고른 숨소리를 듣고 나서야 가슴을 쓸어 내리며 안도했다. 비현을 위해 할 수 있는 무언가가 있음에 기뻐했던 기억이 생생한데 이제 그날조차 얼마 남지 않았다. 난주에서 돌아온 지 일주일이 흘렀고 곧 이곳을 떠나야 할 순간이 다가오고 있다는 것을 유인은 느낄 수 있었다. 시간을 조금이라도 더 붙잡아두고 싶은 부질없는 마음을 뒤로하고 유인은 오늘도 비현의 침실 앞을 지켰다. 마지막까지 할 수 있는 것은 뭐든 하고 싶은 그였다.

"어머니, 어머니!"

깊은 생각에 잠겨 있던 유인은 작은 흐느낌에 자리에서 일어섰다. 비현이 흐느끼고 있었다. 또다시 악몽을 꾸는 것인가. 유인은 조심스럽게 문을 열고 들어갔다. 침상에 다가가니 비현이 어깨를 들썩이며 흐느껴 울고 있었다. 유인은 혹여 차가울까 옷 속에 넣고 있던 손을 꺼내 비현의 손을 잡았다. 그녀는 잠시 뒤척이다 유인 쪽으로 몸을 웅크리고 작게 울먹였다. 유인은 식은땀에 젖은 이마를 쓸어주며 작게 속삭였다.

"괜찮아. 이젠 괜찮아."

비현은 유인의 손을 꼭 움켜쥐고 몸을 동그랗게 말았다. 그 모습을 보는 유인의 눈길이 사뭇 처연해진다. 그는 침상 옆에 앉아 한참을 꼼짝 않고 있었다. 그녀의 흐느낌이 차츰 잦아들자 그의 마음도 편안해진다.

'내가 곁에 없을 때 악몽이 찾아오면 어떻게 하지? 이제 너의 밤은 누가 지켜주지?'

그는 비현의 손등에 입을 맞추었다. 견딜 수 없는 그리움이 밀려와 가슴이 뻐근해진다. 유인은 고통스러운 나머지 슬며시 손을 놓으려 했다. 하지만 비현은 그의 손을 꼭 붙들고 놓아주지 않았다. 놓치면 그대로 낭떠러지로 떨어질 것처럼 간절히 붙들고서 잠들어 있었다. 유인은 더 이상 어쩌지 못하고 그대로 침상 아래에 주저앉았다. 그녀의 체온에 온몸이 따뜻해지고 나른함이 몰려온다. 벽에 등을 기댄 유인은 그녀의 손을 잡은 채 숨소리를 들었다. 시간이 흐를수록 서서히 눈이 감기고 어느 순간 유인은 까무룩 잠이 들고 말았다.

따뜻하고 부드러운 뭔가가 볼을 스친다. 유인은 잠시 눈을 떴다가 창을 통해 새어 들어오는 새벽빛을 보고 놀라서 정신이 번쩍 들었다. 잠깐 눈을 감은 것 같은데 그대로 잠들어 버리다니, 유인은 황망히 고개를 돌리다 자신을 바라보고 있는 시선과 마주쳤다. 바로 앞에 비현이 미소를 지으며 앉아 있었다. 그리고 자신의 몸에는 두툼한 이불이 덮여 있었다. 유인은 황망히 일어나려다 비현이 가슴을 누르는 바람에 도로 주저앉았다.

"편한 잠자리를 두고 왜 여기에서 자요?"

비현의 물음에 유인은 말을 꺼내지 못하고 어물거리기만 했다. 비현은 이미 알아버렸다는 얼굴로 물었다.

"언제부터예요? 설마 오자마자는 아니죠?"

"밤에, 그냥 지나다가……."

비현은 유인을 곱게 흘겨보고 말했다.

"악몽 조금 꾼다고 해서 어떻게 되지 않아요. 어린애도 아닌데 괜한 걱정이나 하고."

"나 때문에 일찍 깼구나. 지금 내 침실로 돌아갈게."

비현은 말 대신에 유인의 손을 잡아 이끌었다. 무엇을 하는지 몰라 당황하던 유인은 비현이 무릎을 베게 해주려는 걸 알고 멋쩍은 표정으로 고개를 저었다. 그래도 그녀는 억지로 무릎을 베게 했다.

"제 무릎 베는 거 좋아하셨잖아요. 마지막으로 꼭 이렇게 해주고 싶었어요."

마지막. 유인은 속으로 나지막이 읊조렸다. 명치가 채인 것처럼 아프다. 그 아픔이 전해진 걸까. 비현은 상처를 달래듯 부드럽게 말했다.

"이제 가야 해요. 많이 늦어졌잖아요. 다들 기다리실 거예요."

그녀의 손가락이 머리칼을 조심조심 쓰다듬는다. 차마 잊을 수 없었던 감각들이 다시금 되살아나자 격통이 밀려온다. 유인은 눈을 지그시 감고 말했다.

"미리 준비해 뒀어. 오늘 떠날 수 있도록 채비를 할게."

"돈황까지만 부탁드릴게요."

"위험한 곳이야. 정국까지 데려다 줄게."

비현은 더 이상 말을 잇지 못하고 침묵했다. 유인은 그녀의 무릎과 손끝을 느끼며 이런 이별도 있음을 처음으로 알았다. 서로의 얼굴을 보지 않아도 되고, 눈빛을 보지 않아도 되고 그저 서로의 감촉만을 느끼며 떠남을 이야기하다니. 그동안 어떻게 애길 해야 할지 고민하던 자신이 한심해지는 순간이었다. 유인은 쓸쓸한 미소를 지으며 말했다.

"그대 무릎을 베고 바라보는 하늘은 참으로 넓고 파랬어. 잊지 못할 거야, 그 광경.”

지금 비현이 짓고 있을 표정이 눈에 선하다. 눈물을 글썽이며 그때를 추억하겠지. 손에 잡힐 듯 선연한 기억에 가슴이 파헤쳐 지는 듯한 아픔을 느끼고 있겠지. 유인은 작게 떨리는 비현의 손을 꼭 쥐고 말했다.

“그대가 날 사랑하지 않아서 떠나는 것이 아님을 알아. 그대는 세상을 지키고 싶은 것뿐이고 난 그런 그대의 마음을 지켜주고 싶을 뿐이야. 원망하지 않으니까 괴로워하지도 마.”

그 순간, 유인의 손등 위로 굵은 눈물이 뚝뚝 떨어졌다. 유인은 애써 비현을 보지 않고 그대로 있었다. 그녀의 눈물을 보면 자신도 울어버릴 것 같아서, 그러면 애써 마음먹은 것이 흔들릴까 봐 두려웠다. 유인은 손등에 떨어지는 뜨거운 눈물을 느끼면서 그렇게 비현의 무릎을 베고 누워 있었다.

날이 밝자마자 유인은 정국으로 떠날 채비를 하라는 명령을 내렸다. 비현은 라리슈카와 함께 마차에 올라탔고 그 주위를 호위대가 에워쌌다. 행렬의 맨 앞에 선 유인은 한 번도 뒤돌아보지 않고 묵묵히 말을 달렸다.

한주가 망하고 난 후 새로 들어선 왕조의 권력은 변경까지 닿지 않았다. 하서회랑은 크고 작은 무인 세력이 들고일어나 혼란한 지경에 이르렀고 이때를 놓치지 곳곳마다 비적 떼들이 들끓었다. 그 소요를 뚫고 오면서도 유인은 학선을 비롯해 무위성에 잡혀 있던 승려들을 구해내 동행했다. 그리하여 고생 끝에 도착한 돈황에는 유인의 부탁을 받고 먼저 온 아사드가 기다리고 있었다. 그는 높은 관직에 올랐다가 나라가 바뀌자마자 도로 상인 신세가 된 마휘를 쥐도 새도 모르게 처리하고 일행을 기다리고 있던 참이었다. 아사드와 합류한 일행은 다시 정국으로 향했다.

✳

타클라마칸 사막 동쪽에는 과거 누란왕국이라 불렸던 곳에 법왕이 세운 불국토(佛國土)가 있다. 신성한 곳이므로 더러움이 닿을 수 없다 하여 붙여진 이름, 정국(淨國). 그곳의 국도(國都)인 누란성(樓蘭城)까지 가려면 흰모래산인 백룡퇴(白龍堆)와 칼날산을 지나야 했다. 모래 폭풍과 싸우며 그 험준한 마지막 고비를 건너면 일순간 믿어지지 않는 풍경이 펼쳐져 여행자들을 당황케 했다. 황량하기만 했던 사막의 풍경이 마치 그림을 한 장 넘긴 것처럼 일시에 푸르른 초원으로 바뀌는 것이다. 북쪽의 천산(天山), 남쪽은 곤륜(崑崙) 산맥에서 흘러내린 물이 강을 이뤄 흐르고 그 강줄기는 나포박(羅布泊) 호수까지 길게 이어졌다. 정국은 나포박 호수 옆에 자리 잡은 누란성과 남쪽 미란(米蘭), 토번(吐蕃)에까지 이르는 넓은 영토를 가진 국가였다.

동쪽에서 온 여행자들은 갑자기 나타는 초원이 신기루가 아닐까 두려워 선뜻 다가가지 못한다고 한다. 정국의 풍경은 그 정도로 사막과 대비되어 푸르고 아름다웠다. 들판에서는 농부들이 농사를 짓고 곳곳에 세워진 사찰에서는 승려들과 교리를 공부하고 수행을 했다. 정국은 불국토라는 이름답게 누란성 주변만 해도 수백 개의 사원과 수천 개의 불탑이 세워져 있었다. 인구의 절반 이상이 승려였으며 나머지는 농부와 상인, 일부 귀족들이었다. 정국을 실질적으로 나라는 다스리는 것은 세습을 통해 왕위에 오른 법왕이었으나 경제 활동 외에 모든 것은 교단을 이끄는 수장인 다섯 아라한과 상의 끝에 결정되었다.

아라한(阿羅漢)이라 함은 본래 부처를 가리키는 명칭이었는데, 후에 불제자들이 도달하는 최고의 계위(階位)로 바뀌었다. 정국의 아라한은 예로부터 선대 아라한이 입멸시 유음을 통해 지목하였는데, 그들은 부처의 화신으로 인정받은 후에 오랜 수행을 거쳐 아라한의 자리에 올랐다. 대부분은 어릴 때 출가를 하여 장년으로 성장하였을 때 아라한으로서의 지위를 받았는데 정국뿐 아니라 중원 변방까지 가서 모셔온 경우도 있었다. 그중 여인이 아라한이 되는 경우는 비현이 처음이었고 신이한 법력을 가지고 태어나 약사여래의 화신이라 불리는 이 또한 그녀가 처음이었다.

부처의 화신이자 장차 정국을 이끌 아라한이 누란성에 오신다고 하자 각처에서 사람들이 모여들었다. 그분의 얼굴 한번 뵙는 것만으로도 신병이 낫는다는 소문이 한차례 휩쓸고 지나간 터라 인파들이 더욱 모여들어 발 디딜 틈이 없을 정도였다.

일행이 수도 누란성에 들어가자 대로 양편에 운집한 수많은 군중들이 흰 꽃잎을 던지며 그들을 맞이했다. 이 같은 환영이 있을 거라는 언질을 듣지 못했기에 일행은 놀라서 얼떨떨한 얼굴로 걸음을 옮겨야 했다. 정국에서 미리 보낸 가마에 탄 비현은 조심스레 수레 휘장을 걷고 밖을 살폈다. 그러자 여기저기서 우렁찬 함성이 터져 나오고 홍가사를 입은 승려들과 백성들이 비현을 보기 위해 일제히 고개를 빼들었다. 생각지도 못한 인파에 당황한 비현은 수줍은 얼굴로 미소를 지어주다 얼른 휘장을 내리고 숨고 말았다.

바위산을 깎아 지은 왕궁에 막 들어설 무렵이었다. 비현은 일행과 따로 떨어진 내궁으로 거처가 옮겨졌다. 수발을 들기 위해 찾아온 비구니들은 목욕 시중을 들고 여독에 지친 몸을 달래기 위한 약탕을 지어 올렸다. 다짜고짜 일행과 떨어진 터라 안부가 궁금한 비현은 밖에 나가 그들을 만나보려 했지만 비구니들이 한사코 붙잡는 통에 주저앉아야만 했다. 비구니들은 회흘(回紇)족 사람이기 때문에 아무리 설명을 해도 모른다는 표정으로 고개만 저을 뿐이라 비현은 그저 답답할 뿐이었다.

외궁으로 안내된 유인과 아사드는 외국의 귀한 손님들이 머문다는 전각에 머물게 됐다. 동서 대국의 왕과 황자가 같이 왔으니 개국 이래로 최고의 귀빈인지라 재상이 직접 나서서 성대한 연회를 열고 감사의 예를 표했다. 유인과 아사드는 물론 호위대까지 극진한 대우를 받으니 그들은 그저 반색을 하며 궁인들이 내온 옷을 입고 음식을 먹었다. 그러나 유인과 아사드만은 따로 떨어진 비현이 걱정이 되어 얼굴을 펼 수가 없었다.

그 밤, 유인은 법왕이 직접 여는 연회에 청빈이 되었다. 그는 궁인의 안내를 받으며 외궁에서 내궁으로 이어지는 회랑을 걸었다. 외궁과 마찬가지로 내궁 또한 소박하고 검소했다. 그나마 화사한 것은 색색이 고운 종이를 붙여 만든 등(燈)뿐, 목조 건축들은 화려한 장식을 아껴 담박한 맛이 났고 주위를 지나치는 궁녀들은 꾸미지 않아 순박한 모습이었다. 궁인을 따라 한 전각에 들어가니 다른 손님은 없고 조촐한 다과상이 놓여 있었다.

잠시 후 시동들과 함께 법왕이 들어왔다. 법왕에 관한 이야기가 세간에 잘 알려지지 않았기에 그저 사내로 짐작하고 있었던 유인은 검은 머리를 길게 땋아 내린 중년의 여인을 보고는 조금 놀랐다. 그녀는 평범하고 조용한 인상이나 얼굴 전체에는 쉽게 범접할 수 없는 기품과 위엄이 흘렀다. 유인은 나중에 가서야 법왕의 정식 명칭은 법연지정여왕(法然志淨女王)으로 보통은 줄여서 법왕이라 칭한다는 것을 알았다. 선대왕의 지목으로 왕위에 오르는 왕은 남녀의 구분을 두지 않았기에 여인이 왕위에 오르는 경우도 있는데 정국은 남녀의 지위가 대등하여서 여인이 가장이 되는 경우도 흔하다고 하였다. 유인은 자신을 향해 단아한 미소를 짓는 여왕에게 정중히 예를 갖추었다. 여왕 또한 예를 갖추고는 자리에 앉기를 권했다.

"이처럼 귀한 손님을 맞이하게 되어 진심으로 기쁩니다. 험준한 길을 마다않고 와주셨으니 그 감사함을 어찌 표현해야 할는지요."

여왕이 눈짓을 하자 옆에 앉은 시동들이 차를 따르고 다과 시중을 들었다. 잠시 의례적이지만 꾸미지 않은 안부가 오가고, 여왕은 위험에도 불구하고 정국에 와준 것에 대한 감사의 뜻을 거듭 전한 후 영국(永國)에 관한 이야기를 꺼냈다.

"유이항은 야심가일 뿐이지 황제의 재목은 아닙니다. 제위에 오르기에만 급급했지 막상 올라서는 내란을 어쩌지 못하고 나라를 혼란하게 만들고 있어요."

"위영종은 어찌 되었습니까?"

"추종하는 무리들은 흩어지고 전국(塡國)에서 쫓겨나 떠돌아다니고 있다더군요. 세(勢)를 얻어 다시 돌아온다 해도 태후의 실정과 천인공노할 만행이 만천하에 드러난 이상 제위를 되찾지는 못할 것입니다."

유인은 무겁게 고개를 끄덕였다. 여왕은 그의 낯빛을 살피며 담담히 말했다.

"영(永)은 오래가지 않을 것입니다. 내란은 수년, 수십 년에 걸쳐 계속되고 백성들은 끊임없이 고통을 받겠지요. 이제 길은 하나뿐입니다. 대왕께서 중원을 통일하여 주십시오. 부디 더 이상 피를 흘리지 않도록, 더 이상 고통받는 사람들이 없도록 중원을 안정시켜 주세요."

"결국 저 또한 유이항이나 위영종과 같은 야심가로 치부되겠지요. 저 역시 그들에겐 또 다른 침략자가 아니겠습니까?"

"전쟁을 종식시키고 고통으로부터 벗어나게 해준다면 침략자가 아닌 영웅이 되지 않겠습니까? 백성들에게는 자신의 삶을 지켜주는 사람이야말로 진정한 황제일 테니까요."

그녀의 말이 끝나고 잠시 침묵이 흘렀다. 유인은 여전히 무표정한 얼굴로 찻잔만을 내려다볼 뿐이었다.

일곱 살 어린 나이로 불타는 궁을 빠져나오면서 대장군 사예문이 말했다. 지금 예는 무너지지만 이것은 끝이 아니라고, 언젠가는 무너진 나라를 일으키고 한주에게 복수할 날이 꼭 오리니 그때까지 훌륭한 군주가 되어달라고. 지금껏 오직 한 가지 목표만을 위해 달려왔다. 중원을 예의 이름으로 통일하는 것. 통일 군주가 되어 새로운 왕조를 여는 것. 그것만이 유인이 피와 땀을 흘리며 살아온 유일한 목표였다. 그런데 이제 와 생각해 보니 신기루를 향해 미친 듯이 달려온 것처럼 허망하다. 세월은 손아귀의 모래처럼 빠져나가고 남은 것은 공허한 가슴뿐. 중원의 패권을 잡는다 해도 이 마음의 공허는 채울 수가 없을 것 같았다.

'비현, 너를 잃고 천하를 얻는구나. 내게 천하는 너인 것을, 내가 원하는 것은 오직 너뿐인 것을. 삶이 참으로 허망하다.'

유인은 천하를 얻게 되어 가슴이 펴지기는커녕 점점 몸이 오그라드는 기분이었다. 그는 침통함을 곱씹다가 문득 정신을 차리고 물었다.

"비현의 건강은 어떠합니까?"

그의 표정을 주의 깊게 살펴보던 여왕이 대답했다.

"여독에 잠시 기운을 잃으셨으나 조금 더 정양을 하시면 건강해지실 것입니다. 곧 일행 분들과 작별을 나눌 수 있는 자리를 마련할 것입니다."

유인은 작별이라는 말을 유난히 강조한 것 같아 씁쓸했다.

"언제 출가하게 되는지요?"

"곧 네 분의 아라한께서 누란에 오실 것입니다. 아라한께서 하시는 질문에 답을 하시어 승인을 얻으시면 수계를 받고 출가하시게 되는 겁니다. 그 후 사원에서 수행 정진하신 후 아라한의 길에 오르시게 될 것입니다. 여래의 화신을 직접 모시게 되어 많은 이들이 기뻐하고 있어요. 벌써부터 모든 이들이 우러르고 따르니 후에 훌륭한 아라한이 되실 것입니다.”

출가, 수행, 아라한……. 모두 낯설고 서러운 단어들뿐이다. 여왕은 자신이 그녀와 정혼한 사이임을 알고 있으리라. 그러면서도 담담하게 얘기를 꺼내고 은연중에 마음을 다잡을 것을 권하고 있었다. 유인은 자신을 살피는 눈빛이 버겁게만 느껴져서 빨리 이자리에서 벗어나고만 싶었다. 누란성에 들어온 직후 자신을 바라보는 이들은 하나같이 같은 빛을 띠고 있었다. 이 모든 것은 운명이니 이제 단념하라고, 이제는 어쩔 수가 없다고. 유인은 가슴 밑바닥이 갈라지는 것 같은 고통을 느끼며 숨을 지그시 참았다.

긴 여행으로 지쳐 있던 비현은 정국에 오고 곧 기운을 찾았다. 비현의 몸이 한결 나아졌다고 비구니가 고하자 법왕이 만나길 청해왔다. 비현은 따뜻한 물에 목욕을 하고 궁인들의 도움을 받아 예의에 맞는 옷을 차려입고 편전으로 향했다. 비현이 편전에 막 들어섰을 무렵, 법연지정여왕과 법륜대사는 한창 담소를 나누고 있었다. 그들은 비현이 들어서자 하던 이야기를 멈추고 일어나 정중히 예의를 갖추었다. 비현이 출가 전이긴 해도 아라한에 걸맞은 대우를 해왔기에 여왕도 그녀에게 깊은 존경을 표했다. 아직까지 모든 것이 낯설고 어색한 비현은 얼굴을 붉힌 채 정국의 예법에 따라 인사를 했다.

"그동안 고생 많으셨습니다. 그래, 몸은 많이 나아지셨는지요?"

여왕은 여염집 부인네가 말을 걸듯 친근하게 말했다. 한 나라의 군주의 모습을 찾아볼 수 없는 어진 어머니의 모습이었다.

"덕분에 빨리 쾌차하였습니다. 걱정히여 주서서 감사합니다."

비현은 여왕에게 고개 숙여 거듭 예를 갖추고 법륜대사를 바라보았다. 그는 두 번째로 비현을 시험하기 위해 황궁에 온 승려였고 서주로 사신을 보내 비현을 정국으로 이끈 이였다. 황궁에서 대면한 이후 처음 갖는 만남이었지만 왠지 오래도록 보아온 것처럼 낯설지가 않다. 비현과 눈이 마주치자 법륜이 말했다.

"신도에서 있었던 일로 아라한께서 걱정이 많으셨습니다. 부처님의 가피를 입어 건강하신 모습을 뵈니 더없이 기쁘군요."

"심려를 끼쳐 드려 죄송합니다."

비현이 고개를 숙이자 법륜 또한 허리를 깊이 숙였다. 여왕과 대사는 조용하고 단정한 비현의 몸가짐을 보고 담담한 시선을 주고받으며 말문을 열었다.

"정국에 오기까지 마음 고생이 크셨을 줄로 압니다. 어떤 결심으로 오셨습니까?"

법륜의 말에 비현이 나지막이 대답했다.

"저는 어린 시절부터 왜 남들과 다르게 태어난 것인지, 어찌 살아야 하고 무얼 남겨야 하는지 항상 생각했습니다. 한때는 제가 가진 능력을 원망하며 두려워하기도 했지만 저를 위해 용기를 낸 한 사람으로 인해 깨달았습니다. 깨달음을 얻기 위해선 희생이 따르고 원하는 것을 이뤄냈을 때 그것은 더 이상 희생이 아니라는 것을요. 저는 절 위해 희생한 이들이 영원히 살 수 있기를 바라기에 이곳에 왔습니다. 그리고 그것은 제가 그토록 원했던 깨달음과 이어진다 생각합니다. 제가 깨달음을 얻는다면 그들은 영원히 살 것이고 다른 이들 또한 고통에서 구제할 수 있다고 생각하고 있습니다."

여왕과 법륜은 조용히 고개를 끄덕여 보였다. 그리고는 다시 질문이 이어졌다.

"지금까지의 여정보다 더 고되고 어려운 길이 될 것입니다. 혹여 후회하지 않으시겠습니까?"

비현은 잠시 입을 다물었다가 몇 번의 심호흡 끝에 입을 열었다.

"길을 나서기 전에는 마음의 고통에만 연연했으나 여정을 거치면서 세상의 고통에 귀 기울이고 그것을 끌어안는 법을 배웠습니다. 고통을 끌어안고 그것을 사랑하며 끊임없이 노력할 것입니다. 그리하면 깨달음을 얻을 수 있으리라 생각합니다."

여왕과 법륜은 흐뭇한 표정을 지으며 고개를 끄덕였고, 비현은 조용히 두 손을 모으고 시선을 내려뜨렸다. 그들과 달리 비현의 마음에는 씁쓸한 여운이 감돌고 있었다.

모든 것이 이렇듯 선명한데, 이제 출가만을 앞두었는데 아직도 채워지지 않는 뭔가가 있었다. 머리 속은 분명하나 마음이 여전히 어지러우니 좀처럼 갈피를 잡을 수가 없었다. 아직도 그에 대한 미련이 남은 걸까. 아직도 그를 두고 출가하는 것이 괴로운 건가.

머물던 처소로 돌아온 비현은 하루에도 몇 번이고 불경을 읽고 명상을 했다. 그럼에도 불구하고 가슴을 짓누르는 것은 사라지지 않고 갈수록 커지고 있었다. 비현은 세속에 대한 미련이라 생각하며 세상과의 마지막 고리를 끊기 위해 필사적으로 노력했다. 그사이 시간은 흘러 아라한을 알현하고 출가를 하는 날이 가까워져 갔다.

누란성 외궁 성벽에서 밤하늘에 흐르는 별을 바라보는 사내들이 있었다. 한 사내는 비파를 켜며 사막의 전설을 노래하고, 다른 이는 가슴을 파고드는 가락에 젖어 지난날을 떠올렸다. 노래는 쓸쓸했다. 사막 저편으로 여행을 떠난 사내와 고향에 남아 기다리는 여인에 관한 이야기였다. 사막의 전설이 늘 그렇듯, 사내는 사막을 떠돌다 모래에 묻혀 죽고 소식을 들은 여인은 천일 밤낮으로 눈물을 흘리다 끝내 죽고 만다. 사막에 떠도는 강 루하(淚河)는 그 여인이 흘린 눈물로 오늘날에도 모래 속에 묻힌 연인을 찾아 헤맨다는 것이 노래 속 이야기였다.

어디에서고 들을 수 있는 흔한 노래인데 유인은 공연히 눈시울이 뜨거워졌다. 사막처럼 슬픈 사랑과 이별이 어울리는 곳이 있을까. 폐허에 떨어진 눈물은 폭양에 증발되고 눈물이 흐른 볼에는 마음의 자국만이 남을 뿐. 아무리 많은 슬픔이 고이고 넘쳐도 언젠가는 그 자국마저 깨끗이 증발되고 만다. 사막은 눈물을 보이고 싶지 않은 사내가 이별하기에는 더없이 좋은 곳. 그런 곳에 자신이 와 있다는 것이 씁쓸한 유인이었다.

유인이 노래의 슬픈 여운에 아스라이 젖어드는 동안, 옆에 앉아 있던 아사드는 비파를 내려놓으며 퉁명스럽게 중얼거렸다.

"사막은 지루해. 죄다 죽고 이별하는 노래들뿐이거든."

몸에 두른 천을 친친 감은 아사드는 성벽에 등을 기대고 유인을 바라보았다. 유인이 밤하늘에 무엇이라도 있는 양 뚫어지게 바라보자 아사드도 덩달아 하늘을 올려다보았다. 어릴 적부터 보았던 무수한 별들이 반짝이고 이따금씩 긴 꼬리를 끌고 하늘 저편으로 사라지는 꼬리별(유성)도 보였다. 아사드는 아무리 보고 있어도 별다른 것이 없자 곧 심심해졌다. 그는 다시 고개를 돌려 유인을 보며 적요한 사막의 밤에 한때 으르렁거렸던 사내와 밤을 지새우는 것도 나쁘지만은 않다고 생각했다. 적당히 호젓하고 적당히 개운하다. 별다른 말을 섞는 것도 아니고 그저 나란히 앉아 밤의 적막을 즐기는 것뿐이지만 그럼에도 불구하고 뭔가 많은 이야기를 나눈 것처럼 상대방이 이해가 되었다. 비현을 두고 실랑이만 벌이지 않았다면 좀 더 빨리 친한 사이가 됐을 거라고 아사드는 생각했다.

"뭐, 할 줄 아는 노래 없어? 나만 부르니까 심심하잖아."

공기가 싸늘해지자 아사드는 몸을 움츠리며 작게 불평했다. 유인은 노래 대신 휘파람을 불었다. 그의 심정을 대변해 주는 듯 쓸쓸하면서도 그리움이 묻어나는 곡이었다. 팔짱을 끼고 잠자코 듣던 아사드는 곧 그를 따라 휘파람을 불었다. 사내들의 휘파람이 쌀쌀한 밤하늘에 울려 퍼졌다.

아사드는 이 사내가 왜 자꾸 자신을 찾아오는지 알고 있었다. 그는 지금 무심한 시선으로 자신을 보아줄 사람을 바라고 있는 것이다. 아무리 속 좋은 척 평온한 얼굴을 하고 있다지만 그의 부하들이 보내는 시선, 정국의 관리나 승려들이 보내는 시선이 버겁겠지. 자신이 보내는 지루한 눈빛, 퉁명스런 말이 그에게 더 위로가 될 것이다.

누가 자신을 귀찮게 하는 것을 싫어하는 아사드였지만 찾아오는 것이 그라면 눈감아줄 수 있었다. 아사드는 지루한 권위를 내세우지 않고 자신의 감정을 솔직하게 내보이는 그를 좋아했다. 그는 사내들의 우정을 가르쳐 준 사람이고 어떻게 사랑해야 할지 가르쳐 준 이었다. 태어나 아사드가 보아온 여자는 종속물일 뿐이었다. 갖고 싶으면 갖고, 버리고 싶으면 버리는 왕궁의 수집품이었다. 하지만 그는 달랐다. 그는 진심으로 사랑이란 걸 했다. 그 범주가 자신이 이해할 수 없는 곳까지 뻗어 있었지만 그런 그를 닮고 싶다는 생각이 들었다. 아사드는 우정을 넘어선 동경을 유인에게서 처음으로 느꼈다.

다시 하늘을 올려다보던 아사드는 꼬리별 하나가 흰 옷자락을 끌며 서편으로 향해 가는 것을 보았다. 곧 꼬리별들이 하나둘 떨어져 내리기 시작하자 아사드는 다시 비파를 집어 들었다. 이번에는 별에 얽힌 노래를 불렀다. 꼬리별이 떨어진 곳으로 옥을 주우러 떠난 사내와 그를 기다리는 여인. 사내는 모래 여신의 꾐에 빠져 죽고 여인이 흘린 눈물은 마침내 호수가 되었다. 사막의 전설은 늘 이렇듯 슬프게 끝이 난다. 하지만 시작도 있기에 끝도 있는 법. 사막은 전설로 남는 아름다운 사랑이 시작되는 곳이기도 했다. 아사드는 그의 사랑이 기쁨이 되기를 마음으로 빌어주었다.

달빛마저 바람에 쓸리는 아득한 밤. 내궁의 모든 등불이 꺼지고 캄캄한 어둠이 찾아왔다. 사람들의 발소리와 말소리가 차츰 잦아들고 마침내 모두 다 잠든 시각. 내궁에서 가장 깊숙이 자리 잡은 한 침소에서 비현은 좀처럼 잠들지 못하고 깨어 있었다. 침상 위에 금은으로 장식한 향기로운 보침(寶枕)을 베고 누워 몸을 뒤척이던 비현은 결국 견디지 못하고 일어나 밖으로 향한 작은 창을 열었다. 제일 먼저 눈에 들어온 것은 모래 물결처럼 끝없이 이어지는 회갈색 기와였다. 비현은 창밖으로 머리를 내밀어 하늘을 올려다보았다. 호젓한 밤의 장막 사이로 막 깎아놓은 옥 같은 달과 유난히 선명한 별이 촘촘히 박혀 있었다. 멀리서는 싸늘하고 건조한 바람이 스쳐 와 어깨를 와락 감싸 안고는 저만치로 사라진다. 일순간 은천에서의 일이 떠올라 마음을 아프게 한다. 비현은 그리움에 시린 가슴을 움켜쥐고 안으로 들어왔다. 그리고 포단 위에 앉아 명상을 시작했다.

「통나무 하나가 큰 강의 물길을 따라 흘러버려 갑니다. 그 통나무는 물에 닿지도 않고, 가라앉지도 않으며, 육지로 가지 않습니다. 또한 소용돌이에 휘말리지 않으며 속이 썩지도 않습니다. 결국 통나무는 넓은 바다로 흘러가게 되지요. 마쩌, 수행자도 통나무 같아야 합니다. 안팎에 집착하지 않고, 있고 없음에 집착하지 않으며, 옳고 그릇됨에도 집착하지 않아야 합니다. 집착은 함정입니다. 사람이 무엇에 집착하면 곧 그것에 의해 갇히고 맙니다.」

비현은 가르침을 되새기며 마음을 안정시키려 노력했다. 하지만 내면은 걷잡을 수 없는 풍랑처럼 일렁이고 벗어나려고 하면 할

수록 더욱 얽매이게 되었다. 그의 삶이 고스란히 몸속으로 흘러들어 와 가슴에 고인 듯했다. 아니, 이미 한몸이 되어 베어낼 수 없을 만큼 가까이 느껴졌다. 아무리 노력해도 몸속의 그의 자리는 점점 더 커지기만 한다. 어제와 오늘이 다르고 내일 또한 다를까 봐 두려웠다. 비현은 어지러운 사념을 몰아내고 가르침을 떠올려 보았다.

「욕망을 쫓으면서 만족을 모르는 사람은 마치 횃불을 잡고 바람을 마주하며 달리는 사람과 같습니다. 결국 횃불에 손과 팔이 타고 불에 몸이 타는 것은 당연한 결과입니다. 욕망은 넓은 바다처럼 영원하고 끝없이 넓어 채우기 어렵습니다. 사람이 욕망을 쫓아 한 가지 욕망을 채운 뒤에는 또 다른 욕망이 생기게 되어 끝내 괴멸되고 마는 것입니다.」

가르침 한 마디 한 마디에 아픔이 사무쳐 온다. 비현은 날카로운 유리 조각 위를 걷고 뜨거운 숯 위를 뒹구는 것 같은 고통이 엄습하자 두 손을 모으고 눈을 질끈 감았다.

'그래, 모두 내 어리석은 마음이 만들어낸 집착일 뿐이야. 가질 수 없을수록 소유하고 싶고, 함께할 수 없으면 못 견디게 그리운 법이거늘. 채울 수 없는 욕망으로 마음을 괴롭히지 말아야 해. 이 모든 것은 내 마음이 만들어낸 번뇌일 뿐이야.'

포단(蒲團) 위에 맨발로 선 비현은 참회하고 정진하기 위해 염불을 외우며 절을 하기 시작했다. 밤이 깊을수록 땀은 비오듯 쏟아지고 다리가 풀려 몸이 휘청휘청했다. 몸이 괴로울수록 비현은 화난 사람처럼 눈을 부릅뜨고 이를 악문 채 자신과 싸웠다. 하지만 몰아내면 낼수록 상념은 제 몸을 불려가며 비현을 괴롭혔다. 그럴수록 그녀는 생살이 찢겨지는 아픔을 참아내며 끊임없이 베어냈다. 비현의 머리 속에는 미혹과 집착을 버리고 반야(般若)의 지혜를 깨달아 불도를 이루겠다는 일념만을 가득 채웠다.

내실 한곳에는 이제 막 단장을 마친 비현이 궁인들에게서 절을 받고 있었다. 중년의 여인들은 비현의 발등에 향료를 뿌리고 이마를 대고 절을 했다. 그들의 깊은 존경의 의미가 낯설어 화장기 없는 비현의 말간 얼굴이 붉어진다. 몸을 휘감아 길게 늘어진 옥색 심의를 입고 연꽃 무늬가 수놓인 대대를 가슴에 두른 그녀는 선녀처럼 날아갈 듯 고왔다. 오늘 이렇듯 비현이 단장을 한 것은 그동안 시련을 헤쳐 온 일행들과의 마지막 인사를 위해서였다. 곧 출가를 앞두고 작별 인사를 하는 것이기에 여러모로 심회가 남다른 비현이었다.

궁인의 안내를 받아 내실을 나온 비현은 외궁으로 연결되어 있는 긴 회랑을 걸었다. 회랑은 비단이 스치며 나는 소리 외에는 조용했다. 이곳 궁인들은 묵언 수행을 하는 승려처럼 말이 없었고 얼굴도 바로 보지 않고 비스듬히 몸을 돌려 예를 갖추었다. 그들의 낯선 행동에서 비현은 세상과 더욱 멀어지고 있음을 느꼈다.

내궁을 벗어나 외궁으로 가니 그제야 사람 사는 곳처럼 시끌벅적했다. 며칠 후면 해마다 열리는 21)정진요리(精進料理) 잔치와 구

---

21)정진요리(精進料理): 수도하는 불교도들은 살생을 할 수 없기 때문에 어류나 육류를 이용하지 않고 채소만을 이용하여 만든 요리를 말한다

족계 수계식이 있기 때문에 다들 준비에 여념이 없었다. 넓은 외궁 마당에는 한창 수계식을 위한 터를 다지고 있는 중이었다. 흙을 가득 실은 수레가 줄지어 들어오고 나무 울타리로 구획된 네모난 구역에 흙을 쏟아 부었다. 울타리 안이 흙으로 가득 차서 높은 둔덕을 이루자, 일꾼들이 무거운 나무 기둥으로 둔덕을 다져서 울타리와 같은 높이의 평평한 단을 만들었다. 이와 같은 방법으로 여러 층을 만들고 꼭대기에 작은 단을 또 하나 세웠다. 그 다음 흙을 깎아내어 계단을 만들고 기둥은 비단 휘장으로 장식하고 바닥엔 초록빛 양탄자를 깐다. 정성들여 단장한 이곳에서 백여 명의 사미와 사미니가 계를 받게 될 것이다. 물론 맨 마지막에는 비현도 계를 받게 된다. 비현은 마당에서 벌어지는 진풍경을 물끄러미 바라보다 궁인에게 이끌려 외궁 안으로 향했다.

궁인들의 안내를 받아 들어간 접견실에는 십여 명의 사람들이 기다리고 있었다. 비현은 반가운 얼굴을 보자 기쁜 마음에 자신도 모르게 성큼 다가섰다. 그러자 그들은 인사 대신 일제히 예의를 갖추었다. 그 모습에 잠시 망연해 있던 비현은 이제 더 이상 그들과 같지 않음을 느꼈다. 자신은 이제 제왕조차 예의를 갖추고 대해야 할 만큼 고귀한 신분이 된다. 다른 사람들은 참으로 영화롭다 하겠으나 비현은 그저 서글퍼질 뿐이었다.

궁인에게 이끌려 포단 위에 다소곳이 앉은 비현은 침착한 눈으로 주위를 바라보았다. 제일 먼저 눈이 마주친 이는 무표정한 얼굴로 서 있는 유인이었다. 그의 깊은 눈빛에서 아무것도 느껴지지 않는다. 은비현이라는 여자를 까맣게 잊은 것처럼 조용한 눈빛이

다. 비현은 드러나지 않게 심호흡을 하며 시선을 돌렸다. 환히 웃고 있는 라리슈카, 뭔가 불만이 많아 보이는 아사드, 씁쓸한 표정을 짓고 있는 인걸과 효겸을 차례로 바라본 후에 비현은 비로소 입을 열었다.

"그동안 여러분과 같이한 시간은 제게 참으로 소중한 것이었습니다. 저 하나로 인해 갖은 위험과 곤란을 겪으면서도 언제나 따스하게 대해주신 것 감사드려요."

비현은 이것으로 마지막이 될 사람들과 차례차례 인사를 나누었다. 그들은 비현이 부디 성불하기를 기원했고, 비현은 그들이 항상 건강하기를 빌어주었다. 모두 작별을 나누고 마지막으로 유인의 차례가 되었다. 포단 앞으로 걸어오는 그를 보며 비현은 애써 미소를 건네며 말했다.

"부디 백성들의 아픔을 잘 다독이는 어진 성군이 되시길 바랍니다. 그리고 늘 강건하시어 종묘사직을 굳건히 하시기를 바랍니다."

그는 아무런 말 없이 묵묵히 서 있었다. 두 사람 사이에 어색한 침묵이 감돌자 주위는 조용해지고 옆에 있던 궁인들 또한 의아하다는 표정으로 유인을 바라보았다. 차츰 침묵이 길어질수록 비현 또한 어쩔 줄을 몰라 하고 사람들은 긴장하기 시작했다. 그는 비현을 똑바로 바라볼 뿐 아무런 말도, 행동도 하지 않았다.

'그런 눈으로 보지 마셔요. 우리의 인연이 여기까지인 것을 어쩌겠습니까. 한 사람이 가면 또 다른 사람이 오기 마련입니다. 이 아픔도 시간이 지나면 까마득하게 느껴질 날이 있을 거예요.'

비현은 그의 눈을 지그시 바라보았다. 무표정한 표정을 짓고 있지만 온몸에 힘이 들어가 있었다. 그도 자신처럼 필사적으로 버텨 내고 있을 것이다. 많은 말을 하고 싶지만 차마 못하고 안타까워하고 있을 것이다. 비현은 자신의 마음이 전달되기를 바라며 그의 눈을 응시했다.

'저는 이곳에서 비로소 평온함을 찾았습니다. 그리하여 더없이 행복합니다. 그러니 이만 절 놓아주시어요. 전하께서도 부디 마음의 평온을 얻기를 바랍니다.'

비현은 두 손을 모아 조용히 합장을 했다. 그리고 자리에서 일어나 많은 이들의 시선을 뒤로한 채 접견실을 나왔다.

비현이 허리를 꼿꼿이 세우고 침착하게 모습으로 걸어나가는 동안 유인은 제자리에서 움직이지 않은 채 그녀의 뒷모습을 바라보았다. 이것으로 마지막이라 생각하니 긴 칼이 들어와 심장을 파내가는 듯 무시무시한 고통이 엄습해 왔다. 금세 무릎이 꺾일 듯 다리가 휘청거려서 유인은 이를 악물고 버텨냈다.

'차라리 조금 덜 사랑할 것을. 그랬다면 지금 당장 널 데리고 이곳을 뛰쳐나갔을 것인데. 널 깊이 사랑한 죄로 결국 보내고 마는구나. 이것이 정녕 끝인가. 우리는 이렇게 끝나고 마는 것인가.'

유인은 그대로 접견실을 뛰쳐나왔다. 그리고 회랑을 막 돌아선 비현의 머리칼을 보았다. 유인은 당장에 달려가 붙잡으려다 문득 멈춰 서서 입술을 질끈 깨물었다. 굳어 있던 얼굴에 좌절의 통증이 날카롭게 어린 순간, 유인은 비현과 반대편으로 내달렸다. 유리 조각을 삼킨 것처럼, 빨갛게 달아오른 숯불 위를 뒹구는 것처럼 온몸이 아프다. 이대로 내버려 둔다면 고통에 몸이 산산이 찢기고 말 것이다. 유인은 그대로 마구간으로 달려가 말을 집어타고 누란성을 빠져나왔다. 푸른 지평선 위로 분홍빛 구름덩이가 여기저기 뭉클뭉클 걸린 것이 보인다. 유인은 초원 끝을 향해 미친 듯이 내달렸다.

외궁의 한 선방(禪房)에는 법륜(法輪)과 라리슈카가 얼굴을 마주하고 있었다.

"대사님의 심중을 알 수가 없습니다."

라리슈카는 불만이 잔뜩 섞인 어투로 중얼거렸다. 그녀의 거듭된 불평에도 묵묵부답인 법륜은 경건하고 단정한 자세로 경전을 주지(周紙)에 옮겨 쓰고 있었다. 세필(細筆)을 손에 잡은 그의 모습이 노인답지 않게 섬세하고도 담담했다.

"대사님! 뭐라고 말 좀 해보셔요."

아무리 물어도 법륜이 묵묵히 경전만 베끼고 있으니 라리슈카는 그저 답답할 뿐이었다. 그녀는 앵돌아진 표정으로 재차 물었다.

"저는 대사님께서 시키는 대로만 했습니다. 위험에 빠진 비현을 돕고, 예 왕과 더불어 정국에 왔어요. 하라는 대로 하였는데 어찌 결과가 이러합니까?"

"거참 시끄럽구나. 조용히 있지 않으려거든 네 처소로 돌아가거라."

그 목소리가 꽤나 시끄러웠는지 법륜이 넌지시 말했다. 하지만 라리슈카는 이에 지지 않고 더욱 집요하게 캐물었다.

"저는 대사님이 두 사람을 맺어주시려는 줄만 알았습니다. 그런데 내일이 수계식인데도 아무것도 변한 것이 없지를 않습니까?"

"쯧쯧, 왜 그리 조급하게 구느냐. 다 하늘의 섭리대로 흐르는 것을."

"결국 비현은 출가를 하게 되는 것입니까?"

"그래, 너는 어떻게 보았느냐?"

"저는 도무지 보이지가 않습니다. 비현은 [22]오궁(五宮), [23]삼정(三停) 모두 방정하여 귀인의 상이나 그 흐름이 항시 변화하는지라 내일을 예측할 수가 없습니다."

"네가 아직 덜 배운 게로구나. 그것을 왜 눈으로만 보려 하느냐. 눈에 보이는 것이 모두가 아니라 마음으로 봐야 하거늘. 사람이 보이는 것에만 급급하면 소경과 다름없어지느니."

법륜은 세필을 놓고 한때 제자였던 라리슈카의 모습을 넌지시 바라보았다.

"우리가 할 일은 모두 끝났으니 내일을 기다려 보자꾸나. 밤은 긴 듯하나 때에 따라선 짧기도 하지."

법륜은 희미한 미소를 머금으며 다 쓴 주지를 한곳에 펼쳐 놓고 다른 장을 집어 들었다. 라리슈카는 점점 알 수 없다는 표정으로 노승을 바라볼 뿐이었다.

---

22)오궁(五宮): 이마, 코, 좌우 광대뼈, 턱을 가리킨다

23)삼정(三停): 상정(上停) 이마, 중정(中停) 코, 하정(下停) 턱을 가리킨다

경전을 읽어주던 비구니도 돌아가고 방 안에는 고요함만이 남았다. 잠자리에 들기 전, 비현은 묶어 올린 머리 타래를 풀고 정성껏 빗어 내렸다. 불가에서는 사람의 머리카락을 번뇌초(煩惱草), 무명초(無明草)라 부른다고 했던가. 이제 이 번뇌초를 가지고 있을 날도 오늘뿐. 내일이면 모든 번뇌를 밀어버리고 불문(佛門)에 들어간다. 비현은 이제 여인이 아닌 수행자로 살아가게 됨을 깊이 실감하고 있었다.

[세속에 연연하지 않는 것을 출가라 합니다. 연연한다는 것은 그냥 생각하는 것이 아니라 애착을 가지고 그리워하는 것입니다. 모든 애착과 그리움을 버리십시오. 진정한 출가는 헛된 생각이나 부질없는 말과 행동을 떠나 진리를 생각하고 진리에 계합하는 말과 행동을 하는 것을 가리킵니다. 윤회의 사슬을 끊고 해탈하는 것만이 목적이 아닙니다. 무지하여 고통받는 중생을 깨달음으로 이끌어야 하는 것입니다. 부디 그들이 미망에서 벗어나 진정한 불성(佛性)을 찾게 인도하여 주옵소서.]

비현은 오늘 배운 가르침을 다시금 마음속에 되새겨 보며 어지러운 마음을 차분하게 가라앉혔다. 지난 며칠 동안 세속의 인연에서 벗어나기 위해 부단히도 노력해 온 그녀였다. 그동안 노력으로 마음의 불안이 차츰 가라앉았다 생각했지만 곧 출가를 한다 생각하니 다시금 가슴이 떨리고 두려움이 앞섰다. 비현은 여러 상념

끝에 유인의 얼굴을 떠오르자 얼른 마음을 다 잡고 머리 타래를 힘 주어 빗어 내렸다.

그때 내실 문을 열고 검은 그림자가 안으로 발을 디뎠다. 마음이 산란한 비현은 문이 닫힐 때끼지도 아무런 기척도 느끼지 못했다.

"비현."

머리를 빗어 내리던 비현의 손길이 멈췄다. 잠시 주저하다 고개를 든 그녀는 자신을 내려다보는 시선에 놀라 그만 들고 있던 빗을 떨어뜨렸다. 환영이라도 보고 있는 걸까? 비현은 심장이 멎을 것만 같아 가슴을 지그시 누르고 잠시 숨을 골랐다. 그사이 유인은 점점 더 다가섰다. 그의 옷자락에서 이는 바람에 등잔불이 가늘게 떨고 내실에 긴 그림자가 졌다. 비현은 두려움에 떨며 상대방이 다가오는 만큼, 아니, 그보다 더 뒤로 물러나 앉았다.

"현아."

나지막이 이름을 부른 유인은 자꾸만 도망가려는 비현의 손목을 잡았다. 비현은 그 손을 뿌리치며 반항했지만 결국에는 힘에 못 이겨 맥없이 등잔불 옆으로 끌려오고 말았다. 유인을 옆에 두고도 비현은 여전히 고개를 숙이고 애써 시선을 피했다. 그것을 보던 유인은 고개를 떨어뜨리고 힘없이 중얼거렸다.

"여기에 와선 안 된다는 것을 알면서도 어쩔 수가 없었다."

그의 음성을 듣는 순간 복잡한 감정이 일시에 밀려온다. 비현은 그런 자신이 두려운 나머지 목덜미 살갗이 바늘처럼 일어서는 듯했다. 그는 절대로 여기에 와선 안 된다. 사람들의 눈보다 더 무서운 것은 마음의 눈이었다. 비현은 애써 단단히 옭아맨 가슴이 한 순간에 무너질 것만 같아 두려웠다. 그를 본 순간 왈칵 솟아나온 그리움을 깨달은 후라 두려움은 더욱 컸다.

"어서 나가세요. 다른 사람들 눈에 띄었다간 큰일납니다."

비현은 떨리는 음성으로 간신히 내뱉었다.

"안다, 이것이 얼마나 어리석은 짓인지. 하지만 마지막으로 보고 싶었다. 내가 아꼈던 긴 머리칼을, 그 머리칼을 가진 너를."

유인은 명주실처럼 고운 머리카락을 손에 쥐고 가만히 입을 맞추었다. 의식처럼 경건하고 조심스런 몸짓에 비현의 눈시울이 점점 붉어졌다.

"의연히 보내주자고 오늘 하루 수백 번도 넘게 다짐했었다. 그러다 어느 결에 정신을 차려보니 내궁 담을 넘고 있더구나."

씁쓸한 말에 비현은 그동안 애써 쌓아 올린 탑이 조금씩 어그러지는 것을 느꼈다.

"문득 내가 지은 죄업이 커서 네가 고통받은 것이 아닐지 생각해 보았다. 네가 구해야 할 사람들은 내가 나락으로 몰아넣은 이들이다. 전부 내 탓이고…… 내 죄다."

유인은 목이 멘 듯 잠시 감정을 억눌렀다가 간신히 말을 끝맺었다. 그의 고통이 고스란히 보였다. 가늠할 수 없을 만큼 진한 아픔이 그의 가슴을 짓누르고 숨을 조이고 있었다. 죽어가는 사람들에게서 느껴지던 고통이 그를 잠식해 들어가 무수히 많은 상처들을 남기고 있었다. 비현은 할 수만 있으면 다친 마음을 어루만져 주고 싶다. 하지만 해줄 수 있는 것이 없으니 견딜 수 없이 아프기만 했다. 비현은 괴로워하는 유인 앞에 다소곳이 무릎을 꿇고 앉았다.

"전하의 이 마음을 버려두고 가는 것을, 견딜 수 없는 고통을 안거준 것을 용서하지 마십시오. 이 저업은 다음 생애에 받겠습니다. 부모의 연으로 만난다면 뼈를 갈아 봉양할 것이고, 자식으로 낳는다면 피와 살을 베어내 키우겠습니다. 그러니 지금은 이대로 각자의 길로 가기를 바랍니다."

비현의 가슴은 눈사태가 지듯 저 홀로 미어지고 있었다. 견딜 수 없어 큰 소리로 울고 싶었지만 그녀는 끝내 이성의 끈을 놓지 않았다. 비현은 끝까지 척추를 곧추세우고 침착한 표정으로 허공을 응시했다. 하지만 겉으로 울지 않는다고 해서 슬퍼하지 않는 것은 아니었다. 삼킨 눈물이 안으로 고여 비현의 몸이 잠길 만큼 차고 넘쳤다. 비현은 그 눈물에 하염없이 휩쓸리면서도 흐트러지지 않으려고 노력했다. 여기서 무너지면 끝이라는 것을 알기에, 이 고비만 넘기면 모두 평온해질 거라 믿기에 끝까지 버텼다.

그 모습을 아프게 바라보던 유인은 비현과 무릎을 맞대고 앉아 고개를 깊숙이 숙였다.

"지난번에 못다 한 말이 있습니다."

그는 비현을 바라보며 잠시 숨을 몰아쉬다 힘겹게 입을 열었다.

"부디 윤회의 업에서 벗어나 성불하소서. 부디…… 성불……하소서."

그에게는 한 마디 한 마디가 고통이었다. 예리한 칼로 수없이 찔린 듯 온몸이 홧홧하다. 유인은 그 아픔을 어찌하지 못하고 끝내 눈물을 흘렸다. 사내의 굵은 눈물이 무릎 위에 방울방울 떨어졌다. 그가 흘린 눈물이 옷자락을 적시는 동안 눈물조차 흘릴 수 없었던 비현은 허공을 응시하며 수천수만 개의 칼날을 삼켰다.

두 사람이 작별을 하는 동안 달은 점점 기울어 새벽이 밝아오고 있었다. 유인은 여명이 채 밝기도 전에 내궁을 빠져나왔다. 오늘은 비현이 출가를 함과 동시에 그가 다시 예로 떠나는 날이었다. 유인은 밝아오는 하늘을 바라보며 부하들이 있는 처소로 걸음을 옮겼다. 그의 모습은 껍데기만 남은 듯 공허하기 그지없었다.

날이 밝았음을 알리는 종소리와 함께 궁문이 열리고 수계를 위해 백여 명의 사미와 사미니들이 하나둘씩 입궁을 하기 시작했다. 그사이 북쪽 성문에는 네 대의 가마가 들어오고 있었다. 미란과 토번 사원을 방문하던 24)아라한이 비현을 만나기 위해 돌아온 것이었다. 그들은 선대(先代) 아라한의 유음에 따라 어려서 출가를 하여 오랜 수행 끝에 아라한에 오른 이들로, 이들 또한 열반에 들기 전에 유음을 남겨 후대를 이어갈 이를 지목했다. 외궁 사원의 한 승방에 모인 그들은 향물로 손발을 정결히 씻고 예식 때 입는 대가사를 걸치고 잠시 명상에 들어갔다.

막 재계(齋戒)를 끝낸 비현은 무명 속옷과 승복을 입고 머리칼을

----

24)아라한(阿羅漢 Arhan): 소승(小乘)의 수행자들, 즉 성문승(聲聞乘) 가운데 최고의 이상상(理想像). 나한(羅漢)이라고도 한다. 아라한은 본래 부처를 가리키는 명칭이었는데, 후에 불제자들이 도달하는 최고의 계위(階位)로 바뀌었다

땋아 길게 늘어뜨렸다. 아침 햇살에 드러난 그녀의 얼굴은 눈이 시릴 만큼 창백한 빛을 띠었고 큰 눈에서는 금방이라도 눈물이 쏟아질 것처럼 촉촉했다. 가녀린 몸에 승복을 걸치니 애잔해 보이나 고귀한 기품이 감돌았다.

"이제 곧 나한께서 계시는 승방으로 가실 것입니다. 그곳에서 마지막 시험을 거친 후 사원 마당에서 출가 의식을 치르게 되실 것입니다."

한 비구니가 오늘 있을 절차를 찬찬히 설명을 하며 승방에서 갖추어야 할 예를 가르쳐 주었다. 조금 전까지만 해도 차분했던 비현인데 막상 아라한을 뵌다고 하니 차츰 떨리기 시작한다. 예를 배우는 손이 여리게 떨리자 비구니가 말했다.

"절차일 뿐이니 그리 긴장하지 않으셔도 됩니다. 그저 물으시는 말에 대답하면 되는 것을요. 그동안 열심히 배우셨으니 잘해내실 것입니다."

너그러운 미소와 함께 격려를 받자 비현은 애써 웃어 보였다.

준비가 끝나자 자리에 있던 비구니들이 비현의 발등에 입을 맞추며 예를 갖췄다. 그들은 일렬로 줄지어 내궁을 나와 외궁으로 향했다. 외궁 사원 마당에는 잔치를 준비하는 승려들과 계를 받을 승려들로 북적거렸다. 비현은 수계식장을 바라보다 멀리 보이는 성루로 고개를 돌렸다.

지금쯤 유인, 라리슈카, 아사드 일행이 성문을 빠져나가고 있을 것이라 생각하니 명치끝이 아려왔다. 단조로운 지평선, 살갗을 태울 듯한 폭양, 별이 촘촘히 박힌 밤하늘, 라리슈카의 노래, 아사드의 불평이 그립다. 언제나 떠들썩하고 활기에 넘치는 곡예단의 모습과 사막의 이국적인 풍경들이 하나하나 스쳐 가자 가슴 언저리가 시큰했다. 그녀의 뇌리에 가장 마지막에 떠오른 것은 유인의 눈물이었다. 강하지만 여린 사람, 뜨거운 가슴으로 자신의 모든 걸 주어버리는 사람, 그로 인해 자신이 아프고 상처 입으면서도 끝내 포기하지 못하는 어리석은 사람. 그의 상처투성이인 가슴과 깊은 고독을 치유하고 싶었는데, 아픈 기억을 보듬어주어 더 이상 슬프지 않게 해주고 싶었는데 끝끝내 하지 못했다. 아니, 더한 아픔만 남긴 채 돌아섰다. 더 잔인한 칼날로 그의 가슴을 헤집어놓았으니 이를 어찌해야 할까. 그가 어디쯤 있을지 가늠해 보던 비현은 다 부질없는 일이라 되뇌며 무거운 발길을 돌렸다.

비현은 비구니들을 따라 승원으로 향했다. 긴 회랑을 지나 마침내 선방 입구에 서니 긴장이 극에 달한다. 애처로울 정도로 떨고 있는 비현에게 살짝 웃어 보인 비구니는 조심스럽게 문을 열었다. 비현은 간신히 숨을 고르고 안으로 한 발을 들여놓았다.

제일 먼저 눈에 들어온 것은 문살을 비집고 쏟아져 들어오는 햇살이었다. 눈이 부셔 잠시 걸음을 멈춘 사이 문 닫히는 소리가 등을 떠민다. 비현은 공기 중에 떠 있는 은은한 향냄새를 맡으며 한 발을 더 내디뎠다. 승방 안쪽으로 걸어 들어가니 정국의 수장인 네 명의 비구승, 즉 아라한이 조용히 비현을 기다리고 있었다. 그들의 위엄과 범상치 않은 생김은 주위를 압도했다. 멀리 서 있음에도 불구하고 비현은 그들의 법력이 높음을 알 수 있었다.

비현은 정중히 예를 갖추고 앞에 놓인 포단 위에 앉았다. 사위는 조용해 시간마저 멈춘 듯 움직임이 없었다. 긴장한 비현이 숨을 삼키는 사이, 여덟 개의 눈이 일제히 온몸을 휘감았다. 서늘하고 날카로운 눈빛, 인자하고 자애에 넘치는 눈빛, 마음속을 꿰뚫는 무심한 눈빛, 모든 고뇌를 다독이는 담담한 눈빛이 한꺼번에 쏟아지자 비현은 어찌해야 할지 몰라 간신히 숨만 들이마시고 내쉴 뿐이었다.

그때 단정한 목소리가 선방에 울려 퍼졌다.

"육바라밀(六波羅蜜)에 대해 말해 보라."

아라한들 중 가장 왼편에 앉은 혜거(慧炬)의 물음이었다. 비현은 침착하게 말했다.

"육바라밀은 보살이 열반에 이르기까지 수행해야 할 여섯 가지 조목으로써 보시(布施), 지계(持戒), 인욕(忍辱), 정진(精進), 선정(禪定), 지혜(智慧) 등을 말하며, 육도라고도 합니다. 보시란 자비심으로써 중생을 사랑하고 조건없이 널리 베푸는 것이고, 지계란 계율을 엄격하게 지켜서 범하지 않는 것입니다. 인욕이란 온갖 욕됨을 참고 마음을 고요히 안주시키는 것이고, 정진이란 항상 수행에 힘쓰고 게으르지 않는 것입니다. 선정이란 마음을 고요히 하여 통일시키는 것이고, 지혜, 즉 반야란 참다운 법의 이치에 계합한 최상의 깨달음을 얻는 것입니다."

혜거는 조용히 고개를 끄덕였다. 이윽고 그 옆에 자리한 정광(淨光)이 물었다.

"중생을 향한 보살의 네 가지 무량심(無量心)에 대해 말해 보라."

"첫째는 자(慈) 무량심으로써 중생에게 즐거움을 주려는 마음,
둘째 비(悲) 무량심으로써 중생의 고통을 없애주려는 마음, 셋째
희(喜) 무량심으로써 중생의 기쁨을 함께 기뻐하는 마음, 넷째
사(捨) 무량심으로써 중생을 평등하게 보는 마음입니다."

정광이 고개를 끄덕이자 이번엔 법화(法華)가 물었다.

"사섭법(四攝法)에 대해 말해 보라."

"사섭법은 중생을 제도하는 데 기본적인 네 가지 자세를 말합
니다. 첫째는 보시섭(布施攝)으로써 중생에게 자비로 대하고 널리
베풀어주는 것입니다. 둘째는 애어섭(愛語攝)으로 진실되고 따뜻
하고 부드러운 말로 중생을 대하는 것입니다. 셋째는 이행섭(利行
攝)으로 선행(善行)으로 중생을 이롭게 하는 것입니다. 넷째 동사
섭(同事攝)으로써 모든 불보살이 중생의 근기에 따라 몸을 나타내
며 그들과 고락을 함께하고 화복(禍福)을 함께하면서 교화(敎化)시
키는 것입니다."

비현은 잠시의 주저도 없이 또박또박 말을 이어나갔다. 마지막
으로 대수장인 무연(無緣)이 물었다.

"마지막으로 묻노니, 한 치의 거짓됨도 없어야 한다. 지금 네 마
음은 한 점 거리낌없이 청정한가?"

선방에 침묵이 흘렀다. 지금까지 흔들림이 없던 그녀인데 무연
의 질문에는 쉽게 입을 떼지 못했다. 고요했던 마음에 던져진 마
지막 물음이 수없이 많은 파문을 일으키며 거센 물결로 변했다.
그 격랑의 중심에 유인의 얼굴이 떠올랐다. 그의 눈빛, 웃음, 체취
와 체온이 모든 감각 속에 되살아나며 머리 속을 헝클었다. 지난

밤 그의 목소리가 사방 천지에서 들려와 움켜쥐고 놓아주지 않았다.

"네 마음은 그 어떤 거리낌도 없이 청정한가?"

아라한이 다시 한 번 묻는다. 비현은 창백하게 질린 채 입술을 떨었다.

'대답을 해야 한다. 이 마지막 질문이 끝나면 삭발을 하고 계를 받고 승려가 되는 것이다.'

하지만 무슨 일인지 입이 떨어지지 않았다. 누군가가 흉곽을 헤집어 심장을 꽉 움켜쥐는 것만 같다. 가슴이 손바닥만 하게 좁아지고 그것은 다시 오그라들어 주먹이 되어버린다. 그렇게 오그라들기를 반복하다 끝내 작은 구슬이 된다. 가슴에서부터 치밀어 오른 작은 구슬이 별안간 목에 걸리자 새파랗게 질려 버린 비현은 금방이라도 실신할 것처럼 식은땀을 흘렸다.

"대답하라. 너는 실오라기만큼의 의혹도 없이 청정한 마음으로 이곳에 있는가?"

세 번째 같은 물음이 던져졌다. 비현은 막힌 숨을 훅 하고 내쉬며 앞으로 몸을 숙였다. 순간 마음의 껍질이 툭 터지면서 눈물이 고였다. 그리고 비현은 깨닫게 되었다. 자신은 세속을 구원할 부처가 되기엔 한 사내를 너무나도 사랑한다는 것을. 자신이 알고자 했던 생과 사, 삶의 의미가 모두 그에게로 통한다는 것을. 하지만 좀처럼 인정할 수 없었다. 이 길은 자신만을 위한 것이 아닌 모두를 위한 것이었다. 자신을 위해 죽어간 이들이 영원히 살아갈 수 있는 깨달음을 얻고 싶어 이 먼 곳까지 온 것이다. 그러니 자신의 바람은 묻어둬야 한다. 창백하게 질린 채 눈물을 흘리는 비현을 보고 무연이 말했다.

"출가의 목적 중 하나는 이고득락(離苦得樂)에 있다. 즉 괴로움에서 벗어나 즐거움을 얻음이니 고통의 원인을 제거해야 진정한 열반락(涅槃樂)을 얻을 것이다. 그래, 네 고통의 원인은 무엇이냐?"

"한 사내…… 때문입니다. 그는 제 몸과 같아서 차마 베어낼 수가 없습니다."

비현은 거짓없이 답했다.

"25)안심입명(安心立命)에 이르려면 세속의 인연을 끊어야 한다는 것을 잘 알고 있지 않은가?"

비현이 고개를 숙인 채 대답하지 못하자 무연이 말했다.

"자신의 마음을 올바르게 볼 수 있을 때 진정한 깨달음을 얻을 수 있는 것이다. 모든 답은 자신의 마음에 있으니 네 마음을 들여다보아라. 정녕 구하고자 하는 깨달음은 무엇인가?"

심장이 터질 듯이 거칠게 뛰고 온몸의 피가 역류한다. 내 마음, 내가 진실로 원하는 것은 무엇인가. 비현은 눈을 질끈 감고 자신의 마음을 들여다보았다. 이윽고 몸을 옭아맨 무언가가 벗겨지고 깊숙이 숨겨진 진실이 드러났다. 비현의 얼굴은 구름을 뚫고 나오

----

25)안심입명(安心立命): 아무것에 의해서도 흐트러지지 않는, 완전히 평정(平定)한 편안함에 달한 마음의 상태. 안심(安心)은 불교 용어이고, 입명(立命)은 맹자(孟子)의 '진심장(盡心章)'에서 온 말인데, 후세에 선종(禪宗)에서 이 말을 받아들여 선수행을 통하여 견성(見性)의 경지에 다다른 것을 가리키는 말로 쓰고 있다. 그리스어로는 아파테이아(apatheia)라 하고, 불교에서는 니르바나[涅槃:열반]라고 한다

는 빛처럼 오련하게 빛났다.

'생과 사의 의미, 내가 찾고자 했고, 남기고자 했던 것은 멀리 있는 것이 아니었다. 그것의 답은 세상에 있었다. 세상과 나는 한 몸이다. 나는 고통이고 즐거움이다. 내 속에 죽어간 이들이 있고 내 속에 태어날 이들이 있었다. 세상은 끊임없이 소멸했다가 다시 생성되고 그것은 우주의 이치로 이어진다. 결국 이 무한한 혼돈 속에서 진리가 나와 세상에 있는 것이다. 내가 종잇조각이라면 세상은 새어 들어오는 빛이다. 나는 세상을 바꾸고 그 빛은 진리가 되는 것이다. 이 셋은 바꿀 수 없으며 언제나 함께 있어야만 한다. 세상과 더불어 기뻐하고, 슬퍼하고, 사랑하고, 아파하며 사는 것. 내가 세상의 흔적이 되고 또한 내 몸에 세상의 흔적을 남기는 것. 그 속에서 진정한 나를 보는 것. 그것이 내가 찾던 진리다.'

비현의 눈빛은 영롱하게 반짝이기 시작했다. 이제는 괴롭지도 슬프지도 않다. 마음속은 한 점 거리낌없이 청명했으며 온통 기쁨으로 물들고 있었다. 이를 본 무연 또한 눈빛을 빛내며 말했다.

"찾았느냐?"

"예, 찾았습니다."

"그럼 다시 한 번 묻노니, 네 마음은 한 점 거리낌없이 청정한가?"

"예. 청정합니다. 더 이상의 고통은 없습니다."

비현의 얼굴은 일말의 의혹없이 밝게 빛났다. 그 모습을 본 무연은 고개를 끄덕이며 말했다.

"그대는 이제 불제자(佛弟子)가 될 것이다."

무연은 엄숙하게 말하였다. 드디어 승낙이 떨어졌으니 비현은 곧 출가하여 아라한이 되기 위한 수행을 할 것이다. 바로 그때였다.

"저는 출가하지 않을 것입니다."

고개를 든 비현이 당당히 말하자 아라한들은 제각기 놀란 표정으로 그녀를 바라보았다.

"선가(禪家)에서 이르기를 직지인심(直指人心) 견성성불(見性成佛)이라. 이는 교리(敎理)나 계행(戒行)을 닦지 않고도 인간이 본성을 깨치면 누구나 부처가 된다는 말입니다. 저는 안심입명의 경지에 오르지는 못하였으나 얻고자 하는 깨달음을 얻었으니 이제 수행보다는 깨달음을 실천하며 살아갈 것입니다. 그리고 그 실천은 세상 속에서 사람들과 함께하겠습니다."

아라한들의 표정에 놀라움과 함께 흔연한 기쁨이 어렸다. 그 와중에 무연이 물었다.

"그대의 깨달음은 무엇인가?"

"세상의 이치는 저와 이어지고 저는 세상과 뗄 수 없는 한몸이라는 것입니다. 저의 깨달음은 세상 속에 있습니다. 그들과 떨어져서는 그들을 구원할 수 없으며, 그들을 통해서만이 저를 볼 수 있습니다. 제가 믿고 원하는 진리를 실천하며 세상과 함께 살고 싶습니다. 그것이 제가 그토록 바라던 일이었음을 이제 깨달았습니다."

그녀의 선명하고도 맑은 목소리가 선방에 퍼져 나갔다. 이에 눈을 지그시 감은 무연은 진언을 읊었고 다른 아라한들은 서로 시선을 나누었다. 이윽고, 눈을 뜬 무연은 멀찍이 서 있던 비구에게 손짓을 보냈다. 허리를 깊숙이 숙인 비구는 벽에 쳐두었던 휘장을 걷었다. 아라한의 시선을 따라 고개를 돌린 비현은 곁방에서 유인의 얼굴이 나타나자 자신도 모르게 일어서고 말았다. 그가 여기에 와 있다는 사실에 너무 놀란 나머지 머리가 아득해질 정도였다. 그의 얼굴에는 가슴 깊숙한 곳에서부터 치미는 떨림과 감격이 고스란히 드러나 있었다. 당장이라도 달려와 안고 싶은 것을 간신히 억누르며 서 있는 모습을 보고 비현의 눈망울에 눈물이 고였다. 곧 유인의 눈에도 눈물이 고였다.

함께 곁방에 있던 여왕과 법륜은 자리에서 일어나 선방으로 건너오고, 유인은 그제야 정신을 수습하고 비구의 안내를 받아 비현 옆에 와서 섰다. 두 사람은 여전히 믿기지 않는다는 표정으로 서로를 바라보았다. 이윽고 무연의 목소리가 들려왔다.

"그대의 지혜와 의지에 탄복한다. 스스로 원하는 깨달음을 얻었으니 이제 세상 속으로 돌아가라. 언제나 부처의 지혜와 자비가 함께하길."

조금 전까지도 무서우리만치 위엄에 넘쳤던 아라한의 얼굴에 부드러운 미소가 감돌았다. 비현은 은은한 미소를 지으며 공손하게 합장했다. 아라한들은 그대로 자리에서 일어나 선방을 나갔고 비현과 유인은 그들을 향해 정중히 예를 갖췄다. 그들이 가고 나자 비현은 유인을 돌아보며 말했다.

"오늘 정국을 떠나신다 들었는데 어떻게 여기 계신 것입니까?"

아직 감정이 격해 말을 잇지 못하는 유인을 보고 법륜이 말문을 열었다.

"아라한께서 자리에 함께하도록 명하셨습니다. 이런 일이 있을 줄 미리 내다보신 게지요. 앞으로는 두 분이 함께 세상을 구하고 삶 속에서 깨달음을 얻어가길 고대하겠습니다."

법륜이 이야기를 마치자 이번엔 여왕이 말을 꺼냈다.

"원하는 깨달음을 얻으셔서 참으로 기쁩니다. 무릇 인연이라 함은 하늘이 주시는 것임을 두 분을 통해 다시금 깨닫게 되는군요. 부디 도타운 은애로 서로를 보듬고 그 따스한 사랑으로 이 세상을 더 나은 곳으로 이끌어주십시오. 두 분께 부탁드립니다."

그들은 잠시 눈짓을 나누며 두 사람을 위해 잠시 자리를 비켜주었다. 그들이 선방을 나가고 나자 넓은 곳에 유인과 비현만이 남았다. 그들은 자리에 앉아 서로의 얼굴을 가만히 들여다보았다.

유인은 비현의 얼굴을 바라보며 가슴이 벅차 견딜 수가 없었다. 새벽같이 짐을 꾸려 누란성을 떠나려던 때와 비구승이 찾아와 승방으로 안내될 때까지만 해도 이런 일이 벌어질 줄은 상상도 못하였다. 휘장을 사이에 두고 앉아 비현의 대답들을 하나하나 들을 적에는 가슴이 미어질 듯 아파 차마 들을 수가 없었다. 이것을 보여주어 단념하게끔 하는구나, 참으로 잔인한 사람들이구나, 원망을 하기도 했다. 그러다 그녀가 흔들릴 때는 심장이 터질 것만 같아 당장이라도 뛰쳐나가 외치고 싶었다.

'너 또한 내 몸과 같아서 차마 베어낼 수가 없다. 그러니 가지 마라. 날 두고 가지 마라!'

떨리고 두근거리던 마음이 비현과 아라한의 말에 무너졌다. 하늘에 떠올랐다가 일시에 땅으로 곤두박질친 것처럼 온몸이 조각조각 부서졌다. 다시금 들려오는 비현의 대답. 세상과 함께하겠다는 말을 듣는 순간, 그의 머리 속과 몸은 갑자기 텅 비어버렸다. 그리고 그녀와 눈이 마주쳤을 때 비로소 느꼈다. 그녀의 깨달음과 큰 사랑을. 자신만의 사람이 아닌 세상 모든 이의 사람임을 깨닫자 한없는 존경이 우러나왔다.

'너를 결코 내 사랑 안에만 가두지는 않을 것이다. 그리고 나 또한 네게 부끄럽지 않은 사람으로서 세상 앞에 설 것이다. 아주 많은 노력을 해야겠지만 기쁘게 해나갈 것이다. 너와 함께하는 삶이기에 언제나 최선을 다해 살 것이다.'

유인은 문득 비현도, 자신도 울고 있다는 것을 깨달았다. 그는 비현의 손을 잡으며 말했다.

"그대가 나를 구원해 주었다. 세상을 지옥으로 만들었을 나를, 죽을 때까지 끔찍한 나락을 헤매었을 나를, 그대가 구원해 주었다."

유인은 하염없이 떨어지는 비현의 눈물을 손가락으로 걷어내며 말했다. 비현은 목이 메어 차마 입을 열지 못하고 흘러내리는 그의 눈물을 닦아주었다.

[하늘에 핏빛 구름이 드리워지고 도처에 전운(戰雲)이 감도니

대륙의 동쪽, 패망한 나라의 후예가 창검을 들고일어날 것이다.

분노에 찬 붉은 눈은 대륙을 짓밟아 피로 물들이고

주검이 산과 바다를 뒤덮으니

누가 피에 젖은 땅을 구원해 줄 것인가.

중원 남쪽에서 한 여인이 태어날 것이니

손과 음성만으로 병든 중생을 구원하리라.

그 여인만이 사납게 날뛰는 가슴을 다스릴 것이요.

황무지에 새 생명을 빚어낼 것이니

피에 굶주린 사내를 길들일 자, 이 여인분이로다.

천년의 흥망성쇠가 이들에게 달렸으니

생사의 명멸(明滅) 속에 대지는 단단해지고

새로운 기운이 움트리라.]

선대 아라한이 입멸(入滅) 전에 남긴 참언을 읽고 있는 무연의 옆으로 법륜이 다가와 공손히 예를 갖춘 후 말했다.

"무엇을 읽고 계셨습니까?"

무연은 서책을 덮으며 말했다.

"참언록을 읽고 있었네. 속세간(俗世間)을 파멸로 이끌 자와 26)화신불(化身佛)이 부부의 연으로 맺어지다니…… 참으로 기이한 인연이로고. 안 그런가?"

"반대의 성질일수록 끌린다 하지 않았습니까. 대륙의 끝과 끝에 있었다 해도 서로를 찾아냈을 연분이지요. 보기에도 애틋하여

---

26)화신불(化身佛): 중생들을 구제하기 위하여, 교화 대상인 중생의 모습으로 응(應)하여 나타나시는 부처. 응신불(應身佛) 또는 응화신(應化身)이라고도 한다

서 은연중에 두 분이 맺어지기를 바라고 있었습니다.”

“허허허, 그런가.”

무연은 흰 수염을 쓸어 내리며 연신 웃었다.

“한없이 약하지만 놀라우리만치 강한 여인이야. 성제(聖帝)가 되도록 잘 보필할 걸세.”

“나무관세음보살…….”

“그래, 법왕께서는 뭐라고 하시던가?”

“경사스러운 일이라며 들뜨셨지요. 곧 공주 책봉과 혼례 준비를 서두르신다고 합니다.”

“오랜만에 혼례를 보겠구먼. 잘된 일이야. 잘된 일이고말고.”

무연이 흐뭇하게 웃자 법륜 또한 따라 웃었다.

선대 아라한이 쓴 참언은 어디까지 길흉을 미리 엿본 것에 불과했다. 운명이란 언제나 가변적인 것이었다. 정해진 이치대로 흘러가는 것 같지만 수많은 우연과 의지에 의해 변하곤 했다. 그들이 사랑을 하고 시련을 이겨내 이곳까지 온 것도, 고뇌를 통해 깨달음을 얻어 스스로를 구원하는 것도 의지와 노력의 산물이었다.

정국은 그런 그들을 지켜주고 도와주는 역할을 맡았고 충실히 이행해 나갔다. 그들은 비현이 왕비로서 떳떳할 수 있도록 정국의 공주로 책봉하고 유인과의 혼례를 준비하기로 했다.

“혼례요?”

놀란 나머지 동시에 소리치니 두 사람은 곧 붉어진 얼굴로 서로를 쳐다보았다.

"서로의 마음을 확인했으니 당연한 절차가 아닌가요? 그러고 보니 두 분은 부끄럼이 많으시군요. 혼례라는 말에 이리 당황하시니. 호호호."

여왕의 웃음에 두 사람은 어쩔 줄을 모르고 고개만 푹 숙였다. 하루아침에 모든 것이 바뀌었다. 어제까지만 해도 출가를 앞두고 이별의 눈물을 흘렸는데 오늘은 서로 얼굴을 마주 보게 웃게 될 줄 어찌 알았을까. 모두 다 꿈인 것만 같아 얼떨떨했다. 그것은 유인도 마찬가지여서 상기된 얼굴로 앉아 내내 비현의 옆모습만 바라보았다.

이 믿기지 않는 일이 호위대에게 알려지자 그들은 왕성이 들썩거릴 정도로 환호성을 질렀다. 서로 얼싸안고 기뻐하는 이들도 있고 인걸처럼 눈물이 핑 돌아 뒤돌아서서 소매로 닦아내는 이들도 있었다.

"쳇, 결국은 이렇게 될 줄 알았다고. 결국 둘이서 혼인할 거면서 그동안 고생은 왜 시킨 거야?"

아사드는 불만에 찬 얼굴로 연신 불평을 했지만 입가에는 웃음을 머금고 있었다. 기쁜 것은 그들만이 아니었다. 누란성의 백성들은 출가할 줄로만 알았던 비현의 난데없는 혼인 이야기에 놀랐지만 그녀가 정국 여왕의 양녀가 되어 공주에 책봉되자 진심으로 축하하며 잔치를 치를 준비에 들어갔다.

봄꽃이 만개해 천지가 울긋울긋한 봄이었다. 눈부시도록 청명한 햇살 속에 벚꽃이 흐드러지게 나리던 날, 왕궁에서는 보기 드물게 아름다운 한 쌍이 혼인을 올렸다. 잔치는 사흘 밤낮 동안 이

어졌고, 누란성의 모든 백성들이 거리로 쏟아져 나와 기쁨의 노래
를 불렀다. 라리슈카는 그들의 이야기로 노래를 만들어 불렀고 사
람들은 두 사람의 사랑을 노래하며 행복을 빌어주었다.

十. 새로운 시대

창가에 아롱아롱 달이 비친다. 신방(新房)에 달빛이 요요(姚姚)히 젖어드니, 백단목 침상에 장식한 산호, 청옥, 백옥, 청강석이 빛을 머금었다가 찬연하게 내뿜었다. 고운 빛이 어디 그뿐이랴. 바닥에 깔린 초록빛 양단과 비단 금침 위에 흐드러지게 수놓인 오색 꽃도 그 빛이 화사하고 현란해서 신방이 온통 알록달록했다. 침상 옆에 켜놓은 황촉(黃燭)이 붉은 혀를 날름거리며 오늘밤에 있을 이야기를 속닥이는 사이 신방 문이 열렸다.

긴 예복 옷자락이 살짝 들리고 앞코가 앙증맞은 비단신이 신방 문턱을 넘었다. 비단신의 주인은 신방의 안주인인 어여쁜 신부. 화려한 수가 놓인 진홍빛 예복을 입고 폭이 넓은 붉은 비단 영포(領布)를 쓰고 양끝을 등 뒤로 늘어뜨린 그녀는 천상의 선녀처럼 고왔다. 은은한 난초 향을 담뿍 머금은 신부는 여인들의 부축을 받아 신방 한쪽에 있는 의자에 앉았다. 뒤이어 신랑이 들어왔다. 백라관(白羅冠)을 쓰고 면복(冕服)을 입은 그가 들어오자 넓은 신방이 꽉 찰 정도로 신랑의 인물과 풍채가 더없이 좋았다.

선남선녀를 흐뭇하게 바라보던 여인들은 뿌듯한 눈길을 주고받다가 주책없이 흘러나오는 웃음을 애써 참으로 서둘러 방을 나갔다. 마침내 두 사람만 남게 되자 방 안에는 달큰한 향과 함께 긴장감이 감돌았다.

"휴우……."

숨을 내쉰다는 것이 자기도 모르게 크게 터져 나오자 유인은 얼른 입을 다물었다. 아무리 헌헌장부인들 이 순간만큼은 떨리는지라 그의 얼굴이 신부의 예복만큼이나 진홍빛으로 물들어 있었다. 유인은 옆에 다소곳이 앉은 신부를 슬쩍 쳐다보다 헛기침을 두어 번 하고 가까이 다가갔다. 궁인들이 일러준 것을 다시금 떠올려 본 그는 비현이 쓴 영포를 벗겨냈다. 그러자 곱게 빗어 매만진 트레머리에 금관을 쓴 비현의 얼굴이 나타났다. 유인은 자기도 모르게 숨을 삼키며 주춤했다. 며칠 만에 본 얼굴이 반갑기도 하고, 하강한 선녀인 듯 한 떨기 꽃인 듯 곱게 화장한 모습에 입조차 떨어지질 않는다. 농익은 수밀도처럼 발그레한 볼에 눈을 지그시 내리뜬 그녀는 더없이 사랑스럽고 어여뻤다. 보석으로 장식한 금관과 금귀고리도 그녀의 눈빛과 붉은 입술에 비하면 빛이 바랠 지경이니 유인은 그 모습이 아까워서 그저 바라보고만 있어도 흐뭇할 지경이었다.

"비현, 정말 예쁘다."

유인은 벌어진 입이 다물어지지 않으니 자신이 꼭 얼뜨기가 된 것만 같았다. 하지만 천하에 다시없는 바보이면 어떠랴. 이렇게 어여쁜 색시가 곁에 있는 것을. 그저 마냥 좋은 유인이 가만히 앉아 들여다보고만 있자 비현이 슬그머니 고개를 들었다.

"언제까지 그렇게 앉아 계실 거여요. 무겁고 답답하니 이것 좀……."

신부의 은근한 채근에 정신이 번쩍 난 유인은 얼른 머리에 쓴 묵직한 금관과 금잠, 꽃 장식, 목걸이 등의 장신구를 정신없이 벗겨주었다. 몸을 무겁게 짓누르던 것들에게서 해방되니 비현의 얼굴이 한결 밝아진다.

"나는 우리가 혼례를 올렸다는 것이 좀처럼 믿겨지지 않는다. 우리가 부부가 됐다니."

유인은 꿈을 꾸고 있는 듯 몽롱한 표정으로 말했다. 비현은 그저 빙그레 웃을 뿐 말이 없었다. 그녀 역시 이것이 꿈만 같아서 대례를 올리는 내내 숨도 제대로 쉬지 못한 터였다.

"비현과 얘기하고 싶은 것이 많았는데 내궁 궁인들이 어찌나 야멸차게 내치던지. 요 며칠이 내겐 얼마나 길었는지 모른다. 그대도 내가 보고 싶었지?"

비현은 미소를 머금은 채 고개를 끄덕였다.

두 사람 사이에 오가는 눈빛이 참으로 애틋하였다. 그도 그럴 것이 혼인을 앞두고 배우자를 만나면 불길한 일이 생긴다는 풍습 때문에 변변한 이야기도 한번 못해보고 억지로 떨어진 데다, 대례를 올릴 때도 간신히 옆모습만 훔쳐본지라 유인은 신부가 보고파서 몸이 타버릴 지경이었다.

유인은 신부의 얼굴을 가만히 들여다보며 말했다.

"이제 그대는 내 아내다. 한평생 그대만을 아껴주고 은애하며 살아갈 것이야."

비현은 얌전히 고개를 끄덕였다. 유인의 눈이 유달리 붉고 촉촉한 입술과 솜털이 보오얀 귀밑머리에 머물렀다가 별꽃을 심어놓은 듯한 눈동자를 더듬는다. 세상에 이리 아리따운 신부가 또 있을까? 유인은 가슴이 터질 듯 부풀어 올랐다.

"그대에게, 내 자식들에게 부끄럽지 않은 지아비와 어버이가 될 것이다."

비현은 촉촉해진 눈빛으로 고개를 끄덕이자 유인은 그런 그녀를 따스하게 품에 안았다. 순간 뭉클한 감동과 함께 비현을 아내로 맞았다는 실감이 서서히 몰려왔다.

"다시는 떨어지지 않는다, 다시는."

유인은 발갛게 상기된 얼굴을 두 손으로 감싸고 이마와 콧등과 입술에 천천히 입을 맞추었다. 입술에서 입술로 따스한 숨을 건네고 받아들이고 다시 건네주고 세상 무엇보다 소중한 것인 듯 서로의 숨을 삼키면서 몸속 깊은 곳까지 스며들게 했다.

유인은 그대로 비현을 안아 들고 침상으로 갔다. 침상 한가운데 앉아 다시 한 번 숨을 주고받는 사이 유인은 그녀의 예복을 한겹 한겹 벗겨 나갔다. 대례복과 함께 그동안의 시름과 아픔이 한 꺼풀씩 벗겨지고 마침내 눈처럼 순결하고 배꽃처럼 하얀 비단 속옷

만이 남았다. 유인은 조심스럽게 자신의 관과 평복을 벗었다. 서
툴고 조급한 손끝 때문에 옷고름이 잘 풀리지 않자 비현이 미소를
지으며 거든다. 그러는 사이에도 네 개의 눈빛은 서로에게서 떨어
질 줄을 모르니 서로를 바라보는 것만으로도 날을 새울 수 있을
것 같다.

마침내 무거운 예복을 벗고 새털처럼 가벼운 옷차림이 되자 유
인은 금침 안으로 비현을 이끌었다. 그들은 금침 속에서 두 장의
꽃잎처럼 포개졌다. 세상에 아무런 근심도, 두려움도 없다. 하늘
도, 땅도, 바람도, 구름도 없다. 오직 서로만이 있을 뿐이다. 마침
내 두 사람 사이에 놓인 얇은 껍질마저 벗겨내자 그녀의 달걀처럼
하얀 속살이 드러났다. 새가 알을 품듯 비현을 아래에 품고 조심
스럽게 입술을 맞추던 유인이 속삭였다.

"그대가 준 사랑을 수천, 수만 배로 돌려줄 것이다."

비현은 복사꽃처럼 붉어진 얼굴로 고개를 끄덕였다. 유인은 그
녀의 여린 목과 쇄골을 입술로 쓸어 내리며 속삭였다.

"그대를 닮아 안팎으로 어여쁜 아이들을 낳아주어."

비현은 그의 머리를 쓰다듬으며 고개를 끄덕였다.

"내 나라, 내 백성에게 훌륭한 지어미가 되어주어."

그의 입술이 풍요롭게 솟아오른 젖가슴 언저리를 간질이자 비
현은 짧은 한숨을 터뜨리며 고개를 끄덕였다. 유인은 살굿빛으로
살짝 돋아나온 유두를 혀로 핥다가 입속에 담뿍 머금었다. 비현의
입속에서 작은 울음이 흘러나오자 유인은 그녀와 열 손가락을 깍
지 끼고 양가슴 사이 깊은 협곡에 얼굴을 묻었다.

비현은 온몸으로, 온 마음으로 그를 느꼈다. 그의 뜨거운 몸은 새로운 세상이어서 그 몸에 자신을 깊이 묻고 또 껴안았다. 다시는 이 손을 놓지 않으리라. 이제는 아무리 힘겨워도 이 품 안에서 헤쳐 나길 것이다. 비현은 꽃처럼 지신의 몸을 활짝 펼치고 그를 감싸 안았다. 유인은 조심스러운 몸짓으로 다리를 벌리고 이슬을 머금은 꽃 속으로 밀고 들어갔다. 비현은 밀려오는 아픔에 작은 신음을 흘렸지만 걱정스러워하는 눈빛에 미소를 지어주며 그가 들어올 수 있도록 몸의 긴장을 풀었다. 두 사람은 조금의 틈도 없이 끌어안고 땅속 깊이, 하늘 높이 추락과 비상을 반복했다.

서로를 위해 태어났음이런가, 이날을 위해 그 모진 아픔들이 있었음이런가. 몸 안의 붉은 피가 서로에게 흘러들어 가 하나의 심장 안에서 합쳐져 뜨거운 격정이 밀려왔다. 유인은 너무 세게 몰아붙이지 않기 위해 애쓰다 마침내 비현의 품속으로 깊이 자맥질해 들어갔다. 그는 비현의 따스하고 넓은 대지에 자신의 씨앗을 뿌리고서 비로소 한 여인의 지아비가 되었음을 실감했다. 그것은 영욕의 껍질을 벗어놓고 새로 태어남이었다. 한 나라의 왕이자 지극히 사랑하는 여인의 지아비로, 그리고 앞으로 태어날 아이들의 아비로 다시 태어난 이 순간이 유인은 눈물겹도록 감격스러웠다.

끊어질 듯 가쁜 숨을 몰아쉬며 서로를 끌어안고 이마를 맞댄 두 사람의 얼굴에는 형언할 수 없는 감동과 눈물로 가득했다. 유인은 비현의 눈가에 흘러내린 눈물을 혀로 핥아주며 속삭였다.

"나를 새로운 사람으로 세상에 내놓았으니 오롯이 그대 것이다."

비현은 가슴이 녹아내릴 듯 달콤한 밀어에 미소로 답하며 그의 얼굴을 감싸 쥐었다. 두 눈빛이 떨어질 줄 모르고 엉키는 사이 비현이 살짝 부풀어 오른 붉은 입술로 속삭였다.

"사랑합니다."

두 사람의 입술이 다시금 뜨겁게 포개졌다. 창가에 아롱아롱 달이 비친다. 신방(新房)에 달빛이 요요(姚姚)히 비추니 신방은 달빛에 흠뻑 젖어들었다.

긴 밤의 끝이라 여명이 문살 무늬마다 푸르게 비치고 문살에 비친 나뭇가지도 보일 듯 말 듯 점점 옅어지기 시작했다. 새벽빛이 새어 들어온 방 안은 푸른 물속과도 같아 침상에 곤히 잠든 나신의 남녀는 한 쌍의 물고기인 듯 하얀 비늘을 빛내며 깊이 잠들어 있었다. 일찍 잠이 깬 새들이 창 옆에 긴 가지를 늘어뜨리고 있는 나무에 앉아 저희들끼리 지저귀다 포르릉 날아올랐다. 그 소리에 잠이 깬 비현이 슬며시 눈을 떴다. 그녀는 잠시 멍한 눈으로 허공을 응시하다 자신을 안고 잠든 유인을 바라보았다. 새벽녘에야 겨우 잠든 그는 세상모르게 곯아떨어져 있었다. 미소를 머금은 채 그의 헝클어진 머리를 어루만진 비현은 조심스럽게 품에서 빠져나왔다. 비현은 실오라기 하나 걸치지 않은 나신으로 침상에서 나와 창 앞에 섰다. 창문을 여니 이슬에 젖은 나뭇가지와 푸른 대지가 눈에 들어온다. 비현은 그 대지 위에 맨몸으로 서 있는 것만 같았다. 그리하여 대지가 토해내는 신선한 정기를 폐 속 깊이 들이마시며 온몸 구석구석 퍼뜨렸다.

'나는 대지 위에 씨앗이 될 것이다. 하나의 풀이 되고, 꽃이 되고, 나무가 되고, 숲과 대지를 이룰 것이다. 나는 생명과 이어지니 모든 생명을 지켜낼 것이다.'

비현은 눈을 지그시 감고 온몸을 떠오르게 해 하늘 위를 걸었다.

'나는 구름이 되고, 바람이 되고, 해가 되고, 달이 될 것이다. 만유(萬有)가 내 안에서 시작되고 소멸하게 할 것이다. 내 모든 것을 바쳐 만유를 사랑하고 아낄 것이다.'

비현은 온몸에 진한 정기가 스며들어 충만해지는 것을 느꼈다. 지난 아픔과 슬픔은 이제 사라지고 없었다. 부모님과 오라버니들, 무영, 그리고 무고하게 희생된 이들의 죽음을 슬퍼하기보다 이 땅에 살아가는 숱한 생명들의 고통을 덜어주며 살 것이다. 선하고 아름다운 것보다 악하고 추한 것들을 품에 안아 어르고, 미움과 분노 대신 배려하고 기뻐하는 법을 가르칠 것이다. 그리하여 다시는 유세아처럼 불행한 이가 생겨나지 않도록 노력할 것이다. 사람이 사람답게 살 수 있는 세상을, 나 혼자만의 노력이 아닌 온 세상 사람들과 함께 만들어갈 것이다.

비현은 스물두 해를 살아오면서 처음으로 자유로움을 느꼈다. 몸을 억누르던 무거운 업장이 씻겨 나간 듯, 두터운 허물을 벗고 새로 태어난 듯 온몸이 가벼웠다.

설핏 잠에서 깨어 옆을 더듬었다가 비현이 없자 급히 몸을 일으킨 유인은 창 앞에 선 그녀를 발견하고 안도의 숨을 내쉬었다. 푸르스름한 빛을 머금은 나신이 사람처럼 느껴지지 않을 만큼 아름

다웠다. 그녀는 하늘을 나는 새처럼, 대해(大海)를 헤엄치는 물고
기처럼 자유롭고 행복해 보였다.

"비현."

유인은 벅찬 가슴으로 비현을 불렀다. 곧 그녀가 돌아보았다.
그녀의 얼굴에는 눈부신 기쁨으로 가득했다. 유인은 침상에서 나
와 비현의 어깨를 감싸 안고 이마에 입을 맞추었다. 비현의 따뜻
한 체온을 느끼고 은은한 연향을 들이마시자 낯설고도 경이로운
무언가가 유인의 온몸을 감쌌다. 그것은 생애 처음으로 만나는 자
유였다.

누란성 곳곳마다 어깨가 들썩일 정도로 흥겨운 음악이 퍼져나
갔다. 횡적, 요고, 동발을 든 악사들이 음악을 연주하며 거리를 걸
어가면 백성들은 그 뒤를 따르며 노래하고 춤을 추었다. 오늘로서
공주와 예 왕의 혼인 잔치가 끝이 나니 백성들은 아쉬운 마음에
더욱 흥겹게 놀았다. 달빛은 성내를 은은히 비추고 말리화(茉莉花)
가 지천으로 피어 유혹적이고 아찔한 향이 사람들의 마음을 달뜨
게 했다.

덩달아 흥에 겨운 호위대가 누란성 내에 주점에서 술을 마시며
떠들썩하게 노는 동안 효겸은 외궁 주변을 홀로 거닐고 있었다.
그는 들뜬 분위기 속에서 도망치듯 빠져나와 어둠 속으로 숨어들
고 있는 중이었다. 주군의 혼인은 그 무엇보다 기쁘고 가슴 벅찬
일이었지만 지금 그에게는 아무것도 보이지도, 들리지도 않았다.
애타는 사랑이 그를 상처 입히고 깊은 슬픔으로 몰아넣었다. 먼

길을 돌아와 사랑을 이룬 주군에게 자신의 모습을 내보일 수 없었던 효겸은 웃음소리와 불빛이 닿지 않는 곳으로 숨어들어 가 마음껏 괴로워하고 싶었다. 상처받은 마음을 어둠 속에 내놓고 마음껏 울고 싶었다.

흰 달빛이 쓸쓸한 걸어가는 그의 어깨에 내렸다가 어둠에 휩쓸리길 반복했다. 떠들썩하게 들려오는 노랫가락도, 사람들의 소란스러움도 점점 멀어져 가고 대신 맑은 물소리가 가까이 들려왔다. 효겸은 근처에 개울이 있나 보다 짐작하며 무심코 물소리가 들리는 곳으로 걸음을 옮겼다. 얼마 못 가 계곡이 나왔다. 주위에는 하얀 돌들이 지천으로 깔려 있고 계곡물은 달빛을 가득 머금은 채 하류로 흘러가고 있었다. 효겸은 상류 쪽으로 걸음을 옮기다 누군가를 발견하고 멈춰 섰다. 달빛을 받고 선 이를 바라보던 효겸의 눈이 점점 커졌다.

'라리슈카…….'

효겸은 좀 더 그녀에게 가까이 다가갔다. 라리슈카는 누가 다가오는 줄도 모르고 치마를 허벅지까지 걷어 올리고 얕은 계곡물을 오가고 있었다. 계곡 바닥을 들여다보던 그녀는 곧 무언가를 발견했는지 허리를 굽혀 주워 들었다. 그녀가 집어 든 것은 정국에서만 볼 수 있는 청묘석이었다. 별이 쏟아진 듯 금빛이 점점이 박힌 청묘석을 들여다보는 라리슈카는 아이처럼 기쁨에 넘쳐 있었다. 세상의 이치를 꿰고 있는 듯 당당했던 모습과 달리 천진한 모습을 대하고 나니 효겸의 가슴은 견딜 수 없이 벅차올랐다. 달빛이, 진한 말리 향이, 라리슈카의 아름다움이 그를 대담하게 바꾸어놓았다.

효겸은 거침없이 걸어가 라리슈카 앞에 섰다. 그리고 놀란 그녀가 입을 열기도 전에 허리를 끌어당겨 입을 맞추었다. 입술과 입술이 닿고 그 뜨거움과 향에 숨이 막힐 즈음, 라리슈카는 황급히 그를 밀어내고는 서슴없이 뺨을 때렸다. 효겸은 묵묵히 서서 뺨을 맞았다. 라리슈카는 아무런 말도 하지 않는 효겸을 노려보다 싸늘하게 돌아섰다. 그때 효겸이 다시금 허리를 끌어당겨 힘껏 끌어안고 입을 맞추었다. 라리슈카는 분노에 떨며 그의 뺨을 거듭 때렸고 그때마다 숨이 막히도록 진한 입맞춤이 돌아왔다. 몇 번의 따귀와 입맞춤이 오간 후 라리슈카가 외쳤다.

"미쳤어요? 이게 무슨 짓이에요!"

효겸은 대답 대신 바닥에 있는 돌을 주어 들어 그녀에게 쥐어주었다.

"이 돌로 날 힘껏 내려치시오. 온몸이 찢기고 피투성이가 된다 해도 당신 입술을 갖고 말 테니까. 당신을 사랑하오, 미치도록 원하오. 그러니 돌에 맞아죽는 한이 있어도 멈추지 않을 테요."

효겸의 강렬한 눈빛이 라리슈카의 마음을 흔들었다. 부드럽고 선하게만 보였던 그에게 이렇게 뜨겁고 격정적인 모습이 숨어 있을 줄이야. 그의 격정에 라리슈카의 숨겨진 열정이 터져 나와 온몸을 뜨겁게 휘감았다.

라리슈카는 돌을 움켜쥐고 그에게 다가갔다. 그리고 돌로 내려치는 대신 효겸의 목을 끌어안고 입을 맞추었다. 뜨거운 숨과 입술, 몸이 닿자 두 사람은 견딜 수 없는 희락에 빠져들었다. 서로의 손끝이 몸을 스칠 때마다 격렬한 감정이 몸속 깊은 곳에서 흘러나왔다. 세상의 모든 것은 지워지고 오직 둘만이 남고 지금 서로를 안지 않는다면 죽을 것만 같았다.

라리슈카는 효겸을 계곡 한 편에 풀이끼가 파랗게 사란 둔덕으로 이끌었다. 옷이 하나하나 벗겨지고 서로의 몸이 드러날 때마다 두 사람의 눈 속에는 기쁨과 경이가 어린다. 달빛에 드러난 서로의 몸은 부드럽고 달콤했으며 강인하고 단단했다. 그들은 서로의 몸 구석구석에 입을 맞추고 체취를 들이마셨다. 효겸은 라리슈카의 얼굴을 감싸 쥐고 시선을 맞추었다. 그리고 그녀의 몸을 힘껏 열고 들어가 자신을 묻었다. 숨 막힐 듯한 희열, 온몸이 타 없어질 듯한 뜨거움이 밀려오고 그녀의 몸속으로 자맥질해 들어갈수록 갈증이 밀려와 더 깊이 파고들어 가야 했다. 효겸은 이대로 그녀 안에서 길을 잃을까 두려워 라리슈카에게서 눈을 떼지 않았다.

라리슈카는 자신의 몸을 활짝 펼쳐 깊이 들어오는 그를 맞았다. 저릿한 감각이 온몸에 퍼져 연신 신음이 흘러나왔다. 그녀는 효겸의 어깨를 감싸고 허리에 다리를 감아 자신을 더욱 밀착시켰다. 그리고 그가 이끄는 절정을 향해 갔다. 태어나서 한 번도 느껴보지 못한 격정에 자신이 빠져 있다는 것이 믿겨지지가 않았다. 육체적인 끌림뿐 아니라 마음과 마음이 닿아 이렇게 뜨거운 폭발을 일으킬 수 있다는 것이 경이로웠다.

마침내 격정이 끝이 보이고 두 사람은 마침내 무아경(無我境)에 이르렀다. 효겸은 그녀를 힘껏 끌어안고 자신의 모든 것을 쏟아냈다. 미칠 듯이 뛰는 심장과 가쁜 숨소리, 그리고 찾아오는 가슴 벅참. 효겸은 그녀를 안고 땀이 흐르는 이마를 쓸어주었다. 라리슈카는 효겸의 가슴에 기대고 눈을 감았다. 그는 라리슈카를 부드럽게 안고 속삭였다.

"라리슈카, 나와 같이 예에 가주지 않겠소? 그곳에서 내 아내가 되어주오."

라리슈카는 대답없이 가슴이 기대 잠들었다. 효겸은 그녀의 등을 부드럽게 쓸어 내리다 지그시 눈을 감았다.

다음날 새벽 효겸이 눈을 뜨자 라리슈카는 이미 가고 없었다. 그녀가 누워 있던 자리에는 두고 간 청묘석만이 남아 있을 뿐이었다.

꿈같은 며칠이 지나고 드디어 유인과 비현이 예로 떠날 날이 밝았다. 곱게 단장한 부부는 아라한께 예를 올리고 그동안 돌봐주고 고마웠던 이들에게 차례로 인사를 건넸다.

"공주, 부디 몸 건강히 가시게."

여왕은 자신이 낳은 딸을 보내듯 서운하고 안타까운 기색이 완연했다. 비현은 눈물이 그렁그렁해져서 잡은 손을 좀처럼 놓지 못했다.

"친혈육보다 더 아껴주시고 큰 은혜까지 입었으니 어찌 다 갚을 수 있을까요?"

"더 많은 사람들을 위해 베풀면서 살면 될 것이니, 부디 만인의 존앙을 두루 받는 국모가 되어주게."

두 여인이 눈물을 글썽이며 좀처럼 떨어지질 못하니 보다 못한 법륜이 나서서 갈 길이 멀다 채근을 하였다. 그제야 간신히 여왕의 손을 놓고 눈물을 훔친 비현은 그동안 돌봐준 궁인들과 비구니들에게 작별을 고했다. 궁인들 또한 눈물을 흘리며 몸 건강하라고 몇 번이고 당부를 했다.

"이러다간 한나절이 다 지나겠습니다. 어서 가십시오."

법륜의 말에 유인은 고개를 끄덕이며 비현을 이끌었다. 비현은 유인에게 이끌려 나오면서 뒤로 보이는 내궁을 몇 번이고 뒤를 돌아보았다. 짧은 나날이었지만 생애에서 가장 벅차고 행복했던 순간을 보낸 곳이다. 이곳에 오지 않았다면 자신의 삶이 어찌 변했을지 짐작조차 할 수가 없었다.

"부디 모두들 행복하셔요."

비현은 감사함이 복받쳐 내궁 문을 나서기 전에 다시 한 번 엎드려 절을 했다.

그녀가 막 외궁에 들어섰을 무렵이다. 수백 명의 사람들이 얽혀 번잡한 탓에 누가 누군지 도통 알 수가 없을 지경이었다. 유인의 호위대와 비현을 호위하기 위한 오백여 명의 승병들, 게다가 혼수로 받은 진귀한 물품이 실린 수십 대의 마차와 일꾼까지 딸렸으니 규모가 큰 행렬이다. 비현이 나오자 모두들 고개를 숙여 예를 갖추는 가운데 아사드가 반갑게 다가왔다.

"힘들게 건너온 사막을 다시 가려니 까마득하지 않아? 내키지 않으면 여기서 가까운 호탄으로 발걸음을 돌려도 되는데."

장난기 가득한 아사드의 말에 옆에 서 있던 유인이 무시무시한 표정으로 어깨에 손을 얹었다. 그러자 아사드가 낄낄거리며 슬쩍 옆으로 피한다. 비현은 그동안 정든 사람들과 헤어진다는 것이 무척이나 아쉬워 아사드에게 몇 번이고 당부했다.

"아사드님, 다시 볼 날이 꼭 오면 좋겠어요."

"안 그래도 언제 한번 들르라고 청하더군. 혹 내 나라에서 쫓겨날 일이 있으면 그쪽으로 건너갈 테니 받아줘야 해?"

"네가 내 아내에게 사심을 품지 않는다면 흔쾌히 받아주지."

옆에서 유인이 거든다. 두 사람이 나누는 눈빛에서 친밀함이 묻어난다.

"뭐, 쉽지 않겠지만 노력은 해보지."

아사드는 눈을 찡긋하며 비현에게 웃어 보였다. 엉뚱함과 열정적인 구애로 종종 곤란하게 만들었지만 아사드는 좋은 사람이었다. 그가 아니었으면 어떤 일이 일어났을지 모를 일이니 한때 스치는 인연이 아니라 하늘이 베푼 인연이었다. 비현이 근사한 미소를 짓고 있는 아사드와 인사를 나누는 사이 라리슈카가 다가왔다. 헤어짐이 아쉬운지 그녀의 얼굴에 한 번도 본 적 없는 그늘이 드리워져 있었다. 라리슈카는 두 명의 왕에게 예를 갖추고 비현 앞에 엎드려 발등에 이마를 대려 했다. 이에 기겁을 한 비현이 라리슈카를 일으켰다.

"우리 사이에 그런 예는 갖추지 않아도 돼요."

몸을 일으킨 라리슈카는 벌써부터 눈이 촉촉해 있었다. 비현은 생명의 은인이자 더없이 소중한 벗인 라리슈카를 꼭 안으며 말했다.

"많이 보고플 거예요. 부디 건강하시고 예에 들르거든 꼭 기별

하세요.”

　비현은 몇 번이고 당부하며 정든 사람들에게 작별을 고했다. 마침내 떠나야 할 시간이 오자 비현은 아쉬움이 뒤로한 채 발길을 돌렸다. 사막에서 동고동락한 이들을 지나치면서 비현은 몇 번이고 뒤를 돌아보았다. 지난날들이 눈앞에 스쳐 지나가니 만감이 교차한다. 자신이 더 단단해질 수 있었던 것은 험난한 여정과 그 속에서 만난 많은 사람들 덕분이었다. 힘겨운 날들이 있지 않았다면 오늘날 자신이 어찌 있었을 것인가. 그 많은 눈물과 웃음이 있었기에 오늘날의 자신이 있는 것이다. 비현은 지난날들을 가슴속에 깊이 새기며 다시금 펼쳐질 새로운 날들을 위해 가슴을 열었다. 더 많은 아픔을 받아들여 가슴에 담고 더 큰 사람이 되기를……비현은 간절히 소망했다.

　비현이 마차에 오르자 긴 행렬이 비로소 움직이기 시작했다. 행렬은 궁인들의 배웅을 받으며 궁문을 나섰다. 마차 옆에는 유인이 호위하고 행렬 선봉에는 좌우로 인걸과 효겸이 이끌고 있었다. 그들이 누란성 대로에 들어서자 올 때처럼 많은 백성들이 나와 환송했다. 비현은 환호와 함께 수레에 꽃을 던지는 그들을 향해 손을 흔들어주었다.

　행렬이 막 성문을 지났을 무렵부터 앞서 가던 효겸이 자꾸만 뒤를 돌아보았다. 언제나 밝고 쾌활했던 그인데 갑자기 표정이 어두운 것을 보고 유인이 넌지시 물었지만 효겸은 통 입을 열지 않았다.

　“요 며칠 동안 영 기운이 없어 보이던데 성에 예쁜 처자라도 두고 온 거 아니야? 정 그리우면 데리고 오지 그랬어?”

인걸이 거듭 말을 걸었으나 그는 묵묵히 말을 몰 뿐이었다.

행렬이 누란성에서 멀어져 초원을 벗어날 무렵이었다. 누란성 방향에서 흙먼지가 일더니 말 한 필이 달려오는 것이 보였다. 행렬이 달려오는 이를 발견하고 잠시 멈춘 사이, 말에 탄 이를 알아본 효겸의 낯빛에 갑자기 희색이 돌았다.

“라리슈카!”

효겸의 외침에 주위가 모두 놀란다. 휘장 밖으로 고개를 내민 비현 또한 놀란 입을 다물지 못하니 급기야는 수레에서 내려 다가오는 말을 보았다. 한편 환희에 들뜬 효겸은 바람처럼 말을 몰아 그녀에게로 달려갔다.

“라리슈카!”

그리운 이름을 부르며 말에서 뛰어내린 효겸은 그녀를 향해 달려갔다. 라리슈카 또한 말에서 내려 효겸에게로 뛰어왔다. 이윽고 마주 선 두 사람. 그들의 눈빛에 환희가 가득 흐르고 있었다. 효겸은 그녀가 여기까지 와준 것만으로도 대답을 알 수 있었지만 라리슈카의 입으로 직접 듣고 싶어 물었다.

“내게…… 와주는 주는 것이오?”

그녀는 대답 대신 효겸의 품에 와락 안겼다. 곧 달콤한 목소리가 효겸의 귓가를 스친다.

“당신이 가는 곳이면 어디든지.”

효겸은 기쁨에 겨워 환호하며 그녀를 번쩍 안아 들었다.

“우라질, 도대체 언제부터 저런 사이었던 거야? 음흉한 놈, 감쪽같이 속이다니.”

그들을 보고 있던 인걸이 기막히다는 듯 중얼거렸다.

“정말 잘 어울리는 한 쌍이군. 그렇지, 비현?”

마자 쪽을 돌아본 유인은 울고 있는 그녀를 빌건하고 웃음을 터 뜨렸다. 그가 연신 울보라고 놀리니 비현이 손수건으로 눈물을 닦 으며 말했다.

“기뻐서 그래요, 너무 기뻐서. 정말 한 폭의 그림처럼 잘 어울리 는 두 사람이네요.”

유인은 그칠 줄 모르는 눈물을 닦아주다 꼭 안고 어깨를 토닥여 주었다. 서로 안고 있는 남녀들을 번갈아 바라보던 인걸이 연신 투덜거린다.

“쳇, 나 혼자 이게 뭐람, 홍아! 보고 싶다아. 서방님이 곧 갈 테 니 조금만 기다려라!”

인걸의 울부짖음에 옆에 서 있던 호위무사들이 저마다 낄낄낄 웃었다. 반가운 사람을 맞이한 행렬은 다시금 사막으로 출발했다. 이제 겨우 시작이었지만 그들의 마음은 이미 예 땅에 다다른 것처 럼 벅차올랐다.

※

한때는 무기력한 어깨에 내리꽂히는 폭양이 버거워 그대로 모 래톱 속으로 가라앉아 버릴 것 같던 시절이 있었다. 삭풍(朔風)에 모래알 구르는 소리가 서럽게 들릴 때도 있었다. 그러나 이제 쏜

아 붓는 햇살은 구슬주렴과도 같고 모래의 울음은 새의 지저귐과
도 같았다. 삭막한 사막이 풍요로운 대지가 바뀌어 그들을 맞이하
니 순간순간이 꿈결처럼 흘러갔다.

유인과 비현은 사랑하기 위해 세상에 난 이들 같았다. 그들은
언제나 사랑이 넘치는 눈으로 서로를 보고 온 세상을 느꼈다. 두
사람의 눈길이 닿은 것은 아무리 하찮은 것일지라도 뜻깊은 의미
를 부여받고 새 생명을 얻었으니 그들의 발길이 닿는 곳은 언제나
푸르고 풍성한 대지가 되었다.

밤이 찾아오면 두 사람은 바람 소리를 들으며 아주 천천히 사랑
을 나누었다. 세상에서 가장 향기로운 과육을 맛보는 듯 입술을
핥고 머리카락 한올한올에 입을 맞추었다. 역참에 당도해 여관에
머물 때면 목욕물에 꽃잎을 띄우고 함께 몸을 담갔다. 그들은 알
몸을 부끄러워하지 않고 내보이며 서로를 알아가는 기쁨을 누렸
다.

"여기에도 하나가 있었군. 꽃잎이 날리다 살포시 내려앉은 것
같아. 그대처럼 사랑스러워."

유인은 비현의 어깨에 박힌 작은 점에 입맞추며 다정하게 속삭
였다. 그는 보물을 찾듯 비현의 몸에 작은 점과 상처를 모두 찾아
내어 정성껏 입을 맞추었다. 아무리 소소한 것일지라도 비현에 관
한 것이라면 그에게는 벅찬 감동이고 기쁨이었다. 그들은 서로의
손길과 입술이 닿지 않은 곳이 없을 만큼 속속들이 알아가는 즐거
움에 취해 밤을 하얗게 새웠다. 몸과 마음이 새로운 환희에 눈을
뜨니 작은 것이라 할지라도 더없이 소중하게 여기고 감사하는 마

음을 갖게 되었다.

"비현이 먹여주지 않으면 안 먹을 테다. 아……."

유인이 새끼 제비처럼 입을 벌리고 먹여달라 채근하니 비현은 부러 음식의 반은 입속에 넣어주고 반은 입가에 묻히며 장난을 쳤다. 얼굴의 반이 온통 국물투성인데 유인은 그저 좋아서 입이 벌어졌다.

"전하, 왠지 바보 같아요. 그만 입 좀 다무셔요."

"지금껏 몰랐어? 나는 세상에서 제일 멍청한 바보다. 그러니 그대도 바보 색시야!"

한쪽 눈을 치켜뜬 유인은 그대로 비현에게 달려들었다. 단말마의 비명이 장막에 울려 퍼지고 엎치락뒤치락하던 이들이 잠시 잠잠해졌다. 온통 얼굴에 국물투성이가 된 두 사람은 키득키득 웃으며 서로의 얼굴을 닦아주었다. 같이 음식을 먹고 같이 잠드는 것마저도 기쁨이니 잠자는 순간조차 아까워 서로의 꿈에 나타나길 고대할 정도였다. 그렇듯 그들은 자신의 모든 사랑을 서로에게 쏟아 붓고 아낌없이 사랑받았다.

사막을 건너올 때는 몇 년처럼 길었으나 갈 때는 너무나도 빠르게 흘러갔다. 왕의 행렬은 마을에 들를 때마다 병들고 가난한 이들을 위해 식량과 약을 나누어 주었다. 사찰에 들르면 꼭 후하게 공양을 하고 장구한 세월 동안 굳건히 자리를 지키는 거대한 불상과 석굴 사원을 둘러보며 자연과 인간의 손이 만들어낸 아름다움을 감상했다.

그 짧고 행복한 사막의 여정이 끝난 것은 영국(永國) 접경에 다다라서였다. 사막의 등대에 즈음해서 대장군이 보낸 이만 기병이 기다리고 있었다. 몇 달 사이에 하서회랑은 은천에서부터 들이닥친 예군에 의해 점령된 상태였다. 피비린내 나는 전쟁은 없었다. 미리 흘린 소문에 귀족과 관리들은 신도로 달아났고 남은 병사들은 예에 투항했다. 하서회랑에서 장사를 하며 먹고 살던 서역인과 양민들은 예를 환영하며 평상시와 다름없이 생계를 이어나갔다. 영(永)이 가장 믿었던 보루였기에 점령하기 어려울 듯했던 돈황은 의외로 쉽게 넘어왔다. 약삭빠른 태수가 성문을 열고 투항해 왔기 때문이다.

이렇듯 하서회랑이 쉽게 넘어온 것은 영국(永國) 조정이 혼란한 틈새를 비집고 예가 들이닥쳤기 때문이다. 예는 투항해 오는 적군을 받아들여 군에 배속하고 영이 독점하고 있던 무역권을 이민족들에게 골고루 나눠 주고 세금을 내려 인심을 얻었다. 하려고만 든다면 하서회랑에서 막대한 이득을 챙길 수 있음에도 불구하고 예는 불안을 잠재우고 사람들의 신임을 얻는 데 주력했다. 이것은 모두 유인의 명령에 의해 이루어졌고 그 뒤에는 은비현이 있었다.

예의 왕후에 대한 소문과 하서회랑의 이야기가 영(永)에까지 흘러들어 가니 백성들의 자국에 대한 원성은 더욱 커져 유이항을 압박했다. 백성들의 반발이 거셀수록 황제는 폭정으로 그들을 눌렀다. 태후의 폭정을 이유로 들고일어나 제위를 차지한 그가 똑같은 실정(失政)을 계속하자 백성들은 황제의 자질을 의심하기 시작했다. 더욱이 옥새마저 없다는 얘기가 새어나가자 하늘이 점지한 황제는 그가 아니라 예의 반유인이라는 풍문이 떠돌았다. 황제의 불안은 갈수록 커져만 가고 그도 결국 사납고 난폭한 살인자가 되어가기 시작했다. 악몽의 역사는 다시금 되풀이되기 시작했다. 황제는 자신의 앞날이 예감하며 그리 되지 않기 위해 발버둥을 쳤지만 시간이 흐를수록 최후는 가까워지고 있었다.

✳

"곧 대왕께서 환궁하신다. 약사여래불의 화신이며 정국의 공주이신 분을 왕후로 맞아 영주에 오신다."

서쪽에서부터 흘러들어 온 소문이 예 전역에 빠르게 퍼져 나갔다. 백성들은 왕이 환궁할 날만을 고대하며 하루하루를 보냈다. 애타는 기다림 끝에 왕의 행렬이 영주성에 들어선 것은 가을에 막 접어들어서였다. 왕의 깃발이 보이자 대로 양편에 들어찬 백성들이 기쁨에 들떠 환호했다. 드디어 금과 상아로 장식한 수레가 성문을 넘자 우렁찬 만세 소리가 천지에 진동하였다. 색색이 아름다운 꽃이 대로에 뿌려지고 백성들은 감격에 찬 눈으로 의연한 왕과 가마 속 여인을 우러러 보았다. 왕후의 성안(聖顔)은 흔히 볼 수 있는 미태가 아니었다. 은은한 달처럼 가슴속에 잦아드는 아름다움이었다. 온화한 미소만으로도 천지 만물들이 새 생명을 빚어내고 봄꽃처럼 싱그러운 향기와 함께 결실이 열리는 듯했다. 이렇듯 그녀 하나만으로도 온 세상이 풍요롭게 보일 지경이니 백성들은 진정한 국모를 만났다 하여 진심으로 반겼다. 홍진(紅塵)을 잊게 하는 아름다움에 백성들이 들뜬 사이, 왕후는 더없이 기쁜 얼굴로 손을 흔들어 보였다. 이에 백성들의 환호는 하늘을 찌를 듯했고 일부는 왕실의 지복을 빌며 합장을 하거나 절을 올렸다. 그들에게 비현은 나라를 구하기 위해 현세에 나신 부처였고 고단한 삶을 어루만질 국모였다. 범인에게 볼 수 없는 신령스런 아름다움을 본 이들은 그녀가 분명 자신들을 위해 나신 분이라는 것을 믿어 의심치 않았다. 그러하기에 무서울 만큼 서늘하기만 했던 왕을 저리 늠름하고 위엄이 넘치는 왕으로 바꾸어놓았을 것이다.

가마 앞에서 당당히 말을 모는 왕은 예전의 왕이 아니었다. 위엄과 기백이 흐르고 선인(仙人)에 비견될 만큼 인물도 수려했다.

"우리의 대왕이 저리 아름다운 분이었던가. 저리 부드럽고 인자한 미소를 보낼 줄 아는 분이였던가."

왕의 표정은 세상의 모든 기쁨을 싸안은 듯 환희가 넘치고 미려한 정복을 장식한 금은과 영묘한 주옥 장식보다도 밝게 빛났다.

"저분이 우리의 지아비시구나, 우리를 지켜주시는 수호신이구나, 이 나라를 태평성대로 이끌 대왕이시구나."

백성들은 가슴이 뿌듯해져서 눈물을 글썽이며 만세를 외쳤다.

오랫동안 격조했던 왕궁은 금세 활기가 넘치기 시작했다. 특히 왕후의 침전인 수연전(粹然殿)은 안팎으로 부지런히 단장한 흔적이 역력했다. 비현은 지나치게 화려하지 않고 고아한 정취를 풍기는 침전을 보며 기뻐했다. 수연전 서편에는 왕의 편전인 천추전(千秋殿)이 있었으나 왕은 이례적으로 비(妃)와 함께 침전을 쓰겠다는 명을 내렸다. 이를 두고 대신들은 망측하다 하며 반대하였지만 왕은 개의치 않고 매일 비(妃)와 더불어 잠자리에 들고 함께 아침을 맞았다. 궁인들은 백성들 사이에서 유행되는 노래만큼 두 분의 금슬이 지극한가 보다며 농을 했다. 실제로도 왕과 비는 한 쌍의 원앙처럼 사이좋고 어여쁘게 서로를 보듬으며 궁 생활을 해나갔다.

왕은 환궁 후 십여 일간 잔치를 베풀었다. 전국 관청마다 노인들을 청하여 연회를 베풀고 비단을 하사했으며 고아와 거지를 위해 음식을 나누어 주고 새로이 머물 집을 나누어 주었다. 가벼운 죄를 지은 이들은 방면하고 옥사에도 푸짐한 음식을 내리니 영주성 내에는 한층 훈훈함이 감돌고 백성들의 얼굴도 한결 밝아졌다.

일 년 중 가장 큰 명절 중 하나인 가배일(嘉俳日:추석)이 가까워오자 고대하던 왕과 비의 대례가 거행됐다. 이날 은비현은 드디어 왕후에 책봉되었다. 그날 하늘이 어찌나 청명했는지, 대례를 올리는 그들이 얼마나 아리따웠는지에 대한 이야기는 성내에 두고두고 회자되었다. 그리고 그해 가을이 가기 전 왕의 좌, 우호위가 혼인을 올렸다. 적인걸과 단홍, 사효겸과 라리슈카는 한날한시에 혼례를 올렸고 이 자리에 친히 왕과 비가 나란히 모습을 드러냈다. 젊은 남녀들은 극진한 축복을 받으니 생애 가장 아름다운 나날이었다.

왕비의 내조지공(內助之功) 덕에 왕은 안심하고 나라를 안정시키는 데 열중했다. 왕은 오랜 전쟁으로 피폐해진 나라를 위해 제도를 정비하고 관직의 기강을 세우는 데 힘썼고 영(永)에서 넘어오는 유민들을 받아들여 호적에 등재하고 땅을 나누어 주었다. 또한 왕실의 기반을 다지기 위해 한주의 포로로 잡혀가 환관이 되었다가 죽음을 맞게 된 반유하는 영성대군(盈盛大君)에 봉해 종묘에 위패를 봉안(奉安)했다. 죽은 영성대군과 정이 각별했던 왕은 하루도 빠짐없이 종묘에 들렀고, 그의 곁에는 늘 왕비가 함께했다. 또한 왕은 왕비의 죽은 아버지, 어머니를 각각 신성부원군(信城府院君), 부부인(府夫人)에 봉해 사당을 지어 위패를 봉안하고 남은 식솔들을 영주로 불러 편히 살게 도와주었다.

그사이 비현은 영(永)에서 건너오는 유민들과 전쟁으로 살터를 잃은 이들을 위해 마을을 만들고 살 집과 토지를 나누어 주는 데 발 벗고 나섰다. 그녀는 왕과 함께 유민촌을 둘러보며 나라의 형편을 직접 확인했고 저수지, 방목장을 늘려 농사와 살림에 보탬이 되도록 했다.

내외가 안팎으로 나라를 위해 힘쓰니 예(濊)는 빠르게 안정되어 갔다. 몇 년 동안 지속됐던 가뭄도 봄과 여름에 시원하게 내린 단비에 해갈되고 가을에는 유례없는 풍년을 맞아 백성들 모두 오랜 바람을 이루었다. 실로 몇십 년 만에 처음으로 맞이하는 평화와 풍요였다.

귀뚜라미 울음소리가 유난히 크게 들려오는 밤이었다. 요즘 들어 부쩍 잠이 쏟아지고 쉽게 피곤한 터라 일찍 잠자리에 든 비현은 문득 깨었다가 주위가 허전하여 주섬주섬 일어났다. 자리옷 차림 그대로 내실을 나오니 궁녀가 다가와 대왕께서 후원에 계시다고 슬쩍 귀띔을 해주었다. 비현은 궁녀들을 물리치고 혼자서 후원에 갔다. 후원 연못가에 우두커니 서 있는 그림자를 발견한 비현은 하얀 달빛이 내려앉아 더욱 고적해 보이는 뒷모습에 마음이 아렸다. 부러 인기척을 내며 다가가도 그는 여전히 하늘에 휘영청 뜬 달만을 올려다보고 있었다.

"전하……."

옆에 선 비현이 조심스럽게 부르자 유인은 그제야 돌아보았다. 역시나 낯빛에 시름이 가득하였다.

"이 밤에 어찌 나왔어. 밤공기가 제법 찬데."

"전하, 심기가 미편하시어요? 근래 들어 부쩍 밤 산책이 잦으시옵니다."

"그냥 답답하여서 나와보았지."

그의 입가에 쓸쓸한 미소가 걸린다. 무어라 위로하고 싶은데 어찌해야 할지 몰라 비현은 그저 옆에 서서 하늘을 올려다보았다. 멀리서 소슬한 바람이 불어와 두 사람의 몸을 휘감고는 이내 저편으로 사라졌다. 못가의 개구리 울음과 밤새 소리가 참으로 구슬픈 밤이었다. 쓸쓸한 밤의 심사에 젖어 있을 즈음, 문득 유인이 물었다.

"그대는 내가 왕 노릇을 잘하고 있다고 생각하는가?"

비현은 바라보며 그가 이토록 고독해 보이는 것이 근래 들어 조정대신들과 있었던 마찰 때문이 아닌지 생각해 보았다. 지금 그는 대신들에게 영(永)을 공격해야 한다는 상주문을 끝없이 받고 있었다. 유인은 그들과 버티고 서서 지금은 전쟁이 아니라 민생을 안정시켜야 한다고 주장했다. 그러나 대신들은 지금만이 영을 공격해 중원을 통일할 수 있는 대업을 이룰 수 있는 때라고 간언했다. 지금 영(永)의 황제는 허수아비에 불과하고 각처에서 들고일어난 내란으로 혼란한 정국이었다. 여느 때라면 분명 영을 공격했을 것이나 유인은 비현과 자신에게 한 약속을 지키기 위해 애써 대신들의 요구를 묵살하고 있었다.

비현은 그의 고뇌를 마음 깊이 이해하며 조심스럽게 입을 열었다.

"지난 한 해 동안 전하께서 얼마나 노력하셨는지 저는 잘 알고 있습니다. 언제나 힘없고 불쌍한 이들을 돌보고 폐허를 다시금 살 터로 만들기 위해 심혈을 기울이셨지요. 그 땀의 결과가 근래에 하나둘 드러나고 있지 않습니까? 그런데 어찌 그리 괴로운 눈빛으로 말하셔요?"

"대신들은 다시금 전쟁을 벌일 것을 원하고 있어. 하지만 나는 더 이상 남의 땅을 짓밟고 사람들을 죽이고 싶지 않아. 내 나라, 내 백성들을 지키고 싶을 뿐이야."

"저 또한 전하의 마음과 같습니다. 하지만 현실과 신념은 언제나 차이가 있기 마련이지요."

유인은 뜻밖이라는 눈으로 비현을 보았다. 비현은 입가에 은은한 미소를 머금은 채로 말했다.

"당면한 현실과 신념 사이에서 한쪽만을 고집한다면 거리는 더 넓어지고 말 것입니다. 자칫 잘못하여 내 신념마저 지켜낼 수 없는 상황에 이를 수도 있지요. 저는 전하께 신념은 지키되 현재의 상황을 현명하게 처분해 나가시라고 말씀드리고 싶어요. 자신을 바로 세우고 믿음대로 이끈다면 곧 다른 이들도 따라올 것입니다."

비현의 얘기를 듣는 유인의 입가에 미소가 드리워진다. 그는 바람에 흩날리는 비현의 머리칼을 쓸어주며 나직이 말했다.

"그대는 언제나 내게 힘이 되는 말을 해주는구나."

유인은 비현을 가만히 끌어안았다. 비현은 그의 가슴에 기대 눈을 지그시 감고 말했다.

"전하께서는 꼭 태평성대를 이끌 성군이 되실 것이옵니다."

"내가 그리하리라 믿는가?"

"예, 진실로 믿습니다."

"고맙다."

유인은 두 팔로 비현의 감싸 안고 이마에 입을 맞추었다. 유인은 자신이 앞으로 이루어내야 할 많은 것들을 정녕 할 수 있을지, 혹여 비현과 백성들을 실망시키지나 않을까 두려웠다. 하지만 믿는다는 그녀의 한마디에 다시금 기운을 얻었다. 이 세상에 자신을 믿고 따스하게 안아줄 이가 있다는 것이 이토록 가슴 뜨거운 일이라니. 유인은 그녀를 힘껏 끌어안으며 마음속으로 고맙다는 말을 되풀이했다.

나란히 손을 잡고 침전으로 돌아온 그들은 창을 열어 달빛이 새어 들어오게 했다. 달빛이 방 안 가득 들어찬 깊은 밤, 그들은 막 허물을 벗은 나비처럼 옷을 훌훌 벗고 알몸으로 사랑을 나누었다.

유인은 두 손으로 비현의 뺨과 눈과 코와 입술을 쓰다듬었다. 손
끝에 와 닿는 질감과 온기가 가슴을 뭉클하여 자신도 모르게 눈이
감겼다. 그 모습을 보고 비현은 두 손으로 유인의 관자놀이를 끌
어당겨 이마에 입을 맞추었다. 감은 눈을 뜬 유인은 흐림없이 맑
은 눈동자를 조용히 응시했다. 자신을 나락에서 구원하고 정화시
킨 눈빛이었다. 그는 그 눈빛에 파고들어 맑은 정기를 깊숙이 흡
입했다. 가슴이 시린 반면 몸은 일시에 뜨거워졌다.

'어찌 그대가 내게 왔을까. 어찌 그 많은 시련을 헤치고 나란 사
람에게 와주었을까.'

유인은 견딜 수 없이 고맙고 눈물겨웠다. 유인의 마음이 깊어질
수록 비현은 제 몸을 더욱 펼치고 몸속 깊숙이 이끌었다. 유인은
그녀 안에서 인생을 배웠다.

비현은 그의 단단하고도 넓은 등을 감싸 안으며 몸 안으로 들어
오는 유인을 기쁘게 맞이했다. 유인은 그녀의 하얀 나신 속으로
미끄러져 들어가며 끝내 나직한 숨을 토해냈다. 등줄기를 따라 뜨
겁고 서늘한 감각이 오르내린다. 또한 달빛이, 비현의 눈빛이 몸
속 곳곳이 스며들어 와 빈틈없이 들어찬다. 유인은 뿌리처럼 단단
하게 솟은 쇄골과 한층 풍요롭게 부풀어 오른 능선을 쓰다듬으며
세상에서 가장 평온하고 아름다운 곳은 이곳뿐이라 생각했다. 오
직 자신만을 향해 열려 있는 대지. 유인은 그곳에 얼굴을 묻고 향
그러운 내음을 깊이 들이마셨다. 폐 속에 그녀의 체취가 가득 채
워지자 유인은 벅찬 감격을 이기지 못하고 속삭였다.

"그대를 사랑한다."

비현은 모두 알고 있다는 듯, 유인의 목덜미를 쓰다듬으며 그의 가슴에 얼굴을 묻었다. 그리고 유인이 좀 더 깊이 들어올 수 있도록 자리를 넓게 내어주니, 두 몸은 서로의 몸 안으로 끌려들어 가 버릴 듯했다.

'제 몸에 전하의 아픔과 고뇌를 묻으셔요. 제 몸은 끝없는 우물이니 그 안에 모든 시름을 묻고 타는 갈증을 달래셔요.'

비현의 몸은 마르지 않는 우물이었고 그 안에는 아무리 퍼내도 샘솟는 사랑이 있었다. 세상을 향한 우물, 이 땅에 살아가는 모든 사람들을 위한 아낌없는 사랑. 그것이 은비현을 이루고 지탱하는 모든 것이었다. 비현은 유인의 등을 감싸 안으며 부드럽게 속삭였다.

"사랑합니다."

유인의 이마에 뜨거운 입을 맞추며 더욱 빠르게 몸을 밀었다. 두 몸이 하나가 되어 부드럽고도 격렬하게 움직였다. 유인은 숨이 가파르게 치솟자 비현을 힘껏 끌어안으며 속삭였다.

"깊이깊이 사랑한다."

"저 또한…… 깊이깊이…… 사랑합니다."

비현은 끝내 울음을 터뜨렸다.

이윽고 물속인 듯 사위가 고요해지며 정신이 아득해졌다. 유인은 그대로 비현의 몸 위로 쓰러졌고, 두 사람은 한 치의 틈도 없이 서로를 꼭 끌어안은 채 가쁜 숨을 몰아쉬었다. 유인은 비현의 눈가에 맺힌 눈물을 핥으며 한참이 흐르도록 누워 있었다. 마치 달 속에서 사랑을 나누다 비로소 땅 위로 사뿐히 안착한 것처럼, 온

몸은 깃털처럼 가벼웠으며 서로의 품은 더없이 포근했다.

　새벽녘, 무언가에 놀라 잠이 깬 비현은 눈을 동그랗게 뜨고 두 근거리는 가슴을 눌렀다. 손에 잡힐 듯 생생한 꿈을 꾼 직후라 놀란 마음이 좀처럼 진정이 되질 않았다.

　꿈속에서 비현은 쪽빛보다 푸르고 아름다운 호수를 거닐고 있었다. 그런데 물에서 금빛 잉어가 튀어나오는 것이 아닌가. 황금빛 비늘은 눈이 부실 정도로 찬란하고 지느러미 주위에 이는 물보라가 참으로 장관이었다. 한참 동안 잉어의 힘찬 모습에 반해 감탄을 하고 있으려니 금빛 잉어가 순식간에 용이 되어 하늘에 올랐다. 그리고 날아오른 용이 구름 속에서 불꽃 덩어리 두 개를 떨어뜨리니 온 세상이 환한 빛에 휩싸였다. 그 빛이 어찌나 강렬하고 생생한지 비현은 꿈에서 깬 지금도 그 광경이 눈에 선연했다.

　"혹시……."

　비현은 자신의 아랫배를 쓰다듬다가 곤히 잠든 지아비를 보았다. 그를 보는 비현의 눈길에 차츰 환희가 차 올랐다.

　환궁한 지 일 년이 지나도록 태기(胎氣)가 없어서 내심 불안했던 그녀였다. 유인은 조급해할 것 없다며 안심시키려고 했지만 비현은 하루라도 빨리 아기씨가 오시기만을 몹시도 고대하고 있었다. 일찍이 부모를 여의고 하나 남은 혈육마저 잘못되었으니 그에게는 자신이 전부였던 것이다. 비현은 유인에게 혈육을 만들어주고픈 마음에 밤낮으로 불공을 드리고 어의가 올리는 탕제와 음식을 바지런히 먹었다. 벌써 반년 전부터 해오던 일이었다. 그토록 바라면서도 유난히 잠이 쏟아지고 피곤한 것을 그저 감모일 거라 생각했다니.

"그러고 보니 있어야 할 몸엣것도 보이지 않았구나. 역시 회임을 한 것이야!"

비현은 신이한 꿈이 필시 태몽이 분명하다고 확신했다.

'아기씨께서 오셨단 말이지? 드디어 오셨던 말이지?'

비현은 너무 기쁜 나머지 일어났다 앉았다가를 반복했다. 벌써부터 마음이 들뜨기 시작하니 꿈인지 생시인지 얼떨떨하기만 했다. 당장이라도 그를 깨워 말해 주고 싶은 것을 애써 누른 비현은 자리끼를 끌어다 마시고 연신 싱글벙글 웃었다. 그녀의 기척에 잠이 깬 유인은 잠긴 목소리로 물었다.

"비현, 왜 잠을 안 자고 있어?"

그의 목소리에 비현은 희색이 만면하여 말했다.

"전하…… 제가 회임을 한 모양이에요."

"그래, 회임을……. 회임?"

잠결에 중얼거리던 유인은 정신이 번쩍 났는지 튀어오르듯이 침상에서 일어나 앉았다. 그리고는 비현의 어깨를 잡고 진지하게 물었다.

"다시 한 번 말해 봐. 회임이라니? 그것이 참말이야?"

"확실하진 않지만 제 느낌에는 분명 회임이어요."

"참말이지? 참말로 우리 아가가 이 안에 있단 말이지?"

유인은 비현의 배를 쓸어보며 격앙된 목소리로 외쳤다. 그가 아기를 갖는 것에 무심한 줄로만 알고 있었던 비현은 흥분에 들뜬 모습을 보고 어이가 없었다. 저토록 좋아하면서 그동안에는 왜 아무렇지도 않은 척한 것일까? 비현은 새침한 얼굴로 물었다.

"그렇게 좋으셔요?"

"우리 아가가 생긴다는데 좋다뿐이야? 이 다음은 무얼 해야 하는 거지? 전의(典醫)를 불러 진맥을 받아봐야 하나? 그리고 그 다음에는 무얼 해야 하는 거야? 나참, 보고 들은 것이 없으니 어찌해야 할지 모르겠군."

안절부절못하는 유인을 바라보던 비현은 미소를 머금은 채 그의 가슴에 기대어 말했다.

"전하께서는 훌륭한 아버지가 되실 것이어요."

유인은 비현의 어깨를 토닥이며 꼭 안아주었다.

"이 작은 몸으로 어찌 그리 대견한 일을 했어? 참으로 장해. 고마워."

두 사람은 서로를 꼭 끌어안은 채 감격을 나누었다.

새벽 어스름이 다 걷히기도 전에 전의가 들어와 비현을 진맥했다. 찬찬히 맥을 짚던 전의가 머리를 조아려 회임하셨다 알리니 유인은 뛸 듯이 기뻐했다. 아침이 밝아오고 경사스런 일을 세상에 널리 알리니 조정대신들에게 국모께서 왕실의 후사를 회임하셨으니 이제 종묘사직을 바로 세울 수 있겠다 하여 열렬히 반겼다. 또한 백성들은 제 일처럼 기꺼워하며 모자의 건강을 빌어주었다.

✳

“대왕전하! 왕자 아기씨이옵니다. 왕자 아기씨께서 태어나셨다 하옵니다!”

산실청(産室廳) 문 앞을 서성이던 태감이 여관의 귓속말에 구르 듯 뛰어나와 유인의 빌치에서 고했다. 하루 반나절 동안 계속된 진통에 산모도 밖에서 기다리던 왕도 지칠 대로 지쳐 있던 와중에 들려온 희소식이었다. 어두웠던 유인의 얼굴이 일시에 밝아진다. 그는 그대로 산실청 안으로 뛰어들어 갔다. 주위 만류에도 불구하 고 산실 안으로 들어나기 궁녀들이 바삐 오가는 것이 보였다. 그 너머로 발이 쳐진 침상에 누워 있는 비현이 보인다. 혹여 잘못될 까 하루를 꼬박 새우고 지옥 같은 한나절을 보냈다가 그녀를 보니 그제야 숨통이 트이는 것만 같다. 반가운 유인이 막 다가서려는 때에 여관이 다가와 고했다.

“대왕전하, 하례(賀禮)드리옵니다. 참으로 강건하신 왕자 아기 씨께서 태어나셨나이다.”

여관은 강보에 싸인 아기를 보여주며 기쁨을 숨기지 않고 말했 다. 하지만 유인은 아기를 볼 경황도 없이 비현이 있는 쪽을 바라 보며 물었다.

“내전은, 내전은 어찌 됐는가? 무탈한가?”

“마마께서 후산(後産)까지 무사히 치르시고 좀 전에 잠드셨나이 다.”

내내 긴장하고 있는 유인은 그제야 한숨을 내쉬었다. 걱정이 가 시고 나니 그제야 강보에 싸인 아기가 눈에 들어온다. 유인은 조 심스럽게 다가가 새근새근 잠든 아기를 들여다보았다. 아기가 이렇게 생긴 것이구나. 작고 빨갛고 생김이 오밀조밀하니 그저 신기하기만 하구나. 유인은 작은 생명을 보고 있자니 가슴이 뭉클해졌다.

이 아이가 정녕 비현과 나의 피와 살을 빌어 태어난 아이란 말인가. 이 땅에 내 혈육이 태어났단 말인가!

유인은 가슴속에 뭔가가 크게 움직이는 것을 느꼈다. 비로소 누군가의 아비가 됐다는 사실이, 자신의 뒤를 이어갈 생명이 태어났다는 사실이 이토록 벅찬 일일 줄은 상상도 못하였다. 유인은 눈물이 차 오르는 것을 애써 삼키며 여관에게 물었다.

"갓난아이는 원래 이렇게 조용한 것인가?"

"아닙니다. 본래는 울음을 울기 마련인데 아기씨께서 어찌나 의젓하신지 울지도 않으시고 이렇게 금세 잠이 드셨사옵니다."

여관의 말에 유인은 뿌듯하게 고개를 끄덕였다.

'고놈, 역시 내 아들이로구나.'

유인은 갓 태어난 아들이 더없이 자랑스러웠다. 그러나 마음 한편으로는 어미를 고생시킨 것이 못내 괘씸하다.

"쉬이 왔으면 오죽이나 좋았을까. 왜 그리 더디 와서 어미와 아비를 반죽음으로 만들어놓았단 말이냐."

유인은 이목구비가 더도 덜도 없이 자신과 꼭 닮아 있는 아들을 향해 작게 중얼거렸다. 신기하여 눈을 떼지 못하는 그를 보고 여관이 강보를 내밀며 말했다.

"한번 안아보시겠사옵니까?"

유인은 금세 얼굴이 굳어서 주춤했으나 숨을 거듭 삼기고 강보에 싸인 아기를 받아 들었다. 행여나 떨어뜨릴세라 유인은 숨도 크게 쉬지 못하고 서서 아들과 첫 상봉의 기쁨을 누렸다.

'무진(武進)아! 이것이 네 어미와 지은 초명(初名)이니라. 마음에 드느냐?'

세상모르게 잠든 아들을 거듭 들여다보던 유인은 아쉬운 표정으로 아기를 여관의 품으로 돌려보냈다.

여관과 궁녀들이 잠시 자리를 비킨 사이에 유인은 침상으로 다가갔다. 발을 거두고 아내의 얼굴을 보니 고생한 흔적이 역력해 마음이 아팠다. 그는 붓기가 빠지지 않은 얼굴을 쓰다듬다가 이마에 지그시 입을 맞추었다. 언제까지고 아내만을 끝없이 사랑하며 자식에게 결코 부끄럽지 않은 아비가 될 것이라는 맹세였다.

왕의 원자(元子)인 무진(武進)이 태어남으로써 왕실은 비로소 자리를 잡아갔다. 이후 예(濊)의 태평성대는 계속 이어졌다. 그와 반대로 영(永)은 자멸을 계속해 가다 경제(璟帝) 유이항은 끝내 즉위한 지 네 해 만에 반정 무리에게 죽임을 당하고 전국 각지에서는 내란이 계속됐다. 이 혼란을 예(濊)가 평정하니 이로써 영은 멸망하고 새로운 왕조가 들어섰다. 천하의 중심에 한(漢)족이 세운 왕조가 아닌 한민족(韓民族)의 통일왕조 예맥(濊貊)이 들어선 것이다.

황제로 즉위한 반유인은 국호를 예맥(濊貊), 연호는 천통(天統)으로 정하고 도읍을 북경(北京)으로 옮겼다. 황제는 더 이상 피를 부르는 전쟁을 원하지 않았기에 먼저 이웃 국에 화의를 청했고 이후 월(越)과 전(塡)은 예맥에 충성을 맹세하고 조공을 바치어 군신의 예를 갖추었다. 이를 두고 매우 기뻐한 황제는 연호를 영덕(永

德)으로 바꾸고 태산(泰山)에서 태평성대를 기원하는 봉선(封禪)을
올렸다.

＊

북경(北京) 화안성(和安城) 홍궁(紅宮).

"아아아앙!"

사내아이의 자지러지는 울음소리가 전각 곳곳에 울려 퍼졌다.
곧 가벼운 발소리가 회랑 저편으로 사라지고 혼자 남겨진 아이는
더 크고 서럽게 울었다. 울음소리를 듣고 허겁지겁 달려온 궁녀와
환관들은 아이를 달래느라 한바탕 진땀을 빼야 했다.

"황자전하, 왜 우시나이까?"

"말놀이를 하시겠사옵니까? 소인의 등에 업히시옵소서."

얼굴이 빨갛게 달아오를 정도로 서럽게 울던 아이는 유모와 노
환관을 지나쳐 회랑을 뛰어갔다. 자그마한 아이의 뒤를 따라 십여
명의 궁인들이 우르르 따라가는 것이 우스꽝스럽다. 허나 그들의
간장은 바싹바싹 타올라 다섯 살배기의 걸음이 불안할 때마다 따
르는 이들도 덩달아 비틀거리며 넘어질까 마음을 졸였다. 유모가
업히라고 해도 막무가내요, 환관이 천천히 가시라 해도 말을 듣지
않으니 사내 아이 고집 한번 오달지다.

그렇게 사람들을 줄줄이 달고 긴 회랑을 달려간 아이는 흠앙
실(欽仰室)에 구르듯 뛰어들었다. 흠앙은 공경하여 우러러보고 사
모(思慕)한다는 뜻으로, 황제가 황후를 위해 직접 토대를 다지고

기둥을 세운 내당(內堂)이었다. 내당 한쪽에 어미가 앉아 수를 놓고 있으니 아이는 그대로 어미 품에 뛰어들었다.

"어마마마! 도진이가, 도진이가……."

아이는 자신보다 두 살 많은 형의 이름을 들먹이며 분한 듯 씩씩거렸다. 그 모습이 귀엽기도 하고 우습기도 하여 비현은 어린 아들의 엉덩이를 토닥였다.

"희진아, 그러면 못써. 형님 이름을 함부로 부르면 못쓴다 하지 않았니. 그나저나, 또 형님이 장난을 친 게로구나?"

"도진이 형님이…… 개골이를……."

희진은 고사리 같은 손을 오므렸다 폈다를 반복하며 열심히 설명을 하였다. 남들은 알아들을 수 없는 이야기를 다 알아들으며 고개까지 끄덕이던 비현은 여전히 분해하는 아이의 머리를 차분히 쓰다듬어 주었다.

"형님이 옷 속에다 개구리를 집어넣었어? 아주 못된 짓을 했구나. 그 개구리는 어디 갔누?"

"쩌어기…… 쩌기……."

아이는 진지한 얼굴로 열심히 설명을 했다. 복숭앗빛 뺨에 앵도 같은 입술이 옹알이 같은 말을 쏟아내고 나자 비현은 고개를 끄덕이며 말했다.

"연못에 놓아주었어? 우리 희진이 기특하기도 하지."

희진은 자신이 큰일이라도 한 듯 고개를 열심히 끄덕이며 어미의 목에 매달렸다. 제 형들이 그랬듯 또래들보다 성장이 왕성한 희진은 제법 무거워져서 몸이 옆으로 기울어질 정도였다. 그 힘찬 기운을 감당하지 못하고 비현이 쩔쩔매자 옆에서 조용히 서책을 읽던 휘진이 한마디 한다.

"희진아, 어마마마 힘드신데 그만 내려와야지."

이제 여덟 살인 휘진이는 형제 중 비현을 가장 많이 닮아 어린 나이에도 이목구비가 빼어나고 의젓했다. 둘째 형의 말이 그리 무섭지 않았는지 희진은 비현의 볼에 자신의 볼을 부비며 떼를 썼다.

"시져, 시져. 어마마마랑 놀 거야."

"황자전하, 이러시면 황후마마께서 힘드시나이다. 그만 내려오소서."

유모의 말에도 희진은 연신 고개를 저었다.

"시져, 시져."

"우리 희진이는 어리광이 더 늘었구나. 도로 아가가 되려고 그래? 사람들 보기 부끄럽지도 않아?"

비현의 말에 아이는 뾰로통한 입술을 쑥 내밀고 고개를 끄덕였다.

"나도 여기서 놀 거야. 아가랑 놀 거야."

아이가 비현의 불룩한 배를 가리켜며 말하자 자리에 있던 궁녀들이 웃음을 터뜨린다. 비현은 희진의 머리를 연신 쓰다듬으며 말했다.

"어떻게 하지? 여기는 한 번 나오면 또다시 못 들어가는 곳인데?"

"시져, 시져. 나도 들어갈 거야. 아가랑 놀 거야."

희진이 떼를 쓰며 칭얼거리는 사이, 내당을 들어서는 이가 있었다.

"희진이 너! 당장에 내려오지 못하느냐!"

나직하면서도 단호한 목소리에 작은 몸이 움찔한다. 슬쩍 문을 바라본 희진은 매섭게 부릅뜬 눈을 보고는 후다닥 어미 품에서 내려왔다.

"어마마마께 누가 되지 않도록 조심하라 일렀거늘. 아무리 어려도 그렇지, 어찌 그리 생각이 없느냐!"

아이는 금방이라도 울 듯한 표정으로 고개를 푹 숙였다. 희진은 형제 중 맏이인 무진을 가장 무서워했다. 부황의 어린 시절을 고대로 빼닮았다는 말을 듣는 무진은 맏이답게 의젓하여 이제 열 살임에도 불구하고 기품과 위엄이 넘쳤다. 게다가 시강원(侍講院) 관리들이 혀를 내두를 정도로 영민하고 명석한지라 장차 훌륭한 제(帝)가 될 것이라고 벌써부터 찬탄이 쏟아지는 황태자였다.

"무진아, 어미는 괜찮으니 그만 혼내거라. 희진아, 괜찮다. 이리 오렴."

의젓한 맏이와 떼쟁이 막내를 번갈아가며 바라보는 비현의 얼굴에 웃음이 가득하였다. 아이 넷을 세상에 내놓고도 그녀는 여전히 아름다웠고, 게다가 복중에 아이를 가진 탓에 여느 때보다 풍염하고 온화한 빛을 내뿜고 있었다.

"어마마마께서 어리광을 받아주시니 이 아이가 철이 안 드는 것입니다. 희진이 너는 이리 와서 앉아."

겨우 다섯 살에 불과한 아이를 두고 철이 안 들었다며 타박을 하는 아들이 비현은 그저 재미있을 따름이었다. 비현이 잠자코 지켜보자 희진은 마지못해서 무진의 옆에 가 앉았다. 형 앞에서 잔뜩 기가 죽은 희진은 두 손을 조몰락거리며 꾸중을 듣다가 이따금씩 어미를 돌아보고서 씨익 웃는다. 그러다 무진이 인상을 쓰자 도로 시무룩한 표정을 지었다. 아무리 철부지라도 그 앞에 서면 온순한 강아지처럼 얌전해지니 무진에게는 사람을 압도하고 경외심을 갖게 하는 힘이 있었다. 궁인들 사이에서 황태자 무진은 뱃속에서부터 철이 들어 나왔다는 우스갯소리가 돌 만큼 그는 남달랐다. 자랄 적에도 울거나 보채지 않고 차돌처럼 까만 눈동자로 주위를 조용히 응시할 뿐이었으니 참으로 아이답지 않은 아이였다.

비현은 아버지를 닮아 듬직하고 의지가 되는 아들을 뿌듯한 시선으로 바라보았다. 무진은 벌써부터 이목구비가 반듯하고 또래들보다 키가 훌쩍 커 있었다. 장차 어떤 모습으로 자랄지, 어떤 배필을 만나 사랑을 해나갈지 비현은 벌써부터 기대가 되기 시작했다.

"희진이가 또 혼날짓을 했나 보구나. 오늘은 무슨 말썽을 부렸느냐?"

희진은 문을 넘는 아비의 목소리에 고개를 발딱 쳐들었다. 내당에 들어선 부황을 보고 희색이 돌던 낯빛이 옆구리에서 버둥거리는 제 형을 보고는 금세 찡그려진다. 유인이 옆구리에 끼고 온 것은 화안성에서 악명 높은 말썽꾸러기 도진이었다. 비현의 셋째 아들이고 올해 일곱 살인 도진은 아비에게 붙들려 옴짝달싹 못하면서도 혀를 날름거리며 희진이를 놀리고 있었다.

황제가 납시자 자리에 있던 궁녀들은 일제히 절을 했고 무진, 휘진, 희진도 예를 갖췄다. 산달이 얼마 남지 않아 배가 부른 비현도 예를 갖추려 몸을 일으키자 황급히 다가선 유인이 도로 앉혔다.

"몸도 무거운 사람이 예는 무슨, 괜찮소."

그가 안고 있던 도진을 내려놓자 희진이 달려와 아비 품에 매달렸다.

"아바마마, 도진이 형님이 괴롭혔쪄요."

힘 주어 말하는 막내의 머리를 쓰다듬은 유인은 도진이의 엉덩이를 냅다 한 대 쳤다.

"어린 동생을 잘 돌봐야지 형이 되어가지고 그렇게 괴롭히면 쓰니?"

"희진이가 먼저 벌레 가지고 장난을 쳤다고요."

"이 아비가 알기로는 희진이가 하는 장난은 다 너한테 배운 것이다. 좀 전에도 나인들 방에 두꺼비를 풀어놓아 한바탕 난리를 치지 않았느냐. 그것은 어찌 설명할 테냐?"

붙잡혀 오면서도 내내 혼난 도진인지라 볼에 바람을 잔뜩 집어넣고 웅얼거리기만 한다. 갖다 댈 이유가 떨어진 모양이라고 생각한 유인은 껄껄껄 웃었다. 하루가 멀다 하고 꾸중을 듣는 것은 도진과 희진이고, 무진과 휘진은 너무 의젓하고 점잖아서 걱정일 정도였으니 언제나 개구진 꼬마들이 문제였다.

"또 아우와 나인들을 못살게 굴면 벌을 줄 테니 알아서 하여라.

알겠느냐?"

그 말에 도진은 순순히 고개를 끄덕였다. 그리곤 금세 나가 놀아도 되냐고 물으니 아비가 고개를 끄덕이자마자 막내를 데리고 잽싸게 뛰쳐나갔다.

"그래, 오늘 하루 어찌 지냈소?"

개구쟁이들이 나가자 비현에게 다가온 유인이 볼에 입을 맞춘다. 비현은 그저 활짝 웃어 보이며 지아비의 뺨을 쓰다듬었다. 부부의 서슴없는 표현에 매번 얼굴이 붉어지는 것은 궁인들과 무진, 휘진이다. 아무리 금슬 좋은 부부라 하나 주위를 개의치 않고 하루에 몇 번씩 다정한 눈길을 나누니 옆에 있는 이들이 더 부끄러워질 정도였다.

"오늘은 일찍 정무를 마치셨나 보옵니다."

"아이들과 강학(講學)을 약속한 날이라 일찍 마치고 오는 길이오. 이것은 아가를 위해 입힐 옷이오? 이번에도 아들이면 실망이 클 터인데, 어찌하려 하오?"

유인은 눈에 웃음을 담고 은근히 물었다. 비현은 딸을 몹시도 바라고 있었기에 옷마다 꽃수를 놓고 예쁘게 꾸몄다.

"이번에는 꼭 딸일 것이어요. 분명해요."

"사내아이면 또 낳는다고 고집을 부릴 테니 부디 어여쁜 공주가 태어났으면 좋겠소."

또다시 회임했다는 소식을 듣고 유인은 어찌나 걱정을 했는지 모른다. 작고 여린 몸으로 어찌나 아이 욕심이 많은지 도저히 그녀를 당해낼 재간이 없었다. 외롭게 커온 자신을 위한 것임을 알

기에 더없이 고맙지만 혹여 잘못될까 두려워 그는 매번 산실청 앞
에서 전전긍긍해야 했다.

"걱정 마셔요. 분명히 공주가 태어날 것입니다."

비현은 뱃속의 아이가 공주라고 확신하고 있는 듯헸다. 유인은
아내의 손을 잡고 부디 순산하기만을 기원했다.

비현과 인사를 마친 유인은 간단히 얼굴과 손을 씻고 아이들과
서안(書案)을 마주하고 앉았다. 그는 한 주에 한 날을 골라 무진,
휘진과 서책을 읽고 난 소감과 의견을 나누었다. 유인은 바쁜 정
무 중에도 아이들과 많은 이야기를 나누고 더불어 놀아주는 자상
한 아버지였다. 어린 나이여도 어른 대우를 해주며 작은 의견에도
귀를 기울였고 꼬마들과는 여염집 아버지처럼 실컷 놀아주기도
했다. 비현에게 자식들에게만큼은 황제가 아닌 여느 아비들처럼
아끼고 사랑해 주겠다 약속한 그였다. 그래서 그는 주위 신하들의
격렬한 반대에도 불구하고 홍궁에서 온 가족이 살을 맞대면서 지
냈다. 그렇게 부부의 관심과 사랑을 듬뿍 받고 자란 아이들은 밝
고 건강하게 자라 홍궁에는 언제나 활기가 넘쳤다.

"이번에는 휘진이가 고른 책이구나. 어떤 책이냐?"

"승상대인이 쓴 삼학총론(三學叢論)입니다."

휘진은 의연하게 대답했다. 삼학총론은 현 승상으로 있는 척경
진이 쓴 법이론서로 관리들에게도 널리 읽히는 책이었다.

"너희들이 보기엔 어려웠을 터인데, 어땠느냐?"

"처음엔 그 뜻이 다소 어려워서 시강원 학사와 승상대인을 찾
아가 가르침을 얻으며 조금씩 이해해 나갔습니다."

　이번엔 무진이 대답하였다. 두 아이들의 의젓한 모습을 보니 유인은 가슴이 뿌듯해져 왔다. 아이들의 소감을 담담히 듣던 유인은 아이들의 어깨 너머로 시선을 주었다가 이쪽을 바라보고 있는 비현과 시선이 마주쳤다. 갈수록 아름다워지는 아내의 흐뭇한 미소가 그의 시선을 붙잡는다.

　'보고 있소? 우리의 아이들이 이렇듯 의젓하게 자랐소.'

　그대와 함께해 온 매 순간이 행복했듯이, 그 기쁨을 끊임없는 사랑과 성실로 돌려줄 것이라고 유인의 눈빛이 말하고 있었다. 유인의 얼굴에도, 비현의 얼굴에도 따스한 미소가 감돌고 있었다.

　이날로부터 열흘 후 황후에게 진통이 찾아왔다. 마침내 그토록 바라던 공주가 태어나니 크게 기뻐한 황제는 여은(麗闇)이라 이름 지었다.

　이로써 예맥의 황제와 황후 사이에 다섯 명의 아이가 태어났다.

　범상치 않은 태몽이 말해 주듯 장차 훌륭하게 자란 무진은 부황과 어깨를 나란히 하는 제국의 성제(聖帝)가 되었다. 후세에 창세지조(創世之祖)로 불린 부황과 더불어 입국지조(立國之祖)라 칭송받으니 나라는 날로 번창했다.

　이황자 휘진은 학자로서 명망을 널리 알렸고, 삼황자 도진과 사황자 희진은 황제를 보필하여 나라의 번영에 이바지했다. 금지옥엽 여은은 어머니의 능력을 이어받아 사람을 치유하는 능력을 갖고 태어났으며 후에 북방 요국(耀國) 왕과 혼인을 올렸다.

　이렇듯 황실과 나라가 번영을 이루기까지는 한 여인의 보살핌이 있었기에 가능했으니 은비현은 역사상 가장 어질고 현명한 황후로 평가받았다.

그녀는 살아생전 많은 저서를 남겼는데, 그중 한정록(閑情錄) 궁사(宮詞) 편 말미에는 이런 글귀가 있다.

[나는 한 사내의 아내로서, 어미로서 참으로 복된 삶을 살았다. 하지만 그것만이 전부는 아니었다. 지금 와서 돌이켜 보건대 가장 큰 기쁨은 은비현이라는 한 사람으로서 더없이 행복하였다는 것이다. 사랑이 날 있게 하였고 세상이 날 있게 하였다. 내 삶은 사랑으로 충만했으니 이 어찌 보람된 삶이 아니런가.]

『은비현殷조顯』終…

「은비현」의 배경에 대해서…

은비현의 공간적 배경은 중원대륙으로 가상의 나라인 한주(漢周)와 예(濊)에서 벌어지는 이야기입니다. 당(唐), 오대십국(五代十國)을 지나 960년에 나라를 세우고 979년에 중국을 통일하는 송(宋) 왕조 대신 한주(漢周)를 넣은 것이지요. 전체적인 설정을 가상의 국가로 하지 않고 역사 속에 가상의 국가를 넣은 것은 실재 역사 속에 이런 사랑이 있었다면 얼마나 좋았을까 하는 바람이 있었기 때문입니다. 유인과 비현 같은 사랑을 하고 세상을 바꾸기 위해 노력한 이들이 있었다면 우리의 역사도 조금은 변하지 않았을까요? 글을 쓰는 동안 이 상상을 할 때면 괜스레 즐거워지곤 했답니다.

그리고 역사 지식이 짧은 저로서 충분한 고증을 넣지 못한 점에 대해 양해를 드립니다. 또한 은비현에 나오는 불교는 현재 불교와 다릅니다. 은비현 속의 불교는 소승, 대승, 밀교가 혼합된 것으로 정국의 수장 아라한(阿羅漢)은 티베트 라마교의 수장인 법왕(法王)과 비슷한 형태를 띠고 있습니다. 이것은 작가가 만들어낸 허구임으로 창작물 속의 종교로 봐주시면 감사하겠습니다.

'이번엔 절대로 뺏기지 않는다! 절대로!'

유인은 비현의 납치 배후에 한주 태후가 있음을 직감했다. 유난히 비현의 문제에 민감해 재차 사신을 보내는 것이 마음에 걸렸는데 끝내 자객을 풀어 일을 벌인 것이 분명했다. 들려오는 소문에 의하면 잔혹하기가 그지없다니 적의 영토라도 여인 하나쯤 납치하는 것은 쉽게 여겼을 것이다. 유인은 흥분을 가라앉히고 이성적으로 생각하려 애썼다. 태후의 명령으로 납치된 것이라면 납치범들의 도주 경로는 국경 지대를 지나 한주 땅으로 가는 것이다. 그들이 택할 수 있는 최선은 빠른 시간 내에 예 땅을 벗어나는 것. 유인은 서주에서 가장 가까이에 있는 국경 지역인 국계 관문으로 한 개 조를 보내고 자신은 정반대 편 관문인 계족 관문으로 말을 달렸다.

"전하, 왜 국계로 가지 않으십니까? 그쪽이 한주와 가장 가까운 길인데요?"

인걸의 이해가 안 가는 표정으로 물었다. 잠시 말에서 내려 길가의 풀이 쓰러진 방향과 말발굽 모양을 살피던 유인은 여전히 입을 굳게 다물고 있었다. 그러자 옆에 있던 효겸이 말했다.

"놈들도 그쯤은 예측했을 거야. 일부러 흔적을 남기면서 가는 것을 보면 더욱 수상쩍지. 패를 갈라 유인책을 쓰고 있긴 하지만 실상은 계족 쪽으로 가고 있는 것이 확실해. 계족이 멀긴 하지만 강 하류에 있기 때문에 배로 쉽게 빠져나갈 수 있어. 우리가 수로로 갈 것이라는 예측은 못 할 거라 생각했겠지."

인걸은 뒤통수를 긁적이며 멋쩍은 얼굴을 했다. 유인 일행은 밤을 꼬박 새워 말을 몰았다. 무사들 중 일부가 그곳 지리를 잘 알았기 때문에 지름길을 통해 벌어진 틈을 좁혀갔다.

새벽 으스름달이 아직 떠 있을 무렵, 계족 관문에서 조금 떨어진 강에 도착하자 그들은 말에서 내려 도보로 움직였다. 유인은 강의 하류를 따라 내려가며 주위를 살피게 했다. 예측대로라면 강가에 배를 대어놓았을 게 분명하다. 부디 늦게 당도하지 않았기를 바랄 뿐이었다.

조심스럽게 강기슭을 수색하고 있을 때였다. 푸르스름하게 먼 동이 밝아오는 와중에 잽싸게 움직이는 그림자가 있었다. 유인은 신호를 해 몸을 낮추게 했다. 마른 풀들 사이로 건장한 체구를 가진 사내들이 급히 발걸음을 옮기고 있는 것이 보인다. 유인은 바위틈에 몸을 숨기고 강가를 주시했다. 아니나 다를까, 강가에는 이미 배 두 척이 당도해 있고 무리들이 잰걸음으로 다가가고 있었다. 적은 총 열세 명. 그중 한 사내가 결박당한 여인 하나를 어깨에 들쳐 메고 있었다. 그 여인이 비현일 거라 확신한 유인의 눈이 어둠 속에서 날카롭게 빛났다. 유인이 명령을 내리기 위해 고개를 돌리자 효겸은 미리 알고 전통을 둘러메고 강궁(强弓)을 챙겨 들고 있었다.

"전하, 제게 맡겨주십시오."

효겸은 어릴 때부터 활 쏘는 재주가 뛰어나 신궁(神弓)이라 불렸다. 기습에 가장 효과적인 것이 활이니 지금 상황에선 효겸이 가장 적합했다. 유인이 고개를 끄덕이자 언덕을 내려간 효겸이 바위에 몸을 숨기고 활시위를 겨누었다. 곧 사람의 솜씨라고 보기 힘들 정도로 빠르고 정확하게 날아간 화살이 장정 세 명을 연거푸 쓰러뜨렸다. 그들이 놀라 우왕좌왕하는 중에 비현을 들쳐 업은 사내가 황급히 배로 달려가는 것이 보였다. 유인 일행이 단숨에 그들을 덮쳤다. 적은 상당한 실력을 가지고 있는 무사들이었다. 수가 적긴 했지만 동등하게 싸움이 이루어지는 가운데 유인만은 배 쪽으로 달리기 시작했다. 그는 앞을 막는 적과 싸우며 조금씩 나가가고 있었다. 그가 휘두른 검에 무사들의 목과 팔이 떨어져 나갔다. 마음은 빨리 달려가고 싶은데 가로막는 숫자가 늘어만 가자 유인은 더욱 조급해지기 시작했다.

'조금만 더 다가가면 배를 잡을 수 있다. 몇 걸음만 더 떼면 비현을 구할 수 있다.'

앞을 막아서는 한 사내를 베어 넘기고 고개를 돌리자 배는 이미 강기슭에서 멀어지고 있었다.

유인은 주저없이 그대로 강에 뛰어들었다. 배에 탄 무사가 활을 쏘아댔지만 유인은 배 쪽으로 거침없이 헤엄쳐 갔다. 그러나 노 젓는 사내가 둘이나 있는 탓에 유인과 배 사이의 거리는 속절없이 멀어지고만 있었다. 순간, 배 한구석에서 쪼그리고 있던 여인이 갑자기 몸을 일으켰다. 사내들이 노를 젓고 활을 쏘느라 방심한 사이 비현은 몸을 뒤로 젖혀 그대로 강물에 떨어졌다. 손발이 다 묶여 있는 상태에서 거꾸로 물속에 뛰어든 것이다. 놀란 사내들이 그녀를 건져 내려고 물에 뛰어든 사이, 유인은 그대로 물속으로 자맥질해 들어갔다.

캄캄한 물속에는 아무것도 보이지 않았다. 그저 필사적으로 그녀를 찾으려 애쓸 뿐이다. 정신없이 비현을 찾아 헤매는 유인의 뒤를 적이 덮쳤다. 적과 격렬한 몸싸움을 하는 동안이 유인에게는 몇 년처럼 길게 느껴졌다. 눈앞에 그녀가 물속으로 한없이 가라앉고 있는 모습이 보였다.

'빨리 가서 붙잡아야 해! 어서 손을 붙잡아 끌어 올려야 해!'

유인은 장화 속에 숨겨놓은 단검으로 사내의 목에 힘껏 꽂고는 목에 감긴 팔을 풀어냈다. 사내는 뜨거운 피를 흘리며 차가운 물속으로 가라앉았고 유인은 수면 위로 올라갔다. 물 밖으로 숨을 토해내며 수면 위를 살펴보았지만 어디에도 비현의 모습은 보이지 않았다. 이미 너무 늦은 것이 아닐까? 유인은 폐가 터질 듯이 아플 때까지 잠수를 하며 비현을 찾아 헤맸다. 몸이 극도로 지쳐갔지만 그녀가 죽었을지도 모른다는 공포가 엄습해 와 유인은 찾는 것을 멈추지 않았다. 폐와 심장이 터져 나간다고 해도 꼭 찾아내고 말겠다는 생각뿐이었다. 그가 수면 위로 올라와 크게 숨을 들이마시고 다시 물속으로 들어갔을 때다. 손에 무언가가 잡혔다.

'찾았다!'

그것이 비현임을 안 순간 손끝에서부터 심장까지 전율이 밀려왔다. 그녀를 끌어당겨 품에 안자 미칠 듯한 환희가 척추를 타고 흘러내렸다. 유인은 물 밖으로 헤엄쳐 나오며 그녀의 차디찬 볼에 자신의 볼을 부비고 진심으로 안도했다. 그러나 안도도 잠시, 그녀가 숨을 쉬지 않는다는 것을 깨닫자 유인의 얼굴이 창백해졌다.

물속에 뛰어든 인걸의 도움을 받아 물 밖으로 나온 유인은 모래사장에 그녀를 눕히고 몸을 묶은 밧줄을 풀고 고개를 숙여 숨을 확인했다. 숨도 쉬지 않고 심장도 뛰지 않는다. 유인은 짐승의 울음 같은 고함을 지르며 비현의 어깨를 흔들었다. 그러나 꼭 감긴 눈은 떠질 줄 몰랐고 체온은 죽은 사람처럼 싸늘하기만 했다.

"안 돼! 눈을 떠! 눈을 뜨란 말이야!"

유인은 반쯤 정신이 나간 얼굴로 비현을 품에 안았다. 그 밤 뜨거웠던 체온이 아니다. 무서울 만큼 차가운 살갗에 유인의 마음이 얼어붙었다. 그는 비현의 볼에 이마를 대고 고함을 질렀다.

"안 돼! 숨을, 숨을 쉬란 말이다!"

품에 안긴 그녀는 너무나도 작았다. 사람 같지 않게 여린 뼈마디가 살짝만 힘을 줘도 부서질 것 같았다.

'너무 늦었어. 너무 늦어버렸어. 따뜻한 말 한마디 건네지 못했는데, 지금껏 싸늘한 눈빛만 보였는데. 고맙다는 말도, 미안하다는 말도 못했는데. 비현, 제발 눈을 떠! 제발 숨을 쉬란 말이다.'

유인은 작은 몸을 끌어안으며 귓가에다 대고 고통스럽게 중얼거렸다.

"제발, 제발……."

바로 그때였다. 작은 몸이 부르르 떠는 것이 느껴진 순간 비현이 물을 뱉어내며 격렬하게 기침을 하기 시작했다. 유인은 숨 쉬는 것도 잊은 채 힘겹게 눈을 뜨는 비현을 지켜보았다.

그녀가 숨을 쉬고 있다! 살았다!

유인은 눈으로 보면서도 믿겨지지가 않았다. 마침내 힘겹게 눈을 뜬 비현과 눈이 마주친 순간 유인은 똑똑히 볼 수 있었다. 안도의 표정과 함께 드러난 희미한 미소를. 하지만 그것은 너무나 빨

리 스쳐 지나가 버렸다. 그녀는 다시 눈을 감고 유인의 품에 무너
졌다. 아까와 다르다면 숨을 쉬고 있다는 것뿐. 유인은 자기도 모
르게 눈시울이 뜨거워 서둘러 눈을 감아버렸다. 그리고 품에 안긴
여인의 가냘픈 숨을 느끼며 한동안 움직이지 못했다.

　유인은 서주성으로 돌아오는 동안 단 한 번도 비현을 품에서 놓
지 않았다. 비현을 망토에 싸 가슴에 품고는 숨을 제대로 쉬는지 거
듭 확인하며 조심스럽게 말을 모는 그는 딴사람 같았다. 주군의 갑
작스런 행동에 놀란 것은 호위무사들뿐만이 아니었다. 인걸과 효겸
또한 얼떨떨한 표정으로 옆을 따르며 연신 뒤통수만 긁어댔다.
　서주성으로 돌아와 선교장 침실에 눕히자 하륜이 달려와 진맥
을 짚었다. 그는 크게 안도를 하며 놀랐겠지만 외상은 없으니 며
칠 안정을 취하면 괜찮을 것이라고 말했다. 유인은 그제야 큰숨을
내쉬었다.
　그 밤, 유인은 젖은 머리를 말리고 옷을 갈아입으라는 효겸의
말도 듣지 않고 비현의 옆을 지켰다. 다시 눈을 뜨는 것을 보기 전
까진 안심이 되지 않았기 때문이다. 비현은 그렇게 낮을 꼬박 보
내고 밤이 돼서야 눈을 떴다. 그녀의 눈 속에 제일 먼저 들어온 것
은 유인이었다.
　"여기가 어딘지 알겠느냐?"
　옆에 있던 하륜이 묻자 비현은 조용히 고개를 끄덕였다. 여전히
안색이 안 좋아 보여서 유인은 잔뜩 긴장을 하고 있었다.
　"꼼짝없이 잡혀간 줄 알고 어찌나 애간장을 태웠는지. 천만다

행이다."

말을 하는 스승과 유인을 번갈아 보던 비현이 조그맣게 중얼거렸다.

"무영은요?"

그 말에 두 사내가 흠칫 놀랐다. 비현의 시선이 유인의 어깨 너머에서 누군가를 찾고 있었다.

"아까 눈을 떴을 때 무영을 봤어요. 무영은 어디에 있나요? 몸은 괜찮아요?"

순간 유인의 얼굴은 딱딱하게 경직되었다. 눈으로 보내준 미소는 자신의 것이 아니었다. 그녀가 본 것은 다른 이였던 것이다. 유인은 높은 하늘에서 순식간에 땅으로 곤두박질친 것처럼 아득하기만 했다.

"비현아, 널 구해주신 분은 전하시다. 전하께서 살려주셨어."

"아니에요. 무영을 봤어요. 분명히 무영이었어요."

일순간 비현의 커다란 눈에서 도로록 이슬이 흘러내렸다.

'실망하고 있는 건가? 그리워하던 정무영이 아니라 반유인이어서 실망하는 것인가?'

흘러내리는 이슬을 노려보던 유인은 그대로 일어나 침실을 나갔다. 그가 나가고서도 한참 동안 무영을 찾던 비현은 지친 듯 다시 잠들었다.

잠시 잊고 있었다, 유하와 비현이 서로 어떤 감정을 가졌었는지. 자기 감정에 취해 동생이 얼마나 그녀를 연모(戀慕)했는지 잊고 만 것이다. 유하 역시 그녀의 모습을 떠올리는 것만으로도 이렇게 가슴이 아팠을까? 그녀를 잃어버릴지 모른다는 생각만으로도 숨이 멈춰 버릴 만큼 두려웠을까? 사람들을 향해 지어주는 미소와 노래가 고스란히 내 것이 되었으면 하는 욕망에 시달렸을까? 유인은 비현을 안았던 두 손을 물끄러미 내려다보았다.

'이 손으로 분명히 안았는데, 그 차가운 살갗의 감촉을 똑똑히 느꼈는데 그녀는 다른 이를 보고 있었다. 내가 아닌 유하를.'

가슴 깊은 곳에서 슬픔이 몰려왔다. 동생을 향한 그녀의 감정이 고마우면서도 자신을 향한 것이 아니기에 서러웠다. 그렇게 꼭 끌어안고 있었는데, 온마음으로 불렀는데 왜 내가 아닌 유하를 보았을까. 유인은 볼에 와 닿던 차가운 살갗의 감촉을 생생하게 떠올리며 지그시 눈을 감았다. 촉촉한 눈망울과 함께 드러난 미소. 온몸을 뻣뻣하게 만든 그 미소를 나에게도 지어줄 날이 올까? 나도 그리 그립게 불러줄까? 유인은 그녀를 찾아 물에서 끌어 올릴 때 비로소 깨달았다, 이제는 돌이킬 수 없을 만큼 와버렸다는 것을.

'내 아우가 사모했던 너를, 목숨을 바쳐 지키려 했던 너를 나 또한 사모해 버렸다. 나 또한 너를 마음에 담고 말았다.'

지금껏 피하고 도망 다녔지만 이제는 그럴 수가 없다. 이번 일로 너무나 명확해졌기 때문에, 자신의 감정으로부터 더 이상 도망칠 자신이 없었기 때문이다.

'네가 내 아우가 사모한 여인이 아니라면, 적국의 후궁이 아니라면, 내가 왕이 아니었다면 우리가 이루어졌을까? 네가 나를 봐주었을까? 내게 웃어주었을까?'

여인을 사랑하는 일 따윈 없을 줄 알았는데. 자만을 비웃기라도 하듯 가까이 다가갈 수 없는 이에게 마음을 빼앗겨 버린 것은 무슨 운명이란 말인가. 그동안의 죗값을 이렇게 받는 것인가.

유인은 걷잡을 수 없이 북받치는 감정을 어쩌지 못하고 안뜰로 뛰쳐나갔다. 그곳에서 작은 꽃망울을 터뜨린 매화 하나가 사신을 물끄러미 바라보고 있었다. 비현을 닮은 매화, 비현을 닮은 달, 비현을 닮은……. 유인은 자신의 마음과 눈이 오직 한 여인에게 향해 있음을 실감하고 동시에 절망했다.

'다시 돌이킬 수 없으니 이제 나는 어쩌면 좋으냐. 나는 어쩌면 좋으냐.'

유인은 매화 앞에 고개를 숙이고 고통에 겨운 숨을 토해냈다.

이경(二更)이 되기 전에 다시 눈을 뜬 비현은 주위에서 만류함에도 불구하고 잠비가 누워 있는 병사로 향했다. 천행으로 살아남은 잠비는 피를 많이 흘려 창백한 얼굴로 병사에 누워 있었다. 비현은 정신을 놓은 아이를 끌어안고 매일 불러달라 조르던 노래를 불러주었다.

14) 영주(營州)의 소년 들판에 익숙하여
가죽 옷 휘날리며 성 아래서 사냥하네.
노주(虜酒) 천 잔에도 취하지 않으니
오랑캐 아이들은 열 살부터 말을 탄다오.

---

14) 영주가(營州歌): 고적(高適) 당(唐). 702~765

잠비는 이 노래를 부르면 제 고향 영주 들판에서 뛰놀던 것이 생각난다고 했다. 비록 타국(他國) 시인이 지은 시지만 광활한 예 땅의 평원을 뛰어노는 동무들의 모습이 떠올라 평상시에 즐겨 불렀다. 그리 좋아했던 노래를 불러주는데 아이는 한참이 되어도 정신을 차리지 못했다. 머리를 쓰다듬으며 재차 부르니 잠비는 그제야 눈을 뜨고는 비현을 보고 울음부터 터뜨렸다. 잡혀간 비현 걱정에 노심초사하다 비로소 건강히 돌아온 모습을 보니 서러움이 북받쳐 올랐기 때문이다. 비현은 우는 잠비를 따스하게 안아주며 등을 토닥여 주었다.

"이놈아, 다 큰 사내놈이 부끄러운 줄 모르고, 아씨 품에서 무슨 짓이냐!"

옆에 있던 하륜이 껄껄껄 웃으며 수염을 쓸어 내렸다. 비현은 그저 환히 웃으며 잠비의 눈물을 닦아주었다.

병사 입구에 홀로 서서 그 모습을 바라보던 유인은 비현의 웃음을 아프게 바라보다 쓸쓸히 돌아섰다.

유인이 병사를 나오자 밖에서 기다리고 있던 인걸과 효겸이 다가왔다. 왕이 옷을 갈아입지 않고 있으니 좌우호위 또한 씻지 못해 외관이 말이 아니었다.

"놀라서 사나흘 꼼짝도 못하실 줄 알았는데, 그새 일어나서 다른 사람을 치료하시니 보기보다 강단이 있는 분인가 봅니다."

인걸이 쾌활하게 말을 꺼냈지만 유인은 어두운 얼굴로 터벅터벅 걸어갔다. 인걸의 옆구리를 찔러 눈치를 준 효겸이 왕의 옆을 따르며 말했다.

"전하, 사로잡아 온 자들은 관청 앞에 무릎 꿇려놨사옵니다. 어찌 처분하오리까?"

"내일 날이 밝는 대로 내가 직접 국문(鞠問)할 것이니 준비해 두어라."

"예. 그리고 말씀 드릴 것이 있사온데……."

효겸의 말에 유인은 손을 내저으며 중얼거렸다.

"무척이나 피곤하구나. 너희들도 날 따를 것 없이 처소로 가서 쉬도록 해라."

유인은 그대로 성큼성큼 걸어가 버리자 등을 든 병사가 바쁘게 쫓아갔다. 뒤에 남은 이들은 그 뒷모습을 씁쓸히 바라보다 마지못해 걸음을 옮겼다.

"우라질, 너는 그냥 얼른 물어보지 무슨 뜸을 그리 들이는 게야?"

"그리 잘하면 네가 물어보지 그랬냐?"

효겸의 말에 인걸이 인상을 팍 구기며 물었다.

"정말 은 소저에게 마음이 있으신 걸까?"

"눈치없는 놈. 가까이 모시면서 이제야 알았더냐?"

"우라질, 그럼 넌 알고 있었어?"

"대충은 눈치채고 있었지. 한곳에 이렇게 오래 머문 적도 없었을뿐더러 하시는 행동이 전과 같지 않아서 말이야."

"난 대군저하 일로 언짢으셔서 그런 줄 알았지."

인걸은 작게 투덜거리며 발을 옮겼다. 둘 다 마음이 어지러워 옮기는 걸음에 힘이 없었다.

비현은 침상에 누워 애써 잠을 청했지만 큰일을 당한 터라 쉽게 잠이 오지 않았다. 눈을 감으면 검 끝에 뚝뚝 흐르던 피가 아른거리고 잠비의 비명과 사내들의 욕설이 귓가를 맴돌았다. 그 끔찍한 순간, 내내 떠오르는 얼굴이 있었다.

차가운 눈빛과 유난히 쓸쓸한 뒷모습을 가진 사내, 자신의 분노를 서슴지 않고 드러내는 사내, 그럼에도 불구하고 자꾸만 눈과 마음이 가는 사내.

보잘것없는 여인 하나가 잡혀가는데 일국의 왕이 나설 리가 없다고 생각하면서도 마음 한편으로는 그가 구하러 와주기를 바랐다. 그는 강한 사람이라 믿고 있으니, 겉은 차갑지만 자신을 배려하는 사람이라 믿고 있으니 와줄지도 모른다는 희망을 품었다.

푸르스름한 여명 속에서 물속에 뛰어드는 사내를 보며 비현은 그임을 직감했다. 순간 기쁨이 온몸을 휘감고 마음속을 잠식하던 두려움이 사라졌다. 그가 와주었다는 안도가, 이제 잡혀가지 않게 됐다는 안도가 밀려와 마음이 들떴다. 그런데 갈수록 그와 점점 거리가 멀어지자 비현은 주저없이 물속에 뛰어들었다. 몸이 묶인 채였지만 그가 구해줄 것이라 믿었다. 여기까지 와주었으니까, 자신을 위해 물속에 뛰어들었으니까 자신도 할 수 있다 생각했다.

비현은 시커먼 물밑으로 가라앉는 내내 그의 얼굴을 떠올리며 빨리 와서 구해달라고 외치고 또 외쳤다. 예전처럼 그가 손을 잡아 물 위로 끌어 올려주기만을 기다렸다. 하지만 그가 오지 않는다. 코와 입으로 강물이 들어오고 숨이 막혀왔다.

'어서 구해주세요! 어서요!'

비현은 그를 향해 외쳤다. 점점 물밑으로 가라앉을수록 이대로 죽음의 밑바닥에 닿겠구나, 두려운 마음이 들었다. 순간, 탁해지는 의식 속에서 그의 모습을 보였다. 눈이 내리는 숲에서 쓸쓸한 뒷모습을 보이며 그가 서 있었다. 현실처럼 선명하고 생생한 광경에 눈시울이 뜨거워진다.

'그렇게 서 있지 말아요. 너무 슬퍼 보인단 말이에요.'

비현이 소리치려는 찰나, 머리 속에 하얀 눈이 내렸다. 그리고 비현은 정신을 놓았다.

"안 돼! 눈을 떠! 눈을 뜨란 말이야!"

"숨을, 숨을 쉬란 말이다!"

어둠 속에서 그가 외치고 있었다. 한 번도 들어보지 못한 간절한 목소리다. 왜 그렇게 슬프게 말하는 걸까? 비현은 숨을 토해내며 좀처럼 떠지지 않는 눈꺼풀을 힘겹게 밀어 올렸다. 들린 것은 왕의 목소리였지만 눈 속에 들어온 것은 무영이었다. 비현은 무영을 보며 희미하게 웃었다.

'무영, 날 위해 그렇게 애타게 불러준 거야? 살아 있어줘서 고마워. 죽지 않았을 줄 알았어. 꼭 살아 있으리라 믿었어.'

눈꺼풀이 천근만근이다. 비현은 아무리 노력해도 뜨고 있을 수가 없어서 서서히 눈을 감았다.

'다행이야. 무영이 살아 있어서 정말 다행이야.'

비현은 무영을 더 많이 보고 싶었지만 온몸이 축 늘어져서 도저히 깨어 있을 수가 없었다. 그녀는 다시 잠속으로 빠져들었다. 아까와는 달리 이번에는 불안이 사라지고 안도가 밀려왔다. 의식 저 너머에서 유인의 얼굴이 무수히 떠올랐다가 사라졌다. 지난날 물에서 구해줬을 때처럼 뜨거운 체온과 숨소리가 가까이 들린다. 쿵쿵쿵. 그의 심장 소리다. 비현은 그의 심장 박동을 가려낼 수 있었다. 그의 심장 박동을 듣고 있노라면 자신의 심장도 덩달아 힘차게 뛰기 때문이었다. 그의 심장 박동을 들으며 비현은 깊고 편한 잠을 잤다. 세상이 고요하고 평온하게 느껴졌다. 긴 잠을 자고 눈을 뜨자 제일 먼저 눈에 들어온 것은 그의 얼굴이었다. 비현은 그의 얼굴을 보아 반가우면서도 먼저 무영을 찾았다. 그에게 알려주고 싶었다. 무영이 살아 있다고, 이제 아프지 않아도 된다고, 더이상 쓸쓸한 뒷모습을 보이지 않아도 된다고 말해 주고 싶었다. 하지만 자신이 본 것은 환영이었다. 그리고 그에게는 상처만 주고 말았다. 비현은 그의 눈빛에 스치는 상처와 절망을 보며 암담했다. 그의 상처를 들췄다는 죄책감이 밀려왔다.

'바보 같은 짓을 하고 말았어. 구해주어서 고맙다고, 무척이나 기뻤다고 먼저 말했어야 했는데……'

침상에서 일어난 비현은 가슴이 무겁고 답답하여 끝내 안뜰에 나왔다. 불어오는 찬바람에 얇은 옷깃 사이로 스며들어 왔지만 마음속 혼란으로 인해 추위가 느껴지지 않았다. 그녀는 섬돌에 웅크리고 앉아 밤하늘을 올려다보았다. 저녁 무렵에 침상에서 처음 마주친 그의 시선이 자꾸만 눈에 밟혔다.

이튿날, 비현은 간신히 몸을 추슬러 일어났다. 하륜이 좀 더 쉬라고 말렸지만 비현은 누워 있는 것이 더 힘들다며 병사로 나갔다. 상처가 아물어 운신하기 시작한 잠비를 보살펴 주고 치료를 받기 위해 먼 곳에서 왔다는 노인과 젊은 처자 몇 명을 치료해 주었다. 모두들 비현에게 쉬라고 등을 떠밀었지만 비현은 고집스럽게 병사를 지켰다.

막 정오를 넘긴 시각이었다. 한 사내가 하륜에게 오더니 관정 마당에서 죄수들 15)거열형(車裂刑)이 있어서 다들 몰려간다는 소식을 전했다. 비현은 잠시 일손을 놓고 그가 하는 말에 귀를 기울였다.

"아침부터 살가죽 타는 냄새로 장하였지요. 그놈들이 워낙 독한 놈들이라 몸이 걸레가 되도록 치도곤을 맞아도 꿈쩍을 안 하더랍니다. 고얀 놈들, 아무리 예 땅에 생불(生佛)이 계시는 것이 배 아파도 그렇지. 그런 놈들은 능지처참도 부족합니다요."

애기인즉슨, 비현을 납치하려던 일당이 고문에도 입을 열지 않아 참형(慘刑)에 처한다는 이야기였다. 비현은 그 말을 듣자마자 하륜과 함께 관청 앞마당으로 달려갔다. 관청 앞에는 서주성 백성들이 빽빽하게 들어차 너도나도 형 집행을 구경하려고 목을 빼고 있었다. 그들은 비현을 보자 지나갈 수 있게끔 길을 터주었고 몇몇은 비현을 향해 합장을 하거나 절을 하기도 했다. 그들이 보내는 경외의 시선을 지나 마당 안에 들어선 비현은 자기도 모르게 신음을 내뱉었다.

넓은 청사 앞에 십여 명의 사내들이 무릎 꿇려 있는데 그 모습이 참으로 참혹하였다. 얼굴은 못 알아볼 정도로 부풀어 오르고

----

15)거열형(車裂刑): 죄인의 두 팔다리 및 머리를 각각 매단 수레를 달리게 하여 신체를 찢는 형벌. 환형(轘刑)이라고도 한다

몸은 여기저기 터져 나가 피를 흠뻑 흘리고 있었다. 아직도 고문이 계속되고 있는 터라 몇 명은 정신을 놓고 쓰러져 있었는데 비현을 성밖으로 유인해 낸 병사가 형리가 내려치는 곤장에 몸이 으깨지고 있었다. 사람 꼴이 처참하기 이를 데 없었는데 백성들은 큰 구경거리라도 되는 것처럼 웃음을 터뜨리거나 야유를 보내고 있었다.

비현은 사람들 사이를 뚫고 병사들이 가로막고 있는 맨 앞자리까지 옮겨갔다. 널따란 마당 한 귀퉁이에 말과 수레가 줄지어 들어오고 병사들이 기절해 있는 사내들에게 물동이를 들이붓고 정신이 들게 했다. 형리가 나와 곧 거열형이 있을 거라 소리치자 북을 든 사내들이 앞에 나와 자리를 잡았다. 그러자 사람들이 두 손을 번쩍 쳐들며 좋아라 소리를 질러댔다. 사람이 찢겨 죽는 형벌을 받을 판인데 잔치라도 하는 것처럼 북소리에 맞춰 환호성을 지르다니. 비현은 아비지옥 같은 모습에 반쯤 얼이 나가 있다가 청사의 계단에서 무서운 얼굴로 죄수들을 내려다보고 있는 유인을 발견했다. 멀리 있어 그의 표정까지 보이지 않았지만 비현은 그도 자신을 발견했음을 느꼈다. 밀치고 들어오려는 백성들을 단속하느라 병사들 사이의 벌어진 틈으로 비현은 작은 몸으로 잽싸게 빠져나왔다. 그리고는 겁도 없이 유인을 향해 달렸다. 그 모습을 보고 주위가 단번에 조용해진 가운데 왕 앞에 당도한 비현이 계단 아래 몸을 숙이고 가쁜 숨을 몰아쉬며 말했다.

"전하, 이들을, 이들을 정녕 죽일 작정이십니까?"

주위에 둘러선 장정들이 놀라는 가운데 유인 또한 놀란 눈으로 비현을 내려다보았다.

"그들은 한주의 첩자이자 짐과 수하 무사들에게 칼을 겨눈 자들이다. 게다가 그대를 납치하려 했던 자들이 아니냐?"

"하오나 직이기에 앞서 사람입니다. 이 땅 누군가의 피와 살을 얻어 태어난 소중한 생명입니다. 적국에 태어났다는 이유로, 감히 칼을 겨눴다는 이유로 무참하게 죽일 순 없습니다. 스스로 죄를 반성하고 죗값을 치를 수 있는 기회를 주시옵소서."

비현을 보는 유인의 얼굴의 점점 굳어지기 시작했다.

"적을 감싸는 건가? 이들로 인해 자신이 곤경에 처했으면서도 어찌 그런 말을 하는가?"

"나면서부터 다른 이를 죽이겠다, 다짐하고 태어난 이는 없습니다. 현세(現世)가 악인을 만들고 사람들이 악인을 만드는 것이옵니다. 세상이 어렵다 하나 꼭 지켜져야 할 것은 있다고 생각합니다. 그것은 인명(人命)을 존중하는 것입니다. 사람이 사람을 존중하고 아끼지 않으면 그때는 사람이 아니라 짐승과 같게 되는 것입니다. 한순간의 노여움이나 원한으로 사람을 죽이면 스스로가 사람다움을 잃게 되는 것이요, 그걸 보는 다른 이들도 생명의 존귀함을 잊어 세상은 더욱 거칠어질 것입니다. 부디 참형을 거두어주시고 이들이 속죄하도록 자비를 베풀어주시옵소서. 전하께서 그런 성은을 내리시면 백성들도 이를 교훈 삼아 자신과 다른 사람의 생명을 귀하게 여길 것이옵니다. 부디 자비를 베풀어주시옵소서."

비현은 정신없이 말을 쏟아내고서 홍시처럼 발개진 얼굴을 푹 숙였다. 자신이 무슨 말을 했는지 경황이 없어 생각도 나질 않았다. 그저 자신의 마음이 전달됐길 바랄 뿐이다.

비현의 말이 끝나고 한참이 되어서도 주위는 고요했다. 유인은 비현에게서 시선을 거두고 주위를 둘러보았다. 마당에 무릎 꿇려진 죄수들도, 밖에 몰려선 백성들도 놀란 얼굴들을 하고 있었다. 유인은 가만히 서서 좌중을 둘러본 후 천천히 말문을 열었다.

"그대의 말은 그저 이상에 불과하다. 이 환난(患難)한 시기에 누가 적의 생명에까지 자비심을 베풀겠는가."

유인의 말에 모여선 백성들 사이에 긴장된 숨이 흘러나왔다. 왕이 직접 형을 주관하는 데 뛰어들었으니 비현이 벌을 받을까 두려워 발을 동동 구르는 이들도 있었다. 모두들 긴장한 채 왕이 다시 입을 열기만을 기다렸다.

"그대의 오늘 행실이 얼마나 무엄한 일인지 그대와 이 자리에 있는 이들 모두 잘 알고 있을 것이다. 큰 벌을 받아 마땅하지만 그대의 말에 틀린 것은 아니다. 세상에 악인으로 태어나고 싶어 난 이는 없을 터, 인명(人命)은 존중해야 함이 마땅하다. 그리하여 그대의 의견을 받아들여 형 집행을 거두고 이들을 옥사에 가둬 죄를 반성할 기회를 주겠다. 허나 시일이 흘러도 자신의 죄를 반성하지 못하는 자는 후에 다시 형을 집행할 것이다."

백성들 사이에서 기쁨의 탄성과 함께 박수가 터져 나왔다. 모두들 죄인들의 형이 감해진 것보다는 비현의 용기와 벌을 받지 않게 됐다는 것에 대한 안도, 그리고 왕의 위엄 어린 모습을 보고 흘러나온 감탄이었다.

유인은 호위무사들을 이끌고 안으로 들어가고 죄인들은 다시 형리들에게 이끌려 옥사로 끌려갔다. 단 아래 선 비현은 그제야 긴장된 숨을 토해냈다.

　"전하의 검에 죽는 것은 사람이 아니라 한주(漢周)입니다. 적을 죽임에 있어 사사로운 감정 따윈 가져선 아니 되옵니다. 괴로울수록 더 많은 한주를 쓰러뜨리십시오. 그러다 보면 한주는 전하의 발 아래 있을 것이고 예(濊)는 전하의 가슴속에 있을 것이옵니다."

　평생 한주를 무너뜨리는 것에 모든 것을 바쳤다. 그가 죽이는 것은 사람이 아니라 적이었다. 이십여 년을 그렇게 알고 살아왔는데 그녀는 적이 아니라 사람이라고 말하고 있었다. 유인은 지금껏 자신의 신념이 흔들린 적이 없었다. 그 신념으로 나라를 일구고 잃어버린 땅을 되찾고 더 나아가 중원을 통일할 야심을 꿈꾸었다. 그렇게 자신을 지탱해 왔던 신념이 오늘 조금씩 흔들리기 시작했다. 왕으로서가 아닌 한 사내로서 그녀 앞에 부끄러웠다.
　'그대의 날 사람다움을 잃은 짐승으로 보았겠구나. 살육을 서슴지 않는 살인귀로 보았겠구나.'
　유인은 몹시도 두려워졌다. 종자를 위해 노래를 불러주는 모습을 처음 보았을 때부디 줄곧 따리다니는 두려움이었다.
　'네게 가까이 가기엔 내 손에 피를 너무 많이 묻혔어.'
　은비현이란 여인을 만나기 전까지 반유인은 전쟁에 굶주리고 피에 굶주린 짐승이었다. 스스로도 두려워질 만큼 광폭했던 자신을, 땅을 빼앗기 위해 수천수만의 목숨을 걸고 전쟁을 한 자신을 그녀가 받아들여 줄까? 유인은 그녀에게 경외를 품으며 끝내 마음을 얻을 수 없을 거라는 두려움에 괴로워했다. 그런 아름다운 마음을 가진 여인을 한낱 후궁으로 만들어 자신 옆에 두면 어떨까 하는 상상을 한 자신이 저주스러웠다. 그녀를 억지로 얻으려 한다면 자신 또한 한주 황제와 다를 바가 없는 것이다.

'태어나서 처음 느낀 연정인데 왜 이리 괴로운 것인가. 이토록 혼란한 시대에 왕으로 태어난 것이 잘못인가, 이토록 아픈 세상에 비범한 재주를 가지고 태어난 그대 잘못인가.'

유인은 봄 하늘을 바라보며 얼굴을 일그러뜨렸다.

비현이 한주에 끌려갈 뻔하였다가 구출됐다는 이야기가 퍼지자 생불(生佛)에 대한 명성은 더욱 높아져만 갔다. 게다가 적들을 참형에서 구해주고 이에 감복한 몇 명이 투항하기까지 했다는 소식이 전해지자 정말로 부처께서 현신하시여 세상에 내려온 것이라는 말이 돌았다. 그로 인해 서주에는 매일 수천 명의 인파가 모여들어 성문이 북새통을 이루었다. 전과 같은 일이 있을까 우려한 유인은 비현이 머무는 곳에 호위를 강화하고 병사에 나가는 시각도 되도록 줄이도록 했다. 하지만 비현은 여전히 하루를 병사에서 꼬박 보내면서 병자들을 돌보았다. 황폐했던 서주는 봄이 옴과 동시에 모여드는 많은 인파로 북적이며 과거의 활기를 되찾기 시작했다. 그 무렵, 유하의 시신을 찾기 위해 신도로 간 병사들이 돌아왔다. 그리고 비현에게 슬픈 소식과 기쁜 소식이 번갈아 날아들었다.

九. 아아, 그리운 사람아

깊은 밤이었다. 탁자에 장계를 쌓아놓고 몇 시간째 들여다보고 있던 유인은 뻐근한 눈을 비비며 등받이에 기대 잠시 눈을 감았다. 미간이 아득해지고 피곤이 밀려온다. 유인은 한참이 지난 후에야 힘겹게 눈을 떴다. 그의 눈앞에 펼쳐진 것은 뜻밖에도 피 냄새와 시신 타는 냄새가 진동하는 벌판 한가운데였다. 유인은 이곳이 유하가 적의 포로가 되기 이태 전에 전투를 치른 전장임을 기억해 냈다. 막 전투가 끝난 벌판은 아군과 적들의 시체가 뒤엉켜 참혹했다. 죽음의 냄새가 무겁게 떠다니는 와중에 밤사이 습지에서 밀려온 안개가 서서히 걷히고 있었다. 주검으로 뒤덮인 벌판의 제 모습이 차츰 드러나는 가운데 형제는 말에 탄 채 그 광경을 묵묵히 바라보고 있었다.

「형님, 전 이때가 가장 싫어요.」

아우의 말에 유인은 고개를 돌렸다. 열다섯 살의 유하는 깨끗한 샘물처럼 맑고 아름다웠다. 전장에는 어울리지 않는 소년을 보며 유인이 물었다.

「무슨 이유에서?」

「죽음이 너무 가까이 있어요. 저도 언젠간 그들처럼 차디찬 흙바닥에 누워 있을 날이 오겠지요?」

이유없이 불안이 밀려왔다. 유인은 동생의 어깨에 손을 얹고 결연하게 말했다.

「넌 죽지 않아. 내가 지켜줄 테니까.」

하얀 얼굴에 쓸쓸한 미소가 드리워진다. 그는 가끔씩 위태로운 미소를 지어서 형을 불안하게 했다.

「저도 언젠가는 죽을 거예요. 그것이 세상의 이치니까요. 형님, 제가 앞서 죽거든 땅에 묻지 말고 태워서 바람에 날려주세요. 차디찬 땅속에 누워 썩어가고 싶지 않아요. 더구나 다른 사람이 제 무덤가에서 슬퍼하는 것도 원치 않아요. 바람에 몸을 싣고 이 대륙 끝까지 날아가고 싶어요.」

유하의 말에 명치끝이 칼에 찔린 듯 아팠다. 무슨 말인가 하고 싶었지만 입이 떨어지지 않는다. 그리고 무슨 이유에선지 유하의 몸이 서서히 투명해지는 것처럼 보였다. 안개 속에서 햇살이 드러나면 그는 영영 사라질 것만 같았다.

「형님, 제가 죽거든 부디 슬퍼하지 마세요. 그 눈물을 보면 자유롭게 날아오를 수 없을 거예요.」

「넌 죽지 않아. 절대로!」

유하는 눈부시게 웃으며 말했다.

「형님, 비현을 행복하게 해주세요.」

「유하야!」

「형님, 제 죽음으로 인해 더 이상 괴로워하지 말아요. 그리고 비현을 꼭 지켜주세요. 그녀를 지켜줄 사람은 오직 형님뿐이에요.」

어린 유하는 더없이 밝은 미소를 짓고 있었다. 그제야 이것이 꿈이라는 것을 깨달은 유인은 북받치는 슬픔에 아우를 재차 불렀다.

"유하야! 유하야!"

유인은 눈물을 흘리며 꿈에서 깨어났다. 그는 잠시 망연해져서 주위를 보았다. 어두운 밤, 초가 자신의 몸을 불살라 어둠을 밝히고 있었다. 유인은 제 눈에 흐르는 눈물을 만져 보며 억눌린 숨을 토해냈다. 유하가 꿈에 나타난 것은 처음이었다. 그렇게 허무하게 잡혀가고 나서 처음 나타난 것이다.

'그토록 그리워할 때는 나타나지 않다가 이제 와 꿈에 나타나서 한다는 말이 고작 그것뿐이라니. 자신의 죽음을 슬퍼하지 말라고? 그녀를 행복하게 해달라고? 그것이 내게 하고픈 말이냐. 왜 너는 죽어서까지도 나를 부끄럽게 하는 것이냐.'

지금껏 자신은 아우가 사모한 여인을 애타게 그리고 있었다. 그 마음이 안타까워서였을까. 아우는 꿈에까지 나타나 형의 마음을 위로하려고 하고 있었다. 아무런 원망도, 슬픔도 없었다. 그저 미소 지을 뿐이었다.

"유하야……."

유인은 동생의 미소를 떠올리며 조용히 눈물 흘렸다.

이른 아침 성문이 열리자마자 마차를 몰고 상단이 들어왔다. 그들은 유하의 시신을 찾기 위해 신도에 가 있던 간자(間者)들이었다. 그들은 황궁의 환관과 여관, 병사들에게 막대한 뇌물을 써서 유하의 시신을 빼내와 서주까지 운구해 온 참이었다. 몹시도 기다렸던 그들이 돌아왔다는 소식을 듣고 유인은 간밤에 왜 유하의 꿈을 꿨는지 깨닫고 슬픔을 가눌 수가 없었다.

유인이 후정에 당도하자 장수들이 일제히 고두를 했다. 그들 뒤로 마차 한 대가 서 있었다. 유인은 담담한 얼굴로 마차로 다가갔다. 평범한 나무 관에 시선을 고정한 그는 잠시 망설이다 덮개를 열었다. 그 속에는 몸을 동그랗게 만 채로 까맣게 탄 주검 한 구가 놓여 있었다. 사내의 주검이라기엔 형편없이 작고 초라하다. 유인은 떨리는 손끝으로 검게 탄 주검을 쓸어보았다. 주검 위로 지난밤 꿈에 보았던 유하의 눈부신 미소가 겹쳐졌다. 말없이 죽은 아우를 살갗을 쓸어보던 그는 손짓으로 주위를 물리고 혼자 남았다.

"네 얼굴을 알아볼 수가 없구나. 어떻게 컸는지 보고 싶었는데."

유인의 눈물이 볼을 타고 흘러내려 나무 관에 떨어졌다.

"언제까지나 지켜주겠다고 약속했었는데……. 미안하다, 미안하다."

뜨거운 눈물은 그칠 줄을 몰랐다. 오랜 세월 동안 쌓여온 눈물이 한꺼번에 쏟아지는 듯했다. 회한과 그리움이 흘러내려 검게 탄 살갗을 적시고 유인의 마음을 적셨다. 그는 오랫동안 후정을 떠나지 못했다.

그로부터 며칠이 흘렀다. 구름이 하늘을 무겁게 뒤덮은 아침. 유인은 경진, 좌우호위를 데리고 서주산에 올랐다. 산 중턱에 이르렀을 무렵부터 차츰 눈발이 흩날리기 시작했다. 봄에 내리는 눈을 보며 산을 오른 지 두 시진이 지나 유인은 정상에 다다랐다. 지난 겨울 동안 쌓인 눈과 내리는 눈이 시야를 온통 하얗게 메우고 있었다. 유인은 조심스럽게 바위에 올라서서 불어오는 바람을 등지고 섰다. 얼음처럼 찬 바람이 얼굴을 때리고 머리칼과 장포가 바람에 날렸다. 유인은 작은 단지를 싼 비단보를 풀러 바람에 날려 보내고 뚜껑을 열었다. 자신이 죽거든 그 재를 바람에 날려 보내달라던 유하가 그 속에 있었다. 유인은 입술을 힘 주어 다물고 바람에 유하를 날려 보냈다.

"부디 자유롭게 날아오르길……."

유하가 눈과 바람에 섞여 하늘 저편으로 날아갔다. 그토록 사랑하고 그리워한 이를 바람에 묻지만 그와의 기억은 유인의 가슴 깊숙한 곳에 남아 있으리라.

"널 잊지 않으마. 그리고 네가 한 부탁, 꼭 지킬 것이다."

유인의 중얼거림에 화답하듯 하늘에서는 거위 깃털 같은 눈이 퍼붓기 시작했다. 분분히 날리는 눈발 속에서 산을 내려와 서주성에 돌아온 유인은 내내 그리웠던 얼굴을 보기 위해 말을 몰았다.

　무심결에 들창을 연 비현은 소담스럽게 내리는 눈을 보며 작은 탄성을 내뱉었다. 봄에 내리는 눈은 왠지 더 아름답게 느껴졌다. 비현은 눈을 좀 더 보기 위해 안뜰로 나갔다. 바람이 잔잔하게 불어 하늘을 가득 메우며 내려오던 눈송이가 빙글빙글 춤을 추고 있었다. 그 광경이 신기하기만 한 비현은 손을 내밀어 떨어지는 눈을 받았다. 솜뭉치처럼 소담한 눈이 손바닥 위에서 사르르 녹는다. 비현은 머리가 하얗게 되도록 눈을 맞고 서 있었다. 아름다운 설경에 가슴 한쪽이 아려오는 것은 무슨 이유에서일까. 괜스레 눈물이 차 오르자 비현은 서둘러 눈을 비비고 돌아섰다.
　그 앞에 눈을 하얗게 뒤집어쓴 그가 서 있었다.
　눈 덮인 산이 그대로 옮겨온 듯 아득한 그 모습에 비현을 말을 꺼내지 못하고 멍하니 서 있었다. 약간은 지친 듯 보이는 얼굴에 생경한 눈동자. 그는 그동안 보아온 모습과 어딘가 달라 보였다. 그 모습에 잠시 넋을 놓고 있던 비현은 정신을 차리고 서둘러 예를 갖췄다. 고개를 드니 그가 한 걸음 가까이 다가와 있었다.
　"그대는 아직도 유하가 죽지 않았다고 믿는가?"
　나직한 물음에 당황한 비현은 그의 시선을 피해 고개를 숙였다. 또다시 심장이 쿵쾅거리고 뛴다. 몸이 자꾸만 그에게 끌려가는 것처럼 느껴졌다. 아니면 그가 다가오는 것일지도. 비현은 왠지 그의 숨결과 체취가 가까이 느껴져서 얼굴을 붉혔다.
　"예, 저는 꼭 살아 있을 것이라 믿고 있습니다."

“나도 그리 믿는다.”

그의 말에 비현은 고개를 들었다. 그의 얼굴에 고여 있던 슬픔이 옅어지고 다른 때보다 평온해 보였다. 낯설게 느껴졌던 것은 그 때문일까? 비현의 얼굴이 점차 밝아지는 사이 그가 말을 이었다.

“나도 유하가 살아 있을 것이라고 믿는다. 그 아이는 꼭 살아 있을 것이다.”

“예, 꼭 살아 있을 것입니다.”

비현의 입가에 미소가 드리워졌다. 그 미소는 날카로운 빙검이 되어 유인의 마음을 찢었다. 뜨거운 피를 뚝뚝 흘리면서도 유인은 애써 평온한 얼굴을 유지했다. 이제 더 이상 흔들리지 않기로 다짐한 그였다. 더 이상 그녀를 마음에 담지 않기로 한 유인이었다. 은애하기에 가까이 다가서지 않을 것이다. 깊이 사모하기에 그저 옆에서 지켜볼 것이다. 그녀를 아끼기에, 다치게 하고 싶지 않기에.

‘나는 죽을 때까지 네 주위만 맴돌겠지. 내 마음은 송두리째 네게 주고 껍데기뿐인 육신으로 다른 여인의 지아비로 살아가겠지. 영원히 네 미소는 내 것이 아니겠지.’

유인은 그녀의 머리와 어깨에 내려앉은 눈송이를 치워주려고 자신도 모르게 손을 뻗었다가 도로 거두었다. 그리곤 그 길로 쓸쓸히 돌아섰다.

‘내가 다가갈수록 그녀는 상처 입고 말 것이다. 그녀를 행복하게 해줄 수 없으니 그저 지켜볼 수밖에. 멀리서 바라볼 수 있다는

것만으로도 내겐 과분한 일이다.'

이미 마음먹은 일이지만 생살이 찢기는 듯한 아픔은 어쩔 수가 없었다. 억지로 걸음을 옮기는 사이, 유인의 심장에서 흘러나온 선혈이 눈 위로 점점이 떨어졌다. 그는 온몸의 피가 모두 빠져나가고 텅 빈 것 같아 어지러웠다. 내리던 눈이 차츰 멎고 구름을 열고 해가 고개를 내밀었다. 겨울이 끝나고 봄이 왔지만 한 사내의 가슴엔 여전히 눈이 내리고 있었다.

봄 어귀에서 갑작스레 내린 눈이 막 녹은 참이었다. 양하에 갔던 간자가 돌아왔다.

"막상 목도(目睹)하고 보니 사정이 생각보다 처참했사옵니다. 양친은 고문 끝에 병을 얻어 옥사(獄死)하고 일가붙이는 죽거나 노비가 되어 팔려갔다 하옵니다. 아무렇게나 버려진 양친과 일가의 시신은 수습하여 양하 땅에 묻고 살아남은 이가 없나 수소문하였습니다. 겨우 도망하여 목숨을 건진 오라비와 가솔들을 찾았는데, 피죽으로 간신히 연명할 만큼 비참한 생활을 하고 있었습니다. 명하신 대로 서주로 데려오려 하였으나 그쪽에서 완강히 거절하기에 우선은 호곡 땅에 머물게 하였사옵니다."

그가 가지고 온 것은 비현의 일가족이 거의 몰살당했다는 소식이었다. 병사의 이야기를 듣는 유인과 경진의 얼굴이 각기 어두워졌다. 어느 정도 짐작은 했지만 이 정도일 줄은 미처 예견하지 못했다. 유인은 이 사실을 알게 될 비현의 아픔이 얼마나 클지 쉽게 가늠이 되지 않았다.

“애썼구나. 그런데 그 오라비 되는 자는 왜 서주에 오지 않으려 하는 것이냐?”

“집안이 풍비박산 난 것에 대한 반감이 깊은 듯 보였사옵니다. 집안 식구들을 다 죽이고 혼자만 살아남았다고 내내 원망을 하였습니다.”

“흠……”

잠시 생각에 잠겼다가 고개를 든 유인은 옆에 선 경진에게 명했다.

“그들을 호적대장에 양민으로 등재하고 집과 땅을 주어라. 그리고 은 소저에게는 경이 직접 전해주길 바란다.”

이에 경진은 절을 하고 물러갔다. 혼자 남은 유인은 침울한 표정으로 다시 생각에 잠겼다.

경진이 비보를 전하는 동안 비현은 가슴에 손을 얹고 조용히 듣기만 했다. 그 몸가짐은 침착했지만 얼굴은 하얗게 얼어붙어 그대로 조각조각 부서질 것 같았다.

“남은 식솔들은 호곡 땅에서 잘살아갈 것이니 너무 걱정하지 마십시오.”

“오라버니께서 왜 서주로 오시지 않는 건가요? 제가 서주에 살고 있는 걸 안다면서요.”

“그건……”

경진은 대답하지 못했지만 비현은 이미 알고 있었다. 부모와 오라버니 일가를 모두 죽이고 남은 식구들을 보고 싶어하는 것은 염치없는 짓이다. 부모를 죽인 죄인이니 어찌 용서받을 수 있을까.

애써 허리를 꼿꼿이 세우고 앉아 있던 비현은 위로의 말을 거듭 전한 경진이 돌아가자마자 그대로 혼절해 버렸다. 그 후 비현은 일어나 앉을 수도 없을 만큼 크게 앓았다. 밤새 열이 들끓고 헛소리까지 하는 등 병세가 깊어져서 선교장에는 매일 약 달이는 냄새가 끊이질 않았다.

그때부터였다. 이른 아침마다 누군가가 비현의 침실 창가에 봄꽃을 갖다 놓았다. 꺾어다 놓은 꽃이 아니라 흙덩이로 뿌리를 보호해 한지로 조심스럽게 싼 들꽃이었다. 이른 봄에 피는 양지꽃, 복수초부터 시작해서 잔털제비꽃, 해당화, 노루귀까지 종류도 다양했다.

"아씨, 빨리 자리를 털고 일어나셔요. 그래야 이 꽃을 앞마당에도 심고 뒷마당에도 심을 것이 아니에요."

집안 살림을 봐주는 아낙이 창가에서 꽃을 가져와 비현에게 내민다. 비현은 하얀 종이에 싸여 있는 꽃봉오리를 바라보다 힘없이 고개를 돌렸다. 지금은 아무것도 보고 싶지도, 느끼고 싶지도 않았다. 서러움에 울음만 흘러나올 뿐이다.

"어머니, 이제 저는 어찌해야 합니까. 부모와 일가를 모두 죽인 죄인이 하늘 아래 어찌 고개를 살 수 있겠습니까? 저도 데려가 주셔요."

비현은 고통스럽게 죽어간 이들을 생각하며 잠들었고 자다가도 몇 번이고 가위에 눌려야 했다. 눈 뜨고 있는 매 순간마다 눈물이 흘러나왔고 밤이면 목이 쉬도록 울었다.

비현이 몸져누운 보름 동안 창가에는 하루도 어김없이 꽃이 놓여졌다. 그 세심하고도 정성스러운 배려에 집안 식구들이 호기심을 갖고 누가 가져다 놓았을지 저마다 추측을 했지만 비현은 침상에 누워 허공을 응시하며 조용히 눈물만 흘릴 뿐이었다.

그러던 어느 날이었다. 끔찍한 악몽에 뒤척이다 새벽녘에 잠이 깬 비현은 힘겹게 몸을 일으켰다. 약 냄새로 가득한 실내가 못 견디게 답답해진 그녀는 침상에서 나와 창가로 갔다. 힘겹게 창을 여니 신선한 공기가 쏟아져 들어왔다. 그리고 누군가가 가져다 놓은 양지꽃이 눈에 들어왔다. 서투르지만 정성 들인 흔적이 역력한 들꽃을 보자 갑자기 눈물이 쏟아졌다. 꽃이, 그 꽃을 가져다 놓은 사람이 비현에게 말하고 있었다.

'당신이 앓아누운 사이 봄은 오고 새로운 생명이 대지에 움트고 있습니다. 지는 생명이 있는 반면 이렇게 새로 피어나는 생명도 있습니다. 생명의 소리에 귀 기울이세요. 그리고 다시금 일어나세요.'

비현은 슬픔으로 시간을 보내기엔 삶이 너무도 짧다는 것을 깨달았다. 매 순간 세상은 흐르고 있었다. 이대로 자신의 삶을 흘려보낼 순 없었다. 산 사람은 살아야 한다. 죽은 자의 몫까지 더 열심히 살아야 하는 것이다. 비현은 쏟아지는 눈물을 닦으며 작게 중얼거렸다.

"아버님, 어머님, 살아가는 동안 단 한 순간도 헛되이 보내지 않을 것입니다. 주신 생명으로 부끄럼없이 살겠습니다."

비현은 눈물을 닦고 안뜰로 향했다. 뜰 한 편에는 그동안 받은 꽃들이 차례대로 심어져 있었다. 하륜과 잠비가 정성 들여 가꾼 꽃밭이었다. 비현은 한쪽에 양지꽃을 심어놓고 잘 자란 다른 꽃잎들을 쓸어보았다. 그 모습을 멀리서 지켜보던 하륜이 미소를 지으며 고개를 끄덕였다.

마침내 자리를 털고 일어난 비현은 상복을 차려입고 머리를 길게 땋아 끈으로 묶었다. 바싹 여위어 창백한 얼굴에 상복까지 입으니 그 처연한 빛에 보는 이들의 눈이 시릴 정도였다. 비현은 애써 죽을 넘기고 하륜과 아낙의 도움을 받아 부모님께 제를 올렸다. 그녀는 더 이상 울지 않고 담담히 향을 살랐다. 얼굴에 살고자 하는 결연한 의지가 그대로 드러나 있었다. 제를 끝내고 난 비현은 만류에도 불구하고 병사에 나갔다. 오랜만에 나온 그녀를 보고 모두들 기뻐하며 안부를 물어왔다. 부모와 가족을 잃었지만 비현의 곁에는 아직 많은 이들이 있었다. 그들은 비현을 필요로 하고, 비현 또한 그들을 필요로 했다. 그들을 돕는 것이 자신을 돕는 길이고 부모님께 보답하는 길이었다. 그리고 결코 용서받을 수는 없겠지만, 진심으로 살아가면 언젠가는 남은 가족들을 만날 수 있을 것이라고 비현은 생각했다.

'더 많은 이들을 치료해서 고통에서 벗어나게 해주는 것이 죽은 이들의 넋을 위로하고 좋은 곳으로 인도하는 길이겠지요. 저는 더 열심히 살 것입니다.'

비현은 마음속으로 몇 번이나 다짐하며 이른 아침부터 밀려드는 병자들을 하나둘 치료해 갔다.

이튿날 새벽, 날이 채 밝기도 전에 일어나 옷을 갖춰 입은 비현은 지난밤 정성껏 만든 정과(正果)를 가지러 부엌에 갔다. 꽃을 가져다 준 이에게 작은 보답이나 하고 싶은 마음에 준비한 것이었다. 밤을 삶아 으깨 꿀을 섞어서 다시 밤의 형태로 빚은 율란(栗卵), 대추를 다져 꿀을 섞어서 대추 모양으로 다시 빚은 조란(棗卵)을 접시에 담아 들고 후원으로 가니 아직 해가 뜨지 않은 시각이었다. 주위에 안개가 뿌옇게 끼고 어둑어둑하여 무섭증이 일었지만 그동안 꽃을 가져다 둔 이에게 고마움을 전하고 싶은 마음에 비현은 꾹 참고 기다렸다.

차츰 날이 밝아오고 짙은 안개가 서서히 물러갈 무렵이었다. 저만치서 인기척이 들리더니 안개 사이로 사람의 형체가 나타났다. 시야가 흐릿한 가운데도 건장한 체구의 사내임이 드러나자 비현의 심장이 제멋대로 쿵쾅거리기 시작했다. 비현은 약간의 겁을 집어먹고 벽 뒤에 숨어서 사내의 모습을 훔쳐보았다. 소리없이 걸어 온 사내가 품 안에서 한지 뭉치를 꺼내 창가에 올려놓는다. 비현은 안개에 가린 사내의 모습을 망연히 바라보다 나서야 하나 말아야 하나 망설였다. 조금 두렵기는 해도 저이 덕에 자리를 털고 일어났고 위로를 받으니 보답해야 한다는 마음에 눈을 질끈 감고 한 발을 내디뎠다. 불쑥 사람이 나타나자 상대방은 꽤나 놀란 듯 뒤로 물러섰다. 비현은 좀 더 용기를 내어 한 걸음 더 다가섰다.

바로 그때, 주위에 안개가 서서히 걷히고 사내의 얼굴이 드러났다. 비현은 낯익은 사내의 얼굴을 보고 놀란 나머지 우뚝 멈춰 섰다. 두 사람은 놀란 표정으로 서로의 얼굴을 멍하니 응시했다. 날은 밝아오고 새소리가 점점 크게 들리기 시작하는 시기에 오직 두 사람에게만 시간이 멈춰 선 듯했다. 이슬에 촉촉이 젖은 서로의 모습을 훑다가 마침내 시선이 마주치자 두 사람의 눈빛이 일순간 거미줄에 걸린 나비처럼 파닥거렸다. 꿈결에 정인을 보는 것처럼 혼몽한 사내의 눈빛과 놀람과 부끄러움이 셀 수 없이 교차하는 여인의 눈빛이 한참을 엉켰다가 풀어졌다. 그들은 서로의 시선을 피해 딴 곳을 바라보며 침만 꼴깍꼴깍 삼켰다. 그렇게 속절없이 시각이 흐르다 보니 어색함만 더해져서 견디다 못한 비현이 간신히 입을 열었다.

“저기…….”

“그게…….”

동시에 입을 뗀 두 사람은 얼굴이 붉어진 채 도로 입을 다물었다. 다시 침묵이 흐르고 참다못한 비현이 먼저 입을 열었다.

“주, 주신 꽃은 감사히 잘 받았습니다. 덕분에 기운 차리고 일어나게 되어서 감사드리려고 이렇게 나왔어요.”

“기운을 차렸다니 다, 다행이다.”

저도 모르게 무뚝뚝하게 내뱉은 유인은 마음과 달리 말투가 너무 딱딱하다 싶어 다시 말했다.

“양친에 관한 일은 심히 유감이다. 마음고생이 컸겠구나.”

다시 뱉은 말도 무뚝뚝하기는 매한가지였다. 유인은 시선을 어디다 둬야 할지 몰라 애꿎은 계수나무를 노려보았다. 비현도 고개를 숙인 채 유인의 가슴팍만 응시하다 간신히 말을 꺼냈다.

“제 남은 식솔들을 돌봐주신 것 감사드립니다. 항상 받기만 하여 황송할 따름입니다."

유인은 무슨 말이든 내뱉고 싶으나 목구멍에 무언가가 걸린 모양인지 말은 커녕 숨조차 제대로 쉴 수가 없었다. 쌀쌀한 아침이건만 온몸에 열기가 오르고 등줄기에 땀이 흘러내렸다. 유인은 마른 입술을 지그시 깨물고 있다가 간신히 한마디 했다.

"이젠 아프지 마라."

긴장 속에 튀어나온 말에 유인도, 비현도 놀란 표정을 지었다. 말속에 담긴 따스하면서도 그리운 여운이 두 사람의 몸과 마음을 진분홍빛으로 물들였다. 이에 유인이 변명처럼 중얼거렸다.

"네가 아프면 병사에 있는 이들은 누가 고칠 것이냐. 그리고⋯⋯."

가당치도 않은 핑계를 둘러대던 유인은 겸연쩍었는지 곧 입을 다물었다. 부끄러움에 달아오르는 낯빛을 들킬세라 유인은 도망가고픈 생각뿐이었다.

"자리에서 일어났으니 됐다. 그럼 이만⋯⋯."

유인은 가려다 말고 돌아서더니 비현의 손에 든 접시를 내려다보았다. 그러자 비현이 얼른 접시를 내밀었다.

"제가 직접 만든 것입니다. 예국 사람들이 즐겨 먹는 거라면서요. 부족하지만 드셔보셔요."

유인은 고개를 끄덕이면서 접시를 받기 위해 손을 내밀었다. 순간 무심결에 두 사람의 손가락이 닿자 놀란 비현이 얼른 손을 뺐다. 그 바람에 접시를 놓칠 뻔했으나 유인이 잽싸게 받아 떨어뜨리진 않았다. 두 사람은 얼굴이 붉어진 것도 모자라 거칠게 뛰는 심장 박동이 상대방에게 들릴까 걱정이 되기까지 했다. 유인은 자신도 모르게 크게 외쳤다.

"자, 잘 먹을게!"

유인은 어색한 말을 뱉어놓고는 부끄러운 나머지 도망치듯 자리를 벗어났다. 비현 또한 그의 뒷모습을 멍하니 바라보다 비로소 정신을 차리고 안으로 뛰어들어 갔다.

한달음에 자신의 처소로 달려온 유인은 그제야 손에 든 접시를 내려다보았다. 앙증맞게 빚어놓은 정과가 참으로 어여쁘다. 율란(栗卵)은 비현의 눈처럼 동그랗고 조란(棗卵)은 그녀의 입술처럼 붉고 윤기가 흘렀다. 유인은 그중 하나를 집어 입속에 넣었다. 달달한 것이 맛이 좋다. 그는 아까워 더 이상 먹지 못하고 탁자 위에 슬그머니 올려놓았다. 그러곤 얼뜨기 같은 자신의 행동이 우스워서 피식 웃어버렸다. 꽁꽁 숨겨둔 마음의 일부를 들켜버린 것이 한량없이 걱정되면서도 왼쪽 가슴이 뻐근하도록 좋았다.

"드디어 자리를 털고 일어났구나. 다행이다, 정말 다행이다."

한층 작아진 그녀가 안쓰러웠지만 기운을 차리고 일어난 것이 더없이 기뻤다. 더구나 잔뜩 얼어 있던 모습이 어찌나 귀엽던지 번쩍 안아다 품속에 간직하고 싶을 정도였다. 크고 맑은 눈망울이 눈앞에 아른거릴수록 그의 설렘은 걷잡을 수 없이 커져만 갔다.

'철부지 어린애도 아니고…… 왕의 체면이 말이 아니군.'

유인은 자신에게 재차 말했지만 의지와 달리 들뜨는 마음을 어

찌하지 못하고 방 안을 서성였다. 유인은 하루 종일 정과를 바라
보며 넋 나간 사람처럼 앉아 있다가 웃고, 얼굴 찌푸리는 것을 반
복했다. 옆에서 모시는 신하들은 무슨 영문인지 몰라 고개만 갸웃
할 뿐이었다.

　내실로 뛰어들어 온 비현은 침상에 올라가 이불 속으로 파고들
었다. 누가 볼까 창피하여 이불을 뒤집어쓰고 있어도 뜨거워진 얼
굴, 쿵쾅대는 심장 소리는 숨길 수가 없었다.

　"자, 잘 먹을게!"

　비현은 벌게진 얼굴로 수줍게 말하던 유인은 떠올렸다.
　'맙소사! 대못 같은 말만 툭툭 던지는 분인 줄 알았더니…….'
　게다가 꽃을 가져다 놓은 사람일 줄은 상상도 못했다. 그저 서
주성 안에 사는 누군가일 거라 짐작만 했을 뿐이었다.
　'왜 꽃을 가져다 준 것일까? 왜 내게…….'
　부끄러움과 혼란으로 머리 속이 뒤엉킨다. 동정에서 비롯된 행
동이라 생각해 봐도 그와 들꽃은 도저히 연관이 되지 않았다. 그
커다란 몸집으로 앙증맞은 꽃을 캐고 있는 사내의 모습이란…….
　비현은 말문이 막히고 어이가 없을 뿐이었다.
　한참 동안 눈을 꼭 감고 뜨거운 볼을 감싸고 있던 비현은 문득
꽃이 떠올라 자리에서 일어났다. 창을 열어보니 새끼손톱만한 봄
맞이꽃이 하얗게 웃고 있었다. 한지에 쌓인 들꽃을 손으로 감싸니

아아, 그리운 사람아　389

왠지 그의 따스한 체온이 느껴지는 듯했다. 이 꽃을 가져오면서 그는 어떤 마음이었을까 생각하니 또다시 얼굴이 뜨거워진다.

비현은 꽃을 들고 뜰로 나갔다. 색색의 들꽃들이 아침 이슬에 푹 젖어 있었다. 비현은 봄맞이꽃을 심으면서 당황하던 그의 모습을 떠올렸다. 그런 모습은 처음이었지만 나쁘지 않았다. 아니, 주체할 수 없을 정도로 가슴이 두근거렸다.

'혹시 내가 몸이 허해져서 헛것을 본 게 아닐까? 차라리 꿈이었으면 어이없다 생각하고 말 것을……'

비현은 복잡한 표정으로 들꽃들을 들여다보았다. 선명하고 고운 꽃잎처럼 그녀의 마음도 분홍빛으로 물들어가고 있었다.

오전 내내 맑았던 하늘에 점차 비구름이 몰려오고 있었다. 안뜰에 널어놓았던 약초와 옷가지를 거둬들인 비현은 처마 아래 웅크리고 앉아 어둑어둑해지는 하늘을 올려다보았다. 그녀의 얼굴에 여러 감정들이 복잡하게 얽혀 하늘빛처럼 그늘져 있었다.

쿵쿵. 쿵쿵.

하루 종일 심장이 쿵쾅대는 통에 아무것도 할 수 없었다. 태어나면서부터 지금껏 줄기차게 뛰는 심장이지만 유독 오늘 하루만은 뛰는 소리가 생생하게 들렸다. 새벽 무렵 그와 마주쳤을 때부터 줄곧 이 모양이었다.

'그럴 리가 없다고 생각하면서도 자꾸만 가슴이 두근거리는 것은 무슨 연유일까요. 알 수 없는 감정이 자꾸만 몸속으로 스며듭니다. 두려워 밀쳐 내려고 하면 마음 한쪽에서 잡고 놓질 않습니다. 저는 이러시도 저러지도 못하고 높고 낮은 물결에 휩쓸리기만 합니다. 이대로 영영 물속에 가라앉는 것은 아닐지, 흔적없이 녹아버리는 것은 아닐지 걱정이 됩니다. 아니, 두렵습니다.'

비현은 억눌린 숨을 길게 쉬며 자리에서 일어났다. 가는 빗줄기가 내리기 시작했지만 터벅터벅 발이 이끄는 대로 따라갔다. 꿈결인 듯 멍한 눈빛으로 주위를 헤매다 문득 정신을 차리고 멈춰 섰다. 낯익은 광경에 고개를 젖혀보니 아문 앞이었다. 조금만 더 가면 그가 지내는 처소라는 생각이 스치자 비현은 화들짝 놀라며 뒷걸음쳤다. 서둘러 돌아가려는데 가운데 멀리 말을 타고 오는 이들이 보였다. 그들을 알아본 비현은 얼른 나무 뒤로 숨었다.

비현은 서너 명의 장수들 중에서 유인의 얼굴을 제일 먼저 알아보았다. 오랫동안 봐온 그가 갑자기 낯설게 느껴진다. 유인의 얼굴을 둘러싸고 있던 껍질이 한 꺼풀 벗겨진 듯했다. 아니, 자신의 마음을 감싸고 있던 뭔가가 벗겨진 것인지도 모르겠다. 주위에 있는 이들의 모습이 지워지고 오직 그의 얼굴만이 남았다. 유인의 입가에 감도는 희미한 미소에 비현은 미간이 찌릿하고 속이 울렁거린다.

'미처 몰랐어요, 당신도 웃을 줄 아는 사람이라는 걸.'

비현은 세상에서 가장 놀라운 것을 본 사람처럼 경이에 찬 눈으로 멀어지는 그를 응시했다. 심장이 힘차게 뛴다. 전신에 뜨거운 피가 돌고 발끝이 점점 가벼워진다. 이대로라면 하늘로 날아갈 수도 있을 것만 같다. 갑자기 그런 자신이 부끄러워진 비현은 선교장으로 숨이 턱에 차도록 뛰어갔다. 이때부터였다, 아픔뿐이라고 생각했던 세상이 달리 보이기 시작한 건. 비현은 유인의 얼굴에서 자신이 삶에서 얻을 수 있는 기쁨을 읽었다. 뒷걸음치던 마음이 그를 향해 달려간다. 뛸 때마다 심장이 덜걱거리며 소리를 냈다.

그날 이후 비현의 창가에는 더 이상 꽃이 놓여 있지 않았다. 선교장 식구들은 꽃을 가져다 준 이가 누군지 알지 못하게 된 것을 아쉬워했지만 비현은 붉어진 얼굴로 이제 기운을 차렸으니 괜찮다고만 말했다. 두 사람만이 아는 비밀이 새싹을 틔우고 이슬을 머금으며 자라는 동안 봄이 절정을 향해가고 있었다.

날이 따뜻해지니 서주성에 부쩍 백성들이 늘었다. 성안에는 전란을 피해 타지에 가 있던 이들이 돌아와 자리를 잡느라 부산했고 밖에는 피란민들이 한층 더 모여들어 북적이고 있었다. 병사에도 어김없이 환자들이 모여드는 탓에 정신없이 바쁘던 중이었다. 성문지기가 찾아와 하륜에게 무엇인가를 속삭였다. 이를 잠자코 듣던 하륜은 몇 번 고개를 끄덕이고는 병자를 돌보고 있는 비현에게 와서 물었다.

"현아, 혹시 단홍이라는 처자를 아느냐?"

"예?"

비현은 뜻밖에 이름을 듣고는 들고 있던 물수건을 떨어뜨렸다.

"성밖에 단홍이라는 처자가 와 있다는구나. 온 지 며칠 된 모양인데 성안으로 들어오지는 못하고 피란민들과 같이 생활하나 보다. 문지기가 부탁을 받아 말을 전해왔는데 혹시 아는 이냐?"

"알다마다요. 저와 동기간이나 마찬가지입니다."

서둘러 일어나는 비현을 간신히 자리에 앉힌 하륜은 관에 말해 승낙을 얻고 잠비를 보내 데려오도록 일렀다. 비현은 문밖을 서성이며 단홍의 모습이 보이기를 기다렸다. 잠비가 나간 지 반시각도 되지 않았지만 몇 년처럼 길게 느껴지니 긴장으로 인해 손이 땀에 흥건히 젖어들었다.

병사의 안내를 받아 성문으로 들어오던 단홍은 기쁨에 들뜨기 시작했다. 긴 고생 끝에 드디어 비현을 만난다는 생각에 가슴이 두근거려 견딜 수가 없었다. 그립고 또 그리웠던 그녀였다. 먼 길을 꼬박 걸어오면서도 포기하지 않고 서주에 당도할 수 있었던 것은 혈육보다도 진한 정 때문이었다. 이제 드디어 그리운 이를 만나게 되니 단홍은 설레는 마음에 헝클어진 머리와 해진 옷을 매만졌다. 막 성문을 나서는데 관리들이 단홍 앞을 막아섰다.

"그대가 은 소저를 찾아온 처자인가?"

"예, 단홍이라 합니다."

"소저를 만나기 전에 뵈올 분이 계시니 따라오게."

단홍은 얼떨떨한 얼굴로 관리들의 뒤를 따랐다. 단홍이 간 곳은 성내 관저로 긴 복도를 지나 깊숙이 안내되었다. 관리들이 이끄는 대로 안으로 들어가니 한눈에도 지체 높아 보이는 이가 의자에 앉아 있었고 좌우로 관리들이 늘어서 있었다.

"국왕전하께 예를 갖추시오."

관리의 엄숙한 말에 화들짝 놀란 단홍은 황급히 머리를 조아리며 감히 고개를 들지 못했다. 그것을 보고 있던 경진이 입을 열었다.

“그대는 황궁에서 궁녀로 있던 이라 들었다. 궁에는 어떻게 나왔고 여기까지 온 연유는 무엇인가?”

단홍은 떨리는 목소리로 그간의 일들을 아뢰었다. 정 내관의 서신을 지금은 고인이 된 황후 손씨에게 전하자 새벽녘에 궁 밖으로 빼내준 일, 태후 유씨의 병사들에 의해 쫓겨 한주를 빠져나와 도망 다닌 일, 우연히 약사여래의 화신으로 모든 병을 고친다는 여인의 소문을 듣고 비현이 아닐까 하여 서주에 찾아온 일을 이야기하자 주위는 잠시 조용해졌다.

“그날 환관 정씨를 만났단 말인가? 그 당시 모습은 어떠했는가?”

“마마님이 무사히 나가신 것 같다며 안도했습니다. 그 당시에는 침착하고 평온해 보여서 후에 그런 일이 벌어질 줄은 상상도 못했습니다.”

이후 정무영에 대한 질문이 계속 날아왔다. 얼떨떨한 표정으로 질문에 대답하던 단홍은 뭔가 이상하다는 느낌을 받았다. 이들이 왜 자꾸 정 내관에 대해 묻는지 이상하다 생각될 즈음 이번엔 다른 질문을 했다.

“황후에게 전해준 서신의 내용을 아는가?”

경진의 물음에 단홍이 대답했다.

“직접 보진 않았사오나 서후의 악행에 관한 이야기가 들었을 거라 짐작했습니다.”

“그대는 한주에서 온 이다. 적의 첩자가 아님을 어찌 증명할 것인가?”

"처, 첩자라니요! 저는 그저 마마님을 찾아서 온 것뿐입니다!"

"상전을 만나기 위해 이 먼 곳까지 목숨을 걸고 찾아왔다는 것이냐?"

"마마님은 제 주인이시기도 했지만 그 이전에 저를 혈육 이상으로 아껴주시고 돌봐주신 분입니다. 한 번도 저를 종이나 천한 것으로 대해주신 적이 없었습니다. 그런 마마님을 배반하고 어찌 첩자 노릇을 하겠습니까? 죽으면 죽었지 절대로 그리는 못합니다."

단홍의 대답에 말없이 앉아 있던 왕이 고개를 끄덕였다.

"우선은 네 말을 믿어보기로 하겠다. 하지만 계속 주시할 것이니 만약 첩자로 밝혀지는 날엔 목숨을 부지하기 어려울 것이다."

"마, 망극하옵니다."

단홍은 황망히 머리를 조아렸다.

"지금 네 주인이 몸이 좋지 않으니 잘 보필하여라. 그리고 황궁에서 있었던 일과 최근 한주에서 벌어지는 일들에 대해 함구하길 바란다."

"예? 예, 알겠사옵니다."

유인은 거듭 절을 한 여인이 나가는 것을 바라보며 착잡하기 그지없었다. 그녀는 유하를 마지막으로 본 이다. 그가 침착하고 평온해 보였다고 했던가. 그때는 이미 죽을 결심을 한 상태였을 것이다. 그 아이는 죽기 전에 어떤 심정이었을까? 유인은 답답한 마음에 자리에서 일어나 뜰로 나갔다.

'그래도 비현을 돌봐줄 이가 있어 다행이다. 부디 마음의 안정

을 얻어야 할 터인데.'

그는 선교장 쪽을 바라보며 씁쓸한 표정을 지었다.

초조하게 대문 앞을 서성이던 비현은 더 이상 기다리지 못하고
막 나서려던 참이었다. 그때 마당 안으로 허름한 복색을 한 여인
이 잠비의 안내를 받으며 들어섰다. 비현은 여인을 한눈에 알아보
고 뛰어나갔다.

"홍아!"

"마마님!"

비현과 단홍은 서로를 끌어안고 울음을 터뜨렸다. 몰라보게 야
윈 서로의 얼굴을 쓰다듬고 있자니 그간의 걱정과 그리움이 한꺼
번에 몰려와 좀처럼 말문이 열리지 않았다. 하륜은 내처 울기만
하는 두 여인을 간신히 달래 내실로 데려왔다. 서로를 바라보는
시선이 애틋하기 그지없었다. 죽은 줄만 알고 있다가 살아 돌아온
혈육을 대하듯 감격에 차고, 헤어졌던 정인을 만난 것처럼 애타는
그리움이 서려 있었다. 두 사람은 눈물을 실컷 쏟고 나서야 간신
히 입을 열었다.

"죽지 않았구나. 살아 있었어."

"마마님도요. 살아 계셔서 정말 다행이어요."

"얼굴이 몰라보도록 상했구나. 여기까지는 어떻게 왔어?"

"한주에 흘러들어 온 소문을 듣고 혹시 마마님이 아닐까 하여
겨우내 걸어왔습니다. 혹시나 못 만날까 어찌나 노심초사하였는
지."

그립고 걱정되는 마음을 어찌 다 말할 수 있을까. 서로의 얼굴을 보듬고 있자니 꿈인 듯 믿겨지지가 않아 볼을 부비고 거칠어진 손을 쓰다듬으며 웃고 울기를 반복하였다. 그 모습이 어찌나 애절한지 옆에 있는 이들의 간장이 다 녹는 듯했다.

바싹 야윈 단홍의 모습이 한없이 안쓰러웠던 비현은 직접 목욕물을 준비하고 밥을 지어주었다. 단홍은 사나흘 굶은 사람처럼 허겁지겁 밥을 먹어치웠다. 그 모습에서 그간의 고생이 어떠했는지 짐작을 할 수 있었다.

"난 네가 죽은 줄만 알았다. 도대체 어떻게 된 일이야?"

비현의 물음에 잠시 주저한 단홍은 힘겹게 입을 열었다.

"정 내관이 저를 찾아와 마마님의 생명이 위험하다 하였습니다. 그래서 마마님을 궁 밖으로 빼낼 계획을 세운 것입니다. 마마님만 살릴 수 있다면 전 뭐든 했을 것입니다."

큰 눈망울에 눈물이 가득 고인 비현은 입술을 가늘게 떨다 조심스럽게 물었다.

"무영은? 무영은 어찌 됐어?"

"그게……."

단홍은 왕의 당부를 떠올리며 잠시 망설였다. 아무리 그래도 차마 거짓을 말할 수는 없어서 고민 끝에 조심스럽게 말을 이었다.

"성문이 닫히고 마마님이 돌아오시지 않자 정 내관과 저는 무사히 신도를 나가신 걸로 짐작했어요. 그때 정 내관이 서신 한 장을 주며 황후께 직접 전해달라고 부탁했습니다. 바로 태민궁으로 달려가 서신을 전하니 황후께서 크게 놀라시더이다. 밤을 보내고 새벽 무렵에 황후마마께서 절 몰래 황궁 밖으로 빼내주셨습니다.”

“그, 그래서 어떻게 됐는데? 무, 무영은?”

단홍은 금방이라도 쓰러질 것처럼 창백해지는 비현의 얼굴을 보며 얼른 어깨를 잡았다.

“새벽녘에 궁을 나서다 화연궁 쪽에서 연기가 나는 것을 보았는데 그때 일이 터진 모양입니다. 정 내관이 태후를 불에 태워 죽이려고 했대요. 그 후 정 내관의 생사는 누구도 몰라요. 다음날 불탄 침전을 뒤져 보니 아무도 없더랍니다. 그래서 궁에서는 정 내관이 살아서 황궁을 빠져나간 것이 아니냐는 얘기가 돌고 있대요. 진노한 태후가 백방으로 찾아 헤매고 있다는 것으로 봐서 헛소문은 아닌가 봐요.”

“홍아, 무영은 살아 있겠지? 꼭 살아 있어야 해. 무영은 너무나도 힘든 나날들을 보냈어. 그러니 이제는…….”

비현은 말을 잇지 못하고 울음을 터뜨렸다. 단홍은 그런 비현을 끌어안으며 안심시키려고 애썼다.

“그럼요. 꼭 살아 있을 것입니다. 그러니 너무 걱정 마세요.”

단홍의 손을 붙들고 내내 울던 비현은 밤이 되자 탈진으로 잠시 정신을 놓고 말았다.

하륜이 맥을 짚고 약을 달이는 사이 단홍은 그녀의 손을 움켜쥐고 무슨 영문인지 몰라 망연히 앉아 있었다. 이때 약탕을 가져온 잠비가 말했다.

“아씨께서는 고향에 있는 가족들이 죽임을 당했다는 소식을 듣고 오랫동안 앓으셨어요. 그래서 아직도 몸이 성치 않으셔요.”

"세상에, 그런 끔찍한 일이……. 그래서 상복을 입고 계셨던 거구나. 혼자 몸으로 그 큰 고통을 어찌 겪으셨을꼬."

놀란 단홍은 좀처럼 말문을 열지 못하고 긴 한숨을 내쉬었다.

'그래서 선하께서 그런 당부를 하신 것이로구나. 난 그것도 모르고 있는 대로 다 고할 뻔했네.'

단홍은 야윈 손을 꼭 쥔 채로 창백한 얼굴에다 대고 말했다.

"천애 고아인 저를 아껴주고 보살펴 준 것처럼 저도 마마님 곁에 있을게요. 그러니 기운을 내셔요. 아무리 힘겨워도 부디 이겨내셔야 해요."

단홍이 아무리 간절하게 외쳐도 비현에게는 들리지 않았다. 비현은 이유를 알 수 없는 슬픔에 깊이 잠기고 있었다. 무영이 살아 있을 것이다 믿는 것은 죄책감을 덜기 위해 필사적인 바람이 아닐까? 주위를 둘러싼 죽음의 무게를 조금이라도 덜려는 것이 아닐까. 살아 있다면 좀 더 일찍이 돌아왔어야 했다. 지금까지 아무 소식이 없는 건 불길한 징조였다.

'무영은 자신이 고통받을지언정 다른 사람을 헤칠 사람이 아니야. 서후를 죽이려고 했다면 분명 다른 이유가 있었을 거야. 무영, 나를 위해 서후를 죽이려고 했던 거지? 내가 모르는 무슨 사정이 있었던 거지? 무영은 언제나 나를 지켜주었는데, 날 위해 희생했는데 나는, 나는…….'

비현은 무의식 속에서도 자신의 마음을 드러내는 것을 두려워하고 있었다.

'감히 다가갈 수 없는 분임을 알면서도 자꾸만 마음이 나아가

려고 해. 애써 외면하려고 노력하는데 심장이 먼저 알고 뛰어. 미안해. 미안해, 무영.'

비현은 눈물을 흘리며 미안하다는 말을 반복했다.

밤늦게야 겨우 정신을 차린 비현은 침상 옆에 앉은 단홍이 걱정스런 표정을 보고 희미하게 웃어 보였다.

"네가 옆에 있으니 참 좋구나. 잠깐 황궁인 줄 착각했지 뭐야."

단홍은 비현의 머리칼을 쓸어주며 말했다.

"그사이 몸이 많이 약해지셨나 봐요. 거 봐요, 마마님은 제가 없으면 큰일난다니까요."

비현은 미소를 머금고 고개를 끄덕였다. 그녀의 얼굴은 여전히 파리했지만 아까와는 달리 핏기가 돌고 있었다. 단홍을 물끄러미 바라보던 비현이 잠긴 목소리로 중얼거렸다.

"홍아, 부모님께서…… 돌아가셨대."

"예, 들었어요."

"죄없는 분들이 나 때문에 돌아가셨어. 난 앞으로 부끄럽지 않게 살아야 해. 이제는 내가 사람들을 지켜주어야 해."

"예, 마마님은 만인이 우러르는 삶을 사실 것입니다. 누구보다도 강한 이가 되실 것입니다. 그러니 얼른 건강을 회복하셔요. 이리 약하시면 아무도 지켜줄 수 없습니다."

비현의 눈가에서 눈물이 조르륵 흘러내렸다. 그들은 서로를 안아주며 재회의 기쁨과 삶의 아픔을 나누었다.

단홍이 옆에 있어줌으로 해서 비현은 의지할 곳을 찾고 점차 안정되어 가기 시작했다. 궁에 있을 적에도 어머니처럼, 친동기처럼 아껴준 그녀이니 타국에서 부모를 잃고 일가(一家)에게 버림받은 비현을 더욱 알뜰하게 보살펴 주었다. 단홍은 여윈 비현을 위해 몸에 좋은 음식을 해먹이고 한시라도 슬픔에 잠겨 있게 놔두질 않았다. 활기차게 이곳저곳으로 끌고 다니고 사람들과 어울리도록 도와주기도 했다.

비현의 얼굴이 조금씩 밝아질 무렵, 유인의 선교장 출입도 잦아졌다. 유인은 산적해 있는 정무를 뒤로하고 하륜과 바둑을 두거나 차를 마시는 등 느긋한 시간을 보냈다. 그가 왔다는 얘기를 들을 때마다 비현은 부러 일을 만들어 병사에 있거나 자신의 처소에 숨어 나오지 않았다. 그가 가까운 곳에 있다는 것만으로도 가슴이 뛰어 견딜 수가 없었다.

"어허! 바둑 두다 조시는 겝니까? 늙은이보다 동작이 더 굼뜨시니……. 몸은 예 있으나 마음은 다른 곳에다 두고 오신 모양이옵니다."

가끔씩 정신을 놓고 있는 유인을 보며 하륜이 은근한 농담을 건넸다. 얼굴이 붉어진 유인은 얼른 다음 수를 놓고 헛기침을 했다. 그 모습을 보며 한쪽 눈썹을 치켜 올린 하륜은 웃음을 머금은 채 말했다.

"아직 봄인데 더우신 모양입니다. 잠비야, 부엌에 가서 시원한 차 좀 들여오라 일러라."

이에 유인의 얼굴이 한층 더 상기가 됐다. 마음을 들킨 듯해서 부끄러우면서도 올 때마다 비현의 그림자조차 볼 수가 없으니 내내 섭섭한 마음이 들었다.

살림하는 아낙이 황급히 냉차와 다과를 준비해 내가려는 차에 비현이 부엌에 들어왔다. 그녀는 마침 잘됐다는 표정으로 비현에게 쟁반을 맡겼다.

"아씨께서 이 차를 서재로 내가주셔요."

"손님이 오셨어요?"

"예, 전하께서 오셨어요. 자리가 어려워서 걱정하던 참에 아씨가 와주셨으니 다행이구먼요."

유인이 와 있다는 소리에 적잖이 놀란 비현은 난처한 얼굴을 했다.

"저, 잠비가 대신 하면 안 될까요?"

"고놈은 다른 심부름을 보냈어요. 아이고, 뭐 하고 계셔요? 어서 가시지 않고선."

비현은 아낙에게 떠밀려서 부엌을 나왔다. 쟁반을 들고 작은 한숨을 내쉰 비현은 떨리는 걸음을 조심조심 내디뎠다. 기척을 하고 서재 안으로 들어가니 무심결에 돌아본 유인이 제법 놀란다. 그와 시선을 마주친 비현도 놀란 나머지 잠시 멈춰 섰다.

"네가 차를 가져왔구나. 병사에서 오는 길이냐?"

"예? 예."

비현은 얼른 고개를 숙이고 예를 갖추었다. 어색해하는 남녀를 흐뭇하게 바라보며 찻잔을 집어 든 하륜은 차를 마시려다 말고 갑자기 무릎을 탁 치며 일어섰다.

"아이고, 약방에 이를 말이 있었는데 전하께서 오시는 바람에

까맣게 잊고 있었구먼. 늙으니 서서히 망령이 나려는가, 왜 이렇
게 잊는 것이 많은지.”

하륜이 일어서자 비현도 같이 일어서려 했다. 그러자 하륜이 두
손을 지으며 말했다.

“귀한 손님을 적적하게 해드리는 것은 예의가 아니니 네가 잠
시 말동무를 해드리려무나. 전하, 얼른 다녀오겠사옵니다. 험험!”

두 사람이 뭐라 하기도 전에 하륜이 서둘러 나가자 서재에는 어
색한 침묵이 흘렀다. 그것을 견디다 못한 유인이 열어놓은 창 쪽
으로 고개를 돌리고 말했다.

“몸이 많이 좋아진 모양이다. 얼굴이 한결 좋아졌구나.”

애써 지나는 바람처럼 무심한 어조였지만 그의 낯빛은 점점 붉
어지고 있었다. 비현 또한 붉어진 얼굴로 조심스럽게 입을 열었
다.

“염려해 주신 덕분에 많이 좋아졌습니다.”

또다시 침묵이 감돈다. 설렘과 긴장이 배어 있는 실내 공기에
두 사람의 몸이 뜨거워지고 이마에는 식은땀이 맺히기 시작했다.
보이지 않을 때는 그리 보고 싶었는데, 막상 옆에 있으니 무슨 말
을 해야 할지 몰라 머리가 하얗게 비워져 버렸다. 많이 보고팠다
고 얘기할까? 매순간 그리웠다고 해야 할까? 입 밖으로 내뱉지도
못할 말이 두 사람의 머리 속을 헝클어뜨렸다.

“걱정…… 많이 했다.”

그가 불쑥 말을 꺼내자 눈이 동그래진 비현은 고개를 들었다.
그는 고개를 돌린 탓에 얼굴이 보이지 않았지만 귓불이 빨갛게 달

아올라 있었다.

"자꾸 아프면 후에 유하 볼 면목이 없다. 그러니 아프지 마라."

그 말에 비현의 마음 한 편이 찌르르 울린다. 단지 그 이유 때문인가요? 마음속의 울림이 입 밖으로 새어나오려는 것을 애써 삼키며 비현은 고개를 푹 숙였다. 마음이 왜 이렇게 아픈 걸까. 무엇을 기대했기에 이리 아픈 걸까. 비현은 몸이 자꾸만 움츠러드는 것만 같았다. 이대로 점점 작아지다 공기 중에 사라질 것만 같았다.

"선생께서 오지 않으시니 이만 일어나야겠다."

불편한 듯 안절부절못하던 그가 자리에서 일어나자 비현도 따라 일어섰다. 두 사람이 서재를 나와 막 안뜰에 내려서는데 유인의 시선이 한곳에 머물렀다. 비현은 그의 시선을 따라가다 뜰 한쪽에 심어놓은 들꽃에 이르자 얼굴을 붉혔다.

"꽃이 곱게 피었군."

들꽃을 바라보던 그가 부드러운 음성으로 중얼거렸다. 내심 놀란 비현은 그의 옆모습을 물끄러미 올려다보았다. 그의 얼굴에 한 번도 보지 못한 표정이 스쳐 지나갔다. 언제나 담담하기만 했던 낯빛에 그립고 아련한 감정이 떠올랐다가 이내 슬픔으로 바뀌어 흐려졌다. 그 아련한 눈빛과 음성이 비현의 마음을 뒤흔들었다. 가슴이 견딜 수 없이 벅차오르고 뜨거운 뭔가가 치밀었다. 그것을 모르는 유인은 서글픈 눈빛을 거두고 애써 태연한 표정으로 말했다.

"선생께는 나중에 다시 오겠다고 전해라. 그럼 이만."

유인은 서둘러 자신의 처소로 돌아갔다. 비현은 그의 뒷모습을

멍하니 바라보다 들꽃으로 시선을 돌렸다. 그녀의 얼굴에 놀라움
이 번지고 눈빛은 일렁이기 시작했다.

"이제야…… 알겠어."

자그맣게 속삭인 비현이 꽃밭으로 다가갔다. 시야를 가렸던 안
개가 서서히 걷힌다. 햇살 아래 드러난 꽃망울처럼 모든 것이 갑
자기 선명하게 보였다.

"그동안 이 꽃들을 수없이 봐왔으면서도 왜 그 생각만은 못한
걸까."

비현은 그제야 가려져 있었던 유인의 진심을 읽었다. 꽃을 보는
그의 눈길에서 그동안 숨겨온 진심을 숨겨져 있었던 것이다.

"동정이 아니야. 그건……."

가슴이 떨려. 황급히 입속에 가둔 말이 비현의 얼굴을 붉게 만
들었다. 그 마음을 무엇이라 부르지? 그런 것을 사랑이라고 부르
는 걸까? 사랑이란 뭐지? 그 사람을 보면 심장이 뛰고 아픈 뒷모
습에 가슴이 무너지는 것이 사랑인가? 함께했던 날들이 머리 속에
서 떠나지 않고 희미했던 미소마저도 소중히 되새기는 것이 사랑
인가? 그런 감정을 사람들은 사랑이라 부르는 걸까?

그의 진심에서 자신의 감정으로 옮겨간 비현은 떨리는 몸을 주
체 못해 제자리에 주저앉았다.

'나도 그분을…… 사랑하나 봐.'

언 땅을 뚫고 올라오는 새싹처럼 두려움을 밀고 애써 눌러둔 감
정이 올라왔다. 무영을 향한 감정과는 분명 다른 것이었다. 그를
의지하고 진심으로 안타까워한 것과 달리 그는 두려울 만큼 떨리

는 이끌림이었다. 처음 마주친 순간부터 지금껏 그를 보면 심장이 두근거렸다. 자꾸만 그에게 눈과 마음이 갔다. 마음이 멀어지려 하면 몸이 다가가고, 몸이 멀어지려 하면 마음이 다가갔다. 도망 가려고 해도, 모른 척하려 해도 할 수 없었다. 오직 그만 생각하도록 운명 지어진 것처럼, 반유인 한 사람이 머리 속을 지배했다.

"왜 이제야 알았을까. 왜 이제야……."

그의 마음이 뜰 한 편에서 자라는 줄도 모르고, 자신의 몸속에 사랑이 무럭무럭 싹트는 줄도 모르고 바보같이 헤매고만 있었다. 그동안 그는 언제나 자신을 지켜주었는데, 가까이서 보살펴 주었는데, 수줍은 그 마음을 보여주었는데 자신은 눈먼 장님 행세를 하고 있었던 것이다.

'나는 바보구나. 다른 사람의 마음도, 내 마음도 볼 줄 모르는 바보구나.'

기쁨과 슬픔이 교차하면서 비현의 눈가에 이슬이 맺혔다. 그도, 자신도 애처로웠다. 그 마음이 서로를 향해 있는 줄도 모르고 가슴 졸이는 것이 안타까웠다.

'어머니, 이제 전 어쩌면 좋아요. 어떻게 해야 할지 모르겠어요.'

비현은 들꽃을 들여다보며 눈물을 흘렸다. 사랑을 깨달았으나 내보일 수 없는 사랑이었다. 그저 서로의 마음속에 깊이 묻어야 할 사랑이었다. 그것을 알기에 그의 눈빛이 슬퍼 보였던 것이다. 그걸 알기에 자신이 마음이 갈피를 잡지 못하고 그리 도망 다녔던 것이다. 비현은 그 마음이 아파서, 서로가 불쌍해서 울었다. 오래 도록 울었다.

병사에서 환자를 돌보던 하륜에게로 심부름꾼이 왔다. 왕께서 과로로 몸져누웠다는 전갈이었다. 하륜은 급히 길을 나섰다. 늦게야 이 이야기를 들은 비현은 황급히 뒤따라가 하륜의 앞을 막아섰다.

"스승님, 전하께서 몸져누우셨다 들었습니다. 저도 가겠습니다."

"전하께서 다른 치료는 안 받겠다 하셨다는구나. 가벼운 감모가 와서 잠시 쉬는 것이니 염려할 것 없다고 이르셨다니 약이나 몇 첩 쓰면 될 것이야. 그러니 너도 너무 걱정하지 말거라."

"그래도 제가 보면 금방 나으실 수 있을 텐데요."

"전하께서 다른 치유는 원치 않으신다니 네가 나서지 않아도 될 것이다. 걱정 말고 돌아가 있으려무나."

하륜은 사저 쪽으로 총총히 걸음을 옮겼다. 아무리 가벼운 감모일 뿐이라지만 좀처럼 아프다는 얘기가 없는 그가 앓는다니 걱정이 돼서 비현은 가슴이 무겁기만 했다.

"쯧쯧. 병치레 한 번 없이 강건하시던 분이 무슨 연유로 이리 앓아누우셨사옵니까?"

침상에 누워 있는 유인을 보자마자 하륜은 대번 혀부터 찼다.

"한동안 검을 놓았더니 몸이 말을 듣지 않습니다."

누워서까지 장계를 보고 있던 유인은 두루마리를 치우고 몸을 일으켰다. 하륜은 도드라진 턱선과 까칠한 얼굴을 바라보며 슬며시 미간을 찡그리고는 맥을 짚었다.

"아이들이 하는 얘기를 듣자니 주무시지도 않으시고 장계만 보신다구요. 게다가 섭생도 소홀히 하신다니, 이 늙은이의 잔소리가 뜸해진 사이 꾀가 나셨나 보옵니다."

맥을 짚으며 농을 늘어놓던 하륜은 얼굴에 그늘이 졌다. 생각보다 그의 몸 상태가 많이 약해져 있는 탓이었다. 하륜은 못마땅하다는 표정으로 말했다.

"쯧쯧쯧. 마음속에 무슨 시름이 그리 많으시옵니까? 자고로 마음을 다스려야 몸이 다스려진다 했습니다. 머리 속에 가득한 번뇌를 달래지 않는 한 백약도 소용없으니 각별히 주의하시옵소서."

"누구에게나 크고 작은 시름은 있기 마련 아닙니까?"

유인은 대수롭지 않은 듯 태연한 얼굴로 말했다.

"물론이지요. 삶의 다른 이름을 시름이라고도 하지 않습니까? 근심과 걱정은 사람과 한몸인 게지요. 그렇다고 마냥 짊어지고 갈 수는 없지 않습니까? 시름을 이겨내는 길은 순리대로 가는 것입니다. 다가오는 것을 받아들이지 않고 애써 밀쳐 내려 하면 병이 되는 것입니다. 어찌해야 할지 막막할 때는 마음이 가는 대로 따라가 보시옵소서."

"선생의 말을 듣고 있자니 어린 시절로 돌아간 것 같습니다."

"허허! 늙은이 잔소리가 듣기 싫은 모양이시군요. 그래도 이왕한 김에 한마디 더해 올려도 되겠사옵니까?"

유인은 담담히 고개를 끄덕였다.

"진심은 세상을 움직입니다. 전하의 진심으로 세상을 움직여 보옵소서."

유인의 점차 어두워졌다. 진심이 세상을 움직일 수 있을까. 한 사람의 마음이 세상을 바꿀 수 있을까. 그런 것이 어찌 가능하다는 것인가. 유인은 쓸쓸한 표정이 스쳐 갔다. 그것을 묵묵히 바라보던 하륜은 자리에서 일어났다.

"세상의 이치는 쉽고도 어려운 것입니다. 깨닫기는 쉬우나 행동으로 옮기지 못하니 그저 말로만 남아 있는 것이지요. 세인들이 찾아 헤매는 것은 참뜻이 아니라 그것을 자신의 것으로 취하는 방법인 겝니다. 전하께서도 어서 빨리 그 방법을 찾으시길 고대하고 있겠사옵니다. 그럼 소인은 이만 물러가니 아무쪼록 편히 쉬시옵소서."

하륜이 예를 갖추고 나가자 유인은 반듯하게 누워 눈을 감았다. 진심이 세상을 움직인다. 하륜의 말이 머리 속에서 끝없이 맴돌았다.

약방으로 돌아온 하륜은 약재를 나누어 한지에 쌌다. 그리고 비현을 불러 약재를 건네니 영문을 모르는 그녀는 멍하니 서서 손에 들린 것을 내려다보았다.

"네가 갔다 오려무나. 시중드는 이에게 건네주면 알아서 달일 것이야. 그리고 간 김에 전하의 환우가 어떠하신지 보고 오거라."

"전하께서 제 치료는 안 받겠다 하셨다면서요."

"네게 치료를 안 받겠다 하였지 문안 인사도 하지 말라는 영은 없었느니라."

"하지만……."

"가보아라. 반가워하실 게다."

하륜은 슬며시 미소 지으며 비현의 등을 떠밀었다. 비현의 발길은 어쩔 수 없이 유인이 머무는 사저로 향했다. 사저에 들어서서 종복에게 약재를 건네던 참이었다. 지나던 효겸과 인걸이 반색을 하며 다가왔다.

"여기는 어인 일로 오셨습니까?"

효겸이 말했다.

"스승님 심부름으로 왔습니다."

"거참, 소저가 나서면 바로 쾌차하실 텐데, 전하께선 무슨 연유로 고집을 부리시는지."

언제나 그랬듯 인걸은 노상 툴툴거리며 불평을 했다.

"전하께서는 어떠셔요?"

"전부터 밤잠을 못 이루시더니 근래에는 잘 드시지도 않아 모두들 심려하고 있습니다. 하륜 선생님께서는 큰 병이 아니라고 하시지만 자꾸만 수척해지시니……."

"딱 상사병 걸린 사람 같다니까요."

인걸이 불쑥 나서자 당황한 효겸이 옆구리를 푹 찔렀다. 이에 비현의 얼굴이 발갛게 달아올랐다.

"아, 아무튼 지금은 자리에 누워 계십니다. 아! 이왕 오셨으니 문안 여쭙고 가시겠습니까? 이왕이면 전하를 설득하셔서 치유까지 해주시면 더욱 좋을 텐데."

"네? 저기……."

당황한 비현은 돌아가려고 했지만 인걸이 앞을 떡하니 가로막는 바람에 어쩔 수 없이 침궁으로 향했다.

"전하, 은 소저께서 오셨습니다."

복잡한 사념에 잠겨 있던 유인은 효겸의 말을 듣고 황급히 몸을 일으켰다.

"지금은 만나고픈 마음이……."

그의 말을 끝나기도 전에 문이 열리고 인걸에게 떠밀린 비현이 안으로 들어섰다. 방 안이 일순간 환해지며 좋은 향기가 공기 중에 섞인다. 그녀와 함께 있다는 것이 믿겨지지 않는 유인은 꿈결인 듯 몽롱한 눈으로 비현을 보았다. 그녀는 단정한 몸짓으로 정중히 예를 갖추고는 고개를 들었다. 그 까만 눈동자를 마주하자 당황한 유인은 얼른 고개를 돌렸다.

"미령하시다 들었는데 어떠신지요."

"가벼운 감모일 뿐이니 괜찮다."

"제가 한번 보고 싶은데……."

"괘, 괜찮다."

"아무리 가벼운 병이라도 그냥 지나치면 큰 병이 되는 것입니다."

비현이 다가오자 유인의 얼굴이 대번에 굳어졌다. 그래도 다가선 비현이 수척한 그의 얼굴을 살폈다. 걱정하는 눈빛과 속이 떨릴 정도로 향긋하고 은은한 체취가 유인을 괴롭혔다.

'다가오지 마! 그런 표정도, 눈빛도 짓지 마! 자꾸만 기대하게 되니까. 그러면 마음이 설레니까.'

유인은 비명이라도 지르고 싶었지만 아무 말도 못하고 숨을 삼켰다. 온몸이 얼어붙은 듯 뻣뻣해지고 자꾸만 갈증이 났다.

"열이 있으신 모양입니다. 얼굴도 많이 수척해지셨고요."

비현의 말에 유인의 얼굴이 더욱 붉어졌다.

'너에게 이런 약한 모습을 보이기 싫다. 안 그래도 네 앞에 서면 한없이 작아지는 나인데 아파서 침상 위에 누워 있는 모습은 보이기 싫다.'

유인은 떨리는 가슴을 진정시키고 애써 차가운 표정을 지었다.

"괜찮다 하지 않느냐. 그만 돌아가라."

"잠깐이면 됩니다. 치유하게 해주셔요."

"젠장! 네가 손대는 것이 싫단 말이다! 그러니 그만 나가!"

유인은 자신도 모르게 거칠게 소리쳤다. 그 바람에 다가서던 비현이 놀란 나머지 뒤로 물러섰다. 씩씩거리며 비현을 노려보던 유인은 그녀의 표정에 스쳐 가는 슬픔을 보며 주먹을 움켜쥐었다. 못난 자신을 때려주고 싶다. 이렇게밖에 못하는 자신을 죽이고 싶다. 하지만 어쩔 수가 없다. 그녀의 손이 자신의 몸에 닿으면 견딜 수가 없을 것이다. 그녀는 그저 병자를 돌보는 것에 불과하지만 자신은 설렘에 며칠 동안 들뜰 것이다. 그저 의무감에서 비롯한 손길에 기뻐할 자신에게, 부질없는 희망을 가질 자신에게 화가 났다.

'나란 인간은 이것밖에 안 되는 것인가.'

유인은 자신에 대한 화를 그녀에게 쏟은 것이 부끄럽고, 서럽고, 비참했다.

"혼자 있고 싶으니 그만 돌아가라."

목이 멘 유인은 간신히 중얼거렸다. 그런 그를 보는 비현의 눈길에 슬픔이 맺혀 있었다. 조용히 예를 갖추고 나가려던 비현은 문득 걸음을 멈추고 돌아섰다.

"전하께서 제게 하셨듯이 저도 부탁드립니다."

비현은 잠시 머뭇거리다 고개를 들었다. 그 어느 때보다 결연한 표정이었지만 눈빛만은 슬픔이 가득 고였다.

"부디 아프지 마셔요. 몸도, 마음도."

비현은 다시 한 번 정중히 예를 갖추었다. 막 나가려는 발걸음을 유인의 격앙된 목소리가 붙잡았다.

"왜!"

얼굴이 붉게 달아오른 유인은 간신히 숨을 삼키고 말을 이었다.

"왜 그런 식으로 말하느냐!"

그녀의 말속에서 무언가를 느낀 유인의 심장이 거칠게 뛰기 시작했다. 왜 그런 목소리로 말하느냐! 왜 그런 눈빛으로 말하느냐! 유인은 소리 높여 묻고 싶었지만 차마 나오지 않았다. 그녀는 무어라 대답할까. 한 나라의 왕이기에, 그리워하는 이의 형이기 때문에 걱정한다고 말할까? 두렵다. 제발 그것만은 아니기를, 차라리 동정하기에 걱정하는 것이라고 말해 주기를, 유인은 간절히 바랐다.

무척이나 긴 침묵 후에 비현은 슬픈 듯 시선을 떨어뜨리고 자그맣게 중얼거렸다.

"그럼 전하께서는 왜 그리 말씀하셨어요?"

"그건⋯⋯."

"마음이 아프기 때문이에요. 그 사람이 아프거나, 쓸쓸히 서 있거나, 괴로워하면 자신도 같이 아프기 때문이에요."

“…….”

유인은 멍하니 앉아서 그녀가 문을 열고 나가는 것을 보았다. 방 안에 남아 있는 그녀의 향기와 말의 여운이 유인의 몸속에 스며들었다. 유인은 천천히 침상에서 일어났다.

“지금 그 말은…… 그 말은…….”

바위에 맨몸으로 내동댕이쳐진 것처럼 아찔한 아픔이 밀려온다. 그녀의 말 한마디에 영혼이 산산이 흩어진 느낌이었다. 창백했던 유인의 얼굴에 차츰 핏기가 돌고 절망적이었던 눈빛에 차츰 빛이 감돌기 시작했다.

“그 사람이 아프거나, 쓸쓸히 서 있거나, 괴로워하면 자신도 같이 아프기 때문이에요.”

비현의 마지막을 되새기던 유인은 그대로 문을 박차고 밖으로 뛰어나갔다.

사저를 나온 비현은 무엇에 놀란 사슴처럼 정신없이 내달리기 시작했다. 빨갛게 달아오른 귓불에 시원한 바람이 스쳐 간다. 몸은 텅 빈 듯 가벼웠고 발끝은 허공을 밟는 것처럼 감각이 없다. 숨이 턱에 차도록 달려도 좀처럼 멈출 수가 없듯이 그를 향해 가는 이 마음도 좀처럼 멈춰지지가 않았다.

‘그분이 아파하는 걸, 혼자 괴로워하는 걸 두고 볼 수만은 없었어. 이 세상에 혼자뿐인 것처럼 외롭게 내버려 두고 싶지 않았어.’

비현은 끝내 눈물을 흘렸다. 슬프지 않은데 눈물이 난다. 그를 향한 떨리는 감정이 몸 안에서 물이 되어 자꾸만 흘러내린다.

'후회하지 않을 거야. 앞으로 아무리 괴로워진대도 내 마음 말한 것을 후회하지 않을 거야.'

자신이 어디까지 왔는지 가늠이 되지 않았다. 앞으로 어디까지 갈지 또한 가늠이 되지 않는다. 두렵지만 가슴 떨리는 두려움이었다. 더 이상 감출 수도 없게 되어버렸으니 부끄럽지만 그가 알아주기를 바랐다. 혼자만의 아픔이 아니라고, 같이 느끼는 아픔이라고.

비현은 터질 듯한 심장을 주체하지 못하고 달리고 또 달렸다. 바람과 한몸이 되어 하늘로 날아갈 수 있도 있을 것만 같았다. 그때 누군가가 비현의 손목을 잡아챘다. 갑작스럽게 벌어진 일에 놀란 비현은 중심을 잃고 넘어질 뻔했으나 상대방이 재빨리 받쳐 주어 간신히 발을 디디고 섰다. 어지러운 나머지 눈앞이 하얗게 변해 들리는 것은 가쁜 숨소리뿐이었다. 간신히 정신을 차린 비현은 자신의 손을 붙들고 있는 이가 유인이라는 것을 깨닫자 자신도 모르게 손을 뿌리치고 뒷걸음쳤다. 두 사람의 간격이 멀어진 사이 유인이 가쁜 숨을 몰아쉬며 말했다.

"물어…… 볼 것이…… 있다."

숨이 차서 좀처럼 말을 잇지 못하던 그는 몇 번의 숨을 더 몰아쉬고 나서야 말했다.

"그대가 느끼는 아픔은 어떤 것인가? 죄책감인가, 아니면 동정인가?"

그의 표정에 두려움과 긴장이 스쳐 갔다. 비현은 그 표정을 보고 그의 두려움이 뭔지, 무엇 때문에 저리 괴로워하는지 알 수 있었다. 그의 눈빛이 깊은 절망에서 꺼내주길 필사적으로 바라고 있었다. 도와달라는 외침이 마음으로 전해져 왔다. 비현은 길게 숨을 내쉰 후 조심스럽게 말했다.

"저도 잘 모르겠어요. 제가 한 번도 느껴보지 못했던 감정이기에 알 수가 없어요."

비현은 그처럼 자신의 얼굴에도 속마음이 고스란히 드러나길 바랐다. 힘들게 말하지 않아도 그가 알아차려 주기를, 그래서 더 이상 서로에게서 도망치지 않기를 애타게 바랐다. 견딜 수 없을 정도로 긴 순간이 흐르고 두려움으로 가득했던 그의 얼굴에 빛이 드러나기 시작했다. 그는 믿을 수 없다는 듯 멍한 표정으로 다가서며 중얼거렸다.

"처음부터…… 그대를 처음 본 순간부터야."

순간 비현은 심장이 멎는 듯했다. 몸이 파도에 실려 높게 솟아올랐다가 심해 밑바닥으로 가라앉았다.

"그대를 사모하면서도 차마 다가갈 수가 없었어. 그대 마음속에 유하가 있다고 생각했기에, 그리고 나란 존재가 그대를 다치게 할까 봐 다가갈 수 없었다."

비현은 그의 눈 속에 담긴 무언가에 가슴이 뭉클해졌다. 언제고였나 싶은 눈물방울이 도르르 볼을 타고 흘러내리자 유인이 다가와 안타까운 손길로 그녀의 눈물을 걷어내며 말했다.

"나는 끔찍한 살인귀에 어리석고 겁 많은 사내야. 이런 나라도 괜찮다면…… 그대 마음을…… 내게 주겠어?"

지금 눈앞에 있는 것은 한 나라의 왕이 아니었다. 그저 한 여인을 사랑하는 평범한 사내일 뿐이다. 조용히 숨죽이고 있는 그를 바라보던 비현은 대답 대신 팔을 뻗어 그의 뺨을 쓸어주었다. 비현은 그의 눈동자를 들여다보면서 문득 삶이 하나의 길처럼 느껴졌다. 자신은 이제 겨우 한길에서 벗어나 다른 길로 들어서고 있는 중이다. 그 길이 지나온 길보다 아프고 고될지라도 기쁜 마음으로 걸어 들어갈 것이다. 그가 옆에 있기에 삶이 더 이상 두렵지 않았다.

비현은 그의 눈동자에서 시선을 떼지 못하고 가만히 속삭였다.

"이미…… 전하 것입니다. 처음부터 지금까지 전하의 것이었습니다."

느릅나무가 긴 가지를 늘어뜨리고 있는 오솔길에서 본 그의 미소는 비현이 지금껏 살아오면서 본 것 중 가장 아름다운 것이었다. 서로가 서로를 구원한다는 것은 얼마나 놀라운 것인가. 비현은 그의 찬란한 모습을 마음에 담으며 태어나 처음으로 살아 있다는 것을 온몸으로 느꼈다. 긴 아픔을 걸어온 그들에게 아름다운 날들이 막 시작되고 있었다.

봄이 절정에 이르고 성 안팎에 꽃이 만개하여 화사해지는 때였다. 서주성에 곡예단이 들어왔다. 먼 서역에서 온 호인(胡人:원래는 흉노를 지칭했으나 후에 서역인들까지 통칭하여 부르게 됨)들로 구성된 곡예단에 좀처럼 구경거리를 찾을 수 없는 서주성이 한바탕 들끓기 시작했다. 과거 불교(佛敎), 배화교(拜火敎), 대진경교(大秦景敎:네스토리우스파의 기독교), 마니교(摩尼敎)가 중원 땅에 들어올 때

포교를 목적으로 곡예를 부리던 것이 점차 대중화되어 지금은 독립적인 곡예단들이 전국을 돌았다. 그들은 곡예, 노래, 춤을 보여주어 돈을 받거나 서역에서 들어온 물품을 팔기도 했다. 곡예단에는 대부분이 호인으로 구성되어 있었기에 그 이국적인 생김새를 보려고 모이는 이들도 많았다.

왕이 특별히 허락하여 성에 들어온 곡예단은 대로에 들어서면서부터 떠들썩하게 음악을 연주하고 뒤따르는 이들이 노래와 잡기를 벌이며 흥을 돋웠다. 성안에 그 흥겨운 노랫소리가 들리지 않는 곳이 없으니 단홍은 신이 나서 엉덩이를 들썩였다.

"마마님, 병사의 병자들까지 모두 다 몰려갔어요. 우리도 가면 안 돼요?"

약재를 빻아 환약(丸藥)을 만들던 비현은 미간을 살짝 접으며 말했다.

"더 이상 마마님이라고 부르지 말라고 했잖아. 이제 너와 나는 같은 신분이야. 그러니 존대도 그만두라니까 그러네."

"그럼 다른 이들처럼 부처님이라 부를까요?"

"말도 안 되는 소리 그만 하고 이것 좀 도와줘."

"환약은 다음에 만들어도 되잖아요. 우리 곡예단 보러 가요? 예?"

"난 생각없어. 정히 가고 싶으면 잠비 데리고 다녀와."

"잠비 고것은 곡예단이 성문에 들어오기도 전에 뛰쳐나갔다구요. 서주성에서 집에 엉덩이 붙이고 있는 이들은 마마님과 저밖에 없을걸요."

단홍은 지치지도 않는지 조르고 또 졸랐다. 가까이서 구경 안

해도 좋으니 멀리서 머리꼭지라도 보고 오자고 하도 조르는 통해 비현은 마지못해 자리에서 일어섰다.

대로(大路)에서는 곡예단의 흥겨운 노랫가락과 사람들의 함성 소리로 시끌벅석했다. 흥분에 들뜬 단홍이 우악스런 몸짓으로 비현을 끌고 가는 와중이었다. 대로에 못 미처 여인의 청아한 목소리가 귓속을 파고들었다.

16)내 아름다운 연인이여.

나는 당신이 좋아.

나무 아래서 외따로이 날 기다려 줄 그대.

그대 거울을 갖고 있을지라도, 그 거울보다

그대의 눈은 더 빛나고 있네.

아아, 그리운 사람아.

부디 내게로 와

나의 연인이 되어주오.

나와 함께

석류 열매 속으로 들어가 주오.

이 달디단 석류 열매 속에 보금자리를 만든다면

단잠도 자고 사랑을 속삭일 수 있을 텐데.

----

16)내 아름다운 연인이여: 서역 지방에서 애창되던 민요: '중앙아시아 민족음악 순례(후지이 도모아끼 著, 심우성 옮김)' 에서 인용

  아름다운 사랑 노래와 여인의 신비한 목소리가 마음을 잡아끌었다. 다른 때라면 흘려들었을 사랑 노래에 왜 이리 가슴이 설레는 것일까. 비현은 주변 고장을 둘러보기 위해 잠시 서주를 떠나 있는 유인을 생각하며 애틋한 그리움에 젖었다. 호선녀의 노래가 막 끝나자 이번엔 흥겨운 곡이 이어졌다. 사람들의 함성과 박수가 쏟아지자 비현은 호기심에 깨금발을 하고 서서 누가 부르는 것인지 보았다. 큰 북 위에서 호선녀(胡旋女)가 빙글빙글 돌면서 노래를 부르고 있었다. 녹색 눈동자에 흰 피부가 매혹적인 서역 여인은 미모만큼이나 매력적인 목소리로 좌중을 사로잡았다. 주변에 앉은 악사들이 더욱 신명이 나서 빠르게 연주하자 호선녀의 춤사위도 더욱 빠르고 격렬해지기 시작했다. 춤을 추기 위해 세상에 난 사람처럼 혼신을 담은 춤사위였다. 풍만한 가슴과 엉덩이에 두른 장신구가 흔들릴 때마다 사내들의 얼굴이 붉어지고, 유연한 허리가 유혹적으로 비틀릴 때면 사내들의 심장이 내려앉았다.

  비현은 호선녀의 화려한 미모와 춤보다는 그녀의 자신감 넘치는 표정을 바라보며 연신 감탄을 내뱉었다. 그녀의 얼굴에는 여느 여인에게서 볼 수 없는 빛이 나고 있었다. 그 무엇에도 거리낄 것이 없는 자유로움. 그것이 노래와 춤에 어우러지니 비현 또한 자유로움에 들뜨는 것만 같았다. 호선녀에게 매료된 비현은 두 곡이나 더 듣고 난 다음에야 자리를 벗어났다. 선교장으로 돌아와서도 그녀의 노래가 흥얼거려질 정도였으니 이상하게도 가슴속에 파고들어 잊혀지지 않는 음이었다.

날이 저물어서도 축제는 여전했다. 지난 정월 보름에 있었던 원소관등보다도 화려하고 볼거리가 많은 데다 평상시에 엄격하게 시행되던 야간 통행 금지령을 풀어 마음껏 즐길 수 있도록 했기에 그 흥겨움은 더했다. 거리마다 사람들이 빼곡하게 들어차 노래와 춤을 추고 칼 삼키기, 불 내뿜기, 장대 타기, 접시묘기 등의 다양한 곡예들을 구경하느라 불야성을 이루었다.

길고 떠들썩했던 밤이 지나고 아침이 왔다. 지난밤 어찌나 흥겹게 놀았던지 정오가 되도록 거리에 나오는 사람이 드물 정도였다.

"잠비는 새벽녘에 들어왔대요."

점심을 준비하던 단홍이 볼멘소리로 말했다. 비현이 아무런 대꾸가 없자 단홍은 더 크게 중얼거렸다.

"나이 지극한 하 선생님까지도 밤늦게까지 노셨다는데 우리는 뭐예요? 고작 노래 몇 곡 듣고 냉큼 들어오다니."

"그러게 넌 좀 더 놀다 들어오라고 했잖아."

"마마님도 없이 무슨 재미여요?"

"내가 지금 놀러다닐 처지니? 다 알면서도 그리 떼를 쓰면 어떻게 해?"

"그래도요. 이런 기회가 흔치 않은데 눈보시라도 하면 오죽이나 좋아요. 내일이면 떠난다고 하는데."

"오늘밤은 잠비랑 나가봐."

"마마님 고집은 여전하시네요. 마마님이 좋아하는 연희(演戲: 연극)도 열린다니까 오늘밤은 나가요. 네?"

"너도 떼쓰는 건 여전하구나."

　비현은 안 된다며 못을 박았지만 하루 종일 떼를 쓰는 단홍 때문에 종내에는 두 손을 들고 말았다.

　날이 어두워졌을 무렵, 몰래 집을 나온 여인들은 연희가 열린다는 공터로 향했다. 도착해 보니 이제 막 시작했는지 노랫소리가 한창이다. 비현과 단홍은 구석에 자리 잡고 눈을 빛내며 배우들이 나오길 기다렸다. 오늘 공연하는 연희는 민간에서 구전되어 온 초중경처(焦仲卿妻)라는 이야기였다. 초중경에게 유씨라는 처가 있었는데, 부부가 지극히 사랑함에도 불구하고 유씨가 시어머니의 미움을 사서 쫓겨나고 말았다. 친정으로 돌아간 유씨는 식구들에게 재가할 것을 강요받자 남편을 배신할 수 없어 결국 강물에 투신하여 죽고 이것을 전해 들은 초중경 또한 정원 나뭇가지에 목을 매어 죽는다는 비극이었다.

　연희가 시작하고 유씨가 시어머니에게 구박받는 장면이 나오자 여기저기서 여인들이 훌쩍이기 시작하더니 친정으로 쫓겨나 다른 이와 재가를 앞두고 전남편을 만나는 장면에서는 통곡이 흘러나왔다.

　"[17]당신과 이별을 한 뒤 사람의 일은 헤아릴 수 없이 돌아가, 우리가 전에 바라던 바와는 달라졌으니 당신은 잘 알 수가 없을 거예요. 내게는 친어머님이 계시고 더욱이 핍박하는 오라버님도 계셔서 자꾸 딴사람에게 시집가라 하니 당신에게 무얼 더 바라겠어요?"

　"당신이 좋은 곳으로 출가하게 된 것을 축하하오. 나는 바윗돌

---

17)초중경처(焦仲卿妻, 첫머리를 따서 공작동남비(孔雀東南飛)라고도 함): 한대(漢代) 악부시(樂府詩) 중 가장 긴 장편 서사시 악부시선(김학주 著, 명문당)에서 인용

처럼 두둑하니 천년 가도 변함없을 것이고, 당신은 창포나 갈대처럼 질기다 해도 한나절 버티면 고작이지. 당신은 더욱 귀한 몸이 되시오. 나는 홀로 황천으로 떠나리다.”

“어찌 그런 말씀을 하세요? 다같이 핍박을 받은 것이니 당신이나 저나 똑같아요. 우리 황천에 가서 다시 만나요.”

초중경과 그의 처가 각자의 집으로 돌아와 자진을 하니 자리에 있는 남녀노소 할 것 없이 저마다 우느라 정신이 없었다. 비현과 단홍은 서로를 얼싸안고 눈물을 펑펑 흘렸다.

연희가 끝나고 배우들이 나와 인사를 하자 아낌없는 박수가 쏟아졌다. 즐거운 시간을 보낸 사람들은 다시 구경을 가려고 흩어졌다. 순식간에 천여 명의 사람들이 한꺼번에 거리로 쏟아져 나오니 비현처럼 몸집이 작은 사람은 도무지 걸음을 뗄 수가 없었다. 단홍의 손을 놓칠까 봐 옷자락까지 꼭 붙들고 가던 비현은 한 사내가 밀치는 바람에 그만 손을 놓치고 말았다. 비현은 사람들 사이에 껴서 정신없이 단홍의 이름을 불렀지만 이 많은 이들 중에서 누가 단홍인지 도무지 찾아낼 길이 없었다.

“홍아! 홍아!”

비현은 사람들에게 떠밀려 가면서 단홍을 불렀지만 사람들의 웅성거림에 묻히고 말았다. 사람들은 남쪽 대로에 곡예가 있다 하여 그쪽으로 몰려가기 시작했다. 비현은 그들 사이에서 빠져나오려고 애를 써봤지만 몸집도 작고 힘이 없으니 속절없이 인파에 휩쓸렸다. 사람들에게 반은 밟히다시피 해서 가는데 누군가가 비현의 치맛자락을 밟는 바람에 그대로 넘어지고 말았다. 그녀 때문에 뒤에 사람이 넘어지면서 서너 명이 비현을 덮쳤다. 순식간에 일어난 일이라 비현은 비명도 지르지 못하고 사람들에게 깔리고 말았다. 그때 사람들을 헤치고 나온 사내가 넘어진 사람들을 일으키고는 비현에게로 몸을 숙이며 말했다.

"괜찮아?"

비현은 경황이 없어 상대방이 누군지도 못 알아보고 고개만 끄덕였다. 그러나 흙바닥에 쓸린 이마에서 피가 배어나오고 피멍이 든 터라 얼핏 보아도 괜찮지가 않았다. 사내는 막 일어서려는 비현의 등과 다리에 손을 넣어 번쩍 안아 들었다. 놀란 비현은 작은 비명을 지르며 사내를 쳐다보았다. 그는 다름 아닌 유인이었다. 갑자기 평복을 입고 나타난 그를 보고 놀란 비현은 반가움보다도 부끄러움이 더 커서 내려달라 사정했다. 하지만 유인은 별다른 대꾸 없이 성큼성큼 발을 내디며 사람들을 헤치고 대로를 벗어났다.

"괜찮아요. 이제 그만 내려주세요."

얼굴이 붉어진 비현은 계속 내려달라는 말만 반복했다. 그러나 그는 화난 사람처럼 경직된 표정으로 걸어갈 뿐이었다.

혼잡한 거리를 지나 인적이 없는 우물 아래에 선 유인은 사람 손을 타 반질반질한 흰 돌 위에 비현을 내려놓았다.

"많이 다친 거 같은데 정말 괜찮은 거야?"

비현은 어리둥절한 얼굴로 연신 고개를 끄덕였다. 그래도 유인은 안심하지 못했던지 턱을 잡고 비현의 얼굴을 살피며 노상 인상을 썼다.

"자칫 했으면 큰일날 뻔했어. 그러게 사람들 많은 곳엔 함부로 가는 게 아니야."

그가 너무 가까이서 쳐다봐서 당황한 비현은 얼른 고개를 돌렸다. 유인은 우물가로 가서 물을 퍼 올리고는 소맷자락을 찢어 물에 적셨다. 그리고는 흙바닥에 쓸려 까진 이마를 조심스레 닦아주었다. 비현은 그런 유인의 모습을 생경한 눈으로 지켜보았다. 그 시선을 느꼈는지 유인은 피와 흙을 다 닦고 나자 멋쩍은 얼굴로 물러섰다.

"서주에는 언제 오셨어요?"

"성문 닫기 전에. 그사이 잘 지냈어?"

비현은 얼굴을 붉히며 고개를 끄덕였다. 그의 곁에 있을 때면 속절없이 얼굴이 뜨거워지고 입 안이 바싹바싹 마른다. 그토록 그리웠는데, 매일매일 기다렸는데 막상 대하고 나니 고개를 들 수가 없다. 쿵쾅거리는 가슴으로 간신히 숨만 내쉬고 있는데 멀리서 귀에 익은 호선녀의 목소리와 피리 소리가 들려왔다. 어제처럼 거리에서 공연을 하는 모양이었다.

"노랫소리가 참 좋군. 우리 들으러 갈까?"

비현은 놀란 눈으로 유인을 올려다봤다. 그는 여느 평범한 사내처럼 수줍은 얼굴로 비현을 대하고 있었다. 왕이 아닌 지금의 이 모습이 좋다. 이렇게 평범한 사내처럼 웃고 말하는 그를 보면 가슴이 설렌다. 비현은 유인을 향해 희미하게 미소 지으며 고개를 끄덕였다. 유인의 얼굴이 환하게 밝아진다. 그의 몸 어느 곳에 이렇게 눈부신 밝음이 숨어 있었을까. 비현은 속으로 작은 감탄을 내뱉었다. 그녀의 놀라는 눈빛이 부끄러웠는지 얼굴이 붉어진 그는 잠시 주춤하다 비현의 손을 덥석 잡아 거리로 이끌었다. 비현은 사람들이 알아보지 않을까 걱정했지만 그는 태연하게 거리를 걸었다. 혼잡한 사람들 틈에서 그들은 평범한 연인이었다. 그것이 그들을 자유롭게 하고 들뜨게 만들고 있었다.

노래가 들려오는 거리로 가자 남녀노소 할 것 없이 호선녀의 흥겨운 노래를 따라 부르며 춤을 추고 있었다. 누가 누구인지 알아볼 수 없는 사람의 홍수 속에서 유인과 비현은 들뜬 얼굴로 서 있었다. 어색한 몸짓과 표정이었지만 그의 웃는 모습을 보고 비현도 따라 웃었다. 그는 더 이상 피에 젖은 갑옷을 입고 전장을 헤매는 사나운 왕이 아니었다. 그저 여인에게 수줍게 웃어 보이는 사내일 뿐이다. 비현은 그의 웃는 모습을 보고 온몸에 저릿한 기쁨이 퍼지는 것을 느꼈다. 어두웠던 얼굴이 이제는 눈이 부셔 똑바로 볼 수 없을 만큼 빛이 흐르고 있었다.

'이렇게 웃을 줄도 아는 분이었군요. 이렇게 기쁜 표정을 지을 줄도 아는 분이었군요.'

비현은 그의 웃음과 환한 얼굴을 보고 웬일인지 눈시울이 뜨거워졌다. 가슴 깊은 곳에서 뜨거운 것이 치밀었다.

'기뻐요. 너무 기뻐서 눈물이 나요.'

마주 잡은 손에서, 자신에게서 한순간도 떨어지지 않는 눈빛에서 진심이 전해져 왔다. 절절한 그리움, 온몸을 태울 듯한 뜨거움. 사람의 감정이란 이런 것이구나 놀라면서도 밀려오는 감격에 정신이 아득했다.

'널 좋아한다. 지극히 사랑하고 있다.'

밀어를 전하는 눈빛이 사내답지 않게 아름답다. 비현은 자신도 모르게 그와 잡은 손을 꼭 쥐었다. 그에게서 흘러나온 체온이 손끝에서 전해져 와 혈관을 타고 심장으로 흘러든다. 악몽을 꿔서 무서울 때마다 이 체온과 감촉을 기억하면 마음이 포근해지곤 했다. 그리울 때마다 그의 목소리를 기억하면 그 마음이 달래지곤 했다. 이렇게 곁에 있는 것만으로 행복할 수 있다는 것이 그저 기쁠 뿐이었다.

비현의 마음을 느꼈는지 유인은 촉촉한 눈빛으로 가까이 다가섰다. 그리고 미소를 띤 채 두 손을 마주 잡았다. 주위에서 노래와 춤으로 떠들썩한 가운데 오직 두 사람만 가만히 서서 서로의 체온과 감정을 조용히 느끼고 있었다.

점차 모든 이들이 사라지고 음악과 두 사람만이 남았다. 유인은 비현을 끌어당겨 귓가에 속삭였다.

"매 순간 그리웠어."

수줍은 속삭임이 귀에서부터 온몸으로 퍼져 나갔다. 부끄러움에 붉어지는 그의 얼굴을 보며 비현도 따라 얼굴을 붉히며 미소 지었다.

호선녀의 노래가 밤하늘에 울려 퍼지는 사이, 두 사람은 가만히 서서 서로의 눈을 바라보았다.

아아, 그리운 사람아.

부디 내게로 와

나의 연인이 되어주오.

나와 함께
석류 열매 속으로 들어가 주오.
이 달디단 석류 열매 속에 보금자리를 만든다면
단잠도 자고 사랑을 속삭일 수 있을 텐데.

호선녀의 낭랑한 노랫소리가 두 사람을 포근하게 감싸 안는다. 아프기만 했던 세상은 어느덧 아름답게만 느껴졌고 삶이 보석처럼 영롱하게 빛나 보이기 시작했다. 사랑이 그들을 바꿔놓고 있었다.

두 사람이 손을 잡은 채 선교장 문 앞에 섰을 때는 밤이 깊어 사경(四更)이 다 되었을 때였다. 그녀의 손을 놓는 것이 싫어서 아주 느리게 걸음을 걸었는데도 벌써 당도하자 유인은 아쉬운 표정을 지었다.

"전하, 이만 가보셔요."

비현이 자그맣게 속삭였다. 달빛을 받은 그녀의 얼굴이 야광주(夜光珠)처럼 빛났다. 이 어여쁜 모습을 더 이상 보지 못한다는 것이 못내 아쉬운 유인은 간신히 손을 놓았다.

"그럼."

유인이 말했다.

"그럼."

얼굴을 붉힌 비현은 살짝 웃어 보이고는 안으로 들어갔다. 유인은 그녀가 사라진 문을 한참 동안 응시하다 마지못해 걸음을 옮겼다. 그의 얼굴에 아쉬움과 그리움이 가득하다. 다시금 달려가 그녀의 손을 잡고 영원히 놓고 싶지 않은 충동을 간신히 억누르며 발을 내딛는데 나무 뒤에서 효겸과 인걸이 튀어나왔다. 그들은 의미심장한 미소를 지으며 다가왔다.

"저는 그 괭이 같은 처자에게 저녁 내내 시달렸는데 전하께서는 무릉도원을 거닐다 오신 거 같습니다."

인걸이 투덜거리자 효겸이 덧붙인다.

"그 단홍이란 처자가 마마님 내놓으라고 인걸을 어지간히 닦달했나 봅니다."

유인은 시종일관 의뭉한 웃음을 그치지 않는 둘을 보며 말했다.

"너희들 계략인 줄 알았다. 어째 오자마자 서두르더라니."

"서주에 하루라도 더 빨리 오려고 몰아붙인 분이 누구신데요. 말을 어찌나 빨리 몰았는지 아직도 몸이 욱신욱신 쑤십니다요."

인걸이 웃음을 터뜨리자 효겸이 따라 웃었다. 호위무사에게 비현과 단홍이 연희를 보러 갔다는 얘기를 들은 그들이 유인을 재촉해 평복을 입히고 거리로 나선 것이다. 그리고는 교묘히 단홍과 비현을 떼어놓고 유인의 등을 밀어 마주치도록 한 것이었다.

"그런데 간지럽게시리 내리 손만 잡으시더이다. 저 같으면 숲으로 끌고 가 그냥 콱!"

인걸의 말에 효겸이 그의 등짝을 후려치며 말했다.

"그리 잘 아는 놈이 어찌 여인 앞에만 서면 그리 뻣뻣해지는 것이야? 아까도 체구가 작아도 한참 작은 처자에게 꼼짝을 못하고 당해놓고선."

"그거야 그 처자가 워낙 암팡져서 그런 게지. 괭이처럼 탁탁 쏘아붙이는 데야 어느 사내가 말짱하려고."

인걸이 뒤통수를 긁자 사내들은 큰 소리로 웃었다. 시름없이 웃어보는 것이 몇 년 만인지 짐작조차 되지 않았다. 유인은 자신의 변화가 그저 가슴 뿌듯할 뿐이었다.

살금살금 안으로 걸어 들어간 비현은 문 앞에서 지키고 선 단홍을 보고 깜짝 놀라 멈춰 섰다. 비현을 쏘아본 단홍은 그녀의 손목을 잡아 내실로 끌고 들어갔다.

"어디 어떻게 된 곡절인지 얘기나 한번 들어봅시다."

단홍의 채근에 비현은 그저 얼굴만 붉힐 뿐이었다.

"왜 말을 못해요? 설마 전하와 무슨 일이 있었던 건 아니지요?"

비현은 화들짝 놀라며 몸을 움츠렸다. 단홍은 분통이 터진다는 얼굴로 제 가슴을 탁탁 쳤다.

"내 주변에 그 호위대장인가 뭔가가 얼씬거릴 때부터 알아봤어요. 도대체 마마님한테 무슨 짓을 한 거예요? 답답하니까 속 시원히 말 좀 해봐요."

"단홍아, 그게……."

단홍의 채근에 비현은 말을 잇지 못하고 수줍게 시선을 깔았다.

"사내랍시고 어여쁜 마마님에게 못된 짓 하려고 했던 건 아니죠? 순진해 빠져서는, 가자는 대로 따라가서 옷고름 푼 건 아니지요?"

"옷고름을 풀어?"

비현이 못 알아듣고 눈을 동그랗게 뜨자 단홍이 얼굴이 벌게져선 헛기침을 했다.

"마마님, 그러니까 몸을 주는 것 말이어요."

비현은 거세게 고개를 흔들며 그저 손만 잡았을 뿐이라고 말했다. 그러자 단홍이 무릎을 탁탁 치며 한숨을 쉬었다.

"애고, 일났네, 일났어. 마마, 그분은 안 돼요! 그 잔인하고 무섭다는 적룡을, 게다가 곧 월국 공주를 배필로 맞을 거라던데 어쩌시려고요. 그분은 절대로 안 돼요!"

"하지만…… 그분을 사모하는걸."

비현이 수줍게 말했다. 복사꽃처럼 발그레한 얼굴이 한낮처럼 밝고 화사했다. 이에 단홍이 꿀 먹은 벙어리처럼 한참을 쳐다보다 돌아앉으며 한숨을 푹푹 쉬었다.

"난리났네, 난리났어. 이를 어째. 우리 마마님 큰일났네."

비현은 단홍의 등을 다정하게 끌어안으며 작게 속삭였다.

"홍아, 전하는 나쁜 분이 아니야. 따뜻하고 좋은 분이셔."

"전 마마께서 상처받으실까 봐, 혹여 나쁜 일이 생길까 봐 걱정이 돼서 그래요. 평범한 사내라면 모를까, 그분은 왕이시잖아요."

단홍은 고개를 푹 숙이고 눈물을 방울방울 떨어뜨렸다. 비현은 그런 단홍의 등을 쓰다듬으며 도리어 위로를 해주었다.

"홍아, 난 나중에 마음 아프다 해도 지금은 전하 곁에 있고 싶어. 내가 행복하면 홍이 너도 행복하지? 그렇지?"

"네, 마마님이 행복하시면 저도 행복해요. 하지만…… 걱정이 돼요."

두 여인은 서로를 꼭 안아주며 어깨를 토닥여 주었다.

이튿날, 이른 아침부터 문을 두드리는 이들이 있었다. 잠비가 나가서 문을 열어보니 웬 사내와 여인이 정신 잃은 노파를 업고 와서는 비현을 만나게 해달라며 막무가내로 밀고 들어왔다. 잠비는 아픈 이는 병사로 가서 기다렸다가 치료를 받아야 한다며 쫓아내려 했지만 그들은 필사적으로 밀고 들어오더니 지금 당장 급하다며 비현을 찾았다.

"글쎄, 안 된다니까요. 기다렸다가 치료를 받아야지 안 그러면 다른 이들에게 폐가 되잖아요."

"이틀 동안 꼬박 줄을 섰는데도 그분 얼굴은 구경도 못했소. 사람 숨이 넘어가게 생겼는데 언제 줄을 선단 말이오! 지금 당장 그분을 만나게 해줘요."

사내와 선교장 사람들이 한바탕 입씨름을 하는 와중에 비현이 나왔다.

"저는 괜찮습니다. 급한 병자라면 빨리 봐야지요."

비현은 병자를 안채로 데려오도록 했다. 그러자 사내와 여인은 거듭 절을 하며 노파를 안채에 눕혔다. 고령의 노파는 오랫동안 지병을 앓았음인지 병이 꽤 깊었다. 이 몸으로 유랑 생활을 했다니 보통 강단있는 이가 아니었다. 비현은 노파의 몸을 살피다가 복부 쪽에 손을 대고 눈을 감았다. 곧 청아한 음성이 흘러나왔다.

내 아름다운 연인이여.

나는 당신이 좋아.

나무 아래서 외따로이 날 기다려 줄 그대.

그대 거울을 갖고 있을지라도, 그 거울보다

그대의 눈은 더 빛나고 있네.

어제 호선녀에게서 들은 노래였다. 옆에 선 사내는 맑은 음성에 감탄을 내뱉었고 여인은 눈을 빛내며 비현을 지켜보았다. 그렇게 노래를 부르고 나니 노파의 창백한 혈색이 차차 돌아오고 고른 숨을 쉬기 시작했다. 맥을 짚어본 비현은 정상적인 맥이 잡히자 이불을 덮어주고는 남녀를 향해 밝게 웃어 보였다.

"이제 안정을 취하고 나시면 가뿐히 일어나실 거예요. 더 이상 걱정하지 않으셔도 됩니다."

그들은 기쁜 기색을 숨기지 않고 드러내며 비현을 향해 거듭 인사를 하였다. 처음 볼 때부터 젊은 여인의 얼굴이 낯익었던 비현은 비로소 그녀가 어제 본 호선녀임을 알고 반가워했다. 호선녀는 진한 화장을 지우고 수수한 옷을 입었음에도 여전히 아름다웠다.

"제 어머니를 구해주셔서 감사해요. 이 은혜를 어찌 다 갚죠?"

호선녀는 이국적인 억양이 섞여 있으나 한족 말을 썩 잘했다. 비현은 빙긋이 웃어 보이며 괜찮다고 말했다. 그러자 호선녀는 목에 건 치렁치렁한 목걸이 중에서 하나를 빼 비현에게 내밀었다.

"화씨벽(和氏璧)이라는 옥으로 만든 목걸이예요. 아주 귀한 거랍니다. 부디 받아주세요."

호선녀가 옥 목걸이를 걸어주려고 하자 비현이 거듭 사양을 했다.

"아니요. 전 대가를 바라고 한 것이 아닙니다. 이리 안 하셔도 돼요."

"그저 고마움에 드리려고 하는 것입니다. 은혜를 갚기 위해 드리는 것이니 사양하시면 제 마음이 두고두고 편치 않습니다."

"이것을 받으면 제 마음 또한 편치 않습니다. 제발 부탁이니 거두어주세요."

간곡한 비현의 말에 호선녀는 마지못해 목걸이를 거두어들였다. 아쉬운 표정을 지은 호선녀는 비현의 손을 잡고 거듭 감사 인사를 전했다. 마침 단홍이 차를 내오자 비현은 호선녀와 마주 앉아 차를 마시며 이야기를 나누었다.

"전 라리슈카라고 합니다. 서역 18)호탄에서 왔어요."

"저는 비현이라고 해요."

두 여인은 얘기를 주고받다가 금세 친해져서는 반나절 동안 친자매처럼 어울렸다. 비현보다 여섯 살 위인 라리슈카는 우연히 비현의 소문을 듣고 병에 걸린 어머니를 치료할 수 있지 않을까 하는 희망으로 먼 곳까지 오게 됐다고 털어놓았다. 비현은 라리슈카를 통해 서역 풍경과 유랑 이야기를 들으며 생각했던 것보다 넓고 다양한 문화에 감탄했다. 비현이 한 번도 경험하지 못한 이국적인 체험에 막연한 동경을 품자 라리슈카가 웃으며 말했다.

"사람 앞날은 알 수가 없잖아요. 아가씨도 서역 사막을 건너게

---

18)호탄(Khotan): 중앙아시아 타림분지 남부의 서역남도(西域南道: 실크로드의 하나) 최대의 오아시스 도시이다

될지 누가 알겠어요? 혹시 호탄에 올 일이 생기면 절 꼭 찾아주세요. 그때 만나 못다 한 이야기도 하고 맛있는 음식도 대접할게요."

"그리 까마득히 먼 곳에 갈 기회가 있으려구요."

"삶은 사막에 부는 모래바람과 같아서 한 치 앞을 예측할 수가 없지요. 아참, 사막에 부는 바람이 얼마나 고약한지 아세요? 잠깐 부는 바람에도 모래 산과 길의 위치가 바뀌고……."

라리슈카의 사막 이야기에 매료된 비현은 하루가 어찌 가는지 모를 정도로 즐거운 시간을 보냈다. 노모가 깨어나 운신할 수 있게 되자 일행들이 가마를 가지고 와서 태우고 라리슈카도 따라나섰다.

"아가씨, 우리 인연이 되면 또 만나요. 오늘 은혜 절대로 잊지 않을게요."

라리슈카와 그녀의 노모는 비현에게 손을 흔들며 따뜻하게 웃어 보였다. 비현도 모녀를 향해 손을 흔들며 건강하게 여행하라고 축복을 빌어주었다.

라리슈카의 말처럼 삶은 한 치 앞을 알 수가 없는 법. 훗날 비현과 라리슈카는 사막에서 다시 만나게 된다. 그리고 라리슈카의 말이 예언이 되어 비현 또한 사막을 건너게 된다. 삶이란 참으로 오묘한 것이다. 이렇게 짧게 맺은 인연이 나중에 비현의 목숨을 구해줄 줄 어찌 상상이나 하였을까. 인생이란 끊임없이 맺어지는 인연에 엉켜 흘러가는 강물이었다.

十. 복사꽃 그늘 아래

지난밤의 흥분이 점차 가시자 서주 백성들은 다시 일상으로 돌아갔다. 하지만 은밀하고도 격정적인 기운이 성안 젊은 남녀들의 마음에 봄바람을 불어넣어 이곳저곳 애틋한 눈빛을 건네는 이들이 늘어갔다. 비교적 자유분방한 풍속인지라 이슥한 밤을 틈타 사랑을 속삭이거나 성밖에서 밀회를 즐기는 이들도 있었다.

봄바람에 취한 것은 젊은 왕도 마찬가지였다. 유인은 틈만 나면 선교장에 드나들며 정인과 눈이라도 한번 맞추려고 무진 애를 쓰고 있었다. 하지만 하얀 토끼처럼 작고 앙증맞은 정인이 어찌나 잘 숨는지 항상 체면불구하고 찾아 나서야 했다.

"여기 있었군."

후원 양지바른 곳에 꽃씨를 심던 비현은 갑자기 들려온 목소리에 흠칫 놀라며 뒤돌아봤다. 눈부신 햇살이 쏟아지는 마당 한가운데서 유인이 뒷짐을 지고 서서 비현을 보고 있었다.

"오, 오셨어요?"

금세 얼굴이 붉어진 비현이 얼른 일어났다. 햇살 아래 드러나는 하얀 얼굴이 눈부셔 일순간 말문이 막힌다. 안 보일 땐 그리 보고 싶고 하고 싶은 말도 많았는데, 막상 대하면 말이 쏙 들어가니 유인으로서는 미칠 노릇이었다. 두 사람은 봄 햇살 아래 오도카니 서서 점점 벌게지는 상대방의 얼굴을 보거나 흙바닥만 내려다볼 뿐이었다. 그렇게 한참을 마당에 서 있다가 유인이 마지못해 말했다.

"햇살이 따가워서 얼굴 상하겠어."

그는 비현을 나무 아래로 데려갔다. 한창 푸릇푸릇해지는 느릅나무 그늘 아래 선 두 사람은 불어오는 미풍에 달아오른 얼굴을 식혔다. 유인은 땅에 주저앉아 죄없는 풀잎을 못살게 굴고, 비현은 꼿꼿이 서서 구름 한 점 없는 하늘을 올려다보았다. 이렇게 가까이 있는 것만도 그저 좋아서 두 사람의 얼굴에 몰래몰래 미소가 드리워진다. 한참을 그러다 유인이 불쑥 입을 열었다.

"성밖에 복사꽃이 흐드러지게 피었다더군. 말을 타고 나가보지 않겠어?"

사실 유인은 며칠 전 말을 타고 주위를 돌아보다 복사꽃이 흐드러지게 핀 숲을 보고 비현을 꼭 데려와야지 마음먹었더랬다. 아름다운 것을 보면 꼭 비현에게 보여주어야지 생각하는 유인이었다. 비현이 아무 말이 없자 유인이 덧붙인다.

"근처에 호수도 있고 경치가 아주 좋던데."

그래도 말이 없자,

"물론 인걸이와 효겸이가 따라나설 테고, 그쪽도 동무를 데려가면 되지. 싫은가?"

그제야 고개를 끄덕이는 비현. 유인은 시원스럽게 대답하지 않고 애를 끓게 하는 비현이 얄미워 슬며시 흘겨본다. 답답하게 굴어 속을 썩이긴 해도 눈에 넣어도 안 아픈, 아니, 다른 이들 못 보게 눈에 넣어두고 싶은 그런 정인이었다.

이튿날, 대자리와 다과, 거문고를 말에 실은 남녀들은 한가롭게 봄을 음미하러 떠났다. 말에 익숙하지 못한 단홍과 비현을 위해 느리게 말을 몰자니 모두들 내색은 안 했지만 들뜬 기색이 완연했다. 전장에서 커온 사내들이 여인과 꽃피는 들판을 가본 적이 있겠는가? 흥이 나서 떠드는 건 효겸과 인걸이고 이따금씩 단홍이 말을 거들었다. 나란히 걷는 비현과 유인은 그저 빙긋이 웃으며 길을 갈 뿐이었다.

대지는 풍요롭고 아름다웠으니 땅에 핀 들풀조차도 허투로 생겨난 것이 없었다. 먼 산허리를 수놓은 색색이 꽃들과 들판에 무더기 피어난 꽃무리가 아무렇게나 봉오리를 피운 듯 보이나 자연이 하나하나 정성스레 붓질을 한 것이었다. 꽃다운 청춘들은 연풍(軟風)에 긴 머리칼을 휘날리며 풀냄새 그윽한 들판을 지나 완만한 언덕에 올라섰다. 그 언덕 저 너머에 복사꽃이 만발한 숲이 내려다보였다. 수백 그루는 족히 될 듯한 나무에서 떨어진 진분홍 꽃잎이 바람을 타고 눈처럼 흩날리고 있었다. 일대가 온통 복사꽃잎에 덮여 있으니 눈이 온 듯도 하고 고운 비단을 깔아놓은 듯도 했다. 그 아름다운 장관에서 너나 할 것 없이 감탄이 터져 나오는 사이 유인과 비현은 서로의 눈을 맞추고 빙그레 웃었다. 그 눈빛 속에 기쁨이 가득 서려 있었다.

"아! 선경(仙境)이 따로 없구나. 인걸아, 한바탕 신나게 달려보자!"

효겸이 소리치자 고개를 끄덕인 인걸이 말의 옆구리를 걷어차며 힘차게 언덕을 내려갔다. 말발굽에 흙먼지 대신 진분홍 꽃잎이 일고 들꽃에 앉았던 나비가 놀라 공중 위로 날아올랐다. 어린아이들처럼 천진한 그들을 보며 남은 세 사람은 여유있게 말을 몰았다.

복숭아나무 아래 자리를 잡고 앉은 그들은 시원한 차와 다과를 들며 주위 풍광을 둘러보았다. 차를 들고 있을 뿐인데도 꽃향기에 취해 모두의 얼굴에 발그레해졌다. 갈증이 어느 정도 해소되고 나니 효겸이 일어서며 말했다.

"단 소저, 여기서 조금만 가서 호수가 있는데 경치가 여기만큼이나 좋아요. 같이 가보겠어요? 인걸아, 너도 가자."

"호수에? 우리끼리?"

눈치없는 인걸이 불쑥 말을 해놓고는 효겸의 눈빛을 보고 얼른 말을 고쳤다.

"아하하! 그래, 거기 호수가 좋다더군요. 이분들은 여기다 두고 우리끼리 한번 가봅시다."

단홍은 안 간다며 투덜댔지만 두 사내가 난짝 들어다 말 위에 얹어놓으니 마지못해 말을 몰아갔다. 눈치 빠른 이들이 일찌감치 자리를 피해주어 두 사람만 남자 비현을 보는 유인의 시선이 한결 자연스러워졌다. 그는 마음껏 비현을 뜯어보며 눈과 마음에 어여쁜 모습을 가득 담았다.

"왜 그렇게 보셔요? 무안해요."

비현이 얼른 돌아앉자 유인이 손목을 잡아 자신의 옆으로 이끌었다. 맥없이 유인 앞으로 끌려온 비현이 얼른 고개를 푹 숙인다. 꽤나 부끄러운지 솜털이 보스스한 귀까지 진분홍빛으로 물들어 있었다.

"세상에 어쩜 이리 고운 이가 있을까 생각했어. 그대는 정말 고와."

유인의 부드러운 말에 여전히 고개를 숙인 비현이 자그맣게 중얼거렸다.

"단지 제 얼굴이 고와서 좋은 건가요?"

유인은 그저 부끄럼만 타는 이인 줄 알았더니 제법이라고 생각하며 웃음을 터뜨렸다. 그리고는 비현의 정수리에 떨어진 꽃잎에 떼어주며 말했다.

"얼굴만 고운 이라면 이리 떨어져 앉지만은 않았을걸."

비현은 그 말의 의미를 생각하느라 골몰한 표정을 지었다. 그 모습을 들여다보던 유인은 또 한 번 웃음을 터뜨리며 그녀의 손을 잡아끌고 숲 안으로 들어갔다. 온통 진분홍빛 천지라 자칫 잘못하면 그녀를 찾아내지 못할 것 같았다. 유인은 흩날리는 복사꽃잎

속에서 서 있는 비현을 보며 생각했다.

'그대의 이 아름다운 모습을 언제까지나 간직하도록 지켜주고 싶다.'

유인은 비현의 손을 꼭 쥐며 숲을 거닐었다. 비현은 그런 그의 옆모습을 보고는 연신 고개를 갸웃갸웃했다. 그의 얼굴은 화낼 때와 웃을 때가 천양지차로 바뀐다. 화를 내거나 무표정할 때의 그는 무서우리만치 차갑다. 온몸에 소름이 돋을 만큼 서늘하고 날카로운 눈매와 산처럼 버티어 선 체구에 움츠려든 것이 한두 번이 아니었다. 그런데 어쩜 이리 변할 수가 있을까? 지금의 그는 한없이 선해 보이고 따스해 보일 뿐만 아니라 빼어난 이목구비 때문에 이따금씩 가슴이 내려앉았다. 그의 얼굴에 빛무리가 내려앉아 떠날 줄을 모른다. 비현이 말없이 빤히 올려다보자 유인이 말했다.

"왜 그렇게 보지? 사람 무안하게."

"전하, 이제부터는 지금처럼만 웃으셔요. 그 모습이 참 보기 좋아요."

마주 보고 선 그의 얼굴빛이 기쁨이 가득 넘치었다. 유인은 비현의 두 손을 꼬옥 쥐고 말했다.

"그대만 옆에 있어주면 매일 웃을 수 있어."

복사꽃만큼이나 얼굴이 붉어진 비현은 얼른 손을 빼고 돌아섰다. 유인은 도망가려는 그녀의 손을 잡고 살포시 품에 안았다.

"들려? 내 심장이 이렇게 뛰어. 그대를 생각하면, 그대 곁에 있으면 이렇게 미친 듯이 뛰어."

비현은 그의 너른 품에 안겨 거침없이 뛰는 심장 소리를 들었

다. 그녀의 심장도 그를 따라 빠르게 뛰기 시작한다. 자신 또한 오
래전부터 이렇게 심장이 뛰었다고 말하고 싶은데 차마 나오지 않
는다. 비현은 아무 말도 못하고 눈만 동그랗게 뜬 채로 그를 올려
다보았다. 그러자 유인은 지금 이대로 기쁘다는 듯 조용히 비현의
머리를 쓰다듬었다. 굳이 말로 표현하지 않아도 충분했다. 그들은
이렇게 있는 것만으로 가슴이 벅차 숨 끝이 아플 정도로 아려올
지경이었다.

두 사람이 손을 나란히 잡고 숲을 거닐다 돌아왔을 무렵이다.
호수에 간 이들은 아직 돌아오지 않고 말들만이 한가롭게 풀을 뜯
고 있으니 유인은 자신을 위해 애쓰는 그들을 생각하며 슬그머니
웃어버렸다.

"하륜 선생이 그대의 거문고 음률과 노래가 참으로 좋다고 하
더군. 한 곡 들을 수 있을까?"

유인의 부탁에 비현은 아무 말 없이 거문고를 가져와 자리를 잡
았다. 그리곤 거문고를 타며 고운 음성으로 노래를 부르기 시작했
다.

당신은 고개를 들라 하나
부끄러운 얼굴은 땅을 향하고
얼굴 복사꽃보다 붉어져
차라리 꽃이 되고 싶은 심정이네.
어이하여 이리 부끄럽게 만드시나.
짓궂은 놀림 그만 하시고 손을 놓아주시어요.

당신은 노래를 들려달라 하나
부끄러워 목소리가 떨리니
차라리 바람이 대신 불러줬으면 하네.
어이하여 이리 부끄럽게 만드시나.
짓궂은 눈빛 거두시고 꽃을 쳐다보시어요.

유인은 노래를 듣고서는 큰 소리로 웃었다. 그리곤 비현의 거문고를 가져다 타며 자신도 노래를 지어 불렀다.

복사꽃 아름답다 하나 내 눈엔 그대만 보이오.
세상에서 가장 아름다운 꽃이 눈앞에 있는데
어찌 다른 꽃이 눈에 들어올까.
땅에 핀 꽃도, 복사꽃도 그대의 시선을 받는데
어찌하여 내 얼굴은 보지 않으시나.
무정한 사람이라 원망하여 보지만
가끔씩 보여주는 눈빛에 원망은 눈 녹듯이 사라지고
벌과 나비가 되어 그대를 쫓으니
날 사람으로 만들 수 있는 건 오직 그대의 눈빛뿐이라네.

유인이 돌아보니 비현이 신기한 눈으로 빤히 쳐다본다.
"어릴 적에 하륜 선생이 가르쳐 주신 거문고인데 배워두길 잘했는걸."

유인은 얼굴을 붉히며 거문고를 내려놓았다. 비현은 여전히 놀랍다는 표정으로 말했다.

"노래 같은 건 모르시는 분인 줄 알았어요."

"나도 사람인데, 노래를 정도야 부를 줄 알지."

"아참, 저번에 사냥터에 갔을 때 노래를 흥얼거리시는 걸 들었어요. 그때는 무슨 노래였나요?"

눈빛에 호기심이 담고 살갑게 물어오는 비현이 그저 사랑스러운 유인은 헛기침을 몇 번 하고는 입을 열었다.

흰 눈은 천 리 땅을 뒤덮는데
내 마음을 덮어줄 이는 누구인가.
스며오는 찬바람에 마음이 시린 것은
누군가를 애써 잊으려 하기 때문이네.

유인은 쑥스러운 듯 노래 말미를 얼버무렸다. 비현은 그의 숨겨진 모습을 대하고 나니 더욱 가슴이 벅차올랐다. 그가 불러준 노래만으로도 애틋한 마음이 고스란히 느껴진다. 미소를 머금은 비현이 자신의 얼굴을 빤히 보기만 하자 이번엔 유인이 얼굴을 붉히고 고개를 돌렸다.

"그, 그만 보고 거문고나 더 들려주어. 거참, 그만 보라니까."

벌게진 얼굴로 안절부절못하는 그를 보던 비현은 옥구슬이 부딪쳐 울리는 것처럼 맑게 웃었다. 유인은 주객이 전도된 것에 대해 약이 오른 듯 비현의 볼을 살짝 꼬집었다. 웃음을 참느라 입술을 살짝 깨문 비현은 미소를 가득 머금은 채 거문고를 끌어다 당대 시인인 이상은의 시에 곡을 붙여 노래했다.

[19]어렵게 만났다 헤어지긴 더 어려워.
시들어지는 꽃을 바람인들 어이하리.
봄 누에는 죽기까지 실을 뽑고
초는 재 되어야 눈물이 마른다네.
아침 거울 앞에 변한 머리 한숨짓고
잠 못 이뤄 시 읊는 밤 달빛은 차리.
그대 사는 봉래산은 여기서 멀지 않으니
파랑새야 살며시 가보고 오렴.

유인의 부탁으로 몇 곡의 노래를 부르고 나니 그제야 호수에 간 일행이 돌아왔다. 그들은 비현의 품에 있는 거문고를 보더니 혀를 끌끌 찬다.
"끌어안고 있어야 할 건 그것이 아닌데……."
효겸이 자그맣게 중얼거리자 옆에 있던 인걸이 되받아쳤다.
"그러게, 뭘 몰라도 한참 모르시는 분들이구만."
그들이 주고받는 소리가 안 들렸는지 옆에 선 단홍이 소리쳤다.
"지금 뭐라고 중얼거리는 게요?"
"아, 아니 복사꽃이 참으로 곱다고 하였소."
깜짝 놀란 사내들이 황급히 손을 저으며 엉뚱한 소리를 둘러대

---

19)무제(無題): 이상은(李商隱) 당(唐). 812~858

자 단홍은 눈을 가늘게 뜨고 인걸을 노려보았다. 인걸은 목을 움츠리며 딴청을 부렸다. 대자리에 앉은 유인과 비현은 그런 그들을 보며 싱긋 웃을 뿐이었다.

봄놀이에서 돌아오니 하륜이 차와 다과를 만들어놓고 기다리고 있었다. 이미 오래전 유인과 비현 사이를 눈치챈 하륜은 지켜보기만 할 뿐 별다른 말이 없었다.

아쉬운 얼굴을 한 유인이 돌아가고 나서 잠시 병사에 들렀다가 돌아온 비현은 밀려오는 노곤함에 일찌감치 침상에 누웠다. 하지만 막상 누우니 좀처럼 잠이 오질 않는다. 요즘 들어 밤 외출이 빈번해진 단홍은 친해진 처자 집에 놀러간다고 나갔기에 말동무 할 이도 없고 억지로 잠을 청하려니 낮에 있었던 일이 머리 속에서 좀처럼 떠나질 않는다. 몸이 붕 뜬 것처럼 느껴지고 뛰는 가슴이 진정되지 않는다. 실없는 사람처럼 괜한 웃음이 났다가 문득 울적해져서 긴 한숨을 내쉰다. 머리 속이 엉킨 실타래처럼 복잡하니 점점 더 잠은 달아나고 한 사람이 뭉싯뭉싯 떠오른다.

산을 그대로 옮겨다 놓은 듯한 듬직한 위용과 왕다운 고귀함과 자존심이 그대로 드러나 보이는 수려한 용모는 경외감을 불러일으키고 짙은 눈썹과 차마 헤아릴 수 없이 깊고 푸른 눈빛은 늘 사람을 압도했다. 그 고요하게 가라앉은 눈매에 이따금씩 불타오르듯 세찬 감정이 뒤섞이는 것을 볼 때면 높은 곳에 선 것처럼 미미한 어지럼증이 났다. 그의 모든 것이 경이롭고 또한 아름다웠다. 깊은 물에 발을 담그는 것처럼 두려울 때도 있지만 속절없이 그에게 이끌렸다. 태곳적부터 정해진 이끌림이었다. 모든 생을 건 이끌림이었다. 그 안에 높고 낮음이, 깊고 얕음이, 생(生)과 사(死)에 진실과 거짓이 있었다. 그는 우주(宇宙)였고 또한 풍진(風塵)이었다. 그는 비현의 절대적인 모든 것이 되었다. 그것은 가슴이 벅차고 웃음과 눈물이 번갈아 솟아나며 두렵고도 서러운 일이었다. 온몸을 비우고 그로 가득 채울수록 속은 텅 비어 땅에서부터 발이 떠오르고 미간이 어지러웠다.

이슬비보다 가는 는개로 왔다가
만조(滿潮)처럼 가득 차 오르는 것이
사랑이라는 것인가요.
가슴 한쪽에 고개를 내민 새순이
멈추지 않고 돋아나
내 몸을 뚫고 하늘로 치솟습니다.
눈 위에 선 것처럼 가슴이 시리고
만장(萬丈) 낭떠러지 끝에 선 것처럼
명치끝이 아린 것이
이것이, 사랑인가요.

그를 향한 그리움으로 시를 쓴다면 밤을 꼬박 새우고 벼루와 먹이 다 닳도록 써 내려갈 수 있을 것만 같았다. 세상의 종이를 모두 끌어 모아 써 내려가도 부족할 만큼 그렇게 비현의 사랑은 가득 넘쳐 흘러내렸다. 시간이 흐를수록 더욱 깊어지는 감정에 잠 못 이루고 애끓는 그리움에 시달리던 비현은 자리에서 일어나 앉았다.

"보고 싶어……."

긴 숨을 내쉬려고 벌린 입술에서 작은 속삭임이 튀어나왔다. 그리움은 더욱 진해져 가슴 한쪽이 찌르르 울린다. 비현은 이대로 있으면 울어버릴 것만 같아 침상을 빠져나와 안뜰로 나갔다. 처마 끝에 달아놓은 바람종이 맑게 울고 주위에서 풀내음이 진하게 풍겨온다. 비현의 어지러운 심사를 아는지 풀벌레조차 작게 울어 대는 조용한 밤이었다. 작은 등롱을 들고 뜰을 거닐던 비현은 한쪽에 쪼그리고 앉았다.

"오늘 하루 꽃님들은 잘 지내셨나요?"

비현은 소담하게 핀 들꽃을 등롱으로 비춰보며 자그맣게 속삭였다. 이 땅 어느 매에 피었다가 사모하는 이의 손길을 빌어 내게 온 소중한 인연. 비현은 들꽃이 그리운 사람인 양 애틋한 눈길로 조심조심 쓸어보았다. 손끝에 푸른 그리움이 묻어나는 그때 문득 뒤에서 인기척이 났다. 깜짝 놀라 등롱을 들어 비춰본 비현은 가쁜 숨을 몰아쉬며 다가오는 유인을 보고 심장이 쿵 하고 내려앉음을 느꼈다. 멍하니 선 비현에게로 다가온 유인은 상기된 얼굴로 말했다.

"보고 싶어서 왔어. 보지 않으면 잠을 이루지 못할 거 같아서……."

순간 손목에 힘이 빠져나간 비현은 등롱을 떨어뜨릴 뻔했으나 유인이 재빠르게 받아 들었다. 그녀는 숨도 쉬지 못하고 유인을 올려다보았다. 거울을 보듯 서로를 들여다보던 두 사람은 끝내 서로의 품속으로 뛰어들었다.

그대의 심장과 내 심장에는 긴 끈으로 엮였으니
문득 그리워 고개를 돌리면 그대가 눈앞에 있네.
날 때부터 이어져 있던 마음의 끈.
하루에 한 눈금씩 짧아진 끝에 마침내 만났으니
이제 연리지처럼 한몸 되어 살고지고
그대와 영원히 살고지고.

뜨거운 가슴과 가슴이 맞닿자 용암에 납이 녹듯 서서히 녹기 시작한다. 누구의 심장인지 구분할 수 없이 하나가 되어 핏속에 녹아 있는 격정이 서로의 혈관 속으로 흘러들어 간다.

"비현, 우리 영원히 함께하자."

유인은 비현의 몸을 소중히 끌어안으며 속삭였다. 감격에 차서 아무 말도 할 수 없는 비현은 고개를 끄덕이며 미친 듯이 뛰는 그의 심장 박동에 귀를 기울였다. 그들은 한마음으로 소원했다.

언제까지나 이렇게 서로의 심장 소리를 들을 수 있기를, 언제까지나.

바람도, 풀벌레 울음도 잦아들었다. 사위는 고요하고 못 견디게 향그러웠다. 봄밤은 사랑이 삶의 중심이 되어버린 이들을 에워싸고 느리게 흘러갔다.

✻

"아아아아악!!"

어둠 속에 처절한 비명이 울렸다. 이윽고 내실 안에서 궁녀들의 비명과 발 구르는 소리가 요란하게 울리더니 세아가 문을 걸어차며 뛰어나왔다.

"아아악! 머리 속에 든 걸 빼내줘! 지금 당장!"

눈이 허옇게 뒤집어진 세아가 복도를 떼굴떼굴 구르며 찢어질 듯한 비명을 질러댔다.

"태후마마! 정신 차리시옵소서! 마마!"

환관과 궁녀들이 몰려와 세아를 부축하려고 했지만 그녀는 주위 손들을 뿌리치며 머리와 가슴을 쥐뜯었다. 그녀의 자리옷은 너덜너덜하게 찢기고 머리카락은 숭덩숭덩 뽑혀 있었다.

"죽을 것 같아! 이러다 죽을 것 같아!"

세아는 온몸으로 발악하며 비명을 질러댔다. 궁녀 하나가 세아를 부축하려 했다가 날카로운 손톱에 눈이 찔려 비명을 질렀다. 어린 궁녀는 피가 흐르는 눈을 움켜쥐고 비명을 지르다 끝내 정신을 놓았다. 그 아수라장에서도 세아의 발악은 그칠 줄을 몰랐다.

"정무영, 네놈을 저주한다! 네놈의 혼마저 갈기갈기 찢어놓을 것이다!"

이를 바득바득 갈며 소리치던 세아는 눈을 허옇게 뒤집으며 제 옷을 찢어발겼다.

"나를 이리 만든 너희들을 그냥 둘 것 같으냐! 찢어 죽이고 으깨 죽일 것이다. 기름에 튀기고 사지를 갈라 개돼지에게 던져 줄 것이다. 아아악!"

고통에 몸부림치는 그녀는 모골이 송연해지는 저주들을 퍼부으며 울부짖다가 끝내 입에 거품을 물고 경련을 일으켰다. 이때 소식을 듣고 숨가쁘게 달려온 촉영이 그 참혹한 모습을 보고 얼굴빛이 검게 변했다. 그녀는 세아의 입속에 고통을 덜어주는 환약을 넣어주고 행여 혀를 깨물까 봐 입속에 손수건을 밀어놓고 품에 안았다.

"태후마마, 견디시옵소서. 여기서 약해지시면 끝이옵니다."

격렬하던 경련은 세아가 정신을 놓음으로써 잦아들었다. 환관들이 태후를 업어다 침상 위에 눕히자 촉영은 고통에 못 이겨낸 상처들에 연고를 발라주었다. 이런 발작이 하루에도 서너 번이 있었다. 사람들을 저주하는 독을 약으로 썼으니 몸이 배겨나겠는가. 지독한 고통이 태후의 정신과 육체, 모두 좀먹기 시작했다.

그녀는 더욱더 신경질적이고 잔인해졌으며 반미치광이가 되었다. 권력의 정점에 선 그녀는 자신의 힘을 공고히 하는 것이 아니라 전복시키려고 혈안이 된 사람 같았다. 겨우내 선제(先帝)의 황후, 후궁과 그 일족까지 도륙한 것도 모자라 조정에 반기를 든 이들과 그들의 식솔, 이웃까지 잡아다 하루에도 수천 명씩 참수했다. 사람 목숨이 낙엽보다도 쉽게 떨어지고 그 처참한 육신은 짐승들이 들끓는 들판에 버려졌다. 한때 번성했던 도시 신도는 시체 썩는 냄새만이 고약하게 풍기는 음산한 도시로 변해갔다. 그 악취가 황궁에까지 닿지 않는 것일까. 백성들의 원성이 들리지 않는 것일까. 세아는 원한과 분노, 질투에 사로잡혀 학살을 계속했다. 차신이 고통스러우면 고통스러울수록 더 많은 고통을 세상에 선사했다. 한족이든, 후족이든 모두 멸망해 버리기를, 이 세계가 피에 잠겨 버리기를 그녀는 바라고 있었다.

한편 조정의 두 축인 유이항과 위영종은 첨예하게 대립하며 서로를 축출해 낼 기회를 엿보고 있었다. 한족이자 황족 세력을 거머쥐고 있는 이항은 자신의 권력이 위축되는 것에 불만을 품고 은밀히 반란을 도모했다. 세아의 오른팔인 위영종은 섭정태후의 막강한 세력을 등에 업고 유이항을 찍어낼 계책을 짜내느라 여념이 없었다. 그들의 보이지 않는 싸움이 시작되는 사이 한주는 더 깊은 수렁 속에 빠져 들어갔다.

고통스런 밤이 지나고 아침이 왔다. 잠에서 깬 세아는 지난밤의 상흔 때문에 욱신거리고 쓰라려서 신음을 흘렸다. 온몸이 흠씬 두들겨 맞은 것처럼 아파서 손 하나 까딱할 수가 없었다. 그녀는 궁녀들의 부축을 받으며 침상에서 일어나 목욕물에 몸을 담갔다. 온몸을 정갈히 씻은 세아는 지금껏 그래 왔듯이 조용히 화장을 시작했다. 그녀의 표정과 행동이 너무나 침착하고 담담해서 궁녀들은 지난밤의 광란이 꿈처럼 느껴졌다.

겨울 나뭇가지처럼 바싹 마른 몸에 풍성한 주름을 잡아 부풀린 비단옷을 입고 일그러진 얼굴에 정성껏 분과 연지를 발랐다. 숱이 적은 머리에는 가체를 얹고 온갖 사치스런 장신구를 온몸에 휘감으니 얼굴을 제외한 나머지는 왕년의 누리었던 영화보다 더욱 화려하고 호화로웠다. 곧 환관 하나가 가면들을 가져와 세아가 고르기를 기다리고 있었다. 세아는 십여 명의 장인들이 만들고 화가들이 그린 가면들을 죽 둘러보다 색이 곱고 붉은 홍보석이 이마에 박힌 가면을 가리켰다. 정성 들여 만든 아름다운 가면이었으나 불행히도 그것을 만든 장인과 화가는 포상을 받은 다음날 쥐도 새도 모르게 죽임을 당했다. 세아는 직접 시중을 드는 이들을 제외하고는 자신의 얼굴을 본 자는 심지어 시의(侍醫)라 해도 모두 죽여 버렸다.

가면을 씀으로써 모든 단장을 마친 세아는 거울 앞에 서서 자신의 모습을 살폈다. 어디 하나 흠잡을 데 없이 완벽하다. 전과 다른 것이라면 가면을 썼다는 것뿐. 세아는 이제 자신의 얼굴이 되어버린 가면을 보며 속으로 되뇌었다.

'무영, 나는 죽지 않았다. 끔찍한 고통 속에서도 이렇게 살아 있다. 지옥에서 보고 있다면 하나도 빼놓지 않고 모두 기억해 두어라. 언젠가 너를 만나면 고스란히 돌려줄 터이니.'

누군가가 가면 속에 숨겨진 그녀의 본모습을 봤더라면 뼛골까지 시린 한기를 느꼈을 것이다. 세아는 세상에서 가장 오싹하고 서늘한 미소를 짓고 있었다.

준비를 끝내자 침실 안에 연(輦)이 들어왔다. 다리가 안 좋아진 세아는 궁 안에서도 연을 타고 다녔다. 그녀가 올라앉자 연을 든 환관들이 접견실로 향했다. 접견실에는 태감과 위영종이 기다리고 있었다. 세아가 보좌에 앉아 옷매무새를 다듬자 태감이 서신을 바치며 고했다.

"태후마마, 예에서 올라온 서신이옵니다."

세아는 침착한 몸짓으로 서신을 펼쳤다. 서신을 읽어 내려갈수록 담담하기만 했던 손끝이 경련하듯 떨기 시작했다. 숨소리가 점점 가빠지고 어깨가 들썩거린다. 그녀는 서신을 다 읽기도 전에 분한 듯 소리쳤다.

"그깟 계집 하나를 잡아오지 못하고 붙잡혀? 게다가 적에게 항복을 해?"

하지만 그것보다 더욱 놀라운 사실이 그녀를 기다리고 있었다. 세아는 서신 말미에서 생각지 못한 대목을 읽고 눈을 크게 떴다. 은비현을 구한 것이 예 왕 반유인이라고? 그들의 관계가 예사롭지가 않다? 거친 숨을 몰아쉬던 세아는 흥분을 누르지 못하고 싸늘하게 내뱉었다.

"이 더러운 년! 나를 죽이려다 안 되니까 예 왕에게 가서 붙어먹었군. 어딜 가나 천박한 몸뚱어리를 굴리는 것은 여전하구나."

세아의 입에서 욕설이 흘러나오자 옆에 있던 옆에 있던 태감과 여관이 몸을 움찔했다. 탁한 쇳소리에 이를 가는 듯한 음성이 소름 돋을 만큼 기괴하고 음산했다. 화에 못 이긴 세아가 서신을 발기발기 찢으며 욕설을 내뱉자 위영종이 나서서 고했다.

"태후마마, 고정하소서."

"지금 다 잡은 년을 놓쳤는데 고정이 되겠느냐!"

"다른 방도를 찾아보셔야지요. 뺏을 수 없다면 그쪽이 주도록 해야 합니다."

세아는 그제야 흥분을 누르고 숨을 가다듬었다.

"어떻게 해야 예 왕이 그년을 내놓겠느냐?"

"순순히 내어주겠습니까? 강제로 내놓게 해야지요."

"어떻게?"

"다시금 전쟁을 시작하는 것입니다. 지금 한주의 상황이 어렵다 하나 저쪽도 매한가지지요. 예는 극심한 가뭄과 전염병이 돈 직후라 전쟁이 계속되면 될수록 전세는 한주에 유리해질 것입니다. 그리 되고 나면 그깟 계집에 연연하겠습니까? 셈이 빠른 자라면 전쟁이 시작되기도 전에 계집을 내놓겠지요."

"전쟁이라……. 조정대신들의 반대가 있을 것인데?"

"그들은 나라보다는 제 배 불리기에 혈안이 된 자들입니다. 자신에게 떨어지는 고물이 많으면 어찌 되든 관심이 없는 이들이지요. 소신이 나서서 준비할 테니 태후마마께서는 나중에 조정대신 앞에 나서주기만 하시면 되옵니다. 전쟁이 일어난다면 은비현뿐만 아니라 그동안 나라를 갉아먹던 쥐새끼 같은 예를 밟아 죽일 수 있지요. 이것이 일거양득 아니겠습니까."

"흐음, 일이 그렇게만 된다면야 골치 아픈 것들을 단숨에 쓸어버릴 수 있을 것을. 그럼 공의 능력을 믿어보도록 할 테니 차질없이 준비하게."

연신 고개를 끄덕이던 세아는 아직 잡아들이지도 못한 은비현을 어찌할지 궁리하며 슬쩍 미소를 지었다. 지금 필요한 것은 예가 아니라 은비현일 뿐이다. 몸이 다시 예전으로 돌아가면, 다시금 과거의 아름다움을 되찾는다면 세상에 거리낄 것이 없을 것이다. 그런 다음 은비현을 천천히 죽여야지. 아니, 살려두고 고통에 몸부림치는 것을 오래도록 두고 보는 것도 즐거운 일일 것이다.

머리 속에 무언가가 떠오르자 세아는 눈을 빛내며 씨익 웃었다. 그녀는 태감에게 명령해 나라에서 가장 뛰어난 고문 기술자들을 불러들이라 명했다. 그리고 그들에게 지금까지 듣도 보도 못한, 지옥불길보다 끔찍한 고통을 주는 고문 방법을 고안해 낼 것을 명령했다. 물론 목숨만은 이어서 평생도록 받을 수 있는 고문을 말이다.

"생각만 하여도 심장이 막 두근거리는구나. 그년을 잡기 전에 시험해 볼 수 있는 시간이 있었으면 좋겠군."

세아는 옥좌에 앉아 낄낄낄 웃어댔다. 지금 그녀의 유일한 낙은 끊임없이 죽이고 파괴하는 것. 그것만이 세아를 지탱하는 힘이자 살아가는 목적이었다.

『은비현殷조顯』 제2권으로…